亮剑

DRAW-ING SWOR-D

都梁

北京联合出版公司
Beijing United Publishing Co.,Ltd.

在浩浩的历史长河中，有那么一个将军，他就像那只传说中的荆棘鸟，歌唱着死去。在那荆棘刺进身体的一瞬，他没有意识到死之将临，只是放开那可媲美夜莺的歌喉，直到生命之终点；但是，当他扑向那棘刺时，他是知道的，他是明明白白的，然而，他却依然要这样做，依然把棘刺扎进胸膛。不！他并没有死，涅槃后的那只荆棘鸟终修得正果，成为中华民族永恒的火凤凰！

目录

Contents

〔 第一章 〕

李家坡战斗开始之前，李云龙正在水腰子兵工厂和后勤部长张万和软磨硬泡。李云龙中等个子，长得很均匀，就是脑袋略显大了些，用他自己的话解释，是小时候练武，师父老让他练头功练得狠了些，净拿脑袋往石碑上撞，一来二去就把脑袋撞大了。

李云龙已和张部长纠缠了两个多小时了，不为别的，就是想多弄点边区造的手榴弹。这是八路军太行兵工厂的土产。平心而论，李云龙一点儿也不认为这种土造手榴弹有什么好，比起日军的那种柠檬式手榴弹差得太远啦。边区造的铸铁弹体质量太差，爆炸后有时只炸成两半，弹片的杀伤效果极糟糕，这种玩意儿在战斗中常耽误事。可话又说回来了，就这种边区造也不可能敞开了供应部队，用李云龙的话说：能拔脓就是好膏药，有总比没有强。

后勤部长张万和是李云龙的大别山老乡，在红军时期就是老熟人了，所以说话也随便惯了，似乎彼此不骂几句就太见外啦。

张部长说："你狗日的就不像个当兵的，是他娘的商人，心算是黑到家了，我已经多给了你们独立团10箱了，还他娘的贪心不足。"

"我早听别人说后勤部长张万和其实不是大别山人，早先是从山西这边逃荒过去的，我还不信，这回可真信啦，是他娘的抠，这又不是金元宝，你存着想下崽咋的？操，你要不给，老子今天就不走了，你小子还得管饭。"

"这狗日的哪像个团长？无赖嘛，都像你们团这么软磨硬泡，我这后勤部长就别干啦。行吧，我再给你10箱，得了，你还先别道谢，老子不白给，你得拿东西来换。"

李云龙眉开眼笑地说："咱穷光蛋一个，连老婆都没有，真要有老婆，就拿老婆跟你换50箱手榴弹。"

张部长哼了一声挖苦道："啧，啧，你那老婆还不知道在哪个丈母娘肚子里呢，你狗日的还提前预支啦。再说了，什么金枝玉叶能值50箱手榴弹？美得你吧，老子别的不要，再打仗时，你得给老子弄把日本指挥刀来。"

李云龙一听便放了心，大包大揽地说："我当是什么宝贝，小菜一碟嘛，刀好办，冈村宁次的刀咱弄不来，弄把佐官的还不难。这样吧，你再给10箱，我顺手再给你弄个日本娘们儿来……"

"去你娘的吧……"

李云龙哪里知道，他正和张部长纠缠时，日军山崎大队正稀里糊涂地朝八路军太行根据地门户——一线天走来。

日军山崎大队长像那个年代大多数日本男人一样，个子矮矮的、罗圈腿、身材壮实、脖子和脑袋差不多粗细，猛一看像一颗大号的猎枪子弹。他的脸上带着日本军官惯有的神态：冷酷和坚毅。他是个随时准备为天皇陛下献身的武士，从来没拿自己的生命当回事。一个连自己的生命都不当回事的人，自然就更不会拿别人的生命当回事。所以，这次扫荡，山崎大队没有找到八路军的主力，可漳水、沁河两岸的老百姓倒了霉，山崎大队一路烧杀，如入无人之境。

那天下午，山崎带着队伍走了四十多里山路，人困马乏，正躺在林子边上休息。山崎大队长背靠一棵大树，盘着腿，正在擦他心爱的祖传之物——一把明治天皇御赐的菊花军刀。这把刀的刀柄上镶着黄金做的象征日本皇室的菊花图案，在秋日的阳光下闪烁着耀眼的光芒。山崎此时也不会想到，他的生命和这把刀一样，快不属于他自己了。

几个打水的士兵匆匆跑来报告，说那边密林深处有条很细狭的山缝，草地上还发现有队伍走过的痕迹。

山崎大喜，立即命令队伍集合，疾步向那个士兵指出的方向扑去。穿过一片浓密的原始森林，古林尽头，出现两座高耸的大山，两山之间只有一条一人可行的狭窄通道。山崎站在山缝里仰望天空，只见细细的一线蓝天。“不管它，进去再说。想吃掉我山崎大队，只怕中国军队还没这副好牙口。”山崎说。

大队人马排成一字形，整整走了半个小时，才走出一线天。眼前豁然开朗，竟是别有洞天。山泉淙淙，野花铺地。山崎懂一些中国文化，他记得有位叫陶渊明的古代诗人曾写过一篇叫《桃花源记》的散文，莫非这又是一处桃花源?

军用地图上没有标明这个地方。山崎命令发报给旅团长：大队一路未遇抵抗，占领天险一线天，继续搜索前进。

山崎大队长做梦也没想到，他无意中闯进了八路军太行根据地的腹地。

这一线天是八路军水腰子兵工厂的门户，易守难攻。平时这里有一个连的兵力驻守，谁知这个连的连长见敌人冲进一线天，一枪没放，就带着部队逃跑了。

根据地门户洞开，日军一个大队竟长驱直入。消息传来，八路军总部里掀起巨大风波。

八路军副总司令彭德怀怒气冲天地对副参谋长左权大吼道：“把那个临阵脱逃的连长给我抓起来枪毙！狗娘养的，给八路军丢脸。”

左权说：“我已命令军法处执行枪决了，从敌人的动向判断，他们并不知道这里有我们的兵工厂。”

彭德怀一拳砸在桌子上，震得桌上的水杯都跳了起来：“把这个狗娘养的山崎大队给我干掉。”

总部的一道道命令发出去，八路军129师各部，决死一纵队各部从四面八方聚拢过来，组成左右两路攻击集团，将日军山崎大队包围在李家坡高地，战幕就此拉开。

李云龙的独立团被386旅旅长陈赓当作了预备队。他极为不满，骂骂咧咧地在团指挥所里来回转磨，像条饥饿的龇着牙的老狼。

独立团政委赵刚正伏在桌子上看地图。他个子不高，身材有些单薄，脸色白皙，带着书卷气。那年赵刚还不到25岁，虽然年轻，可资历不浅。在进入八路军正规部队之前，他已是一二·九运动的负责人之一了，北平燕京大学的学生。如此高的学历，在当时的八路军部队中当属凤毛麟角了。

“娘的，咱独立团是后娘养的？人家吃肉咱不眼馋，可好歹也得给口汤喝呀，每次都是咱们团当预备队，这不是他娘的欺负人吗？”

赵刚连头都没抬，他太了解李云龙了。他心里有火就得找碴儿放出来，要不然就很容易憋出毛病来，他知道李云龙正在向他寻衅，企图跟他吵一架。赵刚心想，怎么世界上还有这种人？自己心里不痛快，就千方百计向别人找碴儿，什么毛病呀？指挥所里的参谋们都知道团长这个毛病，早都借故溜开了，人家才不触这个霉头呢。

李云龙见赵刚不吭声，心里越发恼火，他不大看得起知识分子。“哼，小白脸，能打仗吗？也就是搞搞政工，练练嘴皮子，这个团没有政委，老子照样带兵。”他心里一烦，嘴上越发骂骂咧咧起来。

赵刚见他越发不像话，便劝道：“老李，你这么发牢骚给战士们听见多不好，上级让咱们当预备队肯定有上级的考虑，好钢用在刀刃上嘛……”

李云龙一听就翻了，“少给老子卖狗皮膏药，他娘的新一团就是亲娘养的？凭什么有好事全是他们的？要我说，兵熊熊一个，将熊熊一窝，咱独立团老捞不着肉吃，就是他娘的政委在上级面前太熊。你怕什么？咋就不敢跟旅长干一架？”李云龙面红耳赤，青筋毕露地吼道。

“老李，你骂谁？”赵刚忍不住要发作，旋即又克制住自己，苦笑着摇摇头，他知道李云龙是个炮筒子脾气，不高兴了谁都敢骂，过后就完。今天他火气这么大，主要是惦记上山崎那把指挥刀了，既然向张部长夸下海口，就得说话算话，屙出来的屎能坐回去吗？弄不来这把刀还有什么脸再见张万和？赵刚心说这个人也太认死理了，这么多兄弟部队参加攻击，他怎么就认定那把刀应该被他缴获？

旅长陈赓打来电话：“李云龙，你小子肯定又在骂街，是不是？”

李云龙发作道：“哪个狗娘养的打我的小报告……”

“你少冤枉别人，是我猜的，你给我老老实实待着，仗有你打的，前面攻击不顺利，你们早晚要上。你听着，轮到你上时，要打不下来……”

“你把我脑袋拧下来当夜壶用！谢谢旅长，谢谢旅长，我给您跪下来磕头啦。”

“哼，你自己留着用吧，我用不着那么大的夜壶。”陈赓挂上电话。

李家坡阵地上硝烟弥漫，几架日军的飞机轮番俯冲轰炸，八路军攻击部队伤亡惨重。毕业于帝国陆军大学的山崎是个出色的战术家，他指挥构筑的野战工事很是别出心裁。李家坡高地顶端是平面圆台，按常规，守备一方的工事位置，应构筑在山坡平台的棱线部，这样可以对进攻一方的动态一览无余，也便于居高临下发挥火力。可山崎偏偏把环形工事构筑在高地的平面圆台中心位置，攻击部队在坡下看不见守军，直射火力便失去作用，而迫击炮之类的曲射火力又极少。攻击部队刚刚冲上陡坡，只要一露头，马上就被日军的狙击手打倒。战斗打了整整一天，山坡下躺满了八路军士兵的尸体，最先参加攻击的几个主力团都伤亡过半失去攻击能力。

李云龙在望远镜里看得清清楚楚。他拉住一个刚撤下阵地的兄弟部队的营长问：“山坡边缘离那个环形工事有多远？”

那个挂了彩的营长马上明白什么意思：“有八十多米，手榴弹够不着。”

李云龙皱着眉头说了句：“硬冲不是办法，这是赔本生意。”

李家坡战端一开，整个华北地区都热闹起来。日军参谋长板垣征四郎、日本驻中国派遣军司令官西尾寿造大将、日军驻山西第一军司令官筱冢义男、日军华北派遣军司令官多田骏都在各处的司令部注视着地图。各级司令部的作战参谋们在紧张地进行着图上作业，地图上李家坡周围已被不同颜色的巨大箭头所包围。日军驻潞安的36师团、驻汾阳的16旅团、驻太原的第9旅团、驻阳泉的第4旅团各部，都在日夜兼程向李家坡地区分进合击。

与此同时，整个华北地区的八路军各部的打援部队也已经和日军增援部队纷纷接上火。八路军总部的命令是死的：不惜一切代价，阻敌增援。于是，围绕着李家坡这个名不见经传的小山包，整个华北地区的八路军部队和日军各部已摆出决战的架势，而交战双方的最高指挥官的目光还是都注视着山西境内的这个往日默默无闻的小山包。李家坡之战注定要载入史册了。

386旅旅长陈赓在望远镜里看到自己的攻击部队像潮水般一浪高过

一浪地向主阵地冲击，而顷刻又像退潮般地退下，山坡上躺满了穿着灰色军装的尸体。陈赓一咬牙，抓起电话下了命令：“集中全部炮火轰击山顶，炮弹要全部打光，不过呢，预备队全部出动，踩也要把李家坡给我踩平！”

李云龙在电话里说：“旅长，我有个要求。”

陈赓没好气地说：“你哪儿这么多事？快说！”

“师属炮兵营暂时由我指挥，就这点儿要求。拿不下李家坡我也用不着提着头来见你，因为那时我肯定已经躺在山坡上啦。我只能向你保证，我们独立团全团一千多号人绝不会有人活着退出战斗！”

陈赓的眼睛湿润了，握住话筒的手有些颤抖：“同意你的要求，炮兵营由你指挥。同志哥，我要你拿下李家坡，还要你活着回来，这是命令，你必须执行！”

在独立团的指挥所里，李云龙对一营营长关大山说：“你算一下，从山坡倾斜处边缘到那个环形工事有八十多米，也就是说，咱们的冲击距离有这么长，在这片开阔地上咱们全团会成了小鬼子的活靶子。再说，从地形上看，全团一千多号人根本不可能全部展开，要这么干就麻烦了，一个连一个连分别上，就成了‘添油战术’，这叫逐次增加兵力，是兵家大忌，老子才不干这种傻事，我要缩短这段冲击距离。”

一营长关大山眼睛一亮说：“团长，你是说用土工作业的方式向前掘进？”

李云龙捶了关大山一拳笑道：“脑子挺快嘛，你们营有360人，我把全团的手榴弹都调给你，每人带上10颗手榴弹，应该是多少？嗯，3600颗，部队全部运动到坡下，谁也不准露头，他奶奶的，小鬼子的枪法不赖，老子才不触这个霉头。用土工作业方式向前平行推进，只要掘进50米就行了，剩下的30米，就算是个娘们儿也能把手榴弹扔进环形工事，我这里信号弹一上天，你们全营一起扔手榴弹，每人两分钟之内要把10颗手榴弹扔光。嘿嘿，3600颗手榴弹可够山崎那小子喝一壶的。”

关大山乐了：“团长，这招绝了，我们把弦拉了等两三秒再扔，保管个个都凌空爆炸，让他狗日的找不着安全死角，躲都没处躲。”

李云龙对二营长沈泉说："全团的20挺轻机枪全部都归你们二营使用，机枪手全部编入第一突击队，机枪挂在胸前，当冲锋枪用，手榴弹爆炸声一停，立刻冲上去，20挺机枪同时开火，火力绝对不能间断，有人中弹后面就得有人补上，30米冲击距离，用不了一分钟就冲上去了。"

李云龙环视了所有人员，下了死命令："全团从我以下，一个不留，上刺刀，全都给我上，准备白刃战。记住，见了山崎那小子谁也不许开枪，给我留着，老子要活劈了他。"

团部炊事员老王拦住李云龙说："团长，你那鬼头刀借俺使使，行不？俺还没有件趁手的家伙呢。"

李云龙眼一瞪："想得美，刀给你用，老子使什么？去去去，菜刀、饭勺，实在不行就抄扁担，自己想办法去。"

全团都投入战前准备工作，一切有条不紊地进行着，只有马夫班的两个马夫吵了起来。他们两人在争抢一把铡刀，还闹着要找团长评理，被李云龙骂了一顿。

李云龙拎着一口磨得飞快的鬼头刀，皮带上插着张着机头的驳壳枪，他一边检查弹夹一边对政委赵刚说："我带突击队先上，你负责殿后，我们打光了你再补上。"

赵刚正往弹夹里压子弹，一听李云龙说这话就不爱听了，他厉声道："你敢？你这叫擅离职守，你应该在指挥位置上，而不是突击队，我马上给旅长打电话，要不取消你的参战资格我就不姓赵。"

"别……别呀，这太不够意思啦。"李云龙顿时软了下来。

在李家坡环形工事里的山崎觉得不大对劲，怎么四周一片寂静？静得日军士兵们心里一阵阵发冷，军人们是最不喜欢寂静的，因为战场上的寂静往往包含着更大的危险，预示着更激烈的战斗。

山崎凭直觉意识到，八路军正酝酿着一次更猛烈的攻击。激战一天下来，山崎大队已经伤亡过半。他不大在乎伤亡，他知道各路援军正在向他合拢，凭借有利的地形、充足的弹药、近距离的空中支援，再坚持两天没问题，他希望凭借自己一个大队的兵力把八路军的主力牢牢地吸引住，待援军的反包围圈合拢，再来个中间开花。他渴望着在李家坡之战中建功立业，一战成名。

山崎发现山坡下伸出一个白铁皮做的拐脖喇叭，那边传来日语的喊话声："日军山崎大队长听着，八路军独立团团长李云龙得知阁下武士世家出身，精通剑道。李团长认为，贵国之剑道，不过是得中国剑术之皮毛而已，师徒之名分，早在唐朝便已有定论。如阁下很珍惜武士的荣誉，就停止射击，走出工事，李团长愿意和阁下用刀剑进行正式决斗，李团长用军人的荣誉担保，如败在阁下的剑下，八路军独立团立即停止攻击，给贵军让开道路。"

"叭！""叭！"日军狙击手开火了，铁皮喇叭顿时被打了几个窟窿。129师敌工部的日语翻译被震得虎口发麻。

山崎那边回话了："八路军李团长阁下，鄙人对贵军作战之英勇深感钦佩，对阁下的挑战深感荣幸，鄙人十分珍惜武士之称号，愿与阁下切磋剑术，无奈军务在身，不能只身与阁下决斗，非常抱歉。如阁下能率部队攻入鄙人的环形工事，鄙人则愿意在肉搏战中与阁下一决雌雄。"

在独立团指挥所里，赵刚感到好笑："什么乱七八糟的，还都以为自己是中世纪的骑士呢，动不动就要决斗。"

李云龙不屑地说："山崎这小子真没劲，算不上条汉子。"

一营的土工作业进展很快，日军也很快发现了八路军的意图，迫击炮、掷弹筒纷纷打来。一营的几十个战士在爆炸声中血肉横飞……

129师的迫击炮营在李云龙的指挥下开火了，几十发炮弹像黑乌鸦似的从天而降，落进日军工事，火光闪闪、硝烟弥漫。日军炮兵一时顾不上土工作业的一营，急忙对八路军炮兵作压制性轰击，一营的掘进速度更快了。

山崎用无线电台呼唤空中支援，几架零式战斗机呼啸而来。李云龙用重机枪火力组成密实的火网，迫使日军飞机不敢进入俯冲位置……

山崎发现自己的冷汗正顺着脑门往下流，他眼睁睁地看着眼前这片开阔地被一点点地蚕食，离他的工事只有30米了，日军的迫击炮和掷弹筒几乎是垂直发射了，距离太近了，出膛的炮弹极有可能会落到自己头上。

"叭！"随着一颗红色信号弹腾空而起，山崎明白八路军最后的攻击即将开始，日军士兵们各种武器的准星都无声地对准前方。没有人露头。山崎心里正在狐疑，突然间，30米外的堑壕里，密密麻麻的手榴弹呼啸而起，天空像飞过一群麻雀。霎时，手榴弹在日军工事上面凌空爆炸，短促连续的爆炸声震耳欲聋，横飞的弹片带着死亡的气息呼啸而下，惊慌失措的日军士兵无法找到安全死角，很多士兵同时被几颗手榴弹直接命中，被炸得身首异处。三千多颗手榴弹在一场战斗中也许算不了什么，但在两分钟之内，在如此狭小的面积上，三千多颗手榴弹所产生的杀伤力，无疑是可怕的。

此时，率领第二梯队的赵刚已进入冲锋位置。他手握驳壳枪，目睹着李云龙独特的实施火力打击的战术，心中不由被战争所创造的伟力所震撼。他想起拿破仑关于战争的一句经典之言：进行战争的原则也和实施围攻的原则一样，火力必须集中在一个点上，而且必须打开一个缺口，一旦敌人的稳定性被破坏，而后的任务就是把它彻底击溃。赵刚想，这个不知道拿破仑为何许人的李云龙团长倒是个天生的战术家，看来在战争领域内，理论是苍白的，丰富的战争实践才是重要的。

此时，率领第一梯队的李云龙可没想这么多，他只是在念叨着："山崎这狗日的可别被炸死，老子还要和他决斗呢。"

没有冲锋号声，没有冲锋的呐喊声，随着最后一批手榴弹的脱手，伏在坡下的突击队一跃而起，疾跑中20挺轻机枪同时开火，组成密集的火网，日军工事在密集的弹雨下被打得烟尘四起，在爆炸后残存的日军士兵又恢复了强悍的本色，他们号叫着还击，竟面无惧色。

八路军突击队员们不断倒下，后面的候补射手又迅速补上。双方杀红了眼，有些日军士兵杀得性起，竟毫无遮拦地端着刺刀从工事中跳出来迎着弹雨进行反冲锋，但顷刻间被打成蜂窝状。短短30米冲击距离，李云龙的第一突击队的机枪手们竟全部阵亡，无一生还，战斗异常惨烈。突击队冲进环形工事，冲锋号吹响了，独立团一千多号人，在挥舞着鬼头刀的李云龙带领下发出排山倒海的杀声，一千多把刺刀在阳光下闪着耀眼的光芒。部队潮水般涌上阵地，最后一批冲上高地的竟是举着菜刀、铡刀的伙夫和马夫。

独立团坚决执行了李云龙的命令，一个不留，全部参加了攻击。

山崎大队全军覆没，山崎本人被机枪打成了筛子，已经面目全非了。

独立团的战士们站在山顶欢呼雀跃，唯有李云龙拎着山崎的指挥刀在破口大骂：“是哪个狗娘养的把山崎打死啦？给老子站出来……”没能和山崎用刀剑决斗，他感到无限遗憾。

陈赓在望远镜里看见李云龙正在山顶上跳着脚骂街，他也乐了，扭头对副旅长说：“这小子，打仗还真有点鬼才，要早让独立团上，也许伤亡会小得多。”

副旅长哼了一声，说了句文绉绉的话：“成也萧何，败也萧何。这小子打仗是把好手，惹事也是把好手。”

开战斗总结会时，赵刚问李云龙：“老李，山崎那小子要是在决斗中把你打败了怎么办？你真准备兑现诺言给鬼子让路吗？”

李云龙一脸的不屑喊：“就那小子？不可能！”

赵刚固执地问：“我问的是万一打败了怎么办？”

李云龙圆滑地说：“万一要打败了，我脑袋肯定也搬家了，我个人可以给他让路了，可你让吗？你们不让路是你们的事，不能说我说话不算数吧？”

赵刚笑了：“真他妈的农民式的狡猾。”

〔 第二章 〕

1941年，中日战争进入相持阶段，中日两国军队在战场上厮杀了四年，大大小小的会战也有几十次了，一时双方谁也没有能力吃掉对方，战线呈现犬牙交错态势。

处于敌后的华北地区，形势却异常严峻起来。虽然日军只占领了铁路沿线的城镇，在战略上似乎占了上风，但中国军队的有生力量并没有被摧毁，仅河北、山西两省的大部分区域仍在中国军队控制之内，国民党中央军、阎锡山的晋绥军、八路军各自开辟了自己的根据地。这很使坐镇重庆的蒋委员长感到欣慰，他认为他的以空间换取时间的战略构想在某种程度上得到了验证，蛇口再大也无法吞掉大象嘛。

蒋委员长很快就乐观不起来了。1940年华北八路军百团大战后，蒋委员长突然发现这两年一不留神八路军竟变成了40万之众，仅正规军就动用了105个团。委员长只记得在国民政府军事委员会的部队建制表上，八路军只是个下辖三师六旅几万人的部队。娘希匹，谁给了他们扩充的权力？委员长一不高兴，问题就有些复杂了。

于是中国军队内部摩擦战四起，山西军阀阎锡山的旧军和新军干了起来，陕甘宁边区的八路军和国民党军朱怀冰部在太行山打得难解难分，倒让日军看起了笑话。到了1941年，中国军队内部的摩擦战趋于平静，又轮到日军的日子不好过了。作为日军战略后方的华北地区似乎乱了套，早已脱离了正面战场的八路军再也不打算组织一两场正规战役，而是化整为零消失在广袤的平原和连绵的崇山峻岭之中，崇尚主力决战的日本陆军失去了对手，又时时处在对手的包围之中，一向被正规军所看不起的游击战之威力渐渐显露出来。日军华北派遣军经不起长期战争的消耗，倾其兵力开始了五·一大扫荡。

李云龙的独立团也以连为建制分散行动了。这段时间他心里不大痛快，因为没什么像样的仗可打，不是东边拔了个炮楼，就是西边扒几截铁轨，这哪像主力部队？和游击队没什么两样。

李云龙好酒，论起酒量，连他自己也闹不明白到底有多大，反正是和心情有关。心情不好时，二三两便醉；心情好时，喝一斤后照样能把鬼头刀耍出一片花来。

政委赵刚原先滴酒不沾，后来架不住李云龙的纠缠，也被拉下水。李云龙的话说得太绝："不喝酒的人靠不住。"还有，知识分子要和工农群众相结合，拿什么结合？他李云龙实在想不出除了酒还能有些什么。赵刚琢磨对他这些歪理与其争论不如一块儿喝算了，又不是什么原则问题。一来二去，赵刚竟练出了些酒量。

李云龙还是老毛病，心情不好总要找出个发泄的对象。团部的参谋、勤杂人员都知道他有这毛病，一见苗头不对就远远躲开了。唯有赵刚不识相，老在李云龙眼前晃悠。因此，每次都是团长首先发难，政委的嘴也不饶人，一来二去就吵了起来，吵上几句，又觉得影响不太好，于是两人一齐把身边不相干的人都轰出门去，门一关就开骂，相互骂个狗血淋头。骂完了气也出了，李云龙又拿出酒劝赵刚一起喝。两人酒至三巡竟忘了刚才都骂了些什么，喝得动了感情，又面红耳赤、眼泪汪汪地称兄道弟、勾肩搭背，亲热得像一个娘生的。

赵刚总恨恨地对李云龙说："本来我嘴巴挺干净，自从和你做了搭档，现在也学得满嘴脏话，一张口就骂娘，想想自己都不好意思，这叫他娘的什么与工农相结合？好的一点儿没学着，骂人喝酒倒学会了。"

李云龙乐呵呵地说："这就对啦，不会骂人能当好兵吗？心里不痛快了，一股火总憋在那儿，怎么办？一句话：去他娘的……气就出去啦。你们文化人怎么说来着？"

赵刚说："回肠荡气。"

"对，就这意思。你要有啥事下不了决心，磨蹭半天左右为难，怎么办？一句日他娘的，就这么办吧。决心就下了。用你们文人酸溜溜的话能指挥部队吗？你命令一营把山头拿下来，说：'一营长，请你组织部队进攻那个山头，攻不下来我要处分你的。'这种软绵绵的话会影响部队战斗力的。你要这么说：'一营，把那个山头给老子拿下来，奶奶的，拿不下来我剁了你狗日的。'听听，这多提气。部队一听这话，马上嗷嗷叫。老弟，老哥好歹比你多吃两年咸盐，听我的没错，想指挥部队，就得学会骂人。"

近来，赵刚心里有些犯愁，以前大部队行动，上面有师长、旅长管着，李云龙还不敢太出圈。现在好了，仅129师的部队就分兵多处，河北、山西、陕西到处都有部队，都打出了各自的地盘，处于独立状态，李云龙可是上面没有人管了，天高皇帝远，想怎么干就怎么干，谁也不尿了。赵刚想，这个桀骜不驯的家伙早晚要惹出点儿大事来。

一连的二排长魏大勇是1938年入伍的老兵，河南登封人，在少林寺当过和尚，练得一身好武艺，性格好勇斗狠。因屡次在寺外大打出手而违犯寺规，被住持和尚撵出山门。他的一个哥哥在国民党军队伍里当连长，他实在无处去便打算找哥哥去当兵，好歹混个前程。结果碰上李云龙的独立团，1938年的八路军还都戴着青天白日帽徽，魏大勇认为这是正规“国军”便留下了。

1939年独立团在冀北清风店伏击了日军尾田中队，双方拼开了刺刀。魏大勇被五个鬼子围在中间，他的战友们见他处境危险便拼命向他靠拢，魏大勇竟面不改色大吼道：“谁也别帮我，和我抢功是怎么的？”战友们目睹了一场高水平的刺杀表演。高手拼刺真是精彩之极，几乎没有多余的动作，刀刀见血。一个鬼子向他的右肋突刺，他既不躲闪，也不格挡，身形稳如泰山，刺刀将要刺入右肋时，他的右肋竟缩进一块，刺刀擦肉而过，而那个鬼子竟被他以逸待劳的刺刀捅了个对穿。他的下一个动作更绝，飞起一脚顺势拔出刺刀，被刺穿的鬼子飞出一丈开外，而身后一个鬼子竟被他的枪托把脑袋击得粉碎，拔刺刀和击碎对手的脑袋只用了一个动作。而两分钟之内，五个受过严格刺杀训练的鬼子便倒在他的刺刀下。战斗结束后，魏大勇被破格提升为排长，那年他刚满18岁。自此魏和尚的大名便誉满独立团。

部队分兵后，李云龙对和尚说：“别当你那个排长了，给老子当警卫员吧。”

一下子被连降三级的和尚居然一点儿意见也没有，很痛快地说：“中，团长看得起俺，给俺脸，俺不能不兜着。”

这两个胆大包天的家伙凑在一起，很使赵刚心惊肉跳，不知他们会惹出什么事来。

10月的一天，处于晋北的河源县城中心大街的祥和茶馆二楼雅座里坐着两个客人，背靠窗户、面对楼梯的那位茶客正以很优雅的姿态用碗盖拨着盖碗里的茶沫儿，另一个年轻些的茶客眼睛似乎正漫不经心地看着街景。

楼下大街上列队走过的日本宪兵们不会想到，茶楼上坐着的是国民党军第二战区晋绥部队358团上校团长楚云飞和他的警卫连长孙铭上尉。

楚云飞上校毕业于黄埔军校五期，是二战区司令长官阎锡山将军手下少数几个出身黄埔的晋军军官，深得阎长官的器重。此人胆略过人，枪法精准，是个典型的职业军人。楚云飞的部队在恒山地区占着一块不小的地盘，和李云龙的游击区相邻。时间一长，楚李二人在晋西北都混出些名气来。中国的老百姓自古崇尚英雄侠客，于是一些民间口头文学便把他们俩说成是会飞檐走壁、双手使枪、百步穿杨的侠客，使日本人悬赏这二人脑袋的价码涨到五万大洋。

楚云飞和李云龙从前曾打过交道，忻口战役时，两人曾配合作战，但相交不深。楚云飞上校和蒋委员长的观点一样，对八路军有些成见，认为八路军不服从国民政府军事委员会的命令，擅自脱离正面战场，以挺进敌后进行游击战为名保存实力。关于李云龙的传说，他听过不少，总觉得有杜撰的色彩，一个没进过军校的泥腿子，就算身经百战，也不过是一介武夫耳，他不相信李云龙在战术上有什么过人之处。

前些日子，楚云飞给李云龙带信，说要见面聊聊。约会地点选择得极有挑战性。河源县离大同只有几十公里，是日军重兵防守的县城，在中心大街的茶馆里见面，这对双方的勇气都是极大的考验。

听得楼梯脚步响，李云龙带和尚上楼了。两人穿得很讲究，一色的杭纺绸长衫，头戴礼帽，脚下是千层底、礼服呢面布鞋，雪白的线袜子，腰间鼓鼓囊囊，一点也不加掩饰，明眼人一看便知，那是20响驳壳枪。楚云飞暗想，此人确实胆识过人，敢打扮成日伪便衣队的模样，腰里明目张胆插着枪大摇大摆地闯进日本人的老窝里来赴约，胆小点的人想想都打哆嗦。

楚云飞双手抱拳："云龙兄，别来无恙乎？"

李云龙抱拳还礼："楚老板，恭喜发财呀！"

楚云飞说："以茶代酒，云龙兄先干了这杯……"

李云龙一笑："承蒙楚老板厚爱，兄弟我却不敢从命，这刚沏上的茶能把兄弟的喉咙烫熟了。"

楚云飞话里有话："忻口一战，鄙人与云龙兄合作得不错，但不知何故，战后云龙兄便销声匿迹。鄙人孤陋寡闻，云龙兄是否已调离第二战区的战斗序列？以云龙兄之胆识，总不会擅自脱离战场吧？”

李云龙打着哈哈：“楚老板别拿兄弟开心啦，俗话说，人比人该死，货比货该扔。楚老板是委员长的学生，阎长官的高足，哪边的光都沾着。一个团五千多号人，损失多少补充多少，枪弹粮饷足足的。有人说中央军是大妈养的，晋绥军是小妈养的，八路军是后妈养的。楚老板是大妈小妈都宠着，兄弟我可比不了，起初后妈还给口饭吃，虽说枪弹粮的少点儿，但好歹还有，后妈虽说不亲，但也算有妈的名分，后来连后妈都不认咱了，咱成了没娘的孩子，也只好出门要饭啦。楚老板有面子，抽空跟咱妈说说，别管亲的后的，都是妈的孩子，你们吃肉咱不眼馋，可兄弟我喝口汤行不行？”

楚云飞一时语塞，心想这倒是事实，委员长是在供给方面卡八路军的脖子。

“云龙兄，国难当头，你我都是军人，理当为国家效命疆场，楚某不愿介入党派之争，只愿民族之独立自由，只要云龙兄打鬼子，便是楚某的朋友。上面的事我管不了，但云龙兄如有困难，只管开口，枪弹粮饷由我解决。”楚云飞真诚地说。

李云龙也不打哈哈了，他双手抱拳说：“楚兄美意，兄弟心领了，八路军不靠政府接济也能生存，求天求地不如求自己，没有枪弹粮饷我从鬼子手里抢，鬼子有什么我就有什么。”

楚云飞竖起大拇指：“大丈夫顶天立地，楚某佩服。云龙兄，听说‘聚仙楼’的厨子手艺不错，楚某略备水酒，老兄务必赏光。”

李云龙笑道：“楚兄是借花献佛了，我听说今天是日本宪兵队长平田一郎过生日，把‘聚仙楼’包了，莫非楚兄请客舍不得掏钱？”

“日本人的饭不吃白不吃，云龙兄的情报很准嘛。”

“彼此，彼此，恭敬不如从命，到嘴边的肉能不吃吗？”李云龙站了起来。

日本宪兵队长平田一郎是个比较好客的人，为了今天的生日，他提前两天包下了“聚仙楼”，城里有头有脸的名流、日本军官、皇协军军官都收到了请帖。

饭馆的大门口放着一张桌子，宾客既然来祝寿就没有空手来的，礼品已堆满了一桌子，一个管事的把送礼人的姓名用毛笔写在一张红纸上。

楚云飞和孙铭也买了些礼品，按规矩留下姓名，两人不显山不露水地找了个靠墙角的桌子坐下，同桌的伪军军官们之间也有不认识的，见他们坐下便都点点头算是打了招呼。

李云龙本来也想买些礼品糊弄一下，可他突然发现自己除了几张边区票外一分钱也没有。他和和尚一商量，两人都说，去他娘的，老子吃他的饭是给他狗日的脸呢，带什么礼物？两人进了大门，管事的迎过来准备接礼品，见两人空着手就有些不高兴，心说这两个人怎么这么不要脸，白吃白喝来了，见他俩长衫礼帽，腰里揣着盒子炮，便认定他们是便衣队的，准备一会儿向平田一郎告状。

桌子上摆满了冷荤类的下酒菜，热菜还没上来。平田一郎站起来要寒暄几句，他一点儿中文也不会说，只能通过翻译官译成中文，大致的意思是欢迎光临、中日亲善之类的客套话，大家都伸长脖子听着，等着他说完再吃饭。但平田一郎很快就不说话了，他的眼睛死死盯住坐在墙角那张桌子上的两个人：这两个人怎么已经狼吞虎咽地吃上了？而且吃相极难看，嘴巴还发出咂咂的声音。一点儿教养也没有。

李云龙平时就喜欢吃油炸花生米，他正用筷子夹起花生米飞快地一粒一粒送到嘴里，正巧和尚也喜欢吃这东西，也把筷子伸过来，李云龙非常自私地把盘子挪到自己跟前，以便吃得方便些。和尚一见花生米快没了，便有些不高兴，他一伸手又把盘子抢回来干脆端着盘子往嘴里倒，李云龙抢得慢了些，花生米全进了和尚的肚子。李云龙忍不住教训他几句：“你看看你这吃相，这是宴会，大家都是体面人，你也不怕丢人？”

和尚心里不服气，还嘴道：“你那吃相比俺也强不到哪儿去。”说着又掰下一只烧鸡的大腿啃起来。

李云龙生怕和尚再把那只大腿也吃了，忙站起身来把另外一条大腿掰下来，嘴里嘟囔着：“操！你狗日的怎么只管自己？”

和尚吃东西的速度极快，一只鸡腿扔进嘴里眨眼间就变成骨头吐了出来。他嘴里一边飞快地咀嚼着，一边旁若无人地走到邻近的桌子前，一伸手扯下两只鸡大腿，又顺手端起一盘油炸花生米扭头要走。这时，屋子里变得静悄悄的，所有的日本军官和伪军军官都感到莫名其妙，这么嘴馋和缺教养的人还真挺少见的。一个年轻的日军少尉有些火了，他怒视着和尚，从牙缝里恶狠狠地挤出一句话："八嘎！"

和尚虽然不懂日语，可再不懂也知道这是句骂人的话。他本是个农村孩子，没受过什么礼貌教育，从小好勇斗狠，打架只能占便宜不能吃亏，平时无风还想兴起三尺浪来，何况有人骂他，于是和尚张嘴就回骂："操你妈，你狗日的骂谁？"

在场的日本军人中没有懂汉语的，对和尚粗野的回骂茫然不知，在场的伪军军官们都被惊得目瞪口呆，一时反应不过来。

李云龙一脸坏笑地说："小魏，骂人就不对了，你看，多难听呀，张嘴就日爹操娘的，他骂人是不对，缺管教，那你也不能跟他学呀。"

这时，坐在靠墙角桌子前的楚云飞和孙铭忍俊不禁，忍不住大笑起来，两人笑得前仰后合。其实，他俩的驳壳枪的机头早已张开了。

平田一郎再也忍不住了，他走到李云龙的桌前，对翻译官嘀咕一阵，翻译官说："太君问你们是哪个部分的？叫什么名字？谁请你们来的？"

李云龙已经吃完了，正掀起一角桌布擦嘴呢。他若无其事地说："哦，你小子就是平田一郎吧？你那五万大洋在哪里？老子是八路军的李云龙，那边坐着的是晋绥军358团团长楚云飞，我们两颗脑袋该值十万大洋吧？"

楚云飞一脚踢翻了桌子，和孙铭两人拔出枪在手，喊道："楚云飞在此，谁也别动，平田一郎，我那五万大洋在哪里？"

平田一郎虽听不懂汉语，也知来者不善，他右手一动，已抓住腰间的手枪柄，其反应惊人地迅速。只听"砰"的一声闷响，和尚一掌击中平田一郎的胸部，平田一郎平着飞了出去。和尚的铁砂掌顷刻间要了平田一郎的命，他的胸骨及肋骨被击得粉碎，口中的鲜血竟喷起一尺多高。

李云龙微笑着对楚云飞说："楚兄，你要俘虏吗？兄弟我送个人情，这一屋子鬼子汉奸交给你去请功如何？"

楚云飞回答道："谢啦，云龙兄，这人情我可受不起，楚某要这些乌龟王八蛋有什么用？"话音没落，他手中的驳壳枪就连连响起，站在屋子另一角的李云龙和和尚也开火了，四支驳壳枪组成的交叉火力像一把铁扫帚将所有的鬼子汉奸都扫倒了。

日本人这次吃亏吃大了，守备县城的日军和伪军几乎所有的军官都在这次袭击中丧生，没有军官的军队是一盘散沙，城门口的伪军听见城里枪响，但不知发生了什么事。李云龙、楚云飞等四人没费什么事就打倒了伪军顺利出了城。

分手时，楚云飞掏出一支精巧的勃朗宁手枪送给李云龙："云龙兄，留个纪念吧，咱们后会有期。"

李云龙收起手枪说："你我兄弟一场，但愿将来别在战场上相见。"

楚云飞说："各为其主，真到那时也没办法，多保重……"

李云龙带着和尚去县城赴约，临走时没跟任何人打招呼。团长失踪了一天，赵刚心里又急又怒，心说和这个愣头青团长做搭档算是倒了八辈子霉，没有哪天不提心吊胆的。

李云龙到天黑才回来，他今天心情不错，吃饱喝足了不说，还打了个痛快，用驳壳枪给鬼子汉奸来了个点名，天下没有比这更痛快的事了。他一进门就发现赵刚黑着脸不搭理他，知道这次该赵刚发难，憋足了劲要和他吵一架。他不大在乎，心说这狗日的看书看呆了，爱认死理。他心情好时是不和秀才一般见识的。

李云龙没话找话地搭讪道："老赵，怎么还没睡呀？"

赵刚虎着脸说："废话，才几点就睡觉？再说了，团长失踪了，我敢睡吗？"

李云龙说："咦？和尚这小子没和你说？他娘的，这小子越来越不像话，我临出来之前，特意让和尚向你打招呼，这小子准是忘了，一会儿我要狠狠批评他，交代好的事也敢忘，这也太不拿咱政委当回事了……"

赵刚不客气地打断他的话："闲话少说，你到哪里去了？"

李云龙赔着笑说："老在这鬼地方，待得筋骨都软了，我出去活动活动筋骨，一不留神就逛到县城了。咱乡下人没进过城，一进去就分不清东南西北了，咱又没手表，也不知道时间，这不，才回来。这可不能怨我，要批评只能批评你，谁让你这么小气，不把手表借我戴戴?”李云龙倒打一耙，他早就惦记上赵刚那块罗马表了，几次开口说要借来戴戴，赵刚说，去去去，等你相对象时再给你。对此，李云龙一直耿耿于怀。

赵刚给气乐了:“你这人真无赖，我还没说你，你就倒打一耙。算啦，我也不说你了，俗话说，话说三遍淡如水。同样的话我说了可不止三遍了，自己都觉得贫了，我再说最后一遍，团长同志，你应该随时和你的部队在一起，而不应该单独行动，这叫无组织无纪律……”

李云龙掏出那只缺了两只大腿的烧鸡。他在开枪射击时，也没忘了顺手把烧鸡揣进怀里。此时，他急忙要用烧鸡堵住赵刚的嘴:“别说啦，下面的话我都能背下来了，老弟，你看老哥多想着你，弄只烧鸡还给你留一半儿呢。”

赵刚余怒未消，用手一拨拉:“少来这套，想拿这玩意儿堵我的嘴?话我还是要说……”

李云龙有些烦了:“知道啦，以后我再出去，先他娘的跑几百里地到师部找师长请假去，行了吧?操!好心当成驴肝肺，爱吃不吃，老子还不给了。”他扭头就走。

“站住，把烧鸡放下，老子提心吊胆了一天，你狗日的该给我点儿精神补偿。”赵刚也粗野地骂道。

李云龙眉开眼笑地转回来:“这就对啦，来来来，咱哥儿俩好好喝几杯。”他扭头向屋外大吼道，“和尚，把你揣的酒拿出来，老子看见你偷揣了两瓶汾酒，拿出来!还想吃独食是咋的?你这花和尚。”

几天以后，内线传来情报:八路军独立团团长李云龙和国民党军358团团长楚云飞联手大闹县城，日军守备中队、宪兵队、皇协军大队、便衣队等小队长以上之军官，全部被击毙，无一幸免。日本华北地区派遣军司令官多田骏深感震惊，同时公布新的悬赏金额，李云龙之项上人头，大洋十万元，楚云飞之项上人头，大洋十万元，提供情报者，大洋五万元。赵刚也被惊得目瞪口呆。

〔 第三章 〕

冬天的田野山峦，显得特别空旷。西北风钻进了晋西北的群山，在山峰和沟谷间尖厉地呼啸着，似乎把裸露的岩石都冻裂了。户外活动的人每人嘴上都像叼上了烟袋，呼呼地冒白烟。李云龙命令分散在各地的连队进行刺杀训练。这是没有办法的事，部队缺乏御寒的棉衣，不活动活动就会冻死人。有些连队只有一两件棉衣，只有哨兵上岗才能穿。李云龙认为与其让部队冻得乱蹦乱跳，不如练练刺杀，既练出一身汗又提高了战斗素质。

只穿着一件单衣的赵刚冻得病倒了，高烧到39摄氏度。

李云龙一发愁就爱骂街，他骂天骂地骂西北风骂小鬼子，日爹操娘地把老天爷和小鬼子的先人都骂了一遍。

赵刚从昏迷中醒来见李云龙骂街，便抱歉地说："老李，我这一病，担子都放在你身上了，我这身体太不争气，要不怎么说百无一用是文人呢？"

李云龙眼一瞪："你哪儿这么多废话？谁没个头疼脑热的时候？文人怎么没用？小时候我爹就告诉我，这辈子谁都可以不敬，唯有秀才不可不敬，那是文曲星，不是凡人。在我们村，我家不算最穷，好歹还有二亩薄地，年景好时，一家老小吃饱肚子没问题。我爹说，这辈子就算穷死，也要让我读书，全家人省吃俭用供我去私塾先生那读书，可惜只读了三年就赶上灾年，饭都吃不饱还能读得起书？只学了《三字经》《百家姓》，这些日子不是你教我，我李云龙脑子里还不是一盆糨糊？我李云龙上辈子烧了高香，碰见你这么个大知识分子，我还不该当菩萨似的供着？"

赵刚有气无力地骂了一句："你狗日的少给我戴高帽……"

"你看，你看，你这大知识分子咋也学会骂人了，总不是跟我学的吧？"

赵刚睁开眼说："得想点儿办法啦，再这样下去咱们要被困死。棉衣还是小事，挺一挺也就过去了。最严重的是弹药问题，每人不到五发子弹，一场小规模战斗也打不起。”

李云龙摸起赵刚的笔记本要撕纸卷烟。

赵刚抗议道：“你少动我的本子，都快让你扯光了。”

李云龙哼了一声：“小气鬼，一个破本子也当宝贝，老子过些日子还你个新的，还是日本货。”

赵刚眼睛一亮：“我知道你又打鬼子运输队的主意呢，说吧，这仗准备怎么打？”

“先把一营集结起来，以一营为主。再把其他营的战斗骨干补充进一营，编成加强营。据侦察报告，鬼子运输队的押送兵力一般为一个小队，我拿一个加强营干他一个小队，10∶1的兵力，该是没问题了。老赵，你说，这仗怎么打才好。”李云龙在卖关子。

赵刚说：“我知道你在考我。我要是说了可就没你这个团长什么事了，我当了团长，你干得了政委吗？好，只当咱们团现在没有团长，我暂时代理团长组织这场伏击战。第一，咱们的弱点是火力差，缺弹药。论兵力，咱们和日军为10∶1，若论火力，咱们和日军恐怕连1∶20都不止。在这么强的火力下，别说一个加强营，就算独立团全上去也不过是一堆活靶子。打平型关，115师倾全师之兵力，在弹药充足、地形极为有利的情况下，向毫无防备的日军发起突然攻击，以正规野战军对付二流的辎重部队不过是打了个平手，伤亡比例是1∶1。比起平型关之战，咱们没有115师当时的本钱，要是算计不好，这个本可就要赔大了……”

李云龙一拍桌子笑道：“好你个赵刚，看来我这个团长位子坐不长了，你小子是不是早惦记上这位子啦？”

赵刚顺着自己的思路继续说：“其实你在安排部队进行刺杀训练时我就想到了，看看你安排的那些科目，单兵对刺，一对一、一对三对刺，当时我就猜出来，你打算在适当的时机、适当的地形条件下打一场正规的白刃战。日本陆军擅长白刃战，单兵训练中以刺杀训练为重。他们的《步兵操典》中规定得更为机械，进行白刃战之前要退出枪膛内的子弹。据说，他们最反感的是八路军在白刃战中开枪射击，认为这有损于一支正规军队的荣誉。我猜想，你希望能用事实证明，八路军的刺杀技术和勇气丝毫不逊色于日本军人。”

李云龙点点头：“对，是这么想。其实，以中国武术的眼光看，日本步兵那两下子刺杀技术根本上不得台面。论冷兵器，咱中国人是老祖宗。这次刺杀训练中，全团有一百多个战士曾经练过武术，他们把武术中使红缨枪的套路糅进了刺杀训练，不光重视刺刀和枪托的杀伤力，还注意武术中腿法的使用。和尚这小子更有阴招，他设计了一种能安在脚尖上的刀子，脚踢出去，刀刀见血。要在过去，玩儿这种暗器会被武林中人所不齿，现在对付鬼子可没这么多讲究了。一营的二连长张大彪上次找我，说二连不打算练刺杀，练练砍刀成不成。我才想起这小子在宋哲元的29军大刀队当过排长，懂些刀法。我说行，只要你不用子弹就能把日本鬼子宰了，你用老娘们儿的锥子剪子都成。没想到我刚一说成，二连变戏法似的拿出一百多把大砍刀，闹了半天人家早预备好了。”

赵刚接着说：“第二，选择地形是个关键，首先需要一个加强营的兵力能从隐蔽地点迅速展开，在日军没来得及组织火力反击之前，以迅雷不及掩耳的速度冲上去和敌人绞在一起。这种战术的前提是，尽量缩短冲击距离，最好限定在50米内，这样一分钟之内就冲上去了。一旦和敌人绞在一起，他们不想拼刺刀也由不得他了。”

李云龙眉开眼笑地说：“你看，一套完整的作战方案已经出来了嘛。老赵，你做好事做到底，帮我想想伏击地点选在哪里？”

赵刚揶揄道：“得啦，别假谦虚了，这是你的作战方案，我不过是替你说出来罢了。你也别卖关子了，前些日子你带和尚在野狼峪那边转悠，我就知道你想干什么。那地方选得不错，我看就在野狼峪干吧。”

李云龙喊道：“知我者，赵刚也。”

“不过我要提醒你一句，万一情报不准，鬼子不是一个押车小队，而是一个中队或一个大队作战部队，你怎么办？”赵刚问道。

李云龙道：“古代剑客和高手狭路相逢，假定这个对手是天下第一剑客，你明知不敌该怎么办？是转身逃走还是求饶？”

“当然不能退缩，要不你凭什么当剑客？”

“这就对了，明知是个死，也要宝剑出鞘，这叫亮剑，没这个勇气你就别当剑客。倒在对手剑下算不上丢脸，那叫虽败犹荣，要是不敢亮剑你以后就别在江湖上混啦。咱独立团不当孬种，鬼子来一个小队咱亮剑，来一个大队也照样亮剑。”

大地上覆满了白雪，干燥而坚硬，刺骨的寒风仿佛把人的脑子都冻结了，连思维都凝固了。路边几棵孤零零的槐树在严寒的侵袭下，时而可以听到树枝的折裂声，好像它的肢体在树皮下碎裂了，偶尔一截粗大的树枝被寒风吹落到地上，砸在潜伏的战士们的背上。

一个加强营四百多号战士一动不动地趴在公路两侧的土沟里。他们身上盖着事先搞来的枯草，这样，既能御寒又能达到隐蔽的效果。李云龙看见路边的草都在微微颤动，他知道这是身穿单衣的战士们在寒风中被冻得发抖。部队已经进入潜伏位置三个小时了，李云龙自己也冻得两排牙在不停地撞击，用他自己的话说，听见这声跟打机枪似的。他用不连贯的声音对着被冻得脸色发青的赵刚说:“老……老……赵……看你那……那模样……像他娘的……青面兽似……似的……”

病刚好点儿的赵刚知道这下子又该大病一场了。但他坚持要参加战斗，不能让人家看着说知识分子出身的政委是个熊蛋，连冻都扛不住，还当什么政委？他上牙打下牙地还嘴道:“你……你还他妈……妈的说我……你，你，你那模样……比我……我也好不到哪……哪里去，像……像他娘的……挂……挂着霜……霜的冬瓜。”

李云龙还想还嘴，但嘴动了半天却一句话也说不出来，他隔着单衣摸摸肚皮，发觉手感有些不对，肚皮怎么硬邦邦的？好像五脏六腑全冻结在一起了，他自嘲地想: 穿上铠甲啦，鬼子的刺刀也捅不进去。

前面小山上瞭望哨打出暗号，终于来了，不知有多少人，不管他，反正也是一样，破釜沉舟了，鬼子来一个小队要干，来一个联队也得干，总比冻死强。

日军的汽车队出现了，头车的驾驶棚顶上架着两挺歪把子机枪。车厢里满载着荷枪实弹穿着黄色粗呢面皮大衣戴着皮帽的日本士兵，满载士兵的卡车竟有几十辆……日军的卡车开得很慢，先头车似乎在谨慎地作搜索前进。随风传来日军士兵的歌声：

朝霞之下任遥望，
起伏无尽几山河，
吾人精锐军威壮，
盟邦众庶皆康宁，
满载光荣关东军。
……

懂些日语的赵刚脸色微变，轻声道："这是关东军军歌，老李，情况有变，这不是日本驻山西的部队，是刚调进关的关东军。兵力有两个中队，和咱们的兵力对比差不多是一比一，干不干？"

李云龙注视着开近的车队，牙一咬发狠道："狭路相逢勇者胜，干！敌人把胸脯送到咱们的刺刀尖前，咋能把刺刀缩回来？"李云龙一挥手，和尚拉响了预先埋好的地雷。"轰"的一声，第一辆车被炸得粉碎，汽车的碎片、日军士兵破碎的肢体纷纷扬扬从天上落下，几乎全落在潜伏战士身上。

路边的枯草在一瞬间被掀开，一排排雪亮的刺刀出现了。部队潮水般冲上公路，顷刻间，身穿黄色军装的人群和身穿灰色军装的人群便绞作一团。

训练有素的关东军士兵在突如其来的打击前迅速作出反应，他们嗷嗷地号叫着从车上纷纷跳下去，哗哗的拉枪栓声响成一片，黄澄澄的子弹从枪膛里跳出来，迸在地上，训练有素而又墨守成规的日本士兵，百忙中也没有忘了在白刃战前按《步兵操典》退出子弹。就这么一眨眼的停顿，有几十个日军士兵手脚稍微慢了些，被独立团的刺刀捅了个透心凉。

这是场硬碰硬的肉搏战。双方杀红了眼，刺刀相交的铿锵声，枪托击中肉体发出的闷响声，濒死者的惨叫声，杀得性起的吼声响成一片……两架日军的零式战斗机超低空掠过，日军驾驶员发现，下面的公路上密密麻麻的人群绞在一起，灰色和黄色相杂其间。飞行员紧按机枪发射钮的手松开了，飞机一掠而过。

按照战前团党委的决定：团长、政委应坚守指挥位置，绝不允许参加白刃战。这条规定实际上是冲着李云龙去的，李云龙也郑重表了态，坚决遵守团党委的决定。可战斗一打响，他和警卫员都进入了兴奋状态。李云龙三下两下就把单军装脱下来，抄起鬼头刀赤膊冲上去。团长光了膀子，警卫员自然没有穿衣服的道理，和尚也把衣服一甩，拎着红缨枪冲上去。赵刚制止不及，见两人已冲进敌阵，一时也按捺不住，和他的警卫员小张一齐拎着驳壳枪冲上去。

好一场混战，军人的意志、勇气和战斗技巧的完美结合。八路军115师的那位大名鼎鼎的师长，未来的元帅曾得出结论：敢于刺刀见红的部队才是过硬的部队。身穿单薄夏装、顶着刺骨寒风的独立团一营，以破釜沉舟的决死精神面对强敌，在和对手兵力相等的情况下率先发起攻击进行了一场惨烈的白刃战，这在当时的中日战场上也实为罕见。

李云龙的第一个对手是个日本军曹，他不像别的日本兵一样嘴里呀呀地叫个没完，而是一声不吭，端着刺刀以逸待劳，对身旁惨烈的格斗视若无睹，只是用一双阴沉沉的眼睛死死盯着李云龙。两人对视着兜了几个圈子。也许日本军曹在琢磨，为什么对手摆出一个奇怪的姿态。李云龙双手握刀，刀身下垂到左腿前，刀背对着敌人，而刀锋却向着自己，几乎贴近了左腿。日本军曹怎么也想象不出以这种姿势迎敌有什么奥妙，他不耐烦了，“呀”的一声倾其全力向李云龙左肋来个突刺，李云龙身形未动，手中的刀迅速上扬，“咔嚓”一声，沉重的刀背磕开了日本军曹手中的步枪。一个念头在军曹脑子里倏然闪过：坏了，他一个动作完成了两个目的，在扬刀磕开步枪的同时，刀锋已经到位……他来不及多想，李云龙的刀锋从右至左，从上而下斜着抡出了一个180°的杀伤半径。日本军曹的身子飞出两米开外，还怒视着李云龙呢。李云龙咧开嘴乐了，这宋哲元29军的大刀队不愧是玩儿刀的行家，真是越厉害的刀术往往越简单。这招刀术是曾在29军大刀队干过的二连连长张大彪的绝活儿，李云龙也学会了，这招确实厉害。

少林寺出身的魏和尚根本不是当警卫员的料。他早把保卫首长安全的职责抛到爪哇国去了，只顾自己杀得痛快，他的红缨枪经过他的改装，红缨穗足有二尺多长，枪杆是直径两厘米的白蜡杆。这类极具古典风格的兵器在中国传统武术中具有枪和棍的双重功能，在精通中国武术的和尚手里，这种兵器所发挥出的杀伤力是日本兵手中装着刺刀的三八式步枪没法比的。

崇尚冷兵器的日本军人的眼光都很敏锐，和尚一出场就捅穿了两个日本兵，他们马上发现这个对手不一般，顿时上来五个日本兵围住他。五把刺刀走马灯似的不停地突刺，根本不容他缓缓手，他猛地仰面朝天栽倒，日本兵们还没有醒过味来，和尚手中的枪杆呼啸着贴地一个 360° 扫堂棍，五个日本兵惨叫着栽倒。白蜡杆的力道之大，五个日本兵的踝骨全被扫断，圈外的日本兵大惊失色，纷纷围拢过来，和尚一枪刺入一个躺倒的日本兵胸部，身子借力来个撑竿跳，腾空而起，右脚已踢中一个日本兵的喉咙，脚上的暗器划断了日本兵的颈动脉，鲜血随着压力喷起半尺多高，而枪尖借体重把另一个日本兵钉在地上。三个日本兵再不敢轻举妄动，背靠背摆出三角阵以求自保。和尚手中的枪杆一抖，两尺多长的红缨穗如铁拂尘一样扫中面对他的两个日本兵的眼睛。枪尖又一抖，从两个脑袋之间穿过刺入背对着他的日本兵后脑。和尚正要收拾剩下的两个，就听见啪啪两声枪响，两个日本兵应声栽倒，他回头一看，见赵刚正扬着枪口吹气呢。

和尚不满地说："政委，省点儿子弹行不？要拼刺刀就别开枪，你看人家鬼子多懂规矩，子弹都退了，别让鬼子笑话咱八路军不讲规矩呀。"

赵刚啪啪又是两枪打倒两个日本兵，嘴里说："废话，哪儿这么多规矩？只要能消灭敌人就行。"

和尚拎着红缨枪向格斗激烈的地方蹿过去，嘴里低声挖苦道："政委枪法不赖，两三米内弹无虚发……"

赵刚虽然参加过不少次战斗，但这种硬碰硬的白刃战还是第一次碰上，对这种惨烈的搏斗显然缺乏足够的心理准备，眼前这种血淋淋的场面使他感到震惊。在他看来，日军士兵的身高虽普遍矮小，但几乎每个士兵都长得粗壮敦实，肌肉发达，脸上都泛着营养良好的油光，无论是突刺还是格挡，手臂上都带着一种训练有素的爆发力。相比之下，八路军战士显出身材上的单薄，脸上也呈现出营养不良的菜色，两个国家经济实力的悬殊，体现在单兵素质上，很使赵刚感到痛心疾首。但赵刚也同时发现，独立团的战士的确不同于别的部队，他们身上有一种共同的气质，就是出手凶狠果断，有种敢和敌人拼命的劲头，一出刺刀就痛下杀手，很少使用格挡等以求自保的方式，招招都是要和对手同归于尽的意思。赵刚看见搏斗中不断地有战士被敌人的刺刀刺中，有的战士腹部已被刺刀豁开，青紫色的肠子已挂在体外，但仍然发着狠地将刺刀向敌人捅去。一个身中十几刀、浑身血肉模糊的战士，已经站不起来了，他双手握着砍刀卧在地上，只要见到穿翻毛皮鞋的脚就狠命地砍，有两个正在对刺的日本兵都在猝不及防中被他砍断脚腕，一头栽倒。看得赵刚眼眶发热、血脉贲张，他不停地用驳壳枪向敌人点射，20发子弹顷刻间就打光了，若不是有经验的警卫员小张恰到好处地扣响了驳壳枪，一个日军少尉的刺刀很可能就把赵刚捅个透心凉了。小张打空了弹夹，还没来得及换，一个日本兵的刺刀就捅进了他的腹部。这时，赵刚的驳壳枪又扣响了……二连长张大彪也是个闻到血腥味就兴奋的家伙。他是个颇具古典气质的军人，崇尚冷兵器。宋哲元的29军在国民党军战斗序列中，以人手一把大砍刀闻名于世，其前身西北军由于装备较差，不得不注重使用大砍刀进行近身肉搏。部队的训练科目中，刀法训练占有很大的比重。在29军中，由士兵提升为军官的人，必须是刀法上有过人之处的军人。

当年喜峰口一战，身为上士班长的张大彪一把砍刀砍掉四个鬼子的脑袋，被提升为排长。1937年卢沟桥事变，在争夺永定河上的大铁桥时，29军何基丰旅和关东军展开肉搏，张大彪用大砍刀砍倒九个鬼子。后来29军南撤时，张大彪开了小差，他要回家安顿老母亲。谁知他家乡一带的村子都被日军烧了，老母亲也被烧死。张大彪埋葬了母亲，一跺脚便投了八路。从此，他见了日本人眼睛就红。

当地雷把关东军的第一辆卡车炸上天时，一顶被炸飞的日本钢盔从高空落下，正砸在张大彪的脑门上，锋利的钢盔檐把他的脑门砸开一个口子，鲜血顺着脑门流下来，把眼睛都糊住了。他打了多年的仗，连根毫毛都没伤过，从来是见别人流血，这次居然是自己脑门上淌血了，不禁勃然大怒。他用袖子在脸上胡乱揩了几把，拎着砍刀就冲了上去。

坐在汽车驾驶室里的一个日军少佐刚推开车门往下跳，张大彪的刀锋一闪，日军少佐的脑袋飞出了几米远。一个日军士兵刚从车厢里跳下来，脚还没站稳，张大彪一刀下去，他的右手连同三八式步枪的木质枪托被齐斩斩砍断，落进尘埃。日军士兵疼得抱着断臂号叫起来，张大彪又是一刀横着抡出，刀尖轻飘飘地从日军士兵的脖子上划过，准确地将颈动脉划断，鲜血从动脉血管的断处喷出。

李云龙正抡着鬼头刀冲过来，看见这一幕，不禁心疼起那支被砍掉枪托的步枪来，便怒骂道：“大彪，你狗日的真是个败家子，多好的一支枪让你毁了，你是砍人还是砍枪？”

张大彪举着刀扑向另一个鬼子，嘴里抱歉地说：“对不起啦，团长，那狗日的手腕子咋像是豆腐做的？我没使劲儿呀。”

白刃战就像体育竞技中的淘汰赛，不到十分钟时间双方大部分人都倒下了，幸存下来的都是些刺杀高手了。一个身穿黄呢军服，佩戴中尉军衔的日本军官还在作困兽之斗。这个中尉是个中等个子，很壮实，皮肤白皙，长得眉清目秀，很年轻却骁勇异常，一把刺刀使得神出鬼没，几个八路军战士把他围在中间，他竟面无惧色，呀呀地叫着，左突右刺，频频出击，几个战士都被他刺倒。

李云龙大怒，拎着鬼头刀就要往上冲。张大彪扑过来拦住李云龙大吼道：“团长，给我点儿面子，把这狗日的留给我！”他满脸通红，血脉贲张，两眼炯炯放光，这是一种突然遇见势均力敌的对手引起的兴奋。李云龙挥挥手，张大彪感激地看了团长一眼，举刀扑向前去。

赵刚拎着驳壳枪从远处跑过来，见张大彪正和日军中尉对峙，举枪就要打，被李云龙拦住了：“老赵，千万别开枪，咱们今天玩儿的是冷兵器，我李云龙不能让鬼子笑话咱不讲规矩。”

赵刚不屑地说：“和鬼子讲什么规矩？我看你脑子有病，时间紧迫，快开枪打死这个鬼子，赶快打扫战场……”

李云龙固执地说：“不行，白刃战有白刃战的规矩，我李云龙往后还要在这一带混呢，不能让鬼子笑话我的部队没拼刺刀的本事，这有损我的名誉。现在是单打独斗，大彪要不行我再上。我就不信这小子还有三头六臂不成。”

高手相搏，胜负只在毫厘之间，张大彪和日军中尉转眼间已过了五六招，两人身上的军装都被刀锋划得稀烂，鲜血把军装都浸透了。张大彪的左肋和胳膊都被刺刀划开几道口子，不过那日军中尉也没占着便宜，他的肩膀和手臂也在淌血，尤其是脸上被刀锋从左至右划开一道横口子，连鼻子都豁开了。大砍刀和刺刀相撞溅出火星，发出铿铿的金属音。

李云龙两腿叉开，双手拄着鬼头刀在若无其事地观战，嘴里还啧啧评论着：“这小鬼子身手不错，有股子拼命的劲头，还算条汉子。我说大彪，你还行吗？不行就换人，别他娘的占着茅坑不屙屎。”

张大彪把砍刀抡出一片白光，嘴里说着：“团长，你先歇着，不劳你大驾了，我先逗这小子玩儿会儿，总得让人家临死前露几手嘛。”

和尚拎着红缨枪不耐烦地催道：“快点儿，快点儿，你当是哄孩子呢。这狗日的也就这几下子，上盘护得挺严，下盘全露着，大彪你那刀是干吗吃的？咋不攻他的下盘……”

和尚话音没落，张大彪一侧身躲开了对方的突刺，身子扑倒在地，砍刀贴着地皮呈扇面掠过，日军中尉突然惨叫一声，他正呈弓箭步的左脚被锋利的砍刀齐脚腕砍断，顿时失去支撑点，一头栽倒在地上。张大彪闪电般翻腕就是一刀，日军中尉的脑袋和身子便分了家。

白刃战用了十几分钟就结束了。田野里横七竖八地躺满了血淋淋的尸体，像个露天屠宰场。三百多个关东军士兵的尸体和三百多个八路军士兵的尸体都保持着生前搏斗的姿势。

有如时间在一瞬间凝固了，留下这些惨烈的雕塑。

赵刚的警卫员小张被刺中腹部，青紫色的肠子已滑出体外。赵刚抱着濒死的小张连声喊：“小张，再坚持一下，要挺住呀……”他的泪水成串地滚落下来，悲痛得说不出话来。

李云龙脸色凝重地环视着尸体横陈的战场，关东军士兵强悍的战斗力给他留下了深刻的印象。那个脑袋和身子已经分家的日军中尉伏在沟边，李云龙对和尚说：“别的鬼子尸体不用管，让鬼子自己去收尸，这个中尉的衣服不要扒了，好好把他埋了。这狗日的是条汉子，硬是刺倒了我四个战士，娘的，是个刺杀高手，可惜了。”

和尚瞪着眼表示不满：“这天寒地冻的埋自己人还埋不过来，我还管他……”

李云龙也瞪起了眼：“你懂什么？别看你能打两下子，也只是个刚还俗的和尚，还不算是军人。这小子有种，是真正的军人我就尊重，快去。”

是役，独立团一营阵亡358人，仅存三十多人。日军阵亡371人，两个中队全军覆没。日军驻山西第一军司令官筱冢义男得到消息时正和下属下围棋，他先是被震惊得说不出话来，随后又暴怒地抽出军刀将围棋盘砍成碎片。他愤怒的是，穷得像叫花子一样的八路军竟敢率先攻击一流的关东军部队，他发誓有朝一日要亲手用军刀砍下李云龙的脑袋。

八路军总部传令嘉奖。国民党军第二战区司令长官阎锡山除传令嘉奖外，还赏李云龙团大洋两千元。

远在重庆的蒋委员长对何应钦说：“你去查一查，这个李团长是不是黄埔生？喂，军衔该是上校吧？军政部考虑一下，能否提为陆军少将？”

何应钦苦笑着说：“委员长，人家共产党不认军衔。我听说，120师的贺龙把中将服都赏给了他的马夫……”

李云龙派人给楚云飞送去一把日军指挥刀和一副军用望远镜，还捎去一封信：“楚兄，前日县城会面，兄待弟不薄，大碗喝酒大块吃肉不说，临别还赠予爱枪，弟乃穷光蛋一个，摸遍全身，无以回赠，不胜惶惶。有道是，来而不往非礼也，鄙团虽说游而不击，近来也颇有斩获，一点薄礼，实难出手，望兄笑纳。弟云龙顿首。”

楚云飞派人送来子弹五万发，信上写道：“云龙兄，近闻贵团以一营之兵力全歼关东军两个中队，敌官佐至士兵无一漏网，贵团战斗力之强悍已在第二战区传为佳话。昔日田光赞荆轲曰：‘血勇之人，怒而面赤，脉勇之人，怒而面青，骨勇之人，怒而面白，荆轲当属神勇之人，怒而色不变。’依愚弟之见，云龙兄率部以劣势装备率先向强敌发起攻击，并手刃敌数百人，实属神勇之人，愚弟不胜钦佩。”

〔 第四章 〕

1942年的秋天，独立团时聚时散，在晋西北越混越壮。在山西省待久了，李云龙不自觉地学了一些山西土财主做买卖时的抠劲儿，打仗之前先算计一下自己的本钱，有便宜就干，没便宜说破大天也不干，只能占便宜不能吃亏。他召集全团排以上干部开会时是这么说的：“全团干部从我开始，都要端正态度，放下正规军的架子，只当自己是……是什么呢？对，当自己是啸聚山林的山大王。山大王是怎么个活法呢？大碗喝酒大块吃肉，论秤分金银。酒肉和金银是怎么来的？对了，是抢来的，不抢能叫山大王吗？凭什么他鬼子汉奸吃肉喝酒，就得咱们喝西北风？咱们也得吃肉喝酒。鬼子汉奸有的咱们就得有，没有就抢他娘的。今后全团以连排为单位，单独出去，仗怎么打我不管，连排长自己说了算。摸营、伏击、挖陷阱、打闷棍、绑票，反正只要是对着鬼子汉奸，你爱干什么干什么，我可讲清楚啊，谁对老百姓来这个，我可要枪毙他。”

赵刚赶紧补充道：“团长只是打个比方，不是真叫你们去当山大王。其实这就是游击战的通俗讲法，同志们要正确理解团长的意思。”

李云龙不满地瞪了赵刚一眼，接着说：“原则只有一个，只许占便宜不许吃亏。赔本的买卖咱不能干。反正是枪一响，你多少得给老子捞点东西回来，我这个人不择食，什么都要，吃的、穿的、枪炮、弹药，弄多了，我不嫌多，弄少了，我不高兴，没弄着我可就要骂娘了。当然，我也不是啥都要，要是给我弄个日本娘们儿来我可不要……”

连排长们哄堂大笑。赵家峪村妇救会主任秀芹拎着一大捆刚做好的军鞋走进门，听见李云龙的粗话进也不是退也不是，闹了个大红脸。

赵刚打着圆场，说：“散会，散会，都回去准备吧。”

李云龙平时喜欢说粗话，但从不当着女同志面说，今天让秀芹碰上，也有点臊眉搭眼的。

秀芹刚满18岁。山里妹子嫁人早，通常十五六岁就嫁人了。按山里人的眼光，18岁的秀芹已将要进入老姑娘的行列了，要不是赶上兵荒马乱，姑娘岂能18岁还嫁不出去？秀芹长得虽不算漂亮，但毕竟正值青春焕发的年龄，红扑扑的脸蛋上带着几分羞涩，言谈话语、举手投足间都能给那些终日在战场上厮杀的汉子们带来几许女性温馨的气息。

赵刚一本正经地对秀芹说："秀芹同志，我代表全团干部战士向赵家峪妇救会的全体妇女表示感谢，你们做的军鞋真是雪中送炭呀，我们一定要多杀鬼子……"

"行啦，行啦，老赵，你那些套话怎么每次都一样呢？我都能背下啦。下面的话肯定是'绝不辜负乡亲们对我们的期望'，是不是？你们这些知识分子呀，就是太酸了。"李云龙不客气地打断赵刚的话。

赵刚也有些不好意思，他搔搔头说："是呀，是呀，要不怎么说知识分子要和工农群众相结合呢？老李，你真的记得我每次都说一样的话吗？"

"没错，一个字都不差，别说人家地方上的同志，我都听腻了。其实说点大白话不行吗？秀芹大妹子，你们娘们儿做军鞋，我们爷们儿打鬼子，就谁也别和谁客气啦，革命分工不同嘛，你们有啥事，只管和俺们说，能办到的办，不能办到的俺变着法儿也要办。这话说得多近乎，是不是，秀芹大妹子？"

秀芹笑着说："还是团长说话中听，都是一家人，客气什么？团长说啦，有事只管说，能办的办，办不到的变着法儿也要办，是吗？"

李云龙大大咧咧地说："那当然，大丈夫一言既出，驷马难追。"

"好，俺可说了，村里的民兵都发了枪，凭啥不给妇救会发枪？打鬼子人人有份，凭啥俺妇女只能做军鞋？这不是看不起妇女吗？俺知道队伍上枪不多，不能人人都发，可俺好歹是个干部，发俺一支总可以吧？"

李云龙搪塞道："噢，哪能看不起妇女呢？只是怕你不会使，没打着鬼子倒把自己打了。这样吧，下次进城给你弄块花布来，妇女就是妇女，拿枪打仗是男人的事，要枪干啥？"

秀芹不高兴了："团长说话不算话，尽糊弄人，还大丈夫呢！连妇女都不如。"

李云龙挂不住脸了，他拿出楚云飞送的那支勃朗宁手枪，取出弹夹，手指拨了几下，黄澄澄的子弹一颗颗跳出弹夹。他哗啦一声把枪和子弹摊在桌上说：“你把子弹压好，再上膛，这支枪就归你了。”

“说话算话？”秀芹喜形于色。

“当然，咱向来一口唾沫一颗钉。”

秀芹不太熟练地把子弹压入弹夹，再插好弹夹，拉动套管把子弹顶入枪膛。她兴高采烈地掂了掂手枪说：“院里树上那个老鸦窝真讨厌，我去把它打下来。”

吓得李云龙和赵刚都蹦了起来连声道：“行了，行了，这支枪归你了，快关上保险，别走了火……”

秀芹得意地说：“俺哥在120师当营长，他教过俺使枪。”

赵刚幸灾乐祸地笑道：“本来想为难为难人家，这下赔了吧？”

李云龙梗着脖子说：“这算啥？老子说到做到，要不然还算爷们儿吗？秀芹，子弹只有五发，省着点用，这种子弹可没地方补充，打完可就没了，没有子弹的枪等于废铁，到时候你再给我。”

秀芹说：“凭什么再给你？这是我的枪。”

赵刚揭发道：“别听他的，他还有一盒子弹呢。”

李云龙叹了一口气：“凡事就怕出内奸呀。”

秀芹兴高采烈地出了门。

赵刚望着秀芹的背影说：“老李，这丫头最近有点儿不对，怎么总往你这儿跑呢？该不是看上你了吧？”

“扯淡！”李云龙仔细看着地图，根本没往心里去。

晚上，天降大雪，西北风呼啸着，天地混沌成一片。李云龙带着和尚从村口查完哨回来，只见有个人站在院门口，身上的雪已落了厚厚的一层。和尚没看清是谁，便本能地拔出驳壳枪把李云龙挡在身后喝道：“谁？”

“是我。”秀芹走过来看见他们披着日本关东军的皮大衣，便笑道，“俺以为是鬼子进村了呢。”

李云龙问道：“有事吗？”

“有事，俺找团长汇报一下工作。”

李云龙大大咧咧一挥手说："找政委去，妇救会的事可不归我管。"

秀芹不吱声，跟李云龙一起走进屋，一屁股坐在炕沿上。

李云龙诧异地问："这丫头怎么啦？枪也到手了还有啥事？"

和尚有些不耐烦，便没轻没重地说："秀芹妹子，有事明天再说，团长该睡觉了。"

这句话惹恼了秀芹，她猛地站起来冲和尚喊道："团长还没赶我走呢，你就赶上了？我又没找你来，要你多嘴？"

李云龙笑着打圆场："怎么能这样和地方上的同志说话？秀芹同志找我谈话，是公对公的事，你瞎掺和什么？去，到外间睡觉去。秀芹同志，别跟他一般见识，这小子是从庙里还俗出来的，不懂规矩，明天我一定批评他。"

和尚嘟囔着："咋跟吃了枪药似的？冲我来了，这脾气，咋找婆家？"他爬上外间的炕，用被子蒙住脑袋睡觉了。

李云龙长这么大，还没有单独和女人坐在一起谈过话，对女人毫无经验。在军队这个纯男性的世界里根本没什么机会和女性打交道，偶尔碰见模样标致些的女人，他心里也难免想入非非。兴致好时也和男人们说些荤笑话，有一次喝酒时还吹牛，编造了一个俗到家的爱情故事，说在家乡曾经有过一个相好的姑娘，还在打谷场草垛上和相好的亲过嘴儿。别人问："后来呢？"他就不敢往下编了，因为心里没底。没经过的事要是胡编就很容易穿帮，他只是搪塞道："要不是赶上黄麻暴动，老子当了红军，如今那娃也生了一满炕啦。咱那会儿虽说一脑袋高粱花子，可在咱那十里八村好歹也是俊后生，说媒提亲的把门槛都踢破啦。"别人就说："听他吹吧，把梦里的事当成真的了，他以为自己是西门庆呢。"吹牛归吹牛，现在真有个姑娘坐在他眼前，李云龙可就有点儿傻了，一时有些手足无措。他给秀芹倒了一碗开水，又往炕洞里塞了把柴禾，就不知该干点什么了。

秀芹突然抽泣起来，吓了李云龙一跳，他忙不迭地问："你咋啦？有人欺负你啦？"

秀芹抽抽噎噎地说："团长，你是不是看不起俺？"

“这是哪儿的话？从来没有。”

“那俺给你做的军鞋，咋穿在和尚的脚上去了？”

李云龙有些摸不着头脑地问：“哪双是你做的鞋？我不知道呀。”

“鞋底上绣着字‘抗战到底’，鞋垫上面绣着牡丹花的那双，俺特地从一捆鞋里抽出来交到你手上的。”秀芹用袖子擦了把眼泪，跑到外间从和尚的炕下拿来那双鞋，扔到李云龙的炕桌上。

李云龙想起来了，好像是有这么一回事。他当时没在意，把鞋子随手给了和尚，和尚当时就把旧鞋扔了，把新鞋套上黑糊糊的大脚丫子。八路军战士没几个人有袜子，都是光脚穿鞋。加上和尚从来不洗脚，才半天，这双鞋就变得脏乎乎、臭烘烘的了。

李云龙一拍脑袋：“哎呀，我说秀芹，你咋不早说？真对不起。”

秀芹道：“人家纳鞋底把手都磨破了，你可好，随手就给那臭和尚了，他那脏样儿，也配穿这么好的鞋。”

李云龙只是一味地道歉。

秀芹扬起脸，两眼火辣辣地盯着李云龙说：“团长，你看俺这个人咋样？”

李云龙说：“不错，不错，工作积极，政治觉悟高。”

“还有呢？”秀芹期待地说。

“还有……鞋做得也好……”李云龙想不出词来了。

“团长，你咋了？五尺高的爷们儿咋连头都不敢抬？俺山里妹子没文化，搞不懂这么多弯弯绕，只会直来直去，俺跟你明说吧，团长，俺喜欢你。”秀芹的脸上飞起两片红霞。

在秀芹火辣辣的目光下，李云龙乱了阵脚。他脸红得有些发紫，呼呼地喘着粗气，结结巴巴地说：“秀芹，现在正在打仗，还不定哪天，我就……”

秀芹一把捂住他的嘴道：“别说不吉利的话。你是英雄，英雄身边咋能没婆娘呢？要是你看得上俺，俺就给你当婆娘。你累了饿了，俺侍候你，给你做饭洗衣。你受伤了，俺守着你，照顾你，心疼你。要是你真有个三长两短……俺给你披麻戴孝，俺给你守一辈子寡，给你当婆娘，一辈子俺也心甘情愿……”秀芹流着泪扑到李云龙的怀里。

李云龙只觉得轰的一声，浑身上下像着了火，脑袋晕乎乎的像喝多了酒，沉睡多年的激情骤然爆发，他的手下意识地伸向秀芹的衣扣……

外间的和尚咳嗽了一声，似乎从炕上爬下来了，大概没有找到鞋，干脆光着脚蹿出门去。

院里传来哗哗的撒尿声。一股冷风卷着雪花冲进屋里，李云龙打了个冷战，脑子骤然清醒。他为自己刚才的失态感到羞愧：娘的，真是色胆包天，这是什么时候？还顾得上这个？让人笑话。他推开秀芹，正色道：“秀芹同志，天太晚了，你回去吧。”

沉浸在幸福中的秀芹根本没注意李云龙表情的变化，她只是顺从地站起身来帮李云龙铺开被子，深情地望着李云龙叮嘱道：“俺走了，你要盖好被子，别冻着。”

秀芹走了，李云龙长这么大可是头一次失眠。

几天以后，赵刚气哼哼地走进李云龙的屋子，对和尚说：“你出去，我和团长有事说。”

和尚出去后，赵刚瞪起了眼：“好你个色胆包天的李云龙，你说，你对人家秀芹干了什么？不说今天和你没完。”

李云龙一听就明白了，顿时捶胸顿足地叫起屈来：“天地良心，老子什么也没干呀。”

赵刚说：“没干什么？不对吧？你搂人家没有？”

李云龙一下泄了气，小声嘀咕道：“这事倒有，可没干别的呀？”

赵刚说：“这不就得了？头天晚上还搂着人家，第二天就装得没事人似的，连理都不理人家，你就不考虑人家的自尊心？人家秀芹到我这儿告状来了，你要不愿意就别搂人家。秀芹说了，生是你的人，死是你的鬼，你看着办吧，谁让你跟人家姑娘动手动脚？”

“有这么严重？”李云龙慌了，一把拉住赵刚道，“老赵，你可不能见死不救，这回祸可闯大啦。”

赵刚忍住笑，装着考虑一下说：“嗯，要说你也该娶个媳妇了，人家姑娘对你也是一片真心，我看，论条件不比你差，你有什么了不起？又不是什么王公贵族？泥腿子一个。秀芹哪点配不上你？你是猪鼻子上插大葱——装象（相）呢。其实，你表面上装正经，心可像猫挠似的，是不是？”

李云龙苦笑道：“老赵，别拿我开心了。咱全团清一色光棍，我当团长的不能带这个头。”

“现在是打仗，弟兄们生在一起生，死在一起死，有福一起享，有难一起当，要娶老婆全团弟兄们都娶，要不然一起当和尚，我不能搞特殊呀。”

赵刚哭笑不得：“噢，闹了半天就为这个呀，亏你也是当团长的，就这么点儿觉悟？你当你是梁山好汉？就算是梁山好汉也没有一起娶媳妇呀。武松、鲁智深就是光棍。同志之间患难与共是不假，唯独娶媳妇不能患难与共，要不还不乱了套？咱是八路军，不是山大王。组织规定，只要年龄、职务够标准，就可以结婚。谁看着眼馋也没用。我只问你一句话，你喜欢秀芹吗？”

“喜欢。”

“这不就得了？我当证婚人。一会儿我告诉炊事员老王，把上次缴获的罐头拿出来，加点儿白菜熬它一锅，今晚举行婚礼。”

“这……行吗？”李云龙听着像做梦一样。

“废话！”

李云龙和赵刚没有想到，在他们斗嘴时，日本驻山西第一军司令官筱冢义男中将根据内线情报已决定对李云龙独立团的秘密据点赵家峪村进行一次偷袭。为了这次偷袭，筱冢义男中将准备已久了，他亮出了自己最得意的王牌——全部在德国受过训的精锐特工队。小小的赵家峪村，必定要经受一场血光之灾了。

李云龙这次有点儿失算了，日军的这次偷袭计划是在极绝密的情况下制订的，只有筱冢义男本人和几个亲信参谋知道。筱冢义男对李云龙情报网的灵敏度太了解了。作为一个资深的日本将军，他明白，任何一支占领军，无论它的情报系统多么专业也总是处于下风。因为你毕竟是占领军，身处敌方的领土，在这块土地上生活的芸芸众生每一个人都有可能是敌方的情报人员，包括表面上俯首帖耳的伪军部队。绝密级的高低和知道秘密的人数多少成反比。日本特工队从太原出发，和沿途日军据点不发生任何联系，长途奔袭，直扑晋西北这个不起眼的小山村。这次，无论是李云龙的情报网，还是国民党军楚云飞的情报网，都统统失灵了。

日本驻山西第一军的特工队，是一支新组建的特种部队，属日军联队建制，相当于中国军队的团级建制。队长山本一木大佐毕业于帝国陆军大学，他的同学已大部分跻身于陆军名将行列，如赫赫大名的板垣征四郎等。山本一木的军衔是陆大同期毕业生中最低的，原因是山本一木对大兵团作战不感兴趣，他的兴趣在于研究特种作战。这是一门新兴的军事学科，在第一次世界大战中尚不被各国军方所重视，到了20世纪30年代，各军事强国的军事学院里都不约而同地冒出一些对特种作战感兴趣的军人，他们的理论根据是：在承认伟人创造历史的前提下，也绝不忽视小人物创造历史的可能性。比如奥匈帝国皇太子斐迪南在萨拉热窝被一个塞尔维亚小人物干掉，就引发了第一次世界大战，你能说小人物创造不了历史吗？当天平处于均衡状态时，一只蚂蚁的重量都可以导致天平的倾斜，那么在战略的天平上，一支受过特种训练、装备精良、作战素质极高的小部队在关键时刻的突袭，也会使战略的天平发生倾斜。

难怪山本一木大佐无法像他的同学们一样晋升将官，他研究的课题太偏了。但他从来不后悔，第二次世界大战是个广阔的活动舞台，他的美国、英国和德国的同行们已经在欧洲、北非、太平洋战场上大显身手了，大日本皇军的特种作战史岂能是空白呢？特工队员都是从各部队精选出来的，必须通过多种严格的考核，淘汰率极高。在柏林的特种兵学校里，那个一贯看不起东方人的日耳曼教官霍曼上校曾惊讶地发现，这批来自日本列岛的学员具有极丰富的实战经验，这绝不是课堂上能学到的。学员们骄傲地告诉上校，他们都受过高等教育。另外，从1931年的满洲事变起日本军队就没有停止过作战，那时希特勒先生还没把德国的事料理好呢。

山本一木看不起那些老朽的、头脑僵化的负责军械生产的官员。看看他们给日本陆军装备了些什么武器，五发装弹的三八式步枪，每发射一发子弹还要动手拉枪栓退弹壳，轻机枪每个小队才一挺，火力太差了。军械官员们的理论是，日本是个资源贫乏的国家，如装备自动火器将会加大作战成本，以单兵携带的弹药基数150发计算，用于单发射击的步枪也许能支持一天的作战，而用于连发的冲锋枪也许一个小时都顶不下来。如果要给100万陆军装备冲锋枪，那么以现有的资源、生产力、运输能力及后勤保障系统要扩大10倍，这样的高成本战争，不是日本所能承受的。

山本一木则执相反观点，他认为日本资源贫乏是客观事实，要不是因为这个原因，日本就没有必要进行这场战争了。但现在情况不同了，从1931年的满洲事变起，中国东北三省已成为日本的资源供给及军火生产的主要基地，1937年的卢沟桥事变和上海的八一三事变后，中国大部分国土及资源已落入日本之手。1941年太平洋战争爆发后，资源丰富的东南亚国家也被日军占领。如此广大的占领区，如此丰富的资源及廉价劳动力，那些老朽们再说什么资源贫乏就有些居心叵测了，为什么不及时调整军火生产，拿出更好的武器装备部队？须知此时的欧洲战场上，各主要交战国的单兵武器都是以自动火器为主，就别提重武器的火力了，一支军队的强大主要应体现在火力的强大上。山本一木永远也忘不了1939年他亲身参加的在中蒙边界地区爆发的诺门坎战役，那是一场以钢铁、大工业生产和意志、血肉之躯的较量。当时的苏军远东第一集团军司令朱可夫将军集中了4个坦克旅，300架飞机和250门大炮，骄横的日本陆军算是体会到什么叫现代化战争了，天上机群呼啸，地上大炮怒吼，航空炸弹和大口径炮弹把日军阵地炸成一片火海，火力打击的密集度是日本军人前所未见的。在无遮无拦的大戈壁深处，在十几公里的宽正面上，飞扬的尘土席卷大地，上千辆T-34型苏联坦克铺天盖地而来，坦克的履带毫不留情地碾碎了日本士兵的精神和肉体，把日本帝国狂妄的北进野心埋葬在风沙茫茫的蒙古大戈壁。是役，日军阵亡五万余人，苏军伤亡则不到3000人。

诺门坎，一个恶魔般的名字，它像烙印一般给山本一木留下了永远无法抹去的惨痛回忆。

身为现实主义者的山本一木虽自知人微言轻，无法改变日本陆军的装备，但用先进武器装备这支小小的、不足百人的特种部队的权力还是有的。

特工队队员每人装备一支德制希卖司MP38型冲锋枪，一支德制20发装驳壳枪，每个战斗小组10人，装备两挺轻机枪，单兵火力是令人满意的。

对于此次行动，山本一木大佐很不以为然，他认为筱冢义男中将有些意气用事，虽然八路军在整个支那军中属作战力较强的部队，但在他眼里，这支没见过世面的、由农民组成的军队简直不算军队。穿得破破烂烂像叫花子，一到冬天就犯愁，他们的政府连身棉军装都不发，能有一支缴获的三八式步枪就算一流装备了，大部分士兵还使用着19世纪末清廷大臣张之洞创建的汉阳兵工厂的产品汉阳造，这种步枪的准确度极差，卡壳是常事。就算使用如此低劣的武器，弹药还极度缺乏，每个士兵还合不上五发子弹。这样的军队敢和皇军作战，简直开玩笑。最令山本一木愤怒的是，筱冢义男中将竟命令他的精锐特工队，长途奔袭攻击这支叫花子部队的一个小小的团级指挥部，这简直是对山本一木的侮辱。按他的设想，这支特种部队应该去重庆偷袭蒋介石的官邸，把那个光头的委员长抓来，或者乘潜艇秘密在夏威夷登陆，抓麦克阿瑟那个老浑蛋，最次也要干掉美国的太平洋舰队司令官，筱冢君太感情用事了，就算这个李云龙是个神通广大的人物，不过也就是闹过几次县城，伏击个运输队，这样的小人物充其量是个山大王，还值得特种部队长途奔袭？这不是太给他脸了吗？

不满归不满，命令当然还是要执行的。土包子李云龙做梦也没有想到，自己成大人物了，一支武装到牙齿的、训练有素的特种部队长途奔袭而来，竟是为了他，这简直是总统级的待遇。至少也是手握重兵的将军才能享有的殊荣。

〔 第五章 〕

李云龙哪里知道他头上正悬着一把利剑，马上就要劈下来了。他正惦记着娶媳妇呢。

战争期间结婚是没什么手续要办的，有个证婚人就算认可了，两人铺盖合到一起就是夫妻。

早在两年前，独立团的部队就分散行动了，方圆几百里，这儿一个连，那儿一个排，各干各的，只有在极少数情况下，才召集干部到赵家峪开一次会。野狼峪伏击战时集结了一个营兵力，是自独立团分兵后最大的一次集结。

团部所在地赵家峪村只有一个警卫排，还有的就是团部的参谋、勤杂人员。刚驻进村时，赵刚和团部的保卫干事朱子明曾把这个不足百户的小村子的常住人口过了遍筛子，似乎没发现什么可疑的人。可赵刚万没想到，这个保卫干事朱子明就是潜伏在独立团内部的间谍。他当间谍的经过很普通，绝无惊险之处。在1940年的一次反扫荡中，他单独执行任务时被俘，审讯时没抽几鞭子就扛不住了，于是叛变投敌，被日军情报部门发展为情报员。他回到部队时没人察觉，因为他从被俘、叛变、接受任务总共用了十几个小时。其实日军情报部门当时发展他当卧底只是例行公事，根本没重视他，随着李云龙的独立团在晋西北名声越来越响，朱子明的身价也越来越见涨，最后简直成了香饽饽，只不过部队集体行动时多，朱子明很难找到机会送出情报，要不然，十个李云龙也让人砍了脑袋。

婚礼闹哄哄地在团部举行，没什么仪式，炊事员老王用脸盆装了一盆熬菜，白菜萝卜和罐头红烧牛肉炖在一起，香喷喷的惹人流口水。大家很久没见油腥了，都馋得要命，都觉得赵刚的开场白是废话，娶媳妇嘛，不过是一男一女能合法地睡在一个炕上，用一顿饭堵住大伙的嘴，省得有些人心里不平衡说三道四，说这么多废话干什么?

赵刚说了几句，也觉得是废话，便端起酒盅说："大家都端起来，第一杯酒敬给新婚夫妇，祝他们幸福美满，白头到老，干了。"

大家一饮而尽。

赵刚突然生出感慨："老李呀，你该知足了，人家秀芹姑娘不嫌咱八路军穷，嫁给你这穷光蛋，你上辈子算是烧了高香。你有什么? 要钱没钱，要长相也不怎么样，除了脑袋大点，简直就没什么特色。"

大家哄笑起来，秀芹羞涩地低头不语，李云龙大大咧咧地说："就是因为咱这脑袋大，她才看上咱，是不是？秀芹。再说啦，她不嫁我嫁谁？想嫁地主老财也没机会呀。”

秀芹在哄笑中狠狠捶了李云龙一拳。

赵刚说：“这第二杯酒，我要代表全团向秀芹同志道歉，今天是你大喜的日子，可我们全团连件像样的衣服都拿不出来。哪个新娘子没件花衣服？今天我翻遍了所有人的随身物品，心说谁有块像样的包袱皮也好。真可惜，我什么也没找到。真委屈你了，独立团先欠着你的情，等打败了鬼子，我们用彩绸扎起八抬大轿再给你补一次。”

大家都沉默了，秀芹含着眼泪感动地说：“政委，看你说的，俺从小没爹没娘，卖给人当童养媳，就是做梦也没想到有今天。全团同志都是俺的亲人，俺生是独立团的人，死是独立团的鬼，俺还有啥不知足的？”

赵刚接着说：“第三杯酒，还是敬给秀芹嫂子，我代表全团向嫂子提点希望，咱独立团要壮大，缺人呀，要是秀芹嫂子能给老李生十个八个儿子，咱独立团就能多编出一个班来。当然，这不是一个人的事，还得看老李有没有这个本事。”

李云龙在哄笑中站起来向大家拱拱手：“这应该没问题，请大家看行动。”平时泼辣的秀芹此时羞得差点儿钻了桌子。

赵刚吩咐道：“老王，把贴饼子拿来，大家吃饭。”

李云龙不满地问：“老赵，怎么就这三杯酒就完啦？咱们不是还有酒吗？干吗这么抠抠唆唆的？败老子的兴。老王，拿酒来。”

赵刚斩钉截铁地说：“不行，只三杯，这已经是破例了。咱们有分工，军事上的事你说了算，生活上的事我说了算。”

李云龙很扫兴，赌气吃了一个饼子就不吃了。几个参谋不识相，嚷嚷着要闹洞房，李云龙没好气地一瞪眼：“闹个屁，都给老子滚！”

大家没趣地散去。赵刚根本不为所动，只说了句：“老李，你少给我甩脸子，有能耐你今晚就在这儿坐一宿，别入洞房。”

李云龙发狠道：“老子这辈子算是倒了大霉，碰上你这么个政委，连喝酒都管着，操，别以为老子见了媳妇就上炕，老子今晚就坐他一宿，有什么呀？”

赵刚说："上炕不上炕是你的事，我管不着，你要赌气还不如扛支步枪去村口站岗，跟谁赌气呀？"

赵刚哪里知道，就这么几句口角，硬是救了李云龙一命。此时，山本一木的特工队已经接近了村子。

当初李云龙和赵刚选中赵家峪作为据点时，就是看中了这个小山村的地形。这村子傍山而立，村后有上山的小道，一条路从前村口贯穿到村后，这是唯一的一条路，若想到村后，只能从前村口进，穿过整个村子，除非对方是猴子，能攀绝壁才能绕到村后。问题就出在这里，山本一木的特工队通过朱子明的情报，对这里的地形了如指掌，要想抓住李云龙必须要断其后路，哪能让他从村后溜进山呢？特工队员们都受过攀登训练，再加上专用工具，悬崖峭壁根本难不住他们。也是精通特种作战的山本一木聪明得过了头，他早已得知，李云龙的团部就在后村口，他的住房是里外套间，有个身手敏捷的警卫员住在外间，李云龙住在里间。山本大佐根据这个情报制订出偷袭方案，他把大部分兵力用于攀崖绕到村后，想尽量做到不发一枪就能把李云龙堵在被窝里。前村口只留了十几个人，他认为八路军从前村口突围的可能性不大，就算八路军从前村口突围，他久经沙场的特种兵一个能顶十个八路。他认为，李云龙这样的对手连半点本钱也没有，配和他对阵吗？此时的李云龙丝毫没察觉已迫近的危险，和赵刚赌气是常有的事，哪能真的坐一宿？他抽了几袋烟，也消了气，秀芹体贴地给他打来热水烫脚，他泡了一会儿脚，和秀芹扯了一会儿家常话，这就耽误了一个小时，无意中使山本一木大佐的计划出现了一个小小的漏洞。山本一木预计23点开始行动，因为按往常情况，李云龙早睡下了。谁知李云龙和赵刚闹别扭耽误了时间，他洗完脚又想起还没查哨呢，往常睡前都要到各哨位看看，今天更不能例外。要不然非招大伙笑话不行，团长娶了老婆就急着和媳妇上炕睡觉，连查哨都免了，传出去可有点儿丢面子。

他向睡在外间的和尚喊了一声："和尚，起来跟我查哨去。"

睡得迷迷糊糊的和尚爬起来嘟囔着："今天还查哨？"

李云龙挂上驳壳枪说："快点儿穿衣服，你哪儿这么多说的？"

秀芹给李云龙披上大衣，深情地看了他一眼，叮嘱道：“别冻着，俺等你回来。”

李云龙应了一声，带着和尚走出院子。他哪知道这竟是和妻子的最后诀别。

22点50分，山本一木的特工队员已攀崖绕到村后，封住了进山的退路。前村口的特工队员手中的冲锋枪保险已打开，全部进入了攻击位置。他们都在看手腕上的夜光表，只等23点整行动。

按照习惯，李云龙查哨前要先就近查铺。这支军队从红军时期就有这么个习惯，干部夜里查铺已成定规。赵家峪是个穷村子，村里连个能称为富农的家庭都没有，所以也没有像样点儿的房子，警卫排及团部人员都分住在农民家里。

22点55分，李云龙与和尚发现了团部保卫干事朱子明的铺位是空的。两人对视了一眼，不约而同地拔出驳壳枪，顺势在大腿上蹭开了枪机头。

一个不祥的念头在李云龙脑子里忽然闪过，朱子明绝不像去蹲茅房，茅房就在院里。保卫干事没有查哨的责任，深更半夜他去干什么？何况他是披挂整齐出去的，因为他的驳壳枪也不在了。李云龙轻声喊了一声：“有情况，通知所有人紧急集合。”说完人已蹿出了屋子。和尚推醒了别人传达了命令，也跟着蹿出屋子，追着李云龙向前村口跑去……

22点59分，前村口的日军特工队员接近了独立团的岗哨，担任尖兵的一个特工队员拔出芬兰刀。

此时，奔跑中的李云龙还没打算鸣枪报警，他要搞清楚是怎么回事。可能是虚惊一场呢？不过警卫排及团部人员已经都被叫醒，正在穿衣服。

23点整，站在前村口的哨兵在毫无察觉的情况下，突然觉得眼前闪过一道白光，他还没来得及喊出声，就颓然倒下。偷袭的特工队员的确是个高手，他掷出的飞刀极准确地插进了哨兵的脖子，被割断的颈动脉喷出的鲜血染红了雪地。一招得手便不让人，特工队员们一跃而起冲进村口。

就在李云龙与和尚快要接近村口时，啪的一声枪响划破夜空，冲在最前的特工队员一头栽倒，他的眉心出现一个小小的黑洞。这个擅长使飞刀的日军士兵在生命将要逝去的一瞬间还在惊讶地想，是哪个环节出了问题？这一枪是离村口哨位约30米的潜伏哨发出的。如此布哨是独立团的特色，李云龙和赵刚在布哨方面观点是一致的，明哨易受攻击是显而易见的。把一支部队的安全寄托在一个哨兵身上是愚蠢的。在严酷的战争环境中，任何疏忽都会带来灭顶之灾。潜伏哨是不定期派出的，据情况而定，哨位也是经常变换的，因为任何一件事，一旦形成规章制度就会变得僵死了。今晚的潜伏哨是赵刚安排的，训练有素的日军特工队出师不利，竟栽在潜伏哨上。

要是潜伏哨兵手里有支可以连发射击的冲锋枪，那特工队非吃大亏不可，村口的道路狭窄，特工队员无法展开战斗队形，都拥挤在一起，中弹的士兵离潜伏哨位只有几米远，如此的距离开火是不需要神枪手的，又是突然从暗处向明处开火，本来是可以占上风的。关键是哨兵手中的武器太差。他的汉阳造步枪需要时间退弹壳重新上膛，这短短的七八秒钟耽误使他送了命，特工队员手中的冲锋枪一个短点射就将他打倒了。

李云龙和和尚已经发现这伙敌人，他俩正守在路两侧等着呢。有实战经验的老兵打起仗来从不咋咋呼呼，像吝啬的商人一样仔细算计着双方本钱之间的悬殊，怎样才能用自己有限的本钱去换最大的利益。他们见自己的哨兵被打倒后，绝不会勃然大怒地扑过去替战友报仇，而是连眉毛都没动一下。哨兵已完成了自己的职责，下面该轮到他们尽职责了。打仗嘛，要是死几个人就大哭大喊地要报仇，这仗就没法打了，只有初出茅庐的新兵蛋子才这么干。

李云龙伏在一个磨盘后面，几只压满子弹的弹夹整齐地排列在身前，身体像雕塑一样保持着静态一动不动。路对面不远处一堵矮墙后，和尚手持两支上了膛的驳壳枪，静静地看着运动中的特工队员……其实，刚才枪一响，李云龙就发现这伙鬼子有点邪乎，他们的姿势很怪，一手端着冲锋枪平指前方，另一只手握着驳壳枪，枪口冲天，身上插满了弹夹，腰带上挂着带鞘的匕首，头上的钢盔在月光下竟没有一点反光。他娘的，怪了，仗也打了五六年了，倒在自己枪口下的鬼子少说也有上百了，还没见过不使三八大盖的鬼子步兵，真他娘的邪门啦。

20世纪40年代的“二战”期间，特种作战的理论在各军事强国也是刚刚成熟并付诸实战，身为土包子的李云龙怎么会知道什么叫特种部队呢？别说李云龙，连大学生出身的赵刚也不知道什么叫特种部队。他正带着警卫排向前村口运动，和李云龙一样，他一点儿也不惊慌，鬼子从前村口来这没什么可怕的，在村口顶住就是了，大不了从后村口撤到山里就是了，进了山鬼子就是来一个联队也没用。可他不知道，此时此刻后路已被切断了。

李云龙等鬼子尖兵离他只有几米远时，手中的驳壳枪突然打出一个长点射，最前边的两个鬼子应声倒下。余下的鬼子不愧是特种兵，反应极为敏捷，枪响的同时身子已经侧滚出去，在滚动中用冲锋枪连连打出短点射，把李云龙身前的石磨盘打得碎石飞溅。一发子弹贴着李云龙的脖子划过去，把他的脖子划出一道血槽，鲜血热乎乎地顺着脖子流进衣领里，惊得李云龙冷汗顺着脑门流下来。这伙鬼子身手不凡呀！没容他多想，嗵！嗵！鬼子的掷弹筒响了，两发炮弹拖着怪叫一前一后落在碾盘上。轰！轰！炸得碎石纷纷落下，李云龙啐了一口唾沫儿，暗暗惊叹，打得真准，两具掷弹筒首发命中，炮弹都落在一个点上。要不是磨盘挡住炮弹，有可能直接命中李云龙的背上。操，今天算碰上硬茬啦。李云龙一个侧滚翻了出去，再不变换位置，第二批炮弹落下可就没这么幸运了。和尚这小子是好样的，这边打得这么热闹，他愣是沉住气一枪也不发。他在等机会呢。

李云龙离开碾盘后，马上被几支冲锋枪的扫射压在地上，动弹不得，而且弹着点越来越近，离他的脑袋只有几十厘米。两个鬼子在火力掩护下一跃而起……和尚那边终于得手了，一个长点射，两个鬼子的后背被打得稀烂，像蜂窝似的。到此为止，这场枪战仅仅用了五分钟。就这短短的五分钟阻击，就赢得了时间。赵刚带领警卫排从后面冲上来，战士们还像往常打仗一样，前边是捷克式轻机枪开道，后面的战士端着明晃晃的刺刀向前猛冲。

李云龙叫声不好，大吼道："不要过来，全体卧倒……"

晚了，鬼子几支冲锋枪狂风般扫过去，赵刚和几个战士像被砍倒的高粱哗啦啦倒下一片……

"老赵……"李云龙狂吼一声，眼泪夺眶而出，他手一抡，驳壳枪呈扇面扫过去，日军特工队员各自依托掩蔽物还击，枪战呈对峙状态。

警卫排长王大荣指挥两个机枪手用火力压住鬼子，气喘吁吁地爬到李云龙身边说："团长，后路被封住了，鬼子从后面上来了。"

李云龙一惊："娘的，鬼子长翅膀啦？坏了，我老婆……"

王大荣哭了："团长，我带一个班，还有团部的十几个人想把嫂子抢回来，可鬼子的火力太猛啦，一大半弟兄都牺牲了。我他妈的没用呀！"

李云龙喝道："别说啦，政委怎么样？"

"腹部中弹，伤很重。"

后面枪声大作，山本一木的特工队已占领了大半个村子。团部炊事员老王抱着一挺歪把子机枪在扫射，团部的几个参谋、马夫、通信员都端着枪依托地形组成一条殿后的阻击线。情况万分紧急，前后都是敌人，腹背受敌的滋味儿李云龙今天算是尝到了。李云龙一把扯开衣服，让自己在寒风中清醒一下，他知道眼下所有干部战士都指望他了，自己千万暴躁不得，独立团从成立那天起，还没遇上过这么险恶的情况，今天算是赶上啦。

凭经验判断枪声，前面的鬼子人不多，既然鬼子要抄后路，肯定把兵力重点放在后面，张好口袋等你钻，老子偏从前边突围。

他下了命令："机枪掩护，全体上刺刀，除了留两个战士背政委，其余的人准备冲锋，冲出去的人向桃树沟集结，编入二营，准备吧。"

两挺轻机枪打响了，残存的二十多名干部战士呐喊着向前方作了一次悲壮的攻击，顷刻，由冲锋枪组成的交叉火力构成了一道密集弹幕，又是七八个战士栽倒了，余下的战士又被火力压在地上。李云龙两眼冒火，推开机枪射手，端起机枪喊道："娘的，拼了……"话音没落，只见和尚光着膀子提着用绑腿布捆好的集束手榴弹，蹿出矮墙。李云龙一看就惊呆了，对一般人，四颗手榴弹的集束捆就不易出手了，因为这种重量顶多能扔出10米远，而巨大的爆炸力很可能把自己也炸碎，可这回和尚竟拎着整整10颗。

李云龙已经来不及制止了，只听见和尚大吼一声："小鬼子，我操你姥姥……"身子360度地转了个圈，像掷铁饼一样将集束手榴弹甩出去。

奇迹发生了，这捆巨大的集束手榴弹在空中划出一道优美的弧状抛物线，径直飞出二十米开外，在和尚扑倒的同时，一声山崩地裂的巨响，强大的冲击波飓风般掠过，两侧的房屋像是用纸板糊成的玩具连同鬼子的冲锋枪手全都飞到半空中，顷刻间，碎砖烂瓦连同鬼子的残破肢体下雨般地纷纷落下，眼前豁然开朗，战士们的视野里出现一片小广场，突围的道路打通了，残存的战士背着伤员，怒吼着冲出村去……

〔 第六章 〕

国民党军358团团长楚云飞刚刚得到情报：一支行踪诡秘的日军小部队乘坐四辆卡车开进了日军西集据点，内线情报员发现，这支日军小部队于当天夜里便神不知鬼不觉地失踪了，而卡车仍留在西集据点。特别值得注意的是：这支日军小部队全部配备自动武器，而且装束奇特，不是日军制式军装，服装上一律没有军衔。楚云飞上校沉默着打开军用地图，心想，硬是怪了，这支装备精良的日军小部队的目的是什么？总不会是来西集据点串门的吧，既是行踪诡秘就肯定有重大行动，但从人数上看，似乎又干不成什么大事。

他注视着地图上日军据点之间的空白区，表示敌我态势的红蓝箭头犬牙交错。日伪军的据点是沿铁路公路呈点线状分布，八路军的根据地在山区。平原及丘陵地带则是星星点点的游击区，有国民党军的，也有八路军的。他的眼光落在西集据点的周围地区，先排除了一点，这支日军小部队不会沿铁路向其他据点运动，不然可就是脱了裤子放屁——多费一道手。直接开卡车去就是了，何必把车存放在西集呢？如果这小股日军进入平原或丘陵地区，那绝不会失去踪迹，他的情报网可不是吃干饭的。剩下的可能只有一个，进入山区了，他心里猛地一惊，用计算尺量了一下直线距离，心里全明白了，这是冲李云龙去的。完了，想通知他也晚了，他知道李云龙那个团连个无线电台都没有，这小子这回是死是活要看他的造化了。不过他相信李云龙也不是好惹的，凭日军这个不足百人的小部队要吃掉李云龙这块硬骨头也不是容易的。上过军校的楚云飞也没听说过特种作战的理论，这不是他的过错，只能怨当时中国的军事科学太落后。他没太把这支日军小部队放在眼里，不过他还是决定助李云龙一臂之力。

他叫来参谋长，命令道：第一，通知迫击炮连，今晚秘密运动到西集据点外围，按以前测定好的射击诸元炮击。目标，据点内操场，先炸了那几辆卡车再说。第二，命令一营作好战斗准备，在进山路口设伏。嘿嘿，他李云龙要是胃口好把这伙鬼子全吞了，我算白跑一趟，他要吞不了，剩下的我可要包圆啦。他扎好武装带，佩枪和委员长手赠的中正剑一左一右披挂好。他想：李云龙绝不甘心长期在“国军”的战斗序列里向委员长俯首称臣，对日战争结束后，这小子肯定要闹事，唉，也许不远的将来，我们兄弟会在战场上刀兵相见。

山本大佐正带领他的特工队走在崎岖的山路上。他铁青着脸，一边走一边向四周的群山观察。这时，队伍里没人敢和他说话，队员们都了解他，这位长官心情恶劣时，喜欢拿别人出气。晋西北的山很贫瘠，几乎没有什么植被，只有星星点点的耐旱的灌木丛，铁青色的山岩裸露着，山路上风化的碎石在脚下哗哗作响，稍不留神就有可能滚进山涧里。这种山很令人乏味，没有青草野花，没有飞瀑流泉，没有鸟鸣兽吼，一点儿诗意也没有。大山静得出奇，死气沉沉，仰头望去，两边的危岩峭壁似乎随时要挤压下来。

山本的心情越发恶劣起来，此次长途奔袭似乎处处不顺利。本来很周密的一个作战计划在实战中处处受挫。赵家峪一战，使他在特工队的权威受到挑战，队员们嘴上虽然不说，可表情上已露出不满的神色。打仗就是这样，不管你的战术指挥是否得当，只要打赢了，你就是英雄。反之，你就他妈的狗屁不是，成了众矢之的。想想也够窝囊的，八路军一个团部和一个警卫排总共才七十多人，装备还不如20世纪初日俄战争时的日军装备。在交火中山本明显感到八路军火力的稀疏，还很缺乏训练，战术指挥也很原始。照理说，这样的军队是不堪一击的。而皇军特工队有八十多个训练有素的特种兵，装备之精良，火力之凶猛，和八路军根本不是一个数量级，再加上有可靠的内线情报和战术的突然性，本可以稳操胜券。可一仗下来，竟损失了20多个队员，其中有两个队员竟是在攀岩时失手摔下峭壁的。特别是前村口的十几个队员无一生还，全部阵亡。

想到这些，山本一木就心疼得直哆嗦，这些百里挑一的特种兵是他山本在军队立足的唯一本钱。虽然八路军也阵亡了五十多人，可没抓住李云龙，这次行动就等于毫无意义。

至于李云龙的新婚妻子，那个乡下女人，山本根本不认为有多大价值，以他一个日本男人的思维方式考虑，像李云龙这么大名气的男人是不会缺女人的，你抓住了他的女人以此作为筹码使其就范太不现实，他也许一笑置之，第二天又换个女人。在东方的战争中，把女人作为筹码是不明智的。山本大佐费了好大劲儿才克制住自己没把那个乡下女人给砍了，特工队既然出动一次，总要给筱冢君一个交代，这女人还是交给筱冢中将去处置吧。至于那个叫赵家峪的小村子，山本想都没想，全村的老百姓一个不剩全部消灭，一把火把村子烧个干净。

前面突然传来激烈的枪声。山本一怔，他派出的尖兵小组和他的队伍总保持两公里距离，肯定是尖兵遇到麻烦了。

无线电对讲机里传来尖兵组长立原的呼叫："山本君，我们中了埋伏，好像是支那政府军，我们还能坚持，请增援，请增援。"

随队行动的原八路军保卫干事朱子明凑过来说："大佐先生，那边是晋绥军358团楚云飞的地盘，他一个加强团有五千多人，还有个炮营，咱们还是绕道走吧？"

山本斜眼看了朱子明一眼，没理他，他看不起这个叛徒，一个连自己国家都敢背叛的人，怎么能指望他忠实于皇军呢？

"报告，西集据点呼叫，他们遭到炮击，汽车全部炸毁，津田少佐建议我们向平安县城靠拢。"一个军官报告。

山本用望远镜望着前方自言自语道："楚先生，久闻大名了，今天要是不会一会你，岂不是太失礼了吗？"

朱子明脸色发白地说："大佐先生，打不得呀，凭咱们这几十号人，能跟人家一个加强团干？"

山本轻笑了一下，显得有些狰狞："朱先生，我没这么大胃口吃掉他一个团，但吃掉他的指挥部我还是有兴趣的。顺便问一句，朱先生，你和皇军合作是真心的吗？”

朱子明很快镇定下来：“大佐先生，中国有句古话，叫‘飞鸟尽，良弓藏；狡兔死，走狗烹’，大佐先生该不是过河拆桥吧？”

精通汉文化的山本当然明白朱子明话里的意思，这是一种威胁。作为潜伏在李云龙身边的情报员，朱子明的价值是经筱冢司令官肯定的，心想一个大佐无权把我怎么样。可他错了，他的价值在赵家峪一战之后已经消失了，筱冢君怎么还能记住他这个小人物呢？山本的脸色越发柔和起来，他亲切地说：“哪里话？朱先生，你不要误会，我非常愿意相信你对皇军的忠诚，但你至少应该证实一下你的忠诚，现在把你编入战斗小组你该不会反对吧？”

山本的脸色猛然一变，冷酷地命令道：“志雄君，朱先生编入你的第一战斗小组，他不是客人，是特工队员，他和我们一样，有进行战斗的权利。”

朱子明无奈地掏出驳壳枪扳开枪机话里带刺地说：“大佐先生够给我面子的，我要再不卖卖命，可有点不识抬举啦。”

山本毫不理会朱子明的挖苦，他此时全身肌肉都绷得紧紧的，就像豹子扑向猎物时最后一击，嗜血的渴望、战斗的激情使他几乎欢快起来，一套出奇制胜的作战方案已经在脑子里迅速形成。

“我带第一战斗小组偷袭这座制高点，支那军的指挥部肯定设在上面。第二战斗小组偷袭机枪阵地，通知尖兵小组，固守待援，吸引支那军的火力。诸位，拜托啦，出击！”

杀气腾腾的特工队员们向多于他们数十倍的对手发起决死的攻击……

战斗刚刚打响，楚云飞和李云龙的感觉一样，就觉得不大对劲儿。这一小队的日军反应太灵敏了，马克辛重机枪向毫无防备的鬼子劈头盖脸地扫过去。这群鬼子几乎是同步作出反应，以不同的姿势翻滚到岩石后面，而且在翻滚中连连还击，几个短点射就干掉了两个火力点，山路上只留下两具鬼子尸体，可一营却折了七八个弟兄。楚云飞从1937年开始同日军作战，六年来他对日本步兵的战术简直太熟了，还从来没见过如此厉害的对手。楚云飞命令迫击炮开火，炸死这帮狗日的，心想你藏在岩石后面我就拿你没办法吗？轰！轰！迫击炮弹把岩石后面的两个鬼子炸上了天。楚云飞满意地笑了，打得好，再来几炮就差不多了。

轰！轰！又是两声爆炸，这次飞上天的可不是鬼子了，而是刚刚发射完的迫击炮。楚云飞的冷汗也下来了，奶奶的，鬼子的掷弹筒跟长了眼睛似的。他暴怒起来，对着电话筒吼道："一营，轻重机枪掩护，步兵上刺刀。妈的，还剩下七八个鬼子，老子一个营踩也给你踩死。记住，留个活的，我要问问这伙鬼子的来头。"机枪嗒嗒嗒地狂叫起来，一营的弟兄们端着刺刀勇猛地扑上去。岩石后面的枪声很稀疏，听不见连发扫射，只有一片零乱的单发射击的枪声，士兵们纷纷倒下，一营长也阵亡了，一发子弹准确地从他心脏穿过，是他的少校领章和军官制服使他送了命。一种恐怖的躁动笼罩了攻击部队，士兵们潮水般退了下来，督战的军官挥舞手枪大吼着命令队伍继续攻击。话音没落，一发高速旋转的弹丸击中了他的脑门，巨大的冲击力使他仰面飞出两米远。

指挥所里，团参谋长林志强中校擦了一把冷汗对楚云飞说："团座，这仗没法打了，这绝不是一般的日军部队，你看，这些鬼子实战经验丰富，对付营级规模的攻击也敢用单发射击，个个都是特等射手的水平，而且心理素质极稳定，他们能使有限的弹药发挥最大的效能，太可怕了！这种赔本的买卖咱们不能干。"

楚云飞正用望远镜观察对面制高点上的重机枪阵地，几挺马克辛式重机枪，几挺捷克式轻机枪正喷出火舌组成交叉火力居高临下地向岩石后射击。突然，对面高地上的机枪声停了，代之而来的是爆豆般的冲锋枪连发射击声，望远镜里出现了头戴钢盔、身穿夹克式作战服的日军士兵，正用各种娴熟的战术动作向机枪手们射击。弹雨中，弟兄们的身体像触了电般抽搐着……到底是职业军人，楚云飞的反应也绝不比那些特种兵慢，他扔掉望远镜，回身抄起一支美制M3式冲锋枪喊道："鬼子从后面悬崖爬上来了！警卫排，准备战斗。"

楚云飞的机警救了他的命，指挥所的这座山比对面机枪阵地那座山高出十几米，一贯要求时间精确的山本这次漏了一招，两个战斗小组同时攀登，只因为这两座山的高度差为十几米，这边慢了半拍，若是碰上脑子迟钝一点的指挥官，也许还能弥补，可碰巧赶上反应敏捷的楚云飞，山本功败垂成。

就是这样，山本一木亲自率领的战斗小组还是上来了一半人，其余人正在绝壁上爬呢。配备清一色美制冲锋枪的358团警卫排迎头扑上去，双方的冲锋枪扫射打得飞沙走石，日军特工队员倒下一半，国民党军也躺倒一片，双方旋即又利用岩石作掩护展开枪战，战斗进入对峙状态。最倒霉的是那些正攀岩的日军士兵，上不去也下不来，只要一露头就被打下去，刚刚被荣幸地接纳进特工队的朱子明也正吊在半空呢。

精明的楚云飞脑子一动，抓起颗手榴弹拉了火绳等了三四秒钟，猛地扔出去，手榴弹在悬崖边凌空爆炸了，灼热锋利的弹片击中了两个特工队员，他们惨叫着跌入山涧。

楚云飞乐了，吩咐道：“就这么干，炸他狗日的。”

于是又是十几颗手榴弹在悬崖边上爆炸了，就算是身怀绝技的特种兵，被吊在半空中，也是干挨打。又是七八个人跌入山谷，朱子明倒是没挨着弹片，他硬是被别人砸下去的，在跌下去的一瞬间，他还在想：完啦，早知现在……

山本伏在岩石后，浑身的肌肉在痛苦地抽搐，眼睁睁看着这些身经百战的特种兵惨叫着跌进山涧，他一点儿办法也没有，他恨不能抓住楚云飞活剥了他的皮。但是理智告诉他，现在绝不可感情用事。他用纯正的汉语喊道：“上校先生，鄙人山本一木久闻先生的大名，恕我直言，贵军之军官能称为好汉的可不多，但楚先生可是例外，连我们筱冢司令官也认为楚先生的项上人头值十万大洋呢，一个职业军人能得此殊荣也算是不枉此生了，鄙人由衷佩服。今日一战，先生果然名不虚传，能抓住战机，反败为胜，贵军统兵者中，能有几人？”

楚云飞说话了：“哦，你叫山本一木，幸会，幸会。先生过奖啦，鄙人正愧得慌呢，没脸见先人啦，阁下不足百人的小部队差点摘了我这颗头去，说出去让天下英雄耻笑呀。”

“哪里，哪里，楚先生太谦虚了，我建议谈判解决。你我都是职业军人，本无冤无仇，战场上刀兵相见，是各为其主，尽军人职责而已，实乃无奈。若不是战争，鄙人倒愿意结交楚先生这样的人之俊杰为友。”

楚云飞笑道：“山本先生，谈判要有本钱才行，此时阁下的处境令人担忧呀。我承认，你的人在山下占了点便宜，干掉了我的机枪阵地，可要吃掉我的一个营，怕是没有这么大的胃口。山上的情况你比我清楚，阁下已陷入绝境，除非你长了翅膀。山本先生不是想和我交个朋友吗？那么就放下武器投降吧，楚某保证你的生命安全。”

参谋长林志强是个粗人，早听得不耐烦，便粗鲁地骂道：“山本，我日你先人，你给句痛快话，投降不投降？”

山本一点儿也不生气，他略带责备地说：“楚先生，你的部下太没教养了，这可不好。你们中国有句古话，叫‘士可杀不可辱’，你我都是军官，军官有军官的谈话方式，岂能等同于士兵呢？楚先生，我承认此时我处于下风，但有一点楚先生未必清楚，我手下的士兵都是受过特种训练的，他们的作战素质想必楚先生已经领教。如果硬要打下去，无非是鱼死网破，增加不必要的流血，何况山顶地势狭窄，楚先生的人再多也无法展开，而我的特种兵个个都是特等射手，这样打下去，楚先生认为值得吗？楚先生是聪明人，为什么不能考虑谈判的问题呢？今日一战双方各有胜负，充其量是个平手，如果各自退兵，体面地结束战斗，我相信对双方都有好处，请楚先生三思。”

一个通信参谋匆匆赶来，递给楚云飞一份电报：“据可靠情报，这股敌人为日军驻山西第一军直属特工队，队长山本一木大佐，此次偷袭目标为八路军李云龙部所在地赵家峪村，李云龙激战后率部突围，日军出于报复，集体屠杀村民放火焚烧村庄，赵家峪村村民数百人无一生还。”

楚云飞脸部的肌肉猛地抽搐了几下，旋即又恢复了平静。他一挥手，两个手执火焰喷射器身背燃料瓶的喷火手运动上来。楚云飞朗声道：“山本大佐，除了无条件投降你别无出路，否则，就请你领教一下美制火焰喷射器的味道。”

岩石后面静悄悄的，无人回话。

楚云飞下令:“攻击!”

轻机枪开火了，这是佯攻，为了吸引日军的火力。岩石后面传来回击的枪声，机枪手立刻中弹，几发子弹把楚云飞旁边的岩石打得石粉飞溅，碎石碴溅到他的脸上。两个喷火手早已选好了喷射位置，日军的枪声未停，两条火龙窜了出去，两团黏稠的凝固汽油撞在岩石侧面，飞溅开来，烈焰将岩石后面的死角都烧着了，随即传来日本士兵痛苦的惨叫。

358团警卫排长在参谋长林志强中校的率领下勇猛地扑上去，冲锋枪喷吐着火舌，手榴弹嗖嗖地飞过去，一片爆炸声过后，士兵们占领了日军阵地。林志强中校惊讶地发现，岩石后只有两具被烧成黑炭的日军尸体，其余的人都不见了。

一个眼尖的士兵发现一根绳索垂下悬崖，绳索正一动一动地绷紧着。他大喊道:“鬼子都顺绳索滑下去啦……”便眼疾手快地一刀割断绳索，半空里传来一声绝望的惨叫，一个最后滑下悬崖的日军特工队员一头栽进山涧。三个负责掩护的日军士兵用自己的命换来山本大佐和其他特工队员的突围，其实刚才山本在谈判时，他的大部分士兵已利用这段时间滑下峭壁，一贯精明过人的楚云飞也漏了一招。

是役，国民党军358团伤亡八十多人，日军特工队阵亡三十余人。拥有5000之众的358团伤亡八十多人，仅算伤了些皮毛。而日军特工队在李云龙部和楚云飞部两次打击之下，阵亡了五十多人，特工队大伤元气。咬牙切齿的山本带领残部，押着李云龙的新婚妻子秀芹躲进了平安县城。同样是咬牙切齿的楚云飞功败垂成，发誓要干掉这支日军特工队，用山本的脑袋祭奠阵亡的弟兄们。

〔 第七章 〕

李云龙突围后，带领残存的三十多人撤往二营驻地桃树沟。对于独立团来说，这次亏吃大了，政委赵刚负了重伤，一发子弹击中腹部，肠子都打烂了，而且失血过多，人已经奄奄一息了。

李云龙派出一个排兵力护送赵刚去总部医院治伤。他对昏迷中的赵刚说："老赵，你去安心养伤，你千万要挺住呀，你答应过我，不把鬼子赶跑，咱俩谁也不许死，你听见没有？你他娘的别装熊，想一撒手就走了？门也没有，这太不够朋友了。告诉你，你生是独立团的人，死是独立团的鬼，躲到哪儿也要把你抓回来。想当逃兵？绝对不行，只许你活着，不许你死，你听见没有？求你啦，老赵……"李云龙哭了，眼泪成串地滚落在胸前。

分兵时和二营一起行动的副团长邢志国、二营长孙彬都呜呜地哭了。

送走了赵刚，李云龙把自己关在屋里，整整一天谁也不许进门，饭不吃，水也不喝，叶子烟卷的大炮一支接一支地抽，半开的窗户像个正在生火的大烟囱，突突地往外冒烟。

这次团部被袭，牺牲了五十多人，警卫排几乎全部阵亡，团部人员阵亡了一半，连断后掩护的炊事员老王都牺牲了。一想起这些，李云龙的心就在痛苦地抽搐，他在反省自己。内线情报源源不断地传来，日军特工队的情况，楚云飞部的伏击战，秀芹被押的地点都清楚了，李云龙的怒火在胸中翻腾：娘的，这次团部差点儿让人连锅端了，政委负了重伤，老子连老婆都让人抓了。这次不能就这么算了，要当了缩头乌龟，以后就别在这一带混了。什么他娘的特种部队？莫非是三头六臂？不是爹妈生的血肉之躯？就算他山本特工队是钢打的核桃，老子也要把你砸碎吞了。山本呀，如果你逃回太原，老子拿你没办法，可你小子不知死，竟逃进了平安县城，这晋西北是这么容易来的吗？既然来了就别想走了。

傍晚时分，李云龙猛地推开房门，大吼一声："通信班集合。"

独立团分兵时有一千多人，全部分散在方圆几百里的区域中，处于独立作战状态。其任务是协助建立基层抗日政权，发展壮大队伍。每个连甚至每个排都成了独立单位，你要有那个能耐，你一个连扩编成一个团的规模也行。不过你还得叫一个连队，至于装备、弹药、被服、给养，对不起，上面什么也没有，你自己去从敌人手里夺。干得好，你天天吃肉，天天过年；干得不好，连汤也甭想喝。

现在独立团有多少人，李云龙自己也不大清楚，全团撤出去时一千多人，现在按最保守的估计，也得扩编出两千多号人。李云龙把几个通信员全部派出去，命令各营、连、排迅速归建，有重要作战任务。

副团长邢志国问："团长，部队集结起来干什么？"

李云龙不耐烦地说："还能干啥？打县城。"

邢志国大吃一惊："这可是件大事，是不是应该向上级请示一下？"

"来不及了，师部离咱们好几百公里，等请示回来，黄瓜菜都凉啦。"

"团长，这太草率了。牵一发而动全身呀，咱们手里有多少兵力？弹药是否充足？有没有攻坚重武器？鬼子增援怎么办？咱们心里都没底，即使真打，至少也得请友邻几个县的主力部队配合一下。"

"嗯，作战计划已经有了，友邻的主力部队咱没权调动，通知一下也行，就说咱独立团要去县城吃肉喝酒，谁要看着眼馋就一块儿干，有我吃的就有他吃的，要是不敢来就算了，咱们不怕撑着，自己包啦。老子有多大的锅就下多少米，一个独立团加上几个县大队、区小队、民兵，也差不多了。"李云龙轻松地说。

邢志国急得连汗都流出来了："团长，你要三思，咱们这一打，整个晋西北全要乱套了，福安、水泉、潞阳等县的日军都会增援，压力太大了，咱们一个团顶得住吗？"

"怕什么？我是军事主官，我负责任，就算将来上级要追查，枪毙我就是，你就执行命令吧。"

两天以后，独立团集结完毕。连李云龙自己都惊讶不已，才两年多，独立团已发展到五千多人了，两年前分兵时的连长，现在还是挺委屈地挂着连长的名，手下的部队人数都有六七百人了。李云龙乐得眼睛都没了，他照着一大群营连级干部胸前一通乱捶，嘴里说着："好小子，你们这些狗日的全他娘的发了大财啦。"

独立团各部这几年大仗没打，小仗几乎天天有，东边拔个炮楼，西边伏击个运输队，兵力损失不大，装备却和以前大不一样了，三八大盖、九二式重机枪、歪把子轻机枪，甚至还缴获了几门山炮，加上原有的迫击炮，愣是凑起个炮兵连。李云龙从带兵那天起就没过过富裕日子，穷都穷怕了，做梦都没想到自己的部队能拥有那么强大的火力。他乐得走道都不知道先迈哪条腿了。更让他高兴的是，在独立团游击区内的地方武装，县大队、区小队、各村的民兵一听说独立团要攻打县城，都争先恐后地来了，凑起来足有上万人。

这是上天送给李云龙的一个机会，在他以往的军事生涯中，充其量只指挥过一个团的兵力，现在可不一样了，能指挥上万人作战，真可谓大兵团作战。

就像副团长邢志国事先估计的那样，整个晋西北要乱套了。世界上的事都充满了偶然性。一支日军小部队偷袭了一个小山村，抓走了一个农村妇女，可这妇女偏偏是李云龙的老婆，平时就不大安分的李云龙这会儿就更不打算安分了。独立团要攻打县城，它开辟的根据地和游击区内的地方武装自然不能袖手旁观，于是就轰轰烈烈地干起来。而县城的日本守军一遭到攻击，各地的守军就要来增援，而周边的几个游击区都有八路军的主力部队、国民党军的地方部队，都有人数庞大的县大队、区小队、民兵等地方武装。虽然八路军和国民党军之间根本没有协同作战的命令，八路军内部的通信能力很差，各主力部队、地方部队之间的联络也很差，周边游击区的各部根本不知道这里有个李云龙要攻击县城。但只要日军从自己眼前的据点里出来，就不能让他痛痛快快地走路。见了便宜能不占吗？于是，晋西北的八路军各部，国民党军各部，各地区的抗日武装，包括啸聚山林的土匪山大王全都卷了进去，晋西北真乱套了。

太原守军派出一个联队乘火车前往晋西北增援，走了几十公里，火车就停下了。指挥官下车一看，有十多公里的铁轨都不翼而飞了。

福安的日军接到增援命令，刚出据点就连连踏响地雷，派出工兵探雷，顷刻又被突如其来的机枪火力撂倒一半。日军急了，展开战斗队形冲上去，却又扑了空。日军指挥官下令攻击前进，部队边走边打，一路骚扰不断，走出不到几十公里，已伤亡过半了。

驻潞阳的日军增援部队走在半路中了埋伏，先是遭到国民党军一个营的攻击，交火一个小时，双方各有伤亡。国民党军撤走后，日军继续走路，又连连遇到土八路的骚扰。地雷战、麻雀战轮着打，土八路的武器五花八门，光绪年间的土炮、大抬杆、鸟铳、火绳枪再加上装在铁皮桶里的鞭炮，噼里啪啦响个不停，土炮近距离内杀伤力也不小，几十斤火药裹着大量的铁砂碎犁片轰的一声呈扇面喷出，三四十米内的有生目标非死即伤。日军的伤员越来越多，指挥官下令由一个小队护送伤员返回据点。谁想返回据点途中又遭到一伙土匪的袭击，一个小队的士兵全部送了命。土匪可没什么优待俘虏或实行人道主义的政策，他们先抢走了军需品，连伤员身上的衣服都被扒光，然后把伤员一个不剩地宰了，几十具赤条条的尸体被扔在公路上。

平安县的城墙是明朝崇祯年间修筑的，保存完好的城墙高四五丈，上面有宽宽的马道，城砖由糯米汁拌灰浆砌就，坚固异常，完好整齐的垛口体现出冷兵器时代的战术特点。

城墙外有环城护城壕，不过由于年深日久，护城壕已干涸淤塞了。

县城里驻有日军一个步兵中队，一个日军宪兵队，加上伪军一个大队，兵力有一千多人。伪军的战斗力十分薄弱，这个大队的前身是国民党军原保安部队，在国民党军的战斗序列中也属三流部队，维持治安尚可，真刀真枪地打仗可就不行了。

山本一木率残存的特工队员撤进县城后，发现自己只剩二十多个队员了，而且有一大半的人都受了伤。这支精锐的特种部队的建制已被打残，看来短时间内很难恢复元气了。不过山本大佐此时顾不上懊丧了，他知道此地不可久留，精明过人的楚云飞和李云龙都不会轻易放过他的。他已向太原的第一军司令部发出求援电报，要求筱冢义男司令官派出部队接应，在这期间自己的特工队也好趁机休整一下。然而这次他又错误地估计了形势。山本一木和他的特工队员们活在这个世界上的时间已经进入倒计时了。

这一年，随着美军在太平洋战争中的频频得手，苏军在欧洲东线战场上的迅速推进，英军在北非阿拉曼的获胜，轴心国接连失利，已显败象，稍有军事眼光的人都已看出，德、意、日三国的军事同盟是输定了。

在广袤的中国战场上，经过几年的军事对峙，一百多万的日本陆军被牵制在日军占领区内，无力展开新的攻势。中国国民政府在战争初期提出的以空间换取时间的战略构想，在一定程度上显出效果。战争打了五六年了，日军连贯穿中国南北的铁路大动脉——京广线都没打通，使日军进军东南亚的南下战略受到极大的影响，驻华日军已露出明显颓势。

在东方的战略大格局上，中国战场第二战区不过是个小棋子，而晋西北地区在第二战区的军事态势图上则是个更小的棋子，李云龙的独立团在国民政府军事委员会的部队编制表上没有正式编制，连个番号都没有，从理论上讲，它是游离于国民党军战斗序列之外的武装。即使在第十八集团军的战斗序列表上，李云龙团同许多独立团或新编团一样，都属于没有正式番号的地方部队，连八路军总部的将领们都不太清楚这个小小的独立团，因为1943年八路军的总兵力已从1937年的八万余人发展到四十万余人，已远远超出一个集团军的编制。所以，无论是国民党军第二战区长官部，还是第十八集团军司令部，李云龙的独立团连个小棋子都算不上了。谁能想到，这个李云龙能闹出这么大的动静来?

李云龙分出了三分之一的兵力带领地方武装打援，将县城周围50公里内的道路全部封锁，光是土造地雷就埋了几千颗。

在作战会议上，李云龙表现得极为专制，他不太喜欢军事民主这个词，东一个主意，西一个主意，到底听谁的？老子是团长，就得听老子的。他干脆取消了讨论，直接分派任务：“一营挑上十几个身手好点的战士化装成伪军，先偷袭北门，偷袭不行就改强攻，用炸药炸开城墙，全部攻击部队分东西南北四个点，同时强攻，谁先打进去谁记大功。记住，先攻进去的部队不要急着往纵深插，先顺着城墙迂回渗透，把城墙上的敌人防守兵力干掉，打开城门，然后从四个方向往纵深打，把敌人压缩在中心，最后收拾掉。”

副团长邢志国提出不同意见：“团长，总要选择一个主攻方向，把主要兵力集中在主攻方向，其余三个点应派出小部队佯攻，使敌人难以判断主攻方向……”

李云龙不客气地打断邢志国的话：“你那个战术太墨守成规，这次咱们和敌人兵力对比是 5 ：1，敌人的外围兵力分布在城墙上很薄弱，咱们倾其兵力四面强攻，每个点上都是主攻方向，敌人只好让咱们牵着鼻子走，把每个点都变成重点防御。可敌人兵力少咱们兵力多，准占便宜。你负责分配兵力，这件事就这么定下了，散会。”

战斗一开始就进入白热化，小部队偷袭几乎成功了却又功亏一篑。战斗先在北门打响，顷刻之间，其他三个方向也传来爆豆般的枪声。城上城下轻重机枪对射打得飞沙走石，几个梯次的爆破组冒着弹雨前仆后继，伤亡一开始就很大，负责北门攻击的李云龙看得手痒，推开机枪手，操起九二式重机枪亲自向城墙上射击，机枪打得又刁又狠，把城墙的守军压得抬不起头来。爆破手们不断地中弹倒下，新的爆破手又不顾死活地冲上去。这是场硬碰硬的战斗，双方都玩儿了命。一个爆破手抱着被重机枪打断的双腿，艰难地爬近城墙根，守军慌了，成串的手榴弹落下来，负伤的爆破手没等手榴弹爆炸就拉着了导火索……轰的一声巨大的爆炸，城墙出现一个巨大的V字形缺口，攻击部队潮水般地冲上去，又一片片地倒下……

此时，以平安县城为中心，方圆几百里内打成一锅粥。楚云飞得到情报，太原日军一个联队已前来增援平安县城。楚云飞吃了一惊，日军一个联队的兵力增援，说明平安县城遭到攻击，守军已经吃不住了。是哪支部队吃了豹子胆，就这么不管不顾干上了？肯定不会是第二战区所属的国民党军部队，不然他不会不知道。那么应该是八路军了？不过据他所知，附近除李云龙团，没有八路军的主力部队。凭他李云龙区区一个独立团，竟敢攻击县城？要知道，日军的防御虽呈点线状，但机动能力却很强，它的每一个据点都不是孤立防守的，一个据点遭到攻击，其他据点会不顾死活地增援，绝不像国民党军部队，各部之间为保存实力见死不救。楚云飞想，肯定是李云龙，这小子够愣的，居然连声招呼都不打，就这么自顾自地干了起来，就你那一个团，兵力够用吗？楚云飞心里有些不满，这小子简直目中无人，虽说双方时有摩擦，好歹算是友军吧？这不是看不起我楚某吗？他不是个心胸狭隘的人，不满归不满，忙还是要帮的，何况鬼子要从他的地盘上过，总得留下点买路钱吧。

“鬼子既然送上门来，咱们设伏干他一下如何？”楚云飞对参谋长林志强说。

“团座，咱们一个团对付鬼子一个联队，这不是闹着玩的，兵力对比是1：1呀，赔本儿的买卖可不能干，请团座三思。”林志强不同意。

“当然，我也不打算赔本儿，咱们来个梯次配置，分段阻击，给李云龙那小子赢得点儿时间。”

林志强说：“团座，咱和八路军井水不犯河水，帮他的忙干什么？”

“别人的忙可以不帮，这李云龙还算条汉子，中国军队要是多几个李云龙这样的军官，这场战争就好打多了。准备战斗吧。”楚云飞下了决心。

国民党军358团刚刚进入阵地，前面就打响了。李云龙派出的打援部队和日军接上火了。

这是独立团一连和县大队、区小队组成的阻击部队，人数只有几百人，而日军却是整整一个联队。这是一场实力悬殊的激战。

整整四个小时，八路军的阻击部队死战不退，日军的重炮把阵地炸成一片火海，以大队为单位轮番攻击，战士们从被炸塌的工事中钻出来，用机枪、步枪、集束手榴弹顽强阻击。楚云飞几次派人去联络，让阻击部队撤下来，让国民党军358团继续阻击。负责阻击的八路军指挥员拒绝了，声称他们奉命阻击八个小时，只有到时间才能撤退，除非他们全部阵亡。

这支八路军小部队最后实践了自己的诺言，楚云飞在望远镜中看到最后的几个战士拉响了集束手榴弹和冲上阵地的日军士兵同归于尽。他感慨万端，一想到有朝一日要和这样的部队在战场上刀兵相见，他不由得暗暗心惊。

刚刚打通道路的日军整好队伍，迈过独立团阵亡士兵的尸体，走出没几步，又钻进了358团的埋伏圈，又是一场激战……各路阻击部队的殊死阻击，加上周边地区的八路军、国民党军、地方武装的骚扰、袭击，使李云龙赢得了时间，他的四面出击的战术奏效了，兵力配置均等的同时攻击，迫使敌守军也不得不作出兵力配置均等的四面防守。问题是，日军和伪军的作战能力差距太大，总是伪军先撑不住了，破其一点，整个防御体系便告崩溃。

北门先被突破，没等北门攻击部队迂回攻击，南门又是一声巨响，南门也被突破了，敌守军慌了，连忙放弃城墙，收缩防御。攻城部队从两面呐喊着冲进城内。

敌守军残部占据着县城中心的一座砖砌的建筑物，被各路攻击部队围了个水泄不通。

敌守军作困兽之斗，组成密集的火网，攻击部队几次攻击受挫、伤亡惨重。气得李云龙破口大骂："炮兵呢？给我把炮拉上来！娘的，我倒要看看这破砖房经得住我几炮，给我打！"

建筑物内的山本绝望地闭上眼睛，作为武士，他不怕死，大和民族坚信轮回转世之说，死不过是下一轮生命的开始，没什么可怕的。使他感到痛苦的是这支耗尽他毕生心血建立起来的特种部队。此时，他想起两句中国古诗："出师未捷身先死，长使英雄泪满襟。"壮志未酬，死不瞑目。

这支特种部队还没来得及建功立业就要全军覆灭了，令人难以忍受的是，他竟是败在那支穿得破破烂烂、使用着低劣武器的叫花子军队手里。

他命人带来了被俘的秀芹，仔细地打量着这个乡下女人，沉吟良久，才开口道："也许，我该称你为李夫人。我叫你来是为了通知你一个好消息，你看，你丈夫的部队把我们包围了，坦率地说，我撑不了多久，你丈夫赢了。"

秀芹平静地说："那你为啥不投降呢？"

"不，天皇的士兵是不会投降的，我们会战到最后一兵一卒。问题是，你还想活吗？"

秀芹摇摇头："落到你们手里，我就没打算活。人活百岁也是死，俺这辈子嫁了好男人，知足啦。"

山本点点头说："这我相信，李云龙先生选中的女人大概是不会怕死的，但是我还想作一下努力，你愿意劝说你的丈夫和我谈判吗？从你被俘后，我没有对你使用任何刑讯手段，这你承认吧？我是军人，不是刽子手，除了在战场上，我对使用暴力没有兴趣。"

秀芹突然变了脸，啐了一口："日本鬼子，别做梦了，俺全村几百口人都被你们杀了，连孩子也没放过，还不是刽子手？八路军饶不了你。"

山本默默地一挥手，命人把秀芹带下去。他觉得犯不上和女人斗嘴。

敌人据点里伸出一根竹竿，上面挑着一条白手巾在不停地晃动，枪炮声戛然而止，战场上变得静悄悄的。那边传来山本的喊话：

“李云龙先生，久仰啦，鄙人山本一木，请耐心听我说几句话，你们中国有句话叫‘冤有头，债有主’，是我山本一木和你结了仇，这是你我之间的恩怨。我有个建议，阁下不妨听听，如果你给我的手下让开一条路，鄙人将感激不尽。作为答谢，你的夫人将完璧归赵，你的仇人——我，将留下，任凭你发落。请阁下考虑。”

李云龙回答：“山本，这不可能，我不但想要你的命，你的特工队所有队员的命，都要留下，除非你无条件投降，我可以给你战俘待遇。从现在起，我停火三分钟，你可以考虑，三分钟以后，我的炮兵立即开火……”

山本冷冷地笑了：“李先生，从1937年始阁下和日本军队作战也有六年了吧？就总体而言，阁下见过几个主动投降的日本军人？”

李云龙想了想，说：“这倒也是事实，几乎没有，坦率地说，你们日本军人虽然浑蛋，但军人的气节还是有的，从这点看，很多中国军人就差远了，为了保命，给人家当狗都行，比如你身边的那些皇协军军官，他们的表现，确实让我这个中国军人感到很没面子。没办法，家出逆子，国出奸臣，自古难免呀。”

李云龙一通夹枪带棒的损话激怒了据点内的伪军大队长，他狂喊道：“李云龙，少废话，你老婆在这里，有种你就开炮打，要死老子也有垫背的。”

炮兵连已经把各种火炮瞄准了敌人据点，炮弹也上了膛，炮手们都铁青着脸，谁也不吭声。事情明摆着，全团人费这么大劲儿打县城，不就是为了救团长的老婆吗？这一开炮，人还有吗？和尚发现李云龙的面部肌肉在抽搐，牙齿咬得咯咯直响。大家都明白，形势很严峻，虽然各路打援部队已有效地阻滞了援军，但毕竟战力有限，敌人的增援部队马上会到，时间刻不容缓，否则会前功尽弃。

李云龙的声音显得很平静：“山本，现在还有一分钟，现在投降还来得及。”

据点内的山本声音也很平静：“李先生，咱们东方民族都不喜欢宽恕，讲的是以血还血，以牙还牙，认为只有复仇才能保持自己的体面。

我承认，我不是个大度的人，如果阁下落到我的手里，我会用尽酷刑，使你在痛苦中死去。同样，现在我的生命掌握在你的手里，你也不可能宽恕我，何况我还毁灭了那个小村子和几百条生命，你的复仇情绪，我理解，你可以开炮了。”

李云龙举起手喊道:“炮兵连，准备射击……”

警卫员和尚猛地跪倒在他身前，抓住他的衣角声泪俱下:“不能开炮呀团长，秀芹嫂子还在里面，您给我十分钟，我带突击队冲进去。”

李云龙一脚踹倒和尚，两眼冒火，大吼道:“听我命令，预备——开炮!”

六门山炮同时开火了，炮弹径直飞进据点的窗户里，数发迫击炮弹，在空中划出几条弧线，落进据点里，一阵集火射击，守军的建筑物在剧烈的爆炸中坍塌了。

李云龙无力地坐下去……他脑子里一片空白，浑身乏力。

警卫员和尚满脸泪痕跑来报告:“团长，据点里的敌人全部消灭，山本的脑袋被弹片削去半个，我从他身上搜出了你给秀芹的手枪。团长，秀芹嫂子她……”

李云龙挥挥手:“别说了……”

〔 第八章 〕

平安县城这一战使李云龙声名大噪。在太原的日军筱冢义男中将又发了脾气，他盯着军用地图上晋西北平安县城的周边地区，上面表示敌我态势的红蓝箭头犬牙交错，纠缠在一起。一个参谋军官用比例尺算出双方交战地域的面积竟有上千平方公里，粗粗估算一下，双方投入的总兵力已达到三十多万。

平安县一千多守军全部阵亡，山本特工队全部玉碎，各路增援部队也都伤亡过半，北同蒲铁路被破坏成数截，整个晋西北地区日军的有线通信网被全部破坏，在多数地区，都是连绵二十多公里的电线杆没剩下一根。有些日军据点由于增援造成兵力空虚，被中国军地方武装乘虚而入。这一切都是那个叫李云龙的八路军团长造成的，他究竟是个什么样的人？怎么会具有如此巨大的破坏力？连装备精良、训练有素的山本特工队都全军覆没，无一生还。他只是个小小的团长，怎么能调动如此之众的部队参战？连中国政府军都卷入了。筱冢义男怎么也想不明白，他的情报部门早已专设了李云龙的档案，可是只有薄薄的一页纸：

姓名：李云龙　国籍：中国

民族：汉族　年龄：不详

籍贯：中国湖北省与河南省交界地域——大别山。（湖北人？河南人？不详）

简历：1927年参加中共组织的黄麻暴动，后转入中共工农红军。（历任职务不详）据悉，李曾参加过中共谓之长征的战略性撤退，属中共军内较为资深之军官，并多次立有战功。（立功原因不详）现任中共军队国民革命第十八集团军129师独立团团长，无军衔。

性格：桀骜不驯，胆识过人，意志坚毅，思维方式灵活多变，多采用逆向思维，处事从不拘泥于形式，是个典型的现实主义者。纪律性差，善做离经叛道之事。

政治观点：偏左，但不激进，缺乏理论，对政治缺乏兴趣。

文化程度：偏低。没受过军校教育。也无资料表明受过何种教育。

特长：实战经验丰富，战斗中心理素质极稳定，由此推测，有当过士兵的经历。精通射击术，能熟练使用各种轻武器，能双手同时使用手枪达到首发命中，受过格斗训练及刀术训练，科目为中国武术，程度不详。

下面就没有了，档案中连张李云龙的照片都没有。这个浑蛋长的什么样子？

筱冢义男想，有朝一日我要亲手砍掉他的脑袋，把他的头做成标本放在办公桌上。唉，徒有一流的情报系统，怎么只有关于这个李云龙支离破碎的资料呢？筱冢义男感到胸口隐隐作痛，有口闷气堵在那里吐不出来。情报部门的解释是，该人从未在支那政府军中任过职，与支那政府各机构无任何接触，帝国圣战之前，该人本是中共军内名不见经传之小人物，按规定，帝国情报部门只搜集敌国或假想敌国军队少将级或师级以上军官之资料。

筱冢义男愤愤地合上档案，闭上眼睛……

八路军总部也是战斗结束后十几天才搞清楚是怎么回事。据查，有七八个主力团和大批地方部队都投入了战斗，这些部队在没有得到命令的情况下，稀里糊涂地成了李云龙战役格局上的棋子，打援的打援，伏击的伏击，忙个不亦乐乎。

总部的首长们颇感踌躇，照理说，李云龙未经请示就调动上万部队投入战斗，无组织无纪律，特别是为了自己的老婆而攻击县城，造成上千人的伤亡，有那么点公报私仇的味道，就凭这一点，枪毙他都不多。但从实际效果来看，这一场混战使晋西北日军损失惨重，各参战部队斩获颇丰，有些小块的抗日根据地竟无意中连成片了。第二战区司令长官阎锡山也发来嘉奖电报：祝贺八路军各部在晋西北发动积极攻势，取得极大战果云云。最后，八路军政治部来了个功过相抵：鉴于李云龙同志为报私仇，未经请示率部攻击县城，造成所部较大伤亡，本应严厉处分，后经考虑，认为李云龙同志率部全歼平安县城守敌，引起各部积极响应，在广大的作战地域内使敌人付出重大代价，因此对李云龙同志的严重错误不予追究，对其战功不予表彰，功过相抵。

据说，那几天连在重庆的蒋委员长也被惊动了，他看着地图自言自语道：“娘希匹，这晋西北是怎么回事？二战区在搞什么名堂？”

李云龙不太在乎处分和立功，反正自参加红军以来，大大小小的处分和战功都有十几个了，职务升升降降也有几次了。第一次降职处分是长征时过草地之前，当时各部队都在紧张地筹备粮草，李云龙在四方面军任团长，由于纵兵抢了藏民的粮食，被全军通报批评，职务连降两级，由团长降为营长。对此，李云龙不太在乎，每次提及此事总说：“老子就愿意犯纪律？那是没办法，他娘的前边过了好几万部队，连个粮食毛也没给老子剩下，藏民手里有粮，你就是跪下来叫他爷爷也不卖你。把老子惹烦了，就抢他娘的，这处分背得值啦！过草地时，我这个团没有饿死的，别的部队饿得扛不住啦，吃草根煮皮带，都找我要粮。老子不给，我说，这点儿粮食是老子拿处分换来的，噢，老子背处分，你们吃粮食，这他娘的也太不公平啦。”

抗战初期，李云龙又当上了团长，当了没半年，赶上忻口会战，独立团抓了五个日军俘虏，全是受了伤被俘的。战争初期，日军士兵几乎个个是亡命之徒，极少有被俘的，那时要是偶尔抓到几个俘虏就算立了大功，按规定应该马上送到八路军总部去，那里有个日军士兵反战同盟，被俘日军士兵经过教育后，可以加入反战同盟对日军侵华部队展开政治攻势。

李云龙见了日本人手就发痒，围着俘虏转了好几个圈，慑于纪律没敢做什么。偏偏那几个日军俘虏不识相，躺在那里又踢又咬还用手撕绷带，拒绝战士们往担架上抬。

李云龙火了：“他娘的给脸不要脸！问问这些浑蛋，想干什么？”他对日语翻译说。

翻译说：“他们说，长官，请让我们死。”

李云龙一听就乐了：“好，这话说得还像条汉子。可也是，好歹也是五尺高的汉子，没死在战场上，当了俘虏是不是很没面子？老子也正愁怎么送你们呢，你们这五个浑蛋还得老子用一个班的兵力抬担架。大家给我做证啊，是这些鬼子自己求我的，不是老子想杀他们，我就成全他们吧，大家都方便。”他掏出手枪，给五个伤兵脑袋上一人补了一枪。为这事，他又背了一个记大过处分，职务降了一级，成了副团长。

用李云龙自己的话说，叫虱子多了不痒，债多了不愁，随它去吧。

〔 第九章 〕

一座缺少植被的、从上到下裂开的山峰，中间留出一道空隙，一条小道就在裂缝中穿行。两边都是巨大的石壁，高耸入云，从脚到顶，全是苍黑的岩石。空气是冰凉的，在山谷间弥漫。向上一望，一线青天叫人目眩心惊。

黑云寨二当家的梁二虎领着十来个弟兄正耐心地伏在岩石后面，等待猎物出现。梁二虎今年36岁，在黑云寨落草已有二十多年了，在这一带也小有名气，人送外号“山猫子”。多年的悍匪生涯使他养成凶残、暴躁的性格。他目不识丁，没任何信仰，也没有任何政治观点，甚至连一般意义上的好恶之分都不太清楚。他认为，人生一世，不能白来一趟，要享福，要有酒有肉有女人，有钱花。他太清楚自己了，凭自己的能耐挣钱活到这个份上，再有三辈子也不行。既然做好人的道走不通，就只好当土匪了。他算来算去，觉得还是当土匪最省心最快活，大碗喝酒大块吃肉不说，接长不短地还能享受一下洞房花烛夜。每次抢来新女人就正儿八经地娶一回亲，仪式绝对不能含糊，婚姻大事嘛。当然他每次婚姻的长短取决于能否抢到新人上山，旧的女人就赏给喽啰，所以山猫子自己也记不清这辈子娶过几房太太了，总有上百吧。黑云寨的大当家谢宝庆，是个苦出身，因和本村财主张善人结仇，一怒之下杀了张善人全家二十多口人，一把火烧了张善人的宅院，落草当了土匪。

谢宝庆在土匪群中凭一身好武艺和仗义疏财的手段赢得好名声，当了黑云寨的大当家。黑云寨的经济来源主要靠抢、行剪、绑票、掏老窑儿，什么顺手干什么，日本鬼子、伪军、国民党军、八路、客商，只要机会合适，逮谁干谁，绝不客气。穷人出身的大当家谢宝庆一再重申山寨纪律，抢谁都行，就是不能抢穷人。弟兄们自然拥护这一条，觉得这条山规立得好，从大面儿上说，有点儿杀富济贫、江湖好汉的风骨，私下里心说，穷人有什么可抢的？不如顺水推舟混个好名声。

就是因为有了劫富济贫的名声，几股政治势力都在打这股土匪武装的主意，国民党军想招安，八路军想收编，日伪方面也想把他们拉过去。谢宝庆和几方面的代表都接触过，正在考虑。他和国民党军打了20年的交道，从屡次清剿中生存下来，对国民党军太了解了，他听说有的土匪被招安后又被收拾了，这种事不少，还有的招安后被整编成地方部队，一开仗就把你往要命的地方派，借别人之手干掉你，这种傻事他不干。日伪方面更不能考虑，土匪也有个名声问题，好歹自己算中国土匪，弄个汉奸土匪就不好听了。至于投八路，他正在考虑，八路虽不是土匪，但和日本开战之前也多年被国民党军追剿，和自己有点同病相怜的味道，何况人家八路新二团的孔团长亲自上门来请，给足了自己面子。孔团长答应弟兄们过去后给编个新二团独立大队，自己当大队长，二、三、四当家的都闹个副大队长干干，也算是有头有脸了。今天孔团长摆酒请谢宝庆过去拉拉话，老谢当然要去。

二当家山猫子也同意投八路，当山大王时间长了，有些腻烦了，到八路那儿弄身军装一穿，挂个副大队长的头衔也算是光宗耀祖混出点儿人模样儿来。当然八路那儿要是待得不自在，再他妈的脚底下抹油嘛，有道是：此处不留爷，自有留爷处，处处不留爷，爷去投八路，八路不留爷，爷就住山洞。山猫子早听说八路的纪律太严，不许偷、不许抢、不许玩儿女人、不许抽大烟、不许耍钱，这可是件麻烦事，要是这些事都不许干，那活个啥劲儿呢？人活着不就为这个吗？山猫子想，趁大当家没下决心投八路之前，再干几档子，多存下点儿钱，以后手头也活泛点儿。

山猫子正想得入神，忽听得小道上传来急促的马蹄声。他精神为之一振，好，买卖来啦。

一个穿便衣的青年骑着一匹白马疾驰而来。他正是李云龙的警卫员和尚，被派去向129师师部送信。这匹白马是刚刚从日军那里缴获的，脚力甚健，和尚骑得挺惬意。突然小道上横起一条绊马索，和尚来不及勒马缰，白马一头扑倒，马背上的和尚眼疾手快地一个空心跟头翻过去，稳稳地站在地上。山猫子暗喝一声彩，好身手。和尚脚跟未稳已拔枪在手，但没来得及打开保险就被几个土匪用枪逼住。和尚轻笑一声：“兄弟，有话好说，不就是要钱吗？我兜里还有几块大洋，你们拿去，我继续赶路，犯不上舞枪弄棒的。”说着慢慢把驳壳枪放在地上。

为首的小喽啰很不满地嘟囔着：“操，等了半天等来个穷鬼，才几块大洋。”说着便上前去搜和尚衣兜。说时迟，那时快，和尚一把捏住小喽啰的喉咙把他挡在自己身前，身子略微一倾，手臂陡长捞起驳壳枪，顺势往大腿上一蹭，便蹭开保险，“嗒嗒嗒”，一个长点射，前面的五个土匪应声而倒，和尚的左手两指同时发力，“咔嚓”一声，小喽啰的喉咙软骨被捏碎。和尚手形一变，啪地一掌将小喽啰击出一丈开外，几十秒之内，和尚连杀六人，干得干净利索，看得藏在暗处的山猫子倒吸一口凉气：乖乖，天生的杀手，出手之狠，动作之麻利……有二十多年匪龄的山猫子自愧不如，他庆幸自己没有现身。

这是土匪们行剪时的规矩，有明有暗，相当于军事术语中的预备队。和尚虽久经沙场，可对江湖黑道上的名堂所知甚少，他整整衣服，看看跌伤的白马，准备徒步赶路了。这时，岩石后面的枪响了，也是一个长点射，五六发子弹击中了他的后背，和尚被子弹强大的冲击力冲出两米远，一头扑倒在地上。他艰难地想把头抬起来看看是什么人暗算他的，刚刚抬起一半又颓然垂下头，在生命即将逝去的一瞬间，他还在想：操，小河沟里倒翻了船……

山猫子提着驳壳枪从岩石后边走出来，他冷酷地吹吹枪口命令道：“把这小子的脑袋给我剁下来挂在树上，拿他祭这六个弟兄。”

李云龙听到和尚牺牲的消息时正在喝酒，他怔了足足有20分钟，一声不吭，脸色变得煞白，哗啦一声，手里的酒盅被捏得粉碎，鲜红的血顺着指头流下来。众人惊呼着要掰开他的手，刚要动手，李云龙噗地喷出一口鲜血，喷了别人一身，大家都吓坏了。独立团死了谁都行，唯独不能死了和尚，他一身的武功，抡开拳脚四五个人近不得身，双手使枪，百发百中。除了一身的本事，还有极稳定的心理素质，多次和李云龙深入敌穴，多险恶的情况下都面不改色，要不是李云龙舍不得放，他现在早当连长了。李云龙顾不上面子了，他扯开嗓子就号哭起来。他记不得自己什么时候这么哭过，大概是第一次，眼泪成串地滚落在胸前，哭得惊天动地，哭得团部所有的人都跟着掉泪。这一哭足足哭了一个小时，吓得旁人都以为他要哭死过去。

突然，哭声戛然而止，李云龙拍案而起，他低吼道：“和尚呀和尚，多少大风大浪你都闯过来了，怎么在几个小土匪手里翻了船？我要给你报仇。传我的命令，一营全体集合。”

队伍刚刚集合好，新二团团长孔捷带着两名警卫员骑着马飞驰而来。孔捷滚下马背，把马鞭一扔，边跑边喊：“老李，等一下，我有话说。”

李云龙脸色铁青地盯了孔团长一眼说："老孔，你等我回来再说，现在我没工夫。"

孔捷一把抓住李云龙的马鞭固执地说："不行，我要现在说。"

"有话说，有屁放，少啰唆。"李云龙不耐烦地说。

孔捷说："我来告诉你，黑云寨的谢宝庆已决定率全寨参加八路军了，昨天定下来的，他们现在的番号是八路军新二团独立大队。谢宝庆对这次发生的误会表示道歉，这是他的信。老李呀，我知道这个牺牲的警卫员不是一般人，连刘伯承师长都知道他，可事情已经发生了，你不能意气用事，还是以大局为重吧。"

李云龙两眼血红，一把抢过谢宝庆的信扯个粉碎，冷冷地说："别说你来求情，就是刘师长来，老子也不买账。杀人抵命，欠债还钱，自古就是这规矩，谁也不能破。"

性格也同样暴躁的孔捷火了："老李，咱们不是土匪，是正规军，党有政策，军队有纪律，你不能想怎么干就怎么干。今天只要我在，你就别想去。"

李云龙理也不理，扭头喊道："一营长，给我把孔团长他们几个的枪下了，先关起来，等咱们回来再放人。"

孔捷暴怒道："李云龙，你敢！你动我一下试试……"他的两个警卫员也拔出了驳壳枪，护在孔捷身前，怒视着李云龙。

一营长张大彪是个愣头青，他最佩服李云龙，从来是死心塌地地执行李云龙的命令。他可不管这些，团长下了命令，别说一个小小的新二团孔团长，就是天王老子，他也一样收拾。他一挥手，七八个膀大腰圆的战士扑过去，把孔团长和两个警卫员按住，两人抬一个往屋子里拖。

孔捷一边挣扎一边破口大骂："放开老子，李云龙，老子和你没完。"

李云龙不为所动，他翻身上马，冷冷地对孔捷说："老孔，对不起了，你先委屈一会儿，等我把事干完，要杀要剐随你处置。"

孔捷无可奈何地骂着，眼睁睁看着李云龙带着队伍绝尘而去。

孔捷和李云龙是老战友了，也是大别山人，两人从当战士起就在一个班，性格也很相像，属听见枪响就不要命的主儿。刚入伍时，两人关系不怎么样，干什么事都暗中较劲，当年两人都年轻气盛，谁也不把谁放在眼里。孔捷从小练过几天通臂拳，他听说李云龙曾练过八卦掌，便死活要和李云龙切磋一下。其实两人水平都是半斤八两。比武结束后，两人都闹个鼻青脸肿，由此结了怨。

川陕根据地反围剿时，孔捷负了重伤，左胸被一发机枪子弹击穿，离心脏只差1厘米，眼看人就没救了，是李云龙把他从火线上背下来。谁知性格暴烈的孔捷伤好归队后，不但不感谢李云龙，反而拎着砍刀找到李云龙，说你救了我，是我欠了你的情，可老子最不喜欢欠人情，今天咱们作个了断，老子砍两个手指还你，从今往后谁也不欠谁的。说完举刀便剁，吓得李云龙一把抱住他，嘴里连连服软，他佩服孔捷是条汉子，说了不少他从没有说过的软话，给足了孔捷的面子，两人从此成了朋友。身为老战友，孔捷理解李云龙此时的心境，他自己也早对李云龙这个身怀绝技的警卫员垂涎三尺，曾拿五挺九二式重机枪交换和尚，没想到半醉的李云龙一听，酒便醒了，干脆地拒绝了他的要求，明白地告诉他，从现在到将来，再不要打和尚的主意，想都别想。

孔捷明白，此时就是天王老子来了，也甭想动摇李云龙复仇的决心。他长叹一声，对警卫员说："完啦，不会再有新二团独立大队这个番号了。李云龙这个浑蛋……"

李云龙率部队围住黑云寨，土匪们很识相，马上挂出白旗，没有抵抗。李云龙看也不看，命令司号员吹冲锋号，轻重机枪掩护，一营全营上刺刀，全部压上去。顷刻间，几十个土匪小喽啰就被一营战士们的刺刀送了命。土匪的大当家谢宝庆见李云龙来势凶猛，知道大势已去，从后山悬崖上用绳子荡出七八丈远，冒死扑出去抓住对面悬崖绝壁上的一棵小树，逃脱了，从此不知所终。自二当家山猫子以下共三个匪首被抓住，被绑在木桩上。山猫子自知难逃一死，便闭上眼垂下脑袋听天由命了。李云龙根本没打算审问，他到这里是来讨命的，开口说话干什么？他拎着鬼头刀轻喝一声："山猫子……"

山猫子下意识地抬起头，眼睛还没睁开，李云龙的刀锋已经斜着飞出，唰的一声，山猫子的脑袋连同背后碗口粗细的木桩被齐斩斩地砍断，嗖地飞出一丈多远，脖腔里的血喷起一尺多高。连惯使大刀的29军大刀队员张大彪都吓得一愣：乖乖，团长的刀法这么娴熟，八成是他妈的刽子手出身。转眼间，李云龙又砍掉了三当家的脑袋。当时的情景很可怕，两个被砍断的木桩上还绑着两具没有脑袋的尸首，木桩上、地上到处溅满鲜血，活像个屠宰场。

第三刀已经砍出去了，刀锋也已落在那人的脖子上，李云龙的手腕突然被人托住了。他定眼一看，竟是政委赵刚。李云龙叹了口气，扔掉鬼头刀，他知道，剩下的这小子算是捡了条命。

伤愈归队的赵刚回到独立团，刚下马就听说了此事，他知道要出大事了，跳上马就赶来了，算是救了那人一命。准确地说，算是救了那人半条命，因为李云龙的刀锋已经把那人脖子上的腱砍断，那人从此成了歪脖子。据说，那人一直活到解放后，因沾了李云龙名气的光，他在那一带也成了名人，当地的老人们一提起八路军的李团长，那人就歪着脑袋指着刀疤说："看！这就是李团长留下的……"

这次，李云龙惹的祸可不小，八路军的政策谁都知道，连俘虏都不许杀，何况这是一支已被八路军收编的武装了。八路军总部极为震怒，处分决定马上就下来了，党内记大过处分，职务降两级，由团长降为营长。

这是李云龙第四次被降级了，他不大在乎，只要给和尚报了仇，就是降成战士也值了。

〔 第十章 〕

独立团政委兼代理团长赵刚正在屋子里读郭沫若的《甲申三百年祭》，听见门外有人喊："报告。"赵刚眼睛没离开书，嘴里下意识应道："进来。"

李云龙披挂整齐地推门进来。他脚跟一碰，挺胸敬礼："报告政委，独立团一营营长李云龙奉命来到，请首长指示。”

赵刚抬头一看，愣了一下，便马上反应过来，不由得浑身不自在。他张嘴骂道：“老李，你装什么大尾巴鹰？成心寒碜我是不是？”

李云龙依旧站得笔直，绷着脸说：“报告首长，我李云龙是犯了错误的人，请首长随时批评教育。”

赵刚脸上挂不住了，他把书本一合站了起来：“你他妈怎么这么多废话？先坐下来不行吗？”

“报告政委，部下不敢。”

砰！赵刚照李云龙当胸一拳：“老李，你装什么蒜？有话说，有屁放。”

“首长，有酒吗……”

“没有。”

“首长可不兴说瞎话，我看见那酒瓶子了。”

赵刚无可奈何地拿出了酒瓶子。

李云龙终于露出了本来的面目，他一把甩飞了帽子扯开风纪扣，随手摘下驳壳枪扔在土炕上，一偏腿上了炕，大模大样地敲敲炕桌道：“满上，满上。”

赵刚边斟酒边发牢骚：“我怎么觉得像是我受了处分似的？”

在喝酒的问题上，赵刚已是彻底放弃原则了。这事若放在以前，李云龙大白天平白无故就想喝酒，门儿也没有。军事上的事团长说了算，生活上的事政委说了算，这是有分工的。为喝酒的事，李云龙是拍桌子瞪眼也好，跳脚骂街也好，赵刚毫不通融，那时他管起李云龙来没有任何心理负担。可现在情况不一样了，李云龙被降职成了营长，赵刚心里很不是滋味。一见到李云龙他脸上就不自然，像做了什么亏心事似的。李云龙早号好了赵刚的脉，知道这小子有了心理负担，于是就喜欢在赵刚面前晃悠，见面就毕恭毕敬地立正敬礼。他喜欢看赵刚尴尬的样子，因为这时要酒喝，一般都能得到满足。尽管被降了级，李云龙在独立团还是一言九鼎，全团人包括赵刚始终拿他当团长。开作战会议时，他照旧行使团长的职责，分派任务时对各营营长骂骂咧咧。他自己对此没觉得有何不妥，全团人也觉得天经地义。连上级机关都知道这种情况，故意睁一只眼闭一只眼，连个新团长都不派，只让赵刚代理。上级召开会议，都是赵刚一个人去，回来再向李云龙汇报。每当这时他便端足了架子，盘腿坐在炕上，半合着眼，嘴里还哼哼哈哈的，恨得赵刚直咬牙，心说这狗日的哪里是被降了级？明明是成了自己的上级。

前些日子，一营有个新兵不明底细，张嘴叫了李云龙李营长，李云龙皱皱眉头转身走了。一个老兵火冒三丈，照着新兵劈面一个耳光骂道："你狗日的叫什么哪？李营长？那是你叫的吗？"

新兵挨了揍觉得委屈，他捂着脸申辩道："他是咱营长嘛。"

老兵凶恶地威胁道："你再说，还想挨揍是不是？"

赵刚知道后，居然没有批评打人的老兵，倒把挨打的新兵训了一顿："谁让你这么叫的？你穿开裆裤时他就是团长了，咱独立团除了他，没有别的团长，明白吗？"

李云龙有次见了副团长邢志国，他半开玩笑地给邢志国敬了个礼，邢志国当时脸都白了。他发火道："团长，你成心给我添堵是不是？咱说好了啊，你以后要再开这种玩笑，咱俩就不是老战友了。"

李云龙嘴上向他道歉，心里却很受用。

全团人都这么认为，上级怎么任命那是上级的事，在独立团，团长的位子只姓李，就算李云龙被降成伙夫，在这一亩三分地里，他永远说了算。此时，李云龙逮住了酒，自然是一杯接一杯。

赵刚斜眼看看他道："喝点儿就差不多了吧？你有完没完？"

"这得看是谁说了，要是上级这么说，我立马不敢再喝了。要是老战友这么说，按我的理解，是嫌我喝得少，不够意思，是吧？"李云龙的话里带着明显的威胁。

赵刚被噎得一时没话了，他想了想道："要这么说，你还是喝死算吧，他妈的全团就你特殊，你凭什么？"

"你咋不说全团就我被降了级呢？官丢了再不让喝点儿酒，你还让不让老子活啦？"

赵刚转移话题道："老李，今年一开始势头不错，苏联红军和英美盟军已经从南北两个方向攻入德国本土，希特勒快撑不住了。美军在太平洋战场上也频频得手，连日本本土也处在美军轰炸机的攻击航程内，我估计，战争有可能在今年结束。”

李云龙喝口酒道：“欧洲和太平洋离咱们太远，咱们还是关心眼皮下的事吧。眼前的鬼子也快不行了，他们在收缩防御，兵力越来越吃紧，连十四五岁的孩子都应征入伍了，不少据点也被放弃了。上个月，晋绥军楚云飞部突然攻占了安化县城，把他的指挥部迁进了城，而日军竟默认了这个现实，放弃了夺回县城的打算。”

“老李，你别喝了，你看出什么名堂没有？”

“咱老李是谁？能看不出这点道道来？要我说，鬼子倒不足为虑，要提防的倒是楚云飞这小子。安化县城一落到他手里，对咱们的地盘已形成三面包围之势，这小子只要得机会随时可能咬老子一口。”

赵刚笑了：“你果然老谋深算。我也这么想，抗战即使结束了，离和平还远着呢，咱们和国民党早晚要干一仗。楚云飞是个明白人，他也早看出这步棋了，现在就想展开兵力，占据主动，在晋西北形成局部优势，一旦时机成熟就吃掉咱们。”

李云龙不屑地哼了一句：“谁吃谁还不一定呢。想吃掉咱独立团，他也不怕把门牙硌下来？对了，我差点儿忘了，我刚接到楚云飞的信，他请我去安化县城会会，说是准备了便宴，兄弟们叙叙旧。”

赵刚吃了一惊：“怎么？他现在就想动手？也太早了点儿吧？你真打算去？”

“当然，有饭吃有酒喝能不去吗？再说啦，要是不去，楚云飞那张嘴还不到处坏我名声，说咱老李是兔子胆。咱也丢不起那面子。那句话怎么说？‘饿死事小，失节事大’，老子不能失节呀。”

“扯淡，你当你是什么节妇烈女？这是‘鸿门宴’，他楚云飞是摸透了你的脾气，知道你死要面子，故意给你下套儿，这一去凶多吉少，咱们何苦去争一时之长短。你不能去冒这个险。”

李云龙还当他是团长，根本没有要和赵刚商量的打算，只是来打个招呼。他见赵刚阻止，便不耐烦了，绷着脸道：“老赵，咱们好像有分工呀，军事上的事我说了算，你越权啦。”

赵刚一急也顾不上李云龙的面子了，他涨红了脸针锋相对地说：“那是以前，现在我是团长，你不要搞错了，我不同意你去！”

李云龙一听就翻脸了：“放屁！你少给老子摆团长架子，老子给你敬礼是给你面子，让你狗日的高兴高兴，你他娘的还当了真啦？告诉你赵刚，你同意也罢，不同意也罢，老子还非去不可，惹急了老子，老子就不认你这狗屁代理团长……”

赵刚火冒三丈，哗啦一声把酒杯摔在地上。李云龙哪吃这一套，砰的一声把酒瓶子摔了，又觉得不解气，飞起一脚踢翻了炕桌……

楚云飞今天心情不错，他换了一身新军装，显得仪表堂堂，这种新制式美式军服是最近刚换发的，西服式翻领，系绿色领带，袖口上镶着代表校官阶级的黄色袖线，左胸上方佩着两排五颜六色的略表。他对自己的上校肩章很不以为然，他知道这副上校肩章不会戴得太久了，他快换副少将肩章戴戴了。

自从他给李云龙发去了请柬后，便精心准备起来。他知道李云龙会来，这个人太好面子了，甚至到了虚荣的程度，就算知道你这里预备好了绳套，他也要故意把脑袋伸进来。不过，楚云飞想是这么想，可行动上一点儿不敢马虎，谁要是把李云龙当成个一脑袋高粱花子的土包子，谁就是天大的傻瓜。此人城府极深，大智若愚，表面上称兄道弟，那张嘴像抹了蜜，不知道的人猛一看，还真以为他和楚云飞是一个娘胎里出来的亲兄弟，其实他对国民党军的那种戒备已经深入骨髓了。这是个只能占便宜不能吃亏的人，吃点儿亏就要想方设法报复，一旦出手就凶狠异常，招招都是辣手，黑云寨那几个土匪头子的下场就是例子，连楚云飞都有点不寒而栗，此人不除，必成后患。平心而论，楚云飞还是挺喜欢那家伙的，和他打交道很愉快，只要不谈党派利益，两人还是挺说得来的。这家伙天生就有些英雄气概，像条汉子，若是没有战争，此人可交。他想象不出，李云龙今天来赴宴，会做些什么防范措施，以他的狡猾，不会猜不出这里的凶险。就算他带一个连的警卫，那也不过是一碟送上门的小菜。这是什么地方？进来容易出去可难啦。

副官报告："团长，他们来啦。"

站在指挥部门口的楚云飞抬头望去，见三匹白马卷起一股黄尘风驰电掣般从远处奔来。楚云飞一愣，才三个人？这李云龙胆大得没边了？

李云龙带着两个膀大腰圆的卫士，三人都骑着缴获的东洋马，身穿关东军的黄呢面皮大衣，足蹬高筒马靴，卫士们左右披挂着两支20响驳壳枪，斜挎着马刀，很是威风。这三位骑手显然是在卖弄骑术，他们一直狂奔到大门口才猛勒缰绳，东洋马两蹄腾空，直立而起，发出一声长嘶，李云龙跳下马，把缰绳一扔向楚云飞走来。

楚云飞带领一群校级军官站在门口等候迎接，他嘴角一动，漾出一丝冷笑，心里说，这家伙还挺招摇，行头倒不含糊，马是好马，枪是新枪，卫士们胸前的牛皮弹袋簇新锃亮，驳壳枪的枪柄上还系着长长的红绸子。他觉得这家伙在有意摆谱，品位挺俗的，打扮得漂漂亮亮的像个新上门的小女婿，你当是到丈母娘家相亲吗？楚云飞向前迎了几步，双方都戎装在身，自然是按军人礼节相互敬礼，然后才是握手。两人又是拉手又是勾肩搭背，亲热得不行，也不问问谁大谁小，一律称兄。

李云龙亲热地扯着大嗓门道："楚兄啊，你可想死兄弟我啦。不瞒你说，昨晚做梦还梦见老兄呢，咱哥俩喝得那叫热乎，你一杯我一盏，真他娘的是换老婆的交情。谁知喝着喝着老兄你就翻了脸，用枪顶着我脑门，吓得我一激灵，愣是吓醒啦。你说这是哪儿的事儿？"

"哪里，哪里，云龙兄是抬举我呢，连做梦都惦记我楚某，我说这几天怎么浑身不自在。来，云龙兄里面请。"楚云飞也半真半假地开着玩笑。

厅堂里的宴席已经摆好，两人你推我让了半天才由李云龙坐了上座。

李云龙望着桌上丰盛的菜肴叹道："楚兄不愧是大户出身，硬是会享福啊！兄弟我可是土包子，这些菜别说吃，连见也没见过。"

楚云飞道："别看我是山西人，可我不护短，坦率地讲，山西菜上不得台面，不入流。北方菜系说得过去的只有鲁菜，正巧我这儿有个山东厨子，手艺勉强说得过去，如今是国难时期，条件差一些，委屈云龙兄了。"

李云龙不等邀请便伸出筷子夹了一块水晶肘子放进嘴里，边嚼边让，似乎他是主人：“大家吃，大家吃，都别客气。虽说国难当头，饭总还是要吃的，兄弟我不怕别人说咱‘前方吃紧，后方紧吃’。”

楚云飞一笑：“还是前方紧吃好，什么时候前方能紧吃了，说明战争就快结束了。云龙兄，仗打完了有些什么打算呀？”

李云龙站起来用筷子指着离他很远的一盘菜道：“喂，那位兄弟，把那盘菜往我这儿挪挪，我这胳膊不够长。好，好，谢谢。楚兄，你是问我吗？我嘛，没别的想头，等委员长赏个一官半职的，也好光宗耀祖嘛。楚兄有机会还得替兄弟我美言几句。”

楚云飞很是推心置腹地说：“云龙兄，我对你们十八集团军可是有意见，以你老兄的本事和战功，这几年在晋西北混出的名头，你的上司怎么视而不见？明明是有功之臣，怎么不升反降呢？你不过是杀了几个土匪嘛，这是维护地方，除暴安良嘛，该嘉奖才是，兄弟我看着不公平。”

李云龙的嘴一直没闲着，这会儿已经吃个半饱了，这才准备喝酒。他举杯道：“楚兄啊，我李云龙是个粗人，平时姥姥不疼舅舅不爱，世上谁最关心我、惦记我？是老兄你呀，别说了楚兄，再说我眼泪要下来啦。来！冲老兄这话，干了这杯。”

两人碰杯，各自饮了。

“楚兄，你掏心窝子，兄弟我也不能掖着藏着不是？这话我只对楚兄一个人说，咱虽说被降了级，可我那独立团还是兄弟我说了算。你看，连老兄你也没拿咱当个营长不是？你堂堂上校请个营长吃饭，也丢老兄你的面子呀。再说啦，指不定啥时候时来运转，我这团长的帽子不又戴上啦？这年月，兵荒马乱的，琢磨我李云龙的人不少，这是好事。老兄你想，要是没人招我，咱也不能先招别人不是？要是有人成天琢磨你，瞅冷子咬你一口，这就好了，咱这就逮着理啦，得理咱就不饶人，谁让你招我呢？咱不光要吃他的肉，连骨头也得嚼碎了咽了。到那时我上司得乖乖把团长帽子给我戴上。所以说，兄弟我就不喜欢天下太平，就喜欢乱，喜欢有人招我惹我，要不咱到哪儿去找升官的机会？”

楚云飞仰天大笑，他用手指着李云龙道：“我看出来了，云龙兄小时候大概是个打架不吃亏的孩子，而且喜欢寻找对手，就是没有对手也要创造出个对手来，是不是？”

李云龙点头承认道：“不好意思，是有那么点儿毛病，有时没人理我了，就他娘的……手痒痒。”

“云龙兄，闲话一会儿再叙，咱们先说点儿正事？”

“楚兄有话尽管讲。”

“明说吧，楚某敬重云龙兄是条好汉，战争结束后，兄弟我想向阎长官保荐云龙兄去陆大深造，毕业后混块少将牌子不成问题。”

“哟，那敢情好，条件是什么？楚兄是山西人，在娘肚子里就会做买卖了，有来无去不成买卖，楚兄不会白送我个人情吧？”

“云龙兄，我的部队要扩编了，有个副师长的位子还空着，老兄有兴趣吗？其实，八路军也好，晋绥军也好，都属‘国军’战斗序列，都一样打鬼子，哪儿干不一样？云龙兄，你我是朋友，这话我只和你一个人讲，抗战结束后，贵党边区政府的合法性恐怕也就不存在了，政府不会允许国中之国的现象存在，军队也要统一整编，云龙兄该为自己的前途考虑一下。”

“这是好事呀。我知道，老兄有好事总先想着我。这样吧，容我考虑一下，升官是好事，兄弟我做梦都惦记着。来，喝酒，喝酒。顺便问一句，楚兄不光是对我李云龙感兴趣吧？我那一团人马，楚兄想必也有考虑。”

“当然，贵团战斗力之强悍，第二战区同仁有目共睹。野狼峪一战，日军闻风丧胆，连委员长都惊动了。这么好的部队，云龙兄恐怕也舍不得丢下，还是带着走吧。”

“来，楚兄干了这杯，兄弟我够量了，路上不安全，我得早点儿走，回去也好考虑考虑老兄的建议。”

“哪里话，云龙兄的酒量我有数，这才到哪儿？今天你我得一醉方休，谁没醉谁不够朋友，今晚就住我这儿，这里有的是房子，委屈不了云龙兄。”楚云飞微笑着望着李云龙，显得很真诚。

李云龙的舌头似乎有些发硬，略显醉态地打哈哈：“哟，这……这不行，兄弟我这一宿要……要不回去，我那政委肯定以为……咱老李逛……逛窑子去了，我们八路军比不了你们，不……不许干这个。”

楚云飞霍然变色道：“云龙兄，我要是硬留你呢？难道也不给我这个面子？”

屋子里的气氛骤然紧张起来，几个晋军的尉级军官不知何时已站在李云龙的两个卫士身后，手扶着腰间的枪套虎视眈眈。楚云飞沉着脸，手里玩着高脚杯，不时抿上一口，屋子里变得很静。李云龙的两个卫士目不斜视，面不改色，一动不动，似乎根本不关心身旁的动静。李云龙给自己斟满一杯酒，在楚云飞杯子上碰了一下，一扬脖子喝了。他亲热地拉着楚云飞的手，脾气显得出奇地好：“楚兄呀，兄弟我惹你生气啦？别跟我一般见识呀，你看，咱自罚一杯，给老兄赔礼啦。楚兄啊，兄弟我不是不知好歹的人，老兄对我好，我心里明白，天地良心呀，这会儿我这心里……真他娘的热乎乎的。楚兄，不是咱不给老兄面子，只是今天兄弟我不太方便。你想呀，鬼子总惦记着要买我脑袋，咱能卖吗？兄弟我怕路上有个闪失，不得不做些准备，让老兄见笑了……”李云龙向卫士使了个眼色，三个人慢慢解开棉军装的扣子，敞开了棉衣……

楚云飞怔住了，三个人的棉衣里连衬衣都没穿，裸露的胸腹部竟缠满了炸药……

楚云飞叹了口气道：“云龙兄，到我这儿吃顿饭还搞得这么兴师动众的，这分明是信不过我楚某啊，真叫人寒心哪。”

“楚兄要这么说，可真叫兄弟我无地自容啦。老兄千万别误会，咱这不是对付鬼子吗？咱们是友军，你我又是兄弟，我害谁也不能害老兄你呀。楚兄，你不知道，兄弟我一喝多了脑子就不够使，手就爱乱摸，上次就是，稀里糊涂摸到一个娘们儿的脸上，差点儿又挨了处分，这次可更不敢乱摸啦，要一不留神摸到导火索上不是麻烦了吗？我死了是小事，连累了楚兄可就太不仗义啦。喂！那几个弟兄站在那儿也够累的，咱们自家兄弟喝酒还摆这排场干啥？弟兄们随意吧。”

楚云飞挥挥手，军官们退下。

“楚兄，我是吃饱喝足啦，可家里的弟兄们还啃窝头呢，你看这一桌子剩菜……老兄是体面人，当然不会吃剩菜，那让人笑话呀，兄弟我反正是泥腿子一个，穷惯啦，糟蹋了多可惜，你看是不是……谢谢楚兄，不好意思，不好意思，那兄弟我就不客气啦……”

楚云飞把李云龙送到城门口，李云龙有些不胜酒力，舌头也不利索了：“楚兄，真……舍不得分手，好不容易见……见面，你得送送兄弟，人家古人十……十八里相送，咱就别……别这么多客套啦，一两里地足够了，是那意思就行啦。喂！城楼上那几位弟兄，把……把家伙收好，别……别他娘的拿……拿家伙在老子眼前晃悠，老子小时候让……让狗吓着过，胆子小……”

那天楚云飞把李云龙送出很远，说不清是几里地，反正是城楼上机枪的射程之外。

这年8月，日本天皇宣布无条件投降，中日战争终于结束了。这个饱受八年战争之苦的国家沸腾起来，老百姓们敲锣打鼓，载歌载舞，他们热泪纵横，欢呼雀跃。这个饱受苦难的民族在一百多年中和外国入侵者进行过数次战争，均以失败告终。这一次，终于成为胜利者，没有什么事能比和平的到来更使人兴奋的了，每个人心中都充满希望。那位领导八年抗战的蒋委员长的威望简直达到空前的高度，一时成为万众瞩目的民族英雄。

只有政治家和职业军人们最为冷静，他们冷冷地注视着这欢腾的海洋，在欢乐的洋面下，两股巨大的潜流在相互逼近，马上就要骤然相撞，激起惊天动地的巨浪。他们绝不相信和平，在这个世界上，政治家只相信权力，而军人们最相信的，莫过于手中的武器。

9月，晋西北八路军李云龙部的一个营遭到国民党军楚云飞部的突然袭击，在突破八路军的外围阵地时，遭到守军的突然反击，从营长到伙夫无一例外地端起雪亮的刺刀和敌军展开白刃战，双方伤亡惨重。天亮，八路军增援部队赶到，国民党军撤退。后经联络，双方均声称误会。

十几天后，楚云飞部一个营正接受一支伪军部队的投降时，遭到八路军李云龙部的包围，伪军和国民党军一起被缴了械。伪军部队倒没说什么，反正是投降，被谁缴械都一样。那一个营的国民党军弟兄却很愤怒，怎么把我们也当成伪军啦？

八路军李云龙部似乎过了好几天才弄清楚，敢情是误会了。李云龙很不好意思，致信楚云飞连连道歉，声称当时是喝酒喝过了量，一时认错了人，实在不好意思，并一再表示要将缴去的武器完璧归赵。

楚云飞等了一个月没见动静，派人前去交涉，李云龙客气地回复：正在统计中，请耐心等几天。

又是一个月后，楚云飞再次催促，八路军方面再回复：统计得差不多了，再等几天。

几个反复之后，事情还没解决，国民党军方面提出建议，由双方长官会晤面谈。八路军方面回答：可以，请楚长官去八路军驻地面谈，李云龙长官特设便宴招待。

不提吃饭还好点，一提吃饭楚云飞自然想起那次鸿门宴，不由顿生疑窦，生怕李云龙如法炮制，便找个理由推托了。李云龙得了理，便声称此事只和楚云飞谈，别人不够资格。这件小事一来二去竟拖了一年多，直拖到内战爆发，国共双方数百万军队展开了一场大厮杀……

李云龙认为自己是个说话算话的人。他很在乎名声，在给楚云飞的最后一封信中，他表示：打仗归打仗，兄弟还是兄弟，李某说话算数，那批装备请老兄派一个连过来搬就是。那个副师长的位子也务必给兄弟我留着，等仗打完了再去上任。

楚云飞阅后把信扯了，心说我他妈有病是怎么着？把好好一个连往狼嘴里送？李云龙这小子，是个占便宜没够、吃了亏难受的主儿。关于楚云飞和李云龙的交往，赵刚是这么评价的：君子碰上小人了，当君子的就别想占便宜。

〔 第十一章 〕

1948年11月的一个清晨，徐州。这个自古为兵家必争之地的城市，两千多年来，以见诸文字的158次血战而彪炳史册。

仅仅在10年前，这个城市的周边地区，就爆发了一场惊天动地的大血战，中日两国的正规军在此投入的总兵力为数十万人，战斗之激烈，伤亡之惨重，是前所未有的，日本陆军的骄傲——板垣师团，在此遭到重创，上万日本士兵的尸骨被埋葬在这里，而中国士兵的阵亡人数则是日本人的数倍。台儿庄之战，给中日两国军人留下了难以磨灭的印象。

10年后的今天，这里又爆发了一场大战，这场大战，不是两个国家之间的战争，而是同一个国家同一个民族的两个政党之间的战争。这次大战的规模，超过了以往任何时候，国共双方投入的总兵力达到140万人，以往的战争比起此时此地发生的大战，实在是不足道哉。

关于这场大战，国共双方的叫法不同，国民党的历史教科书上称为徐蚌会战，而共产党的历史教科书上则称为淮海战役。

在这场决定一个国家一个民族命运走向的大决战中，国民党军投入兵力为80万人，解放军投入兵力为60万人。结局是，兵力和装备处于劣势的60万打败了处于优势的80万。

大战刚刚结束，当时世界第二号军事强国——苏联的伏龙芝军事学院高级指挥系的将军学员们便把它列入了经典战例，作为一个重大课题来研究。多少年过去了，各国军事学院的战史教材上，都把这次大战称为经典战例。

数十架美制B－25轰炸机编队组成若干个攻击波次，向地面俯冲投弹，数百门重炮和百余辆坦克将徐州市东侧邓楼至团山一线四十余里宽的正面变成一片火海。

徐州市东郊的市民们被这惊天动地的战争景观吓傻了，窗玻璃在强烈的声波中被震得粉碎，哗啦啦地倾泻而下，房屋在晃动，梁柱在吱嘎嘎作响，像是随时要塌下来，铺天盖地而来的硝烟使得日月无光，人们在持续的没有任何间歇的巨响中被震得失去听力。

国民党军第二兵团司令官邱清泉中将在兵团指挥部里举起望远镜。

激战的景象出现在望远镜中，随着坦克履带的撞击声，南北四十余里突然出现一条灰白色的水线，像涨潮的海水一样，向东方扑去，各种轻重火器爆响得已经听不出点来，手榴弹、迫击炮弹爆炸声，刺刀、枪械的撞击声，声嘶力竭的呐喊声汇成巨大的声浪。

邱清泉抓起电话话筒："要89师。喂，楚师长吗？你们师的正面是赵庄，我命令你不惜一切代价拿下赵庄。”

电话那头是国民党军第二兵团下属的89师少将师长楚云飞。当年活跃于晋西北的晋绥军358团上校团长楚云飞，抗战结束后，因其赫赫战功又被保送至南京陆军大学将官班深造，毕业后便脱离晋绥军，被分配到嫡系部队任少将师长，他早年的黄埔生经历使他左右逢源，无论是晋绥军还是中央军，对他都视同己出。楚云飞身穿美式黄呢子军装，脚上穿着锃亮的长筒马靴，肩章上一颗金色的将星和领子上的将官标志——金梅花交相辉映，他白皙的脸上两道浓黑的剑眉高高吊起，两只眼睛里没有激情，没有怒火，只有如水般的沉静。在他举着望远镜的左手上，戴着镶嵌着一颗硕大钻石的铂金戒指。他一副喜怒不形于色的贵族气质，面对眼前山崩地裂般的炮火，大量的死亡和鲜血似乎视而不见，嘴角上还挂着一丝冷冷的微笑。

来自中央社的记者曼林小姐正站在楚云飞的后侧欣赏着他迷人的风度，在曼林小姐的眼睛里，这位将军身上的贵族风度绝不同于上流社会沙龙里那些借裙带关系而身居高位的公子哥的贵族风度，这是一种受过良好的教育和久经沙场的阅历混合起来的冷静与自信，彬彬有礼中还略带点儿玩世不恭。在将星如云的国民党军队伍中，曼林小姐还没见过具有如此魅力的将军呢。在楚云飞的望远镜里，被笼罩在炮火硝烟中的赵庄时隐时现，国民党军官兵们像灰色的浪潮一次次扑上去，又不得不一次次退下来，每次退下来，都留下一片横陈的尸体和蠕动着的濒死的伤员，楚云飞漂亮的剑眉微微挑动了一下，心里暗暗惊讶，就这么几十米的冲击距离，竟然有一道由机枪、步枪、手榴弹组成的死亡之墙，没有什么人能进入这道高墙。他想起德国军事家克劳塞维茨的名言：用无限的暴力歼灭敌人的战斗力，为达此目的，唯有机动力与火力综合之冲力。他重新调整了重型火器的配置，用无线电和空军指挥官协调好空炮配合，重新安排了炮群和装甲集群，步兵分队之间的配合，然后下令组织敢死队。重赏之下，必有勇夫，很快，由每人30块大洋组成的一千多人的敢死队已进入攻击位置，其中多数是头脑狂热的青年校尉军官，他们不大在乎钱，有些军官把刚领到的银圆像天女散花般地撒给第二梯队的士兵：“弟兄们，打完仗拿去买酒喝，老子要钱干什么……”

他们的脑子里除了有三民主义救中国的理论，还有的就是忠于党国的正统观念。在他们的脑子里，党即国家，国家即党，反对国民党就是反对国家，就是敌人，为党国献身是光荣的。他们是在为国家和民族的命运而战。新的一轮空中轰炸和炮火轰击开始了，赵庄似乎被撕成了碎片，淹没在烈火中。十几辆美制谢尔曼M 4型坦克排成战斗队形向赵庄推进，剽悍的敢死队员们脱去上衣，赤裸的上身挂满了手榴弹和弹夹，手上端着清一色的汤姆森式冲锋枪，他们呼啸而起，灰色的浪头又卷向赵庄。

赵庄像死了一样，杳无声息。进攻的坦克纵队接近了赵庄，马上就要大功告成了，楚云飞的嘴角微微向上弯了一下，面色越发祥和起来。是的，你纵是块铁，这会儿也该化了。猛然间，赵庄突然复活了，迸出一圈炽烈炫目的白光，在山崩地裂的持续爆炸中，有十几辆坦克燃起冲天大火。敢死队员们没有退缩，他们的冲锋枪喷吐着火舌，吼叫着冲进对方的火力圈……惊天动地的喊杀声传来，庄内的解放军投入反冲锋了，望远镜里，衣衫褴褛的解放军士兵端着明晃晃的刺刀从炸塌的掩体中跳出来，组成一道土黄色的潮水，两股潮头骤然间相撞了，无数白灿灿的刺刀在阳光下闪出耀眼的光芒，双方毫无遮挡地对射，人群一片片倒下……20分钟后，赵庄又沉默了，静得像死去一样，国民党军敢死队员们无一生还。楚云飞觉得后背上的冷汗正在慢慢渗出，他靠着掩蔽部的支撑木，疲惫地自言自语道：“天！这是什么部队……”

师情报处长抢上一步，低声说：“师座，防守赵庄的是敌华野十一纵队二师，师长叫李云龙……”

楚云飞像遭到雷击一样不动了，他闭上眼睛想：云龙兄，久违了，你我兄弟战场上刀兵相见，真乃天意也。

师参谋长周家正沮丧地把计算尺扔在地图上说：“这里离碾庄不到40公里，就这40公里，竟成了不可逾越的死地。完啦，被围的黄百韬兵团悬啦。”

楚云飞不会想到，此时坚守在赵庄阵地上的华野十一纵队二师的一个团，眼下已不足百人了，参谋、警卫员、文书、炊事员全都拿起了枪走进掩体，二师师长李云龙已经成了重机枪手了。

李云龙刚刚当上师长。解放战争刚开始时，他还是团长。他的情况，全军都少见。红军时期就是主力团的团长，抗战初期又是团长，到了解放战争初期，他重新当上团长，这十几年来，他的职务升升降降，从团长变成营长，从营长又变成团长。说来也怪，每次降级后，他准又打个漂亮仗，于是又升一级。

淮海战役开始之前，李云龙团属于中原野战军。有一次这个团配合华东野战军打援，干得很漂亮，华野代司令员粟裕将军听说了李云龙的逸事，便想方设法地找借口，不允许这个团归建，至于他和中野刘伯承司令员是怎么谈的，谁也不知道，反正这个团糊里糊涂编入华野十一纵的战斗序列了。用李云龙自己的话说："老子1927年参加红军，要不是犯了错误，现在别说师长，纵队司令也不算啥，再说啦，就是这个师长的位子也不是白来的，那是老子挣来的。"

前些日子，国民党军第七兵团撤离新安镇，向徐州方向收缩。兵团司令黄百韬率领十几万大军按顺序交替掩护慢慢向徐州撤退。这个第七兵团，在华野代司令员粟裕将军眼里，可是块流着油的大肥肉，他已经盯了很久了。这次第七兵团撤出新安镇，只要越过运河，背靠上徐州，再想包围歼灭它可就难了，能让它跑了吗？野司第一次发出这样的作战命令：不怕疲劳，不怕困难，不怕饥饿，不怕伤亡，不怕打乱建制，不怕河流所阻，敌人跑到哪里，就坚决追到哪里，全歼黄兵团，活捉黄百韬。野司的命令发出后，整个淮海大平原上就喧闹起来，陇海线两侧，几十万华野官兵迈开双腿，卷起漫天黄尘，南北呼应着向东追去。几十万大军都乱了套，建制全部被打乱，甚至营一级的建制都不复存在了，团长找不到营长，营长找不到连长，许多师部、团部都成了空架子。部队在哪里？谁也不知道。建制乱了不要紧，人人心里都有底，向东追，追上就打，班自为战，人自为战了。

人肉做的脚板和胶皮做的汽车轮子在赛跑。担任第七兵团后尾掩护的国民党军63军，发现后面的漫天黄尘中涌来一股土黄色的巨浪，忙停下车准备掩护，还没来得及展开部队，便被蜂拥而来的巨浪扫了一下，两个团的人马顷刻灰飞烟灭。这是华野九纵干的。还没明白过味来，华野十一纵已超过63军的行军纵队在前面等着，于是兜头又是一下，63军的前锋部队又被扫掉两个团，这回是李云龙团干的。在这次大追击中，李云龙团是几十万华野部队中少数几个保持完整建制的团队。到底是久经战阵的老部队了，全团的战斗队形一点儿没变，全团官兵除了武器弹药，其余的东西全部扔掉，在奔袭中创出昼夜行军180里的速度。

当九纵的部队咬住63军后卫时，李云龙也率部队赶到了。当时九纵部队已没有建制了，乱哄哄的像放羊，别说团级指挥员，连营级指挥员都没有，机枪一响，乱哄哄地一拥而上，三人一群，两人一伙，各打各的，只认衣服不认人，见穿国民党军军装的就搂火。李云龙一看，直嘬牙花子，这叫他娘的打的什么仗？说放羊可以，说赶集也行。他传下命令，全团保持战斗队形，不许恋战，一个劲儿向纵深猛插。他们终于超过了63军的行军纵队，趁夜色掩护，用集束手榴弹炸毁了63军前锋的七八辆坦克，全团冲上去把敌人纵队分割成数截，乒乒乓乓打了半夜。到天亮一看，竟干掉敌人两个团，缴获的物资堆积如山。部队平时穷怕了，这次追击为了轻装把坛坛罐罐全扔了，现在见发了洋财，全按捺不住了，都冲上去抢夺战利品，建制马上要乱。李云龙脑子里也迅速盘算开了，他还没把这点儿战利品看在眼里，他知道，想吃肥肉就得追下去，占点儿小便宜就停止追击，那是小家子气，眼前这点儿战利品顶多算是点肉汤。追！吃肥肉去！当然，肉要吃，汤也不能倒了。他留下一个连看守战利品，全团继续追击。63军被吃掉几个团，主力缩进了窑湾镇。尽管窑湾镇城坚台高可作依托，但哪里能挡得住随后赶来的华野一纵的攻击？又是一场激战。

李云龙团终于吃上肥肉了，他们在一纵攻击之前赶到了，连口气都没来得及喘，前卫连就和守敌接上火了。全团没等李云龙下令，就蜂拥而上，乒乒乓乓干了起来。这边一纵首长还纳闷呢，怎么我还没下达攻击命令就打响啦？李云龙这边也有自己的想法，以区区一个团攻击一个整军，纵是他有天大胆子，也得琢磨琢磨，可今天的时机不错，背后有一个纵队给自己撑腰，后面还有陆续赶到的华野40万大军，老子怕什么？打他娘的。

激战进行了一天一夜，窑湾镇成了一片废墟，63军中将军长陈章饮弹身亡，63军顷刻间土崩瓦解。第七兵团的一条胳膊被砍断了。这一打，李云龙团莫名其妙成了一纵的前卫团，头功自然是跑不了的，李云龙团在华野部队中一战成名。华野代司令员粟裕亲自下达命令，提升李云龙为二师副师长。谁知李云龙不干，他说，我不干副职，上级要信得过我李云龙，就给个师长干，要么我还当这个团长。粟裕听了汇报，沉吟半晌，一拍桌子说，就让他干师长。

刚当上师长的李云龙差点又犯了老毛病，他打63军前锋时缴获的战利品又被后赶来的兄弟部队抢了，看守战利品的那个连长阻止不住，还被别的部队一个营长打了两个耳光。李云龙大怒，二话没说，带着全团包围了那个抢战利品的营，架起了机枪。他大吼道："谁敢动我就崩了他狗日的，反啦？还没王法啦？有能耐自己去缴获，那才是汉子。老子不是地主老财，用不着你们来打土豪。一连长，是谁打了你？去！还他两个耳光，让他以后长长记性。"

一连长像得到圣旨般地冲上去，揪住那个打过他耳光的营长，左右开弓地还了两个耳光。那个营长的上司、九纵五师的师长正从这里经过，见此光景便拉下脸来，说你这当师长的咋命令部下打我的人呢？李云龙轻蔑地一挥手："老子就这脾气，要打官司到野司见。一连长，你小子真是个熊包，记住以后再遇上抬手打人的，别管他官大官小，先捶了他狗日的再说，挨打不还手的人别在我二师混，老子丢不起那人。"

九纵把状告到野司，最后也不了了之。有师长做榜样，二师的战士脾气也见长了，不光打仗不要命，抢战利品也不要命，几句话不合耳光便扇过去，爱谁是谁。在华野的战斗序列中，十一纵二师被公认为嗷嗷叫的部队，什么事都要拔尖，打仗和抢战利品都是如此，这叫两头冒尖。如果说在大追击中打63军是沾了天时地利的光，那么在赵庄阻击战中，李云龙率领自己的老部队确实打出了威风。邱清泉兵团下辖的五军号称国民党军的五大主力之一，中国的第一支机械化部队，是精锐中的王牌。这次在赵庄的阻击战中，李云龙硬是没让五军前进一步。淮海战场上的国民党军主帅杜聿明中将在望远镜中目睹了赵庄阻击战的惨烈，他脸色惨白地扔下望远镜，久久没有说话，这个名不见经传的李云龙给他留下了深刻的印象。

黄昏时分，李云龙带领全团残存的战士撤出赵庄阵地时，全体都哭了。李云龙的心里撕心裂肺般痛苦，这个团是他从晋西北带来的独立团的老底子，现在几乎打光了。赵庄阻击战结束后，大批补充兵员到了，其中大部分是国民党军俘虏，二师得到补充，成了满员师，兵力达到上万人。他还没来得及休整部队，新的作战任务又到了。

〔　第十二章　〕

黄百韬兵团终于在碾庄陷入重围。围绕着碾庄，国共双方上百万兵力展开激战，国民党军的几个兵团急红了眼，不惜一切代价地向碾庄靠拢，力图把黄百韬兵团救出重围。解放军中野华野两大野战军并肩作战，在碾庄周围设下一道道阻击线。淮海大平原上炮火连天，前所未有的大决战开始了。

国民党军攻击前进，想向碾庄靠拢，解放军死死守住阻击线，半步不让。激战几日，一时谁也奈何不了对方。双方的将领都非等闲之辈，国民党军将领认为正面攻击收效甚微，似乎应该考虑一下侧翼迂回，绕过解放军阻击线，在解放军侧背猛戳一刀，切断解放军阻击部队的退路，使其腹背受敌，不战自溃。

无独有偶，解放军将领的脑子也没闲着，正面阻击消耗很大，老子不能光守在这里挨打，进攻从来就是最有效的防御，你出击，我也出击。打运动战本来就是华野的强项，你从正面攻击，我要从侧翼绕过去抄你后路，使其西顾徐州。

战场上情况瞬息万变，此时，双方的情报部门都有些跟不上趟了，双方将领都在盯着地图，迅速作出决策，华野代司令员粟裕和国民党军第二兵团司令官邱清泉中将都同时盯住地图上同一个地点：潘塘。

这是个小得不能再小的小镇，位于徐州东南十余公里处。此时的小镇，在落日的余晖中鸡犬相闻，炊烟袅袅，一派宁静和平景象。谁也不会想到，巨大的灾难即将降临，小镇马上就要变成一片瓦砾了。

那年初冬的一个寒冷的夜晚，在穿过小镇的那条公路上，东西两端都开来一支浩浩荡荡的大军，双方都是轻装，都在静肃行军，双方从将军到士兵都蒙在鼓里，谁能想到，如同对开的两列火车就要在这里猛然相撞，激起惊天动地的轰响……

凌晨三时，两支大军都在猝不及防中骤然相撞，双方的尖兵几乎是同时开了火，机枪、冲锋枪爆响起来，两支大军的先头部队迅速搅在一起，短兵相接的拼刺声，濒死者的惨叫声，响成一片，黑暗中手榴弹嗖嗖乱飞，炸出一朵朵橘红色的火花，小镇的甜梦被打破。

双方的指挥员同时下了命令：不要纠缠，快速通过。谁也没把对方放在眼里，都以为对方是支小部队，但打着打着就发现不对劲儿。双方的大部队交错而过，都发现对方的队伍无头无尾，竟是两支浩浩荡荡的大军，顿时，双方的建制全乱了，两支大军迅速绞在一起，而且越缠越紧，越打火力越猛……

天亮了，国民党军的一架侦察机飞来，大惊失色的飞行员发现，地面上的两支大军以小镇为中心已扭成一个纵横十几公里的巨大旋涡。这时，谁想撤出战斗已是不可能了。双方的将领都明白碰上硬茬了，各自都发出了增援电报。国民党军第二兵团下属的五个整军全线压上来，华野的五个纵队也迎头出击，在双方猛烈的炮火下，到处尸骨横飞，小镇在两股巨大浪潮的夹击下，变成一片废墟。

李云龙的二师也被卷进这巨大的旋涡里。当遭遇战刚刚打响时，李云龙便兴奋起来，大冷天就把帽子甩飞了，衣服扣子也解开了，他以一个老兵的经验判断，这场遭遇战的规模小不了，方圆几十里内到处是爆豆般的枪声，从火力的密集度和激战的各个方位上看，这场遭遇战有点世上罕见。他估计得小了些，以为双方参战兵力有个几万人，其实，双方在这场激战中竟投入了几十万兵力。

一开始，李云龙还有板有眼地下达作战命令，几团抢占左翼阵地，几团抢占右翼，几团做预备队。命令发下去后，他觉得不对劲儿，传令的通信员一个也没回来，到处都在激战，二师的几个团也不知在什么位置上，手头除了师部警卫连就是师部参谋、干事和勤杂人员，就这支非作战部队也是处于敌人重兵的包围下。警卫连展开后，把师部人员围在中心，抵抗着从四面八方逼近的敌人。李云龙一时有点儿措手不及，他打了二十多年仗，还没见过这么乱的仗，什么战术、章法全没了，胡打吧。他抄起一支卡宾枪就投入了混战。

借着手榴弹爆炸的闪光，他看出了点门道，国民党军士兵都戴着钢盔，解放军士兵都戴着土布做的棉帽。这就好办啦，见着戴钢盔的就搂火，他边射击边对身边的侦察参谋说："去弄个能喘气的俘虏来。"

侦察参谋问："师长，这会儿要俘虏有啥用？"

"问问这股敌人的番号就行。"

侦察参谋办事挺利索，一会儿就回来报告："是敌人74军96师的。"

李云龙说："操，我当是谁，不就是那个咱华野在孟良崮收拾掉的74师嘛，番号没变，可早不是那个74师啦，这是重建的，纸糊的老虎。传我命令，收集敌人尸体上的钢盔，最好一人弄一顶。"

他下令停止射击。见国民党军那边打得正热闹，子弹像泼水般打来，他躺在地上说："谁也别开枪，都趴下。"

那边打了半天不见这边动静，便疑惑起来，枪声稀疏了。侦察参谋大喊一声："我们是'国军'74军的，你们是哪部分？"

那边也发话了："我们也是74军的，你们是哪部分？"

"96师的，这边的敌军早让我们收拾啦，你们怎么朝我们开上火啦？"李云龙一挥手，部队都站起来，慢慢向前移动着。

东方已出现了鱼肚白，隐隐约约能看见东西了，74军士兵们模模糊糊看见一队戴钢盔的士兵正朝自己走来，便没有生疑，还抱歉地喊："对不起，弟兄们，误会啦。"

李云龙已接近了敌人，他一声不吭就开了火，敌人倒下一片，他身后的警卫连一拥而上，猛烈的火力在抵近射击中显出巨大威力，扫到哪里，哪里就有成片的敌人被扫倒。

李云龙得了便宜就不让人，哪里敌人密就往哪儿打。在离李云龙不远处的一个土坡上，是国民党军89师的师部，少将师长楚云飞此时比李云龙也强不到哪里去，他的部队也被打散了，身边只剩下一个警卫排和一门82迫击炮。楚云飞也端上了一支斯登式冲锋枪投入厮杀。他发现不远处有支戴着国民党军钢盔的小部队，正朝自己方向猛冲猛打，定眼一看，对方身上的土黄色军装露了馅：妈的，是解放军！他发现这股解放军的作战方式不一般，前面由机枪和冲锋枪等自动火器组成突击队，后面的人只管把手榴弹越过前面人的头顶不断扔出去，这种分工有序的作战方式很奏效，国民党军吃亏不少。

楚云飞有双目力极好的眼睛，当他发现冲在队伍最前面的李云龙时，心里咯噔了一下：妈的，冤家路窄，又碰上这个老熟人了。不过这次可不太妙，凭自己这一个排兵力，别想挡住李云龙。楚云飞毕竟是楚云飞，面对李云龙的攻击，他不会退缩的，他镇静地命令迫击炮手："炮身倾斜度85，快，打正前方那个人群。"炮手迅速装弹，砰的一声，炮弹飞了出去，楚云飞冷冷地望着前方，心里说，对不起啦，云龙兄。

此时，李云龙也发现了土坡上站立的楚云飞，不过他的视力没有楚云飞好，他只发现一个身穿黄呢子军装的高级军官，没有认出是谁，他便命令身边的机枪手："快，打那个当官的。"机枪手平端着机枪嗒嗒嗒一个连发长射，楚云飞像猛地挨了一铁锤，仰面栽倒，他的胸前绽开了两朵红花……与此同时，那颗几乎垂直的炮管发射出来的迫击炮弹从五六十米的高空带着尖厉的呼啸声，落在李云龙身旁。在爆炸的一瞬间，他觉得自己仿佛变成一片轻飘飘的羽毛升了起来，无边的黑暗像潮水般涌上来……

〔 第十三章 〕

一个干部模样的青年右手拎着驳壳枪，左手毫不客气地推开挡路的人，他身后的一群战士簇拥着一个担架。他们是刚从战场上下来的，身上衣衫褴褛，血迹斑斑，脸上杀气腾腾。他们直接把伤员抬进了野战医院手术室，似乎根本没打算办什么手续。一个年轻的助理员见这种违反制度的行为便批评了两句，没想到话没说完脸上就挨了两个耳光。助理员大怒，真是反了，敢跑到这里撒野来了，他正要喊卫兵，却突然不吱声了，因为他发现那个干部对着他的脑门举起了驳壳枪。

助理员是从野战部队调来的，玩儿枪不是外行，他看出来了，对方可不是吓唬人的，那驳壳枪的机头大张着，子弹已经上了膛。那个干部冷冷地对助理员说："马上给我们师长做手术，别再和我说动手术要排队的话。听着，我们师长要有个好歹，我先毙了你，然后再毙医生！听清楚啦？马上手术！"助理员的脸色发白了，他知道和这些刚从战场上下来杀红了眼的士兵是没有道理好讲的，这是一群半失去理智的人，更何况这伤员竟是个师长。解放战争后期，师团级干部伤亡的事已很少见了。助理员不敢怠慢，马上召集医生进行手术。

此时，躺在手术台上的李云龙真正是体无完肤了，腹部的绷带一打开，青紫色的肠子立刻从巨大的创口中滑出体外，浑身像泡在血里一样，血压已接近零，医生迅速为他清洗完全身，发现他浑身是伤口，数了数，竟达18处伤，全是弹片伤。

担任主刀的医生武田治郎是抗战后期被俘的日本军医，被俘后由于受到人道的待遇，很受感动，自愿参加了日军士兵反战同盟并留下来为八路军服务。

他是个很有经验的外科医生，经他手术救活的重伤员至少有上百人了。可今天的手术有点使人紧张，这个重伤员是个师长，手术室外还有一群荷枪实弹、杀红了眼的部下正虎视眈眈地盯着，这些没文化的士兵思维方式很简单，他们的师长要是救不活，就是医生没好好治，就该找医生算账。想到这里，武田治郎医生的手就有些哆嗦。

眼前这个伤员的伤势太重了，血几乎流光了，整个躯体像个被打碎的瓶子，到处都需要修补。由于炮弹是近距离爆炸，弹片的射入位置很深，钳弹片的手术钳探进创口都够不着，有块弹片从左面颊射入，从右面颊穿出，击碎了两侧的几颗槽牙，再差一点，舌头就打掉了。医生忙得满头大汗。血库里的存血也几乎用光，从门口站着的那群战士中只选出两个对血型的，医院院长紧急召集全院医务人员对血型，只有护理部护士田雨的血型相符。这个年轻护士的400 cc鲜血，被注入李云龙的血管。二师警卫连连长董大海正坐在手术室外的台阶上摆弄着他的驳壳枪，一会儿合上机头，一会儿又掰开，吓得旁人都绕开他走。

他正竖着耳朵听手术室里的动静，手术室里每钳出一块弹片被扔进金属盘子发出咣的一声都让他的心跟着一哆嗦。他是李云龙独立团的老兵了，1941年在晋北入伍的，刚入伍时给李云龙当过通信员。在1942年的一次反扫荡中，他腿部中弹被合拢进包围圈，这时已经突出包围圈的李云龙又亲自端着机枪带一个连杀开一个缺口，把他抢了出来。突围时，团长把自己的马让给他骑，自己却徒步掩护。董大海从此认准一条，在独立团里李云龙永远是团长，哪怕团长犯了天大的错误，被降级降成伙夫，他也只认李云龙。新任的团长爱谁是谁，老子不认，谁要说李云龙不好，他二话不说就扇他狗日的。没有李团长就没有他董大海，救命之恩如再生父母。

这次遭遇战，董大海的警卫连死死地把李云龙围在中间，为此，他挨了师长好几脚，嫌他老挡在前面碍事。就这么护着，临了还是出事了。他只记得那个穿黄呢子将官服的国民党官儿指挥发出了这致命的一炮后，马上被机枪手干倒了。董大海号叫着带战士们扑上去拼命，那将军的警卫们也够硬的，死战不退，最后全部被干掉，可到底还是把那将军抢走了，不知是死是活。当担架队上来要抬师长时，董大海死活不让，他不放心，在争执中他又犯了打人的老毛病，给了担架队长一个耳光，最后还是警卫连的战士抬的担架。

一个穿着白护士服的漂亮姑娘被人扶着从抽血室出来，脸色惨白。

董大海手下一个战士在他耳旁小声说："连长，这个护士刚给咱师长输了血。"

董大海蹿到姑娘面前，二话没说扑通跪下："护士同志，你是我们全师的大恩人，是我董大海的大恩人，我代表全师给你磕头啦……"说着便捣蒜般地磕头不止。

那姑娘惊慌地拉起董大海连声说："同志，同志，别这样，这是我的职责呀……"

董大海打定主意，该做的都做了，血也输了，师长也该活过来了。要真有个好歹，那赖不着别人，我饶不了那主刀的日本医生，他妈的，日本人没好东西，跟他们打了这么多年仗，还不了解他们？反正师长要没救过来，老子先毙了这狗日的，豁出去进军法处啦。他听到的最后一声金属撞击声已数到18次了，天哪，18块弹片。

那个日本医生擦着汗从手术室走出时，董大海又蹿过去，医生通过翻译告诉他，手术虽然做完了，可这个伤员能活下来的可能不大，他伤势太重了。董大海一听火就蹿上脑门：妈的，肯定是这小鬼子没卖力气。他伸手就要拔枪，刚拔出一半便被人喝住："住手！在这儿捣什么乱？"董大海扭头正要发作，一看，脑袋耷拉下去了。来的是原独立团政委赵刚，现任纵队副政委。

赵刚刚跳下马，见董大海在这里撒野，便气不打一处来，多年的军旅生涯也使知识分子出身的赵刚变成了火暴脾气，他用马鞭子照着董大海的屁股就是一鞭，抽得他像烙铁烫了屁股一样蹦了起来。赵刚训斥道："你也是老兵了，谁允许你上这儿来撒野？师长负伤了谁不着急？就你急？还掏枪？想干什么？枪是用来打敌人的，不是对自己同志的，听说还打了人？反了你啦？回去给我写份检查，认识不深刻我撤你的职。现在带着你的兵，给我滚！"

那年月部队兴骂人，尤其是上级对下级，张嘴就骂，骂完才批评。像董大海这样的老兵，要是一般人骂他，耳光早上去了，可老上级一骂，立刻没了脾气，心里还怪舒坦的，老首长嘛，骂几句还不是天经地义？他啪地一个立正，向赵刚敬了礼，揉着屁股带着战士们走了。

李云龙已被转到特护病房，浑身裹满了厚厚的绷带，仍然是昏迷不醒。赵刚听完院长的汇报，挥手示意所有人出去。他想单独和老战友待一会儿。他坐在李云龙身旁默默地看着，突然，他抽泣起来，眼泪不断地滚落下来，和李云龙在晋西北时相处的一幕幕回忆涌上心头……整整8年，他们一起经历了数百次战斗，在如此险恶困苦的环境中两人一起撑过来了。谁都有不顺心的时候，不顺心就找个碴开骂，两人谁也不是只挨骂的主儿，于是就对骂，骂得脸红脖子粗，骂得狗血淋头，骂归骂，骂完了浑身都轻松，谁也不会记仇，又在一起喝酒，酒至半酣两人又动了感情，眼泪汪汪地勾肩搭背，称兄道弟。

往事如烟。当年烽火连天，强敌压境，两人豪气冲天，纵横晋西北，嬉笑怒骂，皆成文章。当时情景，历历在目。此时，赵刚知道这个老伙计的生命之火就像那闪闪忽忽的小油灯，随时有熄灭的可能。一想到要失去这个老战友，他便有种撕心裂肺的痛苦，他要千方百计留住这个老伙计，把他从死神手里抢回来。赵刚明知李云龙正处在深度昏迷中，他也不管不顾地说起来："老李，我是赵刚，我和你说话呢，你别他妈的装听不见，我知道你累了，想多歇会儿，你歇吧，我说，你听，好不好？老李，这点儿小伤没什么，你要挺住，不许装熊，咱们一起混了这么多年，我还没见你熊过，鬼子悬赏十万大洋买你的脑袋，咱都没卖，这会儿更不能卖啦。你听着，老李，你要挺住，挺不住也得挺，他娘的，咱跟阎王爷拼啦，咱们怕过谁？当年几万鬼子伪军'铁壁合围'咱们不是也冲出去了吗？山崎大队怎么样？山本特工队怎么样？都让咱们给干掉了。野狼峪伏击战，倒在咱独立团刺刀下的关东军就有371个。

"咱谁也不怕，小鬼子不怕，阎王爷也不怕，这会儿你不过是负了点儿小伤，小意思嘛，五尺高汉子还在乎这点小伤？挺挺就过去了。你要挺不住可不行，我赵刚就先看不起你，你他娘的熊啦？不是当年晋西北的李云龙啦？鬼子面前你没熊，算条汉子。难道阎王爷面前就熊了？就像个娘们儿？不行，你歇够没有？别装睡，给我睁开眼睛。你想想，当年咱八路军才三个师几万人，现在咱们有多少？四大野战军，二三百万人，咱当年做梦也想不到呀。这次在淮海平原上，咱们华野和中野联手用60万人硬是干掉他们80万人。咱们马上要过长江了，我告诉你，国民党的军队剩下得可不多了，你歇够了没有？该爬起来咱们一块儿干啦，不然就没你的仗打了。哼，我知道你小子天生是块打仗的料，一没有仗打，就像猫爪子挠心，这次要赶不上就没机会啦。等全国解放了，你能干什么？你会干什么？就你这狗熊脾气，给人家看大门去都没人要你。你还别不服气，哦，我能干什么？咱好歹上过几天学，识几个字，再不济到小学去教书也比你小子强呀。所以嘛，你得爬起来，你得挺过这一关，仗还有你打的，你听见没有？老李，你他妈的听见没有……"赵刚说着说着又哭了，他手忙脚乱地浑身乱摸手帕，想擦擦眼泪。

“首长，他有知觉了……”一个刚进门的护士喊道。

赵刚惊喜地发现，李云龙刚才紧闭的眼皮在动……

李云龙真正恢复知觉是在手术后的第八天，他睁开眼睛，发现周围的一切都是白色的，天花板、墙壁、被褥都白得刺眼，他闭上眼睛想了一会儿也没想明白自己怎么会躺在这鬼地方。

“他醒过来了……”一个穿白色护理服的姑娘惊喜地喊道。几个身穿白大褂的医生迅速赶来，检查体温，量血压，一阵忙乎。

一个医生叽里咕噜说了一大串外国话，李云龙和日本人打了八年仗，虽听不懂也知道这是日语，他一阵阵犯迷糊，他娘的，哪儿蹦出个日本鬼子来？他下意识想用手去摸腰，以为腰上还挂着手枪呢，谁知刚一动就引起伤口巨大的疼痛，疼得他哼了一声，那护士姑娘忙用手轻轻按住他说：“首长，请不要动，需要什么和我说。”伤口的剧痛就像有人用钝刀子在割他的肉，李云龙又昏过去了。临失去知觉前，他脑子里还闪过一个念头：哦，这姑娘长得不错……

田雨近来情绪有些低落，不为别的，只为政治处主任经常找她谈话，每次谈话开始都是先问寒问暖，部队生活习惯吗？生活上有什么要求需要组织上照顾的？通过学习思想上有啥提高呀？写没写入党申请书呀？要积极靠拢组织呀。几句固定的寒暄程序完了以后，便切入主题：该考虑个人生活问题了。

这也是队伍里的特定术语，听着似乎外延很宽，个人生活嘛，吃喝拉撒，喜怒哀乐，头疼脑热，饮食男女，都可称为个人生活问题。其实在这里，它的外延很窄，只指婚姻问题。田雨虽说参军才一年，对部队的规矩也很明白，政治处主任关心的不是她的个人生活问题。在当时解放军部队中有条著名的纪律，叫268团，也就是说，想结婚必须有三条硬指标：26岁以上，军龄要满8年，职务要团级以上。照理说，田雨哪条也不占，可这条纪律不适用女性军人。医院政治处主任罗万春很喜欢干点儿这类的工作，首先他的职务是个很受各级首长重视的职务。作战部队中，清一色的和尚，连个女同志的影儿也见不着，于是各级尚未婚配又够了268团标准的首长们自然都把眼睛盯在了姑娘如云的野战医院，有通过组织系统下派的，有自己或托熟人前来联络的，于是政治处主任这个位子就显得重要起来。任你是多高级别的首长，总不能就这么直眉瞪眼地问人家姑娘，喂，你愿意嫁我吗？这事非办砸不成。所以政治处主任是最佳人选。

这一切都可以以组织谈话形式进行，这样才显得郑重其事和出师有名，成功率是很高的。罗主任自己也有想法，华野部队有四十多万人，打光棍的首长多了去了，医院的女兵再多也不够分的，说句不大恭敬的话，叫狼多肉少。何况谁不惦记娶个漂亮老婆？所以越发显得任务艰巨。罗主任对首长们的职务很敏感，团一级的干部暂时可以不考虑，他们还年轻呢，以后有的是机会。他要先着重解决师级、纵队级的首长，这些首长的职务已经能够证明他们将来的前途，能为他们解决好婚姻问题，他们是不会忘了罗万春的，罗万春的职务总不能老待在医院政治处主任的位子上。

在以男性为主体的军队中，年轻的女兵是受宠的，在这群已经很受宠的女兵中，漂亮姑娘就更不得了了，她们的地位简直不亚于医院院长和技术最好的外科医生，谁敢得罪她们？别看今天是你手下的小女兵，谁知道哪天一下就成了首长夫人，当了首长的家。谁都承认，第四野战医院的女兵中，最漂亮的姑娘当然是田雨了。18岁的田雨是个典型的中国传统美学认定的那种江南美人，修长的身材，削肩，细腰，柳叶眉和樱桃小口一样不少，若是穿上古装，活脱脱就是中国传统工笔画中的古代仕女。就连具有君子之风的纵队副政委赵刚，上次来医院探望李云龙，和刚出抽血室的田雨打了个照面，心里也咯噔了一下，忍不住扭过头又看了几眼。赵刚脑子里蓦然跳出了《长恨歌》的句子：芙蓉如面柳如眉……赵刚露出了微笑，脸上如沐春风。他的思维方式很奇特，这个如同古画中的美人竟引起他对胜利的思考，我们的军队真正强大起来了，连这样的美人都参加了解放军，胜利还会远吗？倒退十几年，在长征的红军队伍里有这样的美人吗？在刚组建的八路军队伍中有这样的美人吗？我没见过，而现在我们队伍中竟有了这样美丽的女兵，难道还不能说明我们已经强大到足以推翻一个旧政权，建立起一个崭新的政权吗？建立一个崭新的国家都需要什么？需要各界各社会阶层中的优秀者广泛的参与，这些优秀者中当然也包括如此美丽的女性了。真的，这姑娘太美了，传说中的江南美人李师师、陈圆圆、董小宛大概也就是这样了吧？这是我们解放军的自豪。

这些想法只在赵刚脑子里闪了一下，但他不会和任何人说出来，因为这可有点儿小资情调。一般说来，是美人就有脾气，田雨也不例外，她出身于江南书香门第的大户人家，文化启蒙是私塾教育，父母请来一个在晚清中过举的老先生做她的家庭教师，念了一肚子的四书五经、诗词歌赋，后来又读了洋学堂，是江南的一所著名的贵族女校，读的是家政，这是专为培养贵族太太而设的，课程有琴棋诗画、烹饪女红、外文及社交礼节等。

田雨是个孝顺女儿，父母怎么培养她，她就努力按照父母的希望去做。问题就出在文学上，她喜欢看小说，而且涉猎很广。按常规看，小说读多了脑子里自然要生出些叛逆思想，继而开始思索人生意义，结果当然要生出对现实社会的不满。她的一位语文教师推荐了一些具有“左”倾思想的小说使田雨的思想发生了深刻的变化，后来她才知道，这位语文教师是中共地下党员，他的思辨能力及鼓动能力都是一流的。田雨的弃学出走使解放军队伍里多了一个美丽的女兵。医院政治处主任罗万春和田雨进行这种谈话已经是第三次了，前两次谈话都谈得不大愉快，第一次想把田雨介绍给一个纵队副司令。第二次是九纵的一个主力师师长，田雨都是婉言拒绝，弄得副司令、师长和罗主任都很不高兴。罗主任认为田雨的家庭出身太糟糕了，浑身的小资产阶级情调，组织上这么关心她，为她的政治前途着想，她竟一点儿也不领情，一口拒绝，这要是个贫农出身的姑娘恐怕就不用罗主任这么费口舌了。问题是：部队里贫农出身的姑娘不少，可首长们感兴趣的还是这种气质高贵、教养良好的美丽的城市姑娘。这就没办法了，就像明末名满江南的美女陈圆圆，贵族出身的大将吴三桂喜欢，而李自成手下泥腿子出身的大将刘宗敏也喜欢，就为这么个美人闹得连历史的走向都变了。美人谁不喜欢呢？在美人面前，家庭出身、政治思想、阶级烙印和是否靠拢组织这些条条框框似乎都不存在了。罗主任连碰两次钉子，心里窝火但嘴上什么也没说，他知道不到忍无可忍，这种漂亮姑娘是万不可得罪的，她的身份地位的可变性实在太大，变化的速度往往只取决于一次谈话或一次偶然邂逅，得罪漂亮女人是不明智的。尽管罗主任具有如此涵养和政治上的深谋远虑，这次谈话还是谈崩了。

这次给田雨介绍的还是位纵队级干部，说服工作似乎还和以前一样，无非是这些首长都是有战功的老红军，参加过长征，负过多少次伤，是我党我军宝贵的财富，他们的年轻时代都献给革命事业了，应该让这样的好同志享受家庭的幸福。这是组织上对你的信任，也是一项政治任务，是考验你对组织是否忠诚的问题等。这次田雨可有些不耐烦了，她不明白，为什么这个罗主任老盯着自己，一场大战刚刚结束，成千上万的伤员需要治疗，医院需要大量的药品、绷带、医疗器械，医务人员们恨不能多生出几只手，一个人当几个人用，这么多事都忙不过来，还有心思考虑对象的问题？这个罗主任要是真没事干闲得慌，完全可以帮助护士们去洗绷带，帮助炊事班去烧火。再说，她很反感把介绍对象和对革命事业的忠诚问题混同起来，那些首长难道就代表革命？同意嫁给他们就是对革命事业的忠诚？反之，就是不忠诚或是辜负了组织上对她的信任？爱情就是爱情，和对革命事业的忠诚是两回事，如果自己这辈子一定要结婚，那一定是因为爱情，而不是任何别的因素。“罗主任，我感谢组织上对我的信任，可我现在不想考虑这件事，部队快要打过长江了，毛主席刚向全军指战员发出号召，将革命进行到底。还有半个中国没有解放，要做的事太多了，我怎么能考虑这些呢？”田雨尽量克制着内心的不快，口气和缓地说。

“小田呀，我是政治工作者，难道还不明白将革命进行到底这些道理？你说的这些当然有道理，可是我和你谈的，也是革命的需要嘛。在我们的队伍里，每个人的职务有高有低，对革命的贡献也是有大有小，你的工作再重要也比不了首长对革命的贡献大，这道理是明摆着的，比方说，首长解决了家庭问题，没了后顾之忧，身体就会健康，心情也会愉快，就可以精力充沛地投入革命事业中去，那么你对革命的贡献是不是就比现在洗绷带和护理伤员更大呢？”罗主任苦口婆心地开导着。

田雨听着不大入耳，心里越发反感起来：“罗主任，请您告诉我，关于我的‘个人生活问题’组织上的态度是什么？是强迫命令必须服从呢，还是凭自愿？”

“当然是自愿喽，不过组织上可以通过这件事考验你的政治觉悟。”罗万春的口气很平静，但田雨已经明显感到压力越来越大。

田雨终于忍不住了，她的声音不知不觉提高了八度：“如果是凭自愿，那么我明确告诉您，我不愿意，现在不愿意，将来也不愿意。别说我现在不打算出嫁，就是打算出嫁，我也会为了爱情而结婚，而不是为了首长的革命事业而结婚，这是两回事。我希望罗主任下次再找我谈话时，不再是为了解决我的个人生活问题。”

罗主任简直没见过这么倔强的女兵，根本是油盐不进，还敢用这么无礼的口气和自己说话，太不像话了。他口气严厉地说：“小田，我是代表组织和你谈话，你现在不是青年学生，而是革命军人，革命军人要服从组织决定，除非你脱离这个队伍。你应该好好想一想，应该努力改造世界观，和工农出身的同志打成一片，树立无产阶级的思想感情，不然你要考虑一下自己的政治前途了。我可以明确告诉你，咱们的女同志不少，大多数女同志的思想觉悟都很高，照顾好首长的生活，是个政治任务，大多数女同志都愿意承担这项政治任务，为什么组织上先找你谈话？还不是为你的政治前途着想，还不是对你的信任？你这种表现使组织上很失望，你要仔细考虑一下，不要急着作决定，考虑成熟后咱们再谈，我等待你的答复。”

田雨冷冷地回答：“既然那么多女同志都乐于接受这项光荣的政治任务，那太好了。我的出身不好，觉悟低，浑身小资产阶级情调，实在担不起这么重要的任务，还是先改造一下世界观，提高觉悟，干好本职工作吧。”说完她连立正敬礼都免了，转身走了。

罗万春气急败坏地想，首长娶老婆要真看重政治觉悟，我还费这劲儿干什么？李云龙是这次战役负伤人员里级别最高的，连野司1号2号首长都打电话询问，医院领导很重视，特地派了护理经验丰富、政治觉悟高的护士进行专职护理。从昏迷中醒来的李云龙清醒后一直闷闷不乐，他的大脑里储藏着一个形象，一个美得令人心动的形象，他闹不清这个美丽的形象是怎么钻进大脑的，是在什么地方见过，还是做梦梦见的？他越想越糊涂，总觉得哪儿不对。李云龙的专职护士阿娟是个粗眉大眼的农村丫头，家里三代贫农，阿娟从小被卖给人家做童养媳，受过很多苦。参军后阿娟觉得简直是进了天堂，能吃饱饭不说，这么多同志待她都像兄弟姐妹一样。干的工作也很轻松，除了打针、量体温等工作需要好好练练外，其余的工作对于阿娟来说简直像玩一样，洗绷带、洗衣服，给伤员端屎尿、喂饭，这比当年在婆家干的活要轻松多了。总之，阿娟很知足，她的感激之情是最为真诚的，她要报答共产党，报答组织上对她的信任和培养。她的护理技术和思想觉悟都提高得很快，野战医院的领导都认为她是个很有培养前途的好苗子，总是把最重要的工作交给她。

事情就是这么怪，照理说，李云龙长年在作战部队，周围清一色的和尚，极少有机会和女人打交道，按通常的推理，这种男人猛不丁见了女人，不说两眼发直至少也该多注意两眼。可李云龙对身边的阿娟从来就没注意过。他是个很好侍候的伤员，从来没什么特殊要求，你喂他饭他就张嘴吃，你不喂他他也不要，换药时，阿娟一见那些可怕的伤口手就哆嗦，李云龙疼得满头大汗也不吭一声。问他疼不疼，他面无表情地望着你，像没听见一样。平时，他就睁大双眼，默默地盯着天花板，很少说话。阿娟没话找话地想和他聊聊，他连理也不理，弄得阿娟总怀疑首长的脑子出了什么问题。

这种状况持续了二十多天才猛然改变了。那天阿娟正给李云龙打开绷带换药，李云龙照例是忍住疼一声不吭。那天在普通病房护理的田雨手头的绷带用光了，便来找阿娟借些绷带来应急。当时的情景很奇怪，田雨知道这个特护伤员是个大首长，所以她蹑手蹑脚地生怕惊动首长，尽量压低声音和阿娟说话。李云龙本来是闭着眼的，根本没有看见田雨走进病房，耳边听见护士之间的低语也是常有的事。可是今天他竟觉得心里猛地动了一下，有种异样的感觉，好像要发生什么大事，便鬼使神差地睁开了眼。好家伙，他眼前竟是一亮！难道世上真有如此美貌的姑娘，像画儿上画的一样。没错，我真的见过她，不是做梦。李云龙的眉头立刻舒展开来，浑身伤口感到一片清凉，哪儿还有半点痛楚。

田雨确实见过李云龙，他第一次从昏迷中醒来时，阿娟还没有被指定为专职护士，那天正赶上田雨值班，就这么短短的一瞬间，田雨的形象竟如此强烈地留在李云龙的脑海里。多年以后，两人回忆起第一次见面的情景，还都在惊异心灵感应的奇迹。

田雨太熟悉这位首长了，从李云龙被抬进医院那天起，生性敏感的田雨就发现这位首长绝非一般人物，别的不说，就看他那群杀气腾腾的部下就能看出这位首长的带兵风格。那个挥舞着手枪，抬手就敢打人的连长真把医务人员吓坏了，他那支危险的驳壳枪随时有可能射出一串子弹。当田雨输完血后，那个刚才还是杀气腾腾的汉子竟当众跪在她面前磕头如捣蒜，通红的双眼中还流出一串串感激的泪水，使田雨惊骇得久久说不出话来。这是个什么样的首长呀，竟得到这么多如狼似虎的汉子衷心爱戴？田雨的直觉告诉她，这个伤员绝不是平庸之辈，伤成那样子还有如此之威风。

田雨向刚睁开眼的李云龙嫣然一笑便转身走了。就这么一笑，也够倾国倾城了，李云龙差点儿又昏过去。

奇怪的是，田雨刚刚离开，李云龙的伤口便疼得难以忍受，心情也变得极为恶劣，尽管阿娟还像平时一样小心翼翼，还是惹得李云龙心头火起。他粗鲁地把身前的药盘划拉到地上，各种药瓶撒了一地，然后撕开刚缠好的绷带，创口又裂开了，鲜血又涌出来，把被子都染红了，吓得阿娟呆若木鸡……

院长带着医生们连说带劝地帮李云龙缠好绷带，又把阿娟狠狠地批评了一顿，阿娟委屈得直掉眼泪。院长和政委处理完问题刚回到房间，阿娟又抹着眼泪来报告，首长绝食了，怎么劝也不肯吃东西。院长和政委一听，又像是火烧了屁股一样蹦了起来，心说这个首长平时挺好伺候呀，今天怎么中了邪？这事可有点棘手，这个李师长以前是八路军129师的，也就是现在的中原野战军的前身，后来调到华野，很受野司首长重视，这次中野、华野两大野战军协同作战打淮海战役，偏偏是这位两大野战军都有不少老部下、老首长、老战友的李师长负了重伤。这下可热闹了，两大野战军的1号、2号首长，两大野战军各纵队、各师李云龙的老首长、老战友都打来电话，有态度强硬发指示的，有语气恳切拜托的，甚至还有蛮不讲理威胁的，说人要是救不活就要派兵来毙了院长和政委。虽然医院领导知道这是急红了眼的浑话，不会计较，但连续数日的不断电话明确无误地表达了这样一个信息：这不是个普通人物。院长和政委也都是有着十几年军龄的团级干部了，师一级的干部他们见过的多了，还从来没见过这么不一般的师长。前些日子，淮海战役刚刚结束，两大野战军近百万大军便马不停蹄地向南方进军，一列列步兵纵队、骑兵纵队、坦克、炮车卷起漫天黄尘从医院旁边的大路上滚滚向南，从队伍里不断有坐着吉普车的、骑着马的高级首长和中级干部前来探望。当时李云龙尚在昏迷中，探望者都是默默地站在床前看一会儿，然后就紧紧抓住医院领导的手，反复唠叨拜托啦，千万……之类的话，说完便拔腿就走。那些日子，医院简直成了集市。

院长和政委在心里念叨着：老天爷，这个李师长可千万别出什么事，真要有个三长两短的，我们算是没活路了。

这个李师长今天究竟是中了哪门子邪？咋就突然发火不吃饭了？院长和政委急得团团转。

政治处主任罗万春是个乖觉的人，他仔细询问了阿娟，每个细节都不放过，问完，事情的脉络就有些清楚了。但他不会点破这件事，只是若无其事地向院长请示：“我看阿娟不适合当李师长的特护，就算她没出过什么错，可李师长见了她就发火，就这个理由就应该考虑换人的问题，也许……换了人就没事了，咱们不妨试试。”

“换谁去呢？”院长还没明白过味来。

“我看换小田去吧，她心细，技术也不错。您看呢？”罗主任说。

“那就试试吧。”院长同意了。

一会儿，罗万春向院长汇报：“没事了，李师长又吃饭了，小田正喂他呢。”

“哦，太好了。”院长的脑子里似乎有些开窍了。

〔 第十四章 〕

李云龙的伤口恢复得很快，先是脸上的贯通伤长好了，他可以开口说话了，前些日子不能说话，差点儿憋出毛病来。在田雨的眼睛里，李云龙是个很听话的伤员。她一直很疑惑，这么听话的伤员怎么阿娟还护理不好呢？田雨发现这个首长平时脾气很随和，唯独见不得武田治郎医生。这个日本医生一走进病房，他就怒目相视，拒不配合治疗，有时还骂些难听的粗话，幸亏武田治郎听不懂。后来院长请武田治郎回避了，由别的医生来治疗，首长才安静下来。

为此，田雨问过李云龙："首长，您为什么不喜欢武田医生呢？是他给您做的手术，他的医术是我们医院最高明的。"

李云龙哼了一声："老子又没请他做手术，也就是当时我不知道，要知道是他，早把他撵出去了。"

"这是为什么？"田雨问。

"日本人没好东西，抗战时，我那个团从来不要日本俘虏，抓住活的就枪毙。为这事我还受过降级处分，处分就处分，再抓住我还是照样枪毙。"

"可是武田医生和那些法西斯分子不一样呀，他加入了反战同盟，是反对法西斯的呀。"

"那就更该枪毙，他连军人的气节都没有，咋一被俘就投降了呢？我倒佩服像山本一木那样的日本军人，好歹还算条汉子。军人嘛，就该战死沙场，一被俘就投降算什么军人？这种人留他干什么？枪毙算了。"

田雨禁不住乐了："首长，照您这么说，被俘投降的是没有气节，该枪毙，负隅顽抗的虽说有气节可也该被消灭，总之都得死。"

李云龙斩钉截铁地说："对，对付日本人就该这样。"

"首长，您听说过《日内瓦公约》吗？"田雨问。

"没听说过。"

“真没文化。”田雨有点儿放肆地说。

要是别人这么说，李云龙早就蹦了起来，他最怕别人说他没文化，可这话从田雨嘴里说出来，李云龙就没脾气了，他不吭声了。

“对不起，首长，我和您开玩笑呢，您可不许生气。”田雨也不好意思了。

“没事，是没文化嘛，我承认。等全国解放后我也要去上学，不能总这样。别看我没文化，可我也有知识分子朋友。”

“十一纵队的副政委赵刚是我的老搭档。那小子可是正牌大学生，世界上的事没他不知道的，我们一起混了八年，多少也熏出点儿文化味来。文化这东西，像……像个香炉，你要老守着香炉，还能不熏出点儿香味来？”李云龙又来了精神。

田雨好奇地说：“那个赵政委给您熏出点儿什么香呢？”

“多了，多了。那小子喜欢诗，教了我不少，不过大多数我记不住了，有的还记得。听着，我给你背一段儿。”

田雨拍掌笑道：“好呀，快背。”

“醉里挑灯看剑，梦回吹角连营，八百里分麾下炙，五十弦翻塞外声……哎？他娘的，下面想不起来啦。”李云龙不好意思地说。

“沙场秋点兵……”田雨告诉他。

“对，对，看我这记性。我说小田呀，你也懂诗？我还真没看出来。”李云龙说。

田雨不以为然地翻翻眼皮说：“那还是我五六岁背的。”

“哟，大知识分子呀，我这可是圣人面前念《三字经》啦。”

“别这么说，首长，您背诗词不怎么样，可您能打仗呀，这就是本事。一提起十一纵二师，谁不知道？主力中的王牌，真棒，好多被俘的国民党军官还打听您呢，说赵庄阻击战那次可打出二师的威风来，硬是没让五军跨进一步。背诗算什么？和您指挥一个师比，那可真是小儿科啦。您是英雄呀，英雄莫问出处。”田雨对李云龙由衷地崇拜。

美人的崇拜可不是常有的，李云龙顿时觉得自己形象高大起来。当然，必要的谦虚还是应该有的，他大度地挥挥手说：“互相学习，互相学习。小田呀，胜利以后你打算干什么？”

“想去上大学，完成学业。您呢？”

“当然还在部队干，离开部队我什么也干不了，再说部队总要有人干，总不能都走了。将来我老了，干不动了，让我儿子来接班。”

“首长，您儿子多大了？”

李云龙顿时泄了气，小声嘟囔着：“现在还没有，不过……将来会有。”他心里说，这得看你同意不同意了。

田雨心里想，这个首长蛮有性格的。

李云龙近来心情不错，他突然发觉自己这个光棍身份现在简直是块金字招牌，因为这个身份使他具备了追求女人的权利。试想，若是现在已经有了老婆，再去追求美人，那非犯错误不可。李云龙想告诉天下所有的男人，还是晚点儿结婚好，那样你的选择余地就大了。这个田雨就是我将来的老婆，他斩钉截铁地得出这个结论。至于田雨怎么想，他可不管，那是她的事。他自己认准的事，就要义无反顾地做下去。其实他根本没有和女性打交道的经验，不过这没关系，情场和战场差不多，李云龙身为一个出色的战术家，懂得欲擒故纵的谋略。

一个女人好比一个重兵防守的制高点，当然不能蛮干，你先要扫清外围，搜集情报，搞清它的兵力、火器配备，甚至敌方指挥官的经历和爱好，情报搜集得越丰富，你获胜的把握就越大。你可以调整兵力以己之长克敌之短。还有一点，就是要做到战术目的的隐蔽性，进攻时机的突然性。没有隐蔽性就不会有突然性。李云龙汇总了一下情况，田雨的家世，是否恋爱过，包括组织上三次给她介绍对象的情况和田雨当时的态度，心里便有了底。心说，这就对啦，那时我还没来嘛，她当然要拒绝啦，她在等我呢。

李云龙同赵刚通了电话，赵刚的部队刚刚打进了南京总统府，赵刚坐在蒋介石的办公桌上和李云龙通话：“好呀，老李，才几天没见，你倒长出了花花肠子来啦，就为这事才和我通话？你狗日的重色轻友，你别说啦，那姑娘我见过，我看着都眼热，就是没机会。你小子运气不错，要不是负伤哪儿找这机会去？我都想负伤了。什么？教教你？他妈的，你把我当什么人啦？好像我是西门庆似的，专在这上面下功夫？你我两条光棍，谁比谁有经验呀？等等，我想想……嗯，首先，和人家说话时眼睛最好装作漫不经心地看着别处，别色眯眯地盯着，那样很容易把人家看毛了，把你当色鬼。她怎么称呼你？首长？不行，这称呼得变变，太严肃了，首长干这个，有点以权压人、抢男霸女之嫌。你得把辈分拉平了，你要当了这个'首长'，那别的角色就不好扮啦。对了，你少跟人家谈什么唐诗宋词，你差得远啦，多谈谈打仗的事，这才是你的强项，只有英雄才配得上美人。行了，你有完没完？我正忙着呢，不和你扯淡了，我挂了……"

"我说小田呀，别老首长首长地叫好不好？我就不爱听这个，咱们是革命队伍，官兵平等嘛。"李云龙按照赵刚教的那样，开始把辈分往平里拉。

"那叫什么呢？"田雨说。

"叫老李吧，这么着随便点。"

"哟，我可不敢，也太没大没小啦，领导要批评我的。"

"没关系，就这么叫，革命队伍里就是没大没小，大家都是兄弟姐妹。再说了，我老家还有个妹妹，和你差不多大，咱们应该是平辈。听你这一叫首长，我咋觉着大出你好几辈似的，怪别扭的。"李云龙撒了个小谎，他家乡哪有什么妹妹，不过他那个村子里彼此都沾亲带故，能称得上表妹的人倒也不少。

田雨倒也大方："那我可叫你老李啦，你不许生气啊，老李呀。"

"哎，小田……"

"真好玩，老李，我觉得你挺有意思，都当师长了，还一点儿架子都没有，不像有的首长啊，一见我们这些小兵，脸就绷得吓人，好像比毛主席官还大。"

"那是猪鼻子插大葱——装象（装相）呢。"

"老李，我不拿你当首长，你也别拿我当小丫头，咱们就算好朋友吧，你同意吗？"

"没问题，别说交朋友了，拜把子都行。"

“老李，好朋友之间就该说心里话，我告诉你，我正烦着呢，这话我只和你一个人说。”田雨桃花般的脸上带着几分忧郁。

“别发愁，有事和我说，不信天还能塌下来？”李云龙一副大大咧咧的样子。

“等你伤好了，我调到你们师去好吗？我不想在医院干了，罗主任找我谈三次话了，非让我解决‘个人生活问题’。你说，部队不是有纪律吗？‘268团’也没说是男是女呀，我哪样也不占，干吗非逼我嫁人？还说这是组织上对我的考验，不然会影响政治前途的，反正我在医院是待不下去了。”

“岂有此理，这还有强迫的？这不是以权压人吗？别理他，管他什么首长，就是咱们野司司令员来也不行，我李云龙也敢和他理论理论。这是共产党的队伍，不是国民党的队伍，谁敢欺男霸女，别管他多大的官，我都敢毙了他。”李云龙拍着桌子还真的愤怒起来。

“老李，你真好，和你交朋友算交对啦。其实，罗主任也不是坏人，只是有点儿太那个了，也未必是人家首长的意思。咱们说定了，等你伤好了，把我调到你们师去。”

“这事可难办，作战部队没有女兵，天天要打仗，女孩子可不好安排。”

“你看，你是一师之长，连这点儿事都办不成，我算白和你做朋友了。想想办法嘛。”田雨耍起赖来。

“办法嘛，倒是有，除非……算啦，不说啦。”

“哎呀，老李，求你了，说嘛……”

李云龙居心叵测地看了田雨一眼说：“别吵，别吵，让我想想，过些天再答复你。”

李云龙架着双拐，在医院里到处转，见了谁都没话找话地打招呼，他是闲的，从来没这么闲过。医院还住着一个负伤被俘的国民党军上校团长，李云龙也主动凑上去搭话，问人家是哪个部队的。那个上校报告了番号，“噢，是楚云飞的部队……”他惊喜道。

“长官认识我们楚师长？”上校问。

“老朋友啦，我那把‘勃朗宁’还是他送的，这身伤口也是他送的。”

“这小子，手够黑的，老朋友好几年不见了，见面二话不说就是一炮。不过，我也没欠他，还了他一梭子，还不知他怎么样呢。”

“中了两发子弹，有一发离心脏只有1厘米，差点就没救过来。莫非长官就是李云龙李师长？”

“正是在下。”

“久仰，久仰，张某久仰大名，楚师长常常念叨您。抗战时，我在第二战区358团当连长，当时长官您就名震晋西北了，咱们两军还配合作战过。”

“可这晋绥军358团怎么划到第五军去了？”李云龙问。

“我们楚师长也是黄埔生，和杜聿明长官有旧交，被杜长官编入第五军了。”

“哦，是这样。楚云飞这小子是个人物，到了第五军，也不算委屈了他。说心里话，你们五大主力都是硬茬子，这可不是吹出来的，还真能打。我在孟良崮和74师交过手，张灵甫算条汉子，可惜死了，不然可以交个朋友。”

“长官，我有一事不明，不知能否赐教？”

“请，直言无妨。”

“我们楚师长从昏迷中醒来时，我正好在他身边，他提起您时也是赞不绝口，声称你们是好朋友，怀念之情，溢于言表。我们几个老部下都很不理解，既是好朋友，怎么战场相见手下都毫不留情，非要置对方于死地呢？彼此打成这样，还一点儿不记仇，我很奇怪。”

李云龙笑了：“这不难理解，我们都是军人，各为其主嘛。私交是另一码事，如果当时手软了，我就不是李云龙，他也不叫楚云飞了。从战争角度讲，我干掉他，国民党军里就少了一位优秀的将军，国民党军队就垮得快些。反过来，也是此理。你明白了吗？战场上的你死我活并不影响交情，古人说得好，惺惺惜惺惺嘛。”

“我明白了，长官，是朋友早晚还会相见，到那时‘相逢一笑泯恩仇’，我们毕竟都是炎黄子孙。”

“没错，我说过，国民党军的五大主力不是孬种，装备好，火力猛，攻防兼备，单兵作战能力强。打74师时我就挺佩服，那野战工事构筑的，真是行家，那么短的时间，环形工事、掩蔽部、火力支撑点、连环地堡群，唰地一下子就建起来了。坦率地说，拉出我们解放军任何一支部队，单个较量，在人数相等的条件下，都不是对手。我们的装备差，训练也差，单兵作战能力也不如你们，可我们就是打赢了，这里面除了战略战术的问题外，恐怕还是和你们的政府有关。蒋介石干得有点儿出格了，他那四大家族的钱够多的了，还要敛？你让老百姓吃不上饭，政府腐败成这样，再好的军队也没用。老弟，听我的，别跟蒋介石那老东西干啦，等伤好了，跟我走，咱们一块儿干。”

上校感激地说：“解放军的高级首长真是没有一点儿架子，我兵败被俘时，也想过杀身成仁。作为军官，被俘是耻辱，可是现在我想通了，这不是抵抗异族侵略的战场，而是内战，身为军人，在自己的国土上和自己同胞打得你死我活，实在是军人的耻辱，我要好好想一想。”

田雨怕李云龙跌倒，在一旁搀着他的胳膊。她小声地问道：“老李，这个军官也是被俘的，你怎么没有看不起他呢？你不是很看重军人的气节吗？”

“傻丫头，我和他都是中国军人嘛，自家兄弟还有打架的时候呢，军人以服从命令为天职，战场上刀兵相见，你死我活，错不在军人，错在蒋介石。”

“本来抗战胜利，各民主党派组织个联合政府，共同参政议政，不是挺好的吗？可蒋介石非要搞独裁，这就不行了。这么大一个中国，总不能你姓蒋的一个人说话才算数，这不是太霸道了吗？我看，蒋介石这个人的人品虽然糟糕，可国民党军队还是支不错的军队。他们的将军都受过教育，有的还留过学，懂战术，作战也顽强。当年在抗日战场上打了不少硬仗，长了中国军人的威风。”

“所以对于这支军队，我是尊重的，战场上的厮杀实在是不得已而为之。但有一点是重要的，大家都是中国军人，政见不合可以战场上拔刀相向，可坐下来能握手交朋友，要是有一天再和日本人开战，中国军人还会共同对敌的，那才是中国军人的气节。”

田雨自参军后，听过各种报告，好像都没有今天李云龙的话有清风拂面的感觉，很客观，很实在，很有人情味，不带偏见，敢于亮出自己的观点，丝毫没有政治顾忌。他和敌军被俘军官的谈话一旦涉及军事问题就犹如在军事学院中同学间的战术研讨，这样的高级首长可真是少见。一想到这个首长竟屈尊和自己这个小丫头交朋友，以老李、小田相互称呼，真使田雨受宠若惊。人家老李是什么人？红军时代就是主力团团长了，抗战时又是独立团团长，在129师都是响当当的人物，打过的仗恐怕连他自己都记不清了。说句不客气的，人家老李这辈子打出去的子弹头堆在那儿数数，恐怕比她田雨长这么大吃过的大米粒还多，能交这么个大朋友，田雨觉得真有点儿高攀了。

像田雨这种从小养在深闺的姑娘，一旦接触了李云龙这样的男人，必然会产生巨大的好奇心和吸引力，这个单纯的少女把什么都想得很美好，唯独没想想李云龙这个统兵上万的大首长干吗这么屈尊和她这个不懂事的小丫头交朋友？这个首长干吗不和粗手大脚的阿娟去交朋友呢？天真烂漫的田雨近来心情极好，除了交上李云龙这个朋友外，罗主任似乎也把她的个人生活问题给忘了，再也没找她谈话。田雨和一般的小姑娘一样，有点儿高兴事就喜欢和同宿舍的女伴倾诉，提起李云龙也是一口一个老李。

“人家老李1927年就当了红军。”

“人家老李长征时过了三次草地呢。”

“人家老李说他过草地时可没吃草根皮带，是吃青稞面过来的。”

早熟的女伴们一听到田雨的喋喋不休就偷偷扭过头乐，心说这个傻丫头白念了一肚子的书，连这点儿小事都闹不明白，看来大户人家的小姐并不比老百姓家的孩子聪明。全医院从院长、政委到普通卫生员，谁不心里明镜似的？唯独这个傻丫头蒙在鼓里。女护士们经常逗田雨：“小田，你听说了吗？李师长的老婆被日本鬼子抓到县城，他就带着一个团把县城打下来，日本鬼子想拿他的老婆做人质，他理都不理，下令开炮，把鬼子和他老婆一块儿炸死了，真够狠的，以后谁还敢跟他？”

田雨一听就不高兴了：“我早知道这件事，这有什么？谁让她是老李的老婆？当老李的老婆就不能被俘？人家老李是什么人？当年在晋西北也是个人物，那个农村丫头既然嫁给了老李就不能往老李脸上抹黑。她手里有枪，干吗不跟鬼子拼呀？大不了给自己留一枪，哼，要是我……”

“要是你怎么样？”女伴逗她。

“就把子弹都打出去，给自己留一颗，宁死不当俘虏，这点儿气节我还有，也省得让丈夫为难。”

“再说啦，人家老李够有情义的了，为了老婆就敢打县城，换了别的男人，敢吗？”田雨是李云龙形象的坚决捍卫者。

“喂！小田，你知道那次李师长被降级是怎么回事？杀人呀，硬是拿刀砍脑袋，听说满地的脑袋像西瓜似的乱滚，真吓人……”一个女护士故意吓唬田雨。

“我知道，老李告诉过我，那几个臭土匪就该砍，老李那警卫员多棒呀，硬是死在几个臭土匪手里，不报仇还算是男人吗？老李说那个牺牲的警卫员叫和尚，老李当时就哭了。老李什么时候哭过？你当像你似的动不动就抹眼泪？男儿有泪不轻弹，只是未到伤心处，老李当时肯定是真伤心了，当然得报仇，降级也值啦，就这么降级，人家老李现在不是还当师长吗？和尚死得真可惜，老李说，以后再也不会有这么好的警卫员了。你看最近调来的那个小陈，一副傻样儿，他怎么配当老李的警卫员？对了，我现在郑重声明，老李是我的好朋友，以后我不希望听到有人说他的坏话，再让我听到，我就跟他急……”田雨真的很不高兴。

被田雨称为一副傻样儿的警卫员小陈正在特护病房和李云龙诉苦。李云龙的前任警卫员在潘塘遭遇战中阵亡了。小陈是个没参加过战斗的新兵，最近被调来陪李云龙养伤。他是个身高不足1.7米的中等个子的小伙子，从农村入伍，没见过世面，初来乍到，难免显得呆头呆脑。而满脑子英雄崇拜的田雨一见小陈便看他不顺眼。哼，军龄还没我长呢，他也配给老李当警卫员？连和尚的一个小手指头也比不上，我看着都为老李鸣不平。田雨要是看谁不顺眼，自然没好气，动不动就训斥小陈，不是嫌他碍事，就是嫌他笨手笨脚帮不上忙。

身为新兵蛋子的小陈对田雨这个老兵敢怒不敢言。“首长，小田护士咋老看俺不顺眼呢？俺又没招惹她？她不就比俺早入伍几个月吗？比首长架子还大。”小陈对李云龙告状。

李云龙故作神秘地小声说：“别惹她，你没看见？我都惹不起她，我哪儿是什么首长呀？住在这里，她就是咱俩的首长。以后你再看她进来，就赶紧躲出去，省得她训你，连我也跟着挨训。”

小陈的倔劲上来了：“俺才不躲呢，凭什么呀？她有她的工作，俺还有俺的工作呢，俺就在这儿守着你，看她敢咋样。她一个丫头片子凭啥这么凶？俺村的丫头就没这样的，缺管教。”

李云龙竖起一根手指放在嘴上：“嘘，小声点儿，俗话说‘好男不和女斗’嘛，听我的，不和她一般见识，她来你就走，我这儿没事，你出去遛遛，走远点也没事，我批准的，不算犯纪律。”

“俺不爱出去溜达，没劲。俺就守着你，你给俺讲讲打仗的故事。”

“故事以后再讲，有的是时间，现在不是养伤吗？让我自己待会儿好不好？”李云龙有些不耐烦了，心说这小子真是块榆木疙瘩，咋就不开窍呢？

小陈是个一根筋的孩子，他哪知道李云龙的花花肠子，仍然倔得像头牛：“不，俺不走，守着你，是俺的职责……”

“他娘的，你咋好说歹说就不开窍呢？让你走你就走，磨蹭个啥？滚！给老子滚……”李云龙终于发火了。

田雨走进门问：“怎么了，老李？”

“没事，没事。”李云龙眉开眼笑。

最近，李云龙的情绪有些低落，他的伤口虽已封口，可他天性好动。待不住，动不动就把刚封口的创口弄裂了，鲜血又从绷带上渗出来，吓得田雨直求他：“老李，你行行好，和我配合一下行不行？照这样下去，再有半年伤也好不了。”他很懊丧，前些日子渡江战役开始了，百万野战军在1000华里的江面上强渡成功的消息使他捶胸顿足，愣是一天没吃饭，烦躁起来便冲着自己的伤口较劲，用手去撕绷带。还逮谁骂谁，骂院长，骂医生，骂小陈，大家也都看出来了，除了田雨他看着谁都不顺眼。

随着上海、南京的解放，他的火气渐渐平息下来，他知道闹也没用，谁让自己命不好呢？偏在这要命的节骨眼上负伤。上海战役开始时，他听说二师担任了预备队，便认定是自己不在的缘故。哼，老子要是不负伤，这次怎么也闹个主攻。这下可好，等老子伤好了，国民党早完蛋啦，老子干什么去？他懊丧地想。要是没有田雨，他的日子真没法过了。快乐的田雨才不管他想什么，既然李云龙主动拉平了辈分，也就别怪她没大没小了。李云龙的象棋水平属于刚知道马走日、相走田的初级阶段，田雨的象棋水平和他比是半斤八两，因此棋逢对手，两人一下起棋来，净斗嘴了。

“来来来，小田，我来教你下棋。”

“哟，老李，我还是让你半边车马炮吧。”田雨的小嘴也跟得挺快。

“当头炮，年轻人要虚心。”

“把马跳，中年人应该成熟，老吹牛多不好。”田雨立刻还嘴。“咦？老李，你的炮怎么没支炮架就直接打过来啦？”田雨不满地说。

“这你不懂，咱这是迫击炮，不用炮架。你虚心点儿行不行？”李云龙犯起规来脸都不红。

“真赖，那我的车也可以拐弯走了，吃你的车！”

“哟，没注意，不行不行，明车暗马偷吃炮，你吃车咋连招呼也不打？这步不算，把车拿来。”李云龙要悔棋。

“不是说好了不悔棋吗？好歹也是个师长，说话还算不算话？”

“就这一次，就这一次，要不，一会儿也让你悔一步……”

“老李，有你的电话，声音很小，好像很远的地方打来的。”田雨走进病房说。

李云龙噌地蹿出门，田雨抓起衣服追了出去。

“老赵呀，我一猜就是你，部队到哪儿啦？”李云龙粗声大嗓地对着话筒喊道。

“武夷山，快进福建了。老李，你的伤怎么还没好？是不是有美人陪着，乐不思蜀了？”赵刚的声音很大。

李云龙瞟了一眼旁边的田雨，说：“哪儿的事？别听人瞎咧咧，咱老李正练童子功呢，能想别的吗？”

“算了吧，装什么柳下惠？连野司留守处的人都知道了，说你一见着人家姑娘，眼也直了，走道儿也不知先迈哪条腿了，脾气改多了，平时的粗声大嗓也没了，说话都捏着嗓子，像京戏里小生似的，整个一个贾宝玉。我说，这话属实吗？难道威震晋西北的李云龙也成了这副娘们儿腔？”

“放他娘的屁，是哪个狗娘养的造老子的谣？我操……”李云龙瞟瞟田雨，便没骂出来。

“我说也是，要是李云龙都成了娘们儿，这世界上就没汉子了。老李，事情进行得顺利吗？过了这个村可就没有这个店啦，你要把这个山头拿下来，可就给咱部队挣了脸啦，也省得这么多人惦记着。到时候咱老赵脸上也有光，就敢挺着腰板和人说，名花有主啦。谁摘走了？荣誉不是你李云龙的，是咱们十一纵的。”

“你狗日的就别操心啦，咱老李打过败仗吗？有攻不下的山头吗？”

“好，速战速决，祝你成功。快点儿归队，还有仗打。我挂了，再见！”

“老李，看你美的，又要进攻什么山头呀？”田雨一脸天真地问。

“军事秘密，不能说。你等着吧，总攻马上要开始了。”李云龙似笑非笑地说。

“啊，连好朋友都瞒着，真没劲。”田雨不满地嘀咕着。

那年秋天，李云龙的伤终于痊愈了。他从野司留守处得知，野战军已全力进了福建。他心急如焚，坐立不安。作为师级指挥员，他心里很清楚，三大战役结束后，国民党军主力已大部被歼，渡江战役后江南已无大仗可打，剩下的几十万国民党军已成惊弓之鸟。1949年2月中共中央军委进行了全军统一整编，全军编成一、二、三、四野战军。这种作战编制近似于苏联“二战”期间的方面军，每个野战军下辖若干个兵团，李云龙的部队被编入三野A兵团。各大野战军渡江后，分头日夜兼程向前追击。原中原野战军现在改称二野，直插西南；原东北野战军改称四野，直取两广；原华东野战军改编为三野，进军福建。战线越伸越远，全国解放指日可待。

这大大出乎中共领导层的意料，因为按本来对战争进程的估计，至少还应该有两年时间才能推翻国民党的统治。可现在胜利的日子已大大提前了。李云龙很了解自己，他这前半辈子都是伴随着战争走过来的，他的命运和战争结下了不解之缘，一旦没了战争，他实在想不出自己还能干点什么。管他娘的，这好比赴宴迟到了，大鱼大肉就别想了，有点残汤剩饭就不错了，还有你挑的份？先赶回部队，把国民党这点残兵败将收拾干净再说，闹好了还能捎带着把台湾拿下来。

动身好说，拔腿就可以走，可是这里还有件大事没解决，那个不懂事的小姑娘田雨一直蒙在鼓里，成天还嘻嘻哈哈地和他攀交情呢，就差称兄道弟了。李云龙自忖，该做的似乎都做了，外围已全部扫清，下面就是总攻了，这次要是空着手回部队，可真没脸见弟兄们了。本来闹了个满城风雨，谁不知道二师师长李云龙正老着脸皮追姑娘，最后闹个鸡飞蛋打，啥结果没有，臊眉搭眼回了部队，别人甭说，赵刚那儿的挖苦话他就受不了。再说了，还是那句话，咱老李打过败仗吗？李云龙蓄谋已久的总攻开始了。

“小田，咱们认识这么多日子，我还不知道你有没有对象呢？”他单刀直入直奔主题。

“老李，你是什么记性呀？不是罗主任和我谈过这个问题被我拒绝了吗？当时你还支持过我呢，你忘了？我才18岁，早着呢。”田雨说。

“不早啦，该动动脑子了，晚了好男人就没了，到那时后悔都晚了。”

“没了就没了呗，有什么了不得的？”田雨还在嘻嘻哈哈。

“小田，不许嬉皮笑脸的，我和你说正事呢。”

“哟，老李，干吗这么严肃？眼睛瞪得这么大，我又没惹你……”

“哼，你当然惹我啦，你就不该来护理我，那就啥事没有了。”

“现在，你就认倒霉吧，我得把你带走。”李云龙气势汹汹，好像田雨给他惹了多大麻烦。

田雨高兴得蹦了起来：“真的？太好了，我早就不想在医院干啦，到作战部队多好，咱们讲好了，你得发我一支卡宾枪，到时候我端着枪照张相寄回来，还不把她们都羡慕死？”

“没问题，一支枪不在话下，可你得答应我一个条件。”

“说吧，说吧，什么条件都行。”田雨兴奋得脸都红了。

“呵，答应得还挺痛快，那我可说啦，你听着：我要你嫁——给——我。”李云龙一字一句地说。

田雨像被什么东西噎住了嗓子，她实在没有这种心理准备，太突然了。

“好，给你半个小时考虑，我就坐在这儿等着，快点儿。”李云龙一屁股坐下。

田雨垂着头，一声不吭，时间在一分一秒流逝……

“好了，半小时到了，你表态吧。”李云龙站了起来。

田雨红着脸，慌乱地说：“我还没考虑好……”

李云龙耐心地说：“小田，说真的，我喜欢你，从我第一次看见你就喜欢上了，我知道你的条件高，人长得漂亮，又有文化。我呢，没文化，老粗一个，配你是有点儿那个了。可我不傻也不笨，全国就要解放了，没文化我可以去学，我就不信我老是粗人一个。虽然我有这么多缺点，可我这人从来没有什么坏心眼，我要和谁好，我会掏出心窝子待他，死也不会背叛朋友。”

“小田，如果你愿意嫁给我，我会一辈子对你好的。现在，我只问你一句话：你喜欢我吗？”田雨不吭声。

“不说话就是默认了，也就是说你喜欢我。”田雨慌乱地摇头。

“噢，那是不喜欢？”

“不……不……”

“那就是喜欢了。那好，你答应了。”

“不是……”

李云龙有点耐不住性子了：“到底是同意还是不同意？你痛快点儿行不行？如果你不同意，我马上就走，以后绝不再纠缠你。你说话呀！”

田雨抬头看看李云龙，眼睛里竟含满了泪水。但她还是不说话。

李云龙二话不说，开始收拾衣物。

田雨呆呆地看着，嘴唇动了动，眼泪开始成串地滚落下来。

李云龙拎起背包，朝田雨点点头说：“小田同志，你不要为难，这种事当然应该两相情愿。我说过，咱们是革命队伍，在这个问题上，谁也不能强迫谁。谢谢你的护理，我李云龙无以报答，只能在战场上多杀敌人，以此为报，再见！”说完头也不回地向门口走去。他有意把步子放得很慢，一步一步地接近门口，心里一阵颤抖，一阵绝望，一种前所未有的失落感牢牢地抓住了他。他感到，他的生命已经分裂为两半，其中一半已经失落在这里了。他心一横，毅然伸出手去开门……

“等等……老李，请你不要丢下我……求你了……”田雨突然伤心地哭了起来。

李云龙脑子里轰的一声，浑身像遭了雷击，他猛地转过身，甩掉手里的背包，张开双臂：“你答应了？”

“答应……答应……”田雨哭着扑进他的怀里。

李云龙紧紧搂住田雨，猛地出了一口长气，说了声：“该死的黄毛丫头，你真吓死我了……”

田雨把脸贴在他胸前，热泪长流，抽抽搭搭地说：“老李，你太不够意思了……我也喜欢你，你干吗这么狠心要丢下我……这太突然了，你总要等我想想嘛，该死的老李，你为什么不早说呢？”

李云龙仰天长笑，他猛地把田雨举起来原地转了一圈：“我说过，你真是个聪明的姑娘，我就是那最后一个好男人，把我放过了，你还不后悔一辈子？”

田雨破涕为笑，用拳头捶着李云龙的胸说：“老李，你就会吹牛，你是个坏男人，你大概是蓄谋已久了吧？”

“当然，我的血管里流着你的血，咱俩的血早都流到一起了，你还能跑到哪里去？你早该是我的嘛。”

田雨忽然严肃起来：“老李，请你答应我一件事。”

“没问题，一万件也行。”

“我是从学校跑出来参军的，我家的情况你知道，礼数太多。我父母就我这么一个女儿，要是连我结婚都不跟父母讲，就有点儿太不通情理了。我总应该取得他们的同意才行。”

“老李，请不要生气，在这件事上尊重我的意见好吗？”

李云龙毫不犹豫地说：“我同意，按你家规矩办。我要以未来女婿的身份请求你父母同意让你嫁给我。好在江南现在已经解放了，咱们明天就动身。”

“可是……我父母要是不同意呢？”

“那我就像卫兵一样站在你家大门口，等他们同意。他们不点头，我就不走。”李云龙坚决地说。

田雨真的感动了，她充满柔情地在李云龙脸上吻了一下：“你真好，难为你了，你这个大英雄能这么做，真让我不知说什么好。”

〔 第十五章 〕

设在南京的三野留守处给李云龙派了一辆美式吉普车。淮海战役结束后，解放军缴获了大量的美式吉普车，师一级的干部从此不用骑马了，都配发了这种吉普车。从南京到苏州的路上，到处可见战争留下的痕迹。被炸毁的钢筋混凝土碉堡，纵横交错的战壕，路旁建筑物上密密麻麻的弹痕，田野村镇到处都有工兵部队用白灰标出的尚未排除的地雷标志。

被击毁的坦克、炮车比比皆是，路边的村庄却炊烟袅袅，鸡犬相闻，一派和平宁静的江南景色。李云龙穿着新配发的黄色细呢料军装，田雨穿着双排扣列宁服式的女军装，戴着无檐军帽。两人胸前都佩着醒目的解放军胸章。微风拂起田雨的长发，她秀美的脸上显出几分忧郁。

汽车开进了城市，在古城狭窄曲折的路上降低了速度。坐在驾驶员旁边的警卫员小陈扭过头来说：“首长，司机同志说前面那座大院就是，下一步该怎么办？”

李云龙说：“就在这儿下车，你和司机在这里等着，我们走过去，那是书香人家，不喜欢当官的摆架子，又是汽车又是警卫的，老人家会不高兴的。是不是，小田？”

田雨感激地抓住他的手说：“老李，真想不到你是个粗中有细的人，你想得太周到了，谢谢。”

田家大院，是一座古老的宅院，经过上百年的风雨，门窗都有些糟朽了。油漆剥落得已经看不出本来的面目，砖石却还结实，院子青砖铺地，有过厅，有木厦，还有回廊。厚厚的墙山，笨重的镂花门窗，墙面上长出一片片青色的苔藓，墙根处长着茂盛的翠竹，到处弥漫着竹子的清香和青苔的气息。一个佣人模样的中年妇女端着一个盛着草药的砂锅从偏房里出来，田雨一见便高兴地大喊道：“奶妈，我回来了。”

砰的一声，砂锅落在地上打得粉碎，田雨的奶妈扑过来抱住田雨就哭了起来：“小姐，真是小姐呀，你可回来了，可想死我了。”她一边抹着眼泪一边向正房里大声喊道：“老爷，太太，小姐回来了。”

院子里顿时乱了套，田雨的父母从屋里冲出来，母女抱头痛哭，父亲在一旁激动地摸着女儿的头一个劲儿念叨着：“回来就好，回来就好……”

李云龙被晾在一边。不过他不在乎，他知道细心的未婚妻是不会让他晾得太久的。果然田雨马上向父母介绍了李云龙：“爸爸，妈妈，这是李云龙师长。”

李云龙跨上一步，规规矩矩地立正敬礼：“伯父，伯母，你们好！”

田雨的父亲仔细打量了李云龙一眼，脸上露出了冷淡的神色。他微微点点头，礼节性地回答：“你好，共产党不兴叫长官，好像应该称你为同志吧？请客厅里坐。”

走过青砖铺地的天井，到了客厅。李云龙抬头看见客厅正中悬着一个大匾，上面是“静思斋”三个金字，两边是对联：“读书好、耕田好，学好便好；创业难、守成难，知难不难。”中间挂着一轴泼墨山水画，落款竟是“江南赵孟頫”。花梨木的大书案上堆满了古旧的线装书，李云龙瞥了一眼，发现其中有一部《康熙字典》和一部《四书衬》。他觉得这间客厅里到处飘着古旧的气息。

田雨的父亲有五十多岁，穿着一件青色的杭纺绸长衫，脚上是千层底礼服呢面布鞋，一副乡绅模样，可脸上的金丝眼镜和较为洋派的分头，暴露了他似乎也受过西式教育的身份。“鄙人田墨轩，还是第一次和共产党的高级官员打交道，要是说话有得罪之处，还要请李同志海涵呀。”

“伯父请讲。”

“我女儿两年前弃学出走参加了贵军。孩子年幼无知，读了几本书思想便有些激进，这我理解。如今贵军挟胜利之威，数百万大军已横扫大半个中国，如摧枯拉朽，明眼人都能看出，坐天下者，非共产党莫属。我想说的是，是否可以放我的女儿回来？她还年轻，还没有完成教育，一个文弱女子的去留，与贵军的强大与否毫无关系，希望李同志能高抬贵手，放她回家。”田墨轩的眼睛紧紧盯着李云龙，等着他的答复。

“伯父，我想，您女儿的去留应该由她自己决定。”

“如果她愿意回家，完全可以提出复员申请，这应该没有问题。不知这种答复伯父是否满意？”

田墨轩点点头：“第二个问题，我有一事不明，李同志身为中共军队的高级军官，而我女儿则是一名普通士兵，无论从哪方面讲，都似乎没资格由一个师长亲自陪伴回家。那么李同志能否赐教，今日登门，有何见教？”

尽管话问得毫不客气，可李云龙也绝不会被他咄咄逼人的语言震住，他坦然地迎住田墨轩的目光站起身来以实相告：“伯父，我今天来的目的，是请求你们同意让我和你们的女儿结婚。”

尽管早有心理准备，田墨轩还是震惊得站了起来：“不，这不可能。”

“伯父，我知道您很疼爱女儿，可我也是真心的，我发誓，我会一辈子对她好的。我李云龙这辈子没求过人，可这次，我真心地求您允许我们结婚。”李云龙恨不得把心掏出来给未来的岳父，以表达他的真诚。

“李同志，你是什么文化程度？”

“当兵以前，读过三年私塾。”

“既为军人，受过军校教育吗？”

“没有，做梦都想，可是没有机会。”

“那你凭什么娶我的女儿？就凭你是师长？还是凭你们共产党将夺得天下？”田墨轩有些愤怒了。

“伯父请息怒，我们共产党不会仗势欺人，我李云龙平生最恨仗势欺人。”

“就为这个，我才参加共产党的，如果有一天，共产党也仗势欺人，我还会起来造反的。我虽没上过学，可我懂得咱中国人的规矩，对上要孝顺父母，对下要管教好子女，一辈子不赌不嫖，老老实实做人，当官或不当官都一样，要做好人。请伯父答应我。”李云龙说得动了感情。

“我若是不同意呢？”

“我就站在院子里等着，直到您同意为止。伯父，我是个男人，我也很好面子，可是为了娶您的女儿，我不怕丢面子，我愿意等着。”

“那好，如果你愿意，那就等吧。”田墨轩竟拂袖而去。

李云龙也犯了倔劲，他几步就跨进天井，笔直地站在天井里，一动不动，像凝固了一般。

此时，在后院的田雨正在恳求母亲。母亲沈丹虹出身江南望族，毕业于金陵女子大学，年轻时结识了正在燕京大学读书的田墨轩，因倾慕田墨轩的才气而私订终身。当时也属离经叛道之举，遭到两个家庭的反对，在北平和江南文化圈子里闹得沸沸扬扬，惊动了不少文化名流，如胡适、沈从文、朱自清等纷纷表示支持，和一些卫道士展开笔战。其实，按传统观念，田墨轩和沈丹虹同出身于江南望族，又是才子配才女，天造地设的一对，也合乎门当户对的封建等级观念，只不过是未遵守礼教中的父母之命、媒妁之言罢了，属于当时比较新派的自由恋爱。两大家族闹腾了一阵，这对年轻人毫不理会，竟登报发表结婚宣言，各文化名流纷纷捧场。此举成为佳话，倒也风光了一阵，并未给两大家族的面子蒙尘，所以两大家族也算是默认了。

这对夫妻的政治观点及处事原则都奉行中庸之道，对当时中国政治的黑暗和政府的独裁腐败深恶痛绝，反过来对共产党也颇有微词，虽然共产党一向在野，有时还被称为非法组织，田墨轩和沈丹虹对从未成为执政党的共产党本无了解，但共产党的立党宗旨却使他们感到不寒而栗，这个党派一向把消灭私有制视为己任，而且公开宣称要用暴力夺取政权。这很使厌恶暴力的他们感到恐慌。田墨轩经常在《大公报》上发表些针砭时事的杂文，当时著名报人王芸生先生主持的《大公报》政治上持中庸之道，自称无党无派，不偏不倚。饶是如此，当时中国政治舞台上在政治、军事方面激烈对抗的两大政党——国共双方，对这家报纸均无好感，国民党称它为思想“左”倾。共产党称它对国民党小骂大帮忙。田墨轩的妻子沈丹虹也是个不甘寂寞的女人，她以自由撰稿人的身份向各大报纸频频出击。文章以评论和杂文为主，政治、经济、军事、时事、文艺、美术，哪个领域都缺不了她的文章，思想之深刻，文笔之犀利，常常使人怀疑此文出于男性大家手笔，沈丹虹不过是笔名而已。

此时，田雨正艰难地和母亲对话，她试图说服妈妈。从小受此教育长大的田雨，目前还没有胆量敢对自己的婚姻私自做主。她希望能感动母亲。

田雨发现，平时百般疼爱自己的母亲今天变得不大对劲儿。她冷冷地像审犯人一样向田雨发问:“田雨，请你告诉我，为什么要嫁给这位李先生？说说你的理由。”

“妈妈，他是个英雄呀，我崇拜他，喜欢他，而且他也喜欢我，尊重我，这就够了。这难道不是理由？”

“太抽象了，你懂什么叫英雄吗？”

“我认为一个人能够通过自己的努力和行为造福于人类，使世界能走向光明，这或许可以称为英雄。譬如希腊神话中的普罗米修斯为人类送来火种，使全世界得到温暖和光明。”

“女儿啊，你不要滥用英雄这个概念，现在怎么会有英雄呢？阮籍说‘时无英雄，遂使竖子成名’。你这位李先生在战场上也许是个能征善战者，但这能说明什么？为了一党一派的利益即便是鞠躬尽瘁，血染沙场，充其量不过是他一党一派的英雄，别的党派会认为他是英雄吗？仅仅是党派间政治见解有分歧或是政治利益的不均，就在战场上刀兵相见，大动干戈，动辄便是数百万人的厮杀，而且是同一种族间的厮杀，这有意义吗？这就叫英雄？”

“妈妈，他是抗日战场上的英雄。当我们的民族受到侵略和奴役的时候，就是这些民族英雄用血肉之躯抵抗了敌人，夺回了我们民族的尊严，这些在战场上和敌人以命相搏的人如果不是英雄，谁是英雄？”田雨激动得满脸通红。

沈丹虹一时有些语塞，她惊讶地发现，她的女儿真的长大了，而且思维敏捷，颇有雄辩力。对于那场已经结束的抗日战争，她确实没什么好议论的，事情明摆着的，那完全是一场一个民族要奴役另一个民族，而被奴役的民族奋起抗争的战争。

在这场反侵略战争中创造英勇战绩的优秀者应该是英雄，至少也是民族英雄。她不能不承认这一点。她说道："女儿，妈妈从你小时就教育你，要服从真理，而且妈妈保证不以母亲的身份压制你，母女之间的讨论也只服从真理。看来你记得很清楚。所以妈妈向你承认，你说得对，妈妈的观点似乎有些偏激。"

"我知道，您是个知错就改的好妈妈，我爱您。"

"别忙，你还没说完，我要听听你对现在这场战争的评价，这可是场同胞之间的内战，难道同胞之间的政治分歧非要用战争手段来解决吗？"

"妈妈，这些年我看了不少书，对政治我本没什么兴趣。但有一个基本观点，就是在一个共和政体的国家里，一部分公民不应该欺压另外一部分公民。"

"党派之间的政治分歧应该通过政治协商来解决。抗战胜利后，各民主党派要求成立联合政府，通过广泛的民主选举选出执政党，共同治理国家。这是中国走向现代民主政治的最好时机。可是蒋介石政府要搞独裁，压制别的党派，在政治上搞法西斯式的统治，把中国变成警察国家，这么一个独裁腐败、黑暗的政府难道还不该推翻它？"

沈丹虹微笑着说："女儿，咱们不谈政治，只谈婚姻吧。"

"你认为你们的结合般配吗？你是个受过良好教育的女孩儿，你的生活习惯、思维方式和文化教养都太多地带有我们家族的烙印，你真能和一个农民出身的、粗鲁的、没有文化的中年男人生活一辈子？这是不可想象的。少女的英雄梦是这个年龄的女孩儿最常见的现象，我在你这个年龄也崇拜过岳飞、文天祥，甚至还崇拜过拿破仑呢，那时我也做过英雄梦。但女人一旦成熟后，眼光就会发生变化，也许会为自己年轻时的幼稚感到好笑。你为什么非要走这段弯路呢？"

"妈妈，您爱爸爸吗？为什么爱他？您理想中的男人是什么样子？"

“是的，我爱你爸爸。从年轻时起就爱他。至于为什么爱他，因为他从不趋炎附势。正直、清高、有才气，有学者的儒雅气质，有智者的敏锐判断力。”

“还因为，他也爱我，把我视为他生命的另一半。告诉你这些，也就回答了你最后一个问题，这就是妈妈心目中理想的男人。”

田雨脸上露出了灿烂的笑容。她说：“妈妈，您的审美观是不是太古典了？不错，不趋炎附势。正直、清高，有学者的儒雅、敏锐的判断力，这些当然很好。可……怎么说呢？这些优点太中性了，男人身上可以有，女人身上也可以有。我喜欢的是，只能是男人身上存在的优点而女人身上不可能存在的，那就是有尊严、有血性、有英雄气概，勇敢顽强的性格，这才算是男人，和这样的男人相处才有安全感，才能显出自己作为女人的阴柔之美。”

母亲微笑起来，道：“小小年纪，谁教你知道这些？你就这么了解男人？”

“妈妈，我不喜欢书生气十足的男人，我喜欢有血性、有尊严、勇敢的男人，缺少文化可以学习，但缺少血性和尊严是没法弥补的。这两头，孰轻孰重呢？这样的男人，现在可并不多见呀。妈妈，女儿好不容易碰上一个，妈妈还不该为女儿祝福吗？”

母亲突然流下了眼泪，她擦着眼泪说：“真怨我太宠你，把你从小就惯坏了，凡是你想得到的东西，你千方百计也要得到。你说服了妈妈，妈妈会去说服爸爸同意你们的婚事的。”

“唉，想起来怪没意思的，生儿育女有什么用？十月怀胎，分娩之苦，为了培养女儿，我们费尽了心血。刚刚长大，还没来得及高兴，唰一下，女儿就飞走了，成了别人家的人了，我怎么觉得好像有人抢了我的东西似的？”

田雨温柔地依着母亲说：“妈妈，女儿永远是女儿，不管飞多远，也要回来的。我的房间谁也不许动，我还要回来住的。将来要是变了样，我可不依。”

田雨的奶妈走进屋子说：“小姐，外面下雨了，很冷的。那个李同志就在天井里站着，我劝他进房间避避雨，他说什么也不肯，说老爷要是不答应他，他就永远站下去。小姐，你去劝劝他吧。”

田雨的泪水一下子涌了出来：“他站了有多久了？”

“哟，时间可不短了，快有两个小时了。”

田雨站起来对母亲说：“妈妈，我要和他一起站着，直到爸爸同意。”说完，她冒雨冲了出去……

李云龙的倔劲上来了，他浑身透湿地站在天井里，一动不动，像钢浇铁铸一般。

警卫员小陈见他久不出来，便找上门来，见首长如此，他便也陪首长站着。

李云龙觉得面子上有些挂不住，毕竟是他的下属。他有些恼羞成怒，便口气生硬地轰小陈：“去去去，你跟着起什么哄？这是我家的私事，让老丈人罚站也不是什么丢脸的事。你出去，别在这儿看西洋景，有什么好看的？告诉你，这也是机密，你小子学过保密条例，不许把这事说出去，不然老子非揍死你。”

小陈无奈，只好走到院门口像哨兵一样站起岗来。

田雨冲进雨幕，勇敢地和李云龙站到一起：“老李，对不起，我在做妈妈的工作，不知你在院里淋雨，不然我早来了。”

佣人告诉了正在后院屋子里闭目养神的田墨轩，他猛地一激灵，没想到这个李云龙还真站了这么长时间，真是倔得可以，现在连宝贝女儿也跟着淋雨。田墨轩心疼女儿，他急忙赶到前院冲两人大喊道：“快进屋，有话到屋里说。”

李云龙固执地说：“不，我说过，您不答应我就永远站下去。”

田雨撒娇地喊：“爸爸，我冷着呢，您就忍心把我冻病？”

田墨轩急得在回廊里连着转了几个圈，心里愤愤地想，宝贝女儿真是铁了心了，罢了，罢了，随她去吧……想到这里，他猛地一跺脚，向雨中喊道：“行了，行了，我答应了，快进屋……”

田雨在雨中蹦跳着，欢天喜地地向后院大喊：“妈妈，爸爸同意了。”

在雨中的李云龙后脚跟一碰，挺胸敬礼："您同意了？我可以叫您岳父了吗？"

那年秋天，在南京的野司留守处，李云龙和田雨结婚了。身边没有亲人，没有老朋友、老战友，因为李云龙的部队已经进入福建，而田雨的野战医院还在山东，没有随战线向前推进。

留守处的干部给新婚夫妇准备了新房，说了几句祝贺之类的客套话就离去了。因为不太熟悉，加之李云龙的级别太高，谁敢闹他的洞房？没有鲜花，没有糖果，没有宴席，新房里只有一个暖水瓶和两只茶杯，连茶叶都没有，一切都简朴得不能再简朴了。不过，两人都很喜欢这种安静的氛围，内容有了，形式还重要吗？18岁的田雨，突然成熟起来，就在短短的一个月以前，她还是傻乎乎的小丫头，成天一个劲儿地纠缠着李云龙，女性意识还没有觉醒呢。

但田雨毕竟是田雨，一旦爱情真正来到眼前，她心中对异性隐隐约约的萌动也立刻明确起来。在昏暗的灯光下，田雨凝视着这个已经成为自己丈夫的男人，心中一阵恍惚。李云龙倒了两杯水，举起杯说："小田，咱们以水代酒，祝贺咱们的婚礼。真委屈你了，太寒酸了。我李云龙是个粗人，这辈子能娶上你这样的媳妇，是前世烧了高香，就是明天我在战场上死了，我这辈子也该知足了……"

田雨面若桃花，含情凝视，把一根柔软的食指轻轻地按在李云龙的嘴上："嘘……别说这个字，你不知道我有多爱你。"

"为了咱们的新中国，为了咱们的幸福，干杯！"李云龙一饮而尽。

田雨捧着茶杯，微笑着说："你要答应我一个要求：如果有一天你不再爱我，千万别勉强，向我明说，好吗？"

"不会的，我李云龙是那样的人吗？"

"好，我干了。"

"老李，我要送你一样东西，作为新婚的礼物，你帮我研墨好吗？"田雨铺开早准备好的宣纸，拿出毛笔，在宁思静想中等待李云龙研墨。

李云龙一边研墨一边发牢骚："这下我可知道什么叫小资产阶级情调了，新婚之夜还要舞文弄墨，你真要把我变成酸秀才？"

“谁让你喜欢小资产阶级？你这个无产阶级为什么不娶个粗手大脚的农村姑娘？不许发牢骚，听我讲：元代江南有个大才子叫赵孟頫，是继苏东坡之后诗文书画无所不能的全才，他的楷书被称为‘赵体’，对明清书法的影响很大。

“他的妻子叫管道异。这个女人名字很怪是不是？这也是个女才子，善画竹，著有《墨竹谱》传世，对后人学画竹大有裨益。赵孟頫官运亨通，一朝得志，年近50岁了却慕恋年轻漂亮的女孩儿，当时名士纳妾成风，赵孟頫也不甘寂寞想纳妾。他不好向妻子明说，可文人有文人的办法，他作了首曲子给妻子示意：我为学士，你做夫人，岂不闻王学士有桃叶、桃根，苏学士有朝云、暮云。我便多娶几个吴姬、越女无过分，你年纪已四旬，只管占住玉堂春。他的意思是说，你没听说王安石先生有叫桃叶、桃根的两个小妾，苏轼先生有叫朝云、暮云的两个小妾？

“我便多娶几个妾也不过分，你年纪已经四十多岁了，只管占住正房元配的位子就行了。他妻子看后便写了一首《我侬词》给他。赵孟頫一看，就打消了纳妾的念头，此成佳话。现在我把这首词写下来送给你。你看，我也用‘赵体’写。”从小熟读诗书的田雨笔走龙蛇，一气呵成：你侬我侬，忒煞多情，情多处热似火。把一块泥，捻一个你，塑一个我。将咱们两个一齐打破，用水调和，再捏一个你，再塑一个我，我泥中有你，你泥中有我，与你生同一个衾，死同一个椁。

李云龙仔细看着，嘴里还发表评论：“这词怪怪的，咋有点绕口呢？赵刚教过我不少诗词，咋没教过这个？”

田雨嫣然一笑说：“笨家伙，赵刚能教你这个？这是妻子给丈夫的。”

李云龙说：“这意思我看明白了，两个人是用一块泥巴捏出来的，好比咱俩的血都流在一起，是不是？”

“是的，我中有你，你中有我，这也是咱们相爱的誓言，希望咱们谁也不背叛谁。”

“小田，我要把它裱好，将来咱们有了家，我要把它挂在墙上，让我那些老战友眼热去吧，别看咱李云龙模样不济，硬是娶了个天仙似的老婆。这是咱命好，没办法。”李云龙得意地说。

田雨甜甜地笑了：“你不怕他们说你娶了个小资产阶级情调的老婆？会消磨你的革命斗志的。”

“肯定会有人说，可那是嫉妒，人家娶不上这么好的老婆，还不许人家说两句？都是战场上的生死弟兄，看着眼热，气不过抬手给咱两个耳刮子，咱也得受着，就别说骂两句啦。”

外面下雨了，是那种江南特有的、略带寒意的秋雨。雨点噼里啪啦打在屋顶上、窗户上，淅沥的雨声渐渐急骤起来，但声音还保持着江南雨的风格，落地声很柔和。李云龙关上窗户，在屋子里转了几个圈，扭过头来有些不好意思地问：“小田，天晚了，咱们是不是该睡了？”

田雨脸上蓦然飞来两片红云，她猛地想到男女之间最实质的问题，这是任何人都无法回避的，不管你是上流社会的淑女，还是山野里的村姑，新婚之夜的实质都是一样。田雨和所有未有过性经历的女人一样，对此怀有一种莫名其妙的恐惧和朦朦胧胧的期待。

田雨没有吭声，她红着脸顺从地铺好被褥，然后吞吞吐吐地对李云龙说：“老李，可以把灯关上吗？我……我有点害……”

黑暗中，李云龙以军人的速度三下五除二脱掉衣服，钻进被子。平时能说会道的田雨此时竟没有了一点儿声息，李云龙试探着用笨拙的双手去抚摸妻子，妻子顺从地依偎在他的怀中，温软的身体，象牙般光滑细腻的皮肤，他感到自己手掌上传来田雨身体的阵阵战栗，准确无误地表达着一种渴望被爱的信息。他感到自己浑身开始燃烧，巨大的幸福感使他感到眩晕……田雨在他身边吐气如兰，声音幽幽地说：“亲爱的，对我温柔些好吗……我有点儿怕……”李云龙已经什么也听不见了，他仿佛又回到战场上，指挥着自己的部队排山倒海地向敌人杀过去，子弹头划破空气发出尖锐的哨音，在人耳边嗖嗖掠过，大口径炮弹爆炸时发出巨大的、橘红色的火光，部队海浪般涌进敌阵地，短兵相接，刺刀铿锵，碰出点点火星，攻击，攻击，再攻击……

李云龙勇猛的攻击点燃了田雨的激情，她好像回到了童年，诗兴大发的父亲带她夜游洞庭湖，船至湖心时风雨大作，她躺在乌篷船的船舱里，感到汹涌的浪涛使脆弱的乌篷船剧烈地颠簸着，狂风夹着暴雨一阵阵掠过湖面，像无数条鞭子抽打着乌篷船，船体颠簸着、倾斜着时而蹿起飞到浪尖上，时而重重地摔进峰谷底，强烈的眩晕中夹杂着将要解脱束缚的快感。忽然，暴风雨掠过湖面，卷向黑沉沉的远方，刚才还喧嚣的湖面恢复了平静，乌篷船静静地随波逐流，船体在轻轻摇晃，明月倒映在水面，远处又亮起点点渔火。范仲淹是怎么说的，而或长烟一空，皓月千里，浮光耀金，静影沉璧。渔歌互答，此乐何极……田雨感到一种前所未有的疲倦，就像与风浪搏击，九死一生归来的海员，像长途跋涉、筋疲力尽的沙漠旅行者看见了天边的绿洲……

李云龙怀着歉意，有些懊丧地在田雨耳边说："真对不起，我没经验，没做好……"

田雨突然狠狠地在李云龙赤裸的胸膛上咬了一口，疼得李云龙差点儿叫了起来，胸膛上已被她咬出一圈圆圆的、细细的牙印，四周慢慢地渗出鲜血。田雨似笑非笑、娇嗔地看着丈夫说："该死的老李，别假谦虚了，还没经验？你快把我吓死了，你以为你在干什么？和鬼子拼刺刀？别这样看着我，就像犯了多大错误似的，没看见我在你胸口上印上我的私章了吗？盖章的意思是你属于我啦……"

〔　第十六章　〕

李云龙和田雨只在一起度过了三天的蜜月生活，就要分别了。因为李云龙师所属的A兵团已逼近厦门，厦门战役马上要打响，李云龙急得连新婚妻子都顾不上了，他急着赶回部队。田雨理解丈夫的心情，他是个职业军人，要是没了仗打，他会很痛苦的。何况田雨的野战医院也要随战线推进，近几天也要南下了。

野司留守处的一个参谋告诉李云龙，入闽的铁路虽已通车，但前方战事吃紧，大批的物资弹药需要运上去，所以货车优先，客车要几天以后才有。

李云龙点点头说："我们就搭乘货车。"

参谋说："首长，这哪儿行呢？路这么远，路上随时都会出现敌情，这列货车装的是弹药，守车上只有一个班的兵力负责弹药的安全，无法抽出兵力来保卫您的安全。"

李云龙眼一瞪说："谁要你保卫我的安全？给我们两支冲锋枪，编入警卫班当战士总行了吧？别说废话了，执行吧。"李云龙和警卫员小陈拎着美制M3式冲锋枪爬上守车，他对站在车下送行的田雨挥挥手说："你回去吧，不要等开车了。"

站在站台上的田雨不满地噘起嘴："你这没良心的老李，就这么走了？也不和我道个别？你给我下来。"

李云龙看看小陈，小陈把眼光移到别处。他只好又从守车上下来。

田雨温柔地帮丈夫整理一下衣领，低声说："亲爱的，你要保重自己，别惦念我，这大概是最后一仗了，千万保重。"她的眼圈红了，但很快克制住了。为了缓和一下气氛，她又小声地开玩笑地说："战场上的大将军应该八面威风，别儿女情长啊，要只是个床上的将军就没劲了。"

李云龙笑着大声说："是将军在哪儿都是将军，不管是在战场上还是……"

田雨捂住他的嘴："嘘，该死的老李，这么大声音，你不觉得脸红吗？"

"这有什么？我又没搂着别人的老婆睡觉，我自己的……"

"行了，行了，把嘴闭上，我该走了。"田雨猛地在丈夫脸上亲了一口。

在守车上的小陈吓得一闭眼说："师长，我可什么也没看见。"

田雨笑着说："你看见又怎么样？我告诉你小陈，你要看好我家老李，要是少了根汗毛我饶不了你，听见了吗？"

小陈忙不迭地答应："放心吧嫂子，师长要少根汗毛你扒我的皮。"田雨一步三回头地走了。

守车上有一个班的战士都规规矩矩地抱枪坐着，班长大概早接到了通知，他立正敬礼，报告道："报告首长，我姓张，1945年在苏北入伍，现在全班听您指挥。"

"稍息，稍息，大家随便点儿。张班长，你打算怎么布置你的兵力呢？"李云龙问。

“车头派两个战士，一挺机枪，其余人守在车里，守车经过钢板加固，能扛住子弹。”

李云龙摇摇头说：“这招太蠢，兵力大部分集中在守车上，人家随时可以爬上任何一节车厢，把钩一摘就把咱甩了，要是对方打算偷袭的话两颗手榴弹就能把咱们全报销了。这样吧，我和小陈在守车上，你带其余人全部上车顶，每节车厢放一个人，不要随便走动，随时作好战斗准备。记住，一旦发现有人扒车上来，不必警告，立即开枪。”

张班长布置兵力时，心里还在嘀咕：这首长真是多事，全班人都趴在车顶上，有这必要吗？八成是嫌守车太挤，让我们给他腾地方。

不过他很快就会知道李云龙这样布置兵力的重要性了。

一路无事，火车过了南昌，天快黑时进入武夷山区。从车窗向外望去，近处青山如黛，山上青松翠柏，高下相间，飞瀑奇石和山坡上的野花杂树显出一片绚丽的色彩，红的火红，白的雪白，绿的碧绿，青的靛青。远处的山峰，白云缭绕，迤逦北延，各具奇姿。山坡上的一片白花映衬着带水气的斜阳、河流、飞瀑，幽静的山谷和险峻的峰峦构成一幅天然的水墨画。

警卫员小陈趴在车窗上贪婪地看着山色，嘴里啧啧地赞叹着。这个出生在北方农村的孩子第一次领略南方的湖光山色，显得很没见过世面。李云龙微微叉开双腿，四平八稳地站在窗前。他凝视着窗外却对美丽的景色视而不见，他以军人的直觉似乎嗅到一丝不祥的气息。职业军人对地形太敏感了，在他看来，这里的地形太险恶了。他很熟悉山，从小生在山里，长在山里，红军时期的川陕根据地他也是在连绵的群山中参加过多次反围剿。抗战时期的第二战区内也多是山地，他在晋西北的山区打了多年的游击。

从南方到北方，他对各种类型的山都很熟悉。北方的山由于气候原因，水土流失导致山体缺少植被，岩石裸露着，山体从远处望去呈铁灰色，显得阴沉、冷峻，色彩单调。这种山不养人，很贫瘠，人在山区的生存能力受到限制，在游击战中很容易暴露目标。天然隐蔽物少，破碎的山体使山路变得极为复杂，限制了部队的运动。用李云龙的话说，这种鸟山，要多操蛋有多操蛋。而南方的山多是石灰岩地区，地质学称喀斯特地貌。由于雨水的切割，溶洞遍布，河流纵横，很少有破碎的山体，完好的植被既是天然的隐蔽物又能提供野生食物，是理想的游击战地区。

像李云龙这样的游击战专家不可能看不出这里的凶险。这片山区方圆几百里，自古匪患严重。翻开地方志，里面记载的多是不同朝代的成名土匪首领和围剿官军之间的活动，字里行间透出一股血腥气。这里的土匪分两类：一类是业余的，白天种地劳动，割草砍柴，对上孝顺父母对下呵护妻儿，乍一看，百分之百的良民。到了晚上，就不是那么回事了，约上几个亲朋好友，起出藏匿的刀枪，找个僻静处就开始了夜生活。遇到走夜路的客商无论有无财物，一律杀死，为的是不留活口，以免后患。尸体也要弄到僻静处埋掉，不留半点痕迹。劫得财物一律平分，补充家用。这种土匪隐蔽性极强，又心狠手辣不计后果，他们打生下那天起就没人告诉他们，世界上还有良心一说。在他们看来，人的生命和蚂蚁的生命似乎没什么区别，他们没有犯罪感，只认为这是正常营生，和种地砍柴一样。他们即使发了大财也不动声色，照样衣衫褴褛地扛着锄头种地，因此很难抓住他们的把柄。

另一类土匪属专业型，天生就不喜欢过安分日子。一到好人群中就找不到感觉，你若用好人来称呼他，他会觉得你在骂他，非跟你急不行。他们啸聚山林，打家劫舍，内部等级森严，有自己的王法，有自己的价值观和是非观。他们分工有序，各负其责，充满敬业精神，执着地保持个人崇拜传统。首领的意志是不可违抗的。他们一个匪窝就是一个小社会，甚至还有内部流通货币。这类土匪和中国大部地区的土匪无大区别，无非是杀人越货，绑票勒索，贩卖点儿烟土什么的，没什么特色。但近来大批的国民党散兵游勇进入了这个地区，和原有的土匪团伙混到一起，这就变成了带有政治色彩的武装团伙了。兵败如山倒的国民党当局当然不会放过这个机会，又是空投武器电台，又是滥发委任状，弄得司令少将满天飞，连手下只有十几个人、七八条枪的小土匪团伙也成了一个旅，土匪头子成了少将旅长。

国民党当局也想开了，反正不就是一身将军服，一张委任状吗？只要你反共，授你个上将也没关系，在国民党总参谋部的兵员表上，这么方圆几百里的山区中，愣是有几个军的番号。李云龙出发前，看了野司发的敌情通报，摇头叹道："这就是国民党当局的不对了，好歹也是个政府，也是支正规军，怎么堕落成这样？连这么乌七八糟的土匪也收编，还要不要脸了？"

前些日子，三野大军的主力从这里扫过，没有停留，只沿铁路线留下少量的守备部队和一些刚刚组建的地方部队守卫这条铁路大动脉。有限的兵力只能驻扎在沿线的县城及主要车站，土匪们早惦记着弄块肥肉吃，李云龙的弹药列车算是赶上了。李云龙感到一种巨大的危险悄无声息地向他逼近，一阵轻微的战栗迅速掠过全身，他太熟悉这种感觉了，在多年的军事生涯中，每当要投入战斗之前，都会出现这种感觉。他叫来张班长，增加了一道命令：列车一旦受阻或与敌人发生战斗，马上派出预先指定的战士沿铁路线出发到最近点求援。

他布置完任务，看看表，已是晚上8点多了。他从干粮袋中抓了两把炒面，用手捧着，一下送到嘴里，又对着水壶咕咚灌了几口凉水，抹了抹嘴对小陈说："你也吃饱点儿，今天夜里肯定有情况。"

小陈说："你咋就这么肯定？要是没情况呢？"

"你还别抬杠，我要说得不准，我那支'勃朗宁'就归你。"他肯定地说。

警卫员小陈刚调给李云龙时，很拘束，见了他连大气都不敢出。相处一段时间后，他发现这个首长挺好处，根本没架子。别看他平时说话骂骂咧咧，那纯粹是不拿你当外人，他心情好时，你顶他几句也没关系。于是小陈和师长说话也随便起来，甚至有点儿放肆。他见李云龙四仰八叉躺在地铺上合眼要睡过去，便耐不住寂寞没话找话："师长，你咋睡了？"

李云龙睁开眼睛说："不睡干什么？你值班我睡觉，分工不同嘛。"

小陈嘟囔着："你咋老睡觉呢？你不老说官兵平等吗？你也该值值班啦。"

"嗯，你这小兔崽子，敢跟老子讲平等了，官兵平等这不假，可也有个区别对待。比如说老子能娶媳妇，你敢娶吗？怎么没话啦？你得先熬个'268团'才能考虑媳妇的问题。所以嘛，你这叫绝对平均主义，毛主席早就批评过。咦，你小子咋这么贫嘴？给老子好好值班，出了问题看老子不捶你。”

他用大衣蒙上头迷迷糊糊睡去，恍惚间妻子那美丽的面容又浮现在眼前，时而清晰，时而模糊，两人之间似乎总有一层淡淡的薄雾，既朦胧又遥远。妻子温软细腻的肌肤使他浑身充满了激情，犹如鼓满风的船帆，妻子如娇似嗔，呢喃细语，柔情似水。他沉醉在一片温馨的氛围中，仿佛沉入温暖的海洋。他抚摸着妻子的脸庞，突然发现，竟是满脸的泪水……

“嗒、嗒、嗒……”一阵急促的冲锋枪点射声将李云龙从温柔乡中惊醒。

他掀开大衣抓住冲锋枪一跃而起，脚还没有落地，哗啦一声，保险盖打开，子弹上膛，人已蹿到守车门口。他一手持枪，另一只手攥着两支不知何时从弹袋中掏出的备用弹夹，这一气呵成的动作快得像旋风，惊得小陈目瞪口呆。好个静若处子，动如脱兔，他算是开了眼，什么叫久经沙场的老兵。张班长从车顶探出头向李云龙报告：“倒数第二节车厢和第三节车厢之间接合部蹿上两个人正在摘连接挂钩，看样子是想使尾部守车脱钩，幸亏被车顶哨兵发现，一个点射就把那两个家伙打下车去了。首长，要不是您重新布置车顶哨，咱们全在守车上被甩掉了。”

李云龙冷笑一声：“别忙，好戏还没开场呢。他们的目的是搞弹药车，摘守车是为了隔断我们对整个列车的控制。敌人的主要兵力肯定布置在前边。哼，玩儿这招他们还嫩了点儿……”话音没落，列车突然拉了紧急制动，车轮和铁轨之间剧烈的摩擦发出刺耳的尖叫，列车在巨大的惯性作用下还在向前继续滑动着。小陈一下子被甩到守车的前部，而早有防备的李云龙一把抓住扶手纹丝不动，他大吼一声：“准备战斗！”列车还没停稳，枪声便爆豆般响起。

加固守车的 5 毫米厚钢板被密集的弹雨打得火星乱溅，小陈抱起一挺捷克式轻机枪冲窗外就是一梭子，车顶上的战士们也用冲锋枪开火了，夜色中车上车下曳光弹像一串串火流星来回乱窜，晃得人眼花缭乱。李云龙看看窗外，月光下的能见度只有二三十米，再远就黑乎乎的什么也看不见了。他火了，照小陈屁股就是一脚骂道：“你他娘的瞎打什么？见着敌人了吗？”小陈停止了射击。张班长在车顶报告：“车头传过话来，前边的铁轨被扒掉了，只能固守待援了。按照您的命令，送信的战士已经出发了。”

李云龙侧身站在窗口，注视着窗外，一边下命令：“告诉你的战士，见到敌人再开火。少用连发，多用单发或点射，敌人多了就用手榴弹。看不见敌人就静等着，敌人火力再猛也别理他。他娘的，等打完仗老子要收拾一下你们的连长，这个笨蛋是怎么训练的兵？用起子弹来个个都像财主？抗战那会儿老子的团也算主力了，每人才合五发子弹，照样敢打攻坚战。哪像你们这些败家子，连敌人的面还没见着呢，两梭子子弹都他娘的打出去啦。”正说着，李云龙发现30米外有些黑乎乎的人影，呈散兵线状猫着腰向守车扑来，他抬枪一个三发短点射，“嗒、嗒、嗒……”两个人影应声栽倒，引得对方一阵弹雨回击。

小陈兴奋地说：“师长，好枪法！怎么连瞄都不瞄？”李云龙不答话，又猛地从窗侧隐蔽处蹿到窗正面，抬枪又是四个单发射击，小陈眼看着又是四个人影栽倒了。李云龙又是一闪身蹿到窗户另一侧，枪口朝天，手扣扳机作出等待出击姿势，他嘴里还说着：“神枪手分为两种：一种用眼睛瞄准，三点成一线，大拇指与食指合力击发，规规矩矩，一点儿马虎不得，这种方式能打得很准，缺点是无法迅速捕捉目标，必须要构成瞄准线后才能击发，这叫靶场上的神枪手，实战就不行了……”他说着又一闪身，这次用的是长点射，枪口跳动着喷出火舌，火力呈扇面扫过去，四五个人影仰面栽倒。他接着讲：“另一种神枪手是凭感觉打，不下死力气练，什么枪口挂砖呀，空枪练瞄准呀，没用，你要是个笨蛋，怎么练也没有用，真正的神枪手是战场上用子弹喂出来的。打得多了，感觉就有了，眼到手就到，抬枪就有，弹弹咬肉，这就叫神枪手。”

他似乎在讲授射击课，为了论证他的理论，他不停变换着射击方式，单发、连发、点射，令人眼花缭乱地交替使用，30米能见度之内，没人能冲过他一支枪的火力阻击。小陈佩服得五体投地：乖乖，真神了，一支冲锋枪轻轻松松干掉十几个敌人，连一梭子子弹都没用完，要不人家怎么是师长呢？没两下子能成吗？枪战进行了两个多小时，陷入僵持状态。土匪们无法接近列车，李云龙指挥战士们在夜间目力所及的范围内建立起一道死亡屏障，无论土匪们的火力多猛，这边极有耐性地一枪不发，但只要土匪们的散兵线一旦进入30米内，列车的车顶和车下，稀疏的短点射立刻组成交叉火力，使缺乏正规训练的土匪们伤亡惨重，怎么也无法逾越这道死亡屏障。

小陈逮住便宜卖乖，向土匪们喊话："兔崽子们听着，老子这里有罐头，谁想吃就过来拿。怎么着，没人过来？那老子可要先睡会儿啦，有事明早再说。"

李云龙一听不高兴了："他娘的，咱俩谁是警卫员？要睡也轮不到你，该老子睡才是，你狗日的怎么'坟头改菜园子'——拉平啦？"

小陈说："好好好，我顶着，你先睡，谁让你是首长呢？"

李云龙还真躺下了。他拿过大衣正要往头上蒙，听见那边土匪也喊上话了："共军弟兄们，我们不是土匪，是'国军'武夷山游击纵队。两军交战，各为其主。我们不想难为你们，只想借点儿弹药用。我们郑司令说，如果贵军同意，请派人来谈判，我们保证贵军代表的安全。"

李云龙侧耳听听，又躺下了，说："别理他们，谈个屁，一会儿援兵到了，老子包他们的饺子。"

那边似乎猜到李云龙的想法，继续喊道："请不要抱有幻想，贵军派出的报信士兵就躺在前面，没有人能救你们。"

李云龙一听就躺不住了，他火烧屁股似的蹦了起来："操他娘的，我说援兵怎么老不来。信没送出去？"他气得在守车里连兜了几个圈子，又扭头问小陈："咱们的伤亡情况怎么样？"

"阵亡四人，负伤七人，算上你我还有五个有战斗力的。"

李云龙自言自语道："嗯，援兵来不了，打消耗战咱们本钱太小，不上算，得想点儿别的办法啦。"

小陈静静地看着李云龙来回踱步，心里充满着希望，他毫不怀疑师长能想出个好办法来，他这辈子打过的恶仗多了，多大的风浪没见过？眼前这小河沟岂能翻了船？李云龙猛地停住脚步，问小陈："你小子怕死不怕？"

小陈涨红了脸，他感到奇耻大辱，有这么问话的吗？他脚跟一碰，胸脯一挺，大声吼道："脑袋掉了碗口大的疤，怕死就不当解放军啦，请师长下命令。”

“好样的，像我的兵，你和我去会会那个狗娘养的郑司令，找个机会摆平了这狗日的。”李云龙从皮挎包里掏出当年楚云飞送他的那支勃朗宁袖珍手枪。这支枪很小，全长才115毫米，6发装弹。他咔嚓一声将子弹顶入枪膛，摘下军帽把手枪放进帽子里，然后把帽子扣到脑袋上，扭头见小陈正往冲锋枪弹夹里压子弹，便骂了句：“笨蛋，你以为人家会让你带冲锋枪去谈判？把枪放下，带一颗手榴弹，盖子拧掉，放在裤裆里。”

小陈为难地说：“师长，这裤裆里咋放手榴弹？”

“用绳子绑在大腿根里侧，搜身时一般不往那儿摸，又不是娘们儿，没人对你裤裆感兴趣。”

“万一搜出来咋办？”

“那就怨咱俩命不好。硬闯吧，拼个鱼死网破。”

小陈向窗外吼了声：“不要开枪，我们的谈判代表要出去啦。”

他俩走下守车，一步步走进路基下黑沉沉的树林里……

两个敌人哨兵草草摸了摸他俩的腰就算完了，李云龙暗暗乐了，狗日的，你就要为粗心大意付出代价了。

土匪的临时指挥部设在树林深处的一个军用帐篷里。准确地说，这伙敌人不算纯粹的土匪。从他们的穿着和武器看，成分似乎很杂，有穿着国民党军军官制服的，有穿长袍马褂的，还有包着缠头布、穿家织土布做的对襟褂子的当地农民打扮的。武器也很杂，有扛卡宾枪的，有扛日式三八大盖的，甚至还有扛老套筒和单打一土造步枪的。

一个身穿黄呢军装的上校挺客气地伸出手自我介绍：“郑鹏举，阁下是……”

李云龙背着手没动，显得很没风度。

那个上校很尴尬地缩回了手，脸上的表情有些恼怒。

小陈大声说：“这是我们李师长。”

上校用鼻子哼了一声说：“别说是个师长，就是兵团司令也在我的包围之中，就你那三条半枪能支持多久？事情明摆着，你们前无出路，后无援兵，就这么打下去，有什么意思？”

李云龙背着手轻蔑地看了上校一眼，挖苦道："不错，就这么三条半枪就撂倒了你几十号人，打了两个多小时连列车的边也没挨上，你这个上校总不至于是陪上司的小老婆睡觉换来的吧？咋指挥的？"

上校的脸色由于恼怒显得发白，他克制住自己的情绪，口气缓和地说："我不介意师长阁下语言的粗鲁，我说过，我们是正规军，不是土匪，贵军现在已是山穷水尽，何必再打下去，弄个两败俱伤？请师长阁下三思，鄙人条件不算苛刻，只要留下两车皮弹药，阁下便可以上路。"

李云龙似乎没有注意上校的话，他正东张西望，看着对手们的衣着打扮和手里的武器便有些看不起。他嘲讽地说："喂！上校，就这身打扮和手里的家伙还敢说不是土匪？我印象中的国民党军可不是这副惨相。"

上校反唇相讥道："此一时彼一时也，抗战初期，鄙人就和贵军打过交道，那时贵军的装备和打扮还不如我们现在。"

"这倒是事实。"李云龙点头道，"那时我们还不如叫花子，你们可是阔财主，可不到10年，咱们就换了位子，轮到你们当叫花子了。"

"你看，为车弹药费这么大的劲，伤亡不少弟兄吧？啧，啧，令人同情呀，上校先生以前在哪个部队供职呀？"

"十八军。"上校回答。

"哦，土木系的，陈诚的老家底啦。坦率地说，你们十八军的战斗力还算凑合，不过淮海战役时还是被我们干掉了。干吗要重建十八军呢？现在的十八军还叫十八军吗？两码事，那叫乌合之众。上校先生，你是原十八军的呢，还是重建后十八军的？"

上校涨红了脸大声说："鄙人当然是原十八军的。"

"不对呀？"李云龙故作惊讶状，"老十八军的上校怎么着也有个南京陆大的文凭吧？总不会是吃干饭的。"他脸一绷，大声训斥道，"你们陆军大学就这么教的战术？一个小小的伏击战就打成这样？好嘛，我充其量只有十来个人，你有多少人？听声音，轻重机枪就有五六挺吧？打了他娘的半夜，连边也没挨上，倒让我干掉你们几十号人，这仗是他娘的怎么打的？浪费了这么多发子弹，真他娘的败家子，你要是老子的部下，老子非毙了你不行。"

李云龙越说越来气，一时竟忘了他训斥的对象是敌方的指挥官。他不能容忍这么糟糕的军人，被这种愚蠢的战术指挥弄得怒不可遏，他的思维已经进入了纯军事学术争论的范围。那个上校也被他劈头盖脸的训斥镇住了，一时也没醒过味来。他感到自己受了侮辱。李云龙的话有失公正，这不是战术问题，纯粹是他妈的兵员素质问题。这种鱼龙混杂的土匪队伍换了谁也不行。

他脸红得像猴子腚，争辩道："你说得容易，纸上谈兵谁不会？这是战术指挥的问题吗？你以为这是支受过正规训练的正规军？不是，净是他妈的劫道打闷棍的家伙，枪一响就惦记着开溜，你以为我就愿意指挥这种乱七八糟的队伍……"上校情急之下，便出言不逊，特别是当着手下的喽啰。

这可有些伤众，那些在本地入伙的没在正规军干过的土匪们不爱听了，便乱哄哄地骂了起来。一个年岁较大、头上包着缠头布的土匪首领模样的汉子砰的一声把一把匕首插在桌上，横眉质问道："姓郑的，你这话什么意思？你看不起老子，老子还看不起你呢。妈的，什么狗屁'国军'。真有能耐也不至于让共军赶到老子的地盘上来。"

上校手下的几个军官又听得不顺耳，他们拔出手枪对准匪首喝道："住口，你在和谁讲话？敢这么放肆……"

老土匪干笑一声："好啊，冲我来了，敢拿枪冲我比画？弟兄们，抄家伙。"

土匪们都端起了枪，拉栓声响成一片，双方僵持住了。

事情突如其来的变化使李云龙和上校都怔住了。李云龙心说我怎么动起气来了？操！一生气就把这上校当成自己部下了，还有点儿恨铁不成钢的意思。上校也在那儿琢磨，我怎么跟敌军发起牢骚来了？他一时也不知该说些什么。啪的一声巨响，李云龙一掌拍在桌上，桌上插的匕首和水杯、马灯都随着响声蹦起一尺多高。李云龙大吼道："都不许吵，把家伙收起来。"

军官们和土匪们面面相觑，一时角色位置也发生了莫名其妙的错位，因为这话本不该他说，应该由上校来说才对，这个和事佬轮到谁也轮不到他呀。

李云龙亲热地拍拍上校的肩膀说："老弟呀，都别打了，叫上你的人跟我走，算你战场起义怎么样？国民党的气数早完了，你又不是什么黄埔将领。人家跟老蒋是师生关系，杀身成仁也算有点儿气节，咱也不拦着。可你能和他们比吗？论官职才是个上校，咱犯得上为老蒋陪葬吗？不值呀，老弟。行啦，行啦，别犹豫啦，弟兄们，收拾一下，收拾一下，准备上车吧。”他说得很亲热，很诚恳，很推心置腹，很轻描淡写，似乎没有发生过刚才的一场恶战，他不过是劝说一群不大懂事的弟兄，而他是众望所归的大哥。这也算是李云龙的独特魅力，他把一厢情愿的事弄得像真的似的，根本不容对方考虑。对方被他这连劝带训还似乎是设身处地为对方着想的一连串语言弄得有些反应不过来，他那边早像是把这事定下了，无须讨论，已经在忙忙乎乎准备实行了。

“慢着！”土匪首领阴沉着脸说话了，“郑司令，你要投共那是你的事，大路朝天，各走一边，但要放共军走可没这么容易，从我的地盘过，还没有不留买路钱就走的规矩……”

一个佩少校军衔的国民党军官也用左轮手枪对准李云龙，大喊道：“司令，咱不能听信敌军的宣传，这关系到咱们剩下的几十号弟兄的前途呀，一失足成千古恨哪。”

李云龙浑身的肌肉早已绷紧，他闪电般把上校拉到身前，右手几乎同步地一抬帽子，手枪像变戏法似的出现在手里，手到枪响，“啪”“啪”两声，土匪首领和那个劝阻投降的少校两人的眉心都出现一个细小的黑洞，两人像两扇门板似的轰然倒下。

小陈一把拽出手榴弹高举着大吼道：“看谁敢动一下？”

事情发生得太快，军官们和土匪们全僵在那儿，谁也没敢动。李云龙一条胳膊勒住上校的脖子，一手用枪顶住他的太阳穴喝道：“娘的，给脸不要脸，下令放下武器，我数三下就开枪。”

“一……”上校脸色发白叹了口气道，“都放下枪……”

已丧失斗志的军官和土匪们把枪扔了一地。等地方守备部队闻讯赶到时，天色已经大亮。

李云龙正在守车的地铺上蒙头大睡，如雷的鼾声使正押着俘虏铺铁轨的战士们感到，他们正在受到噪音的折磨。

临开车之前，李云龙把俘虏移交给地方部队的一个连长，嘱咐了一句："别难为他们，他们算战场起义的。"

他转身发现小陈，似乎想起点儿什么，于是照小陈屁股上踢了一脚骂道："笨蛋，掏手榴弹把裤子都掏掉了，幸亏没有女土匪，不然你小子非犯错误不可。娘的，净给老子丢面子……"

〔 第十七章 〕

李云龙风尘仆仆地赶到厦门A兵团指挥部，在大门口碰见兵团政治部刘主任，他当胸给了李云龙一拳说："你总算回来了，伤好利索了吗？"

火烧火燎的李云龙顾不上寒暄，他急着要知道自己部队的位置。

刘主任告诉他，福州战役和漳厦战役都刚刚结束，金门战役马上要打响了，李云龙的师已在莲河口集结准备参加越海登陆。李云龙一听就急了，扭头就走。

刘主任说："你急也没用，赶不上了。战斗今晚就打响了，今晚你先住下，明早我派车送你去莲河口。"

李云龙说："刘主任，我现在就走，弄不好这是最后一仗了，我的部队还等着我去指挥呢。"

刘主任说："你小子口气不小，离了你地球还不转啦？你负伤期间，你们师从徐州一直打到厦门，没你指挥打得也不错，别觉得自己是个人物似的。再说，我现在也没车可派，公路上不太安全，工兵正在连夜排雷，你只能明天走了。"

李云龙无奈，只得住下。当晚他显得很暴躁，像关在笼里的野兽一样来回走动，后来又在床上辗转反侧。他自己也闹不清这是怎么了，就像女人进入了更年期一样，动不动便发火，看什么都不顺眼。一会儿嫌小陈不洗脚，臭气熏得他睡不着觉，一会儿又咒骂这鬼天气，都他娘的10月份了，还这么热。小陈心里直纳闷：师长今天是怎么了，别是犯了啥病吧？就在这天夜里，李云龙师下辖的C团和兄弟师的两个团，乘临时征集的百十条木帆船，顶着风浪和猛烈的炮火分别在金门岛的龙口、古宁头、湖尾乡突破登陆。

金门战役打响了，战斗一开始便进入白热化。这一夜，李云龙数次被噩梦惊醒。第二天，李云龙赶到莲河口师部时，发现指挥部里的气氛紧张得吓人，作战参谋们死死盯着地图，通讯参谋们对着报话机正声嘶力竭地呼叫，人人铁青着脸。副师长于长江和政委林浩顾不得和他寒暄，马上向他汇报了登陆部队的情况。李云龙的冷汗一下子冒了出来，他意识到情况万分严重，他的主力C团这次凶多吉少。

危险来自几个方面，这次登陆分为两个梯队，兵力近两万人，第一梯队三个团八千多人。要命的是这三个团不是一个整建制的师，而是分别隶属于三个师。登陆的三个团竟没有一个统一的指挥机构，也没有一个师级指挥员，登陆后各团各自为战，分别向纵深突击，根本不顾两翼的掩护。由于不懂潮汐规律，运载第一梯队的木帆船全部搁浅在海滩上天亮后被炸毁。而整装待发的第二梯队由于无船可渡，只能望海兴叹。

而更大的危险来自敌情的变化，岛上守军原有三万余人，战斗打响后，敌12兵团一万余人又在金门登陆，岛上守军增至四万余人。指挥和情报如此失误，结局是不言而喻的。以区区八千余人劳师以远越海攻击以逸待劳的四万之众，战争的天平猛然倾斜了。李云龙用望远镜观察着激战中的金门岛，尽管隔着10公里的海面，激烈的枪炮声仍然听得很清楚，滚滚的硝烟笼罩着海岛。A兵团的远程炮群正拼命向登陆部队提供火力支援，这个炮群只有八十余门美制105毫米榴弹炮和75毫米山炮，射程勉强可以达到金门北岸滩头，但准确性已大大降低。此时，岛上敌我兵力对比为5∶1，火力对比就更为悬殊了。

在国民党军航空火力的打击下，整个福建沿海地区的船只几乎全部被炸毁。上万人的第二梯队眼睁睁看着第一梯队在岛上孤军奋战而一筹莫展。李云龙怒不可遏地一掌击在掩蔽部的柱子上，震得尘土飞扬。他深刻认识到，这支横扫中国大陆、所向披靡的军队遇到了一个全新的课题，这叫两栖作战。有兵无船就等于无兵。

他扔掉望远镜，仰天长叹："我的C团啊，完了。"

一个通信参谋报告："师长，步话机收到了C团的呼叫。"

他快步走进指挥部，一把抢过话筒大喊道："我是师长李云龙，你是谁？"

那边惊喜地喊道："师长，你回来了？我是C团参谋长董大海呀。"

李云龙蓦地想起淮海战役时的那个警卫连长，他苏醒后听说是董大海带着战士们把自己抬到医院，还动手打了助理员的耳光。这个愣头青现在竟当了团参谋长。

董大海在步话机中报告："我们在龙口登陆，登陆后向纵深发展，部队打得不错，敌人防线被我们撕开4公里的口子，突破纵深2.5公里，敌人十九军两个团已被我们打垮，现在我们在琼林附近和敌人二十多辆坦克遭遇，部队伤亡很大，我们缺少反坦克武器，只有集束手榴弹，邢团长正组织炸坦克呢……"

李云龙问："现在全团还有多少人？"

"不到四百人。"

李云龙沉默了……

步话机里传来董大海的声音："师长，您是我的老首长了，在晋西北的独立团时我就跟着您，我请求您告诉我真实的情况，我们也好有个准备，第二梯队是不是来不了了？"

李云龙困难地说："好兄弟，我不能骗你，船只全部被炸掉了，第二梯队无法增援，你有什么要求，只管说。"

"您别说了，我明白了。师长，C团没给您丢脸，我们阵地前敌人尸体都成山了，打陆地战他们不是对手。C团够本啦，师长，我和邢团长只有一个要求，这也是我们全团指战员的要求，我们牺牲后请上级不要撤销C团的番号，要重建C团，我们希望重建后的C团给我们报仇。师长，拜托了……"

李云龙的眼泪流下来，他哽咽了："好兄弟，你放心，我李云龙拿脑袋担保，我一定重建C团。"

"谢谢师长，敌人又围上来了，我向您告别啦，我们全团向您告别啦……"步话机里枪声大作，然后突然中断。

李云龙举着话筒岩石般凝固着，政委林浩和副师长于长江摘下军帽低头肃立，一动不动，指挥所里的参谋、通信兵都站了起来，人群中传来一阵阵被拼命压抑住的抽泣……

1949年10月26日，金门岛在经历了两昼夜的激战后终于沉寂了。

李云龙步履沉重地踏上海滩，发现海滩上黑压压站满了人。第二梯队的上万名官兵都手执武器静静地站在风雨中，凝视着海峡对面的金门岛，那边黑沉沉的不见一丝灯光，偶尔还传来零星的枪声，泪水在人们脸上静静地流淌着。此次战役的总指挥B军副军长被一群参谋、警卫簇拥着也站在海滩上。李云龙在红军时期就和他很熟悉，每次见面总免不了开几句玩笑，但这次两人见面竟一句话没说，只是默默地伸出双手紧紧抓住，两条汉子的泪水都洒在海滩上。

突然，黑暗中传来一声野兽般的号叫，D师L团的一个营长号叫着冲向大海，几个战士都拉不住，他拼命挣扎着，哭喊着："兄弟啊，你咋就这么走啦？让俺回家怎么向娘交代呀……"这营长是胶东人，他弟弟在C团当连长，兄弟俩跟部队从山东打到福建，没想到在这里竟成永诀，在场的官兵无不潸然泪下。

李云龙觉得海滩上突然出现一阵躁动，像滚滚的雷声由远而近，转眼就汇成惊天动地、排山倒海的巨大声浪。这是上万条汉子惨痛之极的号叫，犹如一群受了伤的野兽……李云龙拔出手枪大吼道："全体向天鸣枪，为牺牲的战友志哀。"

砰！砰！砰！嗒！嗒！嗒嗒嗒……震耳的枪声响成一片，上万支步枪、机枪、冲锋枪、手枪都向空中喷吐着火舌，曳光弹像一串串流星划破夜空……枪声惊动了金门守军，几十只探照灯同时亮起，巨大的光柱掠过海面……是役，A兵团的三个主力团在金门岛全军覆没。

〔 第十八章 〕

亲爱的丈夫：

分别有两个多月了，我怎么觉得好像已经分别了两年似的？

由此看来，结婚真不是件好事。本来这个世界上若是没有你，我还是个快乐的、无忧无虑的小姑娘。你的突然出现，改变了我的命运。你这个冤家，我怎么糊里糊涂就掉进了你的圈套里呢？你肯定是个老手，在我之前不定和多少女性打过交道，情场经验一点儿不比战场经验少，不然怎么会这样老谋深算，从容不迫地把我骗到手呢？战争快结束了，和平就要到来，也许你以后会遇见许多出色的女性，她们会像我一样崇拜英雄，到时你该怎么办？会不会见一个爱一个呢？

你听好，老李，我要警告你：如果你见异思迁，像个蜜蜂似的一头扎进花丛，我会和你拼命的。你身上有我盖的章，你是我的，属于我的东西我是不会出让的。再说，你也该知足了，你的妻子并不比别人差，你还要什么？所以你要老老实实地等我，尤其见了其他女同志，不许心猿意马，不许嬉皮笑脸，不许主动搭讪，你要态度严肃，目不斜视，就像坐怀不乱的柳下惠。你听见没有？我们医院暂时迁到南京，据说还要向南迁。

听野司留守处的同志说，你此次入闽途中遇匪，单刀赴会端了匪窝，真棒，这已成传奇故事，到处都在议论。连那个姓张的班长也沾了光，立了二等功，被破格提为副连长。他们一提到你简直佩服得五体投地，把你当成神了。我心想，这算什么？不过是我丈夫途中顺手办的一件小事，我丈夫能耐大了，就像古书上说的，万马军中取上将首级如探囊取物。

我为你骄傲，亲爱的。告诉你一件事，我在南京碰见我中学时的同学冯楠了。上学时我们就是好朋友，这可是个女才子，现在在金陵女子大学读书，思想很进步，是学生会骨干，业余社会活动家。我们聊了一夜，我向她讲述了我们的恋爱经历，也介绍了你的情况，她听得入了迷，很羡慕我，说她要是能找到这样的丈夫，死了都值了。我看她那神往的样子，心里很不安，好朋友嘛，有福同享，有难同当。而我现在这么幸福，她却没有这种幸福，这太不公平。若是别的，我都可以让给她，可这是丈夫呀，这可让不得。

想来想去突然想到你那老搭档赵刚了，他不是还单身吗？自从和你认识，听你多次提起他，除此之外，我丈夫还没这么夸过谁呢。能让我丈夫如此佩服的人，一定是非常优秀的人，我当下决定把赵刚介绍给冯楠，她听了我的介绍虽然一言不发，但脸都红了，你看有门儿吧？你也该和赵刚提一下，他如果不反对，咱们再作安排。

好了，啰啰唆唆说了半天，就写到这儿吧，请保重身体，我们不久就要见面了。拥抱你。

你的妻子田雨

“喂！老赵，是你吗？我是李云龙。你在干什么？废话，谁不忙？别拿自己当根葱似的，谁拿你蘸酱吃呀。告诉你一个好消息，你可要站稳了，千万不要乐晕过去。我老婆来信啦，什么？关你屁事？这么说可不对了，当然关你的事，要不然我给你打电话干什么？吃饱了撑的？你嫂子够意思吧，还想着你这兄弟的终身大事呢。对！是她的同学，大学生，别提多有学问了，比孔夫子差不到哪儿去，长得像仙女似的，我都眼馋了，我老婆跟人家一比，我别提多伤心啦，谁知道大鱼还在后面呢？我要早碰见这位，就没小田什么事啦。你小子命好，这条大鱼让你捞上了。废话，我当然没见过。绝对不是吹牛，我老婆说的，她能吹牛吗？她要说谁不错那肯定不错。我告诉你，咱可不能错过机会。好，就算你同意啦，过些日子我安排见面。我可告诉你，你小子可不能在这期间又和别的女同志拉扯，不然我就没法交代了……好，就这样，再见！”

关于金门战役的失败，野司首长一致认为，此役除了指挥失误，部队缺乏越海登陆的科学知识外，还有个重要原因，北方兵不适应亚热带丛林作战，无法利用亚热带丛林和敌人周旋。据野司情报部门的了解，金门岛的东北部和西南部山区，遍布着茂密葱绿的亚热带丛林，金门战役结束后，不少被打散的战士进入了丛林，准备开展游击战，由于缺乏野外生存能力，无一不被险恶的亚热带丛林吞噬了。

金门战役失败后，A兵团从首长到战士无不感到奇耻大辱。部队自从渡过长江后，三野60万大军横扫苏浙闽诸省，所向披靡，无坚不摧。谁料想一个仅120平方公里的小岛，竟使8000骁勇善战的健儿血染沙场。此仇不报，怕是要玷污三野一世英名。

此刻部队上下憋着一股劲，展开了海上练兵和丛林战训练。总参请来两个苏联军事顾问，担任攻金部队丛林战训练教官。两个人都是上校军衔，来自苏军阿尔法特种部队，“二战”时期曾在地中海沿岸和巴尔干丛林中进行过游击战，是丛林战专家。

金门战役中考虑到岛上没有党组织，没有群众基础，登陆部队全靠自我生存能力进行孤军奋战，因此，野外生存、特种兵分队这些陌生的名词摆在这支刚刚脱离小米加步枪的军队面前。李云龙师的四个主力团奉命开进山高林密的闽南天湖山，在严峻的自然条件下开始了秘密的丛林战模拟训练。两个苏军特种兵上校确实非同凡响，相貌令人望而生畏。瓦西里上校身高两米，亚麻色的头发，深陷的眼窝里两只灰色的眼睛向外凸着，闪动着冷酷的光泽，典型的斯拉夫人种的脸庞上肌肉的纹路向两侧横出，显得极为狰狞。这是个外高加索人，身上遗传了太多的鞑靼人剽悍、凶狠的性格。

而罗布霍夫上校是个顿河草原的哥萨克，身高1.9米，留着布琼尼式的小胡子，面部肌肉僵硬，永远毫无表情，不会发笑。这位上校似乎对冷兵器更感兴趣，这出于顿河汉子们对马刀、匕首喜爱的传统。他第一次带战士们走进丛林就随随便便露了一手，谁也没看见他怎样抽出的匕首，只见他右手轻轻一动，一道白光出手，战士们发现10米外的树上，一条草绳粗的蛇已被匕首牢牢钉住脑袋。一个战士费了好大劲才拔出匕首，因为匕首插入枝干深达三分之二。连李云龙看了都一愣，真他娘的天外有天，这手绝活有点像中国的内家功夫，出手看似柔和其实力道极猛。

总参来的俄语翻译告诉李云龙，瓦西里上校负责部队的野外生存训练，他喜欢别人称呼他的绰号“高加索之狼”，简而称之，就叫他“老狼”吧。

开第一课时，老狼通过翻译告诉大家：“在丛林生存，必须学会吃，关于这个问题，我想你们中国人应该适应很快。因为你们有灿烂的食文化，天上飞的，水里游的，地上爬的，无所不吃。来中国之前我仔细查过资料，还没有发现中国人不吃什么，除非是吃不着或吃了就要死人。因此我得出结论，中国人是天生的野外生存专家……”老狼的话引起战士们一阵笑声。

“……所不同的，是你们不管吃什么都要弄熟了，煎炸煮烙炒，花样很多，是不是？还特别重视味道，而我们现在需要学习的是生吃，不要考虑味道，因为味道无非是骗舌头的。”

接着老狼开出了食谱。李云龙一看就傻了，毒蛇、蝙蝠、蚂蚁、蝴蝶、蝎子、蜘蛛、蚯蚓……这属于高蛋白类。而树皮、野菜、野果、菌类则算是对维生素进行必要的补充了。老狼亲自作示范，他连撕带扯地啃食了一只蝙蝠，吃完还有滋有味地舔着沾满鲜血的手指，似乎回味无穷。

战士们看得目瞪口呆，谁也不敢动。老狼催促了几遍，见无人响应便发起怒来：“怎么？不吃？好，就这么点胆量还想当特种兵？还想打金门？做梦去吧。”老狼咆哮着。

李云龙没被人训斥过，他的火也上来了，他一把抓起一条青蛇，剁去脑袋剥了皮，像啃甘蔗一样一口一截地嚼起来，他使劲忍住恶心，若无其事地对战士们说：“都尝尝，味道不错，他娘的，为咱们师再攻金门，命都不要了，还怕吃这玩意儿？吃！大家比着吃。”

战士们见师长都带头吃了，便横下心来一拥而上，抓起这些乱七八糟的丛林生物连撕带咬，弄得满嘴血淋淋的。“比着吃呀，同志哥。你吃了一只蝙蝠，好！老子奉陪，来他十条蚯蚓外加两个蝎子，把眼闭上，就当是吃海鲜吧。”

丛林生存科目中最必需的是要求现代人学会老祖宗们的生活技能，也就是要把经亿万年进化过来的现代人还原到原始状态。要学会在丛林中怎样辨别方向，怎样睡觉，怎么对付各种野兽、毒虫。脾气暴躁的老狼上校比阎王爷还凶恶十倍，他挥动着马鞭，用穿着厚重丛林靴的脚猛踢着战士们的屁股，毫不怜悯地驱赶他们爬树，在树上行走，把藤状植物当秋千，从这棵树悠荡到另一棵树上。什么时候你练得像个猴子一样攀树荡藤，如履平地，这才算及格了。

一个月下来，这支部队成了猴子军，战士们的军装都成了缕缕布条在身上飘荡，成了原始人。

丛林战术教官罗布霍夫上校也有个绰号，叫“库班狐狸”，简称“老狐”。他是个身怀绝技的老兵。顿河哥萨克的剽悍凶猛和训练有素的冷静结合在一起，使他在“二战”中战功累累，曾两次获得金星勋章和苏联英雄的称号，在苏军特种部队中，老狐堪称偶像。

李云龙师属三野主力，久经战阵，拥有大批神枪手，而且实战经验丰富，什么样的将军带什么样的部队，这支部队被称为嗷嗷叫的部队，从师长到士兵都有那么种傲慢的气质，凭的是本事，凭的是战功。

老狐上校看了战士们的射击表演，卧姿、立姿、跪姿的轻武器射击，他竟不屑一顾地哼了一声："作为表演，还算不错，可这只能算守战壕的射击术，这是小儿科，没什么可夸口的。要想进行丛林战，你们的射击训练要从头学起。有些人不要不服气，向我翻白眼，先生们，不管你参加过多少次战役，有多么辉煌的战绩，在我这里，只能算个新兵。"

李云龙和副师长于长江、参谋长苏公权偷偷做着鬼脸，一副得了心脏病的样子，于长江旁若无人地哈哈大笑了起来，大家一副不以为然的样子，对老狐上校表现出一种宽容、不予计较的大度，老大哥嘛，大老远来一趟不容易，还不让人家说两句？政委林浩一看这几位嘻嘻哈哈、满不在乎的样子，忙假装咳嗽了一声，提醒他们注意点儿影响。

老狐是什么人？他岂能看不出这几位师级军官的情绪？但他不在乎，在他来之前，总参作战部的一位负责人详细地向他介绍过这个步兵师的情况和师长李云龙的履历。老狐以一个特种部队资深军官的眼光看，在亚洲范围内，这个步兵师也许还算支能征善战之旅，但和欧洲军队相比，其战术水平、技术装备、战斗素质还差着半个世纪，没什么可夸耀的。一支由缺少文化知识的农民组成的军队，即使再骁勇善战也无济于事。军事是门艺术，是门科学，只有具备了丰富的专业知识的人才能操作，由此看来，这几个军官有点坐井观天的意思。至于这个师长，老狐却很重视，因为从他的履历和战绩上看，这个家伙很可能是个出色的战术家，具有指挥特种部队的能力，仅看他的战斗阅历就够令人羡慕的了。从1927年至现在都是在战争和厮杀中度过的，在如此漫长的战争生涯中能活下来的人，必有过人之处。不过这个家伙有些狂妄，很不虚心，对于这种人，最好的教训莫过于让他开开眼。

老狐上校使劲笑了一下，想以此来缓和一下气氛，但僵硬的面部肌肉使他的笑变成了一种骇人的狰狞："师长同志，如果从你的部队里选出一个战斗力最强的排，你准备选哪个排？”

“哦，那就选师侦察连一排吧。”李云龙回答。

“好，我们来安排一个丛林作战演习科目，请派人在丛林中量出1000平方米的面积，用绳子围好。科目是这样，我被一个排的士兵追杀。让我们来看一看，这个被追杀者是怎样在规定的范围内，将追杀者一个一个送进地狱的。由于我们缺乏模拟丛林战的专业器材，只好用冷兵器了。我没有枪，只有一把被不慎折断的匕首，这把匕首已经无法用于攻击敌人，我只能用它来削尖树枝，用尖树枝来做武器。而你的战士们可以用任何冷兵器来攻击我。

“规则是点到为止，被点到者应视为毙命。请告诉战士们被点到时不要挣扎，以免出现误伤……”

师侦察连的战士，都是特意挑出来的老兵，多数都有些武术根底。一排长丁勇是1945年入伍的兵，各项军事技术都很过硬，多次立功。

李云龙对丁勇说：“怎么样？你小子有把握吗？这个家伙可不好惹，好像打算把你这个排送进地狱。你们试试，别给老子丢脸。”

丁勇撇了撇嘴说：“这老毛子难道有三头六臂？咋这么大口气？”

参谋长苏公权说：“他无非是利用地形，各个击破罢了。人员不要太分散，给他来个‘三三制’。”

副师长于长江小声说：“这家伙人高马大的，看样子有两下子，你们组与组之间不要相隔太远，只要一个组缠住他，其余的人一拥而上，把他捆起来抬到这儿来。”

政委林浩有些担心，他对李云龙说：“老李，一排要真得了手也别太过分，关系到两国军队的事，总要给人家留点儿面子。”

李云龙有心看笑话，哼了一声说：“演习嘛，当然要来点儿真的，不能搞形式主义，要是上校能一个人把一个排都收拾了，对丁勇也是个教训，省得这小子不虚心。”

对抗演习开始了，李云龙和师里几位军官站在丛林边的空地上。按规则，凡是被干掉的人都自己走出丛林，不得继续参加。

老狐上校进入丛林后，一排长丁勇一挥手，全排41人呈扇面散开冲进去。

李云龙点上一支香烟刚吸了几口，就发现两个战士耷拉着脑袋走出来。他笑骂了一句：“两个笨蛋，咋三分钟不到就被人干掉啦？”

苏公权说：“没关系，打仗嘛，能不死人？好戏在后头呢。”

又有四个战士走出来，李云龙不笑了，他扔掉香烟，脸色凝重起来。

于长江问战士：“怎么回事？”

一个战士沮丧地说：“林子太密，那家伙又滑得像条泥鳅。一会儿树上，一会儿树下，根本扑不着他，一不留神他就冒出来，拿个破树枝给你喉咙来一下，等我们围过去，他又没了。”

另一个战士说：“师长，他就像从小长在这片林子里似的，地形咋这么熟呢？挺大的块头，蹿上树时轻飘飘的，抓住藤子一荡就几丈远，比猴子还灵。”

正说着，丛林里又走出七八个战士。

李云龙终于有些恼羞成怒了：“怎么搞的？丁勇这个笨蛋，娘的，硬是让人收拾了半个排啦？”

一个退出演习的班长说：“我们小组三个人已经抓住了他，可里面太窄，拳脚使不开，出手抬脚一碰就招呼到树干上。那老狐狸不知练过啥功夫，有点像咱中国的内家拳，动作很小，离你身子10厘米远的距离也敢发掌，力道大极了。我挨了他一掌，身子都飞起来了，又撞到树干上弹回来，喉咙正顶在他的树杈上。他手上很有准头，点一下就不理你了，又奔下一个去了，真他妈的是条老狐狸。”

苏公权也有点气急败坏：“妈的，这下可栽了面子啦，怎么也得和狐狸比画几下子呀。”

时间一分一秒地过去了，大部分战士已被淘汰出局。李云龙等人把希望都寄托在仍在丛林里周旋的丁勇身上。这就像一场选拔赛，凡不够机警的，功夫差一点儿的人都退出了，剩下的都是高手了。

又过了漫长的一个小时，李云龙的脚下已经扔了一地的烟头，他看看表心里倒轻松下来，对苏公权说：“现在算上丁勇林子里还有咱们三个人，已经快两个小时，这位上校的本事大概快用完了，能打个平手也不错嘛。”话没说完，那两个战士一瘸一拐地互相搀扶着走出丛林。几位军官的脸顿时又拉下来了，谁也不说话了。

接下来没等多长时间，丛林里的战斗终于结束了，老狐上校和丁勇也是互相搀扶着走出来。他俩的模样都很惨，身上的衣服被树枝划得稀烂，脸上也是条条血痕。老狐用手捂着裆部，露出很痛苦的表情，丁勇的鼻子不停地流血，止都止不住，门牙也被打掉了两颗。李云龙皱着眉头问：“这是怎么搞的？”

丁勇一边仰头往鼻子里塞纸一边回答：“没啥，我俩打了个平手。”

“这老狐狸拳掌挺厉害，看样子很擅长近身肉搏，尤其是很会利用地形和树木。我的战士们中间有不少拳脚功夫不错的，要是在空地上一对一格斗，他未必能占到便宜，可进了丛林就不行了，那里面太窄，动作稍大就使不开，想仗着人多扑过去按住他也不太可能，地形太受限制。接下来我发现他也有弱点，在中长距离格斗中他的腿功不怎么样，也可能人家的训练方式不讲究腿功，以拳掌为主要攻击手段。我找着破绽后就尽量避免和他贴身格斗，在丛林里转了两个多小时，一旦交手也就是十几秒钟就结束了，过程很简单。他的尖树杈冲我喉咙来时，我身子后仰右脚飞起把树枝踢飞。他是个老手，出手极快，右手腕被踢中的同时，左勾拳已经到了。你看，我鼻子上挨了一下还稍带着蹬下两颗门牙。我也没便宜他，我使的是连环脚，右脚出去左脚跟着到了，踢中他的裆部，我们同时倒下的，其实双方都没使足全力，不然就不是现在这样子啦。师长，我想明白了，咱们对丛林作战确实外行，真该好好学学，不冲别的，人家一个人赤手空拳收拾了我一个排，就凭这我就服啦，要是他手里有支枪，恐怕早解决问题了。”丁勇说。

罗布霍夫上校正不停地揉着裆部，嘴里叽里咕噜地用俄语和翻译说着什么。

李云龙问翻译：“上校在说什么？”

翻译回答：“上校说这个排长和这个排的几个战士都很有前途，经过特殊训练都可以成为优秀的特种兵。他还说，排长这一脚太厉害了，他觉得他的生殖器似乎遭到一列高速行驶的列车的猛烈撞击……”

大家都大笑起来，笑得腰都直不起来了。

随着丛林战训练的展开，李云龙和他的搭档们发现，这种作战方式确实是门科学，要学的东西太多了，他们以前真是坐井观天的土包子。

丛林中的视野不开阔，作战特点是以遭遇战为主，靠的是听觉和直觉，你要用耳朵判断风雨声、兽声、人声的区别，声音的方位、距离。判断要准确，还不能过分紧张，草木皆兵。你要判断树上的鸟为什么乱飞，蟋蟀为什么突然不叫了，或者，身后突然掠过一阵凉风，都有可能是投入战斗的信号。

丛林战中使用自动火器最忌连发射击，因为各种树木会使你子弹的杀伤力大大降低。应该使用短点射或单发，手榴弹也不要轻易使用，因为各种悬挂的藤状植物也许会把手榴弹弹回来炸着自己。丛林中短兵相接的概率很高，学会近身肉搏的技巧是很重要的，要善于使用刺刀、匕首甚至是削尖的树枝，一个优秀的特种兵哪怕是用树枝也能致敌人于死命。要学会丛林徒手格斗，因为受地形和树木的限制，出手的动作要很小，但爆发力要极大，你的拳头如果离对方肋骨只有10厘米，那么在如此短的运行距离中，要调动全身的能量集中于一点，用爆发力一下打折他的肋骨。

不要站在高大的树下，因为低弹道的炮弹往往会擦上树梢凌空爆炸，你会遭到呈扇面状倾泻的弹片杀伤，绝不会有安全死角。

要学会用藤条捆俘虏，模仿鸟叫进行联络。要学会小部队之间的战术配合，战术迂回……

该学的东西太多了，毕竟这支部队是支具有丰富实战经验的部队，从师长到士兵对这种全新的作战方式掌握得非常快，使苏军特种兵教官都感到惊讶。短短三个月时间，这支由北方人组成的部队成了真正的丛林师，通过了苏联教官的各项严格考核。

部队受训结束后撤回原驻地，苏联教官完成任务后也准备回国了。李云龙和政委林浩、副师长于长江、参谋长苏公权几个商量说，人家两位教官这几个月够辛苦的，临走咱们怎么也得表示表示。于长江说："我有个老战友在四野，1945年他们出关进东北时没少和老毛子打交道，据说老毛子们只喜欢两样东西，娘们儿和酒。”

林浩说：“酒好办。娘儿们可没有，咱们师团级干部里打光棍的多了，真有娘儿们咱们自己还留着呢，哪轮得上他们。”

李云龙说：“就是，老大哥有这爱好是人家的事，咱可不能学那个，还是请人家喝酒吧，大伙都报报酒量，合计一下，省得到时候人家还没怎么着，咱们都出溜到桌底下了。”

林浩说：“我最多五两，多一点儿都不行了。”

苏公权说：“我报一斤，多了也不行。”

于长海和李云龙都自报八两，统计的结果是大家一致认为，就凭这点儿酒量和人家一对一地干，非把咱们师的牌子喝倒不行，人家俄国人都是天生的海量，喝酒像喝凉水，这不是明摆着要栽面子吗？在酒桌上大家代表的可是中国军人的形象，头可断，血可流，就是喝死面子也不能丢。

李云龙的警卫员小陈在一旁说：“几位首长放心，到时候我在一边斟酒，保管你们没事。”

林浩眼珠一转，望着小陈说：“你小子是不是想来个偷梁换柱？以水代酒呀？”

“这……”

李云龙一拍桌子说：“好主意，兵不厌诈，这也得讲点战术嘛，匹夫之勇算不上好军人。”

这两位苏联军官都不是善谈之人，他们的职业使他们养成了只做实事不善言谈的性格。一听说有人请他们喝酒，便兴奋起来，刚坐到桌前就急不可耐地搓着巨大的手掌，眼睛紧紧盯着酒瓶子，连句客套话都没有了。

李云龙通过翻译告诉两位上校：“大家在一起几个月，都算得上是朋友了，今天这顿酒算是给朋友送行，大家要一醉方休，谁没醉就不够朋友。”

“现在，我和本师几位负责人为了表示对客人的尊重，每人先干一瓶酒以示诚意。”李云龙说。

林浩、苏公权和于长江都豪气万丈地站了起来抓过酒瓶，用牙咬开瓶盖，一扬脖子咕咚咕咚喝个底朝天，然后一律瓶口朝下，以示干净。

李云龙喝完暗暗皱眉，娘的，喝瓶凉水也不那么好受，肚子怪撑得慌的。两个苏联军官见中国军官们这样豪爽，不禁酒瘾大发，他们告诉翻译说，喝酒要公平，既然几位中国军官这么豪爽，他们说什么也要陪一瓶。于是每人一瓶咕咚咕咚喝个底朝天。他们喝的可是货真价实的烈性白酒。

老狼上校用手抹抹嘴说："李师长，你和你的部下都是英雄，打仗和喝酒都是英雄，我们喜欢你。"

李云龙一扬脖又喝了半瓶凉水，说："两位上校请自便吧，不必陪我喝，我的家乡是山区，很缺水，水比酒还贵，所以我们没有喝水的习惯，渴了就喝酒。在我们那儿，80岁的老太太也能喝个两三斤白酒。"

苏公权等人七嘴八舌地应和着："没错，是这样，老李对酒精不过敏，我们见他一次喝过十几斤酒呢。"

在众人的吹捧中，李云龙一扬脖子又喝了半瓶，显得面不改色。

小陈说："两位客人请自便，喝不了就少喝点儿，这酒剩不下，我们师长包了。"

老狐上校觉得自尊心受到了挑战，他面红耳赤地抓过酒瓶说："不行，不行，这不公平，师长喝多少，上校也该喝多少。"

李云龙说："罗布霍夫同志，我的部队已经通过您的考核，可以称作特种师了吧？我还有一事不明，贵国有数百万军队，为什么只有特种分队这么小的建制？为什么没有特种兵师或特种兵军？"

老狐上校摇摇头说："李，你的概念有错误，你的部队只是通过了丛林战训练，而没有进行全部特种兵训练，充其量只能叫作丛林作战师，而且世界上不存在什么特种兵师，即使是拥兵数百万的大国。特种作战分队是'二战'中发展起来的全新的作战方式，它的装备和训练方式应该体现出人类最新的科技成果和思维方式，一个优秀的特种兵应该是体能、技巧和智力完美的组合，特种分队的成员有极高的淘汰率，是军队的精华，是军之骄子，因此不可能人数众多。你的部队通过了丛林战训练，但这只是针对具体作战地域的训练，就像通过山地战训练使之成为山地作战师，通过沙漠战训练使之成为沙漠作战师一样。"

李云龙颇有些不以为然："呵，这么邪乎？上校同志能否让我们见识一下什么叫真正的特种兵？”

老狐和老狼交换了一下目光，都放下酒瓶站了起来。

罗布霍夫走到门口环视一下四周，然后指着不远处一幢高大的房屋问：“请估计一下那间房子有几米高？”

那是座具有典型闽南风格的民宅，白墙灰瓦飞檐高耸，显然是座富人的宅院。这种房子很高大，和北方农村的民居简直不能比。

李云龙眼估了一下回答：“从地面到房檐4米只多不少。”

罗布霍夫说：“这个科目是这样，那是敌人的一个团级指挥部。从我藏身之处到那房子中间有50米开阔地，房子前敌人流动哨每两分钟出现一次。现在我要和瓦西里上校在两分钟内冲过开阔地，爬上屋顶，然后跳下来跑回。科目要求是：在快速奔跑中，由高处跳下落地时，不允许发出任何声音，全部动作要在两分钟内完成。”

李云龙估量了两人的身高和体重，瓦西里身高两米，体重估计在110公斤，罗布霍夫上校身高1.9米体重约95公斤，他们的脚上都穿着半高腰的厚底丛林靴，这种靴子很笨重，为了防刺把靴底设计得很坚硬，很厚重。

李云龙认为凭这两个军官的块头和脚上的硬底靴，要想在两分钟内完成不太可能，中国旧武侠小说里描写的飞檐走壁的侠客们，好歹还穿双薄底快靴，《三侠五义》中的南侠展熊飞，就因为飞檐走壁被皇帝御赐绰号御猫。他要穿上丛林靴大概也当不成御猫了。李云龙要见识见识这两位特种兵的手段。

两个军官已作好准备用眼睛望着李云龙。他看看手表一挥手，只见两个人影噌地蹿出去，急速地跑过开阔地，果然是没有半点儿声响。在场的人都睁大眼睛看着他们奔跑的动作，发现他们的动作并没什么特别，不是那种蹑手蹑脚的动作而是像田径场上百米冲刺的动作。真不可思议！在场的人无不惊讶地瞪大眼睛。当身高两米的老狼跑到墙根处时，他微微弓下身子，老狐一跃而起用一只脚在他背上一点，身子跃起用手抓住飞檐一个引体向上，人就轻飘飘翻上房顶，几乎是同时，他随手抽出腰间皮带一甩，老狼一个飞跃抓住皮带顺势勾住飞檐翻上房顶，两人稍停片刻，又同时跃下。这一连串的动作有如行云流水，一气呵成，就像无声电影里的镜头，4米高度的自由落体就像踩进棉花堆，全无半点儿声响。

当两个苏联军官跑过开阔地回到李云龙面前时，时间刚好两分钟，大家都热烈地鼓起掌来。只有李云龙和侦察兵出身的于长江看出点门道来，他们发现这两个上校在速跑中脚掌最先着地部分只是前脚掌的一小半，而且着地的角度极为刁钻和准确，坚硬的靴底不是水平砸向地面，而是以倾斜的角度轻轻擦向地面，再加上前脚掌和脚趾的异常力度和弹性，才能达到这种效果。

李云龙和于长江对视了一眼，心里都明白，就算你搞清了原理，若想达到这种效果，没有精确的角度计算和刻苦的练习，也是白搭。李云龙表面上平静如水，他和两位上校握手表示祝贺，心里却惊叹不已：娘的，真是天外有天，一支没有文化不懂科学的军队早晚要被人收拾掉，看来老子要好好学学，不然就别在军队混啦。

他偷偷叫过小陈说："你小子咋净拿凉水来糊弄老子？去！给老子换成酒，大家都喝，谁也不许装熊。"

小陈对他的出尔反尔表示愤怒："还师长呢，咋说咋有理，这会儿又不是兵不厌诈啦？"

李云龙动了真的，林浩、于长江、苏公权自然也不能再喝凉水了，一通豪饮。饶是前半场使了诡计，后半场真喝时还是没扛住，几个人醉成一摊泥。于长江醉得最厉害，他在左轮手枪的弹巢里放了一颗子弹，胡乱转了几圈，便要和老狼打赌，说他运气一贯不错，脑袋从来不吃子弹，不信咱试试。老狼也醉得稀里糊涂，见于长江拿左轮枪对着脑门也兴奋起来，说我们俄国人也喜欢这么打赌，这叫俄罗斯轮盘赌，真他妈的刺激。真正的男人都爱玩儿这种游戏。你让开，让我先来。两人推推搡搡地抢起左轮枪来。要不是小陈发现得及时并不由分说缴了他们的械，那天晚上非出人命不可。

李云龙和罗布霍夫上校都喝得口齿不清，但脑子还不算糊涂。他俩勾肩搭背，称兄道弟，又是交杯又是换盏，亲热得不行。临了，老狐上校拥抱了李云龙说："亲爱的李，你是个优秀的指挥员，不会在师长位子上坐得太久的。请你记住我的建议，不管你将来指挥多么庞大的部队，你都要建立自己的特种分队，只有特种兵才是军队的精英……”老狐说完就趴在桌上睡过去了。

李云龙迷迷糊糊地说：“放心吧同志哥……我的……特种分队……早晚要……登上……金门岛……”

〔　第十九章　〕

天湖山训练结束后，李云龙被任命为副军长，由于军长彭志患了肝炎长期住院治疗，李云龙成了代理军长，主持军里的工作。军政委孙泰安和李云龙是老熟人了，红军时期也是四方面军的。军参谋长田保华也是熟人，抗战时期是新四军五师的，都是老战友了。

这个新搭的班子相处得很融洽。李云龙厉兵秣马准备再攻金门，他认为这次他有绝对的把握，只要有足够的船只和炮火支援，他一个军拿下金门是没问题的，等拿下金门，下一个目标当然就是台湾了，现在要做的就是加紧训练部队进行登陆作战和准备船只。

此时，朝鲜战争爆发了。

首批志愿军入朝作战，四大野战军都抽出一些精锐部队入朝。集结在福建沿海准备参加台湾战役的三野部队，也被调走了三个军。再攻金门的作战任务被取消。

李云龙为自己的部队没能参加入朝作战感到大为恼火，他跑到军区闹了几次，说是去请战，其实纯属无理取闹。他先是把别的部队贬得一无是处，然后借机抬高自己的部队，意思是，领导有眼无珠，不识真货，既然金门和台湾都不打了，那还要他李云龙蹲在这里干什么？反正上级也看他不顺眼，不如派他去朝鲜作战，省得在这里闲出事来，只要上级同意，他拍拍屁股就走，绝不多待一分钟，降级都没关系，他宁可指挥一个师或一个团，关键是要有仗打才行。

这么闹肯定没好处，上级都烦他了，每次都是一顿批评，弄得他灰头土脸的。在这期间，田雨来过几次信，当时正赶上他心情不好，手头又懒，所以就没回信。田雨那边似乎也生气了，索性不再写信。

攻金战役虽然取消了，可是事情却一点儿不少。本来国民党军队已成惊弓之鸟，可朝鲜战争爆发后美国的第七舰队开进台湾海峡，金门守军立刻又来了精神，摆出一副要反攻大陆的姿态，福建沿海的气氛又紧张起来，部队进入了一级战备。不管国民党军敢不敢反攻，准备工作还是要做的，事情千头万绪，永备火力点，炮阵地的构筑，粮弹的运输和储存，兵力的配备，海滩上要设置大量的防登陆障碍物，李云龙忙个不亦乐乎。

那天李云龙正在军部作战室和参谋长田保华带着一群作战参谋研究反击方案，就听见警卫员小陈在门口大喊："副军长，您看谁来啦？"

李云龙抬头一看，竟是田雨走了进来，他一时愣住了。

田雨穿着一身半新的列宁服式女军装，胸前佩着解放军胸章，头上戴着缀着八一红星的无檐军帽，乌云似的长发披散在肩头，冷冷的表情仍遮盖不住全身洋溢着的青春妩媚的气息。

李云龙当时脑子里塞满了火炮口径、弹药基数、炮群配置之类的数据，他看到田雨半天没醒过味来。作战室里的军官们都看傻了，这些刚从战争硝烟中走出来的军官从没见过这么美的女人，早听说副军长娶了个漂亮老婆，今天算是开眼了，果然是天姿国色。等李云龙明白过来这是自己的妻子时，他浑身上下轰的一声像点燃了一把火，长时间的思念和被压抑许久的欲望交织在一起，使他难以自抑。他看看四周，便极不客气地说："喂，都直眉瞪眼地看什么哪？有能耐自己也娶一个。现在大家是不是都回避一下，总不能就这么看着我们两口子亲热吧？"

军官们轰地笑了，参谋长田保华挥挥手说："笑什么？都出去。"

他凑到李云龙耳边小声说："你就伤天害理吧，傻大黑粗奔四十岁的人了，愣敢娶这么个水葱似的小媳妇？也不怕把人家压坏了。"

李云龙心里很得意，嘴上还得假谦虚几句："不好意思，拿不出手呀，没办法，我老婆说啦，咱要不娶她就上吊寻短见，你说，咱老李是那不负责任的人吗？"当然，他这也是小声说的，没敢让田雨听见。

李云龙平时住在作战室隔壁的一间小宿舍里，和作战室之间有个小门连接。他等所有人都出去后，冲上去一把把田雨搂在怀里，拥进宿舍。他喜不自禁地说："好老婆，你真给咱长面子，没看见这些家伙都看傻了？"

田雨由于李云龙没给她写信，心里有气，便拼命挣扎。李云龙哪管这些，他的两条胳膊像钢浇铁铸似的死死箍住田雨柔软的身子，田雨挣扎了一会儿，心里的气也渐渐消了，身子也开始瘫软了，好像融化在李云龙的怀里了。

李云龙又粗又硬的胡茬儿像锋利的钢锉，扎得田雨娇嫩的脸生疼。田雨也顾不上这些了，心中的不快在丈夫火热的激情面前，早化作满腔柔情。她仰起脸，喘息着拼命地亲吻李云龙的脸颊，嘴里喃喃自语着："你这没良心的家伙，为什么连封回信都没有？你心里还有老婆吗……"李云龙哪里还顾得上说话，他像久旱的土地，渴望甘霖的滋润，如火的激情在燃烧。一阵熟悉的战栗闪电般掠过全身，他把田雨一下子扔在脏乎乎的床上，哆哆嗦嗦地解着田雨的军装扣子。

田雨突然觉得不对，她吃惊地说："该死的老李，你要干什么？这是什么地方？让人家听见像什么话？你放开我……"

李云龙的手在忙着，嘴里说着："这是我的军部，这是我的家，谁也管不着我在家里和自己老婆亲热……"

田雨停止了挣扎，她闭上眼睛，嘴里叹息道："真不知哪辈子欠了你的，你这冤家……"

这座临海的城市有很多别墅式的小楼，建筑风格迥异，表明这座城市有着较长的殖民地历史。1949 年国民党军撤退后，这些小楼都被新政权接收了。李云龙和田雨的新居便安在这里。分给李云龙的这座小楼是个灰色墙壁、陡直倾斜屋顶的哥特式建筑，瓦楞铁皮做的屋顶涂着砖红色的油漆，凹凸不平的外墙上爬满绿色的常青藤。一层有个大客厅，地板是樱桃木做的，光可鉴人，落地式玻璃窗可直望大海，英式壁炉上放着银制的维多利亚时代风格的蜡烛台，客厅中央摆放着真皮沙发，地毯是带有西亚情调的土耳其货，客厅里还有一架德国霍夫曼牌的三角钢琴，壁炉上方还挂着一幅俄罗斯画家列维坦的风景画复制品。

田雨走进小楼第一眼就喜欢上这幅油画了。画面上表现出浓郁的19世纪俄罗斯的田原风光，那茂密的、色调斑斓的白桦林似乎在秋风中飒飒作响，林间空地上绿草如茵，野花绚丽，清澈的小溪在静静流淌，一段枯死的树干横卧在溪旁。田雨被这幅画表现出的淡淡的忧郁和安详、静寂的氛围所深深打动，她久久地站在画前不肯离去，伟大的列维坦竟能用色彩调制出那种难以言传的、若有若无的、淡淡的俄罗斯式的忧郁，田雨感到自己的心被这幅优美的油画紧紧抓住了。

为这幅油画，田雨和李云龙之间爆发了第一次争吵。

李云龙的感受和田雨正相反，当他第一次走进小楼时，就觉得这幅画很不顺眼。他平生没见过油画，他像中国所有农民一样有着浓厚地域性的艺术品味和审美观。他喜欢年画和剪纸。在他看来，过年时炕头上挂幅杨柳青年画，上面有个穿红肚兜的大胖小子抱条大鲤鱼，再写上几个字年年有余（鱼），窗户上再贴上五谷丰登、喜鹊登枝图案的剪纸，那才叫美，看着就那么喜兴，他也会像田雨看油画那样，深深地被艺术的魅力所打动。

李云龙一屁股坐进沙发里，旋即又蹦了起来，松软的沙发把人的身子都陷进去了，使他感到极不舒服。他换了个地方坐在沙发的扶手上，忽然又觉得脚上奇痒，他患脚气不是一年两年了，于是他脱下鞋袜开始抠起脚来，一双汗脚摆脱了鞋袜的束缚，开始把浓郁的气味散发到空气里。正在欣赏油画的田雨被这种异常的气味拉回了现实中，她皱着眉头看看正在旁若无人抠脚的李云龙，心里暗暗惊讶，自己怎么以前没发现他有这种粗俗的嗜好？但她什么也没说，只是打开了窗子。

其实，她和李云龙在一起生活的时间，总共只有三天，三天时间能发现什么呢？浑然不觉的李云龙哪里知道田雨的内心感受，他一边抠脚一边对油画进行评论："这洋画儿一点儿也不好看，啥内容也没有，不就是树林子和草地吗？哪儿的农村没草地和树林？要不说资产阶级腐朽呢，还真不假。"

田雨听着不入耳，便不满地说："老李，你不懂画就别乱评论，这可是名画。"

李云龙不屑地说："什么破画？当年红军打土豪，从地主老财家搜出几张画儿，是那种边上带轴能卷起来的画。我问地主是什么画，地主说是明朝一个叫……什么的画家画的，对了，那画叫泼墨，就是把墨往上泼的意思。后来那几幅画被我们擦了屁股，连擦屁股都嫌硌……"

田雨懒得听他胡扯，便扭头上了楼。

李云龙背着手在客厅里转了一圈，发现不顺眼的东西还真不少：那火炉子怎么修在墙壁上？这个叫钢琴的玩意儿也太占地方了，咱一个带兵打仗的老粗要它干啥？当饭桌嫌矮当凳子又嫌太高。他吼道："小陈，找几个人把这玩意儿给我搬出去。"

小陈问："搬到哪儿去呢？扔到大街上？"

"随便，愿意交公就交公，要懒得搬，劈了当柴火烧也行。"

实心眼儿的小陈当然懒得搬，这玩意儿也太重了，他找来斧子就准备劈钢琴，正巧田雨从楼上下来，一见小陈高举着斧子不由大惊失色说："小陈，你疯了？这是钢琴，很贵重的。"

小陈一听是贵重玩意儿，忙收起斧子问李云龙："怎么办？"

田雨说："老李，我喜欢这钢琴，咱们留下它好不好？"

李云龙哼了一声说："真是小资情调，好啦，好啦，你愿意留就留下吧。"

田雨突然又发现那幅油画不见了，墙上换了毛主席、朱德的像，她忙问："油画呢？"

李云龙没好气地说："扔了。"

田雨急了："我喜欢这画，你怎么不征求一下我的意见？我毕竟还是这个家的女主人吧？"

李云龙像不认识她似的仔细看看她，语重心长地说："小田呀，我要批评你了，你的思想不大健康哩，你看你喜欢的东西，又是钢琴，又是什么油画，哪样是劳动人民喜欢的？"

田雨也生气了，她不客气地打断李云龙的话："你少扣帽子，谁规定的劳动人民就不能喜欢钢琴、喜欢油画？这是文化，劳动人民也要掌握文化。谁像你，自己没文化，也不许别人有文化。"

李云龙大怒："我从小就是穷孩子，家里穷上不起学，就这么点儿文化还是部队上学的，咱是泥腿子，就是没文化，怎么样？就是因为穷才革命，才造反，共产党的天下就是靠我们这些没文化的泥腿子打下来的。国民党的将军倒是有文化，又是上大学又是外国留学，管个屁用，还不是被我们这些泥腿子赶到台湾去了？你嫌老子没文化，早干啥了？不愿意给泥腿子当老婆就滚……"

小陈一看吵了起来，忙拉住李云龙的袖子小声劝道："首长，你消消气，嫂子不是这个意思。"

李云龙一甩袖子吼道："你少管闲事，这是原则问题，要不及时纠正，将来这个家还不出个反革命？"

田雨二话没说，扭头就出了门。她在院子里捡起那幅画，紧紧抱在胸前，眼泪不停地滚落下来，她第一次发现自己倾慕的英雄竟是这样粗暴，这样蛮横，这么缺乏教养。天哪，他总算是露出了本来面目。

她感到一阵悲哀，一阵绝望。

李云龙发完火觉得心里有一口气还堵在那里。他最近心情很恶劣，不顺心的事多，总想找谁干一架，由于找不着对手，这口气便窝在心里发泄不出来。其实他心里明白，这是没仗打憋的，二十多年来都是打仗打过来的，猛地进入和平时期还真憋得难受。他余怒未消地回到军部，在门口碰见军后勤部长陈智文。陈智文一见代军长就跟上了他，向他汇报说后勤部刚刚接收了一列从后方发来的弹药列车，刚把弹药卸进库里，军区又打来电话，说这批弹药发错了，本是应该发给L军的，列车在徐州编组时被一个军运参谋搞错了。

军区命令把这批弹药用汽车运到几百公里外的L军，总数有20万发。李云龙正烦着，听到这些便骂了起来："娘的，该枪毙了那个军运参谋，他是吃干饭的？既然弹药都进了库，再搬出来运走不是瞎折腾吗？我看咱们自己留下得了，给谁不是给？"

陈智文说："军区的命令谁敢不执行？即使要留下，也得有个说得过去的理由吧？"

李云龙正待发作，突然防空警报响了，他抬头望去，见四架从台湾起飞的美制FB-26蚊式战斗轰炸机从上方掠过。这些日子，几乎天天有空袭，由于解放军的空军刚刚组建还无法参加实战，加上刚入闽的三野部队高射炮极少，防空力量几乎是零，部队吃够了台湾空军的苦头。

李云龙望着从头上掠过的敌机，目测着敌机的飞行高度，脸上突然阴转晴，他招呼参谋长和作战部长到会议室开会，然后对陈智文说："你先回去，弹药先不要运，等候我的通知。"

后勤部长狐疑地搔着头皮，不知他葫芦里卖的什么药。

两天后的一个上午，台湾桃园机场起飞了四架FB-26蚊式战斗轰炸机，由空军少校林志雄带领编队。他们的任务是沿大陆海岸线进行例行侦察轰炸，一旦发现重要目标，立即予以摧毁。林志雄少校的飞行编队在金门岛上空转了一圈，机翼下蔚蓝色的大海中的金门岛呈哑铃状，东西方向粗，中部细，就像哑铃的握柄。

看来，前线平安无事。

他率领机群转向90°，径直向北进入大陆上空，机群排着整齐的战斗队形，发动机轰鸣着掠过解放军的沿海防区。这简直是世界上最轻松的飞行战斗任务，解放军没有空军，没有高射炮，只能在地面上挨打，就像两个世纪前北美大陆手执弓箭长矛的印第安人和手执火器的白人作战，根本不是一个数量级。

对此，林少校总有些耻辱感，一个武林高手对一个缺乏起码自卫能力的伤残者大打出手，这实在是没什么好夸耀的。林志雄早已从情报部门得知，这里是解放军S师的防区，金门战役时，解放军S师的F团在古宁头登陆，与国民党军十九军、青年军201师血战两昼夜，林志雄在战斗最激烈时曾数次率机群轰炸古宁头解放军的滩头阵地，尤其是全部炸毁解放军登陆部队的船只，林志雄因此获得宝鼎勋章一枚。

"01，01，发现弹药库一座，是否攻击？是否攻击？"僚机在向林志雄呼叫。其实，林志雄已同时发现一座小山坳里，绿色的弹药箱堆得像座小山，一些解放军士兵正手忙脚乱地把插满树枝的伪装网往弹药箱上盖。林少校的嘴角露出一丝冷笑，现在才想起作伪装，是不是晚了点儿？看来，到嘴的肥肉要是不吞下去，可有点儿太对不起对方了。他率领机群向左转后又兜了回来，虽然蚊式战斗轰炸机的转弯半径不大，可空中转一个圈的直径在地面上计算，也有近10公里。林志雄少校发出命令：“02，02，跟我进入攻击位置。03、04担任掩护……”他拉动操纵杆，机头猛地向下一沉，带僚机呼啸着穿过云层向下俯冲过去，这段俯冲攻击的距离在空中只是一掠而过，在地面上看却有七八公里的长度，蚊式战斗轰炸机一旦进入俯冲攻击，就别想再改变航线了。

地面上的露天弹药库越来越近，林志雄已经把手放在了投弹钮上，两侧机翼下悬挂着的两颗500磅重的航空炸弹一旦落下去，够敌军喝一壶的。突然，他发现地面上出现密如繁星的点点火花，随即飞机猛地一抖，犹如遭到冰雹的袭击一样，机身下、机翼下噼里啪啦一阵乱响，发动机骤停，同时，驾驶舱的透明有机玻璃罩被密如飞蝗的弹雨顷刻间击得粉碎。少校突然明白了，天哪，这至少是上万支步枪、冲锋枪、轻重机枪组成的拦阻火网，自己飞得太低了。

他已经来不及多想了，因为他在霎时被弹雨打成了筛子，飞机一头栽下去，在小山上撞出一团橘红色的火花。跟在后面的02号僚机驾驶员发现情况不对，猛拉操纵杆把飞机拉上云层。纵是如此，发动机也冒出了黑烟，在另外两架飞机掩护下，摇摇晃晃地滑翔着在金门简易机场上迫降了。

地面上S师的官兵纷纷从掩体中钻出来，跳跃着，欢呼着……

指挥部里，李云龙的脸上笑开了花，多日来的烦恼一扫而光，他朝金门方向大吼道：“狗日的，以后经过老子的防区要留下买路钱……”

他抓起电话命令道：“军属、师属炮群、岸炮群，还他娘的等什么？向金门机场急速射击，干掉那架飞机。”

“轰”“轰”，远程炮群开始了急速射击，密密麻麻的、不同口径的炮弹掠过海面，暗红色的弹道布满天空。炮兵观察员从炮队镜里看到，那架刚落地的飞机顷刻间被几发炮弹击中炸得支离破碎，驾驶员的尸体被高高抛了起来，机场笼罩在火光和硝烟之中……

军指挥部里，李云龙正一字一句向作战参谋口述给军区的作战报告：“我部于28日上午10时遭敌空袭，S师用轻武器组成防空火网，实施拦阻射击，击落击伤敌机各一架，负伤敌机迫降金门后，被我炮群击毁。此次防空作战中，我部共消耗子弹×××发，炮弹×××发，军区原定向L军运送弹药之任务，现已无法完成，代理军长李云龙深感责任重大，特此自请处分。”

参谋长田保华在一边笑着说：“他这哪儿是自请处分呢？我怎么觉得是自请嘉奖呢。”

自从和李云龙吵架后，田雨觉得受到了极大的伤害，李云龙的粗暴蛮横大大出乎田雨的意料，她想不通人怎么可以这样，结婚之前他乖得像只猫，为求婚他可以在雨中站几个小时，真像个侠骨柔肠的男子汉。可是一旦把人骗到手就像变了个人似的。由于感情受到伤害，连李云龙身上的一些小毛病在田雨眼里也变得不可原谅了。比如，不肯好好坐在椅子上而喜欢蹲在椅子上，吃完大蒜后和别人谈话，全然不顾嘴里臭烘烘的还特意往上凑。

真没教养。教养是文化素养的外在体现，一个人如果需要常常被人提醒注意教养问题，那么就说明他大概还不知道教养为何物，这种人你就算说破嘴皮也只会招他反感。更使田雨不能容忍的是，他对有文化的人表现出一种轻蔑，对自己的无知和出身表现出一种莫名其妙的优越感，就像皇帝的龙子龙孙对自己出身高贵表现出的优越感一样，真可笑……田雨感到一阵迷惘，婚姻怎么会是这样？自己是否太轻率了？两人在出身、文化、教养、性格和阅历方面的巨大差异碰撞出的火花使田雨无所适从。她打算先搬到医院去住，和李云龙暂时分居一段时间，她要利用这段时间好好想一想。

就在她打算搬出去住时，发生了一件意想不到的事，她发现自己怀孕了。

李云龙这边可根本不知道妻子对他的感觉变得这么糟糕，也没觉得自己有什么过错。过日子嘛，磕磕绊绊是难免的，夫妻之间哪有不吵上几句的？过去就完了。一支部队要有一个一号首长，一个班要有个班长，那么一个家庭也要有个说话算数的人，凡事都该有个主次之分，老婆就该听丈夫的，女人就该听男人的，这个规矩不能乱，乱了就会出大问题。赵刚讲的那个老佛爷慈禧，那老娘们儿一坐上龙庭不是就把大清江山给坐倒了吗？总的说来，小田还是不错的，就是一点，家庭出身对她的影响太大了，浑身的小资产阶级味，有时看看月亮就能流泪，这不是有病吗？要是因为月亮就哭鼻子，这世界上的事还哭得完吗？还有，生活上的小毛病也不少，虽说在部队医院里不显山不露水，回到家里事就多了，睡觉要换睡衣，每天至少要洗两次澡，吃饭喜欢用叉勺。简直就是资产阶级，这难道还不该管管吗？还不该好好改造改造？我们打了这么多年的仗，解放了全中国不就是为了打倒资产阶级吗？所以，不管是作为军长还是作为丈夫，咱都有责任帮助她，不能让她这么滑下去。这是原则问题，不能含糊。

正当李云龙为妻子的世界观改造问题伤脑筋的时候，田雨告诉他自己怀孕的消息，李云龙顿时乐得差点儿昏了过去，马上把关于妻子世界观改造的问题丢到爪哇国去了。他像中国所有农民一样，对传宗接代非常重视，娶妻就得生子，没有儿子婚姻就没有意义，没有儿子，谁来继承香火？李家不是要绝后了吗？这次要是生个儿子，以前和老婆的矛盾都可以一阵风吹了。

李云龙的情绪好起来，看什么都顺眼了。司令部的一个参谋最近犯了点儿生活作风问题，政治部很重视，经讨论决定给予记大过处分后处理复员。报告送到李云龙那里，他轻描淡写地说："干吗这么兴师动众？生活上犯点儿错误也是难免的，男人嘛，有时常常管不住自己，脑袋一热，干点儿出格的事，改了就完了，干吗要毁了人家的前途呢？这报告作废，我来处理，政治部就不要管了。"

他叫来犯错误的参谋，两人进行了如下对话：

"首长，我没能好好改造头脑中的资产阶级思想，辜负了党和首长们对我多年的培养，犯了作风错误……"

"废话！你用不着深挖思想根源，别跟我扯那么远，什么党的培养呀，资产阶级思想呀，跟这没关系。干脆地说你就是一时没管住自己裤裆里那玩意儿，是不是？"

"……是。"

"这就对了，你自己没管住，关人家资产阶级什么事？那你说，以后能不能管住？"

"能，以后再不敢犯了。"

"好，这次算过去了，以后再管不住，我要把你那玩意儿剁下来喂狗，让你一辈子不犯这种错误，听见没有？"

"是，谢谢首长，谢谢首长……"

"走吧，走吧……回来。现在和平了，条例修改了，没什么'268团'的规定了，去找个女人结婚，就用不着成天管着那东西了。要不然，是男人就有可能犯这错误。走吧，走吧。"

"首长……"参谋哭了，哭得像个孩子。

此事在部队里被传为佳话，干部战士说什么的都有。

政委孙泰安说："我这政委快失业了，这政治思想工作做的，真他娘的一针见血。"

参谋长田保华说："大实话，这才叫语重心长，有规劝，有开导，还有警告，最后还指出解决办法。没说的，政治思想工作的典范。"

政治部主任邓玉和说："代理军长这么处理问题，我想不通，我要保留意见。如果人人都推说管不住那东西，那么党性何在？部队纪律何在？"

李云龙听说后表示："扯淡，爱上哪儿反映去哪儿反映，随便！"

田雨和医院的女兵们听说此事后，大家笑得直不起腰来，都上气不接下气地喊肚子疼。一个女护士擦着笑出的眼泪对田雨说："你那老头儿真棒，不讲大道理的高级首长我还是头一次听说，真羡慕你，找了个心眼儿这么好的丈夫。"田雨心里一动，周身漾起暖意，随即生出万缕柔情。

唉，你不是崇拜英雄吗？你能要求一个具有英雄气概的男人同时又柔情万种、儿女情长？一个在战场上浴血拼杀的男人是不是难免会粗暴些？自己是否奢求过高呢？还是多想想丈夫的优点吧，世上哪儿有真正完美的人呢？但愿我们的儿子（如果是儿子的话）将来会成长为一个完美的男人，他应该集勇敢、坚强、儒雅、智慧、温柔于一身，如果有这种后代，此生足矣。

“老婆呀，我也犯了错误，别误会，不是那种错误，老李能犯那种错误吗？我是说，前些日子我对你发了火，好像……是不是还骂了人？我该死，我怎么搞的？怎么能犯这种错误呢？多好的老婆，帮我做饭，给我钉扣子，给我生儿子，我还有什么不知足的？怎么能这样对待老婆呢？前些日子我心情不好，当然，这不能怪我，要怪只能怪美帝国主义。谁让他们在朝鲜打仗呢？打起仗来不让我去，就太不公平了。四野的孔捷，他凭什么指挥一个军入朝作战？所以嘛，我那阵子心情不好……当然，这是客观因素。对对，主观因素当然在我身上，我要深刻检讨，不能赖客观，也不能把责任都推到美帝国主义和孔捷身上。我的错误我改，你千万别生气，为我气坏身子不值得，为了咱们儿子你千万别生气……当然是儿子，肯定是儿子，怎么会不是儿子呢？你看，你笑了，不生气啦？我的检讨通过啦？谢谢，谢谢，以后请看行动。”

这是李云龙的检讨，同时也获得了妻子的通过，两人和好如初。

“我说老婆，你那女同学叫什么来着？”

“冯楠。”

“长得漂亮吗？”

“你问这干什么？漂亮不漂亮关你什么事？”

“你别想岔了，咱老李又不是那种吃着碗里看着锅里的人，我是说上次我和赵刚通电话，把这个冯楠夸成了天仙，要是将来赵刚一见不是那么回事，还不说我吹牛？”

“那也是活该，谁让你还没见着人就乱吹牛？你们男人呀，为什么不注重人品先关心相貌呢？”

“是呀，是呀，男人有时候是有点儿没出息。不过人家赵刚也的确是个人物，正牌大学生，能文能武的，你别看是个小白脸儿，打起仗来可不是孬种。”

“1942年我们在野狼峪打鬼子的伏击，和关外来的关东军拼开刺刀，人家老赵拎支驳壳枪就冲上去啦，一支枪干掉好几个鬼子，真是条汉子。就说现在吧，你打听打听，军一级的干部里，有几个像老赵这样又能打仗又有学问的？就算你把咱四大野战军的军级干部统统过遍筛子，我敢说也找不出几个像老赵这样的人来。你说，给老赵介绍对象能委屈了他吗？也就是咱老李命好，挨了一炮没死还捡了个老婆，要让老赵先遇见你，大概就没咱老李什么事了。”

“去你的，好像我扔在大街上没人要，谁先捡着就是谁的？老李，你这重男轻女的思想什么时候能改改呢？”

“我不是这意思，我是说两个人总要般配才行呀。这样吧，你给冯楠写封信，让她来一趟，路费咱们包了。我再把老赵骗来，这小子最近正协助地方上接管城市，当什么军管会的代表呢。知识分子脸皮薄，你要说给他介绍对象，这小子准推说工作忙，就得说老李病得快不行了，他一准蹿来。”

“好吧，我写信。”

“听你这么一说，赵刚倒是和冯楠挺般配的，也许真能成。但你要有心理准备，你心里总有个仙女的形象放在那儿，动不动就拿出来比比，那你会永远失望的，因为那是凡世间没有的。其实，冯楠既不像你想象中的仙女那么美，也绝不丑，她是个气质非凡的女人，很有魅力。”

“那么冯楠和我老婆比，谁更漂亮呢？”

“人的审美观不同，得出的结论也会不同，自己的相貌要由别人去评判。要是自己也参加评判，是很愚蠢的，我可不想做个愚蠢的女人。”

“你看，你看，知识分子就是事多，说了半天，我还是一脑袋雾水。算啦，我还是看本人吧。”

〔 第二十章 〕

前线无战事，国民党军嚷嚷了半天要反攻大陆，就是不见动静。李云龙快闲出毛病来了。他弄了张朝鲜半岛的地图，拉了几个作战参谋用红蓝铅笔画得到处是箭头，以北纬38度线为界，在地图上和参谋们进行模拟战争。他俨然一副志愿军总司令的派头，参谋们自然成了联合“国军”一方。这种纯粹的纸上谈兵使参谋们很厌烦，他以为他是谁？彭德怀？有那工夫不如下几盘军棋，跟那破地图较什么劲？代理军长是不是闲出病啦？他倒过了瘾了，我们成了陪绑的，天天陪他玩儿这个游戏。

参谋们心里嘀咕归嘀咕，却敢怒不敢言，表面上还得作出很当回事的样子，把自己的思维暂时换成麦克阿瑟、沃克、李奇微们的思维。李云龙也烦，先是烦对面岛上的国民党军，要打就打，别逗嘴皮子，你不是要反攻大陆吗？怎么不来了？既然不敢来，你他娘的瞎嚷嚷什么？要不是你们这群乌龟王八蛋，老子没准就带部队入朝了。

他没盼到入朝作战的机会，却得到去南京军事学院学习的通知。这使他大为恼怒。真他娘的哪壶不开提哪壶，老子承认自己没文化，也打算学学文化，可这打仗还有啥可学的？这么多年大大小小也打了几百次仗了，没吃过大亏嘛，仗打完倒要去学打仗了？李云龙觉得肯定是他去军区闹过几次，要求去朝鲜，把上级闹烦了，看他不顺眼，忙着把他打发掉。这不是拿老子寻开心吗？

烦归烦，去还是要去的，也不敢不去，原因很简单，是他在八路军129师时的老师长刘伯承亲自组建的南京军事学院。刘伯承太了解这些没受过正规军事教育的将领了，大多是红小鬼出身，年岁说老不老，说小不小，都在三四十岁之间，论职务，都在军师级、兵团级之间，说起军事理论，没几个明白的，若论打仗，几乎个个战功累累，有指挥大兵团作战的实践经验。

在刘伯承看来，这些将领都是些刺儿头，个个都自我感觉良好，认为老子们打垮了800万国民党军还学什么？刘伯承早想到这儿了，他给各部队下了死命令：点上谁去学习谁就得去，想不去也行，把军籍党籍交出来。这命令很厉害，好像是专门为李云龙这号人准备的，各野战军都有些这样的人，谁敢不去？

李云龙正交代工作，田雨打来电话，告诉他冯楠到了，请他通知赵刚。他才想起这回事，这事是该办办了，他这一走就是几年，没机会了。他叫通赵刚的电话，有气无力地说：“是老赵吗？我是李云龙。我向你告别啦，嗨，没啥大不了的……上次负伤没好利索，大概是那鬼子医生没给我缝好……对，对，又复发啦，他娘的，到处出血……肠子里都是血……老伙计得告个别吧……不不不，你别来了，工作都挺忙的，别误了工作……真没关系？那……你来一趟也好，我还有点事要交代，你天黑之前能赶到吗？好，好，别太着急了，你不来我不会走的，直接到军部来……现在不能去医院，医生说我不能动，动动就有危险。再说啦，都这样了，去医院也没啥用了。算了，我没劲儿说啦，医生不让我说话，你来了再说吧，我挂了……”他扔下话筒，得意地笑起来，老赵这家伙急得声都变了，他咋这么实心眼儿呢？李云龙又去交接军务，一会儿就把此事忘在脑后了。

傍晚时分，赵刚的吉普车风风火火开进李云龙的军部，赵刚跳下车就往司令部里闯。门口的卫兵不认识赵刚，枪一横便要阻拦，满头是汗的赵刚低吼一声：“给我滚开……”用胳膊一拨，卫兵便撞到墙上，赵刚头也不回地冲进司令部……

李云龙正坐在会议室里和田保华怒目相视，因为他俩只剩一支香烟了，让谁抽对方心里都不平衡，经协商决定打赌定输赢，两人对视，谁先眨眼谁为输，胜者抽烟。这会儿李云龙怒视着田保华已经有两分钟了。

赵刚火急火燎地冲进来时，李云龙的眼皮动也没动一下，他正为这支香烟全神贯注，倒是田保华发现赵刚闯进来时一走神，眼皮眨动了一下，李云龙大喜，伸手抓起香烟要点火。

“李云龙，你他妈的搞什么鬼？”赵刚大吼道，他一进门就发现自己上当了，于是怒不可遏。

李云龙早把此事忘在脑后，被赵刚一吼，吓得点烟的手一哆嗦，定睛一看，发现是赵刚，才想起他随口扯下的弥天大谎，顿时满脸堆笑：“哟，老赵来啦，快坐。”

“你少来这套，你不是快不行了吗？好哇，原八路军独立团团长李云龙现在居然成了骗子，满嘴的瞎话，电话里装得还真像这么回事，眼见那口气快喘不上来了，害得我大老远跑来，你他妈的却壮得像头牛。”

李云龙赔笑着：“老伙计，消消气，我不是怕你推说工作忙不来吗？想来想去只有这招灵。咱们兄弟一起混这么多年，我临咽气你能不来吗？谁不知道你赵刚最重感情讲义气？连我们田参谋长都听说过，是不是？老田。”

田保华说：“没错，你是L军的赵政委，我常听老李念叨你，几次去军区开会都没碰见你，这次算认识了。”

李云龙介绍说：“老田是华野的老人了，抗战时在新四军五师，一直跟陈老总干，咱们129师的人在这里算外来户了。你说，当年咱们要是归建回晋冀鲁豫部队，这会儿早进大西南了，运气好点儿没准就去朝鲜了。”他忍不住又发开了牢骚。

赵刚一边和田保华握手一边余怒未消地说：“你少往远处扯，你知道你误了我多少事？地方上的事乱得像团麻，又是剿匪又是镇反，还要恢复工业生产，和工商业者、民主人士开座谈会，忙都忙不过来，连睡觉的时间都没有。你可好，一个电话就把我骗来了，多少工作都扔下了，有事电话里不能说吗？”

田保华有事走了，会议室里剩下这对老搭档。

“老赵，没事我能骗你来吗？十万火急呀，我还不知道你忙？可再忙这事也不能耽误呀。我上次和你说的那位女同志来啦，你看看，人家从南京特意赶来见你，你可不能尾巴翘到天上去，不给我老李这个面子。一会儿跟我回家，顺便也见见你嫂子。”

“哦，就为这事你把我骗来？你他妈的……我不见。”赵刚又生起气来。

“你敢！”李云龙大吼道，“人家老远赶来，你倒端起架子来，你以为人家嫁不出去？就非你赵刚不嫁？我说你们这些知识分子怎么他娘的这么……是得好好改造改造。先别想这么美，端什么架子？人家看得上看不上你，还难说呢。要不是咱老李给你紧着张罗，在我老婆那儿把你夸成一朵花，吹出天大的牛来，你现在能有这福分？告诉你，今天你去也得去，不去也得去，别逼老子叫警卫员把你捆去。这是老子的地盘，谁让你跑到我地盘上来的？”

赵刚无可奈何地说：“真是个土匪，这不是拉郎配吗？好好好，我去，反正今天也回不去了，今晚就住你家吧。”

“哎，这就对啦，聪明人是不会敬酒不吃吃罚酒的。”李云龙得意地说。

“哎呀，这位就是冯楠吧？你好你好，路上辛苦啦，我是李云龙，小田的‘革命战友’。这位是赵刚，北京人，37岁，在什么大学上过学来着……哦，对了，燕京大学，老革命了，当年一二·九运动的组织者之一……算了算了，履历一会儿再说。赵刚你过来，这是冯楠，也是大学生，这是你嫂子，也就是现在不兴这一套了，要放在以前，兄弟见嫂子得跪拜，大家坐，大家坐……”李云龙嘴里忙不迭地张罗着。

赵刚和冯楠的眼光短暂地对视了一下，竟碰撞出一团看不见的火花，因为双方的心里都微微一动，好像似曾相识。冯楠中等个子，体态均匀，如果用语言形容的话，那么挺拔、婀娜都算不上，只能说是比例适中。她谈不上美丽，但清秀的面容使人望一眼就难以忘怀，她的下巴微微扬起，带有一种贵族式的骄傲，她的眼光里没有丝毫的羞涩，只带有一种智慧的探寻。

赵刚从没见过这样的女人，猛一看，哪方面似乎都很平常，五官中的任何部位如果单挑出来，绝无称道之处，一旦将它们组合起来，一股清纯和柔和的气息竟迎面扑来，使你感到有些窒息。赵刚惊讶地想，气质真是个奇妙的东西，看得见说不出，有形似又无形，竟能把一个相貌平常的女人装饰得魅力逼人。她浑身洋溢着一种使人说不清道不明，拿不起放不下的味道，赵刚觉得，气质的魅力是无法言传的，他分明能强烈地感觉到，但实在说不出来。

与此同时，冯楠也得到一种奇妙的感觉。这个统兵数万的青年将领身上表现出的气质，绝不能用儒将这样简单的称呼所涵盖，在他沉静如水的神态下，早年的书卷气和多年戎马生涯带来的杀伐之气表现得同样分明、强烈。本来他白皙清瘦的脸上带出几分儒雅，但只要他稍稍一咬牙，脸部的柔和立刻荡然无存，每块肌肉都棱角分明地凸起，线条马上变得粗犷起来，连唇边和下巴上的短胡茬子都像钢针似的扬起，一副不怒自威的神态，恐怕没有人敢对这种男人表现出哪怕半点不敬，他的眼光能杀敌人，也能把女人融化。

真是个不可思议的男人，没有早年的寒窗苦读和常年在血与火中拼杀的双重阅历是绝难创造出这样的男人的。冯楠突然觉得她的心脏猛地迸裂开来，一股滚烫的液体喷涌而出，霎时，她眼里竟贮满泪水。粗心的李云龙觉得莫名其妙，他想不通这些知识分子是咋的了，这赵刚平时小嘴挺能说，今天咋没话啦，像傻了似的？这女的也有毛病，一见面话还没说就要哭，搞对象嘛，成就结婚不成就拉倒，痛快点嘛。

细腻的田雨是个绝顶聪明的女人，眼前的情景使她的心灵受到极大震撼。早听说过男女之间的一见钟情，以为那是文学家的杜撰，而今天竟发生在眼前，她的情绪一时受到感染，各种复杂的滋味涌上心头，有对好朋友的祝福，有对一个优秀男人的欣赏，还有某种说不清道不明的失落和伤感，她看看自己微微隆起的腹部，一时眼圈也红了。

“我说老赵，你咋啦？别老盯着人家不说话，我得揭发你，我和小田搞对象时，你教我别直眉瞪眼地盯着人家女同志，省得人家女同志把咱当成那个，这可是你教的，咋轮到自己就不作数啦？坐下，坐下，大家都随便点儿，我这儿还存着两瓶茅台呢，今晚咱们一醉方休。我去看看炊事员弄好饭没有。哎？小田，你咋还坐着？跟我去看看。”

李云龙咋咋呼呼拉田雨走了。在餐厅里，李云龙问田雨：“你觉得有门儿吗？这两人咋怪怪的？”

田雨嫣然一笑说：“何止有门儿？这事成了，我敢说这两人今生今世也不会分开了。”

“这么肯定？哈哈哈，太好了！赵刚这小子刚才还和我发火呢，说我把他骗来，这会儿眼都直啦。不行，改天得让他请客，不能就这么完了……炊事员，拿酒来，我先喝着……”

客厅里，奇迹在继续着。新建立的共和国把人们之间习惯的旧称谓全部抹去了，谁再称呼小姐、先生、男士、女士很有可能被当作潜伏特务抓起来，政府似乎没有专为称谓颁布过什么法令，但人们很自觉地仿佛在一夜之间把旧称谓都抛弃了，取而代之的时髦称谓是同志。以眼前赵刚和冯楠的关系，彼此称同志是再正常不过的事。奇怪的是，这两个彼此陌生的男女第一次开口，竟像约好了似的直呼其名，而且从此在他们一生中，彼此谁也没称过对方一次同志。

“赵刚，我见过你。”冯楠肯定地说，眼睛在凝视着赵刚。

“冯楠，我也是。我正在想，是什么地方……”赵刚静静地望着她，作沉思状。

“你不用想了，那会白白耽误时间的。爱因斯坦说过时空也能多维存在，我想，咱们可能在另一个时空里见过，或是……梦中？”冯楠的声音幽幽的，仿佛从很远的地方传来。

“有可能。”赵刚赞同道，“佛教认为人有六轮之回，人死后过奈何桥时被灌了迷魂汤，把前世忘得精光，但也有个别被漏过的，这种人能清楚地记得前世。有可能咱们前世见过，又凑巧都躲过了迷魂汤。”

冯楠笑了，笑得很灿烂。

赵刚也笑了，笑得很温和。

“赵刚，既是老熟人了，我想问个问题。”

“请讲。”

“一个青年学生投身革命20年，出生入死，百战沙场。从此，世界上少了一个渊博的学者，多了一个杀戮无数的将军。请问，你在追求什么？为了什么？”

“我追求一种完善的、合理的、充满人性的社会制度，为了自由和尊严。”

“说得真好，尤其是提到人的自由与尊严。看来，你首先是赵刚，然后才是共产党员。那么请你再告诉我，如果有一天，自由和尊严受到伤害，受到挑战，而你又无力改变现状，那时你会面临着一种选择，你将选择什么呢？”

“反抗或死亡。有时，死亡也是一种反抗。”

“冯楠，你要说什么？”

“我想任何一种理论的正确与否，都需要社会实践去证明，如果这种理论出现偏差，而社会实践已经展开，你考虑过会付出什么样的代价吗？”

“老实说，想过，但没有结论，因为任何社会变革和社会实践都要付出代价，不能因为有代价就什么都不做。我们共产党愿意和各民主党派一起去创建一种新的社会制度，不但要完善这个社会制度，也要完善我们自身和理论，尽量少付出代价。我现在做的，就是为这些。”

“冯楠，你还有什么要问的吗？”

“哦，暂时没有了。不过……将来要问的肯定不少，不知我有没有机会再向你请教？”

“当然，咱们有的是时间共同探讨。”赵刚求之不得。

两人静静地注视着对方，谁也不说话了。

“开饭啦，老赵，你在干什么？痛快点，成就成，不成拉倒，你们这些知识分子呀……”李云龙在餐厅里大喊着。

〔 第二十一章 〕

李云龙被分到南京军事学院的高级指挥系，这个系的学员都是军师级干部。高级指挥系是个速成班，学员分三个班，军级干部在一班，二班和三班学员是师级干部，学制为两年。

报到的第一天，李云龙就生了一肚子气。

学院规定，所有学员一律不许佩枪，随身携带的武器必须上交。几个来报到的军级干部舍不得交枪，正和管理员吵架。

李云龙眼珠一转，趁人不注意解下自己那支崭新的加拿大手枪插进警卫员小陈的背包里，然后顺手拿起小陈的卡宾枪大声嚷嚷着：“让开，让开，我交枪，我投降……”惹得一些人哄笑起来。

管理员接过卡宾枪盯了一眼他身旁的小陈说：“学员同志，这恐怕不是你的枪吧？请把你的枪交出来。”

李云龙脸不红心不跳地随口扯谎：“我没带枪，不是来学习吗？带那玩意儿干啥？”

管理员宽容地笑笑，几天来，这样的刺儿头他见得多了。刘伯承院长早下了死命令，来报到的学员不管以前职务多高，一律按规定办事，谁闹事处分谁，绝不客气。管理员似乎漫不经心地走到小陈面前，冷不防把手插进背包里，拽出那支加拿大手枪，回到办公桌前。

李云龙恼羞成怒发火道：“凭什么缴老子的枪？我操……”下面的话还没骂出口就被他咽了回去，因为他看见他的老首长、前八路军129师刘伯承师长正背着手从旁边过去。

报到后没几天，李云龙就烦了。他还没过过这种日子，在这里，不管你原先是军长还是师长，现在一律都是学员，见了教员要敬礼，不许带警卫员，学员自带的警卫员一律编入学院警卫连。每个学员都要像个普通士兵一样整理内务，列队出操，轮流担任值星排长。这种日子，哪年是头呀？

南京军事学院的初建阶段，授课教官大多是留用的国民党陆军大学教官，这些教官都受过专业的军事理论教育，精通古今中外的战史战例，这都是解放军学员们所欠缺的，但解放军学员们却拥有一个明显的优势，那就是丰富的实战经验和不败的战绩，在三年的解放战争中，除了金门战役外，解放军还没有哪怕是个团级建制被全歼过。这场规模巨大的战争，双方投入的总兵力达到上千万，交战地域之广，达到国土总面积的60%以上。能取得如此战果，不能不说是个奇迹。所以，来自四大野战军的学员，哪个没有可吹牛的资本？精通军事理论而无胜绩的教官和不懂军事理论而有着骄人战绩的学员们之间的矛盾迟早要爆发的。

高级指挥系的学员里，有不少李云龙的老熟人，原129师新二团团长孔捷1944年曾因收编土匪和李云龙发生冲突，被李云龙缴械后关了起来，为此李云龙被降级。这件事没有影响他们两人的关系。抗战胜利后，孔捷率部队出关，隶属东北野战军。三年的解放战争，孔捷的部队参加了所有的重大战役：三下江南、四保临江、血战四平、辽沈战役、平津战役……从松花江一直打到海南岛，成了军长。

孔捷的运气不错。朝鲜战争爆发，孔捷的部队随H兵团首批入朝，参加了四次战役，他和李云龙一样，都是老师长刘伯承亲自点名的，这次进修不来也得来。老熟人见面，免不了你给我一拳我骂你一句地寒暄。

孔捷一见李云龙，先想起那次走麦城成了李云龙的阶下囚，他给李云龙当胸一拳，出口恶气说：“你小子那次就是仗着在你地盘上，敢缴老子的械。其实，把部队拉出来练练，谁怕谁呀？就算你独立团能打，老子的新二团也不是吃干饭的。妈的，一有你撑腰，你那帮熊兵他妈的六亲不认，差点把老子捆了起来。”

李云龙笑着说：“就你们新二团？我一个营就能把你们收拾了。那会儿在晋西北得数我们独立团，哪有新二团的份？再说，那几个土匪都啥东西？你收编他们，他们早晚要闹事，这叫狗肉上不了席，我先替你收拾了这些浑蛋，你该感谢我才对。”

两人正说着，又有个人挤过来给了李云龙一拳，嘴里还骂着：“操，你还活着？”

李云龙一看，认出是来自四野的丁伟军长，也是红军时期的老战友了。李云龙早听说他打锦州时就当上纵队司令了，这个人也是个听见枪响就不要命的家伙，有仗打就高兴，没了仗打就琢磨着要生点儿事。他天不怕地不怕，打仗时咬住敌人就不松嘴，吞不下去也要撕下块肉来。一旦和敌人接上火，就谁也别想调动他了，哪怕是野司林总的命令也没用，不占点便宜他绝不走。

辽沈战役的最后一仗，丁伟率一个师在辽西平原上咬住廖耀湘兵团，他不等后继部队到便以一个师兵力率先向下辖几个整军的廖耀湘兵团发起攻击，硬是如入无人之境，把对方一个兵团冲个七零八落。

在东北野战军战斗序列中，丁伟的部队被称为攻防兼备的主力中的王牌。其实丁伟可不是个粗人，他参加红军之前就念完了初中，在当时的红军队伍里算得上是个大知识分子了。按惯例，这种人应该去搞政治工作，可丁伟偏偏就喜欢打仗，从排长干起，直到军长，这辈子连政治工作的边都没沾过。

李云龙故意说：“老丁，听说你在东北打得不错呀？我们在华野都听说了。好家伙，丁伟的部队打起仗不要命，装备精良，战术高超，青树坪一战，把桂系第七军的牙都崩下一块来，一个师对一个军打了二天三夜，硬是闹个平手。是吗？”

丁伟被李云龙一捧，便有些得意：“那是不假，解放军要没有四野还能叫解放军吗？四野要没我们军还能叫四野吗？牛皮不是吹的，火车不是推的，老子们从松花江……”

李云龙把丁伟引进圈套便毫不客气地打断他的话：“那你狗日的来这里干啥？能耐这么大还用得着当学员，不混个副院长干干至少也得闹个教员当，咋跟我们一样呢？去去去，滚到一边儿去，咋给鼻子就上脸呢？全中国都是你们四野解放的，我们这三个野战军都他娘的吃干饭来着？”

丁伟一听也来了气，他大声说：“王八蛋才愿意来，老子军长当得好好的，非让我把指挥权交出去，跑这鬼地方来当学生，我有病是咋的？那些手下败将凭啥当咱们的教员？有能耐去战场上比比，老子一个师能吃他一个军，学习，学个屁！”

李云龙幸灾乐祸地劝道：“上级让咱们来学习自有上级的道理，可不能发牢骚呀。”

“老李，你他妈的少来这套，你啥时候改行当政委啦……”

高级指挥系里由于有了李云龙、丁伟、孔捷这一类的刺儿头，课堂上的讨论会就非常热闹了。上军事理论课和战史课时，这几位坐在那里一声不吭，眼睛微微闭起，像是在坐禅，其实脑子早不知飞到哪儿去了。李云龙心说，学打仗就学吧，无非是战前搜集情报、观察地形、组织兵力、火器、安排预备队，老子这二十多年玩儿的不就是这些吗？还用你教？学他娘的什么克劳塞维茨？这普鲁士老东西打过什么大仗？废话一套一套的，就是你把他的书一字不差地背下来，有个屁用！丁伟也在半眯着眼想，扯淡，“一战”的马恩河战役和老子有什么关系？老子们以前没听说过什么马恩河战役、凡尔登战役，不是照样打垮了800万“国军”？也是，这些教员你不让他讲讲这个，他还能讲啥呢？孔捷在课堂上连这些都懒得琢磨，他的心早飞回家，正和老婆亲热呢。

别看这几位听课不用心，一到讨论时，都争先恐后地举手要求发言。发言的内容往往离题万里。这次讨论的题目是“二战”中苏德战场上的库尔斯克会战，苏军和德军在飞机、坦克的数量大致相等的情况下，都运用了什么样的战术取得了决定性的胜利。

李云龙第一个争到发言权，他站起来大大咧咧地说：“教员，我建议把讨论题改改，因为这个库……库什么来着……”

丁伟等人在下面起哄道：“得啦，得啦，找个凉快地儿待着去吧，连名儿都叫不上来，还发言呢？就显着你啦，一脑袋高粱花子，还想冒充知识分子……”

“就是，这叫猪八戒戴眼镜——冒充大学生。”

“不对，不对，这叫骑单车放屁——冒充摩托。”

李云龙毫不在意丁伟之流的奚落，他坦然道：“教员同志，你看咱们班学员中就是有些歪风邪气，看见平时表现较好的同志积极发言就一窝蜂地扑上来打击讽刺，嗯，就像一群嗡嗡叫的苍蝇，对于这些思想落后的同志，我只有两点回答：第一，对他们的落后思想，坚决斗争；第二，对他们的挖苦讽刺，只当是放屁。怕听拉拉姑叫还不种地啦？现在我接着发言，这库尔斯克会战，嗯，教材上写啦，当时德军有90万人，苏军有133万人，技术装备的数量也略多于德军，多出四十多万人还叫大致相等？大家都知道，战场上以多胜少，这算不了啥，在一般情况下，你用一个军打一个师，就算打赢了也没啥好吹的，这是明摆着的嘛。要连这都打不赢，那你就回家哄孩子去吧，还打什么仗呀？所以，这题目出得不好，没法讨论，我建议咱们讨论一下淮海战役。我就纳闷，淮海战役开始时，我们华野和中野凑起来才60万人，可国民党军有80万，论装备就更没法比了，人家天上有飞机，地上有坦克、重炮。论机动能力，咱就靠两条腿儿，人家靠汽车轮子，正经的机械化兵团。大家讨论讨论，咱们咋就稀里糊涂用60万人收拾了他们80万人呢？”

教员张口结舌，半天没说出话来。一场战争的胜负，不光取决于双方军事力量的优劣对比，还有政治、经济、外交方面等诸多因素，对于这些挟胜利之威的学生，他无法用简单几句话来讲明白。学员们都来了兴致，纷纷起哄。丁伟发言道：“老李，我来告诉你，是蒋介石帮了你们，他要是不炸开花园口，黄河就不会改道，就不会造成大面积的黄泛区，像黄百韬兵团、黄维兵团都是被黄泛区拖住，汽车轮子被烂泥陷住了，就不如两条腿快啦。所以说，是蒋介石帮了你们忙。咱们就不讨论这个题目了，还是说说我们四野吧，以少胜多的战例，我们有不少，我给大家介绍一下，就说我们纵队吧……”

李云龙一听话题被转到四野的战例上去了，便来了气：“去去去，是你发言还是我发言？动不动就是你们四野，你们到东北捡了这么多洋货，接收了小鬼子多少装备？那是你们打仗缴获来的吗？你们有一百多万人，打谁打不赢？一人一口唾沫也能把人淹死啦，你们算啥以少胜多？我们华野装备是差点，可好歹是咱自己从敌人手里夺来的。你满世界打听打听，60万吃掉80万的战例，哪国有？”

李云龙的话有些伤众，来自四野的学员都不爱听了，“他妈的，按老李的意思，我们是连打都没打，白捡了这么多装备，靠啐唾沫把东北啐下来的？”“又他妈的一路啐到海南岛？这不是看不起我们四野吗？”“是可忍，孰不可忍，跟他妈的老李没完。”四野的学员七嘴八舌地朝李云龙开火了，讽刺和谩骂全来了，课堂上乱成一锅粥。

“老李，你这是他妈的吃灯草灰——放轻巧屁，老子要是啐唾沫啐到海南岛，那你狗日的就是撒尿撒到福建……

“总共就有三大战役，我们四野就打了两个，没有我们四野，全国解放就得推迟几年……”

“奶奶的，先不提辽沈战役，就说老子出关时才10万部队，不到三年就打出一百多万，那是吹出来的？三下江南、四保临江、血战四平，零下40摄氏度的大烟炮天儿，枪栓都冻住啦，老子们一步一个脚印打出来的。”

来自一野的副军长罗大征也嘻嘻哈哈地打圆场：“都别争了，都别争了，还是说说延安保卫战吧，我们教导旅和新四旅总共才两万人，胡宗南有多少人？二十多万呀，要说以少胜多，我们一野战例多啦，蟠龙大捷、青化砭……”

来自二野的常保胜也不甘落后，插嘴说：“我们二野千里跃进大别山打得咋样？别净吹你们的战例，解放战争中，我们二野最先发动反攻，给他来个中路突破，中路一破，全国战场都活了，破其一点，全线动摇，你们都跟着沾光……”

课堂上越闹越乱，学员们先是互相吵，各自代表自己的野战军，然后又一致把矛头对准教员，一口一个你们我们的，似乎教员就是国民党军方的代表，逻辑是现成的，在战场上你们是手下败将，现在，有什么资格当我们的教员呢？而挑起这场事端的李云龙，这会儿又趴在桌上鼾声如雷了。

当天晚上，李云龙接到通知：马上去院长室，院长要找他谈话。李云龙一琢磨，觉得不对劲儿，这肯定不是啥好事，前129师老师长总不会是请他这个老部下吃饭叙旧吧，来了这么多日子，老师长连面也没露过，李云龙自己都不相信他有这个面子。就算他天不怕地不怕，可一听说刘伯承要找他，心里也犯开了怵。先不说刘伯承是他的老师长，就是他刚参加红军当个扛老套筒的战士时，刘伯承已是赫赫有名的红军参谋长了。

李云龙忐忑不安地站在院长室门前高喊："报告。"

"进来。"里面传来一声冷冷的回应。刘伯承坐在一个巨大的红木写字台后面，面对着大门，写字台上堆满了文件和书籍，显得凌乱不堪，他正专心致志地用绒布擦着眼镜。

李云龙立正敬礼，轻声说："老师长，您好！"

刘伯承没吭声，也没有抬头，像没看见李云龙一样，继续在擦眼镜。李云龙站也不是坐也不是，只能笔直地站在那里。就这样过了足足五分钟，刘伯承擦完眼镜重新戴好，背着手在办公室里来回踱起步来。

李云龙壮着胆子问："老师长，您找我有事？"

院长很平静地说："李云龙，咱们有十多年没见了吧？你来了几个月了，我事情太多，还没和你谈过。你怎么样？有什么问题需要我解决吗？"

李云龙松了一口气，看来没啥事，院长心情不错嘛。他拉过一把椅子坐下，大大咧咧地说："老师长，您了解我，我文化底子薄，是个粗人，只会带兵打仗，现在非让我在这儿学习，还不如杀了我，您还是让我回部队带兵吧，将来打台湾，我们军当第一梯队，打不下来您砍我脑袋……"

院长似笑非笑地看了他一眼说："李云龙，你太谦虚了。我承认，你仗打得确实不错。既然仗打得这么好，当学员似乎有点委屈了你，这怪我考虑不周，对部下没有量才适用，所以为了弥补我的过失，请你看看这个。"院长指指写字台上的一份文件。

李云龙一看，是份委任状：

任命李云龙同志为南京军事学院教员。

院长：刘伯承。

李云龙有点傻眼了，他觉得自己脑门上正往下流着冷汗，浑身刺痒得难受。他很费劲地吐出几句话：“老师长，您这不是……拿我开心吗？我这底子咋能当教员呀……”

院长说：“我相信你，能当好。你回去整理一下，搬出学员宿舍，我和营房部打个招呼，给你一间教员宿舍。好好干吧。”

李云龙磨蹭着不走，他知道自己那点儿能耐，在课堂上捣乱可以，正经教课，别说自己没那本事，就是丁伟、孔捷那些刺儿头也应付不了，他能想到丁伟他们知道自己当了教员会怎样和他捣蛋。他说：“老师长，您饶了我吧，我干不了这个，还是让我回部队吧。”

“啪！”院长猛地一掌拍在桌上，吓得李云龙从椅子上蹦了起来重新立正。刘伯承怒不可遏地吼道：“好你个李云龙，胆子不小呀，课堂上捣乱，顶撞教员，聚众起哄，你了不起呀，你还像个军职干部吗？给我站好……”

李云龙站得笔直，一声不敢吭。

院长怒气冲冲地训斥道：“你现在的身份不是什么军长，是学员，是学员就要尊重老师，老师以前不管干过些什么，可现在都穿着解放军的军装，是你的上级，是你的同志，你就得尊重他们。哼！刚打了几个胜仗就了不起啦？就谁都看不上眼啦？老天爷是老大，你是老二？没人管得了你是不是？告诉你，就你肚里那点儿文化，你差得远啦。你不是不服气吗？好，我就叫你来当教员，我这个院长和全体教员学员明天就坐在下面给你当学生，怎么样？”

李云龙小声说：“老师长，我犯错误也不是一次两次了，哪次不是都改了？您就别出我洋相了。”

“那你告诉我，是想当学生呢还是当教员？你任选一条。”

他忙不迭地回答：“当然是当学生，当然是当学生……”

院长说：“那好，回去给我写份检讨，内容要深刻，别想扯个一张半张纸的糊弄我，明天要当着全体学员的面向教员道歉，态度要诚恳，听见没有？”

“听见啦。”

“大声点。”

“听——见——啦！”李云龙大吼道。

李云龙灰溜溜地回到宿舍，丁伟他们已经知道他挨了训，于是幸灾乐祸地明知故问：“老李，是不是老首长请你吃饭叙旧呀？你们129师的人这次算熬出头来了，老首长怎么也得照顾照顾你吧？不像我们，没人疼呀。”

李云龙正没好气：“一边儿待着去，老子正考虑当教员的事呢，我要当了教员，非好好收拾一下你们这几个家伙。”

丁伟乐不可支地说：“哟，还真没看出来，你也想当教员？你要当了教员，老子就该当院长了。老李，别不好意思，不就是写检讨吗？好好写，认识要深刻，念检讨时要作出沉痛的样子，最好能挤出两滴眼泪来，我和同志们会原谅你的，谁都难免犯错误，改了就是好同志……”

正说着，窗外有人喊：“丁伟，马上去院长室，院长找你谈话。”

这次轮到李云龙幸灾乐祸了：“去呀？发什么愣呀？你小子虽说不是我们129师的人，可院长喜欢你呀，说不定也要请你吃饭呢。”

老李：

你好！

告诉你一个好消息，咱们的儿子出世了，体重七斤八两，非常健康。我随嘴就给他起了个名字，叫李健，希望他永远都健康成长。这事没和你商量，请你原谅，我想，人的名字不过是个符号，没必要在名字问题上多动脑子。我已给孩子请了保姆，生活方面已安排好，请不要挂念。我已接到通知，去河南一所军事外语学院学习，学制是三年。

记得以前和你说过，等全国解放了，我还要去上大学，多学些知识总没坏处。上中学时，我那所学校是个教会学校，英语是必须掌握的，这是我的第一外语，我现在学习的是俄语，另外，还选修了一门法语。由于有了外语基础，我学习不会太吃力。再告诉你一个好消息，赵刚前些日子被调到北京工作，任总参谋部政委。昨天我接到冯楠的来信，她告诉我，她和赵刚已于上月在北京结婚了。我心里真高兴，默默地为他们祝福。他们夫妻在信中要我转告你，非常感谢咱们给他俩创造了相识的机会，他们彼此都感到很幸福。冯楠告诉我，当她第一眼见到赵刚的时候，就像突然遭到雷击一样，因为她感到在前世就曾和赵刚相识。赵刚也告诉她，自己也有同感。你看，多浪漫呀，这是真正的缘分。

你学习得顺利吗？身体怎么样？请你保重自己。我虽然不知道你在学院里的表现，但根据你的性格，我都可以猜到，你的性格里有种很不安分的因素，不愿意受束缚，喜欢我行我素，一旦你的行为受到限制，就要想方设法闹出些事来，这是你的弱点，也是优点，毕竟一个人应该保持自己思想的独立性，这倒也不是什么坏事。关键是你要努力学习，你既为职业军人，就要做个优秀的军人，而优秀的军人是要不断学习的，随着时代的发展，你过去所参加的战争已成为历史，要应付现代化的战争就要有现代化的知识和思维方式。最近，我看了一些资料，正在朝鲜进行的这场战争中，我们的装备和战术都很原始，对美军的战斗力和作战方式都估计不足，仅靠战士们的英雄主义和血肉之躯和一支现代化的军队去较量，必然要付出惨重的伤亡和代价，这非常使人痛心。作为一个统兵数万的将领，你的责任重大，没有知识行吗？

不光是你，我也要好好学习军事方面的知识，这就是我选择去军事外语学院学习的原因。作为军人和军人的妻子，我也应该懂得军事，我们才会有共同的话题。时间不多，下次再写，请保重身体。

妻：田雨

〔 第二十二章 〕

1955年，部队实行军衔制，军事学院高级指挥系的学员，全部被授予少将、中将军衔。一时间，高级指挥系将星云集。特别是将军礼服发下来后，大家很是兴奋了一阵。谁也没见过这么漂亮的衣服，礼服的式样是仿苏军样式，孔雀蓝的毛哔叽面料，领花和袖口都是用真正的金丝线手工精绣的，藏青色的领带，小牛皮做的松紧口式半高腰皮靴，肩章上的金色将星和胸前金灿灿的八一勋章、独立自由勋章、解放勋章交相辉映，将军们个个都威风凛凛。这支从贫困山区走出来的曾经破破烂烂像叫花子一样的队伍，如今成了一支正规的、各种条令和等级制度森严的军队。

李云龙本来挺高兴，还把礼服穿好站在镜子前神气了一会儿。等他看完全军将官的授衔名单后才发现，有不少和他同资历的老战友都授了中将军衔，而自己则是个少将，他顿时心里就不平衡了。他娘的，要不是被降级，如今老子怎么也弄个中将，老子长征时就是团级了。他发牢骚时根本没想想，他在团级的位子上有四次被降为营级，和同资历的战友们比这不能不影响他的晋升。

李云龙正烦着，见丁伟拎着紫红色布面的礼服箱气哼哼地闯进来，他一扬手把礼服箱扔到墙角里，冲李云龙发开牢骚："你看了授衔名单没有？我们四野的纵队司令除了我，至少都是中将，王大牙和我一起提的纵队司令，这次也闹个中将，单给我个少将，这上哪儿说理去？这身礼服老子不穿啦。"

李云龙没好气地说："你瞎吵个什么？你以为你该授个啥？是不是该授你个元帅呀？做梦去吧。"

丁伟正要发作，突然看见李云龙扔在床上的礼服，肩章上也只有一颗金星，心里似乎得到某种平衡，便凑过来说："心里不痛快是不是？一颗星嫌少？要我说，你老兄也该知足啦，没授你个大校就不错啦，犯了这么多错误，才和我扯了平。就说过草地那次吧，你下令抢了藏民的粮食，你们团过草地时吃得饱饱的，倒也值啦，老子没敢抢，可过草地时吃草根吃得脸都绿啦，差点儿就他妈的饿死在草地里。这么多年了，咱小媳妇似的，处处管着自己，大错没犯过，现在可好，你是少将老子也是少将，你还有啥不知足？"

刚走进门的孔捷插嘴道："呵，你丁伟还跟小媳妇似的？还没犯过大错？你什么事不敢干？在东北时，你们二师偷着开烧锅酿酒，自己喝着还卖着，一边打仗一边做买卖，连他妈的大烟土都敢卖，你丁伟可不是委屈自己的主儿，部队一到休整时，你小子就把部队扔给政委管，自己跑到哈尔滨，下饭馆、跳舞，上次我亲眼看见你小子搂个老毛子娘们儿跳舞，那脸都快贴上啦，也就是林总老护着你，要放在我们129师，非骟了你，是不是？老李。”

李云龙说：“就是，这小子运气好，错也没少犯，福也没少享，现在也混了一颗星，真他娘的气死人。你刚当红军，老子都是连长了，和老子比，你还是新兵蛋子，只配背支老套筒，老子那会儿都背上20响快慢机了，这能比吗？你狗日的凭啥肩上也挂颗星？”

丁伟说：“你看，你看，都冲我来了，你们有气别冲我出，又不是我给你们授的衔。要是我有那权力，没说的，李云龙，授大将；孔捷，授大将；丁伟，授个元帅吧。”

授衔后的第二天早晨出操时，所有学员都按规定身穿55式黄呢子军常服，佩着军衔。只有李云龙、孔捷、丁伟故意穿着老式军装，不戴军衔，只有胸前的老式胸章，在军服笔挺、将星闪耀的将军队伍里显得很土气。担任值星排长的罗大征看见三人在成心出洋相，便喝道：“李云龙、丁伟、孔捷出列！”三人都很不情愿地向前迈了一步，李云龙也斜着眼看着罗大征。来自一野的罗大征资历略浅，他是1936年在陕北参加红军的，那时红军的三大主力经过长征已在直罗镇会师了，李云龙、丁伟和孔捷当时都是经过长征的营团级干部了，而现在，这三人也没太把罗大征放在眼里。罗大征自己也知道，和这几位大别山里走出来又在川陕根据地参加过数次反围剿的原红四方面军的将军相比，他的资历是差得远。若是平常，他也不会招惹这几位，可今天他是值星排长，不管也没法向上级交代。

他尽量用缓和的口气问：“你们为什么不穿军装？”话一出口他便意识到，他应该问为什么不穿新式军装。

果然这几位正想捣蛋的将军脑子一点儿不慢，立刻抓住他的口误，大做文章。

李云龙故作惊讶，反问道：“老罗呀，你是近视眼吗？我们不是穿着军装吗？你仔细看看嘛！”

孔捷正言道：“正儿八经的解放军军装，不是国民党军装。”

丁伟更是不客气：“你说我们没穿军装，难道我们是光着屁股不成？”

队列里的将军们都哄笑起来，他们都是手握重兵的人，在自己部队颐指气使惯了，多少年都没受过列队出操之苦，对重过士兵生活都有些烦。

罗大征有些尴尬，更正道：“我是说你们为什么不按规定穿新式军装？”

李云龙故意操着河南腔说：“俺小时候家里穷，好不容易扯件新褂子，都压在箱子底，过年才穿，现在也不能忘本哪，俺舍不得，过年再说。”

丁伟摸摸袖子说：“新三年旧三年，缝缝补补又三年，我这件衣服还新着呢，总不能扔了吧？我先穿旧的凑合着，那件新的我准备捎回老家给我爹穿。你不知道，我老家穷着呢，县长的裤子都露着腚，就别说咱穷人家啦。”

将军们乐得更欢了，队列也乱了。

罗大征算看出来了，这几个家伙是故意要捣蛋，你不让他们表现表现，他们不算完。罗大征反而镇静下来，饶有兴趣地问：“好，李云龙的军装是舍不得穿，要等过年才穿。丁伟的军装要捎回家孝顺老爹，这也算是个理由吧。那么孔捷同志呢？你的新军装是打算过年穿呢？还是捎回家孝顺爹？”

孔捷说：“我倒没那么多事，新的旧的一样过年，想孝顺爹可我爹早死了，不过，我这人有个小毛病，总也改不掉，一看见穷人就受不了，那眼泪就想往下掉，听说丁伟同志的家乡很穷，连县长的裤子都露着腚，就别说他爹啦，恐怕就得光着腚了，我那件军装干脆给丁伟一起捎回家，也算咱晚辈的一点儿孝心吧……”

丁伟忽然听着不是味，马上回嘴道：“老孔，你爹才光着腚。”

队列里的人笑得前仰后合，但也有些将军很不以为然。来自二野的常保胜军长正色劝道：“同志们，咱们都是军队的高级干部，都是带兵多年的老同志了，如果心里有什么意见，应该在党小组会上提出来，而不应该发牢骚，犯自由主义，更不能扰乱正常的出操制度。身为军职干部，一个将军，连自己的言行都不能严格要求，将来怎么带兵？能打胜仗吗？”

队列里静了下来，将军们重新站直了身体。

丁伟的脸上露出了骄横气，他最不爱听这些大话，在他多年的军事生涯中，从来和政委搞不到一起去，从当团长起直到当了纵队司令、军长，已经和十几任政委吵过架。战争时期，千军易得，一将难求，像丁伟这种骁勇善战的虎将哪个上级不护着？政委有的是，虎将可不多，最后结果，总是政委被调走，丁伟被连骂带劝地说几句也就过去了。时间久了，丁伟的部队养成一种习惯，只认丁伟不认政委，别管什么来头的政委，到了丁伟的部队只能做个小媳妇，不然就别想在这支部队待。但凡有本事的人，难免都有些骄横，在第四野战军的战斗序列中，丁伟部队也是被称为“两头冒尖”的部队，打仗冒尖，抢战利品冒尖。打锦州时，四野各纵队从不同方向冲进城，预定的作战计划全打乱了，各纵队各师哪里响枪就朝哪儿打，丁伟率部横扫半个锦州城，遇上友邻部队缴获的战利品，不问青红皂白，上去便撕封条，换上自己的封条。友邻部队留守的干部前来阻拦，丁伟的战士抬手就打。司令骄横，士兵就难免脾气火爆，官司常常打到野司首长那里，告丁伟纵队如何抢战利品，如何打人。

四野司令员林彪总是宽容地笑笑，一挥手，意思是这等小事别来烦我，请政委解决。政委罗荣桓则是骂两句：“这丁伟，怎么像疯狗似的？你们先回去，我批评他。”

参谋长刘亚楼见了丁伟便当胸一拳骂道：“妈的，又打人？四野就你能？”

当然，打了就打了，抢了也就抢了，事情自然不了了之。

被这么多大人物惯出来的丁伟，把他的骄横也带进了南京军事学院。丁伟没做过刘伯承的部下，没有老上级撑腰，所以稍稍收敛些，若是院长换了林彪，丁伟敢把教室的房子拆了。丁伟朝常保胜撇撇嘴，不屑地问李云龙：“老李，这位老兄是谁？我咋没见过？是新调来的政委吗？”

李云龙乐呵呵地说：“没错，这是高级指挥系的常政委，专做你这种落后分子思想工作的常保胜政委。”

“我说老李，咱们该和常政委搞好关系，请他喝酒怎么样？省得他去院长那里告咱们的状，打我丁伟一顿可以，拿我当台阶石可不行。”丁伟刻薄地挖苦道。

来自二野的常保胜也是原129师的人，和李云龙的资历不相上下，抗战时还打过交道，也算是熟人了。他也是个炮仗脾气，一点就着，常年在战火里厮杀的将军有几个好脾气？他听着丁伟和李云龙两人话里夹枪带棒地挖苦人，火便蹿上脑门，太阳穴上的青筋也暴了起来。老实人发起火来是很可怕的，他低吼着跨上一步说：“丁伟，有话说有屁放有意见提，再不行下了课找个僻静地方过过招也成，少他妈来这一套！”

常保胜身高1.8米，虎背熊腰，面皮黝黑，一顿饭能吃五六个馍，往那儿一站活像座铁塔，令人望而生畏。若是旁人，早被吓住了。可丁伟是谁？他怕过谁？丁伟虽个子比常保胜矮半头，可他是枪林弹雨里钻出来的，十五六岁时就抡着砍刀参加肉搏战，刀尖顶着鼻子也不会眨眼的汉子，岂能被一个常保胜吓住？丁伟面带微笑说：“好哇老常，丁某近来有些技痒，能用课余时间与阁下切磋一下拳脚，不亦乐乎？约个时间，丁某讨教几招。”他曾上过几年私塾，来几句文言不太费劲。

孔捷也是个不甘寂寞的家伙，一听说要比试拳脚，便大喜道：“好主意，军事学院嘛，除了学理论学战术，还该开门格斗课，要不还算军人吗？我当裁判怎么样？”

李云龙也跟着起哄道：“淘汰赛，你们俩先练着，谁输了我再上。”

这天，高级指挥系的早操没出成，此事被系主任迅速汇报到院长刘伯承那里。刘伯承没有发火，他静静地想了想说道：“又是这个李云龙带头闹事，我现在忙，没工夫理他，你通知一下，让这三个学员晚上7点到我这里来。等一等……让他们按条例列队跑步来。还有，就说我命令他们穿上新式军服，佩戴军衔。”

那天傍晚，李云龙和丁伟正在宿舍里喝酒。丁伟本是个好吃的人，当年打仗时，每到一地必先打听此地有什么好吃的东西，他别的都可以不讲究，唯独吃是不能含糊的。到了军事学院可就没条件吃了，学院的食堂他很看不上。今天晚饭前，他去食堂转了一圈，发现晚餐是吃面条，他对那东西没兴趣，于是出去买了瓶白酒、一只盐水鸭、一包花生米。他拎着酒回来时碰见了李云龙。

李云龙正要去食堂，一见丁伟便眉开眼笑地说：“哎呀老丁，你太客气啦，都是老战友了，咱们谁跟谁？到我这儿来还带东西？以后可不能这样啊，下不为例，下不为例……”说着不由分说就把丁伟硬拽进自己房间。

丁伟说：“别下不为例了，这次就打住吧，大家都挺忙的，我就不打搅啦。”

李云龙说：“都是老战友了，不能不给面子，我这次破例了。哎哟，你别管，我自己来，我自己来……”说着便掰下一只鸭腿啃起来。

丁伟生怕另一只鸭腿也被李云龙抢走，顿时也顾不上说话了，忙捧起盐水鸭照着胸脯和大腿部位胡乱啃起来。

罗大征一边大声喊着一边推门进来：“老李，老丁，老孔哪儿去了？系里通知你们三人去院长室。还有，让你们按条例列队跑步去，要快，院长命令你们穿上新式军服，佩戴军衔。”

李云龙叹口气道：“得，来事了。”

丁伟很费劲地把满嘴的食物强咽下去，两只油手顺势在李云龙的床单上胡乱揩了几把，然后满不在乎地说：“扯淡，大不了卷铺盖回去，老子正想走呢。”

李云龙怒道：“老丁，你他娘的咋拿老子的床单擦手？”

丁伟笑道：“都要走了，还管他妈的什么床单？”

孔捷走进屋说：“看样子刘院长发火了。”

李云龙说：“这我有经验，他发火时你就一声不吭，显得很沉痛就行，一会儿就过去。抗战那会儿他训过我几次，每次都是这么过来的。”

那天傍晚，军事学院出现了新鲜景象，三个少将按个子大小排成单列纵队，以整齐的跑步动作穿过校园，跑进了院长的小楼，锃亮的牛皮将官靴在校园的水泥小路上踏出一阵阵节奏分明的声音，全学院的教员、学员都伸长脖子看了回难得的西洋景。刘伯承身穿元帅服站在窗前，肩章上硕大的金色国徽在夕阳下闪闪发光，在元帅的赫赫威严下，三个少将的气势仿佛立刻矮了半截，他们以标准的队列姿态站得笔直，哪怕是最挑剔的队列教官也不可能挑出半点儿毛病来。

元帅背着手走到三个少将面前，沉默了一会儿，才以少有的温和口吻说：“我该按新条例点一下名，听好，李云龙少将。”

李云龙脚跟一碰，挺胸道：“到！”

“丁伟少将！”

“到！”

“孔捷少将！”

“到！”

“稍息！”元帅吩咐道。元帅面对着他们坐在写字台后的皮椅上，仿佛有些疲倦地用双手支住下巴，静静地望着他们，好一会儿才开口道：“请你们坦率地告诉我，你们三人是否都愿意回部队带兵而不愿在学院学习？都是老同志了，有话可以直说，愿意就是愿意，不愿意就是不愿意，将军嘛，一口唾沫一个钉，没什么好怕的。”

丁伟跨上一步说：“报告院长，我没什么好怕的，从来不隐瞒自己的观点，明说吧，我不愿学习，愿意回部队，请院长批准。”

李云龙和孔捷也跨上一步齐声说：“我也愿意回部队。”

元帅温和地说：“好，痛快！我批准你们的要求，你们明天就可以动身。你们看，这三份鉴定我已经写好了，看看吧，要是没什么意见，就入档案带走吧。”

三个人狐疑地过去拿鉴定，心里却在琢磨：咋这么痛快？真有这好事？拿过鉴定一看，三个少将都愣住了。

李云龙觉得自己的眼睛有点儿花，他使劲揉揉眼，鉴定上分明写着：

李云龙同志在中国人民解放军南京军事学院高级指挥系学习期间，不服从命令，贪生怕死，于战斗中临阵脱逃。经学院党委讨论，组织结论为：逃兵。

三份鉴定除了名字不一样，内容一字不差。三个少将顿时都像火烧了屁股一样蹦了起来，骂他们祖宗八代可以，骂他们混账王八蛋也可以，要说他们是贪生怕死的逃兵可比掘了他们的祖坟还难受，这么多年的枪林弹雨，血流成河，咱什么时候眨过眼？死人堆里钻出来也有几次了，咱是那怕死的人吗？

“老师长，您……您这不是毁人吗？别人不了解我李云龙，难道您也不了解我？这二十多年了，我啥时候怕过死？啥时候当过逃兵？”李云龙喊道。

丁伟的眼睛里似乎要喷出火来，他二话不说，几把就把鉴定撕得粉碎，眼睛瞪着元帅，胸膛起伏着，呼呼地喘着粗气。

孔捷突然流下两滴眼泪，他狠狠地用袖子擦了擦说：“师长，这鉴定我不要，您要是非把它放进我档案里我也没别的办法，我就照自己脑袋放一枪，要我死可以，侮辱我可不行。”

元帅静静地听完他们的申诉，只说了一句：“哦，你们觉得冤？”

“冤，太冤了，简直是千古奇冤！”李云龙愤愤地说。

元帅和善的脸一变，变得冷峻、严厉，他喝道：“听我口令，立——正！”三个少将条件反射般站得笔直。“我说你们不冤，因为你们确实在战斗中临阵脱逃。谁能否认这里不是战场？你们以为只有端着机枪冲锋才是战斗？告诉你们，如果你们想从战斗中退出，那么我给你们的鉴定就只能是逃兵，这一点永远不会改变。丁伟少将，你以为把鉴定撕掉就完了？你就不是逃兵了？你这叫掩耳盗铃，我不怕麻烦，再写一份就是了。”

元帅目光炯炯地注视着他们，停顿了一下又说：“不错，你们是打过不少胜仗，也懂些战术。是不是以为这就够了？看来，我只能说你们是夜郎自大，或者叫坐井观天。红军时期，你们都是初级指挥员，没有指挥过大兵团作战，当时敌我双方的战术水平、机动能力、火器配备都比较原始，我们靠勇敢顽强、猛冲猛打，还可以奏效。抗战时期，我军基本上没搞过大兵团作战，本钱有限嘛。三年的解放战争，我军才真正进行了大兵团作战，你们都是参与者，也都指挥过军师级建制。

“我们打赢了，但如果认为我军赢得了一场战争就沾沾自喜，目空一切，就自以为天下无敌，那是无知和愚蠢。赢得这场战争的原因有很多，我看，军事指挥还是次要的，主要是国民党政权太腐败了，是它自己打垮了自己，我们不过顺势推了它一把，加速了它的垮台。

“丁伟，你在东北指挥过一个纵队，在四野部队中，你的纵队算是战斗力最强的，你想想看，若是除去其他因素，就纯军事而言，你的纵队和国民党74师一对一交交手，谁胜谁败恐怕很难说。你们三人在不同的战场上都和国民党的五大主力交过手，他们将领的军事素养、指挥能力，他们军官和士兵的作战素质和顽强精神，你们恐怕都有领教。要叫我说，对于这场战争的胜利，政治因素要多于军事因素，国民党的失败，政治上是必然的，军事上却是偶然的。对于我军百战百胜，天下无敌的神话，身为一个普通士兵相信情有可原，身为一个将领也这么认为，就是百分之百的愚蠢。公正地说，我军的优势在于英勇顽强，有不怕吃苦连续作战的传统。我军劣势恐怕就多了，火力和机动能力极差，真正懂得现代化战争的将领极少，战术思想的陈旧与僵化，后勤保障能力薄弱，军官和士兵的军事素质和文化素质很低。

“在兵力对等的情况下，对付国民党军尚且吃力，要对付美军，就差得远了，在朝鲜的长津湖之战，我军动用一个兵团近十个师轮番作战，平均每天动用四个整师和美军的陆战一师昼夜激战，结果怎么样？人家还是全建制突围了，连尸体都没留下，敌我伤亡比例高达1：10！

“同志哥，就你们那两下子，不学习行吗？我最讨厌的就是我军有些将领，动不动就以大老粗自居，以没文化为荣，侥幸打了几个胜仗，就自以为天下无敌，不得了。哼，无知，愚昧。要我看，这样的人，别说授将军衔，授他个尉官军衔也不该。你有战功，曾经为人民作过很大贡献，人民不会忘记你，可以给你高出常人的生活待遇，给你颐养天年。但你不能占着茅坑不拉屎，自己无知还不思进取，占着高位不能胜任，就会误国误军，到那时丢的就不是他一个人的面子，而是整个国家整个军队的面子。”

三个少将脑门上都出汗了，元帅的话使他们如遭雷击，连最能狡辩的丁伟也哑口无言。

元帅背着手在屋子里踱步，一边继续训斥着：“我这个院长不是吃干饭的，虽然很少和你们接触，但你们的情况我还是清楚的。这次授衔，李云龙和丁伟不满意，认为自己该授中将。孔捷呢，不过是讲义气，不跟着闹一下怕被老战友看不起，再说，也不愿在这里学习，想回部队当他的军长。

“嗯，李云龙和丁伟的问题好办，不是嫌肩上一颗星少吗？我给你们加几颗，大校，四颗星，够了吗？告诉你们，给你们加颗将星我没这权力，可给你们降个级的权力我还有。想想吧，同志们，我们进行了22年的武装斗争，多少战友倒下了，他们跟人民要过待遇吗？少将还嫌小？本事不大，官瘾还不小，你们呀，能不能当好少将还很难说呢。李云龙，你不是觉得自己很能吗？给你个机械化兵团指挥一下。苏联T-34坦克和美国M-4型坦克的火力、装甲厚度、行驶速度分别是多少？坦克师的进攻队形和转入防御战术怎样实施？你说说看？怎么不说话？你不是能得很吗？”

李云龙沮丧地说：“师长，您这一说，我咋觉得自己哪儿都不行啦？我李云龙打了这么多年仗还没让人说三道四过，您别说了，让我好好学学吧，我就不信我李云龙是块榆木疙瘩，别人能学好我也能学好。”

“丁伟、孔捷，你们还走不走了？”元帅问。

“不走了，不走了。院长，我丁伟打仗没服过输。听您这一说，我还真有点傻了，看样子，要不学点儿玩意儿，以后这仗就没法打啦。咱打仗没服过谁，学习也不能服谁。”骄横的丁伟也第一次低头了。

元帅注视着少将们说：“好吧，响鼓不用重槌敲，对于你们，我就不用再多说了。记住，这也是战场，我在淮海战役时对各纵队司令讲过，大家都摸摸裤裆，是不是个有卵子的男子汉，狭路相逢勇者胜，是男人就不能认输，向前冲，不能后退，不为别的，就因为你们是将军，是男子汉。”

“是！”三个少将挺胸大吼道，他们肩头的将星在闪闪发光。

〔 第二十三章 〕

那年冬天，学院里放假，李云龙迫不及待地乘火车回家看儿子。儿子出世后，他还没见过呢。正赶上田雨也放假，夫妻总算团聚了。李云龙见了儿子很兴奋，他表达爱心总是很过火，先是用满脸又粗又硬的胡茬儿在儿子娇嫩的小脸上乱蹭，扎得儿子又哭又叫，他哪管这些，又把儿子举过头顶，像是举杠铃，数次之后，觉得意犹未尽，又把儿子往天上扔，扔得高高的，再接住继续扔，并且乐此不疲，吓得儿子哭声都变了。田雨怒不可遏，冲过来和他抢儿子，说他简直不是在疼儿子，而是在草菅人命。

李云龙的理由很简单："这是我的儿子，扔两下谁也管不着，老子这是疼他，喜欢他，哭两声是不习惯，过后习惯了你不扔他他还不干呢。再说了，这又不是地主家的少爷，哪能养得这么娇气？将来还怎么当兵？"

田雨很不高兴："孩子才这么小，你怎么就想到将来送他去当兵？"

李云龙斩钉截铁地说："当然是当兵，我儿子不接我的班，要他干什么？"

田雨努力压住内心的不快说："你难道就不想让他干点儿别的？上大学，当个工程师或是医生什么的？"

"那些职业让别人的儿子去干，我的儿子只能去当兵，谁让他摊上个当兵的爹呢？"李云龙固执得很。

这次夫妻团聚，田雨一点儿也没有"久别胜新婚"的感觉，新婚时的那种激情已经渐渐消失，夫妻间的对话也越来越简单，除了关于孩子的问题和日常生活，似乎就没什么好交流的了。李云龙倒没觉得有什么不正常，他吃得下睡得着，白天逗逗儿子，找几个老战友吹牛、喝酒，晚上上了床便如狼似虎。过后一翻身，两分钟之内就进入梦乡，随即鼾声大作，声音大得吓人。每当这时，田雨都睡意全无，她披上睡衣下床，到书房里继续看书。田雨在外语学院主修俄语，她知道要想学好这门语言，必须要了解俄罗斯的文化和历史，要了解这个民族的性格，仅靠课堂上学的那点儿东西远远不够，需要多看些俄罗斯文学名著和欣赏俄罗斯的艺术。随着时间的推移，她越来越感到，俄罗斯文化的博大精深，这个民族太不可思议了。

1941年，当德国纳粹军队兵临莫斯科城下时，斯大林曾发表了一段极富感染力的演说："法西斯主义要毁灭的是一个什么样的民族呢？

是曾经出现过库图佐夫和苏沃洛夫、普希金和托尔斯泰、列宾和苏里科夫、车尔尼雪夫斯基和斯坦尼斯拉夫斯基、格林卡和柴科夫斯基……这些伟大人物的民族……”田雨非常神往，哪个民族能有这么多世界级的文学家、军事家、音乐家、画家？阵容如此强大，真是群星璀璨。希特勒真是个疯子，这样的民族岂是可以征服的？随着对俄罗斯文化和历史的深入了解，田雨又隐隐约约感到一丝不安，他们的历代统治者都极具全球战略眼光，从18世纪的彼得一世开始，尽管他们的舰队西出大西洋、东进太平洋，地理位置上尽占两大洋之便利，但彼得大帝的战略眼光竟准确地落在博斯普鲁斯海峡上。为了争夺这条狭窄的黑海出海口，不惜和土耳其进行一场战争，19世纪末对中国东北、西北领土的蚕食。他们的血液里似乎有一种天生的对外扩张基因，对领土的贪婪不在老牌殖民帝国之下。斯大林执政后，比起老沙皇竟有过之而无不及，对波罗的海三个小国的吞并，对芬兰蛮横的领土要求，甚至和希特勒一起瓜分波兰，看来，意识形态的改变解决不了狭隘的民族主义问题，是狼就要吃肉，他们血液里的不安分是不会受意识形态的影响的，不管他信仰共产主义还是法西斯主义。此时正值“中苏蜜月”，这么看待老大哥是不是有点儿离经叛道？

田雨感到有些可怕，毕竟她还是个共产党员。英国那个老牌政治家迪斯雷利首相说：没有永恒的敌人，没有永恒的朋友，只有永恒的利益。两个大国之间的“蜜月”是颇具讽刺意味的，既是蜜月就不可能长久，高潮过去就是低谷，两口子就要吵架了，夫妻之间吵架大不了离婚，两个大国之间一旦吵架问题就严重了，兵戎相见则是必然的。

“小田呀，赶快准备一下，我那同学丁伟要来啦，这小子去南昌，听说离武夷山不远了，逛了武夷山，才想起到我这儿来，说是来讨债，找我要欠他的茅台酒，今晚咱们请他吃饭好不好？”李云龙休假期间正闲得慌，一听丁伟要来，不由兴奋起来。

田雨说：“哟，真巧，我父母傍晚也要到了，弄不好他们坐一列火车，他们要看外孙子，这次两位老人家肯定很开心。那个丁伟，我听你说过很多次了，我很希望认识他。”

军事学院休假，同学们都急急忙忙去和老婆孩子团聚，唯独丁伟不回家。他找出一件皮夹克穿上，头上戴顶粗花格呢的苏格兰帽，把黄呢子军装胡乱一团塞进衣柜。尽管因为军衔问题他受到院长的训斥，但他还是不愿穿军装，因为穿军装就得佩军衔，他对肩章上的一颗星一直耿耿于怀。这次休假他决定穿便衣外出。他没什么目的，只想四处走走，走到哪里算哪里，好在他老战友多，随便哪个省都有。

20世纪50年代，丁伟这身打扮，尤其是他的苏格兰便帽，颇显得标新立异，一路上招来不少人侧目而视。在南昌的军人招待所，丁伟要求给个单间住宿，一个管理干部见他的介绍信上注明身份是南京军事学院学员，便没拿他当回事，把他轰到一个大房间，房间里有三十多张双层床。丁伟找到自己的铺位便躺下睡过去，他做了个很令人兴奋的梦，具体情节很模糊，只记得自己的肩章上出现了三颗星，他成了上将，一大群少将、中将在规规矩矩向他敬礼，他很谦虚地点着头，嘴里说着：“稍息、稍息……”突然，他觉得一些温热的液体滴在脸上，他下意识用手抹了一把，觉得嘴里咸咸的，立刻蹿了起来。他发现自己的上铺坐着一个上尉正在逗孩子，更可气的是这个上尉像所有农民一样，把褥子和被子都卷成一个卷，露出光秃秃的床板，那个缺乏教养的孩子正肆无忌惮地向床板上撒尿，尿水顺着板缝滴落下来。

丁伟勃然大怒：“这孩子怎么往老子脸上撒尿？有人下没人养的东西，你是他爹吗？给我滚下来……”

那上尉一听丁伟骂人，顿时也火了。打丁伟一进门，他就看着不顺眼，尤其是那身不伦不类的装束，那顶粗花格呢的苏格兰帽，解放都六七年了，咋还有人打扮得像洋人的狗腿子？好人能这副打扮？这样的人咋也敢住到军人招待所来？还他妈敢张嘴骂人？

上尉从两米多高的上层铺板上一个鹞子翻身，轻飘飘地落在地上，竟没有一点儿声响。丁伟一愣，咦？这狗日的身手不一般。他没来得及多想，就被上尉一把揪住衣领。上尉好像刚喝过酒，满嘴喷着酒气，两眼瞪得铃铛大，似乎凸了出来。他恶狠狠地说："你狗娘养的骂谁？欠揍是不是？"

丁伟一时竟给气乐了，妈的，这么多年了，只有我揍别人，还没见过有人敢跟老子动拳头，真他妈的吃了豹子胆啦。他平静地望着对方道："好哇，你胆子不小，敢跟我动手，你知道我是谁？"

上尉轻蔑地说："我管你是谁？你就是天王老子也一样揍你。"说着还使劲揪着丁伟的衣领晃动了几下。

丁伟真火了，他在红军时期就是侦察连的格斗高手，他深知近距离格斗拳脚都使不上，而膝盖和臂肘是最凌厉的武器。妈的，得教训教训这不知天高地厚的小子，让他知道马王爷是几只眼。丁伟抓住上尉揪衣领的手腕，使出别肘擒拿的路数，想一举制住上尉。但上尉一个脱腕动作紧接着又是个缠腕，反而抓住丁伟的手腕，他的心猛地一沉，糟了，这是个高手，反擒拿动作极为娴熟。高手格斗，胜负只在毫厘之间，丁伟一招落空，倏然变招。他屈起右臂，一个扫肘向上尉左下颚扫去。上尉滑得像条泥鳅，他身形纹丝不动，只略一抬下巴，丁伟的臂肘便擦着下巴划空了，紧接着上尉抓住丁伟的左腕，谁也没看见他使了个什么动作，丁伟的身子竟腾空而起平平地飞落到他刚才躺过的床上。这一招看似轻飘飘，实际上丁伟落在床板上时，发出一声沉重的闷响，几乎把床砸塌，这一连串动作只发生在一刹那，旁人甚至还没来得及解劝。

上尉身子微微斜倾，左脚在前，右脚在后呈丁字步，双掌呈松弛状态自然下垂，他静静地看着躺在床上的丁伟，准备用这种姿势迎接丁伟的报复。

丁伟从床上一跃而起，大叫道："他妈的，好身手！快讲讲，你小子哪儿学的功夫？是什么门派？"

正准备继续打架的上尉愣了，这个戴着洋人帽子的家伙是不是神经病？挨了揍倒先问咱是什么门派。真邪门了。

一个佩少校军衔的军官闻讯赶来，厉声问道："是谁动手打架？太无法无天了，都是哪个部队的？把证件交出来。"

丁伟笑嘻嘻地甩出了军官证，那少校一看就变了脸色，啪地一个立正，敬礼道："少将同志，您……您怎么住在这里？我是招待所所长冯水清，请您指示。”

一刹那，屋子里静极了，所有的人都立正站在那里呆住了。

丁伟笑着挥挥手说：“没事，没事，大家都去干自己的事，我想和这个上尉好好谈谈，所长同志，你也请回吧。”

人群散去，屋里只剩下丁伟和上尉两个人。上尉面色平静地望着丁伟，似乎像什么事也没发生过，既不惊慌也不道歉。丁伟心里暗暗惊讶，这小子心理素质不错，很稳定，这种人大概不会被任何事吓倒。

丁伟故意板着脸说：“上尉，你不太走运呀，你知道一个上尉揍了一个少将会有什么结果吗？”

上尉微微一笑：“知道，对我来说，打了一个少校和打了一个少将都是一回事，反正要受惩罚，我做事从不后悔，打了就打了，是上军事法庭还是开除军籍你看着办。”

丁伟乐了：“好样的，有种，是条汉子，是男子汉就得硬到底，刀架脖子也不能认熊，少将的牌子只能吓唬耗子，可吓不了好汉。认识一下吧，我叫丁伟，你要不计较我拳脚不行，咱就交个朋友。”

上尉一惊：“你是丁伟？四野的纵队司令？我早听说过你，乖乖，我段鹏可是有眼不识泰山啦，您……是不是再打我一顿？咱们扯个平？”

丁伟笑道：“盛名之下，其实难副呀，瞧，这不是败在你手下啦。来，坐，坐，好好聊聊，你是哪个部队的？咋这么好的功夫？”

“少将同志，××军××师侦察连连长段鹏听候您的指示。”段鹏立正答道。

“他妈的，我说呢，大水冲了龙王庙，闹了半天是李云龙的兵，我和你们副军长是老战友了，别拘束，不是外人嘛，聊聊，你在哪儿学的功夫，怎么在这里？”

“报告首长，我是河北沧州人，1944年入伍，在我们老家，家家都练武，每家都有祖传的绝招，我这功夫也是我家祖上传下来的。我从四岁开始练功，有点儿差错我爹就把我吊在树上用鞭子抽一顿，就这么抽出来的。有年春天我去赶集卖核桃，一个鬼子军曹抢了我核桃不给钱还拿刺刀捅我，一怒之下我把他脖子给拧断了，就这么投的八路。这次是回家接媳妇随军，路过南昌又下车看看亲戚，没想到在这里碰见您。”

丁伟沉吟道：“哦，抗战后期入伍，军龄12年了，应该参加过不少大战役了，怎么才是连级？是不是又犯了啥错误？”

“降过两次级，淮海战役打碾庄，为抢战利品把中野的一个连长打了，由连长被降为排长。打上海时，我在俘虏群里发现我们村地主少爷何正德，他家和我家有死仇，我找了他很多年，这次总算把仇报了，又被降级，从连长降成排长。”

“妈的，你把俘虏干掉啦？”丁伟问。

“重伤。要不是指导员把我抱住，我就把他宰了。”

“嘿，什么样的将带什么样的兵，要不怎么说你是李云龙的兵呢，那家伙这辈子受的降级处分比你可多。这样吧，明天跟我一起走，我也正好想去看看李云龙呢。”

“是，首长。”

丁伟去别人家一般是叫着主人的名字推门就进，从来不会礼貌地敲门，好在部队里大老粗多，都没什么讲究，没人会怪罪他。他这次到了李云龙家也是大叫着推门就进：“老李呢？老李呀，看看谁来啦？我把你岳父母带来啦，真他妈的巧，硬是在火车上一个包厢，我这一聊，才知道……”

李云龙正在客厅的地毯上学狗爬，背上骑着儿子，他一见丁伟进了门，便兴奋起来，一时忘了背上的儿子，从地毯上一跃而起，嘴里亲热地叫着：“嗨，你狗日的咋才到……”他背上的儿子被重重地摔在地毯上，顿时没命地大哭起来。他冲过去先给了丁伟一拳，然后才向田墨轩夫妇问好，又发现儿子在没命地号哭，便照儿子屁股拍了一巴掌：“摔一下就至于这么号？这儿子养得快成地主少爷啦。不许哭！再哭老子揍你……”

田雨从楼上冲下来抱过儿子，朝李云龙说道：“你这人怎么这样？高兴也打孩子？”他们先把父母请上楼，又下来和丁伟寒暄几句。

丁伟中气十足地说：“这是嫂子吧？丁伟拜见嫂子啦。哎？老李，咱俩谁大？不行不行，这事得搞清楚，不然可是一辈子的事。我是1910

年腊月二十八出生，你呢？”

李云龙说：“这还用说吗？当然我大，我是1910年正月十五出生，你该叫哥叫嫂子才是。”

田雨笑着说：“丁军长，我经常听老李念叨你，说你可神了。”

丁伟紧张地问：“嫂子，这小子是不是净说我坏话？”

“说你在东北打仗之余还做买卖赚钱，副业搞得也不错，还会酿酒呢。还有，说你的部队凶极了，过渡口时和友邻部队抢渡口，敢架起机枪吓唬人，谁敢抢就扫谁，有这事吗？”

“哦，这倒有，这怨他们不懂事，这么窄的渡口，总要有先有后地过，所以主力优先。”

田雨寒暄了几句，便转身上楼招呼父母。在楼梯上，她还在想，老李说得没错，这个丁伟言谈话语、举手投足间有一种雄性的气息，有这种气质的男人仿佛天生是为战争才来到这个世界上的。如果世界上没有战争，他们可能就不会出世了，丁伟是这样，我那老李也是这么个家伙。男人真是个奇怪的东西，同是男人却反差极大，有贾宝玉的柔情似水，就有李云龙、丁伟这种坚硬似铁，阳气逼人。对于女人而言，如果柔情似水可以温暖女人的心灵，那么真正的阳刚之气则可以使女人从思想到身体都变得酥软。两者相比，田雨暗暗承认，若让她选择一千次她也肯定会选择后者。

丁伟看着田雨的背影对李云龙小声说：“老李，找个这么漂亮的媳妇搁在家里放心吗？”

“漂亮吗？我咋觉着也就是一般呢？”

“你看，你看，逮住便宜卖乖是不是？”

楼上的沈丹虹问女儿：“过得好吗？”

田雨淡淡地说：“挺好的。”

田墨轩看着女儿说：“恐怕不是这样吧？我们进门才几分钟，就发现这个李云龙是个很粗暴的人，看他教育孩子的方式就知道，你们俩文化和教养的差距太大了，你幸福吗？”

田雨笑笑说：“爸爸，世界上没有绝对的完美，这您知道。何况，他是我自己选择的，我没什么好抱怨的。”

沈丹虹说：“算了，不说这些，说说你的学习情况。学俄文不简单，不光是语言，俄罗斯的文化积淀很深厚的，你以前没机会接触，现在可别放过这个机会，一旦走上这条路，你想停都停不下来，一个列夫·托尔斯泰就够你研究一辈子的。”

李云龙上楼来请岳父岳母下楼吃饭，田雨把要说的话咽了回去。

丁伟斟满几杯酒，无拘束地大声说：“嫂夫人、伯父、伯母，我丁伟打小就敬重有学问的人，我的老战友李云龙能有这么有学问的岳父岳母和老婆，我丁伟打心眼里为他高兴。老李这辈子不容易呀，苦没少吃，血没少流，现在也该过过安稳日子啦。来，我敬你们一杯，我先干了。”他一仰脖子，把酒一饮而尽，然后把杯子倒过来晃晃。他那种特有的豪气，使大家很受感染。

李云龙一口把酒干了道：“老丁，你这家伙这些年酒量倒是见长了，我记得以前喝酒半斤就能放倒你。”

“你算说对了，跟老大哥喝酒练的。1945年抗战胜利，我带一个团出关，刚到沈阳就碰上苏联红军，当时我心里那个乐啊，颠颠地一溜儿小跑就迎上去啦，就像见到娘家人似的。结果你猜怎么着？咱热脸蛋儿一下子贴到冷屁股上，人家一个上校，小脸儿绷得像块铁板，一挥手，好家伙，坦克大炮转盘枪全指着我们，硬是要缴我们的械。全团的弟兄们都傻了，两边都没带翻译，就靠比画了。我的政委在地上画了个镰刀斧头再指指自己，老大哥总算明白了，枪口是不对着我们了，可就是不让我们进沈阳。后来翻译来了我们才知道，人家和国民党有条约，只承认国民党政府，不认咱土八路。”

李云龙瞪大了眼：“有这事？咱和老大哥都姓共啊？”

“是呀，我们也想不通。我们从冀中出发时，上级告诉我们是去东北接收小日本的装备。听说东北富得流油儿，满地的机枪大炮没人捡，大米白面堆得像小山，到那儿你就甩开腮帮子可劲儿造吧。得，我们还真实心眼儿，把武器都留给了冀中部队，全团只带了十几支手枪就上路了。咱是冲着发财去的呀，结果老大哥连城都不让进，怎么办？咱得想辙，我和政委一商量，办法就来了。全团谁带着钱都掏出来，凑凑买酒请客，和老大哥搞个联欢。全团选出七八个喝酒高手算是敢死队吧，由我带队。我对政委说，估计我这一去三天之内会不省人事，这团长你先代着。咱先说好，万一我醒不过来得闹个烈士待遇。”

田雨笑道：“够悲壮的。”

田墨轩也听得入神：“还真有点易水悲歌的味道。”

李云龙喝口酒说：“哼，听他吹吧。”

“吹牛？我那搭档老王就在南京政治学院学习呢，不信你问他，六十度的地瓜烧那天我喝了两瓶，那个苏联上校和我对喝，喝到一瓶半就一头栽倒不省人事了，嘴里直吐白沫儿跟螃蟹似的。我们的人也醉得够呛，有个连长喝了两瓶半居然没倒下，不过谁也不认识了，硬是把我当成他老家的舅舅，一个劲儿地问我他娘咋样了，还错把茶壶当夜壶，掏出那活儿就往里尿……哟，对不起，对不起，一不留神粗话就来了。”

大家笑得前仰后合，田雨捂着嘴笑红了脸。

“我是两天后才醒过来。一睁眼你猜怎么样？全团清一色的日本皮大衣，手里的家伙全变啦，三八大盖、歪把子，连九二式步兵炮都装备上了。政委说，那上校还真够意思，第二天酒一醒就派人来说，你们不用进城，郊区有个地方你们去看看。我们按他说的地方一找，好家伙，发现是关东军的一个大仓库，这下可发财啦。有了装备就好办，我收编了不少散兵游勇，没费劲儿就扩编成一个旅，咱来东北不到一个月就成旅长啦。”

田墨轩放下酒杯问：“丁军长，你和苏联人打过交道，能否谈谈印象呢？”

“他们的军事理论很有一套，将领们也很有战略眼光，尤其是战役指挥方面确有独到之处，部队的战斗力强，火力也是一流的。不过嘛……军队的纪律可不如咱们。还有，说句对老大哥不大恭敬的话，他们很现实，一边说是来帮咱们打败日本法西斯，一边很利索地把日本在东北的工厂矿山设备都拆光运走，连根螺丝钉也没剩下，这让人心里怪不舒服的。好比你丢了钱包，有人捡到了，还你之前说，对不起，里面的钱得分我一半。按咱中国人的传统，帮了别人就马上索取回报也太那个了。”

田墨轩若有所思地说："这还是些小事，算不得什么。最让人难以理解的是借出兵东北提出领土要求，一个社会主义国家怎么能这样做？"

"您是指外蒙古？"

"对，它急于在自己的国境线外建立起战略缓冲地带，就不惜践踏邻国的主权……"

李云龙砰的一声把酒杯顿在桌上："怎么能这样说？那可是老大哥呀。"

田墨轩扶了扶眼镜坦然道："列宁曾说过，要把老沙皇夺走的150万平方公里的领土还给中国，斯大林同志不会这么健忘吧？怎么现在不提了？你知道苏芬战争的原因吗？那是苏联为了列宁格勒的安全向芬兰提出领土要求，当要求得不到满足时便悍然出兵，这算什么？如果你不知道这些，我再告诉你，咱们的老大哥还和希特勒一起瓜分了波兰，苏联军队和纳粹军队在波兰中部会师时，场面还很热烈呢。然后就是波罗的海的三个主权国家一夜之间就并入了苏联版图……"

啪！李云龙猛击一掌，桌上的酒杯碟碗都蹦了起来。他怒吼道："够了，你这种言论太危险了！说句不客气的，这简直是反革命言论，是要杀头的……"

田雨和沈丹虹都吓得脸色惨白，一时说不出话来。

丁伟镇静地劝道："老李，不要激动嘛，这是在家里，说说个人看法，你不同意可以讨论嘛。田先生，请您继续说。"

田墨轩毫无惧色，略带讽刺口吻说："李云龙同志大概忘了宪法规定的公民言论自由的权利，我田墨轩不仅是个公民，还是个政协委员，这些看法我在政协会议上表达过，既然贵党邀请各民主党派和无党派人士共商国是，我田墨轩对我国的外交政策提一点儿个人看法又何罪之有呢？我认为这种向苏联一边倒的外交政策值得斟酌。任何时候国家主权和领土完整都是第一位的，任何潜在的威胁都应引起警惕，国家决策者们应具备冷静的判断力和预见性。"

丁伟若有所思地点点头："有道理，有道理。从防务角度看，一个国家的周边地区如果出现一个军事强国，那么必然构成潜在的威胁，不管它信奉什么主义，也不管它现在和你关系有多密切。"

田墨轩注视着丁伟："至少是在现阶段，民族利益始终高于意识形态，这已被历史证明。"

丁伟和田墨轩对视着，沉默了……

沈丹虹一直没有说话，她只轻声说了句："今天累了，大家都早点儿休息吧。"

田雨心情复杂地看看父亲又看看丈夫，咬住嘴唇，没有说话。

客厅里只剩下李云龙和丁伟时，两人之间的气氛突然变得沉重起来，李云龙低声说："老丁呀，我刚才看着你，怎么浑身不对劲儿呢？到底咋不对劲儿，我也说不出来，总觉得有事要发生。"

丁伟顾左右而言他道："老李，你岳父还真有学问，有些事，人家说得还真有些道理呢。"

〔 第二十四章 〕

军事学院的学习结束时，李云龙交出了他的毕业论文《论冷战时期的特种作战》。他自己也没想到，他的论文竟博了个满堂彩，连院长听了他的论文答辩，都微微点了点头表示赞许。

选择这个题目不是他一时的心血来潮，当年日军山本特工队曾给他留下深刻印象。他论文中先谈到特种部队的兴起和发展，特种作战的特点，并且指出，我军在不同的历史时期都出现过一些特种分队的雏形，比如红军时期的十七勇士强渡大渡河，就是一种小规模的突击队，具有特种部队的性质，由军事素质较高的干部战士组成，并配备了在当时条件下最精良的武器使之在短时间内发挥出最大的火力效果。事实证明，在不同的地形条件或不同的攻守态势下，不同的火力构成所体现出的实力是有着极大差别的。虽然当时我军指挥员还不知道特种作战的概念，但战争的理论是相通的，不管你是否意识到，这种小型突击队已经具备了特种部队的特点了。此外，抗战时我军在敌后的武工队，解放战争中东北剿匪时组建的小分队都有此特点。因此，对于特种作战，我军并不陌生。在当今世界分为两大阵营的战略大格局下，由于军备竞赛，双方的军事力量彼消此长，进入了新的一轮均衡状态，新的世界性大战的危险反倒降低，而在局部地区或双方前哨阵地的交接处，会出现大量渗透与反渗透冲突。在这种形势下，我军应重视并迅速组建特种作战分队，军事科学部门应对此问题给予重视，对特种部队人员的选拔、装备的配备、训练科目进行科学系统的研究。鉴于当前台湾海峡尚未结束的战争状态，建议应于前线组建第一批特种分队，对敌军盘踞的诸岛屿实施炮击和渗透与反渗透特种作战相结合的方式。

高级指挥系的将军学员们所思考的，是社会主义阵营对资本主义阵营的战略大格局。具体到战术问题，也是多从大兵团作战的角度来考虑，小型突击队的特种作战则普遍认为是雕虫小技，是战术中的战术问题。缺乏创造性的从众心理表现在军事领域里，就不能不使将领们战略预见性发生偏差。

丁伟善于使用逆向思维。他的思路从不呈直线运行，而是呈跳跃状，时而逆行时而是在某一点上扩散开，他的思维一旦进入军事领域，就变得异常敏锐。丁伟的论文语惊四座，在军事学院引起一场八级地震。“我见过一些四世同堂的大家族，家族人数一般都多达一两百人，家族的主宰是最年长的曾祖父，曾祖父的健在使这个庞大的家族充满凝聚力，而曾祖父的离世必然导致大家族的解体。由此，我得出结论，一个大家族的稳定是相对的，而分裂则是必然的，一旦这家族内部的平衡被打破，这个家族顷刻间就会土崩瓦解……”

一个负责审评的中将打断丁伟的话：“丁伟少将，你到底要表达什么？”

“哦，请耐心听我说下去，我要说的是在当今世界的战略大格局下，我国领土的防御重点问题。请看地图，我国领土的南部最大威胁是来自台湾及国民党军队占领的诸岛屿，间接威胁是驻守在台湾海峡的美第七舰队。这些威胁不足为虑，凭台湾的军事实力，难以发动一场大战，充其量只是局部的有限战争，而美国刚刚在朝鲜板门店签署了停战协定，短时间无力再战，况且美国由于国家体制等诸因素限制不会轻易卷入一场大型战争。我国东部的日本在‘二战’中军事工业被全部摧毁，20年之内难以东山再起。我国的西部及西南部，唯一有能力搞起点事端的国家只有印度。我预测在不久的将来，我军有可能在中印边界地区的山地和印军进行一场有限的边境战争。印度的工业实力及军事实力都不足以构成对我国的威胁，从作战地域上看，地形对印军颇为不利，我看，我军只要拿下几十公里纵深的几个边境重镇，印度首都新德里便无险可守，我军便可挥师直捣黄龙。结论是，西南边境一旦发生战争，将是场有限的边境战争，我军所动用的兵力不会超过10个步兵团。我刚才说过了，我国的西部、西南部、南部及东部都无太大的威胁。”

说到这里，丁伟四处张望了一下道:“哦，在座的都是自己人，没有苏联顾问，这样我有些话就敢说了。同志们，下面我想说的是，从军事角度、从国土防务角度上看，我认为，我国领土的防御重点应该放在西北部、北部、东北部……”

丁伟的话音未落，在座的将校们都大惊失色，这个丁伟简直吃了豹子胆，我国的西北部、北部、东北部是谁?是苏联和蒙古、是社会主义大家庭的年长者、是老大哥、是社会主义阵营的主帅、是列宁缔造的国家、是世界无产阶级革命的心脏，你把苏联当作假想敌，当作潜在的敌手，是不是脑子出了问题?

将校们掏出手帕擦着脑门上渗出的冷汗，都一齐把眼睛转向了坐在后排的院长。元帅的脸上毫无表情，多年的战争生涯使他养成了喜怒不形于色的习惯，使人很难看出他的倾向性。元帅挥挥手，示意丁伟继续讲下去。

“我刚才讲过，任何一个大家族的稳定都是相对的。那么是否可以这样认为，国家与国家的军事联盟也是这样，兄弟手足之间可以为了利益反目成仇，那么国家与国家之间的联盟就更为脆弱，在任何时候，民族利益要高于意识形态的信仰。既是老大哥，又同属社会主义大家庭，兄弟之间有什么事不好办呢?为什么不把老沙皇抢去的150万平方公里的土地还给我们?我想老大哥不会还，且不说西伯利亚的资源，就是失去那个远东的不冻港，老大哥也受不了，那会失去对半个太平洋的控制权。看看吧，国家和民族的利益高于一切。1945年抗战胜利时我率部出关，和老大哥们打过交道，现在想起来，总觉得有点儿那个。”

在座的将校们鸦雀无声，室内静得连针尖落地都听得见。谁不为丁伟捏一把汗？

“同志们，今天我讲的不是政治问题，和兄弟国家建立军事联盟时间的长短也不在此范围内，作为我军的高级指挥员，我所考虑的是军事问题中的国土防务问题，从理论上讲，一个国家的周边地区出现一个军事强国，不管这个军事强国有没有动手的打算，事实上，潜在的威胁已经构成，动手不动手的主动权在人家手里，我们要做的是未雨绸缪，等人家动了手就晚了。

“1945年老大哥出兵东北，战术上确实漂亮，机械化兵团的推进速度惊人，后勤保障能力简直无懈可击，受过‘二战’洗礼的苏军将领们在战役指挥方面达到炉火纯青的地步，专业化程度令人称道，合围八十多万关东军如摧枯拉朽。当时，由于我们所处的地位，自然是拍手称快。但反过来想，将来有一天，老大哥故伎重演再照样给我们来上一手，我们可就笑不出来了。

“请看我国与苏联、蒙古的边境线，几乎无险可守，地形不利于我，极易受到攻击，新疆、内蒙古地区的戈壁和草原非常适合大规模装甲集群和摩托化纵队的展开，而苏军对此当是强项。我国东北地区的战略地位前出，易受来自不同方向的攻击，对方一旦得手，我国将丧失重工业基地和战略资源基地，后果不堪设想。而旅顺港的失守将使对方在我国北方地区建立起一个稳固的战略支撑点，他们的太平洋舰队可以沿我国海岸线巡航，黄海、东海甚至南海都将是太平洋舰队的游弋范围，我国一万多公里海岸线将全部被封锁，而对方却可以在漫长的海岸线任何一点进行两栖登陆。

“同志们，这不是耸人听闻，不是杞人忧天，而是在将来的某一天很可能发生的事。这潜在的巨大威胁是实实在在的，看看它的军事力量的构成吧，它有四大舰队：太平洋舰队、波罗的海舰队、北方舰队和黑海舰队。它是全世界唯一一个拥有五大军种的国家，除海陆空三军外，它还有战略火箭军和国土防空军，它的军事力量构成是为全球战略设计的，而绝不仅仅是用于国土防御，它们有能力在世界的任何一个角落进行一场战争，在决定是否进行一场大战的决策方面，它的国家政体比英美国家更为迅速有效。

“对此，我的结论是，应形成一种统一的战略构想，把对付来自北方的威胁放在首要地位上。具体的军事部署应该是这样：第一，东北边境应建立永久的国防工事，设置大纵深防御地带，精锐兵团应部署在二线地区，作为强大的战略预备队；第二，北部及西部边境，防御重点应设置在二线，比如，内蒙古的国防工事应设在张家口外的大青山一线，因为在大草原上和对方的机械化兵团作战，纯粹是以己之短攻敌之长。我军缺乏本钱，干脆让出戈壁和草原，依托地形进行防御；第三，东北部的一线兵团应具有全攻全守的战略思想，具体实施就是采用‘你打你的，我打我的’战术，避过敌军攻击锋芒，采用多路反突击方式，把战场摆进敌方境内。李云龙同志，你的特种作战分队这时可以大显身手了，如果能切断纵贯西伯利亚的铁路大动脉，那敌军的突击集团就会失去后勤保障，攻击势头必然停顿。

“还有……算了，不说啦，我说过，这只是一个单纯的国土防御问题，就事论事，与政治、外交都无关，如果同志们有什么想法，你就把它当作沙盘上的一场军事对抗游戏好了。”

在座的将校们都沉默着，心里却惊骇不已：丁伟呀，你可真是惊世骇俗了，你难道不怕掉脑袋？这是闹着玩儿的吗？

学院的一位干部拍案而起：“丁伟，你的政治立场可成问题，任其发展下去，后果太可怕了……”将校们开始议论起来，声音越来越嘈杂，争论声四起。

坐在后排的院长忽然站了起来，他挥挥手，四处顿时鸦雀无声。元帅面色平和，一字一句地说：“大家不必大惊小怪，这里不是总参作战部，也没人打算进行一场战争，这里是军事学院，这里的所有争论都是学术范畴的探讨，与国策，与政治、外交无关，从理论上讲，世界上任何国家的军队都可以作为假想中的对手，这没什么奇怪的。作为一个将军，如果眼下没有现实中的对手，也要创造一个假想中的对手。假想敌不过是个代号而已，如果你高兴，这个代号叫阿猫阿狗都可以。”元帅的话引来一阵笑声，丁伟的论文通过了。

军事学院毕业后，李云龙回到老部队任军长，孔捷回到驻东北边境线上的某野战军任军长，丁伟调到北方的一个大军区任参谋长，罗大征和常保胜等人都回自己的老部队任军长。大家同学一场，虽然有时难免磕磕碰碰，可到底都是带兵打仗的人，大家凑到一起喝顿酒也就过去了。

临分手时，大家又喝了个昏天黑地。

丁伟说："咱们解放军山头不少，红军时的一、二、四方面军加红25军、26军，抗战时的120师、129师、115师加新四军几个师，解放战争的四大野战军，哪支部队没有自己的山头？军事学院是什么？是个大炒锅，把咱四大野战军的人都放进去一锅炒，回过炉后贴上统一的标签，大家就不分彼此啦。今后弟兄们天南海北哪儿都有，我丁伟要是有一天上门讨饭，弟兄们还得给口饭吃呀。"

罗大征说："妈的，这是什么话？有我吃的就有你吃的，这还用说吗？冲你这句见外的话就得罚你一杯，喝！"

李云龙阴沉着脸独自喝了好几杯，砰的一声把酒盅顿在桌上说："老丁呀，将来有一天，你的窝塌了，风吹雨打没地方躲雨，记住，你来找我。"

孔捷隔着桌子伸过一只手和丁伟紧紧握了一下，只说了句："我家的门总开着……"

丁伟抓过酒瓶对着嘴一口气喝干，他放下酒瓶仰天长笑道："仗不打了，要我丁伟何用？二亩薄地、一间草房咱就知足矣。"

李云龙回到家里发现，儿子李健已经到了调皮捣蛋的年龄。这孩子从小好动，一刻也不闲着，一不留神就给你惹出点儿祸来。对此，田雨很伤脑筋，她的工作也很忙，从外语学院毕业后，她被分配到军区情报部从事资料翻译工作。她同李云龙商量把儿子送到幼儿园。李云龙不放心地盯了一眼调皮捣蛋的儿子说："他行吗？这小子还不把幼儿园翻个底儿朝天？老师管得了吗？"

田雨说："让他过过集体生活吧，这对他有好处，放在家里就更没法儿管了。"

上幼儿园的第一天，李云龙和田雨一起把儿子交给老师，夫妻俩嘱咐了几句就准备离开。李健到了一个陌生的地方又见父母要走，便生出一种要被抛弃的感觉，他拼命地哭叫，死死抓住妈妈的衣襟不松手，怎么说也没用。这下把李云龙招烦了，他正急着要去开会，于是抡开巴掌照儿子屁股上拍了两下，才得以脱身。

中午，李云龙刚刚散会，就接到幼儿园园长打来的电话，说李健正在幼儿园大闹，把老师咬了，请李军长务必去一趟。

李云龙一听就火冒三丈，他坐上配发给他的伏尔加轿车风风火火赶到幼儿园，见老师手上有一圈圆圆的小牙印，已经渗出血来。李云龙二话不说，打开轿车的后备箱，一把拎起儿子，不顾儿子拼命挣扎把他塞进去，砰的一声合上盖子。

园长和司机一见都大惊失色，纷纷上来劝阻，说："首长，孩子不懂事，怎么能往这里塞呢？"

李云龙一瞪眼："现在不管教，长大了就管不了了，非当土匪不行。都给我让开！"

众人都不敢劝了，园长一看这阵势，生怕出事，便火急火燎地给田雨打电话。

李云龙回到家，从后备箱里拎出儿子，用背包带三两下就牢牢绑在板凳上，抡起牛皮武装带就往屁股上猛抽，儿子白嫩的屁股上立刻出现两条紫红色的印痕。李健放声大哭起来，李云龙更生气了："他娘的，才这么两下就扛不住啦？老子咋有这么个熊包儿子？长大了非当叛徒不可。"于是又是几下。

没想到儿子倒不哭了，他咬着牙，眼睛瞪着李云龙一声不吭，一副死猪不怕开水烫的表情。

李云龙的火又上来了，啪啪又是几皮带，嘴里吼着："娘的，你犯了错误还有理了？你瞪着老子分明是不服气，还不认错，再不认错老子抽死你。"

儿子咬牙道：“就不认错。”

儿子的强硬态度倒使李云龙有些手足无措，他望着儿子已成紫色的屁股，心说这小兔崽子倒真是我的种，嘴够硬的，他要不求饶，我这当爹的面子往哪儿放？想着想着就又抡起皮带……

“住手！”田雨像头母狮子一样从外面冲进来，她护住儿子不顾一切地向李云龙大喊道，“这么小的孩子你就下这种毒手？你这不是管教孩子，你是想杀人，你干脆把我和孩子一起打死吧……”

李云龙也后悔下手太重，正没台阶下，便扔下皮带顺势下了台阶，嘴里教训着：“哼，养不教，父之过，再不管管这小子，闹不好哪天他敢杀人。今天先饶了你，晚上给老子好好写份检查……”刚说完，他猛地想起儿子还不识字呢。

〔 第二十五章 〕

1956年夏季，李云龙接到通知，要他去北京开会。此时田雨正在休假，于是决定一起去北京。自从赵刚和冯楠调到北京后，他们还没去过。他们到北京那天，赵刚和冯楠特地到前门火车站去接站。火车一进站，还没停下来，李云龙就从车窗里探出脑袋对着站在月台上的赵刚兴高采烈地大喊道：“老赵，你个狗日的，可想死老子啦。”

赵刚穿着笔挺的夏季柞蚕丝军常服，佩着少将肩章，一副儒将风范。冯楠穿着一身蓝白碎花的布拉吉，她轻挽着赵刚的手臂，望着刚刚停下的列车，眼睛里充满了笑意。这一对夫妇站在月台上，显得极为出众。李云龙和田雨从软卧车厢下来，这两对久别重逢的夫妇拥抱在一起。李云龙和赵刚是那种男人式的拥抱，右臂勾着对方的肩膀，左手握拳朝着对方胸口上猛捶。女人们拥抱是那种全身心的投入，甚至连脸都贴在一起，还激动得热泪盈眶。

月台上南来北往的旅客们都惊奇地看着这两对将军夫妇。李云龙本来就打算住在赵刚家，可这会儿还要假装客气几句：“老赵，我要选个离你家近点儿的招待所，那样好聊。”

赵刚打断他的话：“废话！到北京来能让你们住招待所？这不是骂人吗？”

“那多不好意思，太打扰了。”

“少来这套，你什么时候不好意思过？”

赵刚住在西郊的一个军事机关的大院里，他的住宅也是个楼壁爬满爬墙虎植物的二层小楼。为迎接老战友的到来，赵刚夫妇亲自挽起袖子和警卫员、公务员们一起打扫了房间，甚至把自己的卧室让出来。

当晚，李云龙和赵刚喝光了一瓶茅台，已经摇摇晃晃的赵刚又拿出一瓶五粮液。李云龙自然没有不陪的道理，于是两人你一杯、我一杯地又喝掉半瓶，剩下的半瓶酒被两个女人坚决地没收了。酒一喝多了话自然就多，这两个男人迷迷糊糊地又仿佛回到了当年的岁月，他们本来面对面中间隔着桌子喝酒，喝到兴奋处，李云龙又一手端着酒杯，一手拖着椅子跌跌撞撞地绕过饭桌紧挨着赵刚坐下，两人又眼泪汪汪、勾肩搭背、称兄道弟起来。

冯楠惊讶地发现，平时温文尔雅的赵刚今天也酒后失态，嘴里骂骂咧咧地吐着粗话，简直是肆无忌惮，至于李云龙就更甭提了。田雨和冯楠索性把这两个满嘴胡言的男人丢在餐厅，她们到楼上书房去密谈了。

李云龙又举起空酒杯说：“老赵。来……干！嗯？不对……酒咋没啦？谁他娘的把咱的酒偷……偷走啦？”

赵刚醉眼蒙眬地在柜子里乱摸着：“没……没错，是……是有人把咱的酒摸……摸走啦。老李呀，我赵刚对……对不起你呀，你好……好不容易来……来我家一趟，我……我他妈的连……酒……酒都没有，实……实在对不起。”

李云龙多少比赵刚还清醒点儿：“不对，刚……刚才不是还……有酒吗？咋一会儿就被人……摸走了呢？咱们刚才只喝了……二……两……对不对？还没喝够呢，是不是？”

赵刚怒道：“妈的，谁……谁敢摸咱的东西？咱……独立团从……从来都是摸别人的东西，是不是老李？鬼子……汉奸，咱摸……摸他们的东西，啥……时候让人家摸了咱……咱的？”

李云龙说：“你狗日的，不……不够意思，哪次都……都吃现成的，老子摸……鬼子的东西，回来哪次不……不分给你吃？你还……还他娘的老说……说老子犯纪……律。”

赵刚的眼睛快睁不开了，可嘴里还是不停地说：“瞎……瞎说，不是咱……犯纪律，是他妈鬼子犯……犯了纪律，他们干吗不……不把东西给……咱送来呢？”

李云龙晃晃悠悠地走到水龙头前，把空酒瓶灌满自来水，又走回来给赵刚的杯子倒满说：“老子我……找到酒啦，有……有的是，敞开了喝……”

赵刚端起杯子喝了一口道：“好酒，一喝就……知道，这是茅……茅台。”

李云龙边喝边唱了起来：“大刀向……咦？向谁脑袋上砍来着？”

赵刚趴在桌上快要睡着了，他嘴里嘟囔着：“当然是……是蒋介石呀……”

在楼上的书房里，田雨仔细看着书柜里的书叹道：“哟，你们存了这么多书？”

冯楠道：“我在婚前就存了不少了，赵刚的书大部分是解放后买的，结婚时我们把各自的书都合在一起，这是我们最大的一笔财产了。”

田雨问：“这几年也没怎么通信，是不是净顾着生孩子了，连老朋友都不通知一下？”

冯楠笑道：“知道你们要来，我怕孩子们吵闹，都放在托儿所全托了。两个孩子，都是男孩，分别以单字取名：山、高。这是老赵起的名，语出范仲淹《游严子陵祠》中：云山苍苍，江水泱泱，先生之风，山高水长。看来后面的两个孩子，不管是男是女，都该叫水、长了。我对老赵说，那个高字可不怎么样，赵高，和那个指鹿为马的大奸臣同名，这可如何是好？老赵说那不管，就这么叫。田雨，我在没遇见老赵之前，根本没打算这辈子要孩子，更甭说连生几个了，可你知道，咱女人就是这么怪，一旦爱上一个男人，什么事都肯为他去做，只要他愿意，生10个孩子又何妨？”

田雨接口道：“真羡慕你，你们老赵脾气好，又会心疼人，你真有福气。我们老李脾气太暴，动不动就打孩子，你不知道，他发起火来，可吓人了。”

冯楠说着话手里也不闲着，她在给孩子织毛衣，边织边说：“老赵也有发火的时候，可他的自制力很强，每次都能忍耐。其实，我真不愿意他忍，那样很伤身体，有些令人气愤的事，他忍住没发火，可回家就像大病了一场，两三天都闷闷不乐。要是把火发出去，心里会轻松得多。记得有一次为招待苏联专家有文艺演出，那天赵刚是穿着便衣去的，我们刚刚坐下，一个好像是首长秘书样的年轻人，便冲过来态度恶劣地喊：‘你们，坐到后面去，这是给首长留的座位，你们没资格坐在这里，怎么连规矩都不懂？’赵刚的秘书火了，站起来要和他理论。赵刚制止住他说：‘那咱们就挪挪地方。’我们挪到后面坐下，等演出快开始了，贵客们才出场，我们发现刚才的座位是给一个大首长的家属留的，他的老婆、孩子、保姆、公务员都堂而皇之地坐在我们刚刚让出的座位上。这时我发现赵刚的脸都气白了，他的手在哆嗦，我看得出来，他在努力克制自己。这还不算，更气人的还在后面。演出结束之后还有宴会，其实苏联专家已经在前一天就回国了，主办者发现这次活动的招待费还剩下很多，于是演出照演，宴会照吃。我从来没见过这么奢侈的宴会，桌上的菜根本来不及吃，一道一道的菜不断地端上来。盘子都堆起老高了，上菜还没有停止。”

“赵刚那天一筷子也没动，他默默地坐了一会儿突然拉起我说：‘走，回家。’在汽车里，他大声对我说：‘冯楠，你看见了吗？这就是特权，一人得道，鸡犬升天。你看见那宴会了吗？那是糟蹋老百姓的血汗钱，多少老百姓还没解决温饱，这些人的良心都到哪儿去了？他们也算是共产党员？’”

“‘呸！连国民党都不如，蒋介石还知道提倡个新生活运动，带头提倡俭朴，连茶叶都不喝，只喝白开水。你说，这么多人流血牺牲，打下这座江山，就为了让这些浑蛋搞特权，糟蹋老百姓的血汗？’我当时见他越说越气，就用手指了指坐在汽车前排的秘书、司机，意思是让他们听见影响不好，老赵这才闭了嘴。为这件事，他三天都没缓过来。他私下里不停地对我说：‘这是怎么了？七届二中全会上早说了，夺取全国的胜利，这只是万里长征走完的第一步。不是早说了吗？我们不学李自成。怎么一进城就全忘了？这样下去可怎么得了？’我劝他在外边千万别乱说话。他说：‘冯楠，我知道你是关心我、爱护我，我当然不会在外面乱说，我对你，对这个家有责任，我愿意给我的亲人创造一个幸福安定的生活，我能忍，我会尽力去忍。可是冯楠，如果有一天我实在忍不住了，我把要说的话都说出来。要是真有那么一天，我希望你能理解我。’田雨，当时我一听，真是心都碎了，眼泪不停地往下流，我哭着抱住他，对他说：‘亲爱的，请你记住，不管到什么时候，咱们生在一起生，死在一起死，谁也别想拆开我们。’”

冯楠说得落下泪来，田雨的眼圈也红了，她低声叹道：“好个侠骨柔肠的赵刚。”

冯楠擦干眼泪接着说：“前些日子，老赵他们传达了苏共二十大会议情况和赫鲁晓夫的‘秘密报告’。上级规定的纪律很严厉，不许做笔记，不许议论，不许和没资格听传达的人讲，当然也包括家属。其实，规定是规定，消息能不传出来吗？那天老赵听完传达会回家，我发现他脸色惨白，他把自己关在书房里，整整一天一夜不吃不喝。后来我实在忍不住了，冲进书房想看看他怎么了。一进门我就惊呆了，我看见他在默默地流泪，说真的，我从没见他哭过，但我什么也没说，我只是轻轻地抱着他，帮他擦去眼泪。老赵说：‘冯楠，这么多老布尔什维克，战功赫赫的元帅、将军、中央委员没死在敌人的刀下，竟然都让斯大林给处决了，他怎么会作出这种事？他是无产阶级革命的领袖啊，他是列宁的战友啊，我一直都把他当作英雄的，怎么会这样呢？有人说他是犯了严重的错误，可这是错误吗？这是犯罪呀。’我对他说：‘老赵，咱们不是有约法三章吗？不该我知道的就不要对我说，你忘了？’他看了我一会儿，才低声说：‘对不起，对不起，我忘了。’田雨，我真担心他的身体，他脑子里想得太多，压力太大，这样下去可怎么好？”

田雨轻轻地拍拍冯楠的手劝慰道：“别担心，冯楠，老赵和老李他们这辈子经历的事太多了，没有什么事能压垮他们。”

冯楠猛地想起楼下那两个喝酒的男人：“哟，那两个家伙不知怎么样了，咱们快去看看。”楼下的餐厅里，赵刚趴在杯盘狼藉的餐桌上醉得不省人事，而李云龙也不知是怎么走到客厅里的，正躺在沙发上鼾声如雷，客厅里到处弥漫着强烈的酒气……

李云龙白天开会，晚上回到赵刚家喝酒吹牛，每天不折腾到凌晨两点不算完，反正白天开会时他总是坐在最后一排，总能找到机会睡一会儿。赵刚可顶不住了，他在总参的一个部门当政委，事务性的工作很多，那天他听几个部下汇报工作，听着听着竟然睡着了，部下们静静等了十几分钟，他才猛然惊醒，向部下连声道歉。

一个处长讨好地说：“首长，我要向您提个意见，您太不注意自己的身体了，工作起来废寝忘食的，身体是革命的本钱呀，您要是病倒了，那可是对革命事业的损失。”

赵刚听了哭笑不得，看来一个人若是有了点儿地位，就具有了某种神秘性，在神秘的面纱下，他的一举一动都能和伟大的事业联系起来，哪怕是蹲在厕所里大便。

赵刚有些厌恶地皱皱眉头批评道：“你怎么知道我工作起来废寝忘食？我可没这么伟大，再说，这个世界上少了我赵刚，地球照样转，怎么会给革命事业造成损失？你这个同志呀，毛病要好好改一下，见了领导少来些肉麻的奉承，把脑子用在工作上。实话告诉你，我这是和老战友晚上喝酒吹牛不睡觉闹的，什么为工作废寝忘食？”

赵刚想：这种阿谀奉承的干部怎么越来越多，但愿在党内军内，这种风气不要蔓延。

星期天，李云龙和赵刚换上便衣要上街逛逛，因为两人谁也没坐过公共汽车，就干脆给赵刚的司机放了假，他们在一个公共汽车总站上了车。司机和售票员还没来，车上已经很挤了，北京的夏季很热，骄阳似火，毒日头没一会儿就把薄薄的铁皮车顶晒透了，车里像个蒸笼，人体味和汗味交织在一起，裸露的皮肤经常和身旁人的皮肤贴在一起，弄得黏糊糊的，在这种环境中，人的脾气就容易烦躁，无形中火气也大了，吵架是免不了的。

一个男人和一个女人吵了起来，因为那女人上车时踩了那男人的脚，男人见女人似乎没有道歉的意思，便挖苦道："我是不是硌疼了你的脚？"

那女人也显得很大度："没关系，我不在意。"

"你不在意我在意，那多不合适？看样子我得向你道歉了？"

"你要道歉当然也可以。"

"那你他妈讲理不讲理？你踩了我的脚，我还得向你道歉？"

"你别骂人啊，耍什么流氓？怕挤？怕挤就坐小汽车去，那儿不挤，你有这命吗？"

"我说你这人怎么这么缺家教？你小时候你爸你妈就这么教育你？"

"有人下没人养的东西。臭流氓……"

"你说我流氓，我流你哪儿了……"

女人的丈夫在一旁冷眼观察半天了，既然已经对骂起来，他就不能不出场了。

"孙子，你骂谁呢？这是我老婆。"

"你就该好好管教一下，女人不懂事，男人怎么也不懂事？"

"你他妈找抽呢是不是……"

这时，站在一边的李云龙便站出来管闲事了："行了，行了，都少说两句，大热天的，别弄得像乌眼鸡似的。这位女同志你踩了人家脚，道个歉不就完了吗？不能动不动就说人家是流氓。男同志呢，也不能得理不让人，踩一下怕什么？男子汉大丈夫怎么跟女人一般见识？那位女同志的丈夫，你的老婆踩了人家的脚，不但不道歉还张嘴骂人，这就说明你平时没有管教好自己的老婆，嗯，平时没有管教好，这会儿就更不能推波助澜，扩大事端，更不要企图打人，这是新社会，绝不允许打人……"

赵刚一听李云龙开口教训人，就知道要坏事，虽然他的动机是要劝架，但实际上成了火上浇油，既然大家都是普通老百姓，谁也没资格教训谁。果然，那正剑拔弩张的双方一听李云龙的话顿时都翻了，一起冲李云龙去了。

那女人翻了李云龙一眼道："你管得着吗？找个凉快地方待会儿好不好？"

那男人说："你这人说话我就不爱听，都是穷老百姓，假充什么首长？我踩你一脚试试？你干吗？"

那女人的丈夫更不客气："哼！嗑瓜子嗑出个臭虫来，充仁（人）来了。"

李云龙立刻大怒，一把揪住那女子丈夫的衣领道："你敢骂人？还反了你啦？你再骂一句我听听，看我不抽你这小狗日的。"

那女子的丈夫在老婆面前自然要表现些英雄气概，哪里肯示弱，便一个直拳打过来。李云龙左手一挡，右手闪电般扇了对方一个响亮的耳光。那人吃了亏急于报复，冲上来和李云龙厮打在一起。

赵刚心里暗暗叫苦，心说这老李今年也46岁了，怎么还这么爱惹事？比起当年来竟有过之而无不及。他顾不上多想，赶忙去拉架，那被踩了脚的男人见赵刚拉架，便认定赵刚在拉偏架，两个打一个，这太不公平，何况自己也是事主，当然不能置身于事外，他一边吼着你他妈拉偏架，一边一拳捣在赵刚背上。赵刚猝不及防，背上突然挨了一拳。他这辈子好像还没挨过打，这一下可把他打火了，便回身一拳打去。

这下可好，车厢里顿时大乱，那个女人放声大哭，不明底细的人还以为她遭到了强暴……要不是闻讯赶来的警察制止了斗殴，这两个将军和两个平民之间的战斗还不知怎样收场呢。

在派出所，一个年轻的警察口气严厉地问："是谁先动的手？"

赵刚说："同志，你听我解释……"

"我问你谁先动的手？哪儿这么多废话？说！"

"我先动的手。"李云龙早把对方先动手的事给忘了，便认为自己先动的手。

"啪！"警察一拍桌子道："好啊，在公共场所聚众斗殴，扰乱社会治安，还满不在乎？你们知道这是什么地方吗？告诉你们，这是专政机关，是专门管你们这些人的。老实点，你……"他一指李云龙道，"你斜眼瞪我干什么？不服气是不是？”

李云龙说：“小同志，你这态度可不好，总该把事情问清楚嘛，问清楚以后该批评谁就批评谁……”

“住口！我问你什么就回答什么，这儿没你说话的份儿。”

“放你娘的屁！”李云龙火了，他一把掏出军官证扔过去吼道，“给我看好，再把你们领导给我找来，你个小兔崽子，谁给你的权力这么说话？”

小警察拿起军官证一看，嘴就变成了O形，半天没闭上，他有点傻了，这竟是个将军，他蹦起来立正敬礼，结结巴巴道：“对不起，两……位首长，我……我真不知道两位首长今天是微服私访，请……首长原谅……”

赵刚口气温和地说：“算啦，小同志，你不要紧张，你看我们也没穿军装，没穿军装就是普通公民嘛，谁都有发火吵嘴的时候，过去也就过去了。”

他指了一下被踩了脚的男人说：“你这个同志，我要批评你几句，你怎么连劝架的也打？这叫不问青红皂白嘛，当然，我今天脾气也不好，也要请你原谅，都是男人，都有血性，挨打不还手恐怕谁也做不到，所以我也还了手。”

那几位也知道了赵刚和李云龙的身份，吓得不轻，一个劲儿地道歉。李云龙余怒未消地对那个男人说：“你小子真不够意思，你和他们吵架，我帮你和他们打，可你咋又和他们站在一头儿了呢？你还有立场没有？哼，你小子，容易当叛徒。”

他扭头对警察说：“你这个同志，工作作风以后要改改，本来是件小事，干吗这么咋咋呼呼的？不要这么小题大做，听见没有？”

小警察连声说道：“记住了，首长，我记住了。”

赵刚说：“行了，行了，我们走了，事情都过去了，谁也不许记仇啊。老李，咱们走。”

晚上两人回到家里。把此事告诉两个女人，两个女人笑倒在沙发里，说从没听说过，将军也会在大街上打架。李云龙对赵刚的表现表示满意，这小子这些年长进多了，见老哥打架，当兄弟的不管谁对谁错也要帮上一把，不然就是叛徒，不可交，他是这么评论的。

田墨轩夫妇要来北京参加政协召开的会议。赵刚听说后很高兴，他对田雨和李云龙说："我要请两位老人家吃饭，你们一定要替我邀请到。"

李云龙搔着头说："还是算了吧，我那老丈人和咱们聊不到一起去，有些观点也有点儿出格，上次差点儿和我吵起来。"

田雨白了他一眼道："你这人干吗总戴着有色眼镜看人？观点不同可以讨论，你不能乱扣帽子。我父母再不开通，不是也把女儿嫁给了你？"

冯楠接口道："就是，把女儿都贡献给革命了，你还有什么不知足的？"

赵刚认真地说："我对两位老人家的学问人品仰慕已久，这次一定要当面请教，我尊敬有学问的人。老李，你不愿意听可以不说话，喝你的酒就是，但你不能破坏气氛。"

李云龙叹了口气："唉，这回你们这些知识分子成大多数了，我成了少数人，被孤立了。"

田墨轩夫妇在北京的文化圈子里熟人太多，开会的空余时间几乎被老朋友的访问和宴请占满。田雨替赵刚邀请了几次都被他拒绝了。

"我又不认识这位赵将军，就不去了，你替我谢谢他的盛情就是了。"田墨轩不近人情地说。

"他是您女婿的老战友啊，参加革命前也是文化人，很敬仰您的学问人品，想和您认识一下，您就去一次吧。"田雨央求道。

"是我女婿的朋友？那就更不用见了，因为我女婿是天下最革命的人，除了无产阶级革命，别的思想恐怕都容易被他当成异端邪说。道不同，不相与谋嘛，我不见。"老头儿倔强得很。

"爸爸，您难道就这样回复人家的邀请？让我跟人家说，道不同，不相与谋？我爸爸不愿意见你？"

"就这样说，田某就是这脾气。"

沈丹虹说话了："墨轩，咱们的女儿女婿住在人家家里，就是出于礼节，也该去拜访一下，怎么能这样不通人情呢？"

田墨轩对妻子的话还是很重视的，听妻子这样说，他便不吭声了。

沈丹虹细声慢语地劝道："你这个人呀，哪儿都好，就是不近人情，过于清高。这样是很容易被人误解的。墨轩，听我的，还是去吧，你不应该伤害咱们女儿的自尊。"

田雨道："还是妈妈好。爸爸现在不疼我了，我很伤心。"

田墨轩笑了："好，我去。谁说我不疼女儿了？"

"爸爸，你真好。"

田墨轩夫妇去赵刚家做客那天，赵刚坚持要亲自去饭店迎接，李云龙无奈，只好和赵刚一起去了。出乎李云龙意料的是，田墨轩一见了赵刚，似乎觉得眼前一亮，欣喜之情溢于言表，一双慈爱的眼睛笑眯眯地看着赵刚，弄得李云龙莫名其妙。在他的印象里，这个老丈人对他从来是不冷不热，他始终认为，老丈人是高级知识分子，嫌当兵的是老粗，看不起他。当田墨轩夫妇从饭店的二楼楼梯上下来时，等候在大厅里的赵刚和李云龙站了起来，赵刚抢上一步，规规矩矩地立正敬礼道："伯父伯母好！我叫赵刚。"

田墨轩见赵刚穿着一身浅白色柞蚕丝夏季军服，体态很均匀，标准的军人站姿，颇有股玉树临风之感，眉宇间透出一股勃勃英气。田墨轩脱口道："好个英武的赵将军，真乃栋梁之材。"

赵刚双手握住田墨轩的手道："久仰先生学问人品，一直无缘聆听教诲，今天借我老战友的光，才得以相见，赵刚深感荣幸。我是晚辈，先生若不嫌弃，赵刚理当执弟子之礼，称我小赵即可。"

田墨轩微笑着点头："好啊，田某今天就倚老卖老一回。"

李云龙跨上一步说："岳父，岳母，你们好，我和赵刚是来接你们的。"

田墨轩今天的心情似乎很好，他温和地对李云龙说："你好，听说你在军事学院学得不错嘛，田雨写信告诉我了。"

李云龙很谦虚地说："马马虎虎。"

在赵刚的家宴上，李云龙很少说话，只是一杯一杯地喝着闷酒。他不大喜欢这种气氛，首先是不随便，显得很拘谨。以前和那些带兵打仗的老战友们喝酒哪儿有这么多事？弟兄们大呼小叫，拍桌子骂娘，甚至捏着对方鼻子愣灌，那叫痛快。喝酒就是这样，要是没人劝酒，没人端着杯子和你叫板，那就太没意思了。此外，他也不太喜欢那些有文化的人说话的方式，听着有些费劲，尽说些不着边际的事，若是在别的场合，他早烦了，兴许就拂袖而去。可今天他得老老实实坐在这里，还不能露出一点儿不耐烦的表情，因为这是赵刚请自己的岳父岳母吃饭，从某种意义上讲，这也是老战友给自己撑面子，所以他也不能不给赵刚面子。此外，也得让岳父岳母看看，他们的女婿也有有学问的朋友。李云龙感到，比起上次见面，田墨轩的话明显少了，言语间那种咄咄逼人的锐气也似乎平和了些，但那种田墨轩特有的，几乎是浸到骨子里的傲气却依然如故。

赵刚的兴致倒很高，他喜欢和文化人打交道，至今还怀念着当年燕京大学那种浓浓的文化氛围。他和田墨轩不难找到共同语言。两人谈诗词、谈书法、谈金石篆刻，赵刚还兴致勃勃地取出自己珍藏的两方鸡血石请田墨轩鉴赏。对诗词两人的观点也颇为一致，都推崇豪放而且婉约。田墨轩认为苏东坡的一首《念奴娇 · 赤壁怀古》虽堪称千古绝唱，可当今毛泽东的《沁园春 · 雪》更可谓震古烁今，其气魄之大无人可企及。

田雨最担心的就是父亲谈论政治，老人的脾气太倔，话一出口便无遮无拦，让人心惊肉跳。她见父亲今天不谈政治，只谈文化，很是高兴，便对赵刚笑道："我父亲最崇拜毛主席了，除此之外，我还没听他这么夸过别人。"

田墨轩抿了一口酒："我对毛主席的了解首先是从文化上。我看过他1938年写的《祭黄帝陵》，当时简直眼睛一亮，真是才华横溢、文采飞扬。我至今记得其中的句子'……赫赫始祖，吾华肇造，胄衍祀绵，岳峨河浩，聪明睿智，光披遐荒，建此伟业，雄立东方……东等不才，剑履俱奋，万里崎岖，为国效命，频年苦斗，备历险夷，匈奴未灭，何以家为……'你们听听，写就此文非如椽之笔所不能。特别是1945年重庆谈判时，《沁园春 · 雪》公开发表后，我就想，咱们国家连年战乱，百孔千疮，有谁能收拾这破碎河山呢？非雄才大略者不可。孟子曰：五百年必有王者兴，其间必有名世者。毛泽东啊，古今第一人也。1949年开国大典我参加了，毛主席一声：中国人民从此站起来了！我们这些民主人士和无党派人士顿时热泪纵横，这是我们自己的国家啊，我们是国家的主人……”

田墨轩的激动感染了所有的人，连李云龙也放下酒杯听得入神，他没料到田墨轩会说出这样一番肺腑之言，以往他一直认为老丈人对新政权存有很强的戒心和怀疑。赵刚更是如沐春风，他端起酒杯：“说得好啊，田先生，冲您这番肺腑之言，我连干三杯。”

李云龙也站起来：“来，老赵，我陪你干三杯。”

家宴的气氛活跃起来。冯楠又提起李云龙和赵刚在公共汽车上打架的事，大家都觉得好笑，说解放军一千多个将军里，这两位的表现算是绝无仅有了。

李云龙想起派出所的那位小警察，不禁又来了气：“这小浑蛋简直缺家教，不问青红皂白，张嘴就训人，等我掏出军官证又吓得说话都不利索了，年纪轻轻就这么势利。”

赵刚埋怨道：“都怨你，人家拌两句嘴，你非要去管闲事，出口就是火上浇油，不打起来倒怪了。幸亏派出所把咱们放了，要是碰上讲原则的警察，管你是什么将军，先扣了再说，再通知上级单位去领人，咱们的笑话可就闹大了。你是不在乎，几十年来没少惹事，处分比立功还多。可我好歹是个政委，成天给别人做思想工作，这回可好，在公共场所聚众斗殴，扰乱社会治安，被公安机关扣留，这面子可栽不起。”

“你看，你看，老鸦落在猪身上，谁也别嫌谁黑，你觉悟高，挨打就不要还手。”

赵刚有些不好意思：“倒也是，挨打不还手是挺难的。”

大家本是闲谈，谁料这些话却使田墨轩犯了老毛病，老先生又钻起牛角尖来：“赵李二人在公共场所打架斗殴的问题，看似是件小事，却反映出一个深刻问题。试想，如果他们的身份不是将军而是百姓，按《治安管理条例》规定，如此在公共场所大打出手，即便有理也属违法行为，理应受到惩处，这再正常不过了。不正常的倒是当违法者亮出自己的身份时，却得到极大的宽容，连执法者都惶恐不已，连声向违法者道歉，像是自己做错了什么。这说明了我们国家公民法制观念的淡薄。”

李云龙不以为然地说：“嗨，小事一桩，哪儿有那么严重？”

赵刚却收敛了笑容严肃起来：“田先生，您接着说。”

“一个正常的社会应该法制健全，如果法律丧失了公正，后果无疑是可怕的。赵刚，你知道罗伯斯比尔吗？”

“知道，法国大革命时雅各宾派的领袖。”

“他就是个例子。这人很激进，认为自己最革命，动不动就以革命的名义剥夺他人的生命，把自己凌驾于法律之上。这样做的直接后果是任何人的生命安全都得不到保证，也包括他自己。当法律成了空白便只有两种结局：或出现专制独裁；或出现暴民政治。最后罗伯斯比尔自己也被送上断头台，他实际上是死在了自己手里。在一个没有公正法律保障的社会里，恐怕不会有赢家。”

赵刚打了一个冷战，沉默了。

李云龙听得不入耳，争辩道：“我们国家的法律是健全的。”

“而你就违了法而轻易逃脱了处罚。要是你的军衔不是少将而是大将呢？是不是更可以得到宽容？”田墨轩打断他的话。

李云龙想了想，觉得这个问题有些复杂，最好是先别说话。

沈丹虹神色黯然地劝道：“墨轩，今天不是家宴吗？干吗要谈政治呢？谈点儿别的好吗？”

冯楠也在轻轻地责备赵刚：“看你，惹得老人家不高兴。”

赵刚端起酒杯道：“田先生，恕晚辈不敬，使先生不愉快了，来，请干了这杯……”他一饮而尽，脸色开始泛红，情绪也有些激动起来，“田先生，我明白，您是有些担心，怕执政党的政策和法律流于形式。您有两点疑问：第一是我们的法律是否公正；二是法律对权力的限制问题。您是担心我们党能否做到这两条？”

“不是担心，而是已见兆头，任何一个政党，哪怕它的理论再先进，也难免有缺点，要连这点起码的道理都不懂，也就无所谓先进的政党了。我要说的是权力的限制问题，其实，贵党的国家体制也是按照三权分立的原则建立起来的，至少是参考了三权分立的原则，和西方资本主义国家相比，我们的人大常委会相当于国会，行使立法权。我们的国家主席相当于总统，行使行政权。我们的法院也同样是行使司法权。这种模式虽然建立起来了，但……恕我直言，这只是一种表象，事实上无法做到互相制约，还是贵党一家说了算，缺乏最基本的监督，民众缺乏干预能力。这样就出现了一个问题，如果贵党的国策出现偏差和失误，而民众又无监督与干预能力，那么只好等贵党自身去改正和调整，这需要一段时间，这段时间也许很漫长，整个民族会付不起这种代价的。此外，贵党的阶级斗争理论作为国策也值得商讨。我认为，政府的职责是管理国家，调和各阶级、各阶层由于政治、经济地位的不平衡所产生的矛盾，尽量去减小这种差别，使矛盾趋于缓和。而不该激化这种矛盾，使某一阶级或阶层成为贵族，而某一阶级或阶层沦为奴隶。管理国家需要法治，颠覆国家的行为应该受到法律的公正审判，而不是个人意志的随心所欲……”

赵刚激动地打断他的话：“难道我们的人民代表大会、政治协商会议、各民主党派的监督，还有司法机关、监察机关都是流于形式？我们就真的解决不了？这样说是否也有失公正？”

田墨轩缓和了口气：“赵刚啊，远的不谈，胡风一案总是刚刚过去吧？我们的司法程序恐怕还抵不上一个御批。在我眼里，这位胡先生本是个大左派，怎么一下就成了反革命分子？似乎很难解释得通。”

赵刚也平静下来：“田先生，我不了解这案子的具体情况，但这是毛主席亲自过问的案子，不会有什么大出入。您刚才也谈到了对毛主席的那种崇敬……”

“是的，我认为他是个伟人，正因为崇敬才担心。作为执政党的领袖，他的担子太重了，政策一旦出现失误，就会带来巨大的灾难，即使这些灾难由小部分人来承担，就算是占人口总数的5%吧，就是3000万，若是这个百分比再大一些呢？那就有可能出现一场浩劫，这场浩劫有可能超过中国历史上出现的任何浩劫，其产生的作用将影响数十年至上百年。”

赵刚笑笑：“作为政协委员，您当然有权发表个人见解，有些事现在还说不清楚，就待历史去证明吧。现在继续喝酒。”

田墨轩倔强地说："好，一言为定，再过20年，若是我还活着，咱们再接着谈……"

〔 第二十六章 〕

李云龙回到老部队，以前的几位老搭档都很高兴，政委孙泰安这两年一直代理着军长职务，他不是军事干部出身，对这个职务有些力不从心。李云龙就任军长，他先松了一口气。田保华还是参谋长，李云龙对本军领导班子的搭配感到很满意。他从军区警卫处调来一个新警卫员，叫吴永生。还有军区政治部给他调来的一个秘书，叫郑波。

这个郑波使李云龙很感兴趣，三十多岁，中等个子，白皙的脸上架着副黑框眼镜，满脸的书卷气，江浙口音，一看就是个文弱的书生。郑波毕业于北大中文系，毕业后又转入军队的一所政治学院读了几年，据说对军事学术也颇有研究，李云龙对这个秘书很满意，读书人总是能获得他的尊重。

一切都按部就班后，李云龙想起丁伟向他推荐的段鹏，丁伟对这个家伙赞不绝口，声称要不是看在老战友的面子上，他早来挖墙脚了，这种身怀绝技、实战经验丰富的干部是很少见的，他决定见见这个段鹏。

当段鹏站在他面前时，他发现这个上尉没有半点出众的地方，1.7米的个子，瘦瘦的，肩膀不宽，连肌肉也不太发达，这是个很容易被人忽视的家伙，他太不起眼了。

"你就是段鹏？你可真有胆子，把丁伟都打了，幸亏是丁伟，换了别人你该上军事法庭了。我很奇怪，丁伟也是有些拳脚功夫的人，照理三五招之内不至于输得这么惨，怎么就让你轻松得手了呢？"李云龙问。

"军长，敲锣卖糖，各干一行。他是将军，指挥战役才是他拿手的，要论打架，10个将军不如我这个上尉，他一出手我就看出来了，他那两下子擒拿格斗用于侦察兵抓个俘虏绰绰有余，跟我交手可就不是一个级别的了。其实我把他摔出去根本没用力，只是借了他自己的力。'借力打力'

不过是武术中的小把戏，算不得真功夫。”段鹏不过分吹牛也绝不谦虚。

“有意思，那你说说你都有啥本事。”

“徒手格斗就不用说了，我使用各种轻武器在行，包括不同姿势的精度射击。我练过轻功，不敢说飞檐走壁，在攀登方面算是高手。我懂针灸，识草药，会在战场上自救。还有，1950年我在你手下受过亚热带丛林战训练，苏联教官给我的评语是全优。还有，我的语言能力强，部队里天南海北哪儿的人都有，我学会不少地方方言，北方语言不用说了，南方的江浙一带方言、两湖两广方言、闽南客家话、潮州方言我都能说。我还在炮兵集训队学习过，懂得图上作业和炮兵专业。还有，步兵侦察分队的专业我更拿手，我现在干的就是侦察。您看过电影《渡江侦察记》吧？渡江战役开始前，我也带了一个侦察分队过了江，我们在南岸折腾得比电影上可厉害，就是没记者来采访我。”

李云龙喜上眉梢：“照这么说，你从淮海战役就在我的师里，这么多年，我硬是不知道我部队里还藏着你这么个宝贝。”

“军长，您操心的是大事，哪能注意到一个连级干部呢？”

“嗯，我看了你的履历，立功受奖不少，处分也不少，不然现在你至少是营级了。看来你是个不安分的人，喜欢闹事惹祸，是不是？”

“好像有这种说法，说‘成也段鹏，败也段鹏’，世界上的事没有段鹏不敢干的。这不奇怪，因为我是您的老部下了，听说军长您年轻时也不大安分，每支部队从组建那天起就有了自己的‘魂’。有人说这叫传统，我觉得其实是一码事，咱们这支部队的‘魂’是您给的，我能不受影响吗？”

李云龙乐了：“照你这么说，是上梁不正下梁歪啦？你们犯了错误都受了我的影响？”

“不是这个意思，我是说，虽然您不认识我，可作为老部下，我对您的事可听说得太多了，您处理问题的方法可真是很……怎么说呢？很独特，有时让人挺感动。上次那个犯了生活作风问题的干部是我老乡，要不是您，他的前途就毁了。那天晚上，我和他喝了一夜的酒，他高兴呀，说您三言两语就把问题解决了，连个警告处分都没给，他说着说着就流下眼泪，怪自己不争气，给您找了麻烦。说有这么好的军长，咱能不卖命吗？人心都是肉长的，以后再怎么也要好好干，不能丢军长的脸呀。”

李云龙问：“哦，我还记得那个参谋，他结婚了吗？”

“结婚了，儿子都几岁了，他现在在F师当副团长，干得不错。”

“这小子，当时我差点儿把他骗了。我年轻时爱惹事倒是不假，可没惹过这事，这么说吧，你浑身上下哪儿松了都不要紧，就是裤腰带不能松。裤腰带下边的那东西好比一把没有关保险的手枪，很容易走火，一旦走火就是大事……好吧，不说这些。我问你，要是有一天，我让你去蒋军占的那几个岛上转转，你敢吗？”

段鹏“啪”一个立正，两眼炯炯放光道：“别说那几个岛，就是去台湾，去龙潭虎穴也没啥不敢的。军长，咱空有身本事，无用武之地，您要是看得起咱，咱这脑袋就送给军长啦。”

“好样的，有种！我命令你立刻组建一支特种分队，人员由你挑选，在本军范围内，不管是哪个单位，一律无条件放人。本军范围之外，把名单给我，由我解决，只要你听说哪里有人才，不管是哪个军区，哪个军，不管用什么手段，是挖墙脚商调，还是干脆不要档案和组织手续把人骗来，我都不管，我只要人才，适合当特种兵的人才。总的原则是：宁缺毋滥。”

“是，保证完成任务。”段鹏敬礼后转头便走。

“慢，回来，你这次招兵的条件很苛刻，政审方面不妨放松些，关键是人员的军事素质和文化素质。这支特种分队组建后，管理起来恐怕难度不小，都是些身怀绝技的家伙，能打仗肯定也会惹事，你要有心理准备，这不是一支一般的部队，不能以一般连队的管理方式去管理，应该告诉他们，就说是我说的，你们不是喜欢闹事吗？不是嫌总有人管着吗？好，有本事就去敌人那边闹，那边没人管你，你要能把胡琏那小子的胡子拔下几根来才算是闹出点儿水平。我可要预先警告你，到那边你们可着劲儿闹，有啥本事都使出来，我不管。可在这边要老实点，真要闹出点儿事来我可要扒你段鹏的皮。”

“是！”段鹏走到门口又转回身，对李云龙小声说，“军长，能在您手下当兵，实在是三生有幸，您的知遇之恩，我段鹏这辈子忘不了……”他转身走了，李云龙发现他的眼里竟闪着点点泪光。

段鹏和秘书郑波为选拔特种分队队员竟用了近半年时间，他们先是在本军和本军区选，结果发现够条件的才三十多人。他们扩大范围，在总参各部门的协助下，从遍布全国的各大军区、省军区寻找。几个月下来，两人瘦了一圈，足迹踏遍了全国，总算拉起一班人马。选拔特种兵的原则是李云龙定的：首先考虑的是人员的综合素质，文盲绝对不要，文化程度越高越好。这是选拔特种兵，不是选五好战士，不怕你有一身缺点，就怕你没本事。

郑秘书负责考查特种队员的综合素质。段鹏负责考查军事素质。两人一开始合作得并不顺利，还吵过几架。“老郑，咱们是选特种兵，不是考状元，只要不是文盲就行了，要照你的条件可就难了，咱中国从古到今也没见过几个能文能武的人。”段鹏对郑波说。

郑波说：“那是你孤陋寡闻，宋代的两个大词人陆游和辛弃疾都是文武双全。李白诗作得好，还善击剑。岳飞能统兵打仗，词也作得不错。没有文化，武艺再高，也不过是个赳赳武夫，成不了大气候。”

“算了吧，你们文化人就是事多，挺简单的事到你们嘴里就复杂了，咱们别净说虚的，说点儿具体的，你那些条件究竟有什么用？综合素质包含的内容很广，比如一个士兵经过你的军事考核被证明是全优，可他一上了战场就吓得哆嗦，这成不成？看来勇敢也是个主要条件吧？要是他负了伤，比如被炸断一条腿，就躺下连哭带号等着医护人员来抢救，这样的士兵能当特种兵吗？真正的特种兵应该具备比常人更坚强的意志和忍耐力，应该学会自救，在身负重伤的情况下继续战斗，对险恶环境有主动的进取性。你看，这都属于综合素质范畴，要勇敢、意志坚强、有超出常人的忍耐力和在险恶环境下的主动进取精神。”

“嗯，有道理，有道理呀，你们知识分子硬是不简单哩。”段鹏感叹道。

特种分队的组建是在绝对保密的情况下开始的，就连协助调动人员的军务部门和干部部门都不清楚。段鹏深知对方的情报部门可不是吃干饭的。他把部队建在后勤部的一个僻静的旧仓库里，仓库周围是菜田，他带领战士们砌了两排猪圈，弄了些猪崽子养着，还挖了池塘，放进了鱼苗，办了养鸡场，门口的牌子上写着：某某某部队后勤部生产基地。段鹏的对外职务是生产基地主任。特种分队的建制规格较高，被定为团级。段鹏的军衔也晋升为正团级中校。关于政委一职的人选使李云龙颇费脑子，这个政委首先得具备一个特种队员的条件，政治思想工作倒是次要的。

李云龙考虑再三，最后决定任命林汉为政委。林汉来自西北，是驻西北某军的侦察营营长，西北大汉，实战经验丰富，军事素质全面。但这个家伙也是个性如烈火的汉子，从排长、副连长、连长、副营长、营长升上来一级没差，他从来没搞过政治工作，也不适合搞政工，因为他一不高兴就要骂人甚至揍人，哪有这样的政委？他适合做军事工作。问题是队长的位子已经让段鹏当仁不让地坐上了，只好让林汉当政委了。全队共108人，只挖到这些够条件的人，多一个也没有了。段鹏灵机一动，108将，好，这个分队代号就叫梁山吧。108将的头把交椅非自己莫属，自己的代号自然是及时雨了，政委林汉按座次排是第二，代号为玉麒麟。再往下推，什么智多星之类，大家都有了代号。

段鹏和林汉的第一次见面颇有戏剧性。段鹏先伸手自我介绍："分队长段鹏，今后咱俩搭档，互相帮助吧。"

林汉握住段鹏的手说："政委林汉，初来乍到，请多照应。"

话说得都挺客气，可两人握在一起的手并没松开，双方使开了内力较量起来。段鹏说："这个分队可不好带，都是些刺儿头，往后够咱俩喝一壶的。"边说着边将一股力加在手上。林汉说："看是谁带队了，分队长要是觉得费劲，我可以试试。"说着手上也渐渐加力。

"谢啦，自己揍出的孩子自己养，推给奶妈就不合适了。"

"大姑娘养孩子没经验，还是给会带孩子的人养为好。"

"会不会带孩子不能光说，找个时间交流一下就知道了。"段鹏的手突然变得柔若无骨，强大的外力被化解得无影无踪。

林汉也收了力说：“随时可以讨教。”

段鹏这几天有些搔头了，他手下的伙计们似乎没有一个是省油的灯，都是些天地不怕，神鬼不敬的家伙。

这一百多号人都是参加过实战的老兵，年龄偏大些，当兵要是一旦当油了，管理起来可就麻烦了，人要是有了本事，脾气肯定也跟着见长，你要让他服从管理，就得拿出点儿真东西让他知道你不比他差。砌猪圈时，小旋风和青面兽自告奋勇要砌墙，段鹏把借来的瓦刀递给他们，小旋风竟不屑一顾地说：“用那玩意儿干啥？这不就是瓦刀吗？”他晃晃手掌，把段鹏噎得说不出话来。眼看着这两个家伙用手掌当瓦刀砍砖，一边砌还一边用眼睛乜斜着他。

段鹏心说：操，没他妈的一个安分的，连砌个墙也要弄些手段让你看看。好，老子陪你玩儿玩儿。他嘴上赞许道：“到底是老兵了，觉悟就是高，知道瓦刀是跟群众借的，弄坏了还得赔人家。好，自觉遵守群众纪律，应该表扬。我咋早没想到呢？这手是自己的，弄坏了谁也不用赔。”他拿起一块整砖，像掰点心似的一块一块地把砖掰得大小正合适，那两个家伙才不吱声了。

几天之内，发生了三起打架未遂事件，起因都是些鸡毛蒜皮的事。比如有个战士来报到得晚了些，不幸摊上了母夜叉的绰号，别人起着哄一叫他，他便脸上挂不住了。武林人自有武林人的规矩，绝不像普通人打架之前那么剑拔弩张。武林人说话都很客气，哪怕是心里正惦记着要宰了对方，但嘴上还是很温和，绝不出口伤人。母夜叉对叫他绰号的行者拱拱手说：“初次见面，按武林规矩，以武会友，老兄是否愿意在拳脚上切磋一下？”

行者正闲得难受，你不招他还正想寻点儿事，何况是这种公然叫板，自然是大喜过望，绝无不奉陪之道理。两个人手拉手地就要出门找个僻静地方切磋去。而屋里的一排长小李广和二排长菜园子都没事人似的正专心致志地下围棋，根本没有半点儿要制止的意思，别的好汉们都该干啥就干啥，没人对看热闹表现出多大的兴趣。要不是段鹏碰巧遇到加以制止，这两位老兄不定切磋成什么样呢。

段鹏朝屋子里吼道：“你们为什么不制止？非得打起来你们才高兴是不是？”

小李广认真地对段鹏说：“《水浒传》上有这一回呀，母夜叉孙二娘在十字坡酒店和行者武松是切磋了一把，这是天意，你不让他们打都不行。”

段鹏没好气地说：“什么乱七八糟的，我说的是你们这些当干部的为什么不制止打架？”菜园子凑过来说：“分队长，咱们不是按梁山108将排的座次吗？既然按这个排了座次，就得按《水浒传》的规矩走，比如‘及时雨’是大哥，大伙儿就得听他的，‘一丈青’是老婆，就得听丈夫‘矮脚虎’的，武艺高也没用。”

段鹏见这些家伙在胡搅蛮缠，便不想再搭理他们，他扭身要走，嘴里还说着：“哪儿这么多规矩？书里还有一回叫‘宋江怒杀阎婆惜’呢，照这么算，我也该把老婆宰了才行？”众好汉乱哄哄地回答：“那当然，书上就是这么写的……”

“我就纳闷，宋江有啥本事？凭什么坐第一把交椅？应该在忠义堂前面摆个擂台，拳脚上见输赢，谁赢了谁坐第一把交椅……”

段鹏真有些头疼了，虽然他对此有心理准备，但一想到今后的管理问题，他还是觉得棘手。他向李云龙如实汇报情况，希望能得到军长的指示。李云龙毫不客气地说：“这我管不着，你的兵你管，要不然要你干什么？反正两个月以后我要亲自考核，有什么问题都是你的事，你要没这本事管好，就脱了这身军装回家抱孩子去。”

段鹏灰溜溜地走到门口。“回来。”李云龙说，“新出厂的汽车都需要磨合，何况是新组建的部队了，一百多号人，从四面八方来，又都不是等闲之辈，难免有些乱子，没什么可大惊小怪的。你要让他们知道，什么叫特种部队。就他们那两下子还差得远，不过是刚刚够了条件，真正的专业训练还没开始呢，总参派来的教官和军事科学院的专业人员都来了，你要多向他们请教。”

几天以后，段鹏召开了全队大会，在空旷的旧仓库里，全分队一百号人没有像一般连队那样按队列坐，而是稀稀拉拉坐了一片。直到段鹏宣布开会时，下面的嘈杂声一点也不见少。政委林汉虽不大愿意干这差事，可既然干了就得履行职责。

他站起来说：“同志们，咱们自己看看，这还像支部队吗？喂，组织纪律性差，没有精神头，懒洋洋的，松松垮垮，我都脸红。现在，大家唱个歌振作一下，唱个《三大纪律八项注意》，我起个头：‘革命军人个个要牢记，预备——唱！’”下面乱哄哄地哼了起来，声音很小，像一群蚊子在嗡嗡叫，而且越唱越没劲儿。突然，嘈杂声中冒出了一个男高音，歌声比旁人高出八度“……第七不许调戏妇女们，流氓习气坚决要除掉……”此人只顾引吭高歌，无奈严重跑调，还自作主张地加了一些装饰音，愣是唱出了京剧味，周围的战士们都哄笑起来。

林汉吼道：“花和尚，你成心捣乱怎么着？”

花和尚不是外来户，他是本军侦察营调来的，此人在原单位表现很差，主要是喜欢违反纪律。他对自己的绰号很满意，甚至还专门剃了秃子，以示是正宗花和尚。他听见林汉训他，便站起来说：“政委，这就是你的不对了，这一百多号人里可就数我唱得卖力气。当然，唱得不好是水平问题，唱得声音大小可是态度问题，你听听他们唱的，就跟猫叫春似的，这才是故意捣乱……”

下面的战士们不爱听了，七嘴八舌地回骂起来：“你唱得好？像草驴叫槽似的……”

“啊，刚来几天呀，就给政委拍上啦？你小子，天生就是当叛徒的东西……”花和尚搔了搔秃脑壳，得意地摇头晃脑道：“咱这叫靠拢组织，你们见我要求进步就嫉妒我是不是？政委，你全看见了吧？咱们分队的歪风邪气真该好好整一整，反正我是跟定两位领导啦，坚决和歪风邪气作斗争……”

段鹏端着茶杯已经品了半天茶了，见下面说得差不多了，才清清嗓子，敲着桌子说：“喂！大家都说够没有？是不是该让我说两句了？我早看出来了，咱们分队没他妈的一个省油的灯。当然，也包括我，都人五人六地觉着自己是块料。这也难怪，都是各部队选拔出来的高手，万里挑一嘛，恐怕这地球上是搁不下咱们了。所以上级也知道咱们不是一般人，给咱们发下了考卷，要试试咱们。我和上级说啦，我们分队都是人尖子，上知天文下知地理，前知五百年，后知五百载，能考住我？笑话！伙计们，现在我把卷子发给你们，给咱分队争口气，闹个满堂彩。”

考卷发下去了，大家都傻了，上面的题目很杂：

A. 什么是炮兵的密位制？我国的密位制是多少？

B. 如何用手指和眼睛测距？

C. 爆破一个直径两米的混凝土桥墩，需要多少TNT炸药？怎样计算？

D. 如何在夜晚用星辰判断方向？在阴雨天的森林里如何判断方向？

E. 你能分出美军作战飞机的类别吗？类别的字母都是些什么？

F. 你能分辨出巡洋舰、驱逐舰、护卫舰吗？它们各自的用途和特点是什么？

……

一百单八将面面相觑，谁也不吭声了。

段鹏冷笑道：“都傻了吧？平时不是都挺能说吗？老天爷是老大，你们是老二，咋都不言语啦？花和尚，你小子不是能得很吗？你说说。”

花和尚低声嘟囔着：“怎么跟考大学似的？咱一个当兵的，知道那么多干啥？”

段鹏说：“你们以为枪法好，会格斗，有实战经验就叫特种兵了？告诉你们，差得远啦，你们这两下子不过是刚刚具备了基本条件，就像刚上小学的儿童，后面还有小学、中学、高中、大学的课程，要学完可早着呢。我先简单说说咱们第一步训练科目：第一，体能训练，每天早晨10公里武装越野，腿上绑沙袋；第二,万米泅渡，人人过关；第三，驾驶训练，摩托车、汽车、坦克、装甲车、小型舰艇，都要熟练掌握；第四，伞降、机降训练。还有，炮兵观测、无线电技术、战场自救……我就不一一列举了，明天正式开始训练。还有，这几天咱们的纪律够糟糕的，大家今后要自律，我不会用普通连队的条令和纪律要求你们，但你们也不能蹬鼻子上脸。我可丑话说在前面，往后哪几位愿意‘切磋’

一下拳脚功夫，找个没人的地方单练去，别让我看见。要让我看见，没说的，就处分你，谁叫你不长眼？听明白没有？”

战士们都严肃起来，大吼道：“明白啦。”

“解散。”

〔 第二十七章 〕

清晨，随着军营起床号的响起，对面金门岛上的广播站的喇叭也响了，一阵急骤而宏大的音乐声越过海峡铺天盖地而来。

李云龙问郑秘书：“这是什么音乐？怪吵人的。”

郑秘书回答：“贝多芬第五交响乐的第一乐章，这是表现命运的叩门声。”

“贝多芬？”李云龙想起来了，西方的一个伟大的音乐家。

“对面那些家伙放这段音乐是啥意思？”

“大概是暗示咱们，命运已经敲响了你的大门，你应该迅速作出选择，是冲上去扼住命运的喉咙，还是退让逃走……”

李云龙轻蔑地说：“这就是所谓的心理战吧？扯淡，整个大陆都丢了，占着几个小岛还好意思来心理战，不是嚷着要反攻大陆吗？来嘛，净练嘴啦。”

那边的女广播员声音真是娇滴滴的：“共军弟兄们，早晨好，今天是农历八月十五，是中华民族的传统节日中秋节。每逢佳节倍思亲，你们的父母、兄弟姐妹、妻子儿女在盼望着你们回家团聚，而你们却蹲在冰冷潮湿的工事中和我们隔海相望，这有何意义？‘可怜无定河边骨，犹是春闺梦里人’，谁无父母妻儿？谁无儿女情长……”

正伏在炮队镜上观察的李云龙说：“郑秘书，敌人放空飘气球了，通知前沿防空部队准备对空射击。”

密密麻麻的乳白色空飘气球分低、中、高三层顺着北风向大陆飘来，这是对方心理战的一部分。气球下部挂满了宣传品、食品和日用品，甚至还有伪造的人民币。高空气球很巨大，有二三层楼房这么高，航程能达到河北、山西、陕西等省。

一阵密集的枪炮声传来，防空部队开火了，高射炮、高射机枪正在实施拦阻射击，中低空的气球一个个被击中、爆裂、坠落下来……高空云层里也传来歼击机的轰鸣声、机关炮的射击声，这是空军飞行员们在射击高空气球。

对方的广播声有增无减："……驻金门全体将士枕戈待旦，金门防务固若金汤。共军飞行员们、海军舰艇人员们、陆军官兵们，自由世界张开双臂，欢迎你们弃暗投明……"

郑秘书把李云龙拉进会议室，悄悄地说："军长，有件事向您汇报一下，新组建的梁山分队最近和军部警卫连较上劲了，说准备来个侦察与反侦察对抗演习，目标是军司令部。"李云龙来了兴趣："哦，说得具体些。"

"梁山分队准备进司令部抓'舌头'，演习规则是一旦抓到'舌头'，梁山分队就算赢了。"

李云龙点燃一支烟，很不以为然："看是准备抓谁了，把军部炊事班的炊事员弄走一个也算是'舌头'？"

郑波说："段寨主说啦，要抓就抓1号人物……"

李云龙猛地甩掉烟："什么？把老子当'舌头'抓？真他娘的反了！"

郑波说："段寨主刚坐上忠义堂的第一把交椅，正准备壮壮水泊梁山的威风呢，说第一步先抓1号，以后要有机会，还想打打军区司令的主意。"

李云龙笑道："好呀，看来李某只好应战了，我倒要看看这位段寨主手段如何。什么时候开始？"

"今天中午12点整，24小时之内为演习时间。"

李云龙吩咐道："通知警卫连，加强戒备，任何人来访或有什么异常动静都要向我报告，我倒要看看他段寨主难道有三头六臂不成？敢打老子的主意。"

"报告，警卫连长常彪前来报到，请军长指示。"常彪是个身材高大的汉子，穿着一身洗得发白的军装，佩上尉军衔，显得精干利索。

李云龙笑着打招呼："来，来，坐下。怎么样？有把握吗？"

常彪后脚跟一碰，挺胸昂首道："我不信这个邪，都是两个肩膀扛个脑袋，谁比谁傻多少？"

李云龙说："可不能轻敌呀，人家是有备而来，至少得有几套方案，那个段寨主可是个诡计多端的家伙。你说说你的计划。"

常彪说："第一，守而不攻，是消极防御，是最愚蠢的战术。而最好的防御是进攻，他攻我也攻。就像格斗，一招一式全无定规，你打我下巴，我就照你下三路来上一脚。战术上也是如此，你来端我老窝，我也不能干等着，我也要掏你老窝。他段寨主想打军长的主意，咱们为什么不能打他的主意？第二，《孙子兵法》上说，'固兵无常势，水无常形，能因敌变化而取胜者，谓之神。'这次段寨主肯定会使出很多超常手段来迷惑我，一招不灵马上会换招。因此我也预备了几套方案，敌变我也变，你中有我，我中有你。"

郑秘书对李云龙说："军区作战部派来一个参谋做这次演习的观察员兼裁判员，连皮副司令对这次演习都感兴趣，还说他要抽时间来看看。"

一个左臂戴着黄色的裁判员袖章的少校军官立正向李云龙敬礼："报告李军长，军区作战部少校参谋于立忠奉命向您报到。"

李云龙问："皮副司令都说了些什么？"

"他说……让我一刻不停地跟着您，直到当了俘虏为止，还说有什么弄虚作假的事就拿我是问。最后他让我转告您，要是您做了俘虏，他要罚您两瓶茅台酒。"少校在将军面前显得很拘谨。

"扯淡，我李云龙能当俘虏？"李云龙开始审阅文件。

近来国际形势风云变幻，黎巴嫩发生了起义，反对本国亲美的夏蒙政府。随后，伊拉克又发生军事政变，军队推翻了亲西方的费萨尔王朝，政变后的伊拉克宣布退出美国炮制的巴格达条约，美国在全球范围内建立的遏制共产主义的防御链条，一时出现断裂。面对中东发生的事变，美国从全球战略的角度考虑立即作出强烈反应，美英两国出兵中东，以武力干涉黎巴嫩、约旦等国家。苏联及东欧各社会主义国家也相应作出反应，宣布在邻近中东的南高加索和土耳其斯坦进行联合军事演习，两大阵营一时剑拔弩张。

中共中央也同时作出反应，为策应国际形势，决定对金门、马祖进行大规模炮击。军委命令下达后，炮兵部队大量进入福建沿海地区。对金门射击的炮群有三个方向：厦门、莲河、围头。其中莲河炮群设在李云龙的防区内。李云龙在仔细考虑，大规模炮战一旦打响，双方都各有些什么有利条件和不利条件。从地形条件看，我军在战术地位上三面包围金门，阵地配置、火力运用等条件大大优于国民党军，但面对金门的大陆沿海地区多为平坦的地形和起伏的小高地，观察条件不便，炮阵地易暴露。

而国民党军据守的大小金门虽然三面被火力封锁，但岛上高地多，其阵地在地势上高于我军炮阵地，阵地配置也很隐蔽。如果说用火力封锁金门，岛的南端背向大陆，其南面的料罗湾码头虽在炮兵射程之内，但由于双乳山和北太武山遮挡，大陆方向无法观察，弹着点难以校正。由于一些敏感原因，我空军无法出动，想给大炮安上眼睛，非梁山分队莫属。

李云龙踌躇起来，他深知，这种潜入敌后的作战方式有着极大的风险。金门守军近八万人，居民五万人，面积才120平方公里，守备兵力如此密集，一旦被发现，生还的可能性几乎是零。李云龙实在舍不得拿梁山分队去冒险，这些身手不凡的小伙子哪个不是万里挑一啊？他明白，一旦他签署了特种分队出击的命令，不知有多少优秀的战士会永远长眠在这个岛上。他一时下不了这个决心。

郑秘书和观察员于参谋走进办公室："军长，有情况。"

李云龙看看表，已经是下午2点了，就是说，演习已开始两个小时了。郑秘书汇报说："司令部的电力系统出了故障，供电局派了两个检修工来检查电路，人已经到了。"

李云龙嘿嘿冷笑起来："早不坏晚不坏，偏偏这会儿电力出故障了？段鹏啊，你小子和我来这一套，是不是嫩了点儿？"

郑秘书说："他们穿着供电局的工作服，开着供电局的抢修工程车，常连长已经给供电局打过电话核实了这两个人的姓名和工种，似乎没什么破绽。"

李云龙毫不迟疑地说："别听那个，段鹏这小子不会和供电局串起来？

这两个家伙太可疑了。告诉常连长，派人暗中监视，一有破绽立刻扣留。”

过了一会儿，常彪进来报告：“军长，您真料事如神，这两个小子果然在总配电室做手脚，一个人鬼头鬼脑地望风，另一个人把警戒区的电网和照明电路的保险管全换了，换上去的保险管里的保险丝很细，一旦送电，很快就会被熔断，这样电网和照明系统就会失灵。我带了几个战士冲进去，谁知这两个小子身手不错，干倒了我们几个人就要开溜。我能让他们跑了吗？我们二十多人一拥而上把他们按倒，现在已经给关了起来。”

李云龙笑着说：“看好这两个家伙，梁山分队的人都是属泥鳅的，一不留神就让他们溜了。段鹏这小子这次是赔了夫人又折兵。”

桌上的电话铃响了，是幼儿园园长打来的，她急得声音都变了：“李军长，不好了，李健不见了。”

李云龙的脑袋轰的一声差点儿炸了，他抓住话筒连声问：“是怎么回事？快说。”

“刚才还在院子里和小朋友一起玩儿滑梯，一眨眼工夫就不见了。”

“有没有生人去过幼儿园？”李云龙问。

“除了送食品的车来过，没有生人来。首长，您能不能来一下？我快急死了。”园长抽泣着说。

李云龙眼珠一转，突然乐了：“你放心吧，孩子丢不了，我知道他去哪儿了，你不用找了，没你责任。”他挂上电话自言自语道：“段鹏这主意下作了些，想用孩子当诱饵，钓我这条大鱼，哼，雕虫小技，上不得台面。”

观察员兼裁判于参谋很不高兴地说：“这可有点儿不像话，演习也不能太出格了，怎么绑架孩子？出点儿事谁负责？”

李云龙大度地说：“演习规则说可以使用任何超常手段，嘿，你还别说，这招虽说损了点儿，倒是不拘一格，他的脑子蛮灵活，我还差点儿上了当。”

过了一会儿，常连长又进来报告：“军长，有好消息，我派了几个身手好的战士潜入了他们的‘忠义堂’，神不知鬼不觉地爬上他们的屋顶，偷听他们的谈话，段寨主正布置任务呢，他手下的伙计们有些泄气，说寨主玩儿的这两招全被破了，这次演习咱水泊梁山的英名怕是玩完了。老段和林汉正给伙计们打气呢，说午夜0点偷袭司令部，再来个‘奇袭白虎团’，口气还挺大。”

李云龙一边翻阅着文件，一边漫不经心地问：“你打算怎么对付？”

常连长自信地一笑：“孙子曰：‘善用兵者隐其形，有而示之以无，善守者藏于九地之下，善攻者动于九天之上。’他要偷袭我，我就先下手，在水泊梁山的寨门口搞他个伏击，来个一锅端。我带两个排去，要能捉住老段，这场演习就算提前结束了。”

李云龙挥挥手说：“怎么用兵是你的事，我是你的警卫目标，你别让人家把我当‘舌头’抓了就行。”

李云龙的脑子早已不在这场演习上，他正在考虑即将打响的大炮战，盘算着双方炮兵的实力对比。我军炮兵大多经过朝鲜战场上高水平炮战的锻炼，在作战经验上优于对方，而且火炮数量也占较大优势。但从火炮质量上看，对方炮兵却略占优势。

金门国民党军炮兵以美制155毫米榴弹炮为火力骨干，辅以105毫米榴弹炮和75毫米山炮，火力组织比较严密。而我军炮种较杂，除了以苏制152毫米和122毫米榴弹炮为火力骨干外，还有一部分解放战争时缴获的美制155毫米和105毫米榴弹炮及日制150毫米榴弹炮。这些旧炮原已准备淘汰，但李云龙像个商人一样算计了半天，决定利用这次炮击将旧炮及其库存弹药用掉，对远距离目标射击要用大号装药，对炮膛损蚀严重，会大大缩减火炮的寿命，李云龙认为，使用旧炮比较合算。该考虑的东西太多了，弹药的运输、炮阵地的构筑、通信联络问题、怎样做到战术的突然性……

晚上11点，警卫连长常彪把全连四个排分为两部分：一部分警卫司令部；另一部分由自己带领，前往梁山分队设伏。按演习计划，演习中使用的是没有弹头的空包弹，由演习裁判判定你或伤或亡，从抵近射击的火力效果来看，被伏击的一方绝无生还可能，他们得老老实实被裁判宣布为阵亡而退出演习。常彪决定，一定要活捉段鹏，把他消灭了就没有意思了。就算他武艺超群，我用一个班兵力扑上去，总可以制服他。

梁山分队寨门口的地形挺适合打伏击。一条细细的小路，两旁都是高粱地，高粱已长到齐脖子高了。在夜晚的微风中，高粱叶子发出沙沙的响声，在朦胧的月光下，蟋蟀和纺织娘争相引吭高歌，寨子里传来阵阵的吵闹声，众好汉似乎还不知道已面临灭顶之灾，不知在吵什么。按照预订的计划，常连长做了个手势，几十个战士立即无声地隐入两侧的高粱地里。常连长看着战士们训练有素的战术动作，心里很满意。突然地里人声喧沸，夹杂着一阵稀里哗啦的声音，生长整齐的高粱顿时东倒西歪，似乎有很多人在高粱地里滚动，叫骂声、厮打声混成一片……常彪猛地止住脚步，一个念头闪电般掠过脑际：坏了，中圈套啦……他没来得及多想，就被人一个扫堂腿扫倒。

寨门大开，灯火辉煌，梁山寨主及时雨段鹏被部下簇拥着走出寨门。他满面春风，双手抱拳，颇有江湖之风："欢迎光临敝寨，众好汉受惊了，里面请，里面请，你们的到来让敝寨顿显蓬荜生辉啊……"

第二天早晨，李云龙得知警卫连被干掉半个连，连长也被俘时，只是若无其事地骂了句："这笨蛋，到底着了人家的道，段鹏就那么容易对付？不过现在还没见分晓呢，有能耐把老子抓住才算赢。"

军区作战部派来的于参谋正脱了个光膀子擦上身，见到李云龙过来就说："李军长，您的脸盆在这里，我顺便替您打了水。"

李云龙喜欢用冷水洗脸、擦身子，春夏秋冬都是如此。他脱去上衣，摘下军帽和手表，用手试试水温，发现于参谋兑了热水，便说："你刚来，不知道我的习惯，我从来不用热水洗脸。"

于参谋抱歉地说："对不起，我不知道您有这习惯。"

李云龙泼掉热水，去打来一盆凉水，一边洗脸一边对于参谋说："段鹏这小子这次虽说干得挺漂亮，可现在离演习结束也没几个小时了，现在就算有人告诉我，说我老婆在家里要上吊，老子也不去，看这小子拿我怎么办。"

于参谋用毛巾擦着脸说："他们虽然没抓到1号人物，可收拾了半个警卫连，从效果上看，应该算他们占了上风，等到了中午12点，演习结束后，我陪您去梁山分队，您先给讲评一下，我再裁定输赢。"

李云龙心里还有点儿不踏实，他了解段鹏，他是个不达目的决不罢休的家伙，别说离演习结束还有四个小时，就是还差五分钟他也不会收手的，不过李云龙怎么想也想不出段鹏还能搞出什么新鲜花样来。他下令把剩下的两个排的兵力撤进办公楼，进行密集防守，看他段鹏怎么进来。

郑秘书进来说："昨天他们把李健又送回幼儿园，园长大骂了他们一顿，骂得老段和老林灰溜溜地一声不吭。"

李云龙、于参谋、郑秘书都笑了。差5分钟12点，于参谋对李云龙说："这次您赢了，现在咱们可以去了……"

李云龙哼了一声说："别忙，差一分钟也不能出去，那小子说不定就在楼外面等着我呢，我可不想让段鹏在最后一分钟抓住我，那可太他娘的窝囊了。"

李云龙、郑秘书、于参谋都不说话了，每人都抬着手腕盯着自己的手表，等候着时间一秒一秒地接近12点整。12点终于到了，李云龙仰天大笑："段鹏呀段鹏，就算你小子诡计多端，也奈何不得老子。走，去寨子里看看，看这小子还有什么可说的。"

李云龙和郑秘书坐上于参谋挂着裁判员标志的吉普车，于参谋突然想起那两个在押的俘虏，说："李军长，把那两个俘虏带上吧，您亲自把俘虏交给段鹏。"

李云龙挥挥手说："带上吧。"

那两个被俘的家伙正在呼呼大睡，被带上吉普车时还揉着眼不满地发牢骚："好容易今天不跑10公里越野了，还不让睡个懒觉？这么早叫醒我们干啥？"

李云龙教训道："看看你们俩这副懒散样儿，一点儿集体荣誉感没有，你们是特种兵，不是一般的战士，就这么让人家俘虏了，还好意思睡懒觉？"

那两个战士挨了训，便低下头不吭声了。

吉普车开进寨门，停在忠义堂前，段鹏和林汉率众好汉列队迎接军长，李云龙跳下车，喜笑颜开地照段鹏胸前捶了一拳说："不错，不错，虽然没抓到我这个'舌头'，但总的成绩还是不错的，谋略、战术运用得相当不错，可有一样，以后可不能再说大话哟。"

段鹏和众好汉突然放肆地大笑起来，弄得李云龙和郑波好生奇怪。段鹏说：“军长，您现在已经是我的俘虏了。”

李云龙说：“扯淡，演习早结束了。”

于参谋跨上一步说：“报告军长，是我趁您洗脸时，把您的手表拨快了半个小时，郑秘书的表也被拨快了半小时，现在，离演习结束还有五分钟。”

李云龙怒道：“演习裁判怎么能和一方合作呢？这叫他娘的什么裁判？”

于参谋“啪”地一个立正，大声道：“报告军长，梁山分队一排长张志洪，绰号‘小李广’向您报告，军区作战部派来的于参谋从昨天就被我们劫持了，现在正在‘忠义堂’休息。”

李云龙愣了一会儿才醒过味来，他仰天笑道：“这么说，我还真成了俘虏？”

“对不起，恐怕是这样。”段鹏毕恭毕敬地回答。

真正的于参谋刚被从忠义堂里放出来，他向李云龙敬礼道：“首长，我昨天在路上就被劫持了。不过演习全过程我都看到了，冒充供电局工人和劫持孩子这两招都是障眼法，转移对方的注意力，反伏击是顺手牵羊，真正是事先安排好的计划，就是刚才的‘自投罗网’。没说的，干得漂亮，梁山分队果然名不虚传。”

李云龙得意地说：“那当然，这不过是牛刀小试，来日方长嘛。”

〔 第二十八章 〕

李云龙近来心情很恶劣，主要是和妻子田雨的关系越来越紧张，起因是因为在去年席卷全国的反右运动中，田雨的父母双双被定性为极右分子，开除公职，被送往北大荒的兴凯湖劳改农场进行劳动教养。田雨闻讯后，整整哭了一天一夜，大病了一场。

李云龙对岳父岳母的遭遇一点儿也不感到奇怪，他早就觉得这一对老知识分子不是什么安分之辈，说话太出格了，对共产党总是抱着很深的成见，什么要对权力进行监督呀，什么外行不能领导内行呀，什么言论自由呀。在李云龙听来，这些话确实很反动，共产党的江山是千千万万烈士用鲜血换来的，能拱手交出去吗？轮流执政？亏这些右派分子想得出来。没有言论自由？那是当然的，对反革命分子、右派分子当然不能给他们胡说八道的权利，不然不是反了天了吗？去改造改造也好，吸取点儿教训嘛，以后改造好了还可以摘帽子。他是这么想的，也是这么劝妻子的。谁知田雨根本不领情，反而用一种异样的眼光看着他，他从来没发现平时温柔的妻子会有这种目光，极度失望，伤心欲绝，愤怒和轻蔑，那目光太复杂了。妻子终于垂下头去，什么也没说。可李云龙发现田雨当天就把自己的铺盖搬进了另外一间卧室，不再和他同居一室。这使李云龙非常愤怒，他不喜欢女人用这种手段要挟丈夫，这是对丈夫权利的一种轻蔑。他赌气独自睡了几夜，表示自己不在乎，指望妻子气消了后自己搬回来，没想到田雨似乎准备长期分居了，根本没有改变主意的打算。独守空房的李云龙，每夜都在辗转反侧和饥渴难耐中度过。他一怒之下，便搬到军部去住，不再回家了。

冯楠：

你好！

很久没有通信了，心中非常挂念，你和赵刚在北京生活得好吗？真想见见你们，我现在感到非常孤独，真的，非常孤独。身边连个可以倾诉的朋友都没有。回想当年，你我欢笑畅谈，剪烛西窗。如今，你芳踪杳杳，人如黄鹤去，真不该给你介绍个好丈夫，让你老死闺中。

今夜没有星光，我怦然心动，像是听到远方传来的一种声音在召唤，忽然从梦中惊醒。我望着窗外和茫茫夜空和远处渔火般闪烁的昏黄灯光，努力回忆着刚才梦境中的情景，这个奇怪荒诞的梦在我努力想把它回忆得清晰起来时，已失去了模糊朦胧的细部，只有一个画面异常清晰：那像是一片苍野，周围被一层乳白色的雾状迷蒙所笼罩，天空是混沌的，似晴似阴，一些人高低簇拥着在这苍野上行走，面孔竟闪烁出金属般的光泽。他们迎面向我走来，我依稀辨出其中有我的父亲和母亲。那画面像是无声电影，尽管我拼命哭喊，但他们个个翘首前方，似乎根本没有看见我，和我擦肩而过，我回身向他们追去，却怎么也追不上，前方白雾迷蒙，一派苍茫，苍茫中又隐隐约约透出点什么景致，他们的身影向着深远的苍茫中飘然而去……

我坐在窗前，心脏狂跳不已，浑身竟被冷汗浸湿，这难道是冥冥中上天给我的某种警示？我百思不解。冯楠，我不明白，真的不明白，这是怎么了？最近我偶然看到一份内部资料，竟大吃一惊，在这场反右运动中，被定为右派的人竟有五十多万，其中90%以上是知识分子和高级知识分子。你可能在报纸上已经看到，我父母也在其中，还有很多你我都熟悉的老前辈，他们都被反复动员帮助党整风，向党提意见，最后落得这种下场，据说这叫引蛇出洞，太可怕了。

至于这场运动的是非曲直，我不想评判，因为太复杂了，我只是想，在一个知识分子本来就稀少的国度里，一下子就把五十多万知识分子打入另册，会给我们这个民族带来灾难性的后果，这种灾难会在今后的岁月中逐渐显露出来，我们民族的理性会逐渐丧失，而愚昧的民族难道会有前途吗？今天，有谁能制止一个民族滑向灾难？

我和老李已经正式分居了，因为思想上实在无法交流。对我父母的遭遇，他认为是罪有应得，他的那种冷酷使我的全身一下子变得冰凉，我仿佛重新认识了他，尽管我们所处的这个时代人性这个名词已经消失，但在家庭生活中，人性还多少应该有点儿残留吧。如果在家庭中都找不到一点儿人性带来的温暖，那么生活还有什么意义呢？我曾想到离婚的问题，但马上又打消了这个念头，因为我发现自己又怀孕了，我想告诉你，这是我最后一个孩子，从此我不会再生孩子了。除了夫妻感情原因外，我还有个想法，我无权让更多的生命来到这世界上去承受苦难，我无法预测将来还会有什么灾难在等待着孩子们。想到这点，我就禁不住浑身颤抖。

冯楠，我在盼着你的回信，把你的近况告诉我。代问赵刚同志好，你真有福气，有个侠骨柔肠的将军和你相守，该知足了。

田雨

1958年3月2日

田雨：

你好！

接到你的来信，我一分钟也没耽误，立刻放下手头的事给你回信，省得落你埋怨。谁能拒绝一个美人的要求呢？即使她也是女人，开句玩笑。我不想过多地安慰你，这种时候，任何安慰都是很空洞的，只希望你要坚强，要挺住。我只想告诉你，在刚刚过去的那场运动中，要不是因为一个偶然的原因，我肯定也难逃厄运。

去年运动刚刚开始时，我们北师大冷冷清清，我所在的系党支部书记很诚恳地挨个做工作，动员教授、讲师们向党提意见，还说，不愿提意见的人是和党离心离德，帮助党整风，使党改正错误的人才是真正热爱共产党。大家一听就坐不住了，因为这个逻辑是现成的，不愿意帮助党改正错误的人，必然是居心叵测的人。更何况大家并不是没有意见要提，只不过是极谨慎罢了。你知道，我也是个炮筒子脾气，从不打算隐瞒自己的观点，既然党的干部亲自动员，再把话藏在心里就不好了，于是我也想了几条准备在会上发言。

谁知当天晚上老赵突然决定要去北戴河疗养，还非要我陪他一起去。当时我很奇怪，因为老赵每年的疗养假他从来不用，这是他第一次主动提出的，而且急不可耐。我说我现在工作很忙，不能跟他一起去。没想到他突然大发雷霆，没头没脑冲我发起火来，说我从来不关心他，还威胁着如不陪他去，就要休了我。这下可把我吓坏了，觉得他肯定是遇到什么不顺心的事了，不然他绝不会这样。要知道，我们结婚后从来没吵过嘴，从来是相敬如宾，非常恩爱的。你知道，我和他仿佛是前世结下的缘，我爱他胜过爱自己，靠了你和老李的帮助，我才在茫茫人海中把他找到，你说，我怎么舍得失去他呢？即使是惹他生气，我觉得都是我的罪过。所以我马上妥协了，向他道歉，请求他原谅，当下收拾行装，什么工作，什么开会，什么鸣放，统统不管了，有什么事能比我心爱的丈夫更重要呢？

后来的结果你可能已猜到，我们系有二十多个教授和讲师被定为右派，而我却奇迹般地逃脱了灾难。试想，如果当时我不陪老赵去疗养，而是参加了鸣放会，依我的性格，我怎么会不发言呢？为此事我曾问过老赵，是不是他听到什么风声，或是预感到什么，才设计把我骗走？他只是淡淡一笑说，我就是要你陪我去疗养嘛，将来也是一样，以后年年要你陪，你想躲都躲不掉，不然我就休了你。

真的，老赵这家伙，直到现在他对我仍是个谜。这几年，他的话越来越少，闲暇时便一头钻进书房。有几次我走进书房，发现他只是呆呆地坐着，眼睛望着窗外在冥思苦想。我知道，他在思考着一些重大的事，苦苦地想找出答案，但他不愿意和别人交流，哪怕是我。

田雨，我从报上看到伯父、伯母的事，我为你难过，我能感受到你的痛苦和迷惘，这些年你又读了不少书，知识使你深刻，使你有了智慧，也会使你痛苦。黑格尔说，在一个深刻的灵魂里，即便是痛苦，也不失其之美。你该明白，没有思想的人才没有痛苦。我把你的情况告诉了老赵，他沉默了半晌，只说了一句：性格即命运。与历史的长河相比，悲剧的结局不一定是悲剧。在谈到你和老李的关系时，老赵说，他和老李相交多年，相知甚深，他有缺点，性格粗鲁，没有文化，常常以自我为中心。但他正直，古道热肠，在邪恶面前，他永远是个有勇气的英雄，一旦觉醒，他的勇气会胜于常人，老赵自愧不如。他说他和李云龙性格相去甚远，只有一点相同，那就是悲剧性格。赵刚最后请我转告你，他愿用人格担保，李云龙也许是个有缺点的丈夫，但他是个响当当的男子汉，是个具有英雄气质的男人，这点他赵刚绝不会走眼，希望你能给予宽容和谅解。

离婚是件大事，动辄伤筋动骨，并非上策，请慎重考虑之，老李也需要时间完善自己。田雨，你要振作，你有很多别人羡慕的东西，美貌、智慧、友谊。请记住，无论你快乐还是忧愁，你都有一个好朋友在为你祝福和分忧。如果你把快乐告诉朋友，你将得到两个快乐，如果你把忧愁向朋友倾诉，你将被分掉一半忧愁。

致礼！

冯楠

1958年3月9日

田雨：

我在兴凯湖劳改农场给你写信，也许以后不会再写信了，你可以把它当作最后一封信。我想你已经知道了，我和你父亲都被定为右派，结论是极右，现在正在进行劳动改造。你父亲和我不在一个分场，没有见面的机会。我们的主要工作是农活，现在正挖水渠疏通灌溉系统，东北化冻晚，三月份土地还冻得像岩石一样坚硬，得用钢钎和重磅铁锤打冻方，大家都干得很起劲儿，我们女队的人全是知识分子，肩不能挑手不能提，生活上养尊处优惯了，刚来时，大家面对艰苦的生活和严酷的自然环境都感到无所适从，觉得前途渺茫。

政府的监管人员们发现我们的思想很悲观，便及时组织大家学习，我们学习了毛主席的《敦促杜聿明投降书》，大家经过讨论，觉得豁然开朗，尤其是毛主席文章的最后一句话使大家感触颇深："时至今日，一切空话不必说了，还是做件切实的工作，借以立功自赎为好，免得逃难，免得为人民所唾弃……"

读到此时，大家都感动得哭了，我也泣不成声，这句话真说到我们心坎儿里去了。我们这些资产阶级知识分子，浑身沾满了旧社会的污泥，政府对我们这些资产阶级知识分子做得真是仁至义尽，给我们优厚的生活待遇，给我们充分的民主，给我们的工作创造各种良好的环境。可我们反而恩将仇报，借着共产党整风，向党猖狂进攻。现在想想，我们的确罪孽深重，罄南山之竹，书罪未穷，决东海之波，流恶难尽。现在党为了挽救我们，对我们进行劳动改造，生活上给予出路。这么宽大的政策，除了共产党哪里会有？我们的感激之情无法用语言表达，只能流着泪高呼：共产党万岁！我们决心用劳动的汗水洗刷自己的罪恶，洗心革面，重新做人，争取早日摘去右派的帽子，重新回到人民的行列。

女儿，妈妈对不起你，如果我们的罪恶影响了你的政治前途，我们只能请你原谅，请你和我们划清界限，我们不配做你的父母。你要保重。

沈丹虹

1958年3月10日

田雨冲进卧室，仔细关好门，放下窗帘，然后一头扑在床上，用嘴狠命咬住被角，无声地痛哭起来，她浑身剧烈颤抖着，痉挛着，泪如泉涌。她简直难以相信，这封充满忏悔和谦卑的信竟然是母亲写的，她的母亲曾经是那样心高气傲、才华横溢，那样仪态万方、雍容华贵。如今，她竟像变了个人似的，不仅丧失了任何自尊，连文笔也变得像稚嫩的中学生作文。天哪，太可怕了！

李云龙偶然看到沈丹虹的信，阅后，他心情很愉快，对妻子说："这就对了，犯了错误不要紧，改了就好嘛。说要划清界限就过分了，划得清吗？她再怎么样也是你的母亲，我岳母嘛，还是家里人嘛，你给他们写信，让他们好好改造，争取早摘帽子，将来他们没地方去，就住在这里，咱们给老人养老送终，孝道还是要尽的嘛。"

田雨没吭声，只是看了李云龙一眼，那眼光很复杂，有感激，也有冷漠和无动于衷。

〔 第二十九章 〕

一个没有星光的夜晚，梁山分队奉命出击了。出击地点选在角屿岛上，这小岛在大金门岛的东北方向，和金门直线距离只有两千多米，这是由我方控制的距大金门最近的一个岛屿。

李云龙带着一些作战、情报、侦察部门的军官特地乘船赶到角屿岛，他要和自己心爱的特种分队告别。他心里明白，这些勇敢无畏的战士此去将是九死一生。送行的军官们和突击队员们都神色肃穆，颇有易水悲歌的气氛。

梁山分队装备了几艘安装了消音装置的快艇。突击队员们都装备了潜水装置和小型无线电对讲机，武器是新出厂的56-2型冲锋枪，这是苏制AK-47型自动步枪的仿制品，比一般制式56式冲锋枪要短小体轻，是军工部门专为特种部队研制的，连军区司令部来的见多识广的参谋军官们对这种枪都感到陌生。李云龙发现这些规格统一的、崭新的枪支到了突击队员的手里就变得奇形怪状了，有的队员居然把本来已很短小的枪连枪托锯掉，只剩下手柄和扳机。若在一般部队，这种破坏武器的行为是要上军事法庭的，而在梁山分队却被视为正常。段鹏认为，自己的武器，怎么顺手怎么改，他还打了个粗俗的比喻：这好比自己的老婆，想怎么睡就怎么睡，别人管不着。队员们的冲锋枪和手枪上都安装了消声器，手枪和匕首的佩带方式也很杂乱，有的挂在腋下，有的绑在小腿肚上，有的挂在腰上，有的干脆把皮枪套吊在脖子上。这支小部队的训练方式是很注重各人个性的。

分队长段鹏穿着一身黑色的紧身潜水服，头上戴着水镜，两只脚蹬一前一后搭在肩膀上，他神态轻松地叼着香烟，仿佛不是去执行危险任务，而是休假时到海里去捞珍珠贝一样。他对李云龙说："军长，我们要出发了，您还有话要说吗？"

李云龙觉得嗓子发堵，他似乎有很多话要和他的战士们讲，但一时却不知说什么好，他只是一招手说了句："拿酒来。"

参谋们连忙把茅台酒倒进一排排的大碗里。李云龙双手端碗说："今天我给大家送行了，我只想说，咱们梁山分队没有一个孬种，全是顶天立地的汉子，我相信你们会忠于职守，尽职尽责的。九年前，咱们有八千多弟兄登上了那个岛，他们几经恶战，歼敌上万，最后血洒疆场，无愧于军人的称号。这些年来，我多少次梦见自己率部队登上那个岛，可我没有机会啊，我老喽，以后大概也没这机会了。现在，你们的机会来了，老实讲，我羡慕你们的运气，恨不得用军长的位子和你们换一换。可身为军人，就要以服从命令为天职，我们的身上都承担着不同的责任，只能各司其职了。今天，我用酒给你们送行，对你们只有一个要求，就是要你们一个不少，都要给我平安回来，我在司令部给你们摆酒庆功。"

李云龙把酒一饮而尽，猛地把碗砸碎在礁石上。突击队员们干了酒，纷纷砸碎酒碗。

段鹏立正敬礼："军长，梁山分队全体队员向您告别了。"

李云龙尽量克制着自己的感情说："你们的家里还有什么事要办？

尽管说。”这是敢死队赴死之前，上级必问的一句话，似乎已成定规。

段鹏笑了：“没事，真要有事，等我们回来自己办。”他最后一次立正敬礼，然后登上快艇。

几艘消音快艇发出轻微的引擎声，渐渐消失在黑暗中……李云龙站在岸边的礁石上，凝视着队员们消失的地方，久久不肯离去，似乎和礁石融为了一体。

1958年8月23日17点30分，解放军福建前线指挥部发出了炮击的命令，随着一串串红色信号弹的升空，炮声霎时撕裂了宁静的空气，第一轮出膛的数百发炮弹从不同方向落在金门岛上北太武山的国民党军阵地上，带着死亡气息的金属弹丸划破空气发出骇人的嘶啸声，在海峡上空形成密如蛛网的橘红色弹道，金门岛立刻陷入烟雾和火海中。为了达到射击的突然性，各炮群一律没有进行预先试射，而是以精密法确定射击诸元，力求使设在厦门、莲河的陆军炮群和设在围头的海军岸炮群的首批炮弹同时落达各自目标。

8月23日正是星期六，17点，国民党军金门防卫司令部召集官兵，一面聚餐，一面听国防部长俞大维将军的训话。俞将军的话不多，不过是申明此次赴金门是奉了蒋总统之命，向守卫在大小金门、马祖、大二担诸岛屿上的国民党军将士表示慰问。几年来，台湾各界的慰问团走马灯似的来金门进行慰问，官兵们早已习以为常了，他们都是现实主义者，关心的不是空洞的语言，而是慰问团带来的各种慰问品和为欢迎慰问团而设的聚餐。尽管九年来金门与大陆之间常有炮战，但以往来自大陆方向的炮火并不猛烈，而且事先也多有察觉，部队早早便进入了坑道。但这次突如其来的炮击，国民党军事先没有嗅到一点儿风声。17点30分，设在金门北太武山下翠谷湖心亭中的宴会已散。金门防卫司令部司令官胡琏将军和新调来的副司令官楚云飞中将陪同国防部长俞大维沿着张湖公路散步回司令部。而酒足饭饱的副司令赵家骧将军、章杰将军和澎湖防卫部副司令官吉星文将军三人正用牙签剔着牙站在翠谷湖与湖岸相连的石桥上聊天。此时站在石桥上的三个将军都不是等闲之辈。赵家骧当年在东北战场上长期担任国民党军东北剿总的参谋长。东北野战军司令员林彪和参谋长刘亚楼以及他们麾下的各纵队司令员如丁伟、孔捷诸将领，都太熟悉这位剿总参谋长了。

他们从1945年率部出关起，就和这位赵家骧成了死对头，双方在白山黑水之间厮杀了近三年。辽沈战役结束前，赵家骧从沈阳乘飞机逃走，据说东野参谋长刘亚楼一直耿耿于怀，他很希望能抓住这位老同行、老对手。章杰将军是国民党军空军中的成名人物，他毕业于中央军校和中央航校，空军元老，曾任国民党军空军副参谋长，此时任金门对空联络的副司令。这三人中数吉星文将军最为大名鼎鼎，他出身西北军，“七七事变”时，卢沟桥和宛平城正是吉星文团的防区，当日军借寻找失踪士兵为借口企图进入宛平城搜查时，被吉星文严词拒绝后，蓄谋已久的日军突击队开始攀登城墙准备偷袭中国守军。吉星文果断下令开火，连他自己也没想到，在他扣动扳机的一刹那，他已经被作为名人载入史册了，他一时名噪全国，成为抗日英雄。但他的辉煌却很短暂，在八年抗战中都默默无闻，原因是他非蒋嫡系，直到国民党军1949年撤离大陆时，吉星文不过是个残破的杂牌部队第37师的师长，到台湾后，正值用人之际，蒋介石念其以前的名声又给他一个有名无实的澎湖防卫部副司令官的职位。

此时，这三位将军谁也没料到，死神已张开黑色的翅膀……吉星文烟瘾较大，抗战前喜欢抽大前门和三炮台。抗战后期，随着美国《租借法案》的大批物资运到中国，他开始对美国骆驼牌香烟情有独钟，从此就改不过口来。此时打着饱嗝的吉星文刚刚掏出骆驼牌香烟递给赵家骧和章杰每人一支，正用打火机点烟。突然听到空气中有一种怪异的呼啸声，声音掠过北太武山，由远而近，三位久经沙场的将军的脸突然变得惨白。身为职业军人，他们当然比别人更清楚这种声音是高速运行的弹丸划破空气发出的声响。吉星文手一哆嗦，精致的打火机脱手落入翠谷湖，他叫声：“不好！”

正要就地卧倒，然而已经晚了，第一批炮弹已驰落翠谷湖，在一片地动山摇的爆炸中，整个翠谷湖硝烟弥漫，弹片横飞……一颗发自大陆莲河炮群的苏制152毫米的炮弹正落在石桥上，把三位将军变成一片粉红色的雾，当硝烟散去时，三位将军连同石桥都无影无踪了。正在北太武山下的张湖公路上散步的俞大维、胡琏、楚云飞在第一批炮弹落地时，就被警卫人员按倒在路边的山石下。绰号“屠夫”的胡琏和楚云飞都是久经战阵的将军，两个人几乎同时从地上蹿起，在密集的炮火中不要命地冲进司令部。司令官胡琏的第一个动作就是抓起电话要炮兵指挥官，准备下令金门炮兵全面反击。但他马上就暴怒地摔掉话筒，因为岛上的有线通信网在第一轮炮击中就全部被摧毁了。

设在大陆围头的海军岸炮群的数百发炮弹像长了眼睛一样，掠过双乳山落在金门岛南侧的料罗湾码头上，国民党军台生号运输舰立即中弹起火。国民党军在有线通信网被摧毁后，被迫启用了无线电通信，各级指挥官已经顾不上使用密语了，干脆用明语呼叫起来。

设在大陆一侧的莲河指挥部的侦听电台和无线电对讲机全部开机，里面传来一片声嘶力竭、嘈杂凌乱的呼叫声。李云龙坐在椅子上，静静地吸着烟，他身边的一些炮兵参谋和情报军官正全神贯注地等待梁山分队的消息。

18点，盼望已久的呼叫终于出现了：“……101，偏南23、104，偏东14……”

炮兵参谋们各自用电话将一连串别人听不懂的数据报给各自负责的炮群。李云龙顾不上吸烟了，他专心致志地听着，任香烟在指缝中燃烧着，直到烫了手才扔掉。他知道梁山分队的队员们已各就各位，正用密语指示着炮群调整射击诸元，101、104代表各炮群，偏南23、偏东14是指各炮群需调整的密位度。岛上的国民党军炮位在遭到大规模炮击后20分钟，才从惊慌中清醒过来，一些隐藏在峭壁下、岩石中的秘密炮位都启用了，伪装成岩石的一座座沉重的铁门都缓缓地开启，一尊尊美制155毫米的火炮顺着轨道向坑道口滑动着，炮管伸出了坑道口，炮弹出膛时闪着耀眼的白光，发出闷雷般的巨响。国民党军炮火开始全面反击，国共炮兵的大决斗开始了。

金门防卫部副司令官楚云飞中将负责炮火指挥。他冒着炮火登上设在双乳山顶的炮兵观察所，用炮队镜向大陆方向瞭望，他早从情报中得知，对面敌军防区的指挥官是他的老相识李云龙，当年淮海战场上两人都拼命干了一场，险些闹了个同归于尽。楚云飞胸部中了两发子弹，生命垂危时被副官和卫士拼死背下战场，在台北的陆军医院养了一年伤。伤好后，他再也没机会回大陆了，国民党军已兵败如山倒。如今，和李云龙已十年没见了，想不到两个老朋友隔着10公里宽的海峡用猛烈的炮火在互相问候。楚云飞心情复杂地望着大陆方向，久久没有说一句话。几声尖锐的怪啸声传来，楚云飞敏捷地闪开观察窗，随着几声巨响，一股冲击波夹带着呛人的硝烟和锋利的弹片穿过观察窗，炮队镜被弹片打得粉碎，弹片撞在石壁上又反弹回来，发出尖锐的金属颤音。楚云飞属下的军官和卫士有四五个人当场殒命，观察所里成了屠宰场，被溅得到处是鲜血。一个念头在楚云飞脑子里倏然闪过，解放军炮兵发现这个观察所了，刚才那几发炮弹是试射，马上就会调整射击诸元，第二轮炮弹要是到了可就没这么幸运了，他大吼道："全体撤离！"然后迅速窜出炮兵观察所……当他和部下们刚跑出不到100米时，观察所已被一发152毫米的炮弹直接命中，飞到半空中……

回到指挥部的楚云飞喘息未定，就接到一连串的报告，各炮阵地的指挥官都报告说，解放军的炮弹像长了眼睛，落点极准，有的炮弹居然径直飞进了炮位，把国民党军连人带炮炸个粉碎，不到半个小时，国民党军竟损失了十几门炮，其他的炮位也被解放军炮兵完全压制住了。往往是国民党军开一炮，马上就引来解放军十几颗炮弹。楚云飞不是傻子，他马上明白了，结论只有一个，解放军的侦察兵就潜伏在附近。与此同时，胡琏司令官也接到侦察部门的报告，无线电对讲机中出现大量来历不明的神秘呼叫。胡琏一听便倒抽一口凉气，冷汗顺着脊梁流进屁股沟里。这消息非同小可，他曾多次在蒋总统和台湾新闻媒体面前拍胸脯保证，金门防务固若金汤。没想到，解放军的侦察分队竟神鬼不知地潜入他重兵防守的岛上，而且人数还不少。真见了鬼了！他暴怒着下令，步兵分队全体出动，在全岛进行搜索，并公布了俘获解放军侦察兵的悬赏数额。

这一天，大规模的炮战持续了85分钟，金门岛上落下三万多发炮弹，国民党军伤亡达六七百人。入夜，解放军各炮群专设了值班火炮若干门，由梁山分队指挥。只要报出数据，值班火炮立即按预先测好的射击诸元急速射击，当国民党军的步兵分队从坑道中冲出来时，马上遭到火力覆盖，其中一个连的步兵刚刚钻进工事，就遭到毁灭性打击，一百多号人竟无一生还。梁山分队和拥有八万之众的守军进入对峙状态。在莲河指挥部的李云龙和参谋们从对讲机中听到梁山分队的小伙子们干脆用明语骂起街来："……母大虫，给老子送点儿烟来，老子的烟断顿啦……""小旋风，你睡着啦？怎么他妈没动静啦……""豹子头，你他妈的吵什么？老子正在胡琏那老东西的指挥部门口呢，正琢磨着是不是把炸药包扔进去呢……"李云龙和军官们都笑了，这些胆大包天的家伙走到哪里就骂到哪里。午夜，国民党军步兵分队不顾炮火的拦阻，冲出工事，在全岛进行搜索。据设在角屿岛的解放军观察哨报告，岛上多处传来密集的枪声，有几处还燃起大火。而对讲机中没有任何声音，大家都松了一口气，这说明梁山分队平安无事。

24日凌晨，炮战又开始了，很快又形成一边倒的状态，国民党军炮兵被压制住。梁山分队报告，金门岛南侧的料罗湾码头停泊的17艘舰艇已有一半中弹，正加大马力逃向外海。解放军海军的6艘鱼雷艇在陆地炮兵的火力掩护下奉命出击，金门海域爆发一场海战。大型运输舰中海号中鱼雷负重伤，排水量4000吨的台生号运输舰中鱼雷沉没。解放军海军的一艘鱼雷艇中弹沉没。这一天，赚多赔少，解放军前指一片欢呼声。25日，双方继续炮战，敌军8架F-86战斗机飞到金门以东海域，我军空军一个大队的米格-17型战斗机起飞迎战，空战从金门以东海域打到大陆上空，从1万米高空打到1800米低空，国共双方损失战机的比例为2∶1。这一天的战果仍然是赚多赔少。在金门防卫部的指挥部里，胡琏和楚云飞正召集各级指挥官开会。守岛步兵指挥官黄志雄少将认为，这几天对潜入本岛的解放军侦察分队围剿都毫无结果，他们都穿着国民党军的军装，对岛上守军的内部情况很了解，国民党军的口令一日数改，但这难不住他们。该岛守军有8万之众，军兵种番号繁杂，解放军侦察兵很容易浑水摸鱼，弄得国民党军士兵杯弓蛇影，曾几次互相开火，和自己干了起来，误伤了不少弟兄。

一个情报军官把各参加围剿的步兵部队的情报汇总起来，这支解放军小部队的真实面目开始显露出来：

1.受过精度射击训练，从交火中阵亡的国民党军士兵尸体来看，中弹部位几乎都是头部眉心处，一弹毙命。据参加战斗的国民党军士兵说，这些解放军士兵战斗经验极为老到，他们只是用单发射击来回敬，绝对是弹无虚发。这种打法至少有两点好处，首先是避免了连发射击时暴露枪口的口焰，达到隐蔽自己的目的。其次是大大降低了弹药的消耗。以此推测，一个解放军士兵如携带200发子弹，照此打法，将有200名国民党军士兵倒在他的枪口下，如果解放军侦察兵有100人，每人都是如此身手，后果就可怕了。

2.从一些哨兵及小股人员被杀的现场看，这些解放军士兵都是善于使用冷兵器的杀手，法医认为尸体的创口都是在一定距离内投掷飞刀造成的，进刀部位极为准确，有的是从左胸两根肋骨之间刺入心脏的，有的是从背后左肩胛骨下的软组织中刺入心脏的，据法医推断，被杀者被刺中时不可能叫出声来。看来，这些杀手都受过极专业的训练。

3.都受过专业的攀登越野训练和野外生存训练，不过他们似乎没打算运用自己的野外生存技能，而是不断偷袭国民党军的伙房和后勤部门，弄走大量的食品。

4.都精通炮兵作业，在指示和修正炮火方面很专业。楚云飞听着汇报，突然心里一动，那是尘封已久的回忆，虽然岁月流逝，逝者如斯，但当年山本一木的特种部队突然在他脑海中出现，心中的迷雾奇迹般地消散了，他失声喊道："这不是普通的侦察分队，而是一支地地道道的特种部队。妈的，这么多年了，李云龙居然还没忘……"

胡琏怒火中烧，他认为情报部门都是些饭桶，解放军的特种部队不但已经悄无声息地组建了，而且还轻易在重兵防守的岛上登陆了，他这个司令官事先竟没听到一点儿风声，情报部门不是饭桶是什么？现在的问题是如何对付这些滑得像泥鳅一样的特种兵，他们仗着身后有强大的炮火支援，似乎有点儿肆无忌惮，国民党军的大部队被封锁在坑道里，一露头就会遭到密集的炮火杀伤，任胡琏手下有精兵八万，一时也奈何不得这支解放军特种部队。

胡琏看看簇拥在身边的将校军官们，无奈地说："难道我们就拿这小股敌军没办法？"

楚云飞冷冷一笑："岂能没办法？这件事交给我好了……"

胡琏打断他的话："慢，到里面谈……"

李云龙作战日记

1958年9月2日　晴

据情报，金门岛北太武山和双乳山的南侧大陆方向视线不能及的地区，已修建了两个混凝土跑道的机场，长度都在1500米以上，可起降大型运输机和喷气式战斗机：一个是西村机场，建于1954年；另一个是沙头机场，建于1955年。这一地区，由于我军炮兵无法目测观察，敌人空运飞机一般选择天候差、能见度不良的拂晓、黄昏或夜间起降，因此向其炮击时间很难掌握。我梁山分队登陆后，在双乳山及北太武山建立了对空观察哨，并协助炮兵测定了射击诸元，当敌机出现后，先不射击。待其进入跑道快要降落时，我炮群立刻根据预先准备好的射击诸元向跑道实施急袭。从8月25日至9月2日，敌四架运输机在试图降落时被我击毁。据梁山分队报告，西村及沙头机场的跑道因落弹太多，已不能使用，台湾飞来的运输机已无法在金门降落，机降运输已被迫中止。此役，梁山分队功不可没。

1958年9月6日　晴

金门敌军的补给日益困难，在海运及机降运输均被封锁的情况下，改用空投作为主要补给手段，但从空中向金门投放物资并非易事。小金门只有10平方公里，空投场极小。大金门面积虽较大，却呈哑铃状，中间宽度不足4000米，由于我军高炮在金门上空组成拦阻火网，敌机不敢低飞，高空投掷的物资一部分飘落海中，投到岛上的物资，在我梁山分队的调度下，大部被我炮火摧毁。据情报部门测算，每日空投运抵金门的补给品只相当于过去正常条件下补给量的5.5%，敌军只能躲在坑道中靠储备品度日。据梁山分队报告，敌指挥官视我梁山分队为眼中钉，欲必除之而后快，每日入夜后，均有小股敌步兵冲破炮火拦阻，和我梁山分队发生激战，目前我军无一伤亡。

1958年9月14日　阴

我炮兵参战部队全面开展打零炮活动，除发现重要目标时才集中进行大规模炮击，平时则转入零星炮击，每日24小时，昼夜不停。特别是对料罗湾码头3海里之内，使敌昼夜惊慌，以增强全面封锁之效果。据报，敌岛上地面活动已基本陷入停顿状态。13日凌晨，敌用美字号运输舰进行偷运，在接近料罗湾码头时被我设在北太武山上的观察哨发现，调动炮火实施移动拦阻弹幕射击和不动拦阻射击火墙，两艘运输舰中弹起火后逃回，补给再次失败。

1958年9月18日　晴

敌于16日以大型运输舰于金门南我炮火射程外，以美制LVT履带式水陆输送车装载货物从舰上下水，直接抢滩上岸卸载，17辆水陆输送车下水后，分波次呈一列横队向料罗湾抢滩。在我梁山分队观察哨的调度下，我炮群组成覆盖性火网，对料罗湾内及3海里范围进行集火射击，当即命中九辆，其余的均逃回炮火射程之外。据报，料罗湾码头及设施中弹累累，毁坏甚重。

“喂！老李呀，我是丁伟，你那边打得挺热闹呀，真他妈的馋死我啦，咱老丁命不好，好事总轮不到我头上。我这边闲得要命，除了训练就是学习。代我问嫂子好，还有……你老丈人好吗？这老先生可不简单，别看是一介书生，很有战略眼光，他这一点拨，我有点醍醐灌顶的感觉。什么？老先生成了右派啦？乱弹琴，怎么他妈的到处是右派？我不大看报，去年整风最热闹的时候我下部队了，地方上的事我不大清楚，怎么会这样？我就不相信一下子蹦出这么多右派和反革命。算啦，算啦，不聊啦，老子心烦，得好好想想，我挂啦……”

李云龙挂上电话，静静地坐了一会儿，他也心烦，最近家里乱糟糟的，就没一件顺心事。妻子似乎打定主意，要和自己长期分居了，平时除了必要的话，一句多余的也没有。李云龙知道，田雨的日子也不好过，自从她父母被划为极右分子后，她所在单位的政工部门已找她谈过几次话，无非是要她正确对待反右运动，和自己的父母划清界限，最好能写份声明之类的文字材料，表明自己的立场，和父母断绝关系。田雨不置可否，李云龙听说后却火了：“什么他娘的划清界限？怎么划？不承认他们是爹妈，那你从哪儿来？难道是石头里蹦出来的？”他从心里反感这些过左的政工人员。

当年鄂豫皖根据地杀AB团，他眼睁睁地看着自己的很多老上级和老战友被莫名其妙地处决了，要说他们是敌人，打死他也不相信。那时保卫局派到各部队监督肃反的特派员，简直是太上皇，手操生死大权，一句话就可以置人于死地，李云龙算是恨苦了这些人。在一次战斗中，李云龙组织了一支敢死队，任命一个保卫局特派员为队长，当时那个从没打过仗的特派员吓得脸都白了，李云龙二话没说，拔出手枪对准他，告诉特派员，要么率敢死队冲锋，要么算他畏缩不前，执行战场纪律枪毙。“你不是革命意志坚定吗？好，你要向战士们证明一下，现在老子没工夫听你扯淡，给我冲！”那个特派员一咬牙带敢死队冲上去，说来奇怪，他是第一个中弹阵亡的。此举曾使保卫局的负责人大为恼火，若不是中央因为肃反扩大化而纠正了蔓延趋势，李云龙的脑袋很可能也被砍掉了。“别理他们，叫他们看着办吧，不行就辞职回家，我李云龙养得起老婆孩子。”李云龙对田雨这样说。慑于李云龙的职务，军区情报部的政工人员没有过多地为难田雨。

鉴于对金门岛的全面封锁已经完成，李云龙已用暗语向梁山分队发出撤退的命令。命令发出后，他在作战室里不肯离去，今夜是个关键，梁山分队如能顺利撤回，则大功告成。深夜1点，设在角屿岛上的观察哨报告，岛上北太武山、双乳山及东北部几处突然爆发激战，密集的枪声中还夹杂着爆炸声。与此同时，司令部作战室里刚才还沉寂的对讲机中也传来抵近射击的枪声、叫骂声，时不时还能听见一两声微弱的闷响，这是梁山分队的队员用带着消声器的冲锋枪进行单发回击的声音。李云龙被值班参谋叫醒，他一跃而起，扑到送话器前，一把抓起话筒大声问："及时雨，及时雨，开闸没有？水流多少？"

段鹏的声音断断续续，似乎是在奔跑或滚动中："1号，1号，闸已打开，水流54……12被蛇缠，42去救火，前有深沟……4号沙盘，来雨，来雨……"

李云龙心里一沉，他最担心的事还是发生了，段鹏的暗语是："军长，撤退命令已下，54人已安全撤离，有12人被敌人包围，我们42人去营救，但敌人太多，靠不过去，请向4号地区炮击。"

"轰！""轰！"炮群开始了集火射击，黑沉沉的夜空中顷刻间布满了暗红色的炮弹尾迹。

李云龙擦了一把冷汗，呼叫着段鹏的代号，声音中充满了冷峻："01，01，42流水，42流水，不许救火，不许救火……"

段鹏不作任何回答，对讲机中只有枪声和爆炸声，就是没有回答。李云龙暴怒地扔掉话筒，他心里太清楚了，敌人的围剿是蓄谋已久的，凭段鹏带个四十多人根本别想救出那12个人来，后果无疑是自投罗网，在这种情况下只能放弃那被围的12个人，多撤回一个算一个。可现在段鹏不作回答，分明是拒绝执行命令，他想不顾死活地打开一个缺口，把被围的战友救出来。作为一支特种部队的指挥官，他显然是在意气用事，实乃大忌。

小旋风司路伏在一块巨大的岩石下，一边对着送话器呼叫，一边以单发射击阻止敌人的散兵线交替掩护地向前跃进。敌人的机枪、冲锋枪火力像旋风般地扫过来，打在岩石上溅起一溜溜的火星，几发迫击炮弹发出尖厉的呼啸声落在岩石上，轰轰地炸开，碎石像雨点般地落下，几乎埋住了小旋风。梁山分队被围住的战士们，各自依托着有利地形，不慌不忙地用单发射击回敬着敌人，特种部队的战士的确出手不凡，他们稀疏的单发射击根本构不成火网，但一个加强营的敌军士兵竟被这种稀疏的火力死死地钉在地上和岩石后，谁要是露头，脑门准吃一颗子弹。敌军指挥官很恼火，因为刚接火不到半小时，国民党方面已阵亡五六十人了，而解放军突击队员隐蔽的位置极为刁钻，他们藏在射击死角里，见人才开枪，弹无虚发。

小旋风不停地呼叫着炮火："再偏南14，我在沙盘4A角，向我周围打……给他狗日的立一堵火墙……"

几十发从大陆方向飞来的152毫米口径的加榴炮弹在小旋风坚守的小高地四周炸成一堵火墙，国民党军的一个加强营被炸得血肉横飞，残肢断臂被抛起十几米高。

司路在炮火中纵声大笑："打得好啊，痛快……再来一轮……不妨近点儿，再往里延伸二十米……"

花和尚罗遇春拖着一条被打断的腿爬过来向司路报告："喂！大官人，咱们弹药不多了，我统计了一下，每人还不到20发啦。另外，没负伤的连你一起算上，只有四个，弟兄们商量了一下，决定让你们四个没负伤的人先突围，我们每人抽出10发子弹给你们，反正我们也走不了了，给你们掩护……"

司路勃然大怒："放屁，你们商量了有屁用？现在这里我说了算！怎么着？你斜眼瞪我干啥？告诉你，这个战斗小组我是负责人，轮得上你们商量？"

罗遇春被劈头盖脸骂了一顿，他并不买账，毫不客气地回骂道："知道你是负责人，没人跟他妈的你争权，你不就是个少校吗？又不是少将，口气咋这么大？看把你能的！好啊，你不是能吗？你们四个没负伤的背我们八个负伤的突围，让你们一个人背两个，老子们还不打了，就在你们的背上看西洋景啦。"

司路冷笑道："老子没那个本事背你们突围，可老子有本事陪你们留下，咱们小组12个人，要活一起活，要死一起死……"

绰号玉臂匠的童明一举枪，噗噗两声闷响，50米外两个敌军士兵仰面栽倒。

童明艰难地抽出最后一支弹夹装上，拉开枪栓把子弹顶上膛，他的腹部中了一发子弹，鲜血透过绷带不停地渗出，他声音微弱地向司路的权威提出挑战："有些人当个破小组长……就，就……他妈的不知姓什么了，老子们不乐意别人陪……你不就是……小旋风吗？没劲……要是一丈青陪着……还差不多，是不是？花和尚。"

花和尚接口道："就是，要是个娘们儿还差不多，去去去，你们走……"

司路正要回嘴，一个被扩音器放大的声音传来："共军突击队员们，共军突击队员们，我是本岛防卫部副司令官楚云飞，请你们停止射击，楚某有话要说。首先，鄙人对各位英勇顽强的战斗精神和高超的单兵作战素质表示由衷的钦佩。鄙人承认，你们的特种作战行动使本岛守军伤亡惨重，就军事行动而言，贵军突击队的确取得了极大的成功。现在我想说的是，作为军人，你们已经出色地完成了自己的任务，已尽到了自己的职责，现在应该考虑放下武器体面地退出战斗了，你们的弹药不多了，你们中间大部分人已经负伤，你们无力突出重围，况且，这样抵抗下去毫无意义。弟兄们，我们都是中国军人，这里也并不是抵抗外国侵略者的战场，就此放下武器无损于军人的气节。我们虽意识形态观点不同，但楚某并不想强迫你们改变自己的观点，我只想说，请你们珍惜生命，同为中国军人、炎黄子孙，楚某恳请你们放下武器，化干戈为玉帛，楚某以本岛防卫部中将副司令长官的名义向你们保证，只要你们停止抵抗，你们将得到公正、体面的待遇，你们的尊严不会受到任何侵犯……"司路向喊话方向目测了一下距离，对着送话器呼叫炮火："偏东28，偏东28，沙盘4B角，来点儿雨，来雨……"莲河炮群的几十发大口径炮弹发出刺耳的呼啸声由远及近落在楚云飞藏身的掩蔽部周围爆炸了，钢筋混凝土的掩蔽部经住了几发直接命中的炮弹，但架在外面的几个喇叭被炸得粉碎。

楚云飞扔掉送话器，叹了口气说："看来他们是破釜沉舟了，连话都懒得回，干脆用炮弹回答，马上攻击吧。"敌军的轻重机枪、迫击炮又开始了密集的火力攻击，藏在岩石后面的士兵们交替掩护着向前跃进……

李云龙指挥部的报话机里突然传来小旋风司路的明语呼叫："01，01，别管我们，千万不要向我们靠拢，敌人张开网正等着呢。你们快撤，你们快撤。1号，1号，我是小旋风，我是小旋风，现在向您汇报我们情况。我们通过审问俘虏得知，金门防卫部最近新调来一个副司令，叫楚云飞，是他策划的这次行动。具体实施方法是，趁我炮击间歇，步兵分队分批化整为零出坑道，然后进入潜伏位置，这件事我负主要责任，没有发现敌人已秘密集结，致使第一战斗小组陷入重围。不过，我们也没便宜敌人，现在敌人的尸体在我们周围摆了一圈。1号，现在我们的弹药已全部用光，该是告别的时候了，我代表战友们向首长和同志们告别了，请炮兵向4号地区开火，请覆盖4号地区，快点儿，开火，开火……”

敌军指挥官从报话机中听到司路的明话呼叫，不由喜上眉梢，看来这小股共军真是山穷水尽了，冲上去也许还能抓几个活的。敌军士兵们从岩石后直起身子，呐喊着蜂拥而上。司路卸下了枪口上的消声器，检查了一下弹夹，还有八发子弹。他摸出最后一颗微型手雷说：“弟兄们，卸下消声器，最后用连发干他一下，临走也闹个痛快。”敌军的散兵线在接近阵地时，遭到猛烈的扫射，12支冲锋枪分别打出了长点射。这是一次空前绝后的射击表演，每支枪都把仅有的几发子弹打出了高水平，敌军士兵被扫倒一片，中弹部位几乎全在脸部。

司路放声大笑：“打得不错，都是射击教练的水平，来，弟兄们向我靠拢，咱们该上路啦。”楚云飞在掩蔽部用望远镜看到，解放军突击队员坚守的小高地上，闪出一团耀眼的火光，随后传来一声闷雷似的爆炸，然后一切归于沉寂……

在李云龙的指挥部，李云龙无力地坐下，向负责联络的炮兵参谋沉重地挥挥手说：“命令炮兵向4号地区开火。”

莲河炮群发出地动山摇的轰响，4号地区顷刻间淹没在火海之中……

梁山分队在这次行动中立了大功，中央军委也发来嘉奖令。段鹏和林汉各记一等功，同时又各记大过处分。原因是他们在小旋风等12人陷入重围后，拒绝撤退的命令，坚持要在包围圈上打开缺口，当营救行动失败后，分队长段鹏和政委林汉擅自决定进行报复，他们突袭了国民党军的一个团部，团部的军官们全部丧生。在这次突袭行动中，梁山分队又有三个队员阵亡。

在战斗总结会上，段鹏和林汉都作了检讨，都承认自己指挥失误，意气用事。第一，当敌人分批从坑道里出来时，他们竟毫无察觉，以致中了埋伏，造成了12个战友的牺牲。第二，拒绝执行命令，为报复擅自进行突袭行动，致使三个战友牺牲。这两人都认为这次处分给得不冤。

李云龙在会上表现得很暴躁，他拍着桌子怒骂道："你们俩是吃干饭的？损失已经造成了，你们现在检讨管他娘的屁用？梁山分队的战士都是万里挑一的，都是宝贝，给个师长都不换，你们这两个混账王八蛋，一下子就损失了15个人。娘的，你们赔我人。"李云龙说着说着，眼圈都红了，想起阵亡的15个队员他心疼得直哆嗦。

1959年1月，历时四个月的大炮战结束了，不过象征性的炮战还在继续，双方的炮弹都打到无人区，双方的广播站在开火之前都预先发出警告，让对方隐蔽好，以免出现不必要的伤亡。从此，这种奇特的、象征性的炮战持续了二十多年。

〔 第三十章 〕

1960年，中国人的灾难降临了，工农业生产的大幅度滑坡，使粮食和副食品供应出现极度紧张的状况。政府除了紧急调运国库存粮支援最困难的地区外，还采取了多种措施，譬如减少民用布的平均定量，压低城镇居民的口粮标准及食用油定量，并提倡制造代用食品等多种应急措施。即使这样，各地仍不断传来饿死人的消息，饥饿像乌云一样笼罩着全国。

连李云龙这样的将军家庭也受到饥饿的威胁了。部队有了新规定，军官的口粮标准减为每月27斤，从27斤口粮里还要扣除五斤支援国库，另外又扣除一斤支援灾区，因此只剩21斤了。李云龙大半辈子都是吃军队的大锅饭过来的，对家庭开支几乎没什么概念，对钱财也看得很淡，每月的工资都是由郑秘书代领，再交给田雨。他自己很少花钱，这并不是他节俭，而是他除买烟买酒之外再也想不起有什么需要花钱的事了。

田雨可作难了，她自己的口粮标准也只剩下21斤，还有两个儿子，大儿子李健已经八岁了，小儿子李康才两岁，都正是长身体的时候，两个儿子的口粮标准加起来才十几斤。更要命的是家里还有个保姆张妈，张妈是个老年寡妇，无儿无女，来自山东农村，没有城镇户口，没有户口就没有口粮，平常年景无所谓，可这大饥饿的年景就难坏了田雨。张妈没有儿女，在老家连房子都没有了，你能让人家走吗？可是留下她也难办，全家人就这点儿口粮标准。田雨急得没办法，只好和李云龙商量，能否把困难和组织上说说，特殊照顾一下，只要再有15斤口粮，全家人勒勒裤带就能过去了。可李云龙一听就把眼睛瞪得像牛眼，“谁家没困难？都要照顾组织上照顾得过来吗？亏你想得出来！”

田雨为难地说：“那你说怎么办？张妈在咱家干了好几年了，咱们就忍心赶她走？再说，这会儿请人家走，不是把人家往死里赶吗？”

李云龙说：“张妈也是咱家的人嘛，当然不能赶人家走，有饭全家吃，没饭全家一起饿着，情况总不能老这么糟，慢慢地会好起来的。”

田雨说：“可眼前就有点儿过不下去了。”

李云龙愣了，他没想到自己家也面临着断顿的危险，他沉默了一会儿，才说：“没办法，只能再勒勒裤带吧。”

本来李云龙是个大肚汉，平时一顿饭能吃三四个馒头，这几年活动少了，肚子也微微隆起，被称为“将军肚”。从这次谈话后，他给自己重新定了口粮标准，每天半斤粮食，实在饿得不行了就偷偷喝一大碗凉水，没两个月他的将军肚就平了，后来又渐渐凹进去，肋骨也一条条突显出来。有一次他带着郑秘书和几个参谋去视察前沿的炮兵阵地，一座小山包他硬是爬不动了，眼里冒金星，浑身流虚汗。郑秘书连忙扶他坐在山坡上。李云龙自我解嘲地说：“不行啦，岁数不饶人呀。”一句话说得青年军官们都落下泪来，其实谁不知道军长是饿的？田雨和丈夫的感情虽然早已出现裂痕，但在这种困难的局面下，往日感情上的恩恩怨怨似乎顾不上了。特别是从这件事上，她看到了李云龙善良、豪爽的一面和作为丈夫的责任感，其实她吃得比丈夫还少，而且已经开始浮肿了，但她顾不上自己。眼看着李云龙一天天消瘦下去，田雨的心里像刀割般难受，她主动搬进丈夫卧室，想给丈夫一些温柔和慰藉，可她失望地发现，李云龙似乎变成了个没有任何欲望的木头人，对妻子的亲昵无动于衷。

那年冬天，一连串的祸事降临在这个家庭。

那天李云龙在自己的办公室接到一个电话，是老战友孔捷打来的，平时一贯高声大嗓的孔捷今天的声音极小，说话也吞吞吐吐，由于距离太远，再加上线路里的杂音，李云龙听了半天才听明白。孔捷告诉他一个使他极为震惊的消息，丁伟将军被逮捕了。李云龙听说后，震惊得久久说不出话来，脑子里竟是一片空白。

在“庐山会议”上，战功赫赫的元帅及党内元老们被定为“反党集团”、“右倾机会主义分子”后遭到清洗。这些事，李云龙早已从文件上看到了，但他万万没想到此事竟牵连了丁伟。

本来按丁伟的级别和这些大人物没什么关系，可丁伟的性格使自己倒了霉，他从不隐瞒自己的观点，心里有话就非说不可。在大军区召开反右倾大会时，身为军区参谋长的丁伟竟站起来当众为彭德怀辩护，并声称不打算改变自己的观点，反正他脑袋上的乌纱帽也不大，想摘就摘了去，砍掉他丁伟的脑壳他也是不服。丁伟的反抗引起了轩然大波，立即被扯掉军衔宣布逮捕。丁伟被戴上手铐时表现得非常强硬，他对着会场上的几百名高级军官喊道：“同志们，我们的党和军队有危险，这种空气太不正常了，连个战功赫赫的元帅按组织程序提点儿意见尚且被定为反党分子，照此下去，将来党内人人都难以自保，好人会越来越少，小人会越来越多，这个党还有什么希望？早知如此，我丁伟当初就不该参加红军，不该参加共产党！”

据说，当时会场里数百名将校听了丁伟的话，无不骇然变色。李云龙脸色铁青地找出一瓶茅台酒，这是他给丁伟留的。他一口气把酒喝个精光，酩酊大醉，他吼道：“丁伟呀，好兄弟……你是条汉子……我李云龙不如你……是，是他娘的孬种，软骨头……”吓得郑秘书赶快关上门窗。

田雨这天没上班，因为军部大院里今天分白菜，她和张妈一起把分到的白菜搬进院子后，忽然发现刚才菜车停过的地方还凌乱地扔着一些冻坏了的白菜帮，田雨踌躇了半天，终于下决心把这些烂菜叶拿回家用水洗净，和张妈一起用盐腌了起来。

她正忙着，门铃响了，田雨打开门，发现门外站着一个陌生的中年男人，这人的脸呈古铜色，满脸如刀刻般的皱纹，一看便知是常年从事室外劳动的结果。

“你是田雨吗？”陌生人问。

“是的，你是谁？找我有事吗？”田雨狐疑地问。

“能单独谈谈吗？不要有别人在场。”

田雨把陌生人带进客厅说：“这里没有别人，你可以讲了。”

“我从东北兴凯湖劳改农场来，我的姓名就不说了，别人管我叫老K，我是个刑事犯，1954年因盗窃罪被判三年徒刑，刑满后就在兴凯湖农场就业了，令尊田墨轩先生和我同在一个劳改队……”

田雨浑身一震，急切地问道：“我父亲现在好吗？快说说。”

老K垂下眼皮，沉默了一会儿说：“令尊已在一个月前去世了。”

田雨像遭到雷击般僵在那里，她霎时大脑一片空白，她伫立在客厅中央，久久不动，恍惚间仿佛站在宇宙的长河之岸，看浪涛滚滚，汹涌澎湃，轻轻的风托着一个灵魂朝她走来，在苍穹的深远处，有如金石般的声音悠悠飘来，袅袅如天籁……孩子，人类的历史，不过是浪花中的一点泡沫。而苦难是人类品格的试金石，把人置于苦难的炼狱中，才能看到人性的真谛和心灵狂飙闪电的壮观。悲剧把人生的善恶推向极端，它所提供的人生哲理和历史教训是无可比拟的。人性太复杂了，它有着巨大的包容性，让人失态的迷狂，叫人切齿的卑鄙，使人扼腕的怯懦，令人轻蔑的圆滑和世故，也有与之相对应的冒险犯颜，极言直谏的脊梁和风骨，举国皆吾敌，而不改其度。这就是人性的双重性，世间万物不离其宗，譬如太阳，人类既然接受了它喷薄时的那种瑰丽，升腾时的那种蓬勃，就得接受它骄横中天的炽烈，那是同时赐予你的。……在茫茫暮色中，在宇宙长河之岸，田雨有种深刻的生死感怀和宇宙苍凉感，但尽管苍凉，却并不伤感，微风托着一个灵魂离去了……

田雨惊异地发现，自己竟没有了眼泪，她静静地注视着老K，轻声说：“请详细说说我父亲的情况。”

老K说：“不瞒你说，我这次出来，已经通知了几个死者家属了，每次都是哭得惊天动地，我得耐心等着家属哭够了才能谈话。有个教授的老婆一听到丈夫的死讯，竟当场休克了，我还得把她送进医院。其实我是从劳改农场逃出来的，没有户口，没有钱和口粮配给，但我有手艺，会偷，走遍全国我也饿不死，但我不宜抛头露面，碰上警察检查证件就麻烦了，我琢磨了好几天，这类通知家属的闲事还值不值得再管了？要是再有送病人去医院的事我可就悬了，像你这么镇静的我还是头一次遇见。你不会告发我吧？看你家这样子，像是当大官的，我就纳闷，田墨轩先生家里有当大官的人，怎么硬是救不了他呢？还眼瞧着老先生受这种罪？算啦，不说这些，不过在我说之前，我还有个小小的条件，我刚才告诉你了，我现在身无分文，虽说会点儿手艺，可如今这年头，偷都不太好偷了，大家都穷，有点儿吃的恨不得都锁进保险箱，没有粮票你有钱也没用，你看是不是……”

田雨表示理解地点点头说：“钱可以多给你些，粮票只能给你十斤，多了我也实在拿不出来了。”

“够了，够了，如今谁不把粮票当命似的，十斤就不少啦，你真是菩萨，我老K感激不尽。咱们说正事吧。”

“我1957年刑满，像我这种没家没业又会点儿手艺的人，劳改农场是不会放我的，说白了就是怕我出去没饭吃又去偷，所以刑期满了把铺盖卷从犯人队里搬到就业职工队里，该干活还得干活，只不过是有了三十多块钱工资，可饭钱还得自己掏，囚服也不发了，你要不想光着腚就得自己买衣服穿了。总之，刑满和服刑差不多。那年11月，全国各地的大批右派就一拨一拨地到了。咱长这么大也没见过这么多大文化人，右派是啥咱闹不清，给咱的感觉是国家好像跟文化人有了仇，文化越高仇越大，管教干部平时总看我们这些刑事犯不顺眼，说我们是人渣子，弟兄们虽说不在乎人家骂咱，可也明白咱的地位。自打右派来了，我们这些刑事犯可就抖起来啦，任命的班组长都是刑事犯，没文化的管着有文化的，话又说回来了，在那种地方，文化人屁用没有，一个个细皮嫩肉的，戴个眼镜，干起活来架手架脚的连个娘们儿都不如。这还不算，数他妈的右派队事多，别看干活不行，打小报告的可不少，还特别爱写思想汇报，一写就是二十多张纸，把自己骂得连王八蛋都不如，开起批判会来一个比一个积极。打个比方，好比把一群狼关在笼子里饿着，大伙都硬撑着看谁先饿趴下，只要有一个撑不住趴下了，一群狼就都扑上去把那条先趴下的狼吃了。

“所以我们刑事犯看不起这些右派，咱偷东西还讲个‘盗亦有道’，还讲点江湖义气，可他们文化人一旦到了这个份上，啥规矩都不讲啦，净想撇清自己，把事往别人头上推。灾年来了，劳改队的粮食定量一减再减，最后减成每天七两毛粮，就是带皮的粮食，右派们谁也不敢喊饿，谁要说个饿字，马上就有人打小报告，说七两粮食就够多的了，咱们这些人对党对人民犯了罪，党和人民宽大了咱们，给咱们粮食吃，你还喊饿，这不是对社会主义不满吗？当然，文化人里也有硬汉子，令尊田先生就算条汉子，右派队二百多号人，拒不低头认罪的只有五个人，他就算一个。田先生自打进劳改队那天就不承认他犯了罪，对管教干部说他到死也是个‘三不’，不承认有罪，不改变观点，不落井下石。妈的，老爷子那股硬劲儿连我们刑事犯都佩服，为这个，田先生可没少受罪，大会批小会斗，关小号，干活多加定额，取消通信权利，田先生一句软话没说。劳改农场干的是农活，种小麦，外人都以为最累最苦的活是拔麦子，其实拔麦子不算最苦，劳改犯们最怕的是冬天挖冻方，东北的冬天零下三四十摄氏度，地冻得比石头还硬，一镐下去一个白印，得用钢钎和十八磅大锤打眼，把洞眼连成一排，再用钢钎撬，那抡大锤可不是谁都能抡的，劲儿使小了没用，抡圆了又没准头，谁也不敢去扶钎，那可不是闹着玩儿的，十八磅的大锤抡到脑袋上脑袋开花，抡到手上、胳膊上就能把骨头砸碎，整个农场光这么砸死的就好几个。

“田先生算是死不改悔的大右派，需要好好改造一下，就被派了扶钎的活，老先生算命大，只把手砸骨折了，包扎一下还得接着扶钎。唉，罪遭大了。头两年，粮食不紧张，干这种活还扛得住，灾年一来，可就完啦，你想，七两粮食也就塞个牙缝，别说干活，躺着也够呛，大伙浑身浮肿，走道像踩着棉花，东摇西晃的，出冷汗，两眼冒金星。工地离我们宿舍有十几公里，单程走也得一个多钟头，零下40摄氏度的天，肚里再没食，能不死人吗？每天路上也得倒下几个，倒下就没气了。有一次我走着走着也倒下了，当时也不觉得冷了，也不觉得饿了，只觉得身上暖暖的挺舒服，眼皮也睁不开了，直想睡过去。我听人说过，什么时候有这种感觉了你小子就该完蛋啦，当时我心里明白极了，眼一闭心一横，去他妈的，爱怎么着就怎么着吧，横竖一条命，活着也遭罪，一了百了吧。你猜怎么？咱快完蛋的时候，有人掰了一块窝头放在我嘴里，我这嘴也不争气，明明不想活了，还吃它干什么？可这嘴就是不听话，只觉得那棒子面的香味儿快把我的魂勾走了。我当时想，这会儿能让我吃一个窝头，砍走我一条腿也值啦，当时我那模样大概比一条饿狗也强不到哪儿去，半个窝头差点儿把我噎死。就这点儿食一下肚，我居然缓过来了。你大概猜着了，是田先生给的，我不知道老爷子是怎么省出的这半个窝头，每人一天才七两啊，人就是这么怪，关键时刻半个窝头能救条命，这也就是田先生，换个人他宁可让你砍他一条腿，也舍不得那半个窝头。不怕你笑话，咱这辈子走南闯北，没家没业，上不敬天下不敬地，膝盖没弯过，脑袋没低过。可等我缓过劲儿来，膝盖一软，愣是给令尊田先生跪下啦。救命之恩呀，不表示一下咱今后还能在江湖上混吗？你猜田先生说什么？他骂了我一句：‘没出息，男儿膝下有黄金，岂能为口食物下跪？’说完连理也不理我转头走了，当时，嗨……

“你别笑话，我眼泪和鼻涕糊了一脸，这辈子除了田先生，没人拿咱当过人，我老K这才明白，人和人真他妈的不一样呀，坏的人坏起来简直是坏得流油，好的人让你奇怪这世上怎么还有这么好的人。打那以后，我拿田先生当自己的爷爷供着，哪个王八蛋敢和田先生过不去，咱老K不管明着暗着也要灭他一下。可田先生不喜欢咱，见了咱就跟不认识似的，平时跟谁也不说一句话，独来独往的，骂他打他的人他不理，像咱这拍他马屁的他也不理。这咱理解，田先生是什么人？人家是大知识分子，有学问有地位的人。咱是什么人？流氓小偷，人渣子，人家看不起你。

“反正不管田先生看得起咱还是看不起咱，咱对田先生只有尊重。人呀，不管你多坏，见了好人还是不能不佩服，流氓也有良心呀。我到现在也闹不明白，像田先生这样的好人怎么也给送去劳改了呢？这世道好像有点儿不对头呀，自古以来监狱那种地方是我们这种人该住的地方，田先生那种人应该去当大官，好人当官老百姓享福呀，肯定是清官，就像包公、海瑞似的。算了，不说这些，我接着讲。说实话，我看不起文化人，除了会练练嘴，别的什么都不行，大部分人骨头还特别软，他们就不明白，既然政府把你送进劳改队，就说明人家看你不顺眼，要收拾收拾你，你要像条狗似的挨了一鞭子还向人家摇尾巴就没意思了。他们以为尾巴摇得越欢就越能得到宽大，所以拼命打小报告，写思想汇报，批判别人的时候一个赛一个凶，其实进了劳改队大家的身份就拉平了，你表现再好也没人拿你当回事。

“照理说，灾年来了连他妈的肚子都吃不饱，你还打什么小报告?不行，还得接着折腾，批判批判这个，汇报汇报那个，得，最先死的都是蹦得欢的人。你想呀，七两粮食不白给你，你要走来回三个小时的路，还要干重活，这已经够呛了。你再忙着揭发别人、批判别人，体力和脑力都在消耗，你要不先死倒奇怪了。农场从入冬以来就开始死人，开始是几天死一个，后来就大批死人了，最多的一天一个队就死十几个。埋都埋不过来，地冻成那样，挖个浅坑也得四个人干一整天，把死人埋了活人也快累死了，开始还给钉个薄木匣子，后来是草席卷，最后草席都供不上了，光着身子埋吧。这下子批判会也不开了，小报告也顾不上打了，顾命要紧呀，大伙儿也都明白了，想活命不在乎你表现怎么样，表现再好该死也得死，你得处处节省体力，连脑子都别动，比方说，大伙儿一起掀冻土块，你应该嗓门大点儿而手上一点儿劲儿别使，说白了就是靠偷奸耍滑才有可能活下来。不瞒你说，我就是这么活下来的，不然十个老K也玩儿完了。咱刑事犯没自尊，横竖不过是人渣子啦，干着活不想干了，一头栽倒假装昏过去了，想装得像点也好办，你就像个螃蟹似的吐白沫儿就行，管教干部踢两脚骂两句你只当是催眠小曲儿。劳改犯都当了还怕骂吗?要脸干什么?

“当然，我说的是我们这些人，一般来讲，文化人比我们实诚，尽管活干得不怎么样，可也真不惜力，你让他躺倒装死狗比杀了他还难受。这是文化人的通病。田先生就更是这样了，本来没人愿干扶钎的活，都怕抡锤的人失手砸着，所以田先生扶钎。后来粮食一减再减，就再没人愿抡锤了，那种活体力消耗太大，大家宁可被砸死也不愿抡锤了，所以田先生又被派了抡锤。咱看不过去就偷偷跟田先生说：‘别犯傻，别人是欺负你呢。’田先生说：‘这活总得有人干，前些日子我掌钎，抡锤的也累呀，现在也该换换了。’唉，你说他是聪明还是傻？前些日子是多少口粮？现在是多少？那是一码子事吗？我没办法，人家文化人有自己的主意，就这么着，我眼看着田先生一天不如一天，最后浮肿得连鞋都穿不上了，咱心里跟明镜似的，老爷子没几天活头啦，我偷偷问他：‘田先生，您家里还有什么人？有啥事需要我办的？我也不怕您不爱听，您可快撑不住啦，有话快说，要不就来不及了。’老爷子想了想说：‘老伴也进来了，就在这个农场，不知是死是活，还有个女儿出嫁了。算了，老K，你的好意我领了，我没什么要办的事，人嘛，从哪儿来到哪儿去，都有定数，生者如过客，死者为归人，赤条条来赤条条去，人生应该坦坦荡荡。我死了以后，你把我的棉衣棉裤和被子都拿走，给我留个裤衩背心就行，反正也不怕冷啦，别糟蹋了东西。’我当时一听眼泪都下来了，吭哧了半天也说不出话来。操，这叫他妈的什么事？这世道怎么就留不住好人呢？我说您总得给女儿留几句话吧？您放心我一定传到。

“田先生摇摇头说：‘既然是阶级社会，总要有人当贱民，我和老伴已经是贱民了，这叫万劫不复，何必再把女儿搭上？’他说完就闭上眼睛不吭声了，任我说啥也不开口了。我估计得没错，两天以后田先生就走了，老爷子走得不声不响的，晚上一觉睡过去就没醒过来，第二天早晨发现时人都硬了。我带了几个哥们儿整整干了一天才刨出个一米多深的坑，我想把老爷子埋深点免得化冻后被野兽刨出来，可地上的冻层有两米厚，弟兄们实在挖不动啦。我可没拿田先生的棉衣和被子，要真那样我还算人吗？老先生穿得整整齐齐盖着被子下葬的，那天我把弟兄们轰走，我一个人坐在坟头旁痛痛快快地哭了一场，长这么大咱净让别人哭了，自己啥时候这么哭过？田先生，好人呀，这世上该死的人多了，怎么就让田先生死了呢？真他妈的……过了几天，我把管教干部的伙房撬了，弄了些吃的，连夜逃了出来，其实这叫逃跑吗？咱早就刑满了，啥时候改无期徒刑啦？

好了，我把田先生的事都告诉你了，我也该走了……”

老K眼巴巴地看着田雨，希望田雨能兑现刚才的诺言。田雨梦游般地走到柜子前拉开抽屉，拿出20斤粮票和500元钱递给老K。老K吃了一惊，连声说：“说好了给10斤，你怎么给这么多？自己不过啦？不行，不行，我只要十斤就够啦……”

田雨怔怔地看着老K，突然“扑通”一声给老K跪下，慌得老K连忙去扶，田雨执意不肯站起来，她脸色惨白，定定地望着老K一字一句地说：“我这个不孝的女儿，替父亲谢谢你了，谢谢你让他穿得暖暖的上路，谢谢你把他埋葬，使他到死都保持了尊严，谢谢，谢谢，谢谢……”她不停地说着，又不停地用额头把地板撞得山响，她似乎丧失了思维，对面前的一切都视若无睹，连久闯江湖的老K都吓坏了。

老K揣起粮票和钱，向窗外望望四周动静，对田雨一抱拳说：“后会有期。”说完蹿出门外不见了。

田雨似乎没发现老K的离去，她突然发出一声凄楚的惨叫：“爸爸，妈妈，别把我一个人丢下，求求你们了……”她瘫软在地上，顿时泪飞如雨……

刚刚蹿出门的老K突然撞在一个人的身上，老K定眼一看，顿时吓得魂飞魄散。这人穿着黄呢子军装，肩上佩着少将军衔，我的妈，老K还没这么面对面地见过将军，他吓得腿都软了……

李云龙刚才醒过酒来，想回家躺一会儿，没进客厅就听到了老K的叙述，他听了一会儿，听得他脸色惨白，浑身直哆嗦，竟像座雕塑一样凝固在那里……他看了老K一眼，只简短地说了句：“请跟我来。”然后径直走进客厅，从柜子里拿出十斤粮票又胡乱抓了一把钱，连看也不看地塞在老K手里，挥挥手示意老K离去，然后，他头也不回地上楼进到卧室里躺下了。老K僵在那里，半天没缓过劲儿来。李云龙躺在床上，他觉得头疼得似乎要裂开，丁伟被捕的事本来已使他的心情极为恶劣，再加上刚才他听到岳父的噩耗使他震惊不已，他觉得浑身火烧火燎的，胸中的闷气似乎凝固成硬块，死死地堵在那里，使他喘不上气来，太阳穴的血管似乎在怦怦地跳动。正难受着，郑秘书进来，轻轻对他说了几句话，李云龙顿时从床上蹦了起来……

原来他儿子李健又惹事了。李健已经八岁了，正上小学二年级，他上午放学回家，见妈妈和张妈正在洗烂菜叶子，心里就有了点儿主意。他知道现在正是困难时期，大家都在挨饿，于是也想出去转转，看看能否再捡些菜叶子回来。结果出去转了半天，没捡着菜叶子，倒是从一辆拉白菜的三轮车上抱来一整棵白菜。但这小家伙运气不佳，没走两步就被人捉住，这年月人们对什么都不感兴趣了，只有对能吃的东西异常敏感，一棵白菜在人们心中的分量比磨盘还重，这还了得？李云龙知道这件事时，简直如五雷轰顶，感到奇耻大辱，心说这军长是没法儿干了，自己儿子做出这种丢脸的事，他还有什么脸在军部大院当1号？他火冒三丈地赶回家，一把拎起儿子三下两下绑在板凳上，扒下裤子抡开牛皮武装带就没命地抽起来。因为在气头上，他下手太重了，抽得李健连连惨叫，吓得张妈跪在地上替李健求情。李云龙听也不听，只顾狠命地抽，嘴里说要抽死这个孽种，只当没生他，抽死他老子去偿命，这么小就学会偷了，长大了还不知会干什么坏事，老子现在就为民除害了。

田雨听到父亲的噩耗，精神上受到极大的刺激，她哭了个昏天黑地后就在卧室里昏昏睡去了，儿子的哭叫声把她惊醒。当她冲下楼时，李云龙还没有歇手的意思。田雨顾不上和他吵，就一下伏在儿子身上，李云龙一时收不住手，有一皮带抽在田雨背上，他恨恨地扔掉皮带，余怒未消地训斥着妻子："你看看你儿子，全是你惯的！"他有个习惯，要是儿子有了什么露脸的事，比如考试得了第一名之类的，他便得意地四处吹嘘："看看，我儿子硬是考了第一名，是咱老李的种。"要是儿子惹了什么事，他便会对妻子说："你看看你儿子……"似乎李健又成了田雨一个人的儿子了。

田雨本来刚从悲痛欲绝的状态中恢复过来，此时一见儿子血肉模糊的屁股，顿时又失去了理智，她歇斯底里地喊了一句："李云龙，我和你拼了……"说罢一头向李云龙撞过去。李云龙慌了，他从没见过妻子变得如此疯狂，不由心虚起来，也有些暗暗后悔自己下手太重了，他一把抓住妻子，嘴硬道："他敢偷东西，我再不管教将来就没法管了……"

田雨抱住儿子泪如泉涌，她愤恨地对李云龙说：“你这不是管教儿子，是想杀了儿子，我没见过你这样的父亲，对自己儿子也敢下这种毒手。”她转而又数落儿子：“孩子啊，你怎么这么不争气呢，就是饿死也不能偷呀，看把你打得……”她放声大哭起来，李云龙也发现自己太过分了，他慌忙打电话叫来郑秘书，让他送儿子去医院，自己则灰溜溜地躲出去了。

李云龙的家庭已经够乱的了，上天似乎还嫌不够，一波未平，一波又起。李健被打后，保姆张妈越想越觉得对不起李家，她认为自己是一切灾祸的根源，要不是自己没有户口没有口粮定额，首长家何至于闹成这样，让孩子遭了这么大的罪，李家只有两个孩子，除了小儿子李康住幼儿园能保证基本供应外，全家都在挨饿。尤其是李健，饿得脖子都细了，似乎都支撑不住脑袋了，三个人的口粮四个人吃，还不是自己拖累了李家？张妈越想越绝望，她是个很有自尊的农村妇女，认为不应该再拖累李家了。从那天起，张妈就拒绝进食了，她希望自己快些死去。她换上自己最干净的衣服静静地躺在床上等待死亡的降临，任凭田雨怎么哀求也不吭声。

李云龙知道此事后，后悔得直捶自己的脑袋，他知道家里闹成这样，都和自己有关，儿子固然应该管教，可那天他一时气晕了，下手太重了，根本没考虑张妈会怎么想，这个自尊的农村妇女每次吃饭都吃得很少，据警卫员吴永生说，他有几次看见张妈在偷偷地落泪，李云龙一直没顾上劝劝她。

这次，他觉得问题有些严重了，得好好解决一下。他把小儿子李康从幼儿园接回家，指挥着全家人规规矩矩站在张妈的床前，夫妻两人把该说的话都说尽了，张妈还是闭着眼一声不吭，看样子她铁了心不想活了。

一时间李云龙急得脑门上冒出了汗珠子，他说了声：“张妈，全家人都给你跪下啦。”说罢“扑通”一声自己先跪下了。田雨迟疑了一下，也和两个孩子默默地跪在床前。

李云龙充满感情地说：“张妈，你比我年长十几岁，是我的长辈，按辈分全家人该跪着求你。我李云龙不是什么首长，我也是农村出来的穷小子，从小就知道挨饿的滋味呀，赶上灾年，我娘也领我拄着打狗棍讨过饭，灾年要饭难啊，走个十里八里也不准能要上一口，那年我们娘儿俩饿得实在走不动了，一个河南老大娘把仅有的一个窝头给了我们。那老大娘也是穷人呀，我现在还记得她老人家的模样，岁数和你现在差不多，一头的白发，慈眉善目的，我娘抹着泪对我说：‘孩子，将来你出息了，可别忘了穷乡亲，别忘了你也是穷人家的孩子。’打那以后，我参加了红军，战场上咱没当过孬种，心越打越硬，可有一样，一遇见穷人家的老大娘，唉，我那心呀，就像有人在揪，叫我想起当年救过我们母子的老大娘，也想起我娘，我忍不住就想落泪，我娘没过过一天舒心日子，她老人家死得太早了，我实在没机会孝顺她老人家呀。张妈啊，你到这个家好几年了，全家人早把你当成自己家人了，一家人嘛，有福同享，有难同当，有我李云龙一口吃的，就少不了你半口，你现在不吃饭，是拿我当外人呀，这不是打我的脸吗？让我背个不忠不孝的恶名，我还有什么脸活着？”

他又对两个儿子说：“儿子呀，你们听着，咱们家是五口人，这就是你们的奶奶，将来我和你妈要是不在了，你们都要给老人家养老送终……”

张妈终于忍不住放声大哭起来：“别说了，首长，你们一家子都是好人啊，从今以后，我也拿这儿当自己的家，我老婆子命好啊，遇见你们……”田雨和孩子们都忍不住哭了。

军部大院出了件怪事，事情虽不大，但是让保卫处很伤脑筋。后勤部的一台立式水泵莫名其妙地丢了。大院里有不少空地，自从粮食供应紧张以来，院里所有空地都种上了玉米和蔬菜。这台立式水泵是平时抽水浇菜用的。

军部大院的围墙足有三米高，大门设双岗，围墙内外均有流动哨，这台立式水泵的长度有四米多，重量有一百多公斤，不是一两个人就能轻易搬走的，更何况是在警卫森严的军部大院。保卫处查了半天毫无头绪，现场没留下任何蛛丝马迹。保卫处长和几个保卫干事出于职业习惯，认为这很可能是敌对势力制造的政治事件。

事情报到李云龙那里，李云龙就火了，他一拍桌子话很不客气：“你们保卫处是干吗吃的？迟迟破不了案，说明你们是笨蛋，依我看从保卫处长到下面的干事都该脱了这身军装转业，部队不养废物！”

政委孙泰安对保卫处长说：“你们准备怎么破案呢？总不至于到地方上请公安局协助吧？那还不让人笑掉大牙。”

〔 第三十一章 〕

刚刚被李云龙骂得狗血淋头的保卫处长心里很不服气但又不敢顶嘴，他刚刚在肩章上添了颗星，成了上校，总想在工作上搞出点儿成绩来，谁知刚晋升就赶上这件说大不大说小不小的事，一台水泵不值钱，算不得大案子，但这么个大铁家伙竟然无声无息地在戒备森严的军部消失了，这问题就严重了。按逻辑推理，既然作案者能神不知鬼不觉地弄走这么笨重的东西，那么绝密文件和枪支弹药包括1号、2号首长的脑袋总要比水泵好带吧？想想都觉得后怕。这难道能是一般盗贼干的？于是保卫处长的思路牢牢定格在政治事件上。他说：“军长、政委，这肯定不是一般的失窃案，很可能是敌特分子干的，而且是里应外合，我打算先这样入手，先调集所有在军部的军官和工作人员的档案，过一遍筛子，然后再找出重点进行突击审查……”

李云龙毫不客气地打断他的话：“敌特分子？人家特务是不是吃饱撑的？费了半天劲偷一台不值钱的水泵？照你推理，是不是蒋介石要浇菜园子缺台水泵呀？冒着生命危险偷出来再专门派一艘军舰运回台湾？你脑子有毛病是怎么着？屁大的一件事就往政治上扯，又想搞政审人人过关！我就奇怪，这支队伍从红军时起就有这么一批浑蛋，他娘的仗不会打，就会整自己人，成天把心思全用在这上面，有能耐，战场上去立功，这才算个军人，才算条汉子，别净靠着整人立功，那叫不走正道……”

政委孙泰安见李云龙怒不可遏，越说越出圈，连忙打圆场：“老李呀，我看这件事以后再议，先让他们回去，咱们不是还要开会吗？”

保卫处长退下后，孙泰安说：“老李，有些话何必说得这么明白？尤其是对下级，心里明白就行了，咱们是老搭档了，要是换个人我就不说了，苏区时杀AB团，杀托派，延安整风，对自己人比对敌人还狠，党内缺乏民主空气也不是一天两天了，你我这个职务说大不大说小不小，要想改变这种状况，你我都无能为力。别说咱们，彭老总怎么样？井冈山时就‘唯我彭大将军’，政治局委员、国防部长、元帅，都没用，一句话就成了反党分子，要说他反党鬼才相信，可谁敢说话？现在这形势……最好还是少说话，言多语失呀……”

李云龙冷笑道：“只要我李云龙在位一天，我的部队里就不许有靠整人吃饭的浑蛋，谁想整人，就给老子脱了军装滚蛋，没啥了不起，反正老子的乌纱帽不大，丢了也没啥可惜的，大不了回老家种地去。”

孙泰安无可奈何地摇摇头说：“你呀，这脾气，也就是沾了能打仗的光，总有老首长护着你，不然就冲你那脾气，别说当军长，这么多年的运动，你老兄能活下来就不错了。可你想过没有？以后没仗打了，你的价值还有多大？嘴上再缺个把门儿的，还有哪个老首长再护着你？”

“去他娘的，死猪不怕开水烫，老子这脾气改不了了，也不想改。”

李云龙带着警卫员小吴来到梁山分队的驻地，他悄悄的谁也没惊动，背着手溜达进菜园。菜园里种的全是红薯，看来灾年没人种蔬菜，都是先顾肚子吃饱，什么生长周期短产量高就种什么。红薯秧子长势不错，绿油油的，地里湿漉漉的像刚刚浇过。李云龙四下看看，发现这块菜地的地势较高，不远处有条小河。

李云龙眼珠转了转突然笑了，他问小吴：“你猜猜这浇菜园的水是怎么来的？”

小吴说：“菜地地势高，河水的水位又低，要浇地只能靠人力挑水了。”

李云龙用鼻子哼了一声：“我就不信段鹏和林汉这两个小子有这么勤快，他们能下死力气去挑水？咱们找找看，这里面要没名堂我就不姓李。”

小吴走到灌渠的尽头，发现有个四方的水泥砌的池子，看样子水是从池子里涌出的。李云龙说：“动动脑子，这池子下面总不会是个泉眼吧？”

小吴困惑地说：“那哪儿来的水呢？”

“笨蛋，你就是不动脑子，这水是从别处引来的，池子下埋了暗管。”

他们来到小河边，发现有座砖砌的小屋孤零零地立在河边，猛一看没什么特别之处，似乎是看守菜园的人住的。小屋门锁着，窗户也被薄木板封死，外面的人根本看不见里面有什么。再仔细看看，就有些名堂了。小屋靠河一侧的陡坡被挖空，河水直接引到小屋下面，小屋下面有什么东西就看不清了，因为外面乱七八糟地钉着一些破木板遮挡住人的视线。李云龙笑道：“看吧，段鹏这小子的狐狸尾巴藏在这儿呢。”

小吴说：“哦，我明白了，这是个水泵房，河水从小屋下面被抽进暗管，再通过暗管从水池里涌出来，就好像水池里有个天然的泉眼似的。”

李云龙冷笑道：“伪装得不错，连电源线都埋在地下了，段鹏和林汉这一对儿浑蛋，宁可费这么大劲儿去偷水泵埋暗渠搞伪装，也懒得去挑水浇地。”

小吴很佩服地说：“还是人家脑瓜子灵，像俺这种榆木疙瘩脑袋，整死俺也想不出这招来，只能下死力去挑水。”

段鹏和林汉正带着战士们在海滩上训练，训练科目是徒手夺刀，战士们两人一组，站在齐胸深的海水里正打得水花四溅，除了匕首是橡胶做的假刀外，其余的都是真踢真打，连护具都不戴，有的从浅水打到深水区，在水下厮杀得难解难分。

有两个战士水淋淋地爬上岸，一个捂着流血的鼻子，一个走路一瘸一拐，嘴里还不干不净地骂着：“操，你他妈的手真黑，哪儿软乎往哪儿打……”

占了便宜的一方则表现得很谦虚：“不好意思，不好意思，没办法，谁让咱拳头太硬呢。”

段鹏和林汉见李云龙来了，连忙跑过来敬礼。

李云龙绷着脸道：“你们分队的副业搞得不错呀。”

这两个家伙都是何等聪明的人，马上就猜出李云龙的来意，在这位敬重的军长面前，怎能扯谎呢。

段鹏心一横索性直截了当地说：“1号，事情是我干的，该怎么办您说了算。”一副死猪不怕开水烫的劲头。

李云龙装糊涂：“你干了什么？我是顺道来看看你们训练的。”

段鹏苦笑着说：“您亲自来这儿，肯定是因为水泵的事，我搞的那点儿伪装能瞒得了别人可瞒不了军长您。”

李云龙心里暗暗称赞这个聪明绝顶的家伙，他的脑子反应太快了，就这么一眨眼工夫，马上就判断出你的来意和你所掌握的程度，然后干脆承认，绝不兜圈子。李云龙说：“好呀，痛快，既然说开了，那我也不和你兜圈子，那就说说你们偷水泵的理由，要能说服我，水泵你可以留下，我绝不追究，要是说服不了我，那对不起，水泵要物归原主，至于你，至少是个记大过处分。”

林汉说：“1号，您好像找错对象了，事情是我干的，段鹏有这本事吗？他就会吹牛，觉得这是件露脸的事，硬说是他干的，将来和别人好有的吹。”

李云龙沉下脸：“少来这一套，一个分队长，一个政委，要处分谁也跑不了。”

段鹏神色凛然道：“理由很简单，弟兄们吃不饱，已经影响训练了，体能也一天不如一天。我们分队没有士兵，全部是军官，军衔最小的也是个少尉，您知道，军官的口粮标准已降到每月27斤，再减去 5 斤支援国库，一斤支援灾区，只剩下21斤了。国家有困难，需要咱勒裤腰带，咱没二话，省着吃就是了。可从去年开始，来队探亲的家属越来越多，其实，哪是什么探亲，都是在家乡饿得受不了了，到咱队伍上求援来了，有的一家七八口全来了，住下就不打算走了。谁家没亲人？咱好意思看着人家挨饿吗？可就这点儿粮食，就算自己吃自己的定量也不过才每天七两，何况还有这么多家属？作为军事主官，我无权停止分队规定的训练科目，但说实话，我们已经做不了高强度训练了，不少弟兄都饿昏在训练场上了。从今年年初，我已擅自停止了每天五公里越野的体能训练，我不知道这种状况还要持续多久，我想让弟兄们保存点儿体力，尽量减少点儿消耗，再过两个月，我们种的红薯也该下来了，到时情况会好一些。要是没这台水泵，我们就得挑水浇地，可弟兄们实在没这种体力了。再说，后勤部闲置了好几台水泵，我去要过，人家不给，宁可让水泵在仓库里闲着。俗话说：‘三讨不如一偷。’我就偷了，可我不打算检讨，也不打算认错，因为虽然我手段不那么……正规，但理由却是很充分的。至于处分，我没考虑过，因为那不是我的事，应该由您考虑才是。”

李云龙沉默了。

几个佩着中尉军衔的特种兵挤过来对李云龙说：“1号，您干脆给我们分队来个集体处分得了，要省点儿事就把集体一等功免了，来个功过相抵，谁也不欠谁。”

“对，这主意不错，实在不行就免了集体一等功，再来个集体记大过处分，我们吃点儿亏没关系。”

“反正不能让分队长和政委自己扛着，事情是大伙儿干的，全分队每人有份，光处分分队长和政委，我们都成了缩头乌龟了。”

段鹏拉下脸瞪起了眼睛说：“干什么？干什么？起哄是怎么着？你们怎么跟1号说话呢？还有点儿规矩没有？都给我滚！”

队员们不服气地嘟囔着散去。

李云龙有些艰难地说：“这么多家属来部队，你们粮食是不是早没了……”

林汉说：“和野菜放在一起吃还能凑合，1号，您甭操心了，这又不是哪个单位的事，全国人都在挨饿，部队好歹还有粮食定量，农村可就惨了。”林汉的声音低低的。

“农村的情况真的这么糟？你们都听到些什么？”李云龙问。

段鹏和林汉这两条硬汉都流泪了。

段鹏说：“情况比想象的还要糟，上个月家乡捎信来，说我老娘饿死了，我爹也快不行了。老林家在甘肃武威，好年景都穷，就别说现在了，他两个兄弟都饿死了，他爹娘幸亏死得早，不然……”

林汉擦着眼泪说：“我们分队有个军官，家在河南信阳，那边灾情最重，整村地饿死人，省里派民兵封锁路口，不许外出讨饭，他一家十几口没活下一个。他听说后就不想活了，把手枪顶在脑门上要搂火，被别人发现制止了。又怕他再出事，只好把他关进禁闭室。1号，我这当政委的，照理应该去做做思想工作，可我不知该说什么，人家家里十几口人都饿死了，我再给人家讲大道理，这不是找骂吗？再说了，我自己也糊涂着呢，咱们国家到底是怎么啦？不是刚搞完大跃进吗？炼出这么多钢，连英国都超过去了，一亩地能打上几万斤粮食，我听说中央领导都发愁粮食多得吃不完干什么用……”

李云龙感到一阵晕眩，浑身突然剧烈地颤抖起来，他努力使自己镇定下来，厉声打断林汉的话：“不要说了，记住，这种话以后和谁也不要说。粮食的事我来想办法，办法……总会有的。哦，我和后勤部打个招呼，水泵就算发给你们分队用了，记住，下不为例，不管是什么理由，偷东西是错误的，你们要检讨，以后要坚决制止，不然偷顺了手还不偷到银行去？”

“谢谢军长，我们金盆洗手了，从此做良民。”段鹏回答。

李云龙走出几步又想起什么，他转身问道：“那台水泵是个很笨重的玩意儿，你们怎么弄出来的？”段鹏刚要回答，李云龙又摆了下手说：“算了，别说啦，这事我一听说就想到你们了，除了你们谁还有这本事？反过来说，要是连这点儿本事都没有，还敢叫特种分队吗？”

李云龙回到家里，见田雨正从楼上下来。他劈头就问：“家里还有多少钱？”

田雨随口答道：“好像有两千多元，你要买什么？”

李云龙一听吓了一跳：“怎么有这么多钱？咱们成财主了？”

田雨说：“我也没特意攒钱，每月工资都放在抽屉里，除去花销剩下的我也没存，前些天我数了数，才知道有两千多元。”

国家从1955年开始实行工资制，按李云龙的级别加上各种补贴有近300元，家里孩子少，没负担，又是两个人拿工资，所以节余较多。李云龙是过惯了供给制的人，对钱的概念很模糊，觉得有吃有穿有酒喝有烟抽就行了，和李云龙同级别的将军都没他有钱，那时国家鼓励多生孩子，哪家起码都是四五个孩子，工资虽高，可也没什么节余。

李云龙兴奋起来：“哈，没想到咱们稀里糊涂成了财主，看来发财还是件很容易的事，快把钱都给我。”

当田雨弄明白李云龙是准备到集市上买些粮食给梁山分队时，她马上提出警告：“第一，粮食是国家统购统销物资，个人买卖是违法的。

第二，集市上不可能有粮食卖，只有黑市上有，这同样也是违法的。第三，军队有明文规定，现役军人一律不得在地方集市抢购粮食、副食品及日用品。要是没有这些规定，我早去买了，孩子们都在挨饿呀。”

经田雨一提醒，李云龙模模糊糊想起好像有这么条规定，有些踌躇起来。

郑秘书来找李云龙汇报工作，见军长正抓耳挠腮想不出辙来。他问清是什么事后，脑子一转，主意就来了，一句话就使李云龙茅塞顿开。他说：“军长，这条规定只限于现役军人，至于黑市和集市的区别就更不好分了，只有工商部门才有权过问贩卖者出售的商品是否合法，普通老百姓无权也无义务去检查一般商品的合法性，买也就买了，顶多算无知吧，当然，国家干部尤其是领导干部就又当别论了。”

李云龙一下子开了窍：“对对对，我咋就昏了头？张妈不是老百姓吗？肚子饿了兜里又有几个钱，买点儿吃的，犯了哪家法？这么办，这钱发给张妈了，算工资，人家愿意买粮食是人家的自由，咱管得了吗？郑秘书，你得给我做证，这可不是我违反规定。”

郑波微微一笑：“没问题，我是证人。我的东西送给别人谁管得着？老子高兴给谁就给谁，是不是？当然，公民之间的相互馈赠是受法律保护的，这是你的自由嘛。”

“好，你通知段鹏派几个人换上便衣帮张妈背东西，助民劳动嘛。可有一样，张妈买回的东西一斤也不能少，全给背回来，要是碰上个管闲事的……让这小子自己解决吧，擒拿格斗也不能白学，我反正什么也不知道……灾年的粮食本没什么价，说多少钱就是多少，你爱买不买。”

两千多元买回五百多斤玉米面，合每斤四元多。

田雨说：“张妈，你也没和人家还还价？就算是灾年，也够贵的。”

李云龙却很满意，他乐呵呵地说：“张妈，别听她的，一点儿都不贵，钱是什么？是纸呀，放在抽屉里吃不得喝不得，粮食可是实实在在的东西，能救人命的。”

为这点儿粮食，李云龙和妻子之间爆发了一场激烈的争吵。粮食买回后，李云龙叫人全部运到梁山分队了，自己家一点儿没留。田雨知道梁山分队在李云龙心中的分量，对于丈夫用全部积蓄买粮也表示理解，问题是这两千多元钱不是小数，钱都花了，自己家留下哪怕50斤她也会心满意足的。李云龙又不是不知道，这个家庭也在挨饿呀，就算大人不吃，给孩子们留些粮食总不算过分吧？这下可好，钱没了，粮食也一颗没见着，李云龙连和妻子商量一下的意思都没有，好像这件事与田雨无关，这太过分了。当田雨刚刚把这意思很委婉地说出来时，李云龙一听倒蹦了起来，怒气冲冲地说："那是军粮，谁也不能动，动了就是贪污。打仗那会儿，谁敢贪污军粮就没二话，枪毙！我说你咋觉悟越来越低呢？连普通老百姓都不如？"

田雨感到受到了极大的侮辱，她也愤怒地嚷道："用自己的钱买的，怎么就成了军粮？我想给孩子们留一些，怎么就成了贪污了？你这人怎么这么不讲理呢？"

李云龙针锋相对地反驳道："你的钱？你会造钱？你造一个给我看看？你的钱哪儿来的？国家发的嘛，国家发的钱用在国家身上，就是天经地义。"

田雨气得哭笑不得，因为李云龙的思维逻辑极为混乱，甚至胡搅蛮缠，照他的逻辑，田雨等于自己花钱买了贪污犯的帽子。她尽量克制着自己，把声音放得柔和些，耐心地说："老李，咱们别吵架了好吗？咱们大人可以凑合，可孩子们不能挨饿呀，你看小健瘦成那样，他正在长身体呀，还有张妈，她天天还要干活呢。"

李云龙毫不通融："孩子们也不能特殊，全国都在挨饿，让孩子们吃点儿苦没关系，不然非成了少爷胚子不行，当我李云龙的儿子就得学会吃苦。张妈是自己家人，我没拿她当外人，我说过，一家人，有福同享，有难同当，有我多少就有她多少，都没有了就都饿着。"

田雨再也控制不住了，她觉得浑身的血液都冲进了脑子里，不顾一切地大喊道："你真是冷血动物，我真后悔当初瞎了眼，嫁给你这个没有心肝的人……"

李云龙也被激怒了，他咆哮着："你敢骂人？你再说一遍？"他猛地扬起了手，迟疑了一下又改变了主意，顺手抓起一个茶杯狠狠砸碎在地板上，他低吼道：“你给我滚……”

田雨冷冷地说：“好呀，你终于说出这句话了，这房子是国家配给将军住的，我当然没这种资格，看来我是该走了。”她转身上楼收拾衣服去了。

李云龙颓然坐在沙发上，呼呼地喘着粗气，他刚才一怒之下就不管不顾了，什么难听话都敢说，可话一出口就后悔了，这话说得是有些过了。

张妈走过来对他小声说：“首长，你说过咱们是一家人，要是没拿我当外人，我老婆子可要说你几句了。”

李云龙点点头说：“张妈，你当然可以说了，我听着。”

“你是个大男人，家里过日子的事本不该你管，我们也没和你说过，你不知道咱家也快断顿啦，小田每天吃多少你知道吗？连三两都不到呀，想多留几口给孩子，这样的媳妇到哪儿去找？你还出口伤人。你知道不知道？你媳妇饿得成了一把骨头了，连月经都没了，她才30来岁呀，这么好的媳妇该当菩萨似的供着呀，你咋就张嘴骂人赶人家走呢……”

李云龙被训得垂下脑袋一声不吭，任凭张妈数落着。

田雨收拾好衣物拎着旅行包下楼了，她换了一身新军装，戴着无檐军帽，波浪似的长发从军帽下倾泻在肩上，肩上一杠三星的上尉军衔提醒着李云龙，她不仅仅是妻子，还是个军官。

李云龙长这么大好像还没向谁道过歉，他很艰难地张了张嘴，又什么也没说出来……

田雨对张妈说：“张妈，等我安顿下来会告诉你。我走了，再见！”说完她连看也不看李云龙一眼便向门外走去。

“站住！”李云龙喊了一声，从沙发上一跃而起蹿到门口堵住门。

田雨停住脚步，冷冷地注视着他说：“请你让开。”

李云龙固执地堵住门口说：“你不能走。”

“为什么？”田雨问。

“因为……我刚才好像犯了点儿错误，迷迷糊糊地不知说了些什么。我说错话了吗？我好像记不清了。”

“没有，你没说错话，只不过是让我滚，这不算错话，我这不是准备滚吗？”

“不对，肯定是你记错了，我没说过，我怎么能说这种混账话呢？张妈，我说过吗？你看她老人家都没听见，肯定是你记错了。来来来，你先坐下，听我说，要走也不在乎这一会儿工夫，听我说完了再走，我绝不拦你，好吗？”

“可以，我洗耳恭听，请讲。”

田雨坐下了。李云龙正襟危坐，面色显得很疲惫，很沉重，他直截了当地说：“我刚才说了错话，我收回，现在向你道歉，请你原谅。在一个屋子里过日子，马勺碰锅沿，难免磕磕碰碰，一时的气话不能当真。如果你的气还没消，一会儿你可以骂我一顿，我不会回嘴，现在我要和你谈的是另外一件事。最近我常常回忆过去，以前的很多事情都想起来了，大事小事，陈芝麻烂谷子，想呀想，一想过去不要紧，这心里就受不了，揪得慌，连觉都睡不着。我想起淮海战役，当时的仗是怎么打的，行军路线是怎么走的，每场战斗是怎么指挥的，哪仗打在前哪仗在后，嗨，都记不清啦，只记得当时仗打得凶，可伙食特别好，嗬，大米白面、猪肉炖粉条子，随便吃，想着想着就流口水呀。

“再想想又觉得不对，好像有什么印象特别深的东西还没想起来，哦，当时吃得咋这么好？华野和中野加起来有60万大军，一天要吃掉多少猪肉炖粉条子？这就是说当时后勤保障工作做得很好，淮海平原上黄泛区很多，黄泥汤子没膝盖，别说种庄稼，走路都成问题，黄泛区的老百姓可苦了，哪儿供得起这么多军队呀。那么这么多大米白面、猪肉是从哪儿来的呢？是从河南、山东、河北这些老解放区运来的，是一百多万支前民工用独轮车推来的，这下我想起来啦，我当年印象最深的，就是这百万支前民工，当时我站在陇海线的路基上四处一看，好家伙，铁路两侧的大路小路上、田野上，漫山遍野，一眼望不到头的支前队伍，卷起的漫天尘土硬是把日头都遮住了，成千上万辆吱嘎吱嘎的独轮车发出的声音就像海啸似的，那场面我一辈子也忘不了呀。推车的好像是以家庭为单位，有丈夫推车，媳妇在前边拉的，有老汉掌车把，大闺女在一边推的，饿了啃口硬馍，渴了喝口路边沟里的水，一抹嘴又接着往前走，一袋袋的粮食、一捆捆的军鞋、一箱箱的弹药就这样用小车推到前线的。

“我看着那场面，心里发堵啊。敌机飞过来投弹扫射，民工们只能就地卧倒，光秃秃的大平原，一点儿遮挡都没有，你往哪儿躲？打着谁算谁。敌机走了，人流又接着向前走，我亲眼看见一个十五六岁的男孩子被子弹打掉半个脑袋，一个老汉抱着孩子哭呀，号呀，还从头上摘下脏得看不出颜色的手巾拼命给孩子擦血，手巾都染红了。周围的乡亲说，这老汉就这么棵独苗，是三代单传。我一听鼻子就发酸了，当时也不知说什么好，我一边叫战士们掩埋尸体，一边扶着老汉说：‘老人家，老百姓对我们队伍的恩情，我们这辈子是还不清的，我们无以为报呀，我们能做的就是狠狠地打，打垮国民党的统治，建立一个新中国，让咱老百姓都能吃得饱穿得暖，都能过上好日子。’老汉擦擦眼泪说：‘首长，一家人不说两家话，俺老百姓为咱队伍，咱队伍又为了谁？这是咱自己的队伍呀，咱不管谁管？首长，你让弟兄们给俺娃堆个坟头，俺送完军粮回来，再把俺娃带回家。首长啊，俺不多待啦，前边急等粮食用，俺得赶紧追上队伍呀。’老汉说完抄起车把要走。听完老汉的话，我就再也忍不住了，眼泪唰地就流下来了。

“当时我们师三团正排着行军纵队从旁边大路上过，我传令部队停止前进，我拉着老汉的手向战士们喊：‘同志们，这位老人家的独生子刚刚牺牲了，他是从咱老区来，走了上千里地呀，独生子牺牲了，老人家还坚持要把军粮送到前线。同志们，这就是我们的人民呀，咱们的队伍欠人民的情是还不完的。同志们，不管将来你们走到哪里，不管将来你们当了多大的官，你们要记住今天，记住这位老人家，要记住向人民报恩呀！同志们，咱们的队伍是铁打的队伍，咱们的战士是铁打的汉子，天不怕，地不怕，上不敬天地，下不敬鬼神，咱们的膝盖没打过软，可咱们上敬人民下敬父母，要跪就给人民跪，给父母跪。现在听我口令，全团下跪，请老人家受我们三团全体指战员一拜。’说完就先跪下了。三团当时是加强团，有五千多人，五千人哪，五尺高的汉子站着黑压压的像森林一样。口令一下，五千多条汉子推金山倒玉柱哗啦啦跪倒一片，那场面呀，一辈子也忘不了……”

李云龙说得动情，他感到浑身燥热，多日的郁闷郁结在胸中，想一吐为快。他狠狠地扯开军便服的领子，努力使自己的情绪镇定下来：“唉，最近我失眠了，想呀想，想得头疼，我李云龙没文化，这个主义那个理论我都不懂，也没兴趣搞明白，但我只认一条理，就是不管什么主义，你都得让老百姓吃饱穿暖过上好日子，不然就狗屁不值，你说破大天我也不信。当年红军的根据地有哪些？井冈山、瑞金、鄂豫皖、川陕。为什么要在这些地区建根据地？干吗不在上海、北平？就因为这些几省交界的地区穷，敌人的统治相对薄弱，人要穷就容易革命，就容易造反，你要人家革命和造反总要有个理由，总要让人有个盼头，不然人家凭什么把脑袋别在裤腰带上跟你干？其实当时党对不识字的农民从来不讲什么主义和高深的理论，建立中央苏区时发动农民的口号很简单，叫‘打倒土豪劣绅，吃红番薯’。你看，多简单，能吃上红番薯就行了。

“解放战争时，动员农民参军的理由也很简单，土改刚分完土地，国民党要把你的土地抢走，怎么办？参军，保卫胜利果实。说一千道一万，老百姓的盼头就是能耕种自己的土地，过上好日子，要求不高嘛。问题是人民作出了重大的牺牲，帮我们取得了政权，我们当初的承诺兑现了没有？人民是否过上了好日子呢？这就是我烦躁、睡不着觉的原因。我心里有愧呀，愧得脸发烧，娘的，胡折腾呀，好端端的日子不过，非要折腾呀，大跃进、炼钢铁，十五年超过英国，一亩地打个几十万斤粮食，粮食多得发愁啊，愁得没地方打发。狗屁，见鬼去吧。有能耐折腾就要有能耐负责，自己的屁股自己擦。丁伟说得没错，早知这样，老子当年就不该当红军。打了这么多年仗，老百姓付出这么多，好容易解放了，还不该好好报答老百姓？这几天我到下面各团走了走，干部一个不见，只见战士。和战士们聊天，这一聊不要紧，听得我头皮发麻，浑身哆嗦，哪朝哪代也没有饿死过这么多人。哪里死人最多？老区呀，当年养过我们帮过我们的老区呀。解放11年了，老区人民不但没过上好日子，反而大批地被饿死呀……”

李云龙哽咽了，大滴的眼泪滚落下来，他狠狠地擦去泪水，但泪水不停地流下来。

田雨受到了极大的震撼，李云龙的眼泪金贵，轻易不流，一旦流出往往使人肝肠寸断。在巨大的震撼中，田雨突然感到，她不可能离开这个男人，连想都不要想，一旦失去他，自己的半个生命也会随之而去的，和这个男人一起生活十多年了，自己对他究竟了解多少？她紧紧抓住丈夫的手，泪如泉涌：“请原谅我，我不该和你吵架，你的压力太大了，请你痛痛快快地把心里的话都说出来，我在听着，我是你的妻子呀……”她终于哭出了声。

“惨哪，太惨了，河南信阳地区，有的村成了死村，整村的人被饿死。有的村支书带着全村人集体外出讨饭，省里派人封锁路口，不准外出讨饭，说是给社会主义脸上抹黑，结果全村被饿死。是谁下的命令？真该好好追查追查，这种人的良心已经黑透了，怎么能当上官呢？要是我当时在场，老子豁出去偿命，先掏出枪毙了他狗娘养的。梁山分队的一个战士，全家除了他，十几口人全部被饿死，他也不想活了，掏枪要自杀，我去禁闭室把他放出来说：‘干吗往自己脑袋上打？你该打我才是，国家搞成这样，我们这些当官的人人有份，谁也别想逃脱责任。我李云龙就该杀，谁让我胆子小不敢说话？谁让我怕摘乌纱帽？我是他娘的软骨头、孬种。就因为我这样软骨头的官太多了，才把国家搞成这样。’我把手枪顶上子弹拍在桌上说：‘你要有气就照我脑袋来一下，谁让我是这支部队的最高指挥官呢？我对不起人民对不起老百姓，脑袋上吃颗花生米是活该，罪有应得。冤有头债有主嘛，往自己脑袋上打就不对了，死了也是冤死鬼。现在我要说的是，请你原谅我一次，或者说饶我一次，让我以后长点儿记性，多为老百姓做点儿好事，立功赎罪呀。如果你说要原谅我，对我以观后效，可我一出门你又要往自己头上打，这就没意思了，首先是说话不算话，不是条汉子。有仇不报非君子，对我有气就该打我，不敢打仇人反打自己，这也不是条汉子，我会看不起你。’就这样，他答应不死了，保证说话算话。我这才敢走。

“唉，我越想越没脸呀，我李云龙在战场上没当过孬种，咋越活越胆小了呢？以前总以为自己好歹还算条汉子，现在一想，狗屁，软蛋一个。谁是英雄？谁是硬汉？是彭老总、丁伟，还有你父亲田先生，我李云龙是粗人，脑子开窍晚，得罪过田先生，可我不傻，以前错了，以后不能再错了，我要凭良心活着。老百姓的大恩大德，别人忘了，我没忘，别人不报，我报。”

田雨用双臂环抱住丈夫，轻轻地把脸颊贴在丈夫胸前，那颗健康有力的心脏响若擂鼓，充满了生命力，她默默地想，这颗心脏还能跳动多久？但愿长一些，什么时候它不再跳了，那我的心脏还有必要跳下去吗？

〔 第三十二章 〕

1966年元月的一个没有月光的夜晚，福建马祖海域沿大陆一线的海面上，有一艘50吨排水量的旧登陆艇在慢吞吞地航行。这是一艘载满物资的运输船，黑沉沉的海面很安静，只有突突的马达声发出微弱的声响……

战士吴连生抱着56式冲锋枪斜倚在后甲板的护栏上，他脸色铁青，面部肌肉由于过分紧张而痉挛着。他死死地盯着站在前甲板上向海面观察的排长李存志，牙齿咬得咯咯响。这些天，吴连生算是恨上他的排长了，在他的意识中，排长李存志就是他命中的煞星，自从他入伍后，排长就无时无刻不找他的碴儿，横竖看他不顺眼。去年，他父亲在家乡为他说下一门亲事，女方条件不错。据媒人介绍，女方认为吴连生的家庭条件不怎么样，之所以同意，是因为吴连生在部队当兵，以后如果提了干前途还是有的。对于这门亲事，吴连生还是很满意的，这身军装的确提高了他的身价，不然就他那条件这辈子是否能娶上媳妇还很难说。吴连生自己也很有些雄心壮志，打算在部队好好干，争取穿上四个兜的干部军装，在他家乡十里八村还没出几个军官呢。他决定回家看看，借上件四个兜的干部服一穿，声称自己是排级干部，先把媳妇娶到手再说。他想得挺好，干部服也借到手了，没想到请假时却碰了钉子，排长说排里人手紧张，一律不批假。吴连生一听就火了，没说几句就和排长大吵起来，他在火头上竟抄起板凳向排长砸去，要不是被别人抱住，他当时也许就把排长干掉了。部队不会容忍行凶打人的行为，更何况是战士打干部，连里已决定给他记大过处分，只是还没宣布。不过他老乡阿增和张春海已经私下里把消息透露给他了。这三个青年从小一起光腚搓泥巴长大的，三个人还偷偷换过帖子拜了把子，关系自然非同一般。

部队入伍的政审极严，这三个青年的入伍本身就说明他们根红苗正，都是三代贫农，他们只上过两年小学，虽识得几个字，但思维方式却是文盲式的。国共两党几十年政治军事斗争的恩恩怨怨，对他们来讲似乎过于深奥了，他们也不可能关心。愚昧的人往往心胸狭隘，容易走极端。吴连生认为排长李存志毫无疑问已经是自己的仇人了，对仇人该怎么办？当然应该干掉他。阿增和张春海的想法就更简单了，既然拜过把子义结金兰，那么大哥的仇人便理所当然是大家的仇人了。三人很快达成共识，找个机会干掉排长，杀排长时，如有人在场也只好算他倒霉，没说的，一块儿干掉。下一步怎么办？这三个农民士兵虽然愚昧，但也知道杀人的后果。吴连生说，这还用想吗？当然是投奔对面那个岛。那边有个功率很强大的广播站，光是脸盆口粗的喇叭就十几个，他们可没少听，那边每天都在喋喋不休地宣布对弃暗投明者的悬赏价格，驾驶歼击机过去，赏黄金多少两，鱼雷艇多少两，小至56式冲锋枪和54式手枪都有价格。这个价目表他们记得清清楚楚，此时，吴连生正估计着这艘旧登陆艇值多少两黄金，这几支冲锋枪和手枪值多少钱。并且他坚信他已经拥有多少两黄金了，甚至连黄金的用场都已派好。

马祖岛上的巨型探照灯光柱在海面上来回扫过，这艘登陆艇的位置距敌占岛已不足八公里。黑暗中，前甲板传来排长李存志的命令：“全排作好战斗准备，注意灯火管制……”吴连生轻轻拨开冲锋枪的保险，猛地站起来狠狠地扣动了扳机，“嗒嗒嗒……”枪口喷出的火舌向站在前甲板的排长扫去，排长李存志在猝不及防中被密集的子弹几乎拦腰截断，震耳的枪声骤然间划破夜空……与此同时，前甲板上另外两支冲锋枪也开火了，射击时的口焰在黑暗中闪烁，灼热的弹壳在甲板上迸溅，几十秒钟后，枪声沉寂了，七个曾和他们在一口锅里搅勺子的朝夕相处的战友都静静地倒卧在血泊中。

马祖岛上的探照灯也突然停止在海面上的扫动，将光柱死死地罩住这艘登陆艇，吴连生升起早已准备好的白旗，登陆艇转了个九十度弯，向马祖岛驶去……

当这起重大的杀人叛逃事件的消息传来时，李云龙正在军区开会，当他知道这起叛逃事件是发生在自己的部队里时，便被激怒得两眼喷出火来，他一掌拍在桌子上，随着一声巨响，桌上5毫米厚的玻璃板被击得粉碎。军委、国防部、总参的电话接踵而来，各级领导的批评怒骂、训斥充斥于耳，其中分量最重的就是国防部长林彪的指示：我们最担心的就是自己人打自己人。情报部门也深感责任重大，破例启动了最隐秘的情报系统，各种高度机密的情报源源不断地传来，被迅速汇总：金门、马祖、大二担等岛屿的守军已全部进入一级战备，各种远程火炮已推出工事进入临战状态……

台湾海峡出现特混舰队巡航，海峡上空出现大编队军用飞机，设置在前沿海域的声呐装置探测到水下有不明国籍的潜艇在活动。据内部情报，台湾方面已决定在台北机场召开大会，欢迎“弃暗投明”的反共义士吴连生等人，负责接送的飞机已到马祖……

在军区作战部的会议室里，司令员皮定均坐在会议桌的东头，李云龙坐在会议桌的西头。两人中间隔着长长的会议桌，都在静静地望着对方的脸。这两个出类拔萃的职业军人、身经百战的将军都用同一种姿势端坐在椅子上，身板挺得笔直。多年戎马生涯养成的气势跃然表现在神态举止中，两人都穿着笔挺的黄呢子军服，只是肩膀上已没有了金色的将星，佩戴着鲜红的领章和红五星帽徽。军队已于一年多以前取消了军衔制，从军服的样式上看，除了衣兜的区别，将军和士兵的军服是一样的。

司令员扔过一支中华牌香烟，两人点上烟默默地吸着，青白色的烟雾在两人之间缭绕，把会议室弄得烟雾腾腾的。

“喂！老李。”司令员开口了，“这两天挺热闹，检讨的检讨，整顿的整顿，出了这种大事，你我的乌纱帽可都有点悬乎，各级干部都在忙乎着，你在干什么？我看你好像没检讨的意思。”

李云龙顾左右而言他，他猛吸口烟道：“还是大中华好，你那儿还有存货吗？一会儿给我拿一条来。”

“别他妈的废话，你的部队出了这种事，你还有心思要烟抽，老子正琢磨着给你个什么处分呢。”司令员望着他说。

“事情已经出来了，检讨有个屁用？不如干点儿实际的，有句成语，叫‘临渊羡鱼，不如退而结网’。”

“呵，你小子啥时候变得满嘴文绉绉了，冒充起知识分子来了，我别是听错啦，这真是你说的吗？”司令员好像有点儿不相信似的看着李云龙。

“这是我那老伙计赵刚的话，人家可是正儿八经的大学生，抗战时和我一起混了八年，就算咱老粗不想学也没用，天天那学问就往耳朵里灌，咱那文化也一天天见长，等抗战胜利了，得，咱也大学毕业啦。”李云龙得意地吹着牛。

“我说，你小子别他妈的兜圈子了，我看出来了，你早有主意了，说出来听听。”

“皮司令，你别考我啦，其实你肚子里早有方案了，事情明摆着嘛，这三个浑蛋打死我七个人，拿自己战友的血去换敌人的赏钱，这种叛徒，咱们要是让他们活着离开马祖，你这司令、我这军长就别干了，回家哄孩子去算了。娘的，杀人抵命，欠债还钱，这道理什么时候也不能变。”

司令员脸上绽开笑容：“这么说，你早准备好了？”

李云龙站起来，沉声道：“报告司令员，特种分队已经到位，情报部门的内线、外线情报系统全部开启，金门、马祖的空中、海上通道已全部在我的监视之下，连只鸟也别想飞出岛去。”

皮定均的双眼炯炯发光，他低声道：“好呀，来而不往非礼也，干掉这些叛徒……”

冬季的台湾海峡风急浪高，铅灰色的大块云团在海面上空疾驰而过，没有了阳光的照射，海水的颜色呈蓝黑色，刺骨的寒风卷着冰冷的海水向岸边冲来，汹涌的浪头带着无限能量在礁石上撞得粉碎，发出轰然巨响，飞溅起雪白的泡沫，把陆地与海洋的连接处镶上一道白得耀眼的分割线。沿大陆海岸一线的巨大礁石、山岩峭壁的内部传来一阵低沉的、金属摩擦的轰鸣声，一扇扇沉重的、伪装得像岩石一样的电动铁门在缓缓开启，一尊尊大口径的远程火炮黑洞洞的炮口伸出工事，慢慢昂起炮口。一枚枚身躯粗大得像雪茄烟模样的陆基对舰导弹沿着轨道缓缓伸出工事。沿岸所有制高点上，巨大的网状、抛物线状的雷达天线在作360°转动，捕捉着来自天空中和海面上的信息。

在军事情报部门的侦听电台中，往日大量喧嚣繁杂的无线电波奇迹般地消失得无影无踪，隔海对峙的两支军队都不约而同地进入无线电静默状态。在大陆一侧的某野战机场的起飞线上，静静地停着四架银色的歼一6型战斗机，飞机处于临战状态，银白色的副油箱悬挂在机腹下，机翼下乳白色热源制导的空对空导弹显得非常醒目。透过密封的有机玻璃舱盖，能看见身穿橘红色抗荷服、头戴天蓝色飞行头盔的飞行员。这是由四个王牌飞行员组成的第一攻击波，他们静静地坐在座舱里，两眼紧紧盯着跑道的前方。他们身后的停机坪上整齐地排列着近百架银光闪闪的、进入临战状态的歼击机。这是第二梯队。

在离停机坪不远的指挥塔台上，皮定均和李云龙正在专心致志地下军棋。军区空军副司令充当裁判员。这次行动牵涉到不同部门和军兵种，由军区司令员亲自指挥，空军歼击机负责主攻，各有关部门配合组成临时指挥部。塔台里的参谋军官们都在紧张忙碌地工作着，电话铃声此起彼伏，情报军官们在汇总着不断传来的敌情动态，作战参谋们正伏案用比例尺在地图上测算着各种数据……角屿岛前沿观察哨报告，金门的西村机场和沙头机场敌机起落频繁，两个小时之内，各类飞机起降二十多架次，起降是平时的五倍……两艘大型运输舰在护卫舰的护航下，进入金门南侧的料罗湾港口，前沿炮指来电请示开火……

马祖机场敌机起落频繁，上午10时，从台湾方向飞来两架HU-16型海上救护机在马祖机场上降落，一小时后，其中一架返航……李云龙的警卫员小吴提起暖瓶给正在下棋的将军们茶杯里续水，他心里挺纳闷，那边又是飞机又是舰艇，来来往往地不停，那几个叛徒这会儿没准早到台湾了，可这几位首长还在不慌不忙地下棋。正想着，司令员哗啦一下把棋盘掀翻了，怒气冲冲地吼道：“没法下啦，你们净他妈的串起来作弊，老张，你是他妈的什么裁判？分明是李云龙派出的特务，刚才那盘棋你们就是靠作弊赢的……”

李云龙下军棋擅用炸弹搞行刺，第一局时他本想用两枚炸弹干掉对方的司令和军长，谁知对方用兵很老到，高级将领都躲进了行营，用两个排长做了替死鬼，报销了李云龙的两枚炸弹。于是他和当裁判的张副司令串通作弊，用地雷当作炸弹把对方的司令干掉了。按军棋规则，地雷是不能移动的，除非对方主动踩上去。头一局皮定均没看出来，输得稀里糊涂。李云龙和张副司令在肚子里偷偷地乐，两人第二局又故伎重演。皮定均是什么人？他硬是从裁判手里把棋子抢过来，一看追着自己司令的竟是枚地雷，不禁勃然大怒。李云龙狡辩道：“谁规定的地雷只能埋进土里？老子拿它当手雷用，怎么啦？”

皮定均怒道：“妈的，老子抗战那会儿又不是没玩过地雷，沉甸甸的像个铁西瓜，你小子不是要拿它当手雷扔吗？好，老子给你一个，你小子不扔出10米远，老子就……”

话音没落，放在旁边的一台大功率对讲机中传来短促的叩击声，这是有人用手指叩击话筒发出的信号，三声一组，循环往复。三位将军猛地站起来，刚才嬉笑怒骂的表情一扫而光，面部充满了果决和冷酷，司令员的手掌像把锋利的大砍刀，向下一劈，命令道：“第一攻击波，出击！”起飞线上的四架歼击机同时轰鸣起来，尾部喷出强大的气流，迅速驶入跑道。“啪！”跑道前方升起一发红色信号弹，四架歼击机分为两组，在跑道尽头轻轻一跃，钻入云层……

是日，新华社发布新闻：我空军部队今天在华东地区上空击落窜入我沿海骚扰破坏的美制蒋机一架。新闻很简短，才32个字。此次空战的情况被国防部列入高度机密，知情者甚少。不过那天晚上，参加指挥的三位将军喝光了一瓶茅台酒。酒过三巡，司令员拍着李云龙的肩膀说：“你那个特种分队还算有两下子，让给我怎么样？”

有三天没合眼的李云龙三杯酒下肚就有些找不着东南西北了，但他心里可不糊涂，他口齿不清地回答道："不给……坚决不给，你少来这套……酒桌上不谈正事……你别想趁老子喝多了就……趁火打劫，老子心里比谁都明白，笑话，想抢老子的梁山分队，你……你还不如把老子的老婆……抢走。"

张副司令也喝多了，他嘟囔着："兵无常势，水无常形……地雷就是可以当手雷用……"

情报部门送来一份绝密情报：现查明，击落美HU-16型海上救护机一架，吴连生等人及台湾负责接送的政工处长全部毙命。

时间悄悄进入了1966年，刚刚从饥饿中恢复过来的中国人哪里料到，巨大的灾难要降临了。

位于北京海淀区圆明园旧址的东侧，有一所中学，是清华大学的附属中学。这所中学是北京市的重点中学，考生录取分数很高。因此，在校学生大多来自三类家庭：党政军高级干部、各民主党派人士、高级知识分子。不管什么出身，有一点是可以肯定的，能进入这所学校读书的学生都是凭过硬的高分数被录取的，他们是高智商的未来精英。后来，历史也证明了这一点。

1966年6月的一天，几个少年闲来无事，结伴来到圆明园，单调平静的校园生活常常使他们感到一种不安的躁动，他们胸中时时涌动着的革命激情使他们无法自抑。他们渴望干点儿大事，因为他们的父辈在他们这个年龄已经干出不少惊天动地的大事了，而他们却被关在学校里当乖孩子。此时，他们自己不会想到，他们马上就要干出一件震惊世界的大事，这件事足以使中国历史的走向发生变化。

他们来到被英法联军焚毁的大水法遗址上，历尽沧桑的残碑断碣倒卧在萋萋荒草中，一百多年前的国耻触发了少年们的历史感和社会责任感，他们横七竖八地躺在巨大的残石上，开始讨论中国的命运和中国的前途。少年们书生气十足地背诵着伟人的词句："问苍茫大地，谁主沉浮？”此时一种神圣的使命感便油然而生，父辈们金戈铁马、叱咤疆场的伟业和雄风通过遗传基因在他们的血液中沸腾起来，而且迅速转化成为难以自抑的激情和冲动：天下者，我们的天下；国家者，我们的国家。我们不说谁说？我们不干谁干？领袖说过，“你们这一代青年，要亲自参加埋葬帝国主义的战斗”。猪圈里岂能养出千里马？花盆里能栽出万年松吗？少年们越说越激动，他们深切地认识到，自己毫无疑问是这个国家未来的栋梁。使他们愤愤不平的是：对于济国安邦的栋梁之材，怎么能用那浑蛋的考分把他们束缚在学校里当乖孩子呢？他们天生是干大事的呀。于是他们作出了一个历史性的决定，大家一致同意成立一个组织，这组织的名称叫作“红卫兵”，意思是伟大领袖毛主席的红色卫兵。

少年们做梦也没想到，两个多月后，毛泽东穿上脱下十七年的军装，戴上红卫兵袖章站在天安门城楼上喊出“我支持你们”的震惊世界的声音。整个世界在伟人响彻天宇的声音下震颤。一场席卷中国的红色风暴从伟人的舌底喷涌而出，成千上万的青年学生加入了红卫兵，红卫兵运动已成燎原之势。整个中国沸腾了，六亿五千万国民的激情一旦被释放出来，产生的巨大能量和巨大的破坏力令整个世界目瞪口呆。大批身居高位的党内元老猝不及防地纷纷中箭落马，落入早已为他们准备好的、万劫不复的炼狱之中。刚刚从饥饿中恢复过来的中国人，一霎间都像中了邪，发起了高烧。红色成了最时髦的颜色，红色的袖章，红色的语录本，红色油漆刷成的标语，还有受难者红色的鲜血……整个中国沉浸在红色的海洋中。

李云龙的大儿子李健在中学里也参加了红卫兵，好像还是个头头。原先儿子见了他这当爹的，总像耗子见了猫。可自打戴上了那三寸宽的红箍，李健便有了些莫名其妙的优越感，总在李云龙眼前晃来晃去比较放肆，大有要和他平起平坐的意思。这要放在以前，李云龙早揍这小兔崽子了，他不能容忍这么没规矩的孩子。可眼下他却有些底气不足，未敢轻举妄动，因为他还没闹明白，这个红卫兵组织是咋回事。看样子这些浑小子不像在胡闹，不然毛主席他老人家怎么也戴上这红箍啦，还八次接见这些毛孩子？李云龙可太了解李健这类小浑蛋了，三天不打就上房揭瓦。也许毛主席有自己的想法，把这些无法无天调皮捣蛋的浑小子组织起来干点儿正事，省得他们无所事事，到处胡闹。所以李云龙一时还没考虑好，是否该管教管教李健。

其实和那些当了红卫兵的半大小子一样，李云龙的骨子里也不大安分，这种枯燥乏味的生活早让他厌倦了。他喜欢有刺激的生活，譬如战争，就总能给他带来难以言述的快感，问题是，战争不可能总有。和平环境也许对所有人都合适，唯独对李云龙不合适。

他看见那些半大小子穿着父辈们穿旧的黄军装，腰扎武装带，戴着红袖章，表情严肃地排着队，嘴里唱着不知是哪位快手创作的“造反”歌曲：

拿起笔做刀枪，
集中火力打黑帮
……
谁要敢说党不好，
马上叫他见阎王
……

这些半大小子哼着这类歌去抄家，“破四旧”。站在大街上拦截自行车，用改锥卸下被认为是“四旧”的商标牌。除“飞鸽”因代表和平，“永久”比较中性外，其余牌子都是“四旧”，需要扫除。红卫兵一言九鼎，一开口就成了评判是非曲直的标准，连警察们见了他们都点头哈腰，邻里间出现纠纷也要找红卫兵去评理，红卫兵的声望简直如日中天。

看到这些，李云龙的心里便有些莫名其妙的躁动，既有几分羡慕又有几分失落感，觉得如今连堂堂解放军都靠边站了，偌大的中国成了这些浑小子的天下，让他们撒着欢、打着滚、由着性子折腾，还落个“革命”？世上哪儿找这等好事去？

当红卫兵要有行头，那天李健理直气壮地向李云龙要军装穿，这小子对新换发的国防绿军装不屑一顾，专找1955年发的人字呢黄军装，肩膀上还必须要有佩肩章的扣眼儿，衣服不能太新，最好是洗得发白。武装带也不能含糊，要那种厚牛皮做的，三寸宽，黄铜扣上有八一五星图案的苏式武装带。李云龙见儿子在他衣橱里肆无忌惮地乱翻，心里踌躇了一下，最终还是没敢揍他。

儿子最近常常哼着这样一支歌：

老子英雄儿好汉，
老子反动儿浑蛋，
要是革命的你就站出来，
要是不革命的就滚他妈的蛋
……

李云龙虽说平时嘴里日爹操娘惯了，可将“滚他妈的蛋”之类的糙话也名正言顺地写进歌词还是头一次听说。不过他对“老子英雄儿好汉”这种说法心里还是挺受用的，有时还觉得儿子挺给自己长脸。

田雨和李云龙想的可不一样，当他听到李健哼到“滚他妈的蛋”时，脸都气白了，她怒斥道：“谁编的这首歌？野蛮、粗俗，以后再不许唱了，‘文化大革命’总不能把文明都革掉，只留下野蛮吧？”

李云龙倒不以为然：“嗨，男孩子嘛，来几句国骂也不算什么。他老子我不是也经常来上几句吗？”

“是呀，你我可管不了，可儿子是我的，我就有权利管他，我就不允许他学得这么粗俗。这么小就学得满嘴脏话，长大了还不当流氓去？你呀，就是这样，平时不高兴就拿孩子出气，该管的你倒不管，有你这么教育孩子的吗？”

“你看你看，怎么朝我来啦？得，我不和你吵，男不和女斗。哼！女人嘛，就是头发长，见识短，天下发生这么多大事你都看不到，只关心眼前的鸡毛蒜皮。你知道吗？这场‘文化大革命’是史无前例的，史无前例你明白吗？就是自打盘古开天、三皇五帝到现在几千年从没有过的翻天覆地的一场大革命，以前的一切规矩都不作数啦，从新中国成立到现在有多少年了？嗯……十七年了，毛主席说了，这十七年都是被坏人掌了权，他老人家被架空了。娘的，我这才明白过来，我说怎么越来越不对劲儿呢，1960年饿死这么多人，原来都是那些黑帮闹的。我看，枪毙他们都不多。”李云龙很是义愤填膺。

这一说，田雨就再不吭声了。所以李云龙认为自己的话很有说服力，硬是怪了，自己怎么突然变得这么有理论水平？

形势变化太快了，这场“文化大革命”可真是个万花筒，轻轻一晃，新的图案就出来了，根本就没有重样的，真令人眼花缭乱。李云龙有些反应不过来了。红卫兵抄家那阵子，李云龙处于兴奋状态，眼前的情景常常勾起他对往事的回忆，当年打土豪分田地，给地主糊个高帽子戴上，再找根绳套在地主脖子上，牵狗似的。地主在后面颠颠地一溜儿小跑，手执小铜锣边敲边喊：“我是土豪劣绅……”庄稼汉、泥腿子、大姑娘、小媳妇都分站在道两侧，你一拳我一脚，鹅卵石、臭牛粪劈头盖脸砸去……真他娘的痛快，主席那句诗是怎么说的？“红旗卷起农奴戟”呀。往事历历在目，当初李云龙对“革命”这个字眼的认识就是从抄家开始的，如此说来，在沉寂了十七年以后，新一轮革命又开始了？

李云龙很严肃地问过李健：“你们打土豪得的‘浮财’是怎么处理的？”

李健懵头懵脑地问：“爸，什么叫浮财？”

“嘁，连这都不懂？还他娘的打土豪呢？要说干这个，你爹我可是老资格了。‘浮财’就是除了房产田地以外的财物，像什么袁大头、金银首饰、绫罗绸缎、樟木箱子什么的。哼！你小子，还‘六月的冬瓜——毛儿嫩’呢。”

“噢，明白了。我们是这么办的：只要是纸做的，像字画书籍之类的就点把火烧了；要是易碎的东西，比如瓷器什么的，就索性让它碎了。这样比较省事，当然，要是金银衣服类的就不能毁了，那是劳动人民的血汗，我们就上交了。”

李云龙搔搔头皮疑惑道：“过去打土豪不是这样，浮财都集中起来，按村里穷人的人头份平分。当然，有的东西不可能分匀，比如一头牛你咋分？总不能一人砍条牛腿吧？所以几户人家分一头牛，算大家的，共同使用。现在抄家可能是老规矩不作数了，浮财不分了，那上交给谁呢？”

儿子回答：“当然上交给国家了，国家专门办了抄家物资上交点儿。”

李云龙有点儿明白了，当年打土豪抄得的财物一部分用于红军的军费，剩下的就给本村穷人分了，土改时抄得的财物也是本村穷人均分，政府并不伸手。现在可能是规矩变了，浮财不许分了，政府要用。

抄家风很快就过去了。据儿子李健解释："是因为实在没啥可抄的了，该抄的哪家都是被抄过两三遍了，屁也没有了。有些坏人家更气人，明明是地主或资本家，可家里的摆设还不如咱家呢，我见过一家，除了破被子和几件破衣服，就一个大咸菜坛子还算件东西，让我们一怒之下给敲漏了。可他家成分还真是资本家，我很奇怪，怎么还有这么穷的资本家？要不然我们还真把他家当成贫农了。"

这好比练武的人相互过招，闪电般地一交手再各自闪开，这叫一回合。"文化大革命"第一回合是奔"三家村"去了，"地富反坏右"等"黑五类"是陪衬，死老虎再拿出来打打也无妨。第二个回合就有点儿石破天惊了，刘少奇、邓小平、陶铸的倒台把李云龙惊出一头汗来。刘少奇和陶铸怎么样他不太清楚，可邓小平他还是挺熟的，这个前129师政委是他的老上级。按照军政各负其责的制度，赵刚和邓小平打交道多一些，毕竟是垂直领导。李云龙曾多次听邓小平讲过话，还挨过这位政委的批评。至于这位前129师政委是怎么和刘少奇、陶铸搞到一起去了，李云龙就不太清楚了。

新中国成立以后，隔三差五地就搞一次运动，闲着的时候少，有条规律是铁定的，每次运动都要有人从政治上垮台，李云龙早习以为常了。平心而论，像省、部、军这一级干部，中央还是挺拿他们当回事的，所有的重要文件都是首先传达到这一级。虽然对党内历次发生的重大事件，他也有想不通发牢骚甚至骂街的时候，但有一点他是绝不会变的，那就是对毛泽东的崇拜。作为一个在毛泽东麾下浴血冲杀几十年的老兵来说，那种对领袖的崇敬早已溶化在血液中，浸入到骨髓里了。战争年代，无论党和军队处在多么危险的境地，毛泽东都能神奇般地化险为夷，他不是凡人，是神，听毛主席的准没错。

李云龙觉得自己有了一种突然的感悟，明白了，事情是明摆着的，以前他总觉有什么不对劲，心情压抑，爱发牢骚爱骂街，令人不满的事举目皆是，可又说不出来。远的不说，1960年那场大饥馑一直使他铭心刻骨，心中总像堵着什么，饿死这么多老百姓，总要有个负责任的吧？

谁知稀里糊涂就过去了。现在想想，事情便有些明白了，党内还真存在着两个司令部，毛主席的无产阶级司令部的指示、决策总是贯彻不下来，原因就是以刘少奇为首的资产阶级司令部在时时干扰和破坏，能不出事吗？看来这场“文化大革命”实在太必要了，不打倒这些走资本主义道路的当权派，天理难容。想起前129师政委邓小平，李云龙便生出几分惋惜。他咋跟刘少奇他们整到一块儿去了？他可是打过仗的人，不像那些从白区来的人，鬼知道他们在白区都干了些什么。邓小平他不应该呀，官当大了，人就容易变，最后就走到那个资产阶级司令部里去了，人哪，学好难，学坏可是一眨眼就出溜下去了。

李云龙近来心情很愉快，因为眼前的生活一改以前死气沉沉的状态，每天都生出很多新意。他老老实实地承认，自己的确是个想象力和创造力都比较贫乏的人，只会亦步亦趋地学别人。前些天他的汽车从街上过，见大街小巷到处是手舞足蹈的人，心里好生奇怪，便命令司机老常停车，他要亲自看看。闹了半天才知道，群众是在跳忠字舞，挺简单的，好学，道具只需一本毛主席语录。群众见他是个解放军首长，便热情地邀他共舞，李云龙本不喜欢跳舞，可这关系到对毛主席的思想感情问题，于是也笨手笨脚地舞之蹈之。司机老常和警卫员小吴见一贯严肃的军长今天居然在大街上左臂前屈，身子做弓箭步状，以示勇往直前。这两个家伙觉得很滑稽，便在汽车里捂着嘴乐起来，李云龙发现后便一手拎着一个人的耳朵把他们揪出汽车，命令二人现学现跳。那天才活动了二十分钟，李云龙就有些腰酸腿疼，他不记得这辈子什么时候这么跳过，抗战胜利时扭秧歌他没参加，开国时狂欢他也没跳，那时已是师长了，得端着点儿架子，哪能像个小青年那样蹦来蹦去？可他现在居然在大街上一会儿呈弓箭步做勇往直前状，一会儿身子后倾，右臂高举，似乎是董存瑞在托举炸药包，居然做得很自然，没有半点儿扭捏，硬是他娘的怪了。这恐怕是气氛造成的，气氛到那儿了，你不跳都不行，跟中了邪似的。对了，部队早上出操反正是活动身子，跳跳忠字舞也不错，一是紧跟了形势，二是突出了政治，三还活动了身子，一举三得。

第二天早上，根据军长李云龙的命令，野战军数万官兵都手执语录本，在各部队的操场上跳起了极富时代特色的忠字舞。

李云龙没忘了去梁山分队视察一下，据他所知，这些不安分的捣蛋鬼最烦的就是每天出操练队列，现在改忠字舞了，他倒要看看这些家伙是不是执行了命令。

还好，命令执行得不错，连段鹏和林汉都跳上了，不过这些腰腿灵活的特种兵不太满意那几个简单的动作，便自作主张地创作了一些高难度动作，做勇往直前状时由几个人搭成一个比较复杂的造型，高低错落有致，然后一声锣响，一个家伙从场外一溜儿空心跟头翻出来，最后一步是踩在一个预先设置好的有弹性的踏板上，于是，一个“旱地拔葱”弹起两米多高，稳稳地落在别人肩上，唰地一甩，亮出了一面红旗，一套整体动作算完成了。

段鹏和林汉面呈得意之色，望着军长，希望得到军长的夸奖。他们昨晚练了一宿，累得够呛，有个家伙翻跟头失误，脑袋先着的地，差点儿把脑袋戳进腔子里，幸亏那小子练过头功，脖子也还结实，只是扭了一下脖子，顶多算轻伤。

李云龙开始还没觉着什么，看着看着心里就别扭起来，心说以前还真没看出来，这些浑小子怎么还有点儿表演欲？跳忠字舞你就规规矩矩跳，弄这些花里胡哨的干啥？

在段鹏和林汉期待的目光下，他终于哼了一句：“跟他娘的耍猴似的，明天给我都别练了。”

在回去的路上，郑秘书问李云龙：“首长，他们搞得不错呀，全军哪个单位也不如他们，您怎么啦？”

李云龙道：“这个段鹏，就喜欢搞极端，你让他跳忠字舞，他就给你发挥一下，折跟头打把式的弄得像个戏班子，要是再夸他两句，哼！你信不信？明天他敢改杂技团玩儿空中飞人了。”

忠字舞跳了不到一个月，政委孙泰安又找李云龙商量：“老李，昨天我出去转了一圈儿，发现群众已经不跳忠字舞了，这股风好像过去了。”

李云龙诧异道：“一个月还不到，也太快啦！看来咱还真跟不上形势，那现在时兴点儿啥呢？”

“天天读，早请示晚汇报。”

“老孙，你说具体点嘛。我咋有点云里雾里的感觉呢？”

“天天读就是每天早晨起床先学习毛主席著作，然后向毛主席请示自己一天的工作，这叫早请示，晚汇报就是每天临睡前再向毛主席汇报一下一天的工作学习情况，检讨一下有什么不符合毛泽东思想的地方。”

“早上起床就学？先不刷牙洗脸？也是，学习是大事，应该先放在前边。老孙呀，咱们也开始吧，咱解放军总不能老落在群众后面呀，你说是不是？”

“那咱们就算定下来了，我通知政治部明天就开始。”

第二天早晨，起床号响过之后，野战军数万官兵开始了天天读，一时书声琅琅，此起彼伏，军营似乎成了校园。李云龙和孙泰安到各部队巡视了一圈，都很满意。李云龙学着报纸上的口吻说：“嗯，一片新气象。”

孙泰安附和道：“当然，史无前例嘛。”

天天读和早请示晚汇报制度实行了没几天，就暴露了一些小问题，政治部副主任鲁山来找军长政委汇报：“天天读好办，学习个一刻钟就行了。问题出在早请示上，一个班十来个人要挨着个请示，先请示完的就可以去洗漱、吃早饭了，所以谁都希望排在前面，不希望最后一个，偏偏有人说话啰唆，不注意控制时间，车轱辘话来回说，先回顾昨天，后请示今天，再展望明天，说一刻钟还收不住话，后面的同志就有意见，嫌他说话颠三倒四抓不住要领，前边这位不服气，便指责后面的同志对毛主席的感情有问题，一来二去就吵了起来，这种情况各部队都有。还有，有些单位又擅自增加了饭前请示活动，每顿饭之前再请示一遍，还必须挨个请示，于是又出现上述情况，每顿饭要用一个多小时，炊事员们也有意见。请军长政委考虑。”

孙泰安心细，马上就考虑到细节：“这倒是个问题，连队用餐以班为单位，就那点儿菜，大家一起吃，相互谦让一下菜也就够了，要是有先有后就容易闹意见，前边的战士要么不好意思吃，要么就多吃，时间长了，后来的战士肯定有意见。”

李云龙烦了:“怎么搞出这么多事来，政治部是干吗吃的？这也要来汇报？以后早请示限定时间，每人一分钟。饭前请示就免了，一天三顿饭再加上早晚两次，一天请示五次，哪儿这么多说的？还干点儿别的不干？以后这类事由政治部自己解决，别动不动就请示。”

随着“文革”运动的不断深化，李云龙渐渐感到一种隐隐的不安，他嗅到一丝不祥气息，事情似乎并不像他想象的那样简单。这场运动愈演愈烈，已成燎原之势，政府部门的一切工作都停止了，各部门主要负责干部都成了“走资本主义道路的当权派”遭到批斗，连公安局都垮了，根本无法维持治安。野战军和省军区部队只好派出“值勤小分队”，充当起警察的角色来。

〔　第三十三章　〕

地方上的运动已经如火如荼地展开了，处于前线的野战军倒显得风平浪静。李云龙的1号首长当得稳稳的，一时还没人敢向他军长的地位提出挑战。但李云龙的心情变得很恶劣，北京和各省都传来不少坏消息，他的不少老战友都被挂上大牌子遭到侮辱性的批斗，尤其是在北京各总部、各军兵种工作的将军，相比之下在各野战军的老战友们倒还相安无事。李云龙最担心的是他的老搭档赵刚，赵刚在总参工作，听说总参闹得挺凶，虽然中央有明确规定，军队系统暂时不开展“文化大革命”运动，但大量的军事院校的学生已经成立了红卫兵组织，这些受过军事训练、穿着军装的半军半民的红卫兵的破坏力显然要大于一般的红卫兵。赵刚已经很久没有消息了，估计凶多吉少。李云龙把电话挂到赵刚家，也总是没人接。李云龙急了，又把电话打到一个在三座门军委办公厅工作的老战友那里，那老战友压低声音告诉李云龙：老赵也出事了。

在位于北京厂桥总参大楼的小礼堂里，赵刚正坐在台下接受批判。

1965年年底，总参谋长罗瑞卿被撤职逮捕后，赵刚便被算作罗瑞卿黑线上的人，也被停职作检查。本来在总参工作过的将军哪个不是在罗瑞卿领导下，岂能没点儿瓜葛？聪明点儿的人都及时转舵，先划清界限，再揭发一下老上级，就可以过关了。党内斗争历来如此，大家都是久经政治斗争考验，已经见怪不怪了。可赵刚却有自己的看法，他对这种无休止的党内斗争已经厌倦了，他看到一些同僚为了保住自己的职位，纷纷落井下石，甚至搜肠刮肚地寻找材料来证实前总长的反党行为和自己的政治预见性，他感到深深的悲哀。从本质上说，赵刚还是个知识分子，大半辈子的戎马生涯，并没有消磨掉他身上的书生气，对是非曲直绝不能含糊。最使他不能容忍的是，多年来党内斗争的现实告诉他，从政治上陷害别人，打击异己以达到自己的目的，这种卑鄙小人的行为在这个党内已经养成风气，这已经违反了他当初投身革命的初衷。难道自己以毕生精力投身的这场革命到头来就是为了进行这种无聊的倾轧？

主持会议的一位领导正恨铁不成钢地训斥着："赵刚，你也算老资格了，一二·九运动的领导人之一，转入八路军后就没有离开过军队，没有被俘过，历史绝对清白，打过仗，流过血，功劳苦劳都有。可你为什么就这么死心眼儿？这么多总参的老同志都作了检讨，和罗瑞卿划清了界限，不是都过关了吗？你为什么就这么顽固？罗瑞卿给了你什么好处？你就这样坚持错误，党籍还要不要？职务还要不要？赵刚，你听着，你现在必须表态，不说话是不行的。"

赵刚站了起来，默默地解开军装上衣的纽扣脱下军装，然后摘下军帽连同军装一起扔在桌子上，只是淡淡地说了句："既然这个党这个军队如此忠奸不分，这党籍和职务不要也罢了。"赵刚话一出口，语惊四座，整个会场竟然沉默了两分钟。

主持会议的那位领导还以为赵刚的神经有些不正常，在说胡话，他还没见过这么不识时务的人。他用手指着赵刚，气得手直哆嗦："赵刚，你说什么？你敢再说一遍？"

赵刚平静地说："好，我再说一遍，大家听好，我赵刚1932年参加革命，从那时起，我就没有想过将来要做官，我痛恨国民党政府的专制和腐败，追求建立一种平等、公正、自由的社会制度。如果我以毕生精力投身的这场革命到头来不符合我的初衷，那么这党籍和职务还有什么意义呢？同志们，今天可能是我最后一次在这种高级别的会议上讲话，以后恐怕没这种机会了，请同志们给我些时间说几句心里话，可以不可以？”会场上鸦雀无声，坐在台上的那位领导点点头。

赵刚凛然说道：“同志们，近来我常常失眠，夜深人静时经常扪心自问：赵刚啊，你参加革命时的那个党、那支军队现在到哪儿去了？我想起战争时期在我们这支军队中战友之间的关系，同志们，咱们都是过来人，想想吧，好不容易弄到一口吃的，战友们你推我让，谁也不肯多吃一点儿。打仗时，你根本不用担心负伤，因为战友们绝不会扔下你。我赵刚能活到今天，是因为曾经不止一个战友为我挡过子弹，他们牺牲了，我却活下来。同志们，这就是我们这支军队，这就是战争年代战友之间的生死情谊。可是这种传统现在哪儿去了呢？我们的党和军队到底是怎么了？打击陷害，落井下石，这太危险了，这会毁了我们的党和军队。同志们，大家都摸摸自己的良心想想吧，难道你们真的认为罗总长是反党分子？难道认为只有落井下石才能保住自己？你们错了，如果对这种邪恶的风气不加以制止的话，那么将来我们每一个人都会成为受害者。我们正在走苏联的弯路，在这里，我不想过多地评论什么，我只想请同志们听听1936年至1938年苏联肃反运动的一些统计数字。从1919年—1935年，苏共中央先后选出31名政治局委员，他们中有20人死于政治斗争。1922年的苏共十一大是列宁最后一次参加的党的代表大会，共选出26名政治局委员，其中有17人在肃反中被处决和流放。至于苏共十七大代表和十七届中央委员会的命运，请大家注意，苏共十七大代表共1966人，其中1108人因‘反革命罪’遭到逮捕和处决。这些代表中有80%是十月革命前或国内战争时期入党的老党员，60%是工人党员。十七大选出的139名中央委员和中央候补委员中，有83人即将近三分之二被逮捕和处决。下面我再谈谈苏联红军中的肃反情况。第一批授衔的5个元帅中，有3个被处决。他们是屠哈切夫斯基、布柳赫尔和叶戈罗夫。15名集团军司令员中被处决了13名，85名军长中被处决了57名，159名师长中被处决了

110名。同志们，这些统计数字够触目惊心的了，够血淋淋的了。我要说的是，任何一个政党在其执政过程中都有可能犯错误，我们共产党也不例外，这并不可怕，可怕的是这个政党的大部分成员甚至是高级干部对是非观念和理性的极端麻木，甚至为了保住自己的地位，推波助澜，把自己的战友和同志往死里整，这才是最可怕的。历史已经证明了这一点，在苏联的肃反中，真正值得称道的高级干部并不多。这些被处决的中央委员和将军们，他们中的大多数人都被斯大林的恐怖政策吓倒了，为了保住自己，积极地参与杀害自己同志的血腥暴行，什么正义、良知和责任感都被当作破抹布一样扔掉了。同志们，事实证明，即使想昧着良心苟活于世也不是一件容易做到的事。当一种极端错误的思想或是罪行刚刚在党内露头时，全体党员如果不齐心协力把它消灭在萌芽状态，那么最终是害人也害己，因为你在害人的时候，已经把自己置于危险的境地，大家早把正义和良知当作破抹布一样扔掉了，你还指望谁来救你呢？同志们，前事不忘，后事之师，假如今天在座的哪位，在今后的某一天，突然以莫须有的罪名被送进监狱，请想一想我今天说过的话。”

赵刚说完便从容地坐下，他感到一种彻底的轻松。多年来他一直过着一种谨小慎微的生活，自己都觉得自己像个刚过门的小媳妇，之所以如此，主要原因是他对身外之物考虑得太多了，党籍、职务、多年的资历和家庭。有时不得不做些违心的事，这种日子他实在是过够了，极度的压抑感使他不得不作出选择。因为至少是现在，他还没有看到可以改变这种现状的可能性。“生存还是毁灭”那个困扰着哈姆雷特的选择，今天同样也在困扰着赵刚。在赵刚看来，答案是明确的。如果是有条件的生存，譬如失去尊严和良知，那么他宁可不要生存，而去选择毁灭。

坐在台上的几位领导迅速地交换了眼光，会议主持者叹了口气说：“赵刚，在你进行了这样的讲演之后恐怕谁也救不了你了，你回去吧，等候处理。”

会场上喧哗起来，群情激愤。有人站起来愤怒地大喊道：“枪毙这个反革命分子！”

“……什么他妈的老革命？肯定是国民党特务……”

“打倒反革命分子赵刚……”

赵刚正端着茶杯喝水，一听见这些喊声，便猛地站了起来，把手中的茶杯“哗啦”一声狠狠地摔碎在地上，他轻蔑地环视着会场，目光中饱含着一种愤怒和怜悯，他的嘴唇动了动，却什么也没说，头也不回地转身走了……会场里所有的人，包括台上的领导都被赵刚的强硬举动惊呆了，会场里竟鸦雀无声。

当李云龙得知赵刚的遭遇时，他脸色惨白，不吃不喝，不说一句话，整整坐了一夜，仿佛灵魂出了窍。第二天早晨，他发现自己的头发竟在一夜之间变得花白了，澎湃的激情消失了，心中只有冰冷的失望。

地方上的“文革”运动不可避免地要影响到部队，部队也出现了不稳定趋势。军宣传处的几个喜欢摇笔杆子的宣传干事也按捺不住了，他们串联了一些青年军官准备成立个造反组织，在部队开展大批判。事情报到李云龙那里，他二话不说，当即下令把那几个秀才抓起来，关进禁闭室。

孙泰安担心地说：“老李，那几个家伙关两天就算了，事情不必闹大。我听说有人把你告到中央‘文革’小组，说你是大军阀，专门破坏运动，捂着阶级斗争的盖子不让揭。”

李云龙说：“军队听中央军委的，没人告诉我要听中央‘文革’小组的。那不是个小组吗？怎么架到政治局头上去了？你别管了，有事我兜着就是了。”李云龙也感到头疼，整个前线部队在地方上狂热的政治运动影响下，也越来越不稳定，甚至有一种莫名其妙的求战情绪。这是部队的老传统了，一旦被一种政治热情驱动起来，最能表现自己觉悟的行动，莫过于咬破手指写请战书。战争年代里，这种方法屡试不爽，使部队一直保持高昂的士气，但现在的情况不一样了，这些雪片一样的请战书，内容都很空洞，那些基层的干部战士都以一种朴素的阶级感情表示，伟大的时代到来了，彻底消灭帝国主义、资本主义和现代修正主义的战斗即将开始，他们决心在这次伟大的战斗中如何如何。

最让李云龙哭笑不得的是一个年轻的作战参谋递来的请战书兼战略设想。这个作战参谋提出了一个四面出击的战略构想。他认为：自从苏联变成修正主义国家之后，世界无产阶级革命的中心已经南移。在当前形势下，中国已无可辩驳地成为世界无产阶级革命的心脏，彻底埋葬帝国主义、现代修正主义的重担已经历史性地落在我们这一代军人的肩上，云云。战略构想是，在一个星期六的夜间，不经宣战，在北线以航空兵火力先发制人，摧毁苏联远东部队的空军基地和海军基地，切断西伯利亚的铁路动脉，装甲部队从满洲里、二连浩特等地向苏联境内实施猛烈突击，迅速合围歼灭苏军远东部队，另一支装甲部队从我国新疆的霍尔果斯、阿拉山口等边境要隘向苏联的哈萨克加盟共和国实施突击。这位年轻的参谋预见到，这场中苏大决战将发生在库尔斯克地区，那将是一场史无前例的坦克大决战，会战将以歼灭苏军的重兵集团而告终，占领乌克兰和白俄罗斯便指日可待。下面的事情就简单了，通往西欧的大门敞开了，我军即可挥师南下，扫平欧洲的资本主义国家，饮马地中海。南线战略，解放金、马、澎湖列岛，在台湾登陆，海军舰队出南海向东南亚出击。东线战略也简单，登陆日本，取得向太平洋进军的前出基地，突袭夏威夷群岛，摧毁美国太平洋舰队，取得太平洋的控制权后在美国西海岸登陆。最后的一幕很激动人心……鲜艳的红旗飘扬在白宫的圆顶上。美国的劳苦大众，箪食壶浆，以迎王师，全人类得到解放……

李云龙看着看着，就给气乐了，他找来那个参谋，虚心讨教道："写得不错，我准备上报中央军委，但有一事不明，你准备用什么跨越台湾海峡和太平洋？用肋板吗？"

那参谋喜形于色，挺胸昂头地说："报告首长，有木帆船就行，当年我军横渡长江、解放海南岛时用的都是木帆船，我军装备是差些，但有毛泽东思想的精神原子弹，有全世界被压迫人民的支持，我们一定会胜利……"

李云龙耐着性子听到这儿终于忍不住发火了："我明白是咋回事了，你是吃饱饭没事撑的，从明天起司令部大楼里的地面由你打扫，一遍不行，要从一楼到四楼扫三遍，你不是撑得慌吗？你不是要解放全人类去吗？好！就先从扫地开始。"

一个军务参谋进来报告："1号，特种分队梁军求见，您看……"

李云龙一挥手说："当然见，让他进来。"

梁军是特种分队一中队的队长，是分队组建时从某军区抽调来的干部，参加过特种分队历次重大行动，是个身怀绝技、军事素质极佳的军官。他是产业工人出身，按理说属于根红苗正的干部，政审方面没什么问题。但最近他家乡的一个造反组织给部队发了函，揭发他的一个叔叔曾在国民党军队伍中当过兵，被定为历史反革命。这就麻烦了，家族里有个反革命，任你是什么红五类出身都不能在部队干了，虽说党的政策是"有成分论"但不唯成分论，重在政治上的表现。说是这么说，这不过是对因出身不好被打入另册的人的一种安抚罢了。各级党委的组织部、干部部门的负责人们都有一条内部掌握的原则，出身不好的人绝不可升学、参军、入党、提干。在军队中，这条原则执行得更不含糊，甚至有些特殊军种譬如空军飞行员、警卫首都的卫戍部队，都需要上查五代、旁查五服之内，哪怕是你二大爷的小舅子的表叔曾在国民党军队伍里当过半年伙夫，也是一句话，政审不合格。梁军有个历史反革命亲戚，军区干部部来了通知，立即让梁军转业，李云龙交涉了几次都有没用。

梁军穿着一身洗得发白的旧军衣，没戴领章帽徽。他是来向军长告别的，他感谢军长的知遇之恩，也知道军长为他的事已经尽力了，他不想抱怨什么，这就是命，你能怨谁？他只是心里有些难过，他已经习惯做个职业军人了，离开军队他不知道自己还能干点儿什么。

梁军望着军长说："1号，我向您告别了。说实话，我真舍不得离开部队，这是我的家呀。可是……没办法，这是我的命，我认啦。1号，您还有什么要嘱咐的？"他的眼圈红了。

李云龙像做了什么亏心事似的，表情复杂地拍着梁军的肩膀，久久说不出话来。他觉得有愧，特种分队的队员每一个人都是他的宝贝。当年是李云龙把这些生龙活虎的战士从四面八方调来，但现在，他竟没有能力保护自己的战士。他本想劝慰几句，话没出口又觉得是废话。突然，一个念头如电光石火般蓦然闪过脑际：娘的，什么是特种兵？一条小小的政审规定就难倒了特种兵？那还叫什么特种兵？

李云龙目不转睛地看着梁军说："照理说，就你受过的训练，本不该把你送到地方上去，弄不好就会生出乱子。唉，一个受过特种训练的军人一旦摆脱了军纪的束缚，就很有可能对社会构成危害，一旦危害社会，谁能管得了你呢？公安局的警察恐怕不行，十来个人也未必能制服你，要是地方上管不了你，那还得军队来管。这样吧，你的转业手续先不要办，回家先看看，联系一下工作，等有了单位接收你，再回来办手续。记住，到了地方上要好好干，可不许惹事哟。”

梁军的眼睛一亮，似乎明白了什么，他猛地脚跟一碰，挺胸道：“1号，梁军无论走到哪里，都绝不会给首长丢脸，您的临别赠言我记住了。”

李云龙微微一笑，眨眨眼睛说：“我好像没说什么呀？好吧，准备出发，军队不养老，早晚都得走，不定哪天，我也会脱了军装回老家种地去。”

明亮的星光，似乎掺上了露水，变得湿润柔和，夜空青碧犹如一片海，断断续续的白色碎云，幻化出一道道隐隐约约的河川，飘在深蓝色的天幕上。李云龙和田雨站在露台上，仰望着夜空，李云龙通过北斗星的勺柄找到那颗明亮的北极星。那是正北方向，北京就在那个方向。李云龙默默地吸着烟，显得心事重重。田雨突然落下泪来，她擦着眼泪自语道：“赵刚和冯楠现在在哪儿，为什么连个信也没有？”

遥远的天幕中，浩瀚的银河里，一颗流星倏然划破夜空，消逝在宇宙深处，紧接着又是一颗……李云龙心里一动，他猛地扔掉烟蒂，怔怔地望着流星消逝的地方，他有一种不祥的预兆。

此时，在北京西郊的一所军事机关的将军楼里，赵刚和冯楠正相拥而坐。赵刚的脸上到处都是青紫色的伤痕。他的嘴唇上有一道可怕的裂伤，露出残缺的牙齿。在白天的批斗会上，赵刚被揪到台上喝令跪在地上，他倔强地直挺挺地站着，连腰也不肯弯，被几个造反派成员死死地按跪在地上，他又挣扎着站起来。参加批斗的人们大怒，因为这样死硬的反革命分子还很少见，他们一边高呼着口号：“敌人不投降就叫他灭亡！”一边冲上去把赵刚打倒在台上。谁知一顿拳打脚踢后，赵刚又晃晃悠悠站了起来。造反派们气疯了，他们又冲上来一顿毒打，如此这般，反复多次，最后批斗会的主持人见影响太坏，便宣布暂时散会。赵刚硬是坚持一步步走回家，进门后才颓然倒下。

冯楠用温水浸湿手巾，给丈夫轻轻擦拭着，嘴里安慰着："老赵，忍一会儿，我再给你上药。"

赵刚笑笑，用手拍拍肚子说："这点儿伤算什么？我这肚子上中过一发9毫米口径的子弹，五脏六腑都打烂了，这条命本来就是捡来的，又活了这么多年，我已经赚了嘛。"

冯楠轻轻靠在丈夫身上说："歇一会儿再上路，好吗？"

"孩子们安排好了吗？"

"放心吧，我早安排好了。李云龙是个古道热肠的人，孩子们交给他没什么不放心的。你呀，在军队这么多年，过命交情的老战友，只有李云龙一个。真怪，一个大学生和一个粗鲁的军人结成生死交情。"

"战争是最好的粘合剂，我和老李的交情也是吵出来的。1938年我刚调到独立团当政委，那天老李正盘腿坐在炕上喝酒，见了我二话不说就递过了酒瓶子。我说谢谢，我不会喝。老李阴着脸哼了一声，说不会喝你到独立团干吗来了？我当时也不高兴了，回了他一句：'独立团是打仗的，又不是收酒囊饭袋的。'这家伙当时就被噎住了。我看出来了，他是个顺毛驴，在这个团里称王称霸惯了，听说前几任政委就因为和他搞不到一起去，被他挤走的。刚到独立团时，我的工作开展得很难，老李也打定主意想挤走我，那时我对他印象也不好，觉得这人毛病挺多，这样的人怎么能当团长呢？他的特点是见了上级就发牢骚，明明已经执行了命令，还要唠叨几句，好像不发牢骚就亏了似的。对下级就更不像话了，张嘴就骂人，粗话连篇，有时还动手打人。可奇怪的是，这家伙在团里的威信还很高，全团的干部战士都很尊敬他，甚至是崇拜他。当时我想，这人恐怕还是有些独到之处的。后来，我参加了独立团的几次战斗才明白，老李打起仗来真有点儿鬼才，点子多，善于逆向思维，从不墨守成规。"

一提到李云龙，满脸伤痕的赵刚立刻神采飞扬："我和老李的性格相去甚远，他是个典型的现实主义者，而我却是个理想主义者。这两种类型的人一旦相遇，碰撞是免不了的。老李这个人极务实，他嘲笑理论，一概斥之为‘大道理’或‘狗皮膏药’，而我那时书生气十足，偏偏爱搬弄理论。”

“我猜，后来你们成了好朋友，主要还是因为你也现实起来，再不搬弄理论了。”冯楠说道。

“是呀，战争的环境太严酷了，理想主义应付不了这种残酷的现实。坦率地说，当时的独立团没有我赵刚一样能打胜仗，要是没有李云龙，独立团在晋西北那种严酷的环境里连一个月也生存不了。关于这一点，我对老李非常佩服，把他当成了我的老师。”

冯楠依偎着赵刚道：“我看，你们俩都是悲剧人物。赵刚，你恐怕至死都是个理想主义者，你参加革命时的目的很明确，就是准备为了某种理想而献身，当现实违反了你的初衷时，你便有了一种破灭感。因为你无力阻止现实的发展，那种无奈和痛苦是很深刻的，如果带着这种痛苦活着，你会感到生命变得毫无意义。”

赵刚用一种极为复杂的眼光注视着冯楠，嘴里叹道：“咱们生活了十几年，你在我面前始终扮演一个温柔妻子的角色，几乎使我忽略了你的另一面，难道你要到最后时刻才亮出你的剑锋？真可谓后发制人呀……”

冯楠露出凄楚的笑容道：“性格即命运。我没有能力改变你，唯一能做到的是，始终伴陪你直至死亡。”

赵刚痛苦地流下眼泪：“你这样做毫无意义，这是有意让我的良心负债，为什么不给我一些自由的空间？给我一些选择的权利？”

“赵刚，你知道俄国的十二月党人吗？”

“当然知道，那也是一群充满理想主义的革命者。”

“我在想俄国的十二月党人，在想他们的妻子，那可真是一群高贵的女性。十二月党人起义失败后，被沙皇流放到西伯利亚，他们的妻子面临着两种选择：要么和丈夫断绝关系，继续留在圣彼得堡当贵族；要么被剥夺贵族身份，陪伴她们的丈夫去西伯利亚服苦役。这些高贵、柔弱的女性表现出极大的勇气，毅然选择了后者。陀思妥耶夫斯基都感动得流泪了，他说：她们抛弃了一切贵族身份、财富、社交和家人，为了崇高的道德义举，为了争取自由而牺牲了一切。无辜的她们在漫长的25

年里，经受了她们‘罪犯丈夫’所经受的一切……你看，一百多年过去了，在人们心中，那些英勇的十二月党人反而不如他们妻子的历史形象完美。十二月党人的妻子，成了一个群体，成了一种英雄主义的象征，历史也牢牢地记住了这些伟大的女性。你知道，这个世界上假如没有了你，我活着便没有任何意义，思想的孤独和对你的怀念同样也会杀死我。还记得吗？当我第一次见到你的时候，我才真正知道，什么叫一见钟情。那时我就想，感谢上苍，这个男人是上苍恩赐予我的。”

赵刚轻轻搂住妻子，环视着客厅，被抄家后，客厅里已面目全非，藏书被撕成一堆堆的废纸，赵刚穿着礼服，佩着少将军衔的大照片上被打了红色的叉。赵刚轻轻笑了：“人生真像场梦……”

“告诉我，当年你投笔从戎，投身一场革命，几十年的征杀，落得如此结局，你后悔吗？”冯楠问。

“不后悔，我尽了一个中国人的本分，当时民族危亡，强敌压境，任何一个有血性的中国人都不可能置身事外。在侵略者面前，我们没给中国军人丢脸。至于那场推翻国民党统治的战争，我为能参加那场战争而感到自豪。那是一个独裁的、不得人心、腐败透顶的政府，那个政府不垮台，天理难容。我这一生参加了两场战争，做了自己想做的事，没什么可后悔的。我只是感到痛心，我想起那些为了建立这个政权牺牲的战友，想起他们我心里就受不了。从1938年我进入八路军直到1949年新中国成立，这11年里我换过的警卫员就有13个，他们都是死在我眼前，大部分是为了掩护我才牺牲的。直到今天，我一闭上眼睛，那些生龙活虎的面孔就出现在我脑子里，我能准确地叫出他们的名字，清楚地记得他们牺牲的顺序和地点。淮海战役时，牺牲的那些战士何止成千上万，那些刚从火线上抬下来，蒙着白布的尸体在田野里摆得一片一片的，数都数不过来。我亲眼看见一个伤员在担架上拼命挣扎哭喊‘放下我，我要回去，我们全连都牺牲了，我要去报仇哇’。担架旁的一个老人哭着催促担架员：‘快，快，这孩子快不行了，快点儿啊，孩子你等等，快到医院了，你不能这就死呀。’当时呀，我已经是纵队副政委了，应该在下级面前保持点形象了，可我当时……眼泪怎么也控制不住，哭得连话也说不出来。这些为了理想而捐躯的人，他们本以为通过自己的牺牲能换来一个自由公正的社会，可他们的希望实现了吗？”

说到这里，赵刚不禁泪流满面，他使劲擦去眼泪道：“我想起田先生，10年前，就是在这座房子里，我和田先生作了一次推心置腹的长谈，现在想起来，田先生真是个少见的智者，他的眼光真能透过重重的迷雾看到未来。他在10年前就担心我们的民族会出现一场浩劫，现在还真不幸被他言中了。我明白了，革命也许是个中性词。它可以引导人们走向光明，也可以以革命的名义制造人间灾难。革命必须符合普遍的道德准则即人道的原则，如果对个体生命漠视或无动于衷，甚至无端制造流血和死亡，所谓革命无论打着怎样好看的旗帜，其性质都是可疑的。我现在终于理解了当年高尔基的大声疾呼：在这些普遍兽性化的日子里，让大家变得更人道一些吧……如果拒绝人性，没有爱与情，是根本不可能成为一个革命者的。冯楠，我没有能力阻止灾难的蔓延，但我有能力捍卫自己的尊严，没有了尊严我宁可选择死亡。”

冯楠注视着赵刚说：“我对你们共产党人最初的印象是解放军进上海的时候，成千上万的战士都露宿街头，连我家的门洞里都躺满了，真是纪律严明，秋毫无犯。我早晨出门没看见在地上躺着的战士，差点被绊倒，一个年轻的团长向我立正敬礼，一个劲儿地道歉，感动得我眼泪在眼眶里打转，真是人民的子弟兵。那个团长顶多二十七八岁，英俊潇洒，口才真好，好像受过良好的教育，对待女士很有点绅士的派头。那时我想，共产党里真是藏龙卧虎，人才济济。能经过二十多年的武装斗争，由弱变强，领导人民推翻国民党的政府，这样一场伟大的革命，没有很多优秀的人才参与是不可能的。特别是遇见你以后，我更加深了这种印象。我丈夫这样优秀的人都是共产党员，这个党执政还会犯错误吗？那时的我真幼稚。其实任何一个政党都有可能犯错误，以我一个党外人士的眼光看，这个政党所犯的最大的错误，就是不自觉地进行了一场素质逆淘汰。渐渐地把党内富有正义感的、敢于抵抗邪恶势力的、置生死于不顾为民请命的优秀人物都淘汰掉了，这样，灾难就不可避免了。我说得对吗？”“对了一半，优秀人物还有的是，而且是在不断站出来。至少，我相信李云龙就是一个。他是条硬汉子，比我有勇气。”赵刚挺直身子，不料碰到了伤口，疼得直抽冷气。

冯楠心疼地扶住丈夫：“别动，静静地坐着，休息一会儿。”

赵刚合着眼，仿佛已经睡了过去……一缕思绪掺杂着淡淡的忧伤将他带回了当年的延安“抗大”，他曾在那里学习过，他忘不了那陕北的黄土高原，那纵横起伏的山系就像在一刹那被凝固的波浪，缺少植被而贫瘠的坡地，瘦骨嶙峋的老牛拖着古老的木犁，似乎是从天外传来的高亢苍凉的信天游调子：

羊肚肚手巾哟，
三道道蓝，
咱们见个面面容易，
拉话话难。
看不见那山上哟，
看不见人，
我泪个蛋蛋抛在那沙篱篱里。
……

安塞的腰鼓在震天轰响，漫天黄尘中白羊肚手巾在点点跳跃，绥德的精壮后生，米脂的俊闺女，硝烟中的《黄河大合唱》，刀枪铿锵的《大刀进行曲》……千里淮海大平原，几十万野战军官兵高唱着：追上去，追上去，不让敌人喘气，不让敌人跑掉……陇海线两侧，数十万大军卷起两股狂潮，扬起漫天尘土，呼啦啦地南北呼应，昼夜兼程，席卷而去。强悍的黄百韬兵团顷刻间灰飞烟灭……

节日的礼花，五彩缤纷，阅兵式上炮车辚辚，飞机呼啸，坦克纵队隆隆碾过，观礼台上，无数颗金色的将星在秋日的阳光下熠熠生辉……此生足矣啊，大风卷海，波澜纵横，登舟者引为壮观，生死之大波澜何独不引为壮乎？硝烟战火，百战搏杀，胜利之喜悦，亡友之哀痛，横眉冷对强敌，温柔乡中风光旖旎，欢乐与痛苦交织，青春、友谊和爱情相伴……此生夫复何求?

赵刚睁开眼，两眼炯炯有光，他拍拍冯楠的后背，轻轻说道:“喂，十二月党人该上路了，黎明可是上路的好时候。”

冯楠此时已泪飞如雨，她猛地抱住赵刚痛哭道:“赵刚啊，我害怕，这是我的一块心病，我只怕当咱们的肉体消失后，灵魂也会飘散，没有了你，我太孤独了。”

赵刚微笑道:“你放心，我会紧紧地抓住你，你想跑都跑不掉。”

冯楠擦去眼泪，脸上露出孩子般的笑容，“真的? 你可要说话算数，让我放心。”她轻轻扶起赵刚说，“走好，我亲爱的十二月党人，咱们就要去风雪茫茫的西伯利亚了……”

〔 第三十四章 〕

走出火车站的检票口，梁军伸了个懒腰，两只眼睛像雷达一样扫描了180°，他马上发现了目标，车站广场的西侧有几个青年正倚着栏杆抽着烟，无所事事地盯着过往的姑娘。梁军一眼就看出，这几个小子恐怕不是什么安分之辈。

他穿着一身崭新的国防绿军装，一副标准的复员军人模样。梁军知道这身绿军装对于老百姓来说是很诱人的，这种制式军服因是1966定型生产并装备部队，被称为“66”式军服，老百姓俗称为“国防绿”，是当时最时髦的服装，任你花多少钱也买不到。这身军装是身份地位的象征，表明你或你的家人曾在军队工作或和军队有某种联系。因此，这身式样很蹩脚的军装也成了惹祸的根源，因为抢军装惹出不少人命官司。

梁军走过去，装出一副憨头憨脑的样子用山东话向那几个小子问路。他发现这几个小子先是盯着他的军装，然后互相交换了目光，便喜形于色了。

一个剃着光头的家伙搭讪道:“这位老兄是刚复员吧? 当的啥兵呀? ”

梁军回答:“先是在炊事班做饭，后来又让俺去喂猪，猪长大了杀掉吃啦，就没俺啥事了。这不，复员啦。”

那几个家伙哄笑起来。光头说：“俺只听说过有军马、军犬，才听说有军猪。噢，你是猪兵。行啦，咱们今天也学学雷锋做好事，给猪兵同志带带路咋样？”

“没问题，别让人家迷路呀。”几个小子响应道。

梁军忙不迭地道谢，憨头憨脑地只管跟人家往僻静处走。他心里挺可怜这几个毛头小子为身破军装就要吃苦头了，要是老子心情好，这身军装送给他们又何妨？可今天不行，老子要演点儿节目，只好拿你们当道具啦，谁让你小子不长眼？

他心虚地四处看看，停住脚步问：“我说几位老弟，不对吧？咋越走越僻静啊？”

那几个家伙都不怀好意地笑了：“明说吧，我们弟兄几个想借这身军装穿穿，快脱吧，裤子里总不会没穿裤衩吧？”

梁军挺直了身子，脸上的憨傻气一扫而光。他眼中射出两道寒光，冷冷一笑说：“哦，想打劫？五个人是不是少了点儿？”

对方不太喜欢废话，他们手里出现了锋利的三棱刮刀，紧接着传来一句不耐烦的叱喝：“咋这么多废话？快点儿！”

梁军拉下了脸很不高兴地说：“操，五个对一个还抄家伙，怎么他妈的这么不要脸？给我把家伙收起来，不然老子要打你个满地找牙。”

为首的光头感到很诧异：“哎？这小子的嘴咋这么欠呢？得给他放放血啦……”

话音没落，梁军的右腿已经在空中划出一道弧线，穿着皮鞋的脚尖准确地踢中光头的鼻梁，这一脚力道大得惊人，光头在一刹那觉得自己的鼻子被一柄十八磅大铁锤击中了似的，身子便轻飘飘地斜飞出去。梁军一招得手便不让人，他身形一晃，啪啪几声闷响，余下的四个人全被放倒了，几把刮刀都变戏法似的到了他的手里。他轻松地把几把刮刀像撅筷子似的“啪啪”撅断，一扬手来了个天女散花。

在派出所里，值班警察感到震惊了，他从来没见过一个赤手空拳的人能把五个带刀的人伤得这么惨。五个人全是重伤，那个光头的鼻梁骨被击得粉碎，碎骨伤及了运动神经，再多使一成力就完了。警察很为难，照理说这属于正当防卫，可一看那几位的伤势，警察又得出防卫过当的结论，应该承担刑事责任。问题是，现在是“文革”期间，以前的法律已经不作数了，再说，公检法也失去了往日的执法权力。乖乖，这个刚复员的特种兵也太可怕了，就这么几下子就把人弄得这么惨，他要是不走正道入了犯罪团伙，就该当警察的倒霉了。不行，还是给他原部队领导打个电话吧，部队领导总不能这么不负责任，训练出一个职业杀手就得把他看住，不能这样放手不管往地方上赶，这不是成心拆地方政府的台嘛。

李云龙接到干部部的电话时也认为地方政府批评得对：“是呀，是呀，咱们应该接受地方上同志们的批评，把特种分队的人往地方上送这确实不妥，这是对社会的不负责任。特种分队的这些浑小子，我看只有军队才管得了。好吧，派人把梁军押回来，先关他半个月禁闭，转业手续不是还没办吗？不给他办。想走？没那么容易。娘的，把人伤成那样，还没王法啦？”

李云龙正在主持一个会议，突然接到妻子田雨打来的电话，她在电话里泣不成声地说：“老李，快回家，出大事了……快回来！”李云龙的心猛地一沉，他来不及多问，匆匆宣布散会，带上警卫员小吴跳上车就往家奔。在路上，他还在心里嘀咕：出什么大事了？这年头咋就没好事呢？

院子里很静。李云龙推开屋门，就听见低沉的哭声，一个十四五岁的男孩，一见李云龙便放下饼干扑过来，哇的一声哭出来，旁边的两个年龄小一些的孩子中的一个女孩也跟着跪下来抱住李云龙的腿放声大哭：“李伯伯，救救我们……”孩子们哭得说不出话来。李云龙看看妻子，见田雨也在痛哭。她抽泣着告诉李云龙：“赵刚和冯楠都……都没了，不知道是不是他杀。这是他们的四个孩子，从北京投奔咱们来了……”

李云龙像突然遭到雷击一样，脸色变得惨白，他身子晃了晃便颓然倒在沙发上。警卫员小吴吓得抱住他连声喊：“首长，首长，你怎么了？”

李云龙斜靠在沙发上，微闭着眼睛一声不吭，小吴情急之下抓起电话要叫医生，见李云龙无力地摆摆手……他紧闭的眼睛里渗出了两滴黄豆粒大的泪珠，转眼之间，泪水就成串地滚落下来。他在痛哭，但听不见一点儿哭声，田雨惊慌地摇晃着他，连声喊道："老李，你要哭就哭出声来，千万别憋着……"

此时，李云龙已经什么也听不见了。……赵刚迎面向他走来，还是当年那身灰色的八路军军装，绑腿打得很利索，清瘦白皙的脸上充满了微笑，黑黑的眼睛里闪动着智慧的光芒。李云龙怒吼道："老赵，你咋成了孬种？咱独立团啥时候让人打垮过？日本鬼子都打不垮咱们，你咋自己把自己打垮啦？你别走，咱独立团不能没政委……"

赵刚的声音仿佛是从很遥远的地方传来："老李，你不懂，死亡也是一种抗争，一个有尊严的生命才有存在的价值，失去了尊严，生命难道还有意义吗？"

李云龙哭了："好兄弟，你别走，求你啦，你走了我一个人怪孤单的，这么多老战友都走了，我一个人活着还有啥意思……"

赵刚的声音传来："还记得陈老总的那句诗吗？'此去泉台招旧部，旌旗十万斩阎罗。'咱们按老规矩，政委先打前站，团长早晚去报到。到那边，咱们拉起队伍，还是一个独立团……"赵刚的身影倏然而逝，一道耀眼的闪电划破天空，繁星万点纷纷飘落。当年晋西北的山山水水都瞬间出现在眼前，田野、村庄、山川、河流都呈现出悲壮苍凉的色彩，这些景物从深远的苍茫中飘然而来，又向深远的苍茫中飘然而去……

李云龙像突然从睡梦中醒来，脸上已无半点儿泪痕，他看看老战友的儿女，张开双臂把孩子们拢在胸前，爱怜地摸摸这个，拍拍那个，一种少见的温情从他心底泛起。田雨惊讶地看着丈夫，这是李云龙吗？自从和他结婚以来，还从来没见过他这样慈祥可亲。田雨再次发现她对丈夫了解得还是很不够。

李云龙一改平时的大嗓门，似乎是怕惊吓了怀里的孩子们，他用柔和的声音轻轻说："从今天起你们就是我的孩子，这里就是你们的家。老婆呀，咱们那两个小子都多大啦？这事交给你了，按年龄大小论资排辈，谁是哥哥谁是弟弟妹妹总得有个名分。好家伙，我李云龙上辈子肯定是积了德，一下子有了这么多儿女，半个步兵班呀，兵强马壮的。小吴，去告诉营房部送几张双层床来，把楼上房间收拾一下分男女宿舍，你负责监督内务卫生，一切按野战军的规矩，被子叠得要见棱角，毛巾要……”

田雨不满地打断他的话：“这不是军营，你怎么拿孩子们当士兵要求？”

李云龙说：“早晚都是兵，这里就算新兵连吧。”

那天晚上，李云龙忙着指挥几个战士搬动家具，腾空屋子，把几张双层铁床支好，铺上被褥，眼看着孩子们睡下。只有田雨发现他的状态很不正常，他的脸色变得灰白，走路时步履踉跄，说话也有些语无伦次。孩子们睡下后，他对田雨只说了句：“你也睡吧。”然后梦游般地走进自己的卧室，把门关得死死的。

田雨心里很紧张，结婚十几年了，她还是第一次看见丈夫如此失态，这个铮铮铁骨的男人，他的精神像是突然垮了，变得极度衰弱。田雨把自己房间的门敞开，时时注意着隔壁的动静。

李云龙拉开写字台的抽屉，找出一本影集。他翻开影集，看着他和赵刚的几张合影照。最早的一张好像是1941年照的，他记得那是一个《晋绥日报》的记者到独立团采访时照的，当时情况很紧急，部队正要转移，照片上的两人都牵着马，穿着破破烂烂的灰布军装，显得窝里窝囊，腰间皮带上插着张开机头的驳壳枪，连保险都没关，两人的表情都很冷峻，没有一丝笑容，从这张照片上可以看出当时形势的严峻。还有一张是20世纪50年代在北京赵刚家的楼前照的，两人站在草坪上，穿着笔挺的将军礼服，佩少将军衔，胸前的勋章锃亮，两人的脸上如沐春风，笑得很开心……

他的眼睛渐渐模糊了，眼前似乎升起一片迷蒙的白雾，泪水不停地滚落下来。他狠狠地用袖子擦去眼泪，这没用，新的泪水又止不住地涌出眼眶。他的手脚在剧烈地颤抖，心脏在一阵阵抽搐，似乎在渐渐裂开，涌出了滚烫的鲜血，他觉得呼吸有些困难，胸口像是被压上重物，想扯开嗓子吼上几句，嘴张了张，却没有声音。他狠狠地咬住一块毛巾，忍不住呜咽起来，他绝望地向空中抓了一把，似乎想抓住老战友逝去的灵魂……这现实实在太残酷了，几十年在血与火中建立的生死情谊啊，就这么一下子，人就没了，没倒在敌人的枪下，赵刚却自己杀死了自己，那些逼死他的人，竟然都是他的战友！

一阵撕心裂肺的痛苦使他终于号啕起来，他边哭边小声数落着赵刚：“老赵，老赵呀，你不够意思呀……你不够朋友，就是有天大的难处，你也该找我商量一下啊，你我兄弟一样……你这是信不过我呀，我要是知道，说什么也不让你走这一步……老赵啊，你不够朋友，就这么一甩手就走啦……”他的声音越来越大，终于爆发出惊天动地的哭声，“赵刚啊，你别走呀，我求求你啦，你他娘的知道不知道？我这里疼啊，疼死我啦……”他发了疯似的扯开衣服，在自己赤裸的胸膛上撕挠着、捶打着，“……几十年的交情啊，你就不管我啦？几十年的流血拼命啊，就他娘的落个这下场？我操他娘的，这叫什么‘文化大革命’啊？这是作孽啊，伤天害理啊……共产党出奸臣啦，老子不干啦，老子回家种地去……我操你个姥姥，老子要毙了那帮奸臣……”

砰的一声，卧室门被小吴狠命撞开，小吴和田雨冲了进来，一左一右抱住李云龙。他视而不见，目光散乱迷离，肆无忌惮地破口大骂。他挣扎着、咆哮着，用拳头向写字台桌面上狠命地砸，桌面上的玻璃板在他的重拳下被砸得粉碎，他的手上全是鲜血……

小吴拼命抱着他的手臂，流着眼泪哀求道：“首长、首长，您小声点儿……”

“去你娘的……”丧失理智的李云龙一拳把小吴打出两米远，小吴仰面摔倒。

他从抽屉里拿出手枪“咔嚓”顶上子弹猛地站起来，两眼血红、声震屋宇地大吼道：“赵刚，你告诉我，是哪个狗娘养的害死了你？告诉我，我要给你报仇……”

小吴从地上一跃而起，不得不使用擒拿动作抢下李云龙正在挥舞的手枪。李云龙颓然坐下，发出一声长长的、惨痛的哀号，犹如受伤的野兽。

田雨泪流满面地抱着丈夫，她分明感到，李云龙心中的那座精神殿堂在崩塌……

〔 第三十五章 〕

1967年，“文化大革命”运动进入了第二个年头。这是个多事之秋，巨大的灾难降临在这块多灾多难的土地上。谁也闹不清是哪座城市最先进入了战争状态的。自从1月份上海造反派夺了中共上海市委的权，得到中央文革小组的首肯，被赞为“一月风暴”，中共机关报《人民日报》发表社论大加赞赏后，全国各大城市纷纷响应，夺权之风顿成燎原之势，派系林立的造反组织面对权力再分配的巨大利益，纷纷火并，大规模的武斗开始升级，战火开始在中国广袤的国土上蔓延开来。4月，广西告急，南宁、桂林等城市爆发激烈的战斗，双方动用重型火炮和坦克把城市打得几成废墟，死亡数千人，伤者不计其数。贯穿广西境内的邕江里浮满尸体，江水将大批浮尸冲进珠江三角洲，直至港澳地区的海面上。港澳报纸连连惊呼，全世界为之动容……

出现在西南城市成都和重庆的战争，其现代化程度更高。那里有很多国防工厂，而这些军火工厂的工人又大部分是从军队复员的军人，这些精通各种武器和战术的造反派把这个城市的战争进行得有声有色，威武雄壮。激烈的战斗甚至刺激了军事科研的进程，一些在和平环境下科研人员绞尽脑汁也设计不出来的新式武器竟在实战中被设计出来并投入使用……

华北告急。石家庄、保定战火纷纷……中原告急……东北、西北到处枪炮齐鸣……中国境内的战火，震惊了全球。

在太空轨道上，苏美等军事大国的侦察卫星正紧张地注视着这片陷于战火的土地。中苏、中蒙连绵数千里的边境线上，苏军几十个精锐的装甲师、摩托化步兵师枕戈待旦，处于高度戒备状态。设在菲律宾、冲绳、关岛等地的美国海空基地也进入一级战备，数艘航空母舰组成的特混舰队进入台湾海峡、北部湾等海域游弋，满载核弹或常规炸弹的B-52战略轰炸机群排列在机场的起飞线上，随时准备腾空而起……

在遥远的欧洲，正处于冷战中的华约和北约这两大军事集团，都暂时忘却了柏林墙两侧剑拔弩张的军事对峙，用惊奇的眼光注视着东方……

与中国接壤或邻近的西亚、东南亚国家，惶惶不可终日，担心有一天，中国内战的战火会打着“输出革命”的旗号越过国境线。在莫斯科的红场上，一些中国留学生高举着红旗和毛泽东像正在愤怒地声讨苏联的现代修正主义，声称要在列宁的故乡重新燃起“十月革命”的烈火，“阿芙乐尔”巡洋舰的炮弹这回要射向克里姆林宫了。不过，留学生们的狂热，还没来得及释放出来，就被凶悍的苏联警察们的棍棒扼杀在萌芽中……

李云龙的脑袋近来总是昏沉沉的，他被这一幕幕突变的形势弄得焦头烂额。先是政委孙泰安被调到另一个省“支左”去了。两人搭档了十来年，一直处得很融洽。孙泰安是个好脾气的人，对人很宽容，资格老但工作能力较平庸。他没有野心，喜欢随遇而安，除了胆小些，没什么大毛病。李云龙挺舍不得他走。

他所在的城市和全国的所有城市一样，也进入了战争状态。这个城市的两大造反组织“红革联”和“井冈山兵团”形同水火，两派的代表走马灯似的轮流来司令部游说，要求解放军支持“革命左派”。李云龙心说：我哪知道你们谁是左派谁是右派？我看，都是这两年粮食多了，吃饱撑的。1960年那会儿你们咋不闹腾呢？他被造反派们闹烦了，干脆称病躲进医院。工作暂时由新调来的政委马天生主持。

比起李云龙这类从红军时代就当上主力团团长的将军来，马政委的资历就不值得一提了，他1943年在苏北参加了新四军的游击队，以他的中学学历在文盲众多的游击队里可称得上是个“高级知识分子”了。这样的宝贝自然要保护起来，干些能发挥特长的工作。他从文书干起，从来没参加过什么像样的战斗。到1955年部队授衔，李云龙和丁伟等人在南京军事学院发牢骚嫌肩章上一颗将星太少时，而马天生则望着自己肩上的两杠一星感到心满意足。1943年入伍，没什么战功，12年就干到副团级少校，他知足了。

令李云龙百思不解的是，这个1955年的少校，是凭什么又在12年之内爬到正军级的位子上的？

两人的第一次见面很有些戏剧性。

那天郑秘书向李云龙建议说："新来的马政委已经搬进老政委孙泰安住过的那座小楼了，还没有正式上班。1号，您是不是去作一下礼节性拜访？"

李云龙不置可否，却提出了一个另外的问题："这个马政委在军里排几号呀？"

"当然是 2 号。"

"这不就得啦，你没忘了我是几号吧？"郑波被噎住了，他还真没想过这个问题。

当天晚上，政委马天生主动上门拜访李云龙。两人握了手，先是寒暄了几句。李云龙吩咐郑秘书倒茶，然后先坐下了，用手拍拍沙发道："坐嘛，不要拘束，随便点儿。"

马天生很有涵养地笑笑，坐下了。

"马政委很年轻呀，哪年参加工作的呀？"

"1943年入伍，今年45岁。"

"嗬，年轻有为呀，1943年……我在干啥呢？哦，想起来了，带着我那独立团在晋西北已经打出一块不小的地盘了，说是一个团，其实兵员有六千多，快赶上当时的一个师啦，那时抗战快胜利了嘛。"

"是啊，李军长是老资格了，我来之前听干部部的同志介绍过，我要好好向老同志学习呀。"

"哟，学习不敢当，互相学习吧。其实老同志有什么？不过就是参加革命时间早点儿，工作经验丰富点儿，仗打得多一点儿，没什么嘛，咱们这个队伍一直有这个传统，老同志嘛，多担点儿责任，给年轻的同志多把把关，把自己的经验多传授一些，仅此而已。"

"感谢李军长对我工作的支持。"

"你不要怕，大胆工作，工作上有啥困难，就只管来找我，这个单位师团一级的干部都是我在抗战和解放战争时期带过的兵，人头熟，也比较听话。"在一旁倒茶的郑波也听出来了，马政委的谦虚话被军长毫不客气地接收了。

“马政委一直是搞政工的？”

“是的，调来之前我在××军××师任政治部主任。”

“哦，连升三级，你们搞政工的如今吃香啊，我们这些搞军事的老家伙也该考虑考虑让位啦，仗没得打了，用处也不大啦，总得给年轻的同志创造点儿条件嘛。”

“李军长，我刚来，对本市‘文革’运动的情况还不是很了解，您是不是给我简单介绍一下？以便我开展工作。”

“这很简单，就像报纸上说的‘革命形势一片大好，不是小好’，还有，‘阶级敌人一天天在烂下去，我们在一天天好起来’，就是这样。”

“您能不能说得具体些？”

“具体可就不好说了，本市造反派分为两大组织，天天吵来吵去都像乌眼鸡似的，都自称左派，要求军队支持。我说，好，都是左派，我都支持。这也不行，说我和稀泥，搞折中主义，没有原则。那就没办法了，我想还是让他们自己吵出个子丑寅卯来再说吧。”

马天生微微一怔，觉得这位军长的话有些刺耳，怎么能这么说呢？无产阶级“文化大革命”是毛主席亲自发动的，是关系到党和国家千秋万代永不变色的大是大非问题。只要有人群的地方，就会有左中右之分，就必然会有两条路线的斗争。马天生的逻辑思维是很清晰的，既然群众分为两派，那么肯定应该是左派和右派之分，要都是左派就没有必要对抗了。解放军支持左派，这是中央的战略部署，而这位李军长的情绪却很成问题。

马天生是个有丰富经验的政治工作者，在情况不明时，他绝不会发表自己的观点，今天一点儿小小的“火力侦察”，就发现了不小的问题。“李军长，我先告辞了，希望咱们今后合作愉快。”

“那就不留你了。郑秘书，替我送送。”

马天生走出门时还琢磨，他好像刚刚被一个首长接见过，心里一时找不到正军级干部应有的感觉了，他明显感到，这个李军长不是个好共事的人，此人太傲慢，简直是目中无人，此外，他还隐隐约约感到，此人有可能是那个司令部的人。

其实马天生也未必就看得起李云龙，他认为自己从军二十多年爬到正军级，这是有原因的，除了有些老首长提携，主要还是靠自己的才干。马天生在南京政治学院学习时，他的学习成绩很好，读了大量的书，尤其是对马列经典著作的研究有相当深的造诣，厚厚的一本《资本论》快让他翻烂了，在当时的部队政工干部中，像马天生这样随口就能引用马列经典的干部确实极少。平心而论，就理论水平而言，马政委一开口，像李云龙这样的老粗，只有乖乖听着的份。马天生人品并不坏，当过学雷锋标兵和学习《毛著》积极分子，他也曾像雷锋那样雨夜背着老大娘走十几里地，周围的战友们谁家有了点儿困难，马天生知道后会毫不犹豫地解囊相助。做这些事的时候，他是很真诚的，丝毫没有沽名钓誉的意思。对于上级的指示他从来都是坚决执行的。雷锋同志那句座右铭："对同志要像春天般的温暖……对敌人要像严冬一样冷酷无情。"这也是马天生最为推崇并身体力行去做的。问题是，这年月，同志和敌人的概念是很模糊的，角色也经常发生错位，经常有这种现象：上午还是同志，下午就成了敌人。解决起这类问题，马天生是毫不含糊的，上午给他"春天的温暖"，下午就给他"冬天的冷酷"。

马天生在组织部门找他谈调动工作时，就多了个心眼儿，他要弄清楚这个将要与他共事的军长的资历、战功和背景。好在摸清李云龙的底并不费事，军内高级将领中认识李云龙的人太多了。他的预感告诉他，这个极具个性色彩的将军是个不好共事的家伙。他们之间的地位是不可能平等的，不冲别的，就冲李云龙1927年参加红军和那一身的战伤，马天生就自觉矮了一截。他太清楚了，在一支从战火中拼杀几十年而不断强大起来的军队中，资历可太重要了。

1955年授衔时，马天生亲眼看见一个佩着三颗金灿灿将星的上将见了自己在红军时代当过他班长的一个中将时，还毕恭毕敬地立正敬礼。中将不但坦然接受了他的敬礼，嘴里还不干净地发着牢骚："他妈的，没法儿干啦，班长当中将，战士倒成了上将。"上将恭敬地说："什么上将中将？战士什么时候也得听班长的。"这件事给马天生留下极为深刻的印象。他和李云龙虽然同属正军级，但资历可没法比，就算马天生升到军区司令的位子上，李云龙也不可能把他放在眼里。资历的差异是先天的，根本没法补救的。在两人共事的初期，马天生一直小心翼翼的，尽量表现出很尊重李云龙的样子，而李云龙也没太把这个坐直升机上来的政委当回事，因此倒也相安无事。

当李云龙称病住进医院时，马天生暂时成了这个军的最高首长，他终于松了一口气。本来嘛，中央“文革”三令五申，要求解放军支持革命左派，他李云龙仗着资格老，就是硬顶着不表态，还不许别人表态，这不是明摆着对抗中央“文革”小组吗？就冲这一点，他早晚要倒霉。

李云龙住院一星期后，马天生终于代表野战军表态了，宣布支持“红革联”。野战军一表态，处于剑拔弩张的双方的力量对比立刻发生变化。“红革联”有了强大野战军的支持，顿时扬眉吐气，组织了几万人的集会，愤怒声讨“井冈山”执行了资产阶级反动路线，并公开宣布“井冈山”为反动组织，勒令其立即解散。而“井冈山”及支持者省军区部队则气炸了肺，马上出动上万人冲击了会场，双方从动嘴辩论演变成全武行只用了不到10分钟。会场顿时大乱，砖头棍棒满天飞，数千人奋不顾身地厮杀成一团。一场混战下来，双方共死伤一百多人。这仇就结大了，省军区也旗帜鲜明地公开宣布支持“井冈山”，称“红革联”为反动组织。双方厉兵秣马，准备再战，战幕就此拉开。

李云龙在医院里也忙得很，他一天到晚都在打电话，军部的总机接线员们忙不迭地把电话通过军用线路转到各大军区或各野战军的老战友那里。既是老战友，说话就难免肆无忌惮，骂骂咧咧，当年的后勤部长、现任某大军区参谋长的张万和和李云龙在电话里骂开了。

“喂！你狗日的还活着呀，当参谋长快10年了吧？总得给下面年轻的同志点希望嘛，要我说你狗日的退下来算啦，别占着茅坑不拉屎。”李云龙肆无忌惮地骂着粗话。

“嗯，一听这大嗓门，我就知道是你，咋跟驴叫似的？喂，你那里咋样？老子这里乱套啦，你先别说话，仔细听听……听见了吗？高射机枪在平射呢，操他奶奶的，这枪的口径可不是闹着玩的，12.7毫米，比当年小鬼子的92式重机枪可厉害得多，打到身上就没救。奶奶的，老子咋就跟做梦似的？又回到以前啦，当年打天津老子带一个师打南开大学，那巷战打得也就这水平。你听听，这枪声密得都听不出点儿了，清一色自动火器，比老子的部队装备还强，火线离我窗口也就八百多米，一派攻，一派守，昨天连坦克都出动了，两辆59式，这边弄了两门高炮用穿甲弹平射，正面装甲打不穿，这边就急啦，组织敢死队抱着炸药包往坦克履带底下钻，报销了两辆，那几个孩子也完啦，可惜呀，弄到部队来都是好兵……”张万和在叹息着。

李云龙不满地说：“都打成这样了，你怎么不出动部队制止一下？还在看热闹。”

老张怒道：“你他妈的是站着说话不腰疼，没有中央军委的书面命令我敢出兵？中央‘文革’叫支持左派，他妈的都说自己是左派，老子支持谁？本来打得还没这么热闹，不过是砖头瓦块儿的扔来扔去，充其量用冷兵器过过招。好嘛，江青同志一句话，文攻武卫嘛。这下子可麻烦了，两派都来了劲头，越打越热闹。我的部队的枪全被抢了，武器库也被砸开了，人家武装到牙齿，我们倒他妈的成了赤手空拳的老百姓。”

李云龙听了皱着眉头半晌说不出话来，好一会儿才小声说：“老张，这形势不对呀，不是说‘文化大革命’吗？咋就文着文着动开了武呢？主席这是咋啦？咋就不管管自己婆娘呢？”

电话里的老张像是突然被人掐住了脖子，声音顿时低了八度：“老李，你他妈的疯啦，这种话你也敢说？告诉你，这话到我这儿就算是打住了，别人那儿可千万别发牢骚……”

李云龙不屑地说：“瞧你狗日的这个兔子胆，用手摸摸裤裆，尿裤子了没有？我还以为当年的张万和是条汉子呢，闹了半天也是他娘的兔子胆……”他不等老张回骂“啪”地挂了电话。

他又把电话挂到孔捷那里。孔捷不知刚和什么人发过火，说话没遮没拦，火气很大：“老李，我越想越不对，妈了个逼，准是中央出了奸臣。这么多老上级、老战友都他妈的成了反革命，战场上没被敌人打死，妈了个逼，倒让自己人给干掉了。要是这也叫革命，那小鬼子和国民党就都是革命派啦。妈的，惹急了老子，老子带部队南下，来个‘清君侧’，毙了那帮奸臣。”

李云龙说：“老孔，说话注意点儿，我可不想看着你倒霉，咱们当年的老伙计没剩几个啦，你要出点儿事，我连个能说心里话的人都没有了。”

孔捷气哼哼地说：“脑袋掉了碗大的疤，老子这辈子死过几次了，反正命是白捡来的，我怕什么？”

李云龙岔开话题：“你那里情况怎么样？国境线上压力不小吧？”

“妈的，陈兵百万，光坦克师就几十个。说实话，真要打过来，我这个军只能支撑几天，部队的装备和训练太差了，成天净练嘴皮子了，哪有工夫搞训练？不怕你笑话，给我们军装备的坦克还是T-34型呢，‘二战’期间的破玩意儿。国境线那边可是清一色的T-62。真要干起来，只好像咱们当年那样抱着炸药包往上冲啦。你猜我这些天老在想什么？我在想丁伟，还记得当年军事学院他的毕业论文吗？我越想越觉得这家伙是个人物，有预见性，有大战略思想。你琢磨琢磨，现在咱们的北线防御、兵力和装备部署和他当年的设想几乎一样。当年的假想敌人现在可成了真正的敌人，你不得不佩服丁伟的战略预见性和勇气。唉，丁伟呀，这家伙现在不知道怎么样了，1959年以后就失去了联系，听说是坐了几年牢，职务一撸到底，回大别山种地去了。我托人去大别山找过，啥消息也没有。中国的事就是这么怪，昨天还是将军、大军区的参谋长，今天一削职成了普通老百姓，就像一粒沙子掉进沙堆，再想找可费了劲啦。算了，不提这些，说说你吧，你小子的脾气比我也强不了哪儿去，这年头说话要留神点儿，你不比我，老子这里是大军压境，一线防御靠我撑着呢，一般没人敢找我的麻烦，有什么需要我帮忙的，你尽管开口。”

李云龙想了想，说：“我现在还好，不过，将来要有个风吹草动，我会让我的几个孩子去投奔你，你得给碗饭吃。”

孔捷动了感情：“放心吧，老兄，你的孩子就是我的孩子。还有什么事？”

李云龙说：“还有，我岳母的情况你都知道，被划为右派后到兴凯湖农场劳改，后来就在那儿就业了。老人家神经受过刺激，不太正常了。本来我想把她老人家接到我这里来，没想到又赶上‘文革’了。相比之下，劳改农场倒成了保险箱。这个农场在你的防区内，请你关照一下，将来万一我这里出了事，你要想法把老太太接出来，替我给老人养老送终。唉，想想心里怪不是滋味的，人家把这么好的女儿嫁给我，我李云龙硬是没让老人家过上一天舒心日子。想想就愧得慌，这件事你得替我办。”

孔捷说：“没问题，我防区里的事我说话还算数。可是……老李，我咋听你说话有点儿像交代后事呀？老伙计，别吓唬我好不好？你堂堂的野战军军长当着，能有啥事？”

李云龙说：“这叫作有备无患，懂不懂？好啦，我挂了。”

李云龙刚放下电话，电话铃又催命似的响起，是郑秘书打来的，他向李云龙报告了一个石破天惊的消息。昨天夜里，对峙中的造反派组织就像是双方约定好了一样突然行动，野战军、省军区部队、武装部、公安局，总之凡是能找到武器的地方全部遭到冲击。由于没人敢下令自卫，各部队的军事主官都束手无策，眼睁睁地看着战士们手中的武器被抢。李云龙的部队有两个团几乎成了赤手空拳。他闻讯大怒，险些把电话话筒给砸了，嘴里连声骂道：“反了，反了，老子从带兵那天起，缴过小鬼子的械，缴过国民党的械，还从来没让人家缴过械。”他把电话直接挂到E团，对团长劈头盖脸就是一顿骂：“就算没有军委的命令，你不敢开枪，可你用枪托、用拳头也能对付这些造反派。你手下有三千多训练有素的战士，就算他娘的打群架，也吃不了那么大的亏呀，你这个团长是吃干饭的？”

E团团长也窝了一肚子气，他发牢骚道：“1号，我向军部请示过，马政委叫我们打不还手，骂不还口，只能拿着语录本宣传毛泽东思想。你向谁宣传？人家能听你的？造反派说啦，中央文革小组号召我们‘文攻武卫’，反革命组织已经武装起来，磨刀霍霍了，我们再不自卫就要犯路线错误了。军长，人家比咱们能说，我是没办法啦，你把我撤了吧。”

李云龙说：“撤你的事以后再说，现在你得坚守岗位，把你的部队管好。”

“这点我也做不到，我的哨兵站岗只能带着语录本，这样的哨兵还不如稻草人呢。现在我们营区里跟集市似的，谁想进来就进来逛逛。今天上午有个老汉赶着一群羊进了军营，说是我们训练场上的草长得好，这么好的草地也别糟蹋了，他老人家以后要拿这儿当牧场了。”团长无精打采地说。

李云龙气得说不出话来，他没想到情况这么严重。大批的武器被抢，社会治安已不复存在，这是在后方城市里，要是在一线防御的部队，这些部队受到冲击，后果不堪设想，武器装备一旦被抢，整个防御体系马上会土崩瓦解，驻守金、马、大二担等诸岛的敌军可以轻松地长驱直入。就算这种情况不会发生，随着军事禁区被冲击，敌方的间谍和特工部队也会乘机潜入。部队的永备火力点、秘密工事、炮位、雷达站等这些军事秘密将再无秘密可言，多年的惨淡经营将毁于一旦。

近10年来，海峡两岸的军事对峙从大规模炮战、海空战转为冷战和宣传战。在这期间，渗透与反渗透的特种作战、宣传战加心理战成为主要手段，在以往的较量中，李云龙胜多败少，始终占着上风。而现在，内乱四起，强敌压境，李云龙算是真正体会到了身处东北国境线上承受着巨大压力的老战友孔捷将军的那种无可奈何的暴躁。

夏天，这个城市爆发了一场大战，整个城市被一分为二。东区被“红革联”占据，以工学院为核心阵地，层层设防，早已断绝交通的街道上，设置了沙包堆成的街垒，蛇腹形铁丝网，用铁轨焊成三角支撑物的防坦克桩，马路两侧的楼房窗口里伸出黑洞洞的重机枪枪管，街心新构筑的地堡里埋伏着持火焰喷射器的射手。

西区是“井冈山”的地盘。这个组织的成员多是来自这个城市西郊工厂区的产业工人，人多势众。其中很多工人都是复员军人，有不少是参加过解放战争和抗美援朝战争的老兵，这些人枪打得准，也懂得战术，有实战经验，战场心理素质很稳定。“井冈山”的头头（按当时的时髦称呼应该叫‘1号勤务员’）叫邹明，是个前志愿军团长，参加过长津湖之战，许多美国老兵的回忆录里称此战为“地狱之战”，可见此战之惨烈。战后，邹明的团队受到过志司的嘉奖。身为一个和世界最强大的军队交过手的中级指挥员，邹明对于战争的理解有了更新的认识。一个人一生中最为重要的事，莫过于找到自己的生存位置，他认为自己已经找到了，他是为战争而来到这个世界上的，他最大的愿望就是靠战功成为将军，率领大军和敌人浴血战斗。但邹明的运气不太好，他的雄才大略还没来得及施展，战争就结束了。回国后，邹明转业到本市的东风机械厂，委委屈屈地当了个副厂长。对此，他深感命运的不公平，很有点儿壮志未酬的感觉。谁料“文革”初期，他的命运出现转机，所有的厂级干部都被作为走资本主义道路的当权派揪出了，根红苗正的邹明便脱颖而出，成了本市最大的造反组织的“1号勤务员”。大规模武斗的兴起，使邹明有点“天将降大任于斯人也”的感觉，英雄到底找到了用武之地。他似乎没把对手放在眼里，当他得知对手在东区构筑防御工事时，他只是轻轻地笑笑，他的理论和拿破仑、巴顿之类的名将不谋而合，最好的防御就是进攻。他不打算在防御上下工夫，一个小小的东区，总不会比美国陆战一师还厉害吧？他有些腻歪地想：最烦人的是拿下东区后拆除那些防御工事可够麻烦的。“红革联”的战术是鸡蛋撞碌碡，撞不碎也要溅你一身蛋黄，招你腻歪。

邹明的轻敌终于使“井冈山”遭受了重大损失。他万没想到，势单力薄的“红革联”竟敢主动向西区发动攻势，而且战术极为老到，由复员军人组成的若干支突击队秘密运动到“井冈山”的眼皮底下，随着一颗红色信号弹的升空，突击队突然发起攻击，几声巨响，几个主要火力点被早已放好的炸药包送上了天。“井冈山”仓促应战，所有的火力点都喷出火舌，轻重机枪组成的交叉火力来回扫射，企图封住被炸开的缺口。没想到对方的突击队只是佯攻，引诱你暴露火力点，紧跟着“井冈山”的火力点就被一发82式无后坐力炮弹送上天，直瞄火炮角度够不着的火力点，被嗖嗖落下的82式或60式迫击炮弹所覆盖，黑暗中炮弹的炸点开出绚丽的花朵，爆炸的冲击波和横飞的弹片霎时将人的肉体撕碎，将碎骨、残肢和肉块送上树梢和楼房的楼壁上。“井冈山”的弟兄们多数都没见过这阵势，因为这种残酷的实战毕竟和以往他们在电影里看见的战争场面不一样，起码是缺少浪漫色彩，一个刚才还活生生的人转眼就成了贴在墙上的碎肉，这种强烈的刺激除了久经沙场的老兵，不是一般人能接受的。恐惧，像传染病一样迅速蔓延，他们三三两两地钻出一线的防御工事向后方逃去，“井冈山”的前沿阵地被迅速攻占。这一战，“井冈山”一派伤亡惨重，死亡几十人，伤者一百多号，连邹明的指挥部也挨了一发迫击炮弹，幸亏邹明还保持着我军指挥员亲临火线的传统，当时没在指挥部，不然早就“出师未捷身先死”了。

“红革联”一战得手，士气大振，他们把前沿阵地向西推进五百多米，还缴获了大量的武器弹药。策划这次军事行动的领导人杜长海获得了极大的声誉，甚至有人很过火地将他捧为“战神”，连杜长海本人听着都有些头皮发麻。他严肃地批评了那些吹捧者：“这不过是场小战斗，牛刀小试嘛，怎么能叫战神呢？毛主席和林副主席才是真正的军事天才，他们都没敢称自己是战神，我杜长海往哪儿摆呢？不能这么叫，这太不严肃了。”就这样，他伟大的谦虚和军事才能赢得了本派所有成员的尊敬和崇拜。

杜长海也不是平庸之辈，他也是个参加过朝鲜战争的前志愿军炮兵副团长。上甘岭战役时，他所在的炮兵部队和美军的炮兵进行过当时世界上最高水平的炮战，随着主峰阵地的反复易手，双方的炮火硬是把山头都削低了几公尺，满山的岩石都炸成了细细的粉末，一脚踩上去能陷到膝盖。杜长海当时接替了负重伤的团长，指挥炮群对敌纵深进行压制性轰击，炮战进行了十几天，和美军炮兵打了个平手。他的团队受到了志司的嘉奖。大概所有当过军人的人都是不甘寂寞的，“文革”一开始，杜长海就参与了造反行动。由于他的资历和出身，他理所当然成了“红革联”的1号勤务员。杜长海是个极为固执的人，一条道跑到黑，不撞南墙不回头，他只认准了一点，听党的话，听毛主席的话。他从小给地主放牛，后来参加了八路军，是党把一个放牛的穷小子培养成人民军队的副团长，转业后又成了某机关的副处长。他没有理由不听党和毛主席的话，毛主席号召“造反有理”他杜长海就造反，现在是党号召革命左派“文攻武卫”，保卫毛主席的革命路线，保卫“文化大革命”的胜利成果，他当然要拿起枪来进行战斗，听党的话是没有错的。

由于专业原因，在抢夺武器的过程中，杜长海特别注意收集各种火炮，他太明白炮火在战争中的威力了。炮兵是战争之神嘛。这次“红革联”首战告捷，靠的就是炮火。杜长海手里还有张王牌没有出呢，要是他手头的十几门122口径榴弹炮和两门152口径加榴炮来个痛快淋漓的齐射，“井冈山”的老巢东风机械厂就成了一片瓦砾了。杜长海不是没胆量这样干，而是认为时机还不成熟，他要达到战术的突然性，准备在关键时刻来那么一次。

那天夜里，李云龙在医院里被骤然爆发的密集枪声和隆隆炮声所惊醒，他向窗外望去，见西区有几处被炮弹击中燃起大火。要在过去听到这样密集的枪声，他早就激动起来了，哪个将军听到枪声能不唤起内心急于厮杀的渴望呢？但今天，李云龙可没这份兴致，他像守财奴一样，传来的每一声爆炸都使他心里一哆嗦。当他率部队进入这个城市时，这里的一切都是破破烂烂的，近20年的建设才有了今天的城市规模，这些造反派兔崽子，闲得难受要玩儿打仗游戏，玩儿玩儿机枪、冲锋枪也就罢了，怎么他娘的炮也玩儿上了？这枪声密的，照这个样子一宿没有几十万发子弹下不来，老子的部队一年才两次实弹射击，每个战士才摊到五发子弹。好嘛，这些兔崽子一夜就干掉几十万发，这些败家子哟，把这一半的子弹给我，我能训练出上百个特等射手。

李云龙再也睡不着了，脑子里乱糟糟的。他这辈子经历的凶险事太多了，还从来没像现在这样情绪恶劣过，一切都乱套了，无论是什么人都有可能无缘无故挨一枪，你还不知道谁是敌人。算了，现在不是想这些事的时候，你就是把脑袋想裂了，也没现成的答案。

现在是需要行动的时候，不然要误大事的，他可不想让海峡那边的老对手看笑话。他抓起电话拨动了号码盘，电话里马上传来段鹏那熟悉的声音：“1号，我一直守在电话机旁，我估计您要找我。”

李云龙笑了：“看把你小子精的，你是我肚子里的蛔虫？你怎么就认定我要找你？”

“1号，看眼下这乱劲儿，我们特种分队能闲着吗？您要是有什么难办的事，要演演戏的事，不找我找谁？”段鹏的声音提高了八度，“1号，梁山分队已作好了一切战斗准备，随时听候您的命令。”

李云龙感到一股暖流涌上心头，这支他亲手组建的特种部队又要出场了，眼下他还能靠谁呢？他只简单地说了一句：“你和林汉马上来医院见我，注意保密。”

半个小时后，段鹏和林汉走进病房。他俩都穿着便衣，右胳膊上都搭着一件军用帆布雨衣。李云龙正在看报，抬头望了他们一眼，淡淡地问了一句：“又是哪个倒霉蛋撞到你们枪口上啦？”

他俩乐了：“1号，您真神啦，您怎么知道的？”

李云龙微微一笑：“打了一辈子仗，还能闻不出火药味儿？你们的手枪用雨衣遮着，能遮住我的眼，可遮不住我的鼻子。刚才开枪了？”

段鹏笑嘻嘻地说：“刚才路过西区时，有个不知天高地厚的小子举着支‘半自动’拿我们当靶子，把我吉普车的引擎盖子都打穿了，我再不收拾他，就成了他的枪下鬼了。您说，要死在这个毛头小子手里，还不让人笑掉大牙，连海峡那边的同行都得笑话咱，不过我没要他的命，只打穿了那个小子的屁股，让他暂时退出武斗算啦。”

李云龙说：“那小子是哪一派的？”

段鹏脖子一梗，满不在乎地说：“这有啥？我管他是哪派的，哪个浑蛋再向我举枪，我就打断他的狗爪子。1号，你不知道这些从没摸过枪的浑蛋，长这么大第一次玩儿真枪，打死人还不用偿命，这下可好，打人打顺了手，见着过路的手就痒痒。这还得了？再不收拾收拾他们，可就反了天啦！”

李云龙满意地点点头夸道：“行！你这小子长出息啦，枪发给你们是干什么用的？就是自卫用的，人家想要你的命，你还不敢还击，那要枪干什么？还不如烧火棍呢。”

林汉开口了：“1号，让我猜猜您在想什么。您大概是在考虑前线军事禁区的安全。如果按照‘打不还手，骂不还口’的命令，那咱们军事禁区的警戒还不如纸糊的，随便哪一派都可以进去逛逛。反正是一句话，不使用武器就别想确保军事禁区的安全。但一旦使用武器就要有伤亡，镇压革命左派的帽子咱们可算是戴上了。1号，您现在面临着两难选择，我说得对吗？”

李云龙点点头说：“你说得不错，还有个重要问题，据我判断，他们马上要开始行动了，不行动也不行，他们的仗快打不下去了。”

“为什么？”两个部下问。

“外行打仗消耗的弹药是内行的十倍，你们听听这枪声，连短点射都少，全是连发扫射。也就是说，这些毛头小子不管是否发现目标，一扣扳机，不把一梭子打光不算完，我统计了一下被抢的子弹数字，恐怕和今晚消耗得差不多。也就是说，过了今夜，他们弹药就成问题了，能抢的弹药库早抢过了，他们手里又没有兵工厂，再想弄弹药，只能打军事禁区的主意了。”

林汉说：“1号，我又学了一招，从枪声密集程度和战斗的时间长短去判断对方的后勤支援能力，从而推导出对方下一步行动的可能性。这是指挥员必不可少的综合能力，我脑子总缺少这种逻辑推理的能力。”

李云龙毫不谦虚地说：“没错，所以我能当军长，你暂时还不行。”三个人都轻松地笑了。

段鹏说：“这件事由我们来干，我们俩各带一队人换上便衣，混入两派组织，尽量做做工作，制止他们的疯狂念头，能兵不血刃解决问题当然更好，要实在不行，就只好动武了，反正两派正在混战，真出点儿问题也是对方干的。”

李云龙站了起来：“想得不错，不管是谁，谁打军事禁区的主意，格杀勿论。要不惜一切代价制止武斗的扩大，少和下面的小喽啰打交道，要接近那两个造反派头头。这两个浑蛋也太不像话了，他们以为自己是谁？还当自己是在朝鲜战场？就算他们是当年战场上的英雄，现在也蜕变成了浑蛋，拿国家的财产、老百姓的生命不当回事。你们去做做工作，用什么办法自己去定，反正是要使他们改变那些疯狂念头，不要再打部队武器的主意，要是执迷不悟，你们就管教一下，特别是那个擅长使炮的家伙，他的破坏力太大了。”

〔 第三十六章 〕

第二天，李云龙出院后先回到了家里，他哪里知道，他家后院成了武器试验场了。他还没进院就听见后院响起冲锋枪的连发射击声，他大惊失色，抬脚就往后院冲，警卫员小吴比他的动作更敏捷，一眨眼工夫已经拔枪在手挡在他前面冲进后院。后院的情景使李云龙大吃一惊，后墙根处摆着一溜瓶子，他的两个儿子加上赵刚的四个孩子正兴高采烈地向瓶子射击呢。李健端着一支英制“斯登”式冲锋枪，赵山端着一支美制M-3式冲锋枪，这两个不知深浅的小子都把枪拨到连发位置，一扣扳机就是一个长点射，瓶子倒没打碎几个，砖墙却被打得百孔千疮，一群弟弟妹妹正专心致志地往备用弹夹里压子弹。李云龙差点儿没气疯了，这些浑小子是在玩儿命呢，这么近的距离向砖墙连发射击，子弹在墙面上又弹回来，这种“跳弹”每一发都能致人于死命。看来，这些孩子该挨揍了，再不管教管教，他们明天就敢在屋里玩儿炸药包了。

孩子们见李云龙突然回来，便都有些傻了，他们呆呆地看着父亲，不知父亲该如何发落他们。李云龙却和颜悦色地走过去，拿过M-3冲锋枪，熟练地摆弄了几下，拔下弹夹，退出子弹，关上保险盖。他像老师讲课似的说：“这种枪叫M-3式，美国造，1942年开始大批量生产，枪身广泛采用冲压件，这在当时算是枪支生产的一大突破，生产成本大大降低了，每支只合当时的22美金，口径11.43毫米，弹容量30发。哦，那支是英国造‘斯登’式。你们看，这种枪设计得很有特点，它的弹夹不像别的冲锋枪那样从枪身下部插入，而是从左侧插入，这样就有个优点，卧姿射击时可以把身子卧得很低，减少中弹的危险。这两种枪在抗战后期，根据美国政府的《租借法案》曾大量装备国民党部队，解放战争时，我们缴获了很多。解放后，这两种枪退出现役，只发给民兵使用，因为它无论是射程、杀伤力和精确度都已落后了。你们是从哪里找来的？”

李健见爸爸没生气，胆子便壮了不少，回答说：“是‘红革联’发的，说要拿起枪来保卫‘文化大革命’的胜利果实。我们很多同学都领了枪，连有的小学生都领了。”

李云龙气得火直往脑门上蹿，心说这些浑蛋造反派们，真是无法无天了，竟然连孩子们的性命也当成儿戏，不收拾他们一下还行？他克制住内心的愤怒，表面上若无其事地说：“你们知道刚才李健和赵山的射击方式叫什么方式吗？告诉你们，叫自杀式射击，你们近距离向砖墙连发射击，这样就把自己置于跳弹杀伤的覆盖下，院子里已无任何安全死角，一个长点射七八发子弹，每发子弹的回弹方向都无规律可循，回弹的弹头又撞在别的墙上继续回弹，甚至在三次回弹后仍然具有杀伤力，你们这些笨蛋居然没有人受伤也算个奇迹了。”

赵山说：“爸爸，我们记住了，以后不再打了。”

李云龙说：“嗯，记住了？现在道理已经和你们讲完了，该谈谈处罚的问题了。”说完他骤然变了脸：“李健、赵山，你们俩都是当哥哥的，同样的错误，当哥哥的就要比当弟弟的多承担责任，因为你们年岁大。今天你们犯的错误很严重，弄些破枪回来在院子里胡打，我要是晚回来还不出人命？所以今天我要好好管教管教你们，不然你们永远记不住。”他解下皮带说：“这样吧，当哥哥的每人抽十下，当弟弟的每人五下，女孩子免打改罚站两小时，这还算公平吧？”

李健和李康这兄弟俩挨父亲的打有多少次连他们自己都记不清了，他们已经习惯于这样思考问题：惹了祸就得挨揍，这是非常正常的。可赵山、赵高、赵水、赵长这兄妹四人从小没挨过打，他们的父亲赵刚从不主张打孩子。于是赵山便壮着胆子抗议道：“打人不对，即使犯了错误也应该说服教育，这是我爸爸说的，他从来没打过我们。”

李云龙诧异道：“喂，还真是赵刚的种，才这么大嘴里就一套一套的。我来告诉你，第一，现在我是你爸爸，既然是你爸爸，就有权揍你。第二，如果我不揍你和两个弟弟，那么对李健、李康就不公平了，因为你们都犯了错误，怎么能有的处罚有的不处罚呢？那不成了见人下菜碟了？我不能把你们兄弟之间分成三六九等。至于赵水，她是女孩子，女孩子是不能挨揍的，犯了错误只能罚站，这叫作尊重妇女，懂吗？第三，你爸爸已经把你们托付给我，就是同意我用自己的方式管教你们，咱家的家规里从来就没有什么‘说服教育’这一条，犯了错误就该挨揍，就算当着你爸爸的面，我也照样揍你。”赵山想了想，觉得还算有道理，便说：“好吧，我认罚。不过事情是我先惹的，弟弟们只管压子弹，他们也怪冤枉的，他们该挨的皮带我替了，行吗？”

李云龙绷着脸摇摇头：“不行，我这里赏罚分明，弟弟们犯的是挨五皮带的错误，你和李健犯的是挨十皮带的错误，该是谁的就是谁的，谁也不能替。”

赵山没话说了：“爸爸，我先来……”

客厅里响起啪啪的皮带抽在屁股上的声音，五个男孩子咬住牙挨了自己应得的皮带数，谁也没哭。他们已经明白了，在这个家里，作为一个男人，哭总是件丢脸的事。赵水那年12岁，她在客厅里足足站满两个小时，她算明白了一个道理，女孩子不能挨打，但可以罚站，这是李家尊重妇女的家规。

司令部会议室里的会议桌是长方形的，桌面铺着厚厚的绿呢子。会议室正面的墙壁上挂着一幅巨大的军用地图，上面标满了各种颜色的符号和密密麻麻的等高线、等深线。一幅巨大的、从天花板一直垂到地面的紫红色丝绒帷幕半开着，露出里面的地图。李云龙坐在会议桌的南侧，这从来就是1号的位置。政委马天生坐在会议桌的北侧，两人中间隔着足有五米长的会议桌。

李云龙抽着烟，他手边摆放着一个黄铜烟灰缸，是用152毫米口径的炮弹壳底部做成的。他不停地弹着烟灰，两眼炯炯放光，死死盯着对面的马天生，仿佛想把目光变成一把刀子，狠狠刺过去。马天生安详地喝着茶，用柔和的目光迎住对方满含敌意的逼视，显出一副虚怀若谷的涵养和儒雅的神态。这是两个阅历不同、性格迥异的职业军人的第一次交锋，也是迟早要发生的交锋。两个人谁也没把对方放在眼里，按李云龙的想法，这个1943年才入伍的新兵蛋子根本没资格和他对话。1943年，抗战都打了六年了，他当团长都多少年了，马天生那狗日的还是个新兵，老子打出的子弹头比他吃过的大米粒都多，他算个什么东西？凭什么爬到军级的位子上？

而马天生对李云龙的评价也不太高：一介武夫。资格老管个屁用？彭德怀、高岗、饶漱石、刘少奇的资格哪个不老？现在怎么样？还不是都进了监狱？和他们比，你李云龙算个什么？就算你能打仗，立过大功，那不也是过去的事了？那个时代早结束了。现在是一个新的历史时期，像你这样头脑简单的将军，也该被时代所淘汰了。和马天生这类靠政治起家的军人相比，李云龙的脑子确实简单了些。他的致命错误就是太重资历了，唯独忽视了一点，时代变了，金戈铁马、百战沙场的时代早已结束了，战尘落定后该是个玩儿政治、玩儿权术的时代。“文革”初期党内新崛起的一股政治力量中央“文革”小组，它的成员中，资历深的人的确不多，即使有也被逐渐淘汰出局了。而大多数成员的资历都不值一提，譬如大名鼎鼎的笔杆子姚文元，他简直就没有革命资历，但这并不妨碍他的权势如日中天。古人有言：“时无英雄，遂使竖子成名”，便是这个道理。

此时的李云龙正憋着一肚子火，由于马天生的表态，本市两大派组织的矛盾迅速激化，大规模的武斗升级为战争，事情发展到现在，连军队都难以控制了。多方面的情报表明，省军区所属的地方部队由于公开表态支持“井冈山”，已和野战军部队形同水火，“井冈山”一派的武器几乎全部来自省军区的武器库，省军区部队主动撤掉门岗，暗中派人通知“井冈山”一派前来取武器。还有情报表明，在最近发生的大规模交火中，“井冈山”组织的指挥系统中出现了一些身穿便衣的军事顾问，在协助指挥作战。这些人似乎都是职业军人，在战术指挥、火力配备、工事的构筑和诸兵种协同方面很专业。情况很明朗，省军区已暗中介入了武斗，不但向自己所支持的一派提供了武器弹药，还派出不少作战参谋协助指挥作战。

使李云龙更为头疼的是，在马天生的默许下，野战军的一些部队也暗中介入了武斗。“红革联”头头杜长海最近成立了一个坦克分队，清一色的59式，原是军属坦克团的最新装备，不知怎么搞的，全归了“红革联”。是抢走的还是暗中送的？这点他马天生应该心里有数。李云龙刚刚得到来自特种分队的情报，那个一见了炮就头脑发热的前炮兵副团长杜长海，最近正在打军属火箭炮团的主意。这个团是后组建的，装备的是130口径的自行火箭炮，那个疯子杜长海要是得到这些火箭炮，对西区来一次齐射，那些爆炸后能产生三千摄氏度高温的炮弹会把半个城市淹没在火海中。李云龙简直不敢再想下去，不管用什么手段，一定要制止这个疯子。长时间的对视终于使李云龙失去了耐心，他很不客气地直呼其名：“马天生，本市武斗打成这个样子，你不觉得你应该负主要责任吗？你有什么权力代表野战军表态支持某一派，反对某一派？你难道不懂组织原则？没有经过军党委讨论就敢擅自做主？”

马天生微笑着反驳道：“李军长，你因病住院期间，按我军条令就是暂时停止行使指挥权。我作为这个军的政委当然要主持全部工作了。这点，你应该没有异议吧？”他停顿了一下，又软中带硬地说：“李军长在住院期间大概没看报吧？你恐怕对当前形势缺乏了解，中央‘文革’小组三令五申，解放军要支持革命左派，作为临时主持工作的政治委员，我执行中央‘文革’小组的指示何罪之有？支持革命左派不是只用口头上的支持，而是要拿出切切实实的行动来，军队支左的意义是什么？还不是因为军队是握着枪杆子的武装集团？换句话说，就是用枪杆子去支左，革命左派在遭到反革命组织的进攻时，解放军就不能袖手旁观，就应该坚定地和左派站在一起，打退反革命组织的进攻。不如此，我们就要犯右倾投降主义的错误。1927 年大革命失败，不就是因为陈独秀的右倾投降主义下令工人纠察队放下武器造成的吗？历史的经验值得注意呀。最近江青同志也肯定了‘文攻武卫’的口号，并作出了重要指示，江青同志是这样说的：‘我记得好像是河南一个革命组织提出这样的口号，叫作“文攻武卫”，这个口号是对的……’，不能天真烂漫，他们不放下武器，拿着长矛，拿着大刀，对着你们，你们就放下武器，这是不对的，这是要吃亏的，革命小将要吃亏的。老李呀，你我都是受党多年教育的老同志了，江青同志是谁？是伟大领袖毛主席的夫人呀，她的话是代表主席的呀，对毛主席的批示，对中央‘文革’小组的指示抱什么态度，是关系到无产阶级立场的问题，是大是大非的问题，在这点上是没有调和的余地的。”马天生不温不火、语重心长的一席话噎得李云龙半天没说出话来。

一谈政治问题、理论问题，李云龙就处于下风了，他自己脑子也在糊涂着呢，能找出什么话来反驳？马天生说得没错，支持左派和“文攻武卫”的口号又不是他马天生发明的，他执行中央“文革”指示也没什么不对。李云龙一时说不清楚，但总隐隐约约感到有什么不对劲儿的地方，得慢慢理出头绪来，军队的最高指挥机构是中央军委，按照我军的建军原则应该是党指挥枪，那么党中央的政治局应该是最高决策机关了，但是且慢，现在又出现个中央“文革”小组，一切政策性的批示均来自这个“小组”。它的权威似乎是至高无上的，那么中央政治局哪儿去了？是撤销了还是解散了？没人告诉你它的合法性是否还存在，同时也没任何文件表明中央“文革”小组算是最高权力机关。偌大的一个中国谁能闹清楚最高权力机关是什么？别说李云龙稀里糊涂，当时的中国没几个人能说清楚，谁要是傻乎乎地拿着本《宪法》说中国的最高权力机关是人大常委会，这是宪法规定的，那么大家肯定以为这家伙神经不正常，在说胡话呢。宪法是给外国人看的，拿到国际上意思意思就成了，谁会抠着宪法较劲？

李云龙昏沉沉犹如一盆浆子的脑子里突然裂开了一道细细的裂缝，一道理性的微光隐隐约约地透过缝隙射了进来，他似乎有点儿明白了，不能钻进事物组成的乱麻里去考虑问题，你要跳出乱麻置身事外去考虑问题，别纠缠在表面的小事上。听谁的，不听谁的，什么是最高权力机关，谁是左派，谁是右派，谁革命谁反革命，这统统不重要，关键是谁拥有了评判权和解释权，斯大林那句话说得可谓精辟：“胜利者是不该受到责备的。”想到这里，李云龙算是明白了，这个世界上的事原本很简单，是政治家们故弄玄虚，把原本简单的事弄得复杂化了。话又说回来了，要是光喊喊口号，写写大字报，革革文化的命，那么谁愿意革命就革命好了，反正闲着也是闲着。问题是这两个造反派头头已经不满足于革文化的命了，他们要搞武装革命，而且动静越闹越大，要动用坦克大炮了。这就触犯了大多数原本想过安分日子的老百姓的利益了。革命了一辈子的李云龙终于对革命这个字眼有了比较深刻的认识，他认为自己有责任制止这种胡闹式的革命，尽管这样做要承担极大的风险，甚至有可能招来杀身之祸。

李云龙盯着对面的马天生，突然觉得这家伙挺可怜。他想，就算我李云龙文化低，可我学会了思考，可你狗日的倒是一肚子的学问，讲起革命和理论来头头是道，可那是你思考的结果吗？你顶多是个学舌的鹦鹉罢了。你那些理论哪个是你自己思考出来的？他真的可怜起马天生来了。

他调整了一下自己的情绪，和风细雨地说：“老马，咱们应该商量一下，武斗一定要制止，再这样打下去这个城市就完了，不知要死多少人呢。你看是否可以这样办，第一，马上和省军区联络，消除对立，联合制止武斗。都是解放军嘛，怎么能自相残杀呢？第二，确保军事禁区、军事机关、军火库的安全。宣布如有冲击上述目标者，格杀勿论。第三，和省军区协同行动，宣布军队不介入地方派性争端，共同收缴两派的武器，这一点绝不能含糊，必要时不惜动用武力。”

马天生认为今天李云龙提出的几点建议很不像话，他好歹是个军级干部，怎么连原则都不讲了？这已经不是和马天生个人的矛盾了，这是直接对抗中央“文革”的行为，难怪毛主席说党内有个资产阶级司令部呢，军内也一样，这个李云龙对“文化大革命”的牢骚可不少，分明就是那个司令部的人，此人太不识时务，早晚要倒霉。

马天生拿出一份《解放日报》说：“李军长，这是篇重要社论，题目是《“文攻武卫”是无产阶级的革命口号》，我觉得我有必要给你念一段，算是咱们共同学习社论吧。你看，社论指出：对于阶级敌人挑起的武斗，我们一是反对，二是不怕。我们对付的办法，就是‘文攻武卫’，我们一方面文攻，摆事实，讲道理，从政治上揭露、孤立、批判、打倒敌人，教育受蒙蔽的群众；一方面武卫，当一小撮反动家伙拿起棍棒刀枪向我们扑过来时，我们就给予坚决反击，直到对他们实行无产阶级专政，彻底粉碎其猖狂进攻……好，咱们就学到这里。老李，我认为你刚才的几点建议是极端错误的，是和中央‘文革’小组的精神背道而驰的。因此，我不同意。第一，省军区一些负责人属于隐藏在军内的走资派，他们公开支持反动组织‘井冈山兵团’，向他们提供武器弹药，并派出作战参谋指挥武斗，这是向无产阶级专政的猖狂进攻，他们的行为已经走向了反面，这笔账早晚是要和他们清算的。第二，有消息表明，近日中央‘文革’小组要对本市的问题进行表态，将宣布‘红革联’为革命左派，支持革命左派是我们野战军义不容辞的责任。在左派遭到反革命组织的进攻和屠杀时，如果我们坐视不管，那还要我们解放军干什么？第三，毛主席教导我们：革命是暴动，是一个阶级推翻另一个阶级的暴烈的行动。对付‘井冈山兵团’这样的反动组织，应毫不手软地进行反击，绝不可有妇人之仁。城市打平了是小事，将来可以重建，我们不可只算经济账，不算政治账。现在死几个人是值得的，如果反革命分子得逞，我们千百万人头就要落地，红色江山就要改变颜色……”

李云龙终于按捺不住了，他猛地一掌拍在桌上，吼道：“马天生，你少他娘的卖狗皮膏药，这些狗屁话我听得多了，用不着你来上课，谁是左派、谁是右派不是你说了算，也不是中央‘文革’小组说了算，不管是哪派，只要我李云龙一天在这个位子上，谁敢冲击军事禁区，抢夺武器，谁想毁了这座城市，我就坚决镇压，绝不客气……”他扫了马天生一眼，两眼射出寒光，用鼻子哼了一声，“我先把丑话说在前边，哪个狗娘养的想吃里爬外，挑动武斗，想靠这个找台阶向上爬，拿国家财产、军队的荣誉、老百姓的生命当自己晋升的台阶，不管是谁，老子就像宰鸡一样宰了他。”

就算马天生再有涵养，也被李云龙粗鲁蛮横的态度深深激怒了，他猛地站起来，脸涨得通红地说：“李云龙，你不要太狂妄了，就凭你刚才说过的话，就可以定你个现行反革命，你对抗中央‘文革’小组，对抗‘文化大革命’，绝没有好下场。”

李云龙傲慢地把双臂抱在胸前冷笑道：“老子一口唾沫一个钉，说出的话就没有打算收回去，这条命反正是捡来的，已经白赚了二十多年了，这个脑袋子弹都不怕，还怕你的帽子？你这话也就是吓唬墙窟窿里的耗子。值班参谋！”他大吼道。

一个值班参谋进来，立正敬礼，听候指示。

李云龙命令道：“通知各部队进入一级战备，今后不管是哪派组织，谁敢冲击军事机关、军事禁区，抢夺武器，一律开枪射击，格杀勿论。我负责任，去执行吧。”

“是！”值班参谋转身就走。

“回来！”马天生站了起来，正色道，“除了中央‘文革’小组，谁也无权下达这种命令，我宣布，这个命令无效。”

李云龙像没听见一样，正用打火机点烟，这是老习惯了，他的命令一经下达，就绝不重复第二遍。

值班参谋向马天生敬个礼说：“对不起，马政委，按照我军条令，我只能执行1号首长的命令，请原谅。”参谋再次敬礼转身退下。

马天生觉得自己的血压在迅速升高，太阳穴附近的血管被血液冲击得嘣嘣跳动，他脸色发白，手指哆嗦着指着李云龙说：“李云龙，你不要一意孤行，你无权下达这种命令。我要直接向中央‘文革’小组汇报，你这是拥兵自重，对抗中央，这绝没有好下场！”

李云龙戴上军帽冷冷地说了句：“请便吧！”

〔 第三十七章 〕

出乎李云龙的意料，马天生自从上次和他大吵了一架后，似乎并没记仇，每天见面还总是和颜悦色地打招呼，显得很有涵养，好像他俩之间从没发生过什么不愉快。相比之下，李云龙就做得差多了，他是个不会掩饰内心活动的人，心里若是不愉快，便一定要表现出来。以前的老政委孙泰安是个老好人，脾气好，没野心，凡事总顺着李云龙，还处处维护李云龙的威信，所以两人之间从没发生过争吵，彼此相安无事。从某种意义上来说，李云龙是被孙泰安“惯”坏了。

而马天生就不同了，他认为自己是个坚持原则的人，凡属于自己分内的工作，他绝不允许别人插手，有什么需要拍板的事，也绝不征求李云龙的意见，自己做主就是。他和李云龙第一次见面时曾很客气地称李云龙为老同志，希望多多帮助，听得李云龙心里还挺受用，可日子长了，李云龙发现马天生当初的话只不过是客气一下罢了，他根本没什么需要李云龙“帮助”的，只是把李云龙当成一个平级干部相处，既不显得疏远，也不特别尊敬。甚至也不像开始那样称他为“李军长”，而是很随便地称“老李”。这种缺乏礼貌的行为使李云龙很不满意，总在心里嘀咕：老李？那是你叫的吗？娘的，一个小小的少校如今也和老子平起平坐啦。这他娘的到哪儿去说理？

马天生成天忙得很，他的工作很繁琐，比如组织毛泽东思想讲用会，连队的“一帮一、一对红”活动，着重培养一些基层连队的学习毛著积极分子，组织部队帮助农民搞春种秋收，抗旱抗洪。据基层干部反映，马政委在助民劳动中的确身先士卒，有一次竟累得昏倒在田头。他自律精神很强，烟酒不沾，没有任何个人嗜好，除了重大场合，他平时总穿着一身补着补丁的旧军装。他调来的时间不长，就几乎走遍了所有的基层连队，在战士们眼里，他像个和蔼可亲的连队指导员，和战士们促膝谈心，嘘寒问暖，亲自把病号饭端到生病战士的床前，感动得那个战士流着泪一遍一遍地高呼“毛主席万岁”。还有一些家庭生活困难的战士曾接到家里的来信，声称接到了汇款，家庭困难已解决，希望安心服役云云。那些家庭受到帮助的战士都认为，汇款人很可能是下来蹲点的马政委所为。因为只有马政委和他们谈过心，询问过家庭情况。还有一些夜里上岗的战士，都见过马政委屋子里到深夜还亮着灯光，有好事者趴着窗沿探望过，见马政委正捧着毛主席著作在聚精会神地读着。

郑秘书有一次去马天生家送文件，回来后告诉李云龙，马政委家里空荡荡的，除了几件公家配发的家具外，几乎什么也没有，连床上的被褥都是有补丁的，可他有很多书籍，郑波扫了一眼，只记住几本，有《自然辩证法》，有《一八七一公社史》《帝国主义是资本主义的最高阶段》《国家与革命》，似乎还有黑格尔和斯宾诺莎的著作，书名没看清。郑波是这样评价的：“看得出来，马政委是个理论型的干部，文化水平很高，从藏书上能看出来，我以前也去过老政委孙泰安家，孙政委没有藏书，除了‘四卷’，只有本艾思奇的《辩证唯物主义和历史唯物主义》，从理论水平上看，这两个政委是没法比的。”

李云龙听着不大入耳，便阴沉着脸道：“郑秘书，我是不是该和干部部打个招呼，调你去马政委那里工作呀？”

此话一出口，郑波就住了嘴，从此再也不提马政委的藏书和理论水平了。

除夕那天，马天生在全军团以上干部会上作政治动员，提出要过一个“革命化的春节”，李云龙在一旁插嘴道：“同志们要正确理解马政委的意思，什么叫‘革命化的春节’？就是艰苦朴素，不许吃好的，你七碟八碗，大鱼大肉，那还能革命吗？告诉你们，修正主义就是这么出的，成天吃他娘的土豆烧牛肉，能不修吗？所以，今年的春节要突出政治，要忆苦思甜，大鱼大肉你们就别想了，各师团要以连队为单位吃忆苦饭，请老贫农、老工人来忆苦，来倒倒苦水。嗯，还有件事，各单位的政工干部要严格把关，老贫农、老工人没文化，说着说着脑子就容易糊涂，我听说上次炮团开忆苦会就出了问题，忆了半天硬是忆到1960年去了。这像话吗？幸亏是没文化的老贫农，要是从有文化的马政委嘴里说出来，那还不成了反革命？同志们别笑，这有什么好笑的？针尖大不大？要是放在政治上，就比他娘的磨盘还重。你们还别不信，打个比方说，也许你是个好人，可平常得罪过人，有人恨你，就老琢磨你，可你小子又不长眼，说话不注意，惹出政治上的麻烦，人家不揪你小辫子揪谁？谁让你不长眼？这反革命你不当谁当？要真到了这步田地，我这个当军长的也救不了你。你是活该。好啦，我就说这些，马政委还有什么要说的？”

身为政委的马天生本来是会议主持者，谁知李云龙一通喧宾夺主、信马由缰的胡扯，把他稀里糊涂变成了旁听者，而李云龙倒成了会议主持者，临了还装模作样问他有什么要说的。他没什么要说的，心说你说了这么多，我还有什么说的？不是都让你说了吗？马天生清了一下嗓子道：“刚才军长作了指示，我举双手赞成，吃忆苦饭的形式很好，大家要通过这种形式认识到我们社会主义制度的优越性，今天的幸福生活来之不易，希望大家能通过忆苦思甜化作工作上的动力，在新的一年里有个新气象，深入开展‘文化大革命’这场运动。好，我看就这样吧，散会！”

李云龙又来了事：“司令部和政治部的干部都留下，别的人都快点儿退。”

马天生坐着没动，冷眼注视着李云龙，想看看他还要干什么。

“大家都往一块儿坐坐，别坐那么散，鲁副主任，你们俩在后面嘀咕什么呢？有话拿到桌面上说，咱这里暂时还没出现阶级敌人，用不着成天琢磨……”李云龙没好气地招呼道。军官们都笑了起来，政治部副主任鲁山涨红了脸申辩道：“军长，我正问忆苦饭的做法呢，没琢磨人……”

“你就是琢磨也没关系，你们政治部不就是干这工作的吗？不说这些了，咱们言归正传。今天的忆苦饭，司令部和政治部放在一起，饭后要组织学习，学‘老三篇’，革命化的春节嘛，就得这么过，谁也别想弄上两口忆苦饭就回家吃鱼吃肉，这是欺骗组织，门儿也没有。大家不是都配了对儿吗？笑什么？‘一帮一、一对红’，不是配对儿是什么？别净往歪处想，学习时以对儿为单位，先进的帮落后的，一块儿红起来，不能让落后的把先进的拉下水，成了一个水平，那叫‘爷儿俩比鸡巴——一个鸟样’。”

军官们大笑起来，他们早听惯了军长的粗话，都觉得很生动，一点也不枯燥，只有马天生和鲁山微微皱了一下眉头。“既然大家都配了对儿，我也不能例外，也要配对儿，找谁配呢？看来只能找马政委了……”下面又是哄堂大笑。

因为这种结对子有个不成文的惯例，一般都是先进的主动找落后的结对子，军长显然觉得自己是先进的，而政委却成了落后分子，在这些军官看来，军长和政委才真是“一个鸟样”，谁帮谁呀？马天生没想到李云龙会主动找他结对子，他知道李云龙对自己很有些看法，马天生又何尝不是这样，两人个人之间的矛盾越来越深，以至于工作上的分歧越来越大。马天生调来时间不长，根基尚浅，还是很愿意和李云龙缓和一下矛盾的。

他站起来很诚恳地说：“我愿意和李军长结对子，希望得到李军长的帮助，共同进步。”

李云龙见马天生同意了，便拍板道：“好，这件事算定了，忆苦饭由我来安排。大家准备好‘老三篇’，学它个通宵，大家有不同意见没有？”

“没有！”大家齐声道。心说有意见又怎么样？谁敢说不愿过“革命化的春节”？

李云龙找到军部食堂的炊事班长，问道：“会做忆苦饭吗？”

“报告军长，那东西好做，弄点麸子，再切点白菜帮子放在一起蒸一下就行了。”

“吃这么好的东西还忆个啥苦？旧社会穷人到了灾年能吃上麸子就饿不死啦，不行，你给老子想想，观音土有吗？”

“哎哟，这可没地方找去。”

“对了，你小子是什么出身？”

炊事班长挺起胸道：“雇农，百分之百的无产阶级。”

“那你家灾年时都吃过啥？”

“听俺爹说，吃过野菜、榆树钱儿，还吃过树皮，对了，军长，你们长征过草地时不是吃过皮带草根吗？吃草您是行家呀，您选几样草，俺那儿还有双破皮鞋呢，把它剁巴剁巴给煮了不就行了。”

李云龙往院子里一指：“那都是什么植物？就吃它吧。”炊事班长伸出脖子看了一下，倒吸一口凉气：“老天，那是做麻袋的麻秆，还有向日葵秆和辣根草，还不是新鲜的，都干透了。军长，您不是开玩笑吧，那能吃吗？”

“谁说不能吃？你小子不是问我过草地时都吃什么吗？告诉你，就吃这个。就这么办，弄点麻秆、向日葵秆、辣根草剁碎了，再弄点稻壳，加上你那双皮鞋煮它一锅。”李云龙一锤定音。

“可是……军长，这成吗？那稻壳根本煮不烂，肯定拉嗓子，还有辣根草，又苦又涩，吃下去还窜稀，还有那麻袋……不，是麻秆……反正今晚要靠这个过年，俺非挨骂不可。”炊事班长惶恐地说。

“你咋不开窍呢？这不是忆苦吗？吃大鱼大肉能忆苦吗？你们家在旧社会难道净吃大鱼大肉？”

“听俺爹说，他给地主扛活赶上麦收时，馒头、肉管够，有时还给酒喝呢。”

“胡说！我看你小子在美化地主，小心老子组织人批斗你。快去！就这么做。”炊事班长执行命令还真不含糊，他做的“忆苦饭”比李云龙想象的还要糟糕。除夕之夜，老贫农在台上涕泪交流地诉苦时，李云龙打了个盹，没听见说什么。直到大家按忆苦会惯有的程序唱起“忆苦歌”时才惊醒。

天上布满星，
月儿亮晶晶，
生产队里开大会，
诉苦把冤申……

李云龙半合着眼正不搭调地哼着歌，忽然闻到一股怪味直冲鼻子，原来是忆苦饭端来了，他定眼一看，连自己都有点儿傻了，他没想到自己亲自定的食谱竟如此糟糕。应该承认，炊事班的刀功还是蛮过硬的，凡草本植物都剁得很碎，看不出本来的面目，皮鞋切得像萝卜丝大小，最吓人的是稻谷壳，这东西还保持着下锅之前的模样，支棱在碗里，显得很锋利。这是一碗黄不黄、绿不绿、黏黏糊糊，散发着刺鼻怪味的东西。自恃学过野外生存，生吃过无数白蚁、蛇、蚯蚓之类东西的李云龙，肠胃也翻腾起来。

大家可能都有同感，因为当忆苦饭一端上来时，凄苦的歌声一下子就凌乱起来，连马天生都直勾勾地盯着自己眼前的那碗东西在发愣。李云龙刚尝了一口就卡了嗓子，费了很大劲儿才强咽下去，他心里暗暗叫苦，有些后悔这恶作剧玩儿大了些。但事已至此，后路是没有了，硬着头皮吃吧。他若无其事用筷子敲敲碗边道："嗯，还行，大家都体会体会，旧社会劳动人民就吃这东西，咱们今天吃是为了不忘本。泡在蜜罐里的人，不能总惦着自己享福，还要去解放全人类，让全世界的穷人，都泡在蜜罐里。是不是呀？马政委，我这政治动员还可以吧？"

"军长说得对，大家别小看这顿饭的意义，这就是政治，是反修防修最具体的措施。来，大家吃！"马天生端起碗吃了一口。

李云龙心一横，狼吞虎咽地把碗里的东西吞下去了。军长和政委都吃了，别人自然不好再愣着，大家风卷残云地将自己碗里的东西吞下。李云龙又盛了一碗，嘴里说着："马政委再来一碗？"马天生面色平静地回答："没问题，咱们是'一对红'嘛。"李云龙吃完第二碗抹抹嘴，拍拍肚子，似乎意犹未尽："吃饱啦。"他心里一点儿也不慌，因为早备好了"秘密武器"。当年学习野外生存时，苏联教官传授过，一旦误食了有毒的植物，要马上喝木炭灰水，这是一种催吐剂，能马上引起呕吐，谁知这招现在用上了。等李云龙在厕所里把肚子里的东西吐干净回到会议室时，发现马天生的脸已呈灰白色，头上不住地冒汗，似乎有些坐立不安。

"马政委，咱们先学哪篇呀？我建议咱们先学《为人民服务》怎么样？"李云龙春风满面地问。

"好啊，我来念……"马天生强忍着不适翻开书。

李云龙暗暗吃惊，这家伙还真有点毅力。

那天夜里，这“一对红”把“老三篇”读了若干遍，还进行了讨论。李云龙声称和白求恩同志握过手，他独立团的好几个战士都是白求恩同志治活的。“你看，去年春上到延安，后来到五台山工作，不幸以身殉职，五台山离我们独立团的地盘不太远，重伤号都往那儿送，那次我去送伤员，碰见了白求恩同志，高个子、大鼻子、眼珠子好像发蓝……”马天生的话不多，他的脸色很不好，出了很多汗，李云龙隔着宽宽的会议桌都能听见马天生腹腔中传来的阵阵肠鸣声。每隔个十几分钟，马天生便猛地扔下书，很不礼貌地中止了李云龙的侃侃而谈，窜进厕所。剧烈的腹泻使马天生的脸色由灰白转为青绿。李云龙似乎没注意这些，他又翻开了书，向马天生征求着意见：“现在咱们是不是该学《愚公移山》了？”

〔　第三十八章　〕

“红革联”1号勤务员杜长海近来常常有种异样的感觉，其症状是这样的，神经中枢总处于一种高度兴奋的状态，走路时脚底像是装了弹簧，地心引力似乎有点不起作用了，就像在月球上行走一样，当然这只是一种感觉。他的脑子也处于半昏沉状态，很像酒至半酣的感觉，浑身像鼓足了风的船帆，有种饱胀感。连皮肤都有些异样，任何触摸都能引起一阵阵使人战栗的快感，犹如春风掠过湖面吹皱的水波。连他老婆都发现他有点儿不大对劲儿，跟中了邪似的。从早到晚，不知疲倦，精神头儿大得惊人，身为1号勤务员，他现在可谓日理万机了，这要在以前，以他的身板，早累成一摊烂泥了。可现在有点儿奇怪了，怎么精力这么充沛？晚上在床上和老婆亲热起来竟没完没了，不折腾个大半宿不算完，而仅仅一年前，他老婆还一口咬定杜长海患了阳痿呢，为此还差点儿离了婚，咋就现在成了这模样？还让不让人睡觉了？人和庄稼一样，旱了涝了都不行。杜长海自己明白是咋回事，这叫激情。人要没激情，生活就太乏味了。只有时势才能创造出激情。

自从他转业到地方当了一个机关的行政处长，可把他委屈死了，行政处是管理机关后勤工作的，食堂、司机班、电话总机、水暖电工等工作都要一手抓。哪个环节没干好都要挨骂，行政处是干吗吃的？连这点儿工作都做不好？他杜长海好歹也在朝鲜战场上指挥过炮兵团，他是个天生的军人，真正的军人是不喜欢和平环境的。一个有如此辉煌的军事生涯的副团长，怎么能一辈子窝在一个机关里干些令人厌烦的后勤工作？部队从朝鲜回国后本来准备参加授衔，可一道命令下来，杜长海所属部队的番号被撤消了，本来能授个中校军衔的杜长海被迫转业，壮志未酬啊，这辈子投身军旅，本来应该是金戈铁马，气吞万里，在沙场上建功立业，可偏偏命运捉弄了他。

他消沉了，这是个一切按部就班、井然有序的社会，所有的位子都有人捷足先登了，一切都要论资排辈，耐下心来熬年头，如果不是“文化大革命”，他也许这辈子就埋没在机关里。而现在，命运终于给了他一个机会，以前被视为神圣不可侵犯的旧秩序被摧毁了，以前那些不可一世的大人物相继倒台，连他的顶头上司，局长和党委书记都被剃了阴阳头，挂起了大牌子，撅着腚在八月的毒日头下被批斗几个小时还一个劲儿地向造反派点头哈腰。杜长海以前对领导可是高山仰止般地尊敬，而现在，世界算是倒过来啦，旧秩序被摧毁了，而新秩序还没来得及诞生，这个机会是千载难逢的。中国的历史已多次证明，只有在乱世，小人物才有出头的机会。历史是个变幻无穷的魔方，在有限的空间里不断地排列组合。既然有幸遭逢乱世，何不揭竿而起，为以后的权力再分配打些基础？

“王侯将相，宁有种乎？”

和“井冈山兵团”的战斗已进入相持阶段。杜长海出色的步炮配合战术使对方心有余悸，在短期内还无力展开新的攻势。杜长海在抓紧时间完善自己的指挥系统，他设置了司令部、作战部、情报部、后勤部，四处网罗退役军人，最好是当过作战参谋的转业军官。他要组建自己的参谋班子。想是这么想，真要做起来，并不是件容易的事。复员军人倒是不少，但当过作战参谋的转业军官可不多。

人就是这样，运气来了你挡都挡不住。杜长海正为自己的参谋班子伤脑筋，一个转业军官就自己找上门来。这是个一看就很精干的家伙，他名叫张重，曾在新疆军区当过作战参谋，因和领导闹矛盾，一赌气便要求转业。到这个城市后，还没来得及分配工作，因为复转军人安置办公室的工作已陷入瘫痪，部队发的一点儿转业费已快花光了。他听说“红革联”是本市的左派组织，只希望运动结束后，能给解决工作问题。

“打过仗吗？带过兵吗？”杜长海一点儿客套没有，开门见山地提出两个问题。张重的脾气倒像个军人，一点儿废话没有：“1962年中印边境反击战，我指挥过一个营。”

“咱们谈谈战术问题怎么样？”杜长海试探道。

“现在没有敌我态势图，连纸上谈兵都算不上。这样好不好？借我辆自行车，我到双方阵地附近转转，明天我做个沙盘，到时候再谈。”

杜长海故意说：“现在虽然没有大的战斗，可前沿冷枪不断，到处都是狙击手，你去侦察可有危险呀。”

张重淡淡一笑：“怕死还敢去当兵？再说，这充其量是场武斗，算不上战争。”

“都使用过什么武器？最精通的武器是什么？”

“所有轻武器都玩过。最精通的大概是手枪吧。”

杜长海把手枪拍在桌上，说了句：“试试看。”

张重倒也不客气，他抓起手枪“哗”地顶上子弹，走到窗前向30米开外的电话线“啪！啪！”两枪，电话线被打断两根搭了下来。

杜长海倒吸一口凉气，平心而论，他自己可没这本事。

第二天，张重捧来一个精致的沙盘，上面双方的兵力布防和火力点，临时工事及敌我态势都标明得很专业。张重问：“还需要我讲解一下吗？”

杜长海笑了：“算啦，你不用讲了，你现在是我的参谋长了，这个职务还算满意吧？”张重倒是宠辱不惊，他面无表情地说：“干什么都行，服从分配嘛，只是别忘了将来给我安排个工作。”

杜长海面临着一个问题。经过几次战斗，他手里的弹药消耗得差不多了。文攻武卫队员们毕竟不是正规军，他们缺乏战场经验，胆子小，往往没看见人影便将子弹泼水般地扫过去，到头来战果不大，弹药的消耗量却是惊人的。杜长海手里没有兵工厂，弹药补充成了大问题。再打驻军的主意已经不太好办了，驻军已加强了戒备，摆出了一副强硬姿态，曾经宣布过支持“红革联”的野战军，近来忽然态度暧昧，只是口头上笼统地表示要支持左派，可光说不练，什么实际行动也没有。据情报，野战军的领导层里关于支左问题的态度不统一，那个冥顽不化的李军长和坚决支持左派的马政委闹得形同水火。

杜长海以“红革联”1号勤务员的身份求见李云龙，他自信凭自己对革命事业的忠诚和良好的口才能够说服这个军长支持自己的组织。李云龙马上回话了，可以来谈谈。

杜长海乘坐一辆“嘎斯69”苏式吉普车，后面跟着一辆“解放”卡车，里面坐着他的警卫班，警卫班有二十多人，着装一律是蓝色劳动布工作服，头戴柳条安全帽，胸前扎着三个弹夹的帆布子弹袋，每人配备着56式冲锋枪和54式手枪两大件，显得很气派。

野战军司令部已进入临战状态。大院门口堆起了沙包工事，前面挡着蛇腹形铁丝网，工事后面伸出几支重机枪的枪管。一个佩戴着值勤袖章的值班军官一手拿着指挥旗，一手拎着机头已张开的手枪站在白色停车线后面，大门左右两侧各站着四个头戴钢盔手持56式半自动步枪的士兵，军官和士兵像钢浇铁铸一般站得笔直，钢盔下黝黑的脸上杀气腾腾，手上雪白的手套和刺刀银色的光芒在阳光中交相辉映。就算杜长海见过大世面，此时心里也有些发毛，暗暗嘀咕：妈的，到底是野战军，派头就能压死人。

值班军官声称他接到命令，只允许杜长海一个人进去，其余的人应全部站在停车线外等候。警卫班的弟兄们不干了，他们群情激奋地嚷着：“我们是警卫，头儿走到哪儿我们就跟到哪儿，一个军部有什么了不起？”

值班军官似乎懒得和他们费口舌，只是干脆地喝道：“未经允许越过停车线的，一律格杀勿论，机枪准备。”沙包工事后传来机枪的拉栓声，门口的八个士兵几乎同时拉开枪栓，将子弹顶上膛。杜长海一见事情要闹僵，忙挥挥手，命令部下退到停车线外，自己走了进去。

他在会客室里足足坐了40分钟，在这期间连杯水都没人给他倒，他的自尊心受到了极大的伤害。当李云龙军容肃整地出现在他面前时，杜长海条件反射般从沙发上跳了起来，以标准的军人姿态立正敬礼，李云龙冷冷地摆摆手：“你没穿军装，行什么军礼？稍息吧。”杜长海被一口气噎在那里，半天说不出话来，他没敢发作，他被眼前这个军长的气势震慑住了。李云龙披着一件1955年授衔时发的毛哔叽将军风衣，两腿微微叉开，双手背在后面，脸上一副不怒自威的表情，眼里射出两道寒光，刺得杜长海很不自在。

李云龙说话了：“听说你在部队当过副团长？哪个部队的？”

“××军。”

“哦，军长是孙瘸子吧？他是二野的老家伙了。”

杜长海说：“首长认识我们军长？”

“嗯，长征时认识的，那时他是骑兵营长，这家伙脾气暴，爱骂人，成天日爹操娘的，他那条腿还瘸着吗？”

“还有点儿瘸，听说是参加西路军时在河西走廊负的伤。”

李云龙说：“你找我有事吗？”

“是这样，我是以‘红革联’1号勤务员身份来请求解放军的支持的，我们在反动组织‘井冈山兵团’的武装进攻下，处境很困难，根据中央‘文革’小组的精神，解放军要支持革命左派……”

李云龙打断他的话：“我们不是表态了吗？解放军当然要支持左派，还能去支持右派吗？这点儿道理还能不懂？还用中央‘文革’小组来教吗？”

“可是，我们需要的是实际的支援，我们缺乏弹药，缺乏重武器，缺乏通信工具，还需要懂军事的指挥人员，我们的伤员需要得到部队医院的抢救治疗，我们需要实际的帮助……”

李云龙岂能听不出他的弦外之音？他是在发泄不满呢。李云龙强压着怒气，尽量缓和地说：“哦，你还缺乏重武器？连59式坦克和152加榴炮都有了，你当过副团长，应该知道我军的兵力火器，像152加榴炮这种口径的重炮，至少是师属炮兵才配备，你够富的了，还想要什么？是不是再给你几颗中程战术导弹？”他的口气突然变得尖锐起来，“你想过没有？凭你手里的重炮和坦克，再加上几个基数的炮弹，一旦开火要炸死多少无辜的老百姓？要毁掉多少建筑和财产？同志哥，这里不是朝鲜战场，是我们自己的国土，是我们自己辛辛苦苦建设起来的城市，你脑子一热就要毁了它，这是犯罪……”

“首长，我不同意您的观点，您为什么只算经济账，不算政治账呢？毛主席说：‘在路线问题上，没有调和的余地。’无产阶级‘文化大革命’是无产阶级和资产阶级这两个阶级的大搏斗，大较量，是生死攸关的问题，是大是大非的问题。我们响应毛主席的号召，起来造资产阶级的反，是坚定的革命左派，而反革命组织‘井冈山兵团’却企图复辟资本主义，他们武装到牙齿，杀害我们的战士，向我们猖狂进攻，我们如果再不拿起武器，就要犯右倾投降主义的错误。您是老红军，我军的高级干部，我尊重您的历史，但是我也要指出，您的思想已经跟不上时代发展的需要了，危险啊首长，不管您的资格有多老，功劳有多大，如果放松了世界观的改造，就会被历史所淘汰，就会走向人民的对立面……”

李云龙嘴笨，还真有点儿招架不住，杜长海那两片嘴挺利索，一套一套的，你还没法驳倒他。因为他的理论不是他自己的，而是来自最高决策层，中央“文革”小组的理论你能说它是放屁吗？李云龙怜悯地望着这个头脑简单的前炮兵团副团长，他不是坏人，他真诚地相信自己是坚定的革命左派，他所做的一切都是在保卫毛主席、保卫“文化大革命”的胜利成果，他是真诚的，绝不虚假。李云龙想，越是这样的家伙越危险，他的脑子已进入狂热状态，什么也听不进去，惹出多大乱子也不管。死几个人算什么？要奋斗就会有牺牲。“文化大革命”成绩是大大的，损失是小小的。乱了怕什么？乱了敌人，锻炼了群众。大乱才能达到大治……

这些来自最高决策层的指示，每句话都能让杜长海当作武器，把李云龙噎得一愣一愣的，你还没法反驳他。李云龙耐着性子揶揄道：“听君一席话，胜读十年书。我是老粗，没文化，理论水平没有你高，你的帮助教育我记住啦。至于如何给你实际上的支持，我看还是这样，你不是有热线直通中央‘文革’小组吗？你请中央‘文革’小组给军委下个命令，只要有军委的书面命令，别说给你武器弹药，我这个小军长给你当警卫员都行。你看，我才配一个警卫员，你的排场比我大，硬是一个警卫班，军区司令也不过如此嘛。来人呀，给我送客……”他吼道。

“井冈山兵团”的1号勤务员邹明这两天也正在为弹药的事伤脑筋。他知道，双方的前沿阵地处于对峙状态是由于双方都缺乏弹药，都无力发起进攻。这时，只要一方有了充足的弹药，均衡马上会被打破，双方实力的天平就会向一方倾斜。邹明是个处事果断的人，他根本不想征求任何人的意见，这种事需要的是决心和魄力。虽然省军区暗中支持他的军事行动，可再也不敢故意敞开弹药库让他去抢了。据说省军区上次的举动已经挨了军委的批评，暂时不敢明着对“井冈山兵团”进行军事援助了。现在唯一的办法，就是打野战军的主意。他知道野战军有个巨大的弹药库，把这个库弄到手，今后几年的弹药都不用发愁了。军事禁区算什么？以革命的名义是没有什么地方不能进的。别看驻军荷枪实弹，如临大敌，声称已进入一级战备，真要冲进去，他敢开枪吗？向革命造反派开枪，他李云龙还要不要脑袋了？这是镇压革命群众的刽子手，他敢担这个责任吗？不然，全国都在抢夺驻军的武器，怎么就没有一支部队敢开枪呢？

邹明连夜派出了一支几百人的部队，乘坐着二十多辆卡车向军事禁区驶去。这支部队的成员全部来自西区，是东风机械厂的产业工人，其中还有不少复员军人。他们手里的武器很杂，因为这些武器除了来自省军区武器库，还有一部分是来自本市武装部的武器库。武斗队员们手里的枪五花八门，正规军早已淘汰的日制38式步枪，歪把子机枪，苏制PPSH-31型冲锋枪，还有的就是解放战争时缴获的美军“二战”时的装备，像“汤普森”冲锋枪，M1卡宾枪，都是20世纪40年代初美军的装备。这些武器由于长期磨损精确度差，故障率高，子弹不通用，零件也不可互换，打起仗来能把人急死。前步兵团长邹明为这件事急得睡不着觉，这也是他痛下决心的原因，除了野战军的现役装备，他还能想出什么办法？

车队浩浩荡荡向郊区疾驶着，复员的老兵们浮想联翩，仿佛回到了以往的战斗岁月，没当过兵的青年工人们更是激动万分，要不是“文化大革命”，你到哪儿去找这种机会，手里端着真家伙，想打谁就打谁。

此时的城市，即使在夜里，也充满了战争的喧嚣。夜色中时时升起一颗颗照明弹又徐徐落下，各种颜色的信号弹此起彼伏，随风传来零星的机枪点射声，拖着长长尾迹的曳光弹在空中划出一道道银亮的弹道……一个解放战争时参加过天津巷战的老兵在车厢里大发感慨："真他妈的，又回到从前啦，当年陈长捷那小子……"

车队第一辆卡车的驾驶员似乎没听见什么动静，卡车的两个前轮胎就瘪了，他猛地一脚踩住制动器，卡车在惯性的冲力下歪歪斜斜地撞到路边的电线杆子上，车上的武斗队员捂着撞疼的脑袋大声地咒骂起来。为了不耽误时间，第二辆卡车猛打方向盘绕过第一辆车准备继续前进。谁知还没来得及绕过抛锚的卡车，两个前胎也突然没气了，两辆卡车把窄窄的路面堵得死死的。一个当过侦察兵的复员军人，他的耳朵很灵敏，他好像听见两声微弱的钝响，似乎很熟悉，他琢磨了两分钟，突然恍然大悟地叫起来："妈的，前边有人朝轮胎开枪，这枪上安了消声器……"武斗队员们愤怒起来："这是反革命分子在伏击我们，弟兄们，开火！"队员们跳下汽车展开散兵线向前方的黑暗中猛烈射击，不同型号的枪支喷出长长的火舌像金蛇狂舞，灼热的弹壳四处崩溅……当所有弹夹都打空时，武斗队员们发现，对面黑暗中没有还击的枪声，他们面面相觑，开始怀疑起那个老兵的话是否是虚张声势。

邹明乘着一辆北京吉普走在车队后面，听到枪声后，他命令驾驶员越过车队冲到前面，当他握着手枪从吉普车里蹿出来时，队员们正端着空枪发愣，连他们自己也闹不清是否真有人向汽车轮胎开枪。邹明到底是当过团长的人，他很果断地命令队员们把挡住路的两辆卡车推开，他凭直觉判断，对面伏击的人不会太多。不然，就不是这番光景了。十几个队员冲过去推车，没等推动卡车，前方又是几声微弱的钝响，五六个队员立刻中弹跌倒，其余的人马上卧倒还击，一阵速射后，前方又没了动静。邹明发现了一件怪事，所有的中弹者都是被子弹击穿了小腿肚，腿骨虽然没受伤，但子弹造成的贯通伤也够吓人的，弹头只在进口处留下一个不起眼的小洞，子弹出口处却被撕下酒盅大小的一块肌肉组织。邹明的心里一动，有种不祥的预感，他感到对面黑暗中潜伏着一种比他想象的还要强大的力量，正在极其耐心地捉弄他，就像猫玩儿老鼠一样。

邹明是1942年入伍的老兵，从战士干到团长，经历过上百次战斗，可谓久经沙场了，可今天，他第一次尝到了恐惧的滋味，他感到自己像条放在砧板上的鱼，正毫无办法地任人宰割。他手下的队员们不知道邹明正在想什么，他们有种急于报复的愿望，一部分人正在拼命射击，一部分人又在推车。邹明猛地挥动手枪大吼道："注意隐蔽！"然而已经晚了，又是几个队员一头栽倒，邹明握枪的右手突然像遭到电击，手枪发出一声尖锐的金属哨音飞出三米开外，在一股巨大冲击力的震动下，他的右手麻木得失去了知觉。一个队员捡回了手枪，大家都惊骇得愣住了，一发子弹准确地打在枪管套筒上，套筒被打变了形。所有的人都明白了，这仗没法儿打了。对手是手下留情了，否则，凭对方的枪法，邹明就算有十条命也完蛋了。受伤的弟兄们毕竟不是真正的军人，贯通伤带来的巨大疼痛使他们顾不上面子了，伤员们都大声哭号起来，队员们的士气迅速低落下去，况且伤员再不抬回去治疗，会失血过多造成死亡的。邹明不再犹豫了，他果断地下达了命令："撤！"

事后在总结会上，邹明把玩着那支几乎报废的54式手枪，心想，妈的，要说这是"红革联"干的，鬼才相信。"红革联"要有这本事，仗就不用打了。这些神秘的枪手简直就像幽灵，真他妈的专业。邹明在十几年的军人生涯中，似乎还没见过这么高水平的枪法，枪手射击位置隐蔽得极佳，连射击时的口焰都用某种很专业的办法消除了，消声器成功地掩盖了枪声，叫你根本无法察觉子弹是从哪个方向射来的。更令人不解的是当时处于黑暗之中，黑暗中射击，枪法竟能如此出神入化，简直不可思议。

邹明给一个老战友挂了长途电话，这个老战友在西南的一个兵工厂工作，从事的是轻武器研究，老战友仔细听完邹明的叙述，连想都没想，脱口而出："那些枪手装备了红外线瞄准镜，现在一些发达国家的军队都装备了这种瞄准镜。在可见光是零的情况下能清楚地看见你。咦？真怪了，这种瞄准镜我国别说装备部队，连科研样品还没出来呢，你怎么能见到？"邹明不是傻子，他明白了，现在他最危险的对手不是"红革联"那些乌合之众，而是一个隐藏在暗处的强大力量，这个对手处事很有分寸，只是向他发出一种警告，似乎在告诉他，如想要他的脑袋，就像探囊取物一样。想到这里，邹明起了一身鸡皮疙瘩。

这座城市的武斗进入对峙状态，城市的一条主要干道——朝阳路成为两军阵地之间的分界线。由于双方都缺乏弹药，所以没有爆发较大的战斗，只是在双方的前沿阵地出现了大量的狙击手，每幢建筑物的每个窗户都成了狙击点，只要有个目标暴露在窗口超过30秒钟以上，立刻会被来自不同方向的子弹击中。昔日繁华热闹的朝阳路现在变得死气沉沉，终日不见一个人影。大街东西两侧的楼房墙壁上，布满了蜂窝状的弹孔和82式无后坐力炮的炮弹炸出的不规则状的大窟窿，空气中蔓延着浓浓的火药味。南北走向的朝阳路的南侧是个丁字路口，路口的一座四层楼房后面，有一座高达八十多米砖砌的大烟囱，烟囱的侧面有铁梯，可供单人上下，烟囱的顶部很宽敞，像个小平台。

身穿便衣的李云龙正手持望远镜趴在烟囱顶上向武斗双方的阵地进行观察，他身边趴着一溜儿孩子，李健李康兄弟和赵山等兄妹四人。孩子们第一次参与这种冒险活动，心里既兴奋又紧张，都屏住呼吸大气不敢出。在李云龙的望远镜里，双方的攻守态势一览无余，用沙包堆成的街垒工事，临街楼房地下室窗口改成的暗射击孔，还有一些精心伪装过的暗火力点，都收进了李云龙的视野。

当这个城市的武斗处于萌芽状态时，李云龙没太在意，他认为那不过是造反派们在打群架，互相扔扔砖头瓦块儿，再急了眼玩儿玩儿冷兵器就差不多了。谁知这些造反派一玩儿就收不住手了，机枪、冲锋枪都嫌不过瘾，坦克和大炮都用上了，这太出乎他的意料了，从某种意义上说，政治观点的分歧已不重要了，重要的是用尽一切方法将对方在军事上打垮。此时，战争已经成了目的。李云龙的心情很矛盾，从理智上讲，他认为这种动枪动炮的武斗纯属胡闹。但从感情上讲，那久违的枪炮声对他的确是种诱惑，打个不恰当的比喻，犹如被去了势的太监猛地见到横陈在眼前的美女一样，心中极度渴望却不能为。身为职业军人，他对眼前发生的战争不可能无动于衷，即使没有参与的可能性，也要做个内行的评判者。一个职业军人要时时抑制那种对战争的冲动，是件很痛苦的事。

李云龙把望远镜传给孩子们观察，他点燃一支香烟吸了一口忍不住骂了起来：“蠢货，蠢货，都是他娘的蠢货，杜长海和邹明都是当过团级指挥员的人，也都参加过实战，一场小仗就打成这样，不是蠢货是啥？”李健和赵山都是中学生了，从小生长在军人家庭对军事多少都有兴趣，他们最近和司令部的几个作战参谋混得挺熟，还经常在沙盘上玩玩对抗游戏，知道一些军事术语。

李健把望远镜传给赵山，疑惑地问道：“爸，我看他们的阵地设置得不错呀，您看，火力点有明有暗，有高房工事，有地堡，街垒工事像是个火力支撑点，一旦开火就能组成交叉火力，我看双方都挺内行的，看不出有什么漏洞。”

赵山用望远镜观察着说：“爸，我看出点儿问题，他们的射孔开得不怎么样，视野和射界都太窄，还有，两个阵地之间的障碍物太多，有废弃的沙包工事，有防坦克桩，还有一辆被击毁的公共汽车，这些东西都有可能被进攻一方利用，成为对方的掩体，还有，双方表面上虽然都注重交叉火力的运用，但还是有不少射击死角。”

李云龙满意地说：“嗯，我看赵山就比李健聪明，李健是个笨蛋，玩儿了几天沙盘游戏就以为自己是将军了，告诉你，你小子还没入门呢。赵山观察得比较仔细，看出了一些问题，说得也有些道理。咦？你先别笑，得意个什么？我下面的话还没说完呢，这叫‘五十步笑百步’，你们两个再加上杜长海和邹明，思路是一样的，你们的眼睛只盯着对方的阵地，只关心对方的火力配置、射击角度和正面进攻的路线，这样想，思路就走进死胡同了，就算是成功地打过去，突破了对方的防线，那又怎么样？撕开了一个口子向两翼发展一下，那不过是在对方防线上打进了一个楔子，离全歼对方还远着呢。这种战术太小家子气，就像个没见过世面的娘们儿，只盯着眼皮底下的鸡毛蒜皮。打仗的原则，是要想尽一切办法消灭敌人的有生力量，就像毛主席说的‘伤其十指不如断其一指’。咱们为什么要到这里来观察呢？原因就是这里是全城的制高点，战场的全局一收眼底，这样就会对战场全局有个总体的把握。大家注意一下，现在交战双方的兵力布势很糟糕，都采用了兵力密集的收缩防御，点大面小，在地形的利用上都属于消极防御，似乎都等着对方来进攻，恰恰忽略了一条重要的战术原则：‘最好的防御就是进攻’。至于进攻的路线就大有讲究了，进攻的目的不是为了击溃对方，而是寻找薄弱环节在几个点上进行突破，然后进行穿插分割，合围对方的重兵集团加以歼灭。大家想一想，现在这仗该怎么打？”

赵高脑子最快：“爸，我知道了，这条朝阳路的南北两端是平房居民区，小巷很多，最适合绕过去……”

“这不叫绕过去，叫迂回渗透。”李云龙提醒道。

“现在双方都是收缩防御，顾不上两翼，我要是指挥员，就来个正面佯攻，两翼迂回包围对方，围住以后再穿插分割。”赵高说。

李云龙教训道：“你以为就你聪明？人家当过团长的人还不知道两翼迂回、穿插分割？这种小儿科的战术连当排长的都懂。你再仔细看看‘井冈山’阵地的两翼防守得很好，几乎没有破绽。嗯，那些小巷口有几辆被击毁的汽车，我敢说这汽车上有名堂，很可能设置了电发火的定向雷，我去查过，这些浑蛋抢了工兵营的一些定向雷，那个邹明要不用在这里我就不姓李。你们看，那辆汽车前面的地面上比较干净，而汽车后的地面上倒净是碎砖烂瓦，这是伪装，为的是掩盖连接爆破控制器的电线，这种雷杀伤力很大，几百颗钢珠能形成180°的杀伤半径。那个杜长海也鬼得很，他早看出了这里的名堂，才不触这个霉头。看来双方都是受地形限制才成这种格局。”

李健说：“要这样说，双方的指挥员都没什么失误，正面强攻和侧翼迂回都不可取，那只好这样僵持了，这是没办法的事。”

李云龙笑道：“傻小子，进攻和防御不仅是在一个平面上，还应该是立体的，也就是说应该从空中、地面和地下组织进攻和防御。当然，按现在双方的条件，可以忽略空中进攻，因为双方谁也没有直升机。可是忽略了地下这个层面就太愚蠢了。”

赵山眼睛一下子睁大了：“您是说地下有通道？”

“没错，这个城市的下水道修建工程我们部队也参加了，污水主干线的管道里能并排走两个人，这就简单了，有个小型的突击队就够了，只要端掉对方的指挥部，对方就会不战自溃。我刚才用远望镜仔细观察了，双方防区内下水道井盖好像都没有采取措施，这几乎是致命的疏忽，任何一方先想到这点，这仗就不用再打啦。”

李健不以为然道：“爸，您参加过修建工程，可他们哪儿知道这下水道的事？”

“一个普通人想不到这些当然没什么，可一个指挥员就应该想到，在战争中任何微小的疏忽都会付出血的代价，没想到根本不是理由，谁没想到谁就是蠢货，就不配当指挥员。”

李云龙一想起这两个前志愿军团长就怒不可遏，他们在这个城市里打仗闹事倒尚在其次，最使他愤怒的是，这两个家伙的战术思想竟如此僵化，如此平庸。在李云龙看来，这两位的指挥能力当个连长都勉强，居然还当过团长，看来，不光这两个家伙是蠢货，连提拔他们的人都是蠢货。

“啪！”一声枪响，一颗子弹打在烟囱顶部的棱线下，不知是哪方的狙击手发现了烟囱上有人，先开了一枪，紧接着，机枪和冲锋枪就打响了，子弹“嗖嗖”地掠过。李云龙安慰孩子们：“别害怕，梯子一侧是射击死角，大家慢慢下，撤退！娘的，欺负老子没挺机枪，敢向老子开枪……”

李云龙组织“战地参观团”一事被田雨知道了，气得田雨一天没吃饭，她向李云龙大发其火：“我看你脑子有毛病了，一看见别人打仗就激动，自己去还不算，把孩子们也带去，你知不知道那里有多危险？咱们自己的孩子先不提，要是赵家兄妹出点儿问题，咱们怎么对得起赵刚和冯楠啊？我就不明白，怎么世界上还有这种人？要是自己去打仗激动一下还情有可原，怎么见到不相干的人打仗他也激动？即使是拿破仑对战争也没像你这么狂热，快60岁的人了，也不觉得难为情……”

面对妻子的责难，李云龙讪讪地蔫了，一句嘴没敢回。他知道自己近来由于心情压抑，做了些过分的事，比如整治马天生，事后也有些后悔，一个堂堂军长，怎么心胸如此狭窄，做些上不得台面的事？就像个农村孩子，偷偷去堵仇人家的烟囱。这次爬烟囱也是，要真传出去会让人笑话的。

杜长海此时正在他的指挥部里和他新委任的参谋长张重密谈。杜长海很久没有这样的谈话对象了，他手下当过兵的人不少，可真正懂战术的职业军人，除了张重就没有第二个人了。今天他俩讨论的题目是杜长海拟定的，叫“城市巷战中步炮配合战术”。杜长海点燃一支香烟，猛吸了一口，若有所思地向天花板吐出了一个大烟圈，烟圈翻卷着徐徐上升，就像核爆炸产生的蘑菇云。他说：“我崇尚拿破仑的名言：一个将领，应该把炮火使用得像自己的手枪一样自如。他的原话记不清了，原意大概是这样。在现代战争中，炮兵被认为是‘战争之神’。你很难想象没有炮火的支援，仅靠轻武器如何能获得胜利。在我们炮兵的眼里，步兵手中的机枪、冲锋枪简直像玩具一样，纯粹是小打小闹。”

张重笑了笑说：“你的观点太偏激了。现代战争需要诸兵种的协同，离了谁也不行，城市巷战中解决战斗主要靠轻武器和手榴弹，大炮可当不了主角。”

“不对。”杜长海反驳道，“一个多层的建筑物，它的所有窗户都可能是对方的火力点，你用轻武器和守军对射是愚蠢的，最干脆的办法是用大炮轰垮建筑物，把守军活埋掉，这是最省时也是最有效的方法。城市巷战中，炮火的使用无非是两种方式：第一，用小型的直瞄火炮进行有选择的射击，就像我们上次对西区的攻击一样，这种方式固然可以直接命中对方的火力点，但炮手也直接暴露在对方的火力覆盖下，在直射火力下，双方被命中的概率是对等的，况且城市的建筑物太多，地形复杂，有些火力点构筑在你的火力死角上，这种战术弊端太多，推进速度慢，伤亡也大；第二种方式就简单得多，用重炮向一个区域集火射击，落弹面积以平方米计算，火力覆盖后的区域内，有生目标将全部被摧毁……”

张重正在喝水，手一哆嗦，水都洒到胸前了，他打断杜长海的话反驳道：“这里面有个前提，要看这场巷战发生在哪里，如果是在敌方的国土上，你可以不必考虑炮火的破坏力，反正打烂的是敌方的城市，你的目的是歼灭敌国的有生力量，摧毁敌人的抵抗，使用什么手段并不重要。比如‘二战’时的柏林战役，城市几乎被打毁了一半。如果是在自己的国土上，你必须要考虑到炮火对城市的破坏和平民的伤亡。我国城市的特点是人口密度太大，低矮建筑密集，每一颗炮弹都能造成大量无辜平民的伤亡。我军在解放上海时也是考虑到这一点，严禁各部队使用炮火，只用轻武器也照样占领了城市。”

杜长海嘲笑道：“亏你还当过军官。战争就是使用暴力这种极端手段，战争是什么？是流血的政治，战争能不流血吗？战争中平民伤亡从来就是军人的数倍，这是规律，是避免不了的。惧怕伤亡就没有胜利。你刚才提到1949年的上海战役，我也记得，我军在攻击苏州河上的外白渡桥时伤亡惨重，原因是对面的百老汇大厦是个巨大的火力支撑点，一夫当关，万夫莫开，仅靠轻武器就想冲过苏州河，根本不可能。其实，要是个爱惜战士生命的指挥员，不管什么禁令不禁令，用一个榴弹炮团就轰垮了它，能减少多少伤亡？一座楼嘛，打毁了可以重建，打仗不能太小家子气，要有点气魄。军人只有一个目的，就是胜利，至于手段，只要你能想到的，都可以用。”

张重倏然变色道：“我明白了，你说了半天，无非是一个意思，对西区的进攻，非使用重炮不可？”

杜长海毫不理会张重的脸色说：“当然，我已经决定了，咱们的本钱有限，拼伤亡咱们拼不起，打仗不能硬拼，要打巧仗，火力可以弥补兵源的不足，不过咱们现有的152加榴炮还不够，我现在对130火箭炮团很有兴趣。”

张重用商量的口吻说：“老杜，我看这件事还需要从长计议。第一，听说野战军已进入一级战备，宣布如有抢夺军火的，一律开枪自卫，咱们现在去抢火箭炮，肯定会和军队发生冲突，一旦开火事情可就大了。第二，就算搞到了火箭炮，咱们能真向西区射击吗？你知道，那玩意儿太厉害，一门炮十九颗炮弹，能覆盖多大的面积？要是数十门炮……老天，你不是开玩笑吧？你真下得去手？一次齐射能毁掉半个城市，老杜，你该不是脑子出了毛病……”杜长海沉下脸训斥道：“我看你才脑子出了毛病。毛主席说：对反革命分子绝不能施仁政。老张啊，反革命分子已经武装到牙齿了，他们在杀害我们的战士，不把他们消灭行吗？我看你的是非观念非常模糊，立场也有问题。我要问问你，你对‘文化大革命’究竟是什么态度？你对《解放日报》的那篇社论《‘文攻武卫’是无产阶级的革命口号》究竟是怎么认识的？”

张重不是个善于辞令的人，在杜长海的一连串逼问下显得理屈词穷。他嘟囔着：“咱是个小老百姓，关心那么多大事干啥？其实……都是老百姓，都无仇无冤的，观点不同吵两句骂两句也就算了，干吗这么你死我活的？动枪不算还要动炮……”

杜长海恨铁不成钢地教训道：“糊涂呀，麻木呀，要是所有的人都像你这么想，那谁来革命？谁去解放全人类？谁去保卫我们的红色江山？当年鲁迅先生对中国人的这种麻木痛心疾首。想不到，直到今天还有你这样麻木的人。老张啊，你真该好好学习学习呀。”

张重不以为然地说：“好好。关于我的学习问题以后再说，关键是现在该怎么办？”

杜长海果断地说：“今晚就行动，多派些人去，我就不信驻军敢向革命左派开枪，那个姓李的军长没这个胆子，全国还没这个先例呢，再说野战军的马政委也是支持咱们的。”

张重叹了口气说：“我没啥好说的啦，咱们各尽各的职责，干吧。”

杜长海笑了：“这就对啦，有意见可以保留，命令还是要坚决执行的。”

田雨近来有些手忙脚乱，家里凭空添了四个孩子，操心的事太多了。自从前两年保姆张妈去世后，家里就再也没请保姆，只有个厨师是按李云龙的职务配的。这个八口之家的家务可不是厨师的职责。李云龙从不在家庭生活上操心，他认为多了四个孩子不过就是吃饭时多摆四副碗筷的事，他喜欢家里热闹，巴不得再多来几个孩子。但是田雨却不能不操心，“文化大革命”开始后，全中国所有的学校都停了课，孩子们如脱缰的野马，可是没人管了。都是半大不大的孩子，成天无所事事，最容易出问题，更何况外面炮火连天的战事正猛。赵家兄妹四人由于从小的家庭环境，性格都比较安静。李健已经是中学生了，早过了调皮捣蛋的年龄，唯独李康正是讨人嫌的年龄，三天两头在外面惹是生非。这事赖不着别人，好像和李云龙的遗传基因有点关系，至少田雨是这么认为的。

那天李康和别的孩子不知为什么动手打了架，对方比他大两岁，显然已不属于一个级别了，交手没几下李康就放弃了抵抗。当他捂着被打肿的半边脸回家时，正碰上李云龙出门，李云龙一见便拉下了脸，他不问打架的缘由，只问过程，当得知李康挨了打就放弃了抵抗时，李云龙便勃然大怒："娘的，什么叫打不过？打不过就不打啦？怎么跟他娘的汪精卫一个论调？真给老子丢脸，我咋养出这么个熊儿子来？"他一怒之下，命令李康在客厅的壁炉前罚站两个小时。临走还留下三个问题供儿子参考：一、为什么屡战屡败？（因为打架吃亏已不止一次了。）二、为什么一见对方比自己大就放弃了抵抗？这是否有欺软怕硬的思想在作怪？三、如何吸取教训？

李云龙走后，李康踌躇了一会儿，还是决定老老实实去罚站。站一会儿倒没什么，可那三个问题使他很伤脑筋，如何回答才是正确答案？他心里实在没底。正想着，他的两个大哥——李健和赵山回家了，他们见老弟在罚站便问了缘由。在哥哥们的指点下，李康很快写出了一份书面检讨：一、因为敌强我弱，所以总打败仗。二、因缺乏我军一往无前的战斗精神，致使还未交手便已怯三分，未能以气势夺人。三、今后要知彼知己，不打无把握之仗，应充分创造条件造成局部优势，集中优势兵力打歼灭战，发扬连续作战的精神，不依不饶，打得对方讨饶为止。写罢检讨，两个哥哥找出了三根体操棒，对李康说："走，找那小子报仇去。"当天晚上，那孩子的家长就找上门来告状了，因为他家孩子的脑袋挨了李康一体操棒，肿了个核桃大小的包。当时李健和赵山在一边看着，只是起了威慑的作用，李康自然变得骁勇异常。李云龙义愤填膺地向那家长声称，一定要好好教训那三个小兔崽子，太不像话了。

田雨在一边冷眼看着没说话，她都知道一旦人家走后李云龙会说些什么。果然，等李云龙把人家客客气气送出大门，一转身便喜形于色道："喂，这几个小兔崽子，总算长了点儿出息。"

田雨对丈夫这种"护犊子"的行为很不满，她说："老李，有你这么教育孩子的吗？不问谁对谁错，打赢了就表扬？你这是在培养孩子身上的暴力倾向。这个世界已经充满暴力了，你还要把这些东西带到家里来？”

“哪儿这么严重？孩子打架嘛，打打也好，从小就要培养男孩子顽强的战斗精神，不能因为打不过就不打了，这是汪精卫的汉奸论调，打架和打仗一样，气势上不能垮，就算战死也比当亡国奴强。”

“老李，你怎么胡搅蛮缠呢？这和亡国奴有什么关系？这是两回事嘛。”

“就是一回事。”

“你不要偷换概念好不好？”

“我没偷什么概念，是我李云龙的儿子就不能当熊包软蛋，打架和打仗一样。”

“真不讲理，和你简直没法谈……”

“那就别谈了……”没过几天，又是李康惹了祸。他与赵水和赵长捉住了一只野猫。来自北京的赵水、赵长发现一个问题，和北方的猫相比，南方的猫长得很不招人待见，小脑袋、长身子、短毛，很有点儿贼眉鼠眼，不像个正派猫。李康建议要惩罚一下这个小脑袋、长身子的东西，三个孩子便兴致勃勃地设计了一场恶作剧。他们把一块浸了汽油的棉花绑在猫尾巴上点燃，受了惊的猫从院子里窜进了客厅，在家具间上蹿下跳，把窗帘都点燃了，幸亏田雨当时在家，她用水浇灭了火，不然非酿成火灾不可。

田雨近来心情极为压抑，“文化大革命”运动以来，她有一种大祸临头的感觉。她毕竟是个有思想并善于思索的女人。她目睹了运动初期愈演愈烈的抄家，残酷的批斗，对人精神和肉体令人发指的摧残，受难者血淋淋的尸体，同一种族间的自相残杀，以革命的名义制造的流血和死亡。此时的田雨已非彼时的田雨，多年来，她不停地在历史与现实中徘徊，在书本中探寻历史的残梦和悠远苍茫的文化感悟，在感悟人生方面她已渐渐超越了时代。历史真是面镜子，秦人不暇自哀而后人哀之，后人哀之而不鉴之，亦使后人而复哀后人也。她看清楚了，1957年那场使大批知识分子沦为贱民的“反右”运动，不过是这次“文化大革命”的预演罢了，此时，这个民族真是大祸临头了，这个丧失理性的社会，似乎已抛弃了以往美好的传统。道德、爱心、良知和尊严都已不复存在，人类最为卑劣邪恶的品质则体现无遗，道德大面积地滑坡，这个可爱而又麻木健忘的民族，正坐在一列灯火辉煌、歌舞升平的列车上，毫无察觉地被已出轨的车轮急速地带向深渊。她自己也坐在这列火车上，是这样痛苦和无奈，她的父母曾为阻止列车的毁灭而努力过，他们已被车轮碾得粉身碎骨，此时的田雨能做什么呢？

孩子们的恶作剧使田雨气得几乎发了疯，使她愤怒的倒不是因为险些酿成火灾，而是孩子们虐待小动物的那种残忍的心理，她不明白，是什么原因使这些纯洁的孩子变得这样毫无爱心？是谁教他们的？这种以虐待小动物为乐事的性格一旦形成，将来的社会无疑是可怕的。田雨被气得浑身哆嗦，她抄起鸡毛掸子在三个孩子的屁股上狠狠地抽了几下。李康是李云龙一手调教出来的，对挨揍已习惯了，他揉揉屁股便逃出了客厅。赵长上次玩儿枪已经挨过李云龙的皮带了，他同时也记住了李家的家规：从来就没什么“说服教育”，犯了错误就得挨揍。他咧了咧嘴，总算忍住了没哭。

而赵水是个女孩子，从没挨过打，连李云龙上次都对她网开一面，只作罚站处理。她没想到平时和蔼可亲、温文尔雅的田雨妈妈今天竟成了这副凶样子，打人打得这么狠。赵水的心里委屈极了，很自然地就想起自己的母亲，母亲从来没有动手打过她，即使她有了过失，母亲也是和颜悦色地给她讲道理，使她主动认错。母亲的脸上永远带着微笑，她经常搂着女儿亲吻着，给她轻轻地唱一支歌催她入睡，那种温馨的母爱如春风拂面使她难以忘怀，至今想起，仍依稀有如天国中传来的歌声。赵水的眼泪一下子流出来，她无声地哭了。

田雨余怒未消地问道：“赵水，你犯了错还有理了？哭什么？”

赵水哭成了泪人，她抽泣着说：“我想我妈妈……”田雨像是被闪电突然击到似的身子僵直地怔住了，她的思维一下子中断了，停止了……冯楠的面容在她眼前倏然闪过，她的心脏就像猛地挨了一刀，汩汩地流淌出鲜血，她在刹那间就垮了下来，泪如泉涌地抱住赵水泣不成声道：“赵水、赵水，原谅妈妈、原谅妈妈……妈妈不该打你，妈妈一时昏了头，妈妈不是故意的。对不起、对不起……妈妈保证不再打你了……我的女儿，你能原谅妈妈吗……”

仿佛有人突然打开了一道感情的闸门，压抑许久的情感如洪水般地奔涌而出，她的痛苦、她的委屈、她的悲凉、她的愧疚……刹那间都从心灵的渊底迸发出来，与现实的惨痛骤然相撞。她痛哭着向冥冥之中的冯楠忏悔着：“原谅我，冯楠，我不是故意的，我把她当成自己的女儿……实在是一时糊涂啊！冯楠啊，我后悔啊，我后悔死了……我当初为什么要让你和赵刚见面啊，是我害死了你啊，我将来还有什么脸再去见你们……冯楠啊，咱们这个国家已经没有天理了……连你们这么优秀的一对儿……都活不下去了……你告诉我啊，冯楠，这是为什么……”田雨紧紧地抱着赵水，一刻也不敢松开。这是冯楠的骨肉，是她生命的延续，冯楠和赵刚的鲜血还在这个女孩的血管里流动，只要他们的女儿在，他们的灵魂就不会远去，他们一定在云端默默地注视着田雨呢。田雨感到一阵欣慰，像拥抱着好朋友的灵魂，她说什么也不敢松手，生怕一松手，赵刚和冯楠的灵魂就会突然逝去。

杜长海喜欢驾驶汽车，在炮兵团时，他经常亲自开着火炮牵引车，练出一手熟练的驾驶技术。转业以后，就没了开车的条件，一个小小的处长是不会配备汽车的。他每天上下班只得蹬着一辆破自行车，心里憋屈得要命。“文化大革命”的兴起，打碎了一切旧的等级观念，杜长海透过混乱的社会现象，发现一丝曚曚眬眬的曙光，自从坐上了“红革联”第一把交椅，他终于尝到了权力的滋味。专车、秘书和警卫都有了。如果不是“文化大革命”，像他这种没有背景又缺乏过人特长的人，在处级的位子上累死也不可能得到这么多实际利益。他不喜欢轿车，只对吉普车有着浓厚的兴趣，他认为这种车型最适合军人，尽管他早已退出现役，成了老百姓，但他在心里永远把自己当个军人。当时尽管北京产212吉普车已经问世，但产量少得可怜，连毛泽东检阅百万红卫兵时，乘坐的车也不过就是212吉普。杜长海之流就别想轻易见到了。他退而求其次，给自己配备了一辆苏联20世纪50年代出产的“嘎斯69”吉普车，这种车的越野性能使他很满意。他每次出行的程序是这样安排的：

自己亲自驾驶吉普车，副座坐着秘书，后排是两个抱着56式冲锋枪的贴身警卫，吉普车后面跟着一辆“解放”卡车，上面坐着他全副武装的警卫班。他这种排场是显得张扬了些，也曾遭到一些人的非议，但杜长海一言蔽之：这是工人的力量。

那天晚上发生的事使杜长海的警卫员们在20年后还心有余悸。他的一个贴身警卫是他的小舅子，他小舅子认为那天晚上姐夫真是撞见鬼了，因为当时几百个全副武装的武斗队员已上车就绪，目标是离市区几十公里的驻军火箭炮团。等了一会儿，杜长海才姗姗来迟，那天晚上他显得很兴奋，他像大人物似的向等候在卡车上的几百名部下挥挥手，一反常态地要求大家唱个语录歌提提士气。要知道他是个没半点音乐细胞的人，哪怕是唱上一句也要跑调，所以他很自觉地把这个弱点隐藏起来，从来不提唱歌的事。这样说来，那天晚上杜长海就显得不太正常了，他竟然给大家起了个头：“下定决心，不怕牺牲，预备——唱！”大家都哄笑起来，因为他严重跑调。杜长海没有发怒，而是宽容地说：“别笑，别笑，大家都严肃点儿。今天咱们去执行一项光荣的任务，士气是很重要的。接着唱，接着唱。”杜长海在乱哄哄的语录歌声中拉开吉普车的车门，小舅子殷勤地给他关上门，杜长海隔着车窗对小舅子嘱咐道：“告诉你姐，我今晚不回家了。”小舅子见他扭动钥匙发动车子，就在他扭动钥匙的这一刹那，轰！一声巨响，杜长海垂直向上从吉普车的帆布顶棚中穿过飞起七八米高。当然，也有的目击者坚持说绝不止七八米高，至少飞起十几米高，并为此事抬了20年的杠。当时在场的所有人都认为这起爆炸案是阶级敌人干的，其最大嫌疑自然是“井冈山兵团”。逻辑是现成的，反革命分子把革命组织的杰出领导人一直视为眼中钉，肉中刺，当然是要置于死地而后快。但问题不在这里，令人惊讶的是，与杜长海近在咫尺的小舅子却连根汗毛也没伤着。看来爆炸力不是向四周扩散的，而是集中向上爆发的，犹如一枚火箭弹击中了杜长海的屁股，把他抛向半空，连吉普车都没受到什么损坏，换个座位，补补顶棚就行了。

事后，杜长海的小舅子擦着冷汗说：“当时轰的一声响，我姐夫就飞出去啦，他人还在半空里，我就明白啦，唉……”杜长海的死亡使“红革联”冲击火箭炮团的计划彻底流产了。“红革联”一派群龙无首，人心惶惶。杜长海的几个副手为争夺这个空出的权力交椅闹得不可开交，几乎反目。“红革联”的广播站向整个城市沉痛宣告：反革命组织“井冈山兵团”杀害杜长海烈士罪责难逃，他们欠下的血债，一定要用血来偿还。“红革联”广大战士向伟大领袖毛主席庄严宣誓：“我们一定要继承烈士的遗志，誓死保卫无产阶级“文化大革命”的胜利成果，和反革命分子血战到底，不获全胜绝不收兵。”随后，庄严沉痛的哀乐缓缓地飘向城市的各个角落。

“井冈山兵团”的广播站自然不能闲着，他们特地将巨型喇叭增加到十个，广播员慷慨激昂的声音变成巨大的声波传向整个城市：“革命的战友们、同志们，阶级敌人的造谣诽谤丝毫无损‘井冈山兵团’的光辉形象，反动组织的头头杜长海之死，是毛主席革命路线的伟大胜利，反革命分子杜长海死有余辜，遗臭万年，终于变成了不齿于人类的狗屎堆。”作为对哀乐的回敬，这边也放起了为毛泽东诗词谱写的歌曲：山下旌旗在望，山头鼓角相闻，敌军围困万千重，我自岿然不动……

在政委马天生的办公室里，马天生叫来工兵营营长，他把杜长海死亡的现场报告递给了工兵营长说：“这种爆破技术很专业呀，你行吗？”

工兵营长看了报告后啧啧赞道：“是很专业，这是一种定向爆破，目的性很明确，不想伤及周围的人。我想这个爆炸装置有可能是这样安置的，把炸药装进一个坚固的金属容器里，容器除上面开口，其他处是封闭的，引爆是用电雷管，雷管导线和汽车的点火钥匙处连接，扭动钥匙，汽车电瓶的电流引爆电雷管，爆炸力只能从金属容器的开口处喷发，事后趁乱把容器拿走就行了。这种定向爆破的难度在于装药量的计算，容器的壁厚和装药量有一定的比例，装药多了，会连容器一起炸碎，少了不起作用，要计算得很精确。这是谁干的？够他妈的专业的。”工兵营长赞不绝口。

工兵营长走后，马天生点燃一支香烟，在烟雾缭绕中陷入沉思，谁干的？“井冈山兵团”似乎没这个本事，干掉一个小人物总要有点儿目的吧？此事的背后似乎迷雾重重……

在李云龙的办公室里，化名张重的特种分队军官梁军正坐在沙发上抽着李云龙的“中华”烟，而李云龙正背着手站在窗前望着远方沉思，半晌，他才问道：“为什么这样干？”

梁军站起来回答：“我做了工作，该说的都说了，杜长海已进入疯狂状态，上甘岭的炮战他还没过足瘾，这次武斗是完成他梦想的一个机会，他绝不会放弃这个机会。我没有别的办法能制止他，只好出此下策了。1号，昨晚我一宿没睡着，心里挺不是滋味，他不是坏人，只不过是鬼迷了心窍，不管怎么说，他毕竟是朝鲜战场上的英雄。1号，您知道，我是个军人，不是特工人员，头一次干这活儿，心里总有点儿……负罪感，但形势已不容我考虑：第一，那天晚上他纠集了四百多武斗队员，冲击目标是火箭炮团，而火箭炮团已接到军里的命令，一旦遭到攻击，立即开枪自卫。那天晚上，如果我不进行阻拦，势必要造成大规模流血冲突，其结果对您会非常不利，因为军队和群众组织的大规模流血冲突，目前在全国范围内还没有先例。第二，退一步讲，如果杜长海用老人和妇女打头阵，我军肯定下不了手开枪，其结果必然是火箭炮被抢，这些炮到了杜长海这个疯子手里麻烦可就大啦。我敢肯定，他马上会对西区来个集火射击，那种炮弹爆炸能产生三千多摄氏度高温，能霎时把坦克的装甲化成铁水。就凭这一点他就该死。这个人在政治上是个糊涂蛋，如果他真把西区炸成平地，恐怕连中央‘文革’小组也保不住他，大祸一旦惹出，谁会为他承担责任？早晚他得当替死鬼。将来枪毙他十次，也抵偿不了这么多人命，与其这样，不如趁他没来得及惹事之前干掉他，这才能避免灾难。1号，我梁军一人做事一人当，将来有人追查，我顶着就是。”

李云龙说：“你少充好汉，即使将来有事，也轮不到你来顶。你干得对，这个愚蠢的家伙，他净想圆他的梦了，却不惜毁掉城市，不惜伤及无辜，这算什么军人？只能算屠夫。我怎么也搞不明白，咱们的军队怎么培养出这么个蠢货来？居然还当过副团长！就算他闲得难受，想表现一下军人的勇气，办法很多嘛，把对手找来，一对一地干上一场，哪怕打输了也算条汉子。可这个浑蛋却要用炮来表现自己，82炮玩着还不过瘾，还想玩玩火箭炮。要让他玩痛快了，老百姓可就遭殃了。娘的，他在玷污军人的称号，损害军人的荣誉，这个人对社会的危害太大了，不干掉他天理难容。”

梁军接着汇报：“昨天我和段鹏、林汉汇总了一下情报，觉得形势不容乐观。‘红革联’的头头虽然死了，但它的组织系统还在，它的成员都很激进，杜长海的死只是暂时解除了炮火对城市的威胁，但不可能从根本上解决武斗的问题。据我们的情报，‘红革联’已选出了新的指挥班子，很有点同仇敌忾的意思。至于‘井冈山兵团’已连开了几次作战会议，目的只有一个，要继续作战，用武力扫平‘红革联’。前些日子企图冲击军事禁区，被段鹏他们打了个小伏击，那个邹明似乎老实了几天。但危险并没有消除，这个组织的人数很多，大部分是产业工人，处于第一线的武斗队员中复员军人所占的比例很大，尤其是在前一段的武斗中，伤亡了几百号人，目前在这个组织内部，从上到下都蔓延着一股急于复仇的强烈情绪。这种团体的复仇情绪，不是个人能制止的。邹明如果不想继续打下去，马上会触犯众怒，会被立刻改选掉，新的头头也许会更疯狂。1号，我们一致认为，以目前全国的政治形势和本市武斗规模的升级看，仅靠我们特种分队小规模行动是制止不了武斗的。现在唯一可行的是宣布对本市实行军管，出动部队对双方实施强行缴械，对敢于反抗的坚决镇压。这恐怕是唯一有效的方法。现在有几个问题我们必须要搞清。第一，武斗在全国蔓延，中央的最高决策层不是不清楚，但却没有任何指示要制止武斗。那么我们需要搞清楚，最高决策层的本意是什么？是希望武斗愈演愈烈呢？还是希望能迅速平息？如果是前者，那么我们所作的全部努力都是在和中央‘文革’小组唱对台戏，是对抗‘文化大革命’，如果是后者，那么江青同志关于‘文攻武卫’的讲话和《解放日报》的社论又作何解释？这岂不是火上浇油吗？第二，关于军队支左的问题，这条指示太笼统、太模糊，谁是左派？标准是什么？支左支到什么程度？是光喊喊口号呢，还是提供武器弹药，或者干脆出动部队参战？第三，如果前两点都得不到来自最高决策层的准确答案，那么我们将面临着两种选择，无论你走哪条路都要承担极大风险，甚至，我怀疑这是种圈套。我们可以这样推理，如果您对武斗采取视若无睹、听之任之的办法，眼看着城市被打毁，成千上万无辜平民的伤亡，甚至造成我军前沿防御体系的瓦解，敌军的乘机登陆，这些严重后果，身为本地区野战军的1号首长，您无论如何摆脱不了干系。因为任何一场灾难，事后总要找出个替罪羊，既然中央‘文革’小组不能承担责任，那么只好由您来承担责任了。反过来讲，如果您出动部队制止武斗势必要造成大规模流血事件，因为造反派手里拿的不是烧火棍，流血事件一旦发生，咱们野战军就成了镇压革命左派、镇压群众运动的刽子手，是以武力对抗中央战略部署的罪人，身为1号首长您仍然摆脱不了干系。总之，我们现在面临的不是军事问题，而是政治问题，照理说这些问题应该由中央‘文革’小组去考虑，但如果中央‘文革’小组不认账，那问题就大了。以上这些请军长考虑。”

这时桌上的电话响了起来，李云龙拿起电话：“哦，是马政委呀，有事吗？什么？杜长海死了？这是怎么搞的？这小子不是挺能的吗？上次到这里来排场可不小，硬是带了一个警卫班呢。哟，这我可估计不出来，这人可能仇人不少，惦记他的人太多了。好，好，你去时也替我表示一下哀悼。是呀，这真是革命事业的重大损失，我很难过……很难过。好，好，就这样。”李云龙带着一脸狡猾的笑容挂上电话。梁军也苦笑起来。

李云龙收敛笑容，正襟危坐道：“好啊，你们分队还有个参谋班子？分析得不错，有脑子。这些问题太复杂，没有什么人能回答你，恐怕连中央‘文革’小组也搞不清楚。不过，我还得谢谢你们，到底是特种兵，不光身手好，脑子也灵，考虑问题就是不一样。从今天起，特种分队撤回驻地，恢复正常训练，没有我的命令，天塌下来也不准动。”

〔 第三十九章 〕

自从和李云龙吵翻后，马天生加强了和北京的联络。其实，以他的地位，要想直接和中央“文革”小组联络，资格还差点儿。那些炙手可热的大人物需要考虑的事情多着呢，哪里会把一个普通军职干部放在眼里？马天生这点自知之明还是有的，他的热线那头是军队政治部门新崛起的一位首长，这是他的老上级了，多年来对马天生一直有着提拔重用之恩。这位首长当时和中央“文革”小组有着千丝万缕的联系，其地位正如日中天。

马天生把本市的运动进展情况向老首长作了汇报，特别是李云龙的问题。他认为，本市“文革”运动的最大障碍是来自李云龙，此人仗着资格老，有些战功，对中央“文革”小组的战略部署一直采取阳奉阴违的手段，这种人在党内军内还有一定的市场，代表了相当一批高级干部，他们对“文化大革命”一直抱有抵触情绪。

热线那头的首长听了马天生的汇报，似乎很感兴趣，沉吟了半晌才说：“我听说过李云龙这个人，记得抗战时他好像是隶属129师的，你手里有他的资料吗？他是谁的人？哪个山头的？告诉你，中央现在斗争很激烈，胜负还未见分晓。这一点，你要特别注意，党内虽说喊了几十年反对山头主义，但山头确实存在，这是事实。几十年的武装斗争，能没山头吗？从1927年—1929年，党在不同地区的武装起义就搞了上百起。红军时期的一、二、四方面军加上红25军和红26军，抗战时的115、120、129三个师和新四军，山西决死队，广东的东江纵队，海南岛的琼崖纵队，解放战争时的四大野战军，哪个不是山头？你查一下，李云龙是属于哪个山头的，这一点很重要，党内斗争历来如此，人事关系、组织关系盘根错节，不把情况摸清楚，弄不好会把自己搞进去。”

老首长的丰富斗争经验使马天生佩服得五体投地，那种审时度势、纵横捭阖的政治斗争经验，没有几十年的磨炼是拿不下来的，马天生感到自己差远了。

李云龙的简历是明摆在那里的，马天生经过仔细研究，发现李云龙的情况比较特殊，他哪个山头也算不上，又和哪个山头都有着千丝万缕的关系。长征之前他属四方面军，一、四方面军会师后，张国焘同中央红军反目率四方面军掉头二过草地，恰巧李云龙那个团没接到命令，原因是传令兵在传令途中不小心陷进沼泽淹死了。李云龙一觉醒来发现四方面军都走了，他还纳闷了半天。他哪里知道党内高层中的斗争，他想得很简单，到哪儿不是干红军？跟谁干都一样。恰巧他的团队驻地离林彪的一军团很近，李云龙便主动找上门去要求编入一军团，对于这白捡的一个主力团，林彪自然没有拒绝的道理。因此，这次党内斗争使李云龙鬼使神差地成了林彪的部下。长征到陕北后，1938年张国焘脱离共产党，来自四方面军的干部都挨了不同程度的整，唯独李云龙没事，他属于大红大紫的一军团，谁敢打他的主意?

抗战初期，八路军的三个师在国民政府军事委员会的花名册上只有三万多人，粮饷枪弹只按三万多人发，而八路军实际上人数已达八万人。于是成立了若干个独立团，李云龙的独立团也成了国民政府不承认的“黑户”。先是划归到129师刘伯承麾下，后又归了386旅的陈赓。最后干脆在晋西北打出块地盘来，成了单干户。解放战争开始，李云龙团是刘邓的中原野战军的主力团，参加了中原突围，千里跃进大别山。淮海战役前，李云龙部配合华野打援，完成任务后却不许归建，粟裕将军和刘伯承不知做了笔什么交易，李云龙部又稀里糊涂编入华野十一纵队。1949年初，全军重新整编，李云龙部又隶属于三野A兵团。如此算来，李云龙归哪个山头呢？林彪、刘伯承、邓小平、陈毅、粟裕、陈赓这些元帅、大将们都当过他的上司，就连八竿子打不着的第一野战军也和他有点儿渊源，因为他抗战时老部队129师386旅的一部分在解放战争时参加了保卫延安的一系列战役，后来成了一野的一个主力师，这个师的一个主力团的前身是李云龙独立团的一营。这样一来，李云龙和四大野战军都能扯上点儿关系。

政治斗争的经验告诉马天生，想扳倒一个元帅或一个大将并不难，因为他们的地位太高了，离政治旋涡太近了，一有风吹草动便注定在劫难逃。而李云龙这类的将军则不同，由于他复杂的经历，使他在军内的关系盘根错节，他不同时期的老战友构成了这支军队的中坚力量，这些将军不是当野战军的军长就是省军区司令，官职虽然不算很大，但都是手握兵权的实力人物，他们离高层之间的政治斗争较远，想扳倒这样的将领，政治借口是不太好找的，也容易引起军队的不稳定。

马天生认为，他和李云龙的矛盾不是出于个人恩怨，主要是两人之间的政治观点南辕北辙。“文化大革命”是毛主席亲自发动和指挥的，其目的是防止修正主义篡夺党和国家的领导权，使领导权掌握在无产阶级手里，使红色江山永不变色，这是大是大非的问题，除此之外，别的都是小事。可李云龙的表现引起了马天生的政治警觉，他凭直觉感到，李云龙对“文化大革命”这个群众运动抱有很深的成见和反感，从观点到行动都似乎故意和“文化大革命”运动对着干。这个人别看文化程度不高，但城府极深，喜欢干实事而不喜欢多说。马天生想，他都干了些什么实事呢？从他性格上分析，他可不是个甘于寂寞的人，城市打成这样，他会视若无睹？杜长海死得很蹊跷，马天生可不是傻子，他才不相信那个神秘的杀手是来自“井冈山兵团”。活干得干净利索，极其专业。马天生自然而然地想到那支神秘莫测的特种分队，如果有确凿证据表明杜长海之死和这支特种分队有关，这就有文章可做了。

热线那头的首长听了马天生的汇报后一反常态地没吱声，似乎在考虑什么，过了好一会儿，首长才说：“看来调查一下是有好处的，知彼知己嘛。这个李云龙说起来哪个山头也不是，又和哪个山头都有联系，这不是个能轻易搬动的人，不冲别的，就是曾在一军团干过这一条，他头上就有了保护伞，林总的老部下，谁碰得？除非你能拿出过硬的材料证明他对抗‘文革’运动。你要密切注意，以这个人的性格，他迟早要作出点儿事来的。‘树欲静而风不止’嘛，你应该知道，谁想对抗‘文革’运动，不管他的资格多老，功劳多大，都不会有好下场的。”马天生默默地挂上电话，心想，谁笑到最后谁笑得最好。

1967年2月，中央军委的几位副主席、元帅和政治局的几个资深的领导人，为了保持军队的稳定，表示对“文化大革命”运动的不满，在怀仁堂大闹了一场，惹下弥天大祸，被称为“二月逆流”。此事触怒了毛泽东，他把几个政治局委员召到书房，面色阴沉，语调严厉地说：“终究是不以人们的意志为转移，到底还是有人跳出来，公开地反对‘文化大革命’了……”毛泽东又情绪激动地说：“要闹个什么结果？把张春桥、姚文元拿去枪毙，把江青绞死，我和林彪再上井冈山去打游击！把北京留给他们？”处于权力顶峰的毛泽东动了雷霆之怒，任你是身经百战的元帅、功勋卓著的开国将军都噤若寒蝉，旋即消失在政治舞台上。在广袤的国土上，政治风暴又起，反击“二月逆流”、反击带枪的刘邓路线。这些口号成了此时中国的主旋律。全国到处在冲击军队，八大军区全部遭到冲击，全国军分区以上的单位80%受到冲击，70%的各级军队负责人被揪斗，造成军事通信中断，指挥失控，北京的三大总部及各军、兵种总部几乎全部瘫痪。

这段时间，李云龙连续接到在北京的各总部工作的老战友打来的电话，他们都劝李云龙要作好准备应付更大的麻烦。至于为什么会成了现在这个样子，谁也说不清，都说总的感觉是好像国民党又打回来了，反正是资格越老、功劳越大的干部越要倒霉。老伙计们出于好意，都对李云龙说：“你小子脾气太坏，硬顶是要吃亏的，有些事能应付则应付，实在应付不了就干脆找个地方躲躲。”

李云龙说：“屁话，躲还不容易？哪个老战友家的白菜窖里都能给我挤出块地方，可老子又没干伤天害理的事，凭什么要像耗子一样躲起来？那不成逃兵啦？我的部队咋办？亏你们想得出来，老子行不更名，坐不改姓，看他们能把老子怎么样。”

说归说，骂归骂，李云龙也看出来了，形势越来越紧张了。本市的几派造反组织已经对他恨之入骨了，据郑秘书汇报，街上的大字报，有80%全是冲他来的，封他的头衔不少。“大军阀”、“隐藏在军内的野心家”、“刘邓路线在我市的代理人”、“绞死李云龙”、“油炸李云龙”，还有“打倒大叛徒李云龙”，弄得李云龙哭笑不得，他娘的，老子从来就没被俘过，到哪儿去叛变？

事情一旦闹得太邪乎了，就要有人出来收场了。李云龙终于收到中央军委发来的书面通知，这份通知共有八条内容，简称“军委八条”。李云龙兴奋地对郑秘书说：“这下可好了，军委有了明确的指示，你看：对那些证据确凿的反革命组织和反革命分子，坚决采取专政措施，对于冲击军事领导机关问题……如果是反革命冲击了，要追究……今后一律不许冲击。小郑，你看，这上面毛主席的批示：确定八条，很好，照发。

这下好了，有了主席的尚方宝剑，谁再闹事，就按‘军委八条’办。”

郑秘书扶扶眼镜，疑惑地说：“1号，这八条的要领太模糊，比如：如果是反革命冲击了，要追究。谁是反革命？怎么判断？咱们有评判权吗？说老实话，真的反革命分子藏都来不及藏呢，还有胆子去冲击军事机关？反过来说，那不是反革命是否就可以冲击军事机关？还有，‘要追究’是什么意思？先不制止，任他冲击？冲完后再调查，要是反革命就追究？怎么追究？是武力追究呢，还是口头声讨一下？还有，‘今后一律不许冲击’，这话说了等于没说，谁不知道军事机关是不许冲击的？关键是有人硬要冲击该怎么办？可以开枪自卫吗？可出动部队反击吗？没人告诉你。1号，恕我直言，咱们要真照着这八条去执行，闹不好就落进不知谁设下的圈套里，请您三思。”

李云龙想了想，觉得郑波的话有道理，他苦笑了一下，没吭声。

郑秘书估计得不错，“军委八条”并没有刹住冲击军事机关的狂潮，反而愈演愈烈，没见哪个部队去“追究”一下，因为文件规定，只有是“反革命”才能去“追究”，谁能说那些响应毛主席的号召起来造反的群众组织是反革命呢？

特种分队已被李云龙撤回营房，队员们在段鹏和林汉的指挥下，每天除了训练就是整理菜园子。特种分队的撤回，使李云龙失去了情报来源，这些无法无天的造反派正在酝酿着什么行动？打算先从哪里发难？李云龙一无所知，就算这样，他也不打算使用特种分队了，他可不想将来有人以此为借口毁掉这支精锐分队。失去情报来源的将军是痛苦的，他两眼一抹黑，成了瞎子聋子，茫然面对着诡计多端的对手，只能被动地蜷缩着身子，等待对手朝自己最致命的地方猛击，李云龙感到一种从未有过的痛苦。

“井冈山兵团”的1号勤务员邹明近来很兴奋。他的死对头杜长海的意外死亡使“红革联”一蹶不振，其组织内部为争夺领导权吵得一塌糊涂，已呈分裂状态。看来，一举扫平“红革联”的日子已经不远了。最使他兴奋不已的是他派往北京的联络员在北京受到中央“文革”小组首长们的接见，首长们充分肯定了“井冈山兵团”的革命性，是革命左派组织，它的大方向是正确的，虽然在革命的过程中，这个组织有这样或那样的缺点错误，但这都是非主流的东西，总的来说，这个组织是革命的。

当邹明和他的战友们听到这个令人激动的消息时，心中不由百感交集，转而涕泪滂沱，犹如失散已久的孩子遇到了亲娘，大家热泪纵横，哭着、笑着、跳跃着、拥抱着，把毛主席万岁、无产阶级“文化大革命”万岁这类口号喊得口干舌燥，不知是谁哽咽着唱起了那首极富时代感的抒情歌曲：

抬头望见北斗星，
心中想念毛泽东，
迷路时想你有方向，
黑夜里想你心里明
……

他们是真诚的，没有人怀疑他们的真诚。但是命运却喜欢和人开玩笑。与此同时，“红革联”的战士们也在热泪盈眶地，怀着无比诚挚的感情唱着同一首歌……因为“红革联”驻京联络员也带回了同样振奋人心的消息，中央“文革”小组的首长们也用同样的语言肯定这个组织的革命性……

中央“文革”小组的首长们是否有点偏爱中庸之道？这年月和稀泥是危险的。

这不是吗？“井冈山”和“红革联”这两派组织的广大战士，都向毛主席庄严宣布：要用手中的枪去捍卫毛主席的革命路线，誓死保卫无产阶级“文化大革命”的胜利成果……

〔　第四十章　〕

这是个没有星光的夜，天黑得像锅底，远处海面上刮来的西北风寒冷刺骨，风中还略带些咸腥的味道。一个入伍不到一年的新兵端着上了刺刀的半自动步枪站在蛇腹形铁丝网后面，他身后是一座漆成草绿色的大铁门，门口警卫室前挂着的电灯由于电压不稳，灯光时明时暗，在寒风中摇动。

这是野战军的一个师部，代号泰山。由师部警卫连负责警卫，警卫分两层，大门口有一个哨兵，离大门约50米还有一道门，由两个持冲锋枪的战士把守。

站在大门前的哨兵正在哨位上来回踱步，他正在等着下一班的哨兵来换岗，再过20分钟他就可以下岗了。他使劲揉揉眼睛，以此来克服阵阵袭来的睡意。突然，远处亮起的汽车灯光使他的精神为之一振，一辆挂着军用牌照的吉普车飞驶而来，哨兵扬起手示意停车，吉普车猛地停在停车白线后，发出一阵刺耳的摩擦声，车上跳下两个穿着四个兜军官服的军官，越过停车线向哨兵跑来。哨兵警惕地端起枪大喊道："什么人？站住！"说着哗地子弹上了膛。一个军官扬起手中的公文包说："军区情报部的，有紧急公文要交给师长。"哨兵略一迟疑，两个军官已来到眼前，其中一个高个子军官一把抓住哨兵的步枪往旁边一拨，另一只手臂猛地一挥，哨兵旋即一头栽倒在地上……

偷袭者转身用手电向远处亮了几下，远处立刻亮起雪亮的汽车灯光，大队满载"井冈山兵团"武斗队员的卡车接踵而来，铁门被迅速打开，车队冲进大门。

第二道警戒线的哨兵见大门洞开，几辆卡车已冲了进来，心知有变，忙端起冲锋枪朝天鸣枪示警，同时喝令停车。卡车停了下来，车上跳下一群身穿劳动布工作服的青年女工，她们高举着井冈山兵团的红旗，手挽着手一步步向前走来……黑暗中响起女工们的歌声：

下定决心，
不怕牺牲，
排除万难，
去争取胜利。

面对着视死如归、慷慨高歌的年轻女工们，哨兵紧扣扳机的手哆嗦了，要向手无寸铁的妇女开枪是需要些勇气的，哨兵不是刽子手，他下不了这个手，更何况他也没接到任何命令，在这种时刻是否可以开枪。哨兵颓然垂下枪口……

邹明策划的这次偷袭很成功，不到半小时，师部大院被全部占领，正在睡觉的泰山师师长和政委穿着裤衩背心被赶了出来，军械库被打开。在邹明的重新布防下，师部大院成了一座堡垒，从大门到司令部主楼用沙包堆起了五道防线。沙包上威风凛凛地架起一排排机枪，司令部主楼的顶上也架起了重机枪、高射炮和82式无后坐力炮。邹明决定把这里当成他的新指挥部，这里有充足的粮食和弹药，先进的通信系统，还有这个师所属汽车营的数百辆卡车。邹明的实力大增，没有什么东西能阻止他发动最后的攻击，一举扫平“红革联”的日子就快到了。

李云龙在睡梦中被郑秘书叫醒，当他得知这个消息时，却一反常态地没有发怒，这早在他的意料之中。他这个军所属的各部队营房横跨了两个省，有几十处之多，反正造反派要动手，随便找一处就是，你防不胜防，关键是现在怎么办。要是一个师部被占领，军方无动于衷的话，马上就会引起连锁反应，此例是开不得的。泰山师的师长是李云龙的老部下了，他在电话里怒气冲天地发着牢骚：“1号，我打了这么多年的仗，还头一次让人光着腚撵出来，这些狗娘养的造反派欺人太甚，上级到底准不准我们开枪自卫？只要您下命令，我把我们师的红军团调过来，半小时之内，我要夺不回师部您砍我的脑壳。要是只许挨揍不许还手，那这兵咱不当了，连军装都脱给造反派，让他们去当得啦，我回家抱孩子去。”

李云龙没好气地说：“得啦，你哪儿这么多牢骚？有牢骚别跟我发，找中央‘文革’小组去发，你汇报一下损失情况，部队有伤亡吗？”

“只有哨兵挨了一闷棍，闹个脑震荡，现在还躺在医院里。要说损失可就大了，除了武器弹药不算，机要室里的文件全落到造反派手里，还有电台的密码，本师防区永久工事的分布图，兵力和兵器的编制表，都没抢出来。”师长说。

李云龙沉默了，事态的发展比他预想的要严重得多，对于敌方的特工人员来说，这可是个千载难逢的良机，这等于把大量的绝密情报拱手交给对方，由此造成的损失将是难以弥补的，李云龙的脑门上渗出了冷汗。他心里明白，要解决这次危机可没那么简单，牵一发而动全身，兵不血刃的解决方式是不可能有的。如果把情况逐级上报，等待指示，此举固然可以摆脱个人干系，可敌方的特工人员绝不会等。到那时，那些绝密文件可能早摆在一些国家情报机关首脑的办公桌上了。此外，“井冈山兵团”已获得了大量的武器弹药，当过步兵团长的邹明不会不懂兵贵神速的道理，他极有可能对“红革联”盘踞的东区来一次大规模攻击，这个城市马上会淹没在血泊里。现在恐怕没时间等了，需要马上采取行动。

李云龙来不及多想了，他果断地发出命令：“通知警卫营马上集合，作好战斗准备，对泰山师师部实施包围。”尖厉的战斗警报响了，司令部的空气骤然紧张起来，头戴钢盔、全副武装的战士们在集合，司令部的参谋们已各就各位进入临战状态，操场上军官们整队的口令声和汽车、摩托车引擎的吼叫声交织在一起。

郑秘书一脸忧虑地对李云龙说：“1号，如果造反派拒不撤出怎么办？”

李云龙面色冷峻，干脆地说：“使用武力强行缴械，谁敢反抗，就消灭他。”

郑波倒吸一口冷气，感到非同小可，他一改平时的谨慎，抢上一步拦住李云龙，用哀求的口吻说：“1号，部队一旦开枪，后果不堪设想，目前全国还没有先例，前些日子毛主席关于‘二月逆流’的讲话言犹在耳，请1号三思，这次行动非同小可，闹不好就是一场大规模流血事件……”

李云龙正拎着手枪套往外走，听见郑波的话猛地停住脚踌躇起来，他冲动起来连军区司令员也敢顶，但他所崇敬的伟人毛泽东的话却不能不听，在毛泽东的麾下浴血拼杀了几十年，这支军队在毛泽东的指挥下从弱小走向强大，领袖的每句话对于他都如同黄钟大吕。李云龙突然感到浑身无力，迈不动步了。

前些日子，盛怒之下的毛泽东说：“号称革命几十年，到头来，害怕起学生运动了，谁个怕学生运动？北洋军阀、段祺瑞，他怕，就镇压。结果怎么样？镇压学生运动的没有好下场，天天喊群众路线，群众真正起来了，就怕得要死，恨得要命……”

郑波凑近李云龙耳边请示道：“1号，您看咱们是否向中央军委请示一下？”

李云龙思索了一下，终于点点头。

加密的军用线路开启了，李云龙越级把电话挂到军委办公厅，这个城市发生的事件也同样震惊了军委办公厅，听了李云龙的汇报后，军委的一个主持日常工作的负责人干脆地指示道：“可以采取强硬措施，对敢无视‘军委八条’者决不手软，不要怕，有毛主席给的尚方宝剑在此，要大胆行动。”

军委第一副主席、国防部部长林彪办公室的电话也接通了。林办的指示很简短：可以反击。

郑秘书忧心忡忡地说：“1号，什么叫‘强硬措施’？什么叫‘可以反击’，是用枪还是用嘴或是语录本？为什么没有明确的指示？要知道那些造反派可不是只有大刀长矛的冷兵器，他们已经武装到牙齿了，他们会老老实实等咱们去缴械？1号，我刚才特地去看了看地形，那个邹明是个行家，他已经建成完整的防御体系，火力配备有较大的优势，战端一开，双方伤亡都小不了。1号，到那时您有一百张嘴也解释不清，除非有中央军委明确可以开枪的书面命令。”

李云龙的一双眼睛寒光四射，直视着郑波：“郑秘书，你怕了吗？”

郑波迟疑了一下便坦然迎住李云龙的目光：“说心里话？”

“当然。”

“报告1号，我确实害怕，而且怕得要命。我不是孬种，军人不怕战死沙场，怕的是死得不明不白，更怕的是死在自己人手里，死了还要背黑锅。眼下咱们面对的不是敌人，是群众是老百姓，说好听点儿，可以称为群众武装团体，他们是响应领袖的号召起来造反的。若向他们开枪，咱们就成了镇压群众运动的刽子手。反过来讲，他们又是敌人，说得难听点儿，他们现在是一批无法无天的武装暴民，不仅威胁到国家安全，还威胁到这个城市大多数居民的生命安全，身为本地驻军的1号首长，如果不采取断然措施，等造成了严重后果，您的罪名就该是渎职罪，总之，这应了那句成语‘成也萧何，败也萧何’，咱们打也不是，不打也不是。1号，您知道堂·吉诃德吗？”

李云龙摇摇头说：“听我老婆说过，怎么了？”

“他崇尚中世纪的骑士精神，终日生活在自己创造的幻觉中，久而久之，便把幻觉当成了现实，以为自己成了以除暴安良、拯救天下为己任的骑士，他干了不少自己认为侠义的荒唐事，遭到的却是被捉弄和嘲笑。有一次，他看见一个巨大的风车，便认为这个风车是代表邪恶的魔鬼的化身，他勇敢地拿起长矛同风车进行搏斗，最后被摔得鼻青脸肿。在世人的眼里，他是个神经错乱、举止荒唐的家伙，他终日生活在早已逝去的历史中，按照早已逝去的那个时代的思想感情去处事，这样势必造成历史与现实之间的巨大反差，被撞得头破血流也是必然的。”

李云龙听得一头雾水，他有些不耐烦地说：“你兜了这么大圈子，是不是劝我别做这个堂·吉诃德？”

“其实，我挺佩服他的勇气和正义精神，还有面对邪恶明知不可为而为之的英雄气概，可惜的是，事实证明，一个人无论多么优秀，都不可能超越历史，更不能停留在已经逝去的历史中不能自拔，否则，你所处的位置就是绝对的危险。在军队中，我不过是个小小的副团职干部，我既不可能去创造历史、左右历史，也不可能对历史负责任。至于您……”李云龙一副洗耳恭听的模样。

“1号，您有能力创造历史或左右历史，您掌握着一个庞大的、装备精良的野战军的指挥权，您一旦下令开枪，就会在全国创造一个先例，也就是创造了历史，您的名字也会被载入史册，至于是美名还是骂名，要看历史的解释权在谁的手里。”

李云龙笑了：“我还有一点儿不明白，命令是我下的，当然应该由我来负责，你怕什么？”

“根据政治斗争的惯例，首长和秘书之间的关系应该是一荣俱荣，一损俱损。”

李云龙不笑了，郑波的话确实使他感到震惊，看来自己的脑子是简单了些，你不得不承认他的话是无法反驳的，自己以前倒是没考虑这么多。既然是担风险的事，没必要搭上郑波。他拿起电话要通军政治部干部部长：“我是李云龙，现在正式通知你，我的秘书郑波执行命令不坚决，我决定撤销他的秘书职务，由干部部重新安排工作，我让他马上去你那里报到。什么？处分先不要考虑，让他以观后效吧。”

挂上电话，李云龙神态凝重地对郑波说：“你到底跟了我这么多年，了解我的脾气。我喜欢直来直去，男子汉嘛，有话就说，有屁就放，你的话很直率，也很有道理，就像你刚才说的，你是个小小的副团职干部，不可能对历史负责。这话没错，不在其位不谋其政嘛，可我的情况不同，我必须对历史负责，谁让我是军长呢？我承认，对手可能比我强大得多，可对方已经宝剑出鞘了，我能不亮剑吗？我想试试运气，就算属于我的那个时代已经结束，但总要由我去画个句号吧？小郑，你好自为之吧。”

郑波的眼里涌出泪水，他哽咽地说：“首长，感谢您对我的保护，可您自己……我还能为您做些什么？”

李云龙挥挥手，淡淡地说：“去报到吧，好好干，如果将来你也能当上军长或是军区司令，你也不要推卸自己的责任，如果人人都不敢承担责任，那我们这支军队就没有存在的必要了，你要记住！”

郑波泪流满面地向老首长立正敬礼：“首长，我记住了，请您多保重，我向您告别了。”李云龙望着郑波的背影吼了一声：“出发！”

一辆草绿色的军用广播车，正反复地向被包围的“井冈山兵团”播送着“军委八条”和军方的最后通牒。泰山师的师部大院，已被军部警卫营围得水泄不通，荷枪实弹、头戴钢盔的战士们已经进入攻击线，战端一触即发，广播车的高音喇叭里已经是第十次传来警告声：“……立即退出军事机关，交出武器和电台，否则一切后果自负……”

此时的李云龙还没真正下决心，他很希望那些造反派能在大军压境的情况下缴械投降。他甚至可以再退一步，只要他们撤离师部，交出电台密码和绝密文件，留下重装备，就算他们带走些轻武器和弹药，他都认了。

面对这些原先都是本本分分的工人，李云龙实在下不了手，他们不是敌人，都是一些常年处在最底层的群众，“领导阶级”的桂冠并没有给他们带来多少实际利益，他们常年拿着很低的工资，勉强养活着家里众多的人口，沉重的生活负担使他们看不到任何希望，他们住在低矮拥挤的住房里，生活条件几乎没有改善的可能性。李云龙见过一些工人出身的同学来家里找李健，他们穿着父亲穿破的工作服，浑身补满了补丁，迟疑地站在客厅门口，战战兢兢地不敢迈步，就像来到碧瓦红墙的王公贵族府第，那些孩子的眼睛里总闪着一种受惊的小鹿特有的神态，似乎一有动静就准备拔腿而逃。李健也常和他提起一些同学的家庭情况："爸爸，我有个同学家只有一间小屋，竟然住了七口人。一进门就得上床，吃饭和做作业都在床上。"儿子的话说得李云龙心里一阵阵发凉。他不明白，为什么解放十几年了，怎么老百姓还生活得这么苦？这些劳动人民难道真有当家做主的感觉？要向这些本来已经生活得很苦的老百姓开枪，简直是作孽啊，军人不是屠夫，不是刽子手，更何况这支军队是来自人民的子弟兵，向自己的父老兄弟开火，这事想想都是罪过。这些糊里糊涂的老百姓啊，他们穷怕了，苦怕了，一听说"造反有理"了，就争先恐后地起来造反，也许他们认为只有造反才能给他们带来新的希望，才能改善他们的处境。将心比心，他李云龙当年参加"黄麻暴动"，又何尝不是这种心态呢？此时，李云龙表面沉静如水，心里却像翻腾的油锅，冷汗不停地顺着后背流下来，连内衣都浸透了，他心里在一遍遍地念叨着：乡亲们哪，兄弟们哪，你们走吧，把武器弹药带走我都认啦。邹明啊，你这个浑蛋呀，哪怕派个人出来谈判呢，咱们也好商量啊，求求你啦，我这个军长给你这个团长跪下行不行……

他觉得自己快撑不住了，他的心在一点点变软，变得像一团能捏出水的软泥，这辈子尸山血海、枪林弹雨的事见得多了，他心没软过，可这会儿却软得像摊烂泥。

军部警卫营营长吴玉水拎着冲锋枪向李云龙请示："1号，您下命令吧，我保证半小时之内结束战斗。"

为了避免大规模流血事件，李云龙下令再给"井冈山兵团"最后十分钟考虑时间。

时间在一分一秒地流逝，空气紧张得似乎快要凝固，"井冈山兵团"

广播喇叭传出了为毛泽东诗词谱写的歌曲：

敌军围困万千重，
我自岿然不动。
……

歌曲过后，又是一浪高过一浪的口号声：

井冈山兵团万岁！
……
井冈山战士誓与阵地共存亡！
……

李云龙的心又一点点硬了起来，理智似乎占了上风。这伙造反派必须缴械，他们的破坏力太大了，此时若是不加以制止，明天甚至是今夜他们就有可能向城市东区的“红革联”发起攻击，“红革联”的头头杜长海虽然死了，但他已调教出不少炮手，他们手里还有坦克和152加榴炮，他们的指挥系统还在有效地运转，当兵强马壮的“井冈山兵团”向东区大举进攻时，“红革联”不可能坐以待毙，他们会作困兽之斗，甚至不惜同归于尽，引爆安放在核心阵地工学院的炸药，打红了眼的人是不会顾忌他人的生命的。李云龙仿佛看见被炮火覆盖下的城市的惨状，成千上万人的死亡，墙倒屋塌的建筑物，被炸断的高压输电线打着蓝色的火花……他想起以前看过的一部“二战”时的纪录片，那是伏尔加格勒巷战结束后拍的实景，影片里的城市简直成了一座巨大的、死气沉沉的坟墓。在以往的战争中，最残酷惨烈的莫过于城市巷战，没有泾渭分明的战线，没有前方后方之分，没有军事目标和平民建筑之分，没有武装人员和妇女儿童之分，双方逐街逐屋地反复争夺，伤亡率高得惊人，整个城市成了个巨大的血肉磨坊……李云龙不敢再想下去，若是这种可怕的结局发生，身为本地驻军的1号首长早晚也是替罪羊，两害相比取其轻，既然这场混账王八蛋的“文化大革命”把老子逼得没路可走，老子只好背水一战，生死由天啦。

限定的时间到了，李云龙咬着牙发出命令：“攻击……”

担任突击队的一连一跃而起，战士们呈散兵线状向大门冲去。这时双方的广播声都停止了，现场静得出奇，只有突击队的战士们纷乱的脚步声，在部队接近大门的刹那间，“井冈山兵团”的枪声终于响了，从沙包工事里、楼顶上，轻重机枪组成的交叉火力构成密集的火网，骇人的枪声显得格外清脆，正在冲击中的一连战士一下子倒下一片……

李云龙最不愿看到的事终于发生了。他暴怒起来：“操他娘的，他们竟敢开枪，给我打……”他一把拽过小吴的冲锋枪边拉动枪栓边要向上冲，警卫员小吴不要命地扑过去把他抱住……

警卫营长吴玉水也怒吼起来：“给我开火！狙击手，把那些火力点给我打掉，机枪掩护，全营跟我上……”他随手抓过一支冲锋枪边点射边发出瘆人的号叫先冲了上去。战士们潮水般地涌向大楼。

担任掩护的机枪手们用持续不断的火力将沙包工事打得尘土飞扬，对方的射手被压在工事里不敢抬头，狙击手几声枪响后，楼顶的火力点就哑了，对方的替补射手迅速补上射击位置，还没来得及扣动扳机，又是几声枪响，替补射手的脑袋也开了花，这一次再没人敢露头了。警卫营的战士们施展着各种战术动作，连冲过道防御工事攻进大楼，大楼里爆豆般的枪声不绝于耳，手榴弹短促的爆炸声、中弹者的惨叫声，交织成一片……

一个参谋脸色发白地对李云龙说：“1号，这下子可打大啦。”

李云龙不为所动，神色冷峻地发出命令：“迅速肃清残敌，凡抵抗者，一律就地消灭。”造反派们毕竟是乌合之众，在训练有素的野战军的攻击下，整个防御体系顷刻间便土崩瓦解，20分钟后，大楼里的枪声便沉寂下来，师部大院被全部占领。

伤亡数字很快被清点出来，造反派死亡48人，伤110人。军队死亡18人，伤14人。“井冈山兵团”的1号勤务员邹明在死前仍不失其军人本色，他用手枪连续打倒两个想活捉他的战士，最后被营长吴玉水用冲锋枪打成了蜂窝。邹明一直到死都保持了英雄气概，他怒目圆睁，一手紧握54式手枪，另一只手紧握着一颗拧开盖的手榴弹，导火索拉环套在小拇指上，连久经沙场的李云龙看了邹明的尸体，在震惊之余也生出几分敬佩。他久久地注视着邹明已无生气的脸，心想，这浑蛋倒是条汉子，可惜了。当他转过身准备离去时，心里突然动了一下，禁不住又回头看了邹明一眼，心说：这家伙也是个端着长矛和风车搏斗的人，属于他的时代早已过去了，他还留在那个时代里，所以他只有死。嗯？那个玩长矛的家伙叫什么？对，叫堂·吉诃德。

当一具具血淋淋的尸体被抬出大楼时，连一贯对尸横遍野的战场习以为常的李云龙都禁不住扭过头去，不忍再看。他想，郑秘书说得没错，他娘的，我在创造历史呢。

师部大楼夺回后，李云龙毫不迟疑地发出一连串命令，野战军各部迅速出击，对所有持有武器的造反组织实施包围，强行缴械。师部大楼的流血事件早把他们吓坏了，他们终于发现这个军长是个说干就干，不好惹的主儿。军长的脾气如此，他指挥的这支野战军脾气也大，师部大楼这一战，野战军伤亡了三十几号人，刚吃了这点儿亏，全军上下就红了眼。有个刚刚被缴械的造反派头头，事后余悸未消地说了句不大好听的话："妈的，这哪是解放军？活像一群饿得嗷嗷叫的狼。"话说得难听，实际的确如此。

泰山师所属的红军团是支组建于红军时期的老部队，这个团有些邪门，全团从团长政委到下面的炊事员几乎个个都是火爆脾气。李云龙对这个团的评价是：得理不让人，吃亏不饶人。当年在淮海战场上，这个团显出两重性格，叫"拼命三郎加泼皮牛二"，作战风格是横冲直撞加死缠滥打。国民党十八军的一个团，全副美式装备，号称"老虎团"。这个老虎团碰上红军团算是棋逢对手，两下都是嗷嗷叫的部队。刚一接火便打得难解难分，几分钟内战斗便进入白热化状态，打了整整一昼夜也不歇手。老虎团有点扛不住了，还没见过这么死缠滥打的对手，不吃饭，不睡觉，连口气也不歇，像块猪皮鳔，粘上甩不掉，打不死你也要累死你。老虎团长有些腻歪了，哪儿来的这么支泼皮队伍？有完没完？老虎团不想再缠下去了，打了一天一夜，连口水都没喝上，这支泼皮队伍咋就像上足了发条的机器人似的？谁知想撤也撤不下来，红军团是铆足了劲要和老虎团拼命，好像自己也活腻了似的，非要来个鱼死网破不行。激战了两昼夜老虎团终于趴下了，红军团还剩半个连，团长成了排长。弟兄们来不及打扫战场，都躺在死尸堆里睡着了，害得赶来增援的一团长还以为这个团全军覆没了呢。说来奇怪，多少年过去了，这个团的人换了一茬又一茬，可当年的传统一点儿没变，还是这么邪门。一个农村入伍，三脚踹不出个屁来的新兵，只要在这个团待三个月以上，马上像换了个人似的，脾气变得火爆火爆的，和别的部队打交道时，马上就带出这个团特有的傲慢，似乎天下人有一个算一个，没谁能入他们的眼。连李云龙都纳闷，这是咋回事？这个团好像第一任团长的魂留在这里了，换了无数茬人魂还在。

前些日子，红军团也被造反派冲了一下，抢走不少武器，当时的命令是：打不还手，骂不还口。全团眼睁睁地让人家收拾了一下，在这个团的历史上还没出现过这种窝脖子的事，团长蔡金明硬是气得吐了两次血。

这次有了命令收缴造反派的武器，这个团像是注射了兴奋剂，难怪造反派们称他们为“嗷嗷叫的饿狼”。收缴武器时，团长蔡金明从装甲运兵车里露出半个身子，一手扶着高射机枪，一手拿着半导体喇叭喊话，他的警告只说一遍，绝不重复第二遍。一个不大识相的造反派头头想表现点儿英雄气概，他举着手枪带领部下高呼革命口号，表示要与阵地共存亡，蔡团长不打算再废话，他手指一动，啪的一声枪响，一发12.7毫米的高射机枪子弹准确地打在那个造反派举枪的手腕上。大口径子弹的杀伤力是惊人的，那人的手腕被齐斩斩地打断，手掌和手枪飞出一丈多远。蔡金明一枪定乾坤，在场的造反派们差点吓破了胆，顿作鸟兽散。

在各部队的出击下，造反派们终于闹明白了，这支野战军的忍耐已经到头了，谁再认为军队是软弱可欺的那可就大错特错了。这个城市的大规模武斗算是到头了。这场大规模流血事件的消息迅速传遍全国，举国震惊。而中央“文革”小组却一反常态地沉默着，没有作出任何反应，但政治嗅觉敏感的人都已感到，这可能是暴风雨的前奏。

几年后，这支野战军早已换防离开了这个城市，市民们在茶余饭后的闲谈中，还不断地提起这支部队："……那个军，啧，啧，可真他妈的……从军长到下面当兵的，没一个省油的灯，脾气火爆得邪乎……不过话又说回来了，要没这支部队，'文革'那会儿咱们这城非打平不可……"

若干年后，位于北京红山口国防大学"将军班"的学员宿舍里，某野战军副军长、陆军少将郑波正在写一篇军事论文，此论文与战略战术全无关系，它以独特的角度、新颖的立意论述这样一个主题：《论军事首长的性格与部队传统的关系》。

任何一支部队都有自己的传统，传统是什么？传统是一种气质，一种性格。这种气质和性格往往是由这支部队组建时，首任军事首长的性格和气质决定的，他给这支部队注入了灵魂。从此不管岁月流逝，人员更迭，这支部队灵魂永在。事实证明，一支具有优良传统的部队，往往具有培养英雄的土壤，英雄（或是优秀军人）的出现往往不是由个体形式而是由群体形式出现。理由很简单，他们受到同样传统的影响，养成了同样的性格和气质。例如，第二次世界大战时，苏联空军第16航空团P-39"飞蛇"战斗机大队，竟产生了20名获得"苏联英雄"称号的王牌飞行员。与此同时，苏联空军某部的"施乌德"飞行中队产生了21名获得"苏联英雄"称号的王牌飞行员。如果抛开政治观点，从纯军事角度看，"二战"中德国空军的第五十二战斗机联队也是个培养世界级王牌飞行员的温床，这个第五十二战斗机联队竟同时出现三个世界级王牌飞行员，以击落敌机架数为标准，这三个飞行员都名列世界前三名，可谓空战史上里程碑式的人物。他们是：埃里希·哈特曼，击落敌机352架；格哈德·巴尔克赫内，击落敌机301架；京特·勒尔，击落敌机275架。这三个王牌飞行员创下的惊人战绩把当时世界各军事强国的王牌飞行员们远远抛在后面，无人可望其项背。苏联空军第一王牌飞行员库尔杜布在"二战"中所创最高纪录为，击落敌机62架，还不及名列第三的京特·勒尔所击落敌机架数的零头。由此可见，一支部队的传统是多么重要……

〔 第四十一章 〕

泰山师师部大楼事件后，在北京的中央“文革”小组很长一段时间里没作任何表态，就像此事没有发生过一样，使人感到难以琢磨。马天生每次见了李云龙也若无其事地寒暄几句，似乎他和李云龙之间从来没发生过什么不愉快。而李云龙可不这么乐观，他虽然对政治不大感兴趣，但从1927年参加革命以来，党内政治斗争他见得多了，对这种政治斗争的残酷性他有着清醒的认识。他心里明白，那个屁大点的事都要插手表态的中央“文革”小组此时的沉默，这本身就是一件不正常的事。平时，李云龙这里要有个风吹草动的，他在全国各地的老战友、老部下都会打来电话，或安慰，或打气，或问候。可这次李云龙的大名在全国亮相后，他的电话机却异常沉寂，没有任何人来电话。连田雨都感到奇怪，这么多从战火中冲杀过来的生死与共的老战友，哪个不是胆大包天敢揪阎王爷鼻子的人？难道就因为中央“文革”小组还没表态就吓得连电话也不敢打了？大概，这就叫人情冷暖、世态炎凉吧。

几个月后，北京方面终于有了些动静，中央“文革”小组的刊物《简报》上刊登了来自本市造反派的控诉。来信控诉了本市造反派被大军阀、带枪的刘邓路线代理人李云龙残酷镇压的经过，强烈要求中央“文革”小组为受害者做主。其中有几封来信是用真正的鲜血写成的，信写得很长，除了叙述流血事件的经过外，通篇都是那个时代特有的修辞手法和政治抒情诗一样的语言。据说，中央“文革”小组信访办公室的一位工作人员阅后私下对一个朋友发出感慨，这封血书的用血量肯定已超过200毫升，比一次义务献血的量还要多。

血书一：敬爱的毛主席，敬爱的林副主席，敬爱的中央“文革”小组，敬爱的江青同志，我们要控诉，控诉残酷镇压造反派战士的反革命刽子手李云龙。相信毛主席、林副主席、中央“文革”小组会给我们做主，为我们申冤……

血书二：天上有颗北斗星，造反派日夜想念毛泽东，毛主席啊毛主席，您亲自发动和领导的无产阶级“文化大革命”又遇到半途夭折的危险，您的造反派战士正在经受严峻的考验，我们向您宣誓：头可断，血可流，忠于您的红心永不变。不怕死，不怕抓，一定要把无产阶级“文化大革命”进行到底……

《简报》是中国在“文化大革命”中的政治晴雨表，是个政治倾向极强的刊物，它旗帜鲜明地只为一种政治目的服务。那就是保卫“文化大革命”的胜利成果，任何人胆敢对“文化大革命”的正确性提出哪怕半点质疑，都将被视为十恶不赦，都应该“全党共诛之，全国共讨之”。凡被此刊物点过名的人都在劫难逃。它的操作程序通常是这样，先不作任何评论地刊登几封群众来信，对某地某人提出控诉或批判，至于是否真有那么几位“群众”那并不重要，重要的是，信号已经发出，此人已被划入“另册”了。

李云龙看完《简报》随手便揉作一团扔进纸篓里，他已经感到一种巨大的危险在悄然逼近，这一生，他参加过数百次战斗，每次投入战斗之前，他都有一种临战的冲动。现在，这种熟悉的感觉又出现了，他相信，这大概是最后一战了。李云龙自从下了开枪的命令后，心里倒坦然了，他从来就是这样，凡事既然下决心干了就决不后悔。如果说他在下令攻击之前，心里还对那些糊里糊涂的老百姓存有某种愧疚的话，那么当他看到自己的战士被打倒时，那种愧疚霎时就转化成雷霆般的暴怒。他在战前曾向吴玉水反复强调过一条死命令：对方如不开枪，警卫营绝不允许开枪，遇到抵抗只许使用枪托和拳头。他幻想着能不发一枪地解决事端，谁知事与愿违，对方竟敢率先开枪，而且不是零星的射击，竟是轻重机枪组成的严密火网，大有把第一梯队全部置于死地的意思。李云龙几乎气疯了，若不是小吴拼命抱住他，他早就冲上去了。流血事件发生后，他的态度硬得像块石头，他从来没指望那个中央“文革”小组能放过他，这不可能，那个炙手可热的“小组”平时没事还惦记着生事呢，何况是震惊全国的流血事件。反正是发昏当不了死，李云龙就这一个脑袋，砍一刀和砍十刀没多大区别。横下一条心的李云龙打定主意，不管发生什么事，他绝不打算受辱，那些想看他被揪着头发、撅着“喷气式”挨批斗的人，一边儿待着去吧，想都甭想。别人能受，他李云龙可不受这个。要他死可以，要他撅着腚挨斗受侮辱？门儿也没有。他从抽屉里找出了十几年没摸的手枪，每天枪不离身，睡觉时也要放在枕下。他这辈子没有被俘的体验，如今就更不打算体验了，要是哪个不知深浅的小子拿着什么狗屁逮捕令对他动手动脚，他就开枪打他狗日的。出乎他的意料，最先找上门的，不是中央“文革”小组的逮捕令，也不是已作鸟兽散的造反派组织，而是那些死伤者的家属。

那天早晨，李云龙还没去上班，就听见楼下人声嘈杂，似乎来了很多人。小吴匆匆跑上楼报告：“1号，可能要出事，院子门口来了不少人，您先不要出去，我去看看。”

李云龙面不改色道：“扯淡！敢到我家闹事？真他娘的反啦！”

他抓起电话要通警卫营：“吴营长，给我把一连派来，带上机枪。”放下电话，他把手枪上了膛，装进裤兜，若无其事地下了楼。

院门前挤满黑压压的人群，人们躁动着，咒骂着，一片喧哗声。有人在大声喊：“李云龙滚出来！”

“打倒镇压群众的刽子手李云龙！”

“民不畏死，奈何以死惧之！李云龙你听着，革命群众是杀不完的。”

李云龙推开院门，双手背在后面，两腿微微叉开稳稳地站在人群面前。人群一下子静了下来，站在前排的人似乎有些胆怯，在悄悄地往人群里缩。“我是李云龙，是谁要找我？”李云龙的眼睛寒光四射，向人群扫视了一圈，似壮士出山，剑气如虹，浓浓的杀气渐渐在脸部聚集，透出锋刃般的凌厉，裹挟着一股强梁霸气，令众人不寒而栗。

“喂，怎么不说话了？有话就说嘛，我听着就是，要是大家没话说，就请散散吧。”人群又开始骚动起来，一个中年汉子挤出人群鼓起勇气大声道：“李云龙，你别以为这样就能吓住我们，我们既然来了就不怕你，我们要向你讨还血债。”

李云龙冷冷一笑：“好啊，怎么讨？就在这儿打死我，你们敢吗？”

“你这个刽子手，杀害了这么多革命群众，血债要用血来还。”

“我们不怕你，有毛主席和中央‘文革’小组给我们做主，刘少奇都被拉下马了，别说你一个小小的李云龙了。”

“李云龙！把头低下来，向革命群众低头认罪……”

“放屁！谁敢动我一下？不知天高地厚的东西，刘少奇你骂得，我李云龙就骂不得，谁敢起哄闹事，我就毙了他。”李云龙咆哮起来。

“哗啦！”小吴不失时机地拉开冲锋枪的枪栓。

远方传来队列的跑步声，一连的战士头戴钢盔、全副武装地跑步而来，他们在圈外迅速散开，包围了人群。一连连长王志义向李云龙立正敬礼道：“报告1号，警卫营一连奉命来到，请指示。”

李云龙干脆地说：“原地待命，谁敢闹事就给我抓起来。”

“是！”

人群一下子炸了，怒火被重新点燃，乱哄哄地喊了起来：“李云龙你开枪吧，有能耐把我们都打死。”

“你打吧，我们孤儿寡母也不想活了。”

“打死这刽子手！给亲人报仇。”

……

李云龙不为所动，冷冷地看着人群。一连连长王志义拔出手枪和小吴一左一右护住李云龙，两人的枪口慢慢抬起来对准骚动的人群。圈外的战士们也端起了枪……

“大家让开，我老婆子有话说。”人群中传来一声苍老的、颤巍巍的喊声。人群自动闪开了一条通道，一个白发苍苍的老太婆领着两个七八岁的孩子走出人群。老太婆有七十多岁，弓着身子，步履蹒跚，手里拄着拐杖，一头散乱干枯的白发遮盖着满脸刀刻般的皱纹和星罗棋布的老人斑。两个衣衫褴褛的孩子紧紧地抓住老人的衣襟怯生生地跟在一旁。

李云龙一怔，突然觉得有些气短，他双腿颤抖起来，身子发软，心在扑扑乱跳。小吴和王连长举枪的手也哆嗦起来，枪口慢慢垂下。李云龙最见不得这种孱弱的、白发苍苍的老人，每当见到这种老人他就想起自己已去世多年的老母亲。他是个孝子，童年时遇上灾年，母亲曾领他讨过饭，每当遇到恶狗时，孱弱的母亲总是把他拉到身后，用自己的身子护住儿子。灾年要饭不容易，走个十里八村的不见得能讨上口吃的，讨到吃的，母亲自然是先紧着儿子吃，儿子吃完了母亲才胡乱吃几口。当年那日子真是凄风苦雨，令人铭心刻骨，母亲的慈祥和关爱，至今想起，他仍感到一种由衷的温暖……童年时的李云龙发过誓，有朝一日自己混出个模样来，一定好好孝顺娘，让她老人家衣食无忧，儿孙绕膝，日子过得舒心，也算没白疼他养他。可母亲命薄，不到40岁就追随他老爹而去。那时李云龙已参加了红军，正在川陕根据地反围剿，得到母亲去世的消息时，他面朝家乡的方向长跪不起，哭得死去活来。几十年过去了，每当想起母亲，他就感到痛心疾首，忍不住要流泪。在血流成河的战场上，他杀人如麻，心比铁硬，被他鬼头刀砍下的敌人脑袋像西瓜一样乱滚，他连眉头都不会皱一下，唯独见了这种衣衫褴褛的白发老人就禁不住心里发酸，手脚发软，心脏感到一阵阵刺痛。

李云龙抢上一步，搀住老人道："老人家，在您面前我是晚辈，我李云龙有什么做得不对的地方，您只管骂就是，我听着呢。"

老人猛地甩开他的手，两眼喷出怒火："姓李的，你说，你是解放军吗？"

"是，我是解放军。"

"看你这岁数，也当过八路吧？听您口音，好像是山西人？"

"您猜对了，我当八路时也在山西，在晋北洪涛山一带的根据地……"

"呸！"老人一口唾沫啐在李云龙脸上，恨恨地骂道，"你也配当八路？也配当解放军？你呀……你是遭殃军。"

李云龙像被电击了一样，浑身一抖。这种叫法他太熟悉了，这是解放战争时期河北、山西一带的老百姓骂国民党军队的话，没想到十几年过去了，自己也成了"遭殃军"。老人混浊的眼睛里涌出了泪水，拐杖敲得咚咚响，仇恨地望着李云龙骂道："我们老百姓瞎了眼啊，当年为了你们八路，命都豁上啦……我那苦命的老头子哟，就因为给你们送信才让鬼子活活砍死的……大家评评理哟，咱老百姓啊，自己光着脚也要给你们做军鞋哟，自己吃不饱也要省下粮食给你们八路吃啊，打鬼子啊，打老蒋啊，咱老百姓的罪遭大了呀……你们现在腰杆硬啦，气粗啦，用不着我们老百姓啦，就向我们开枪哟。天哪……你们八路的良心都让狗吃啦……我老婆子七十多岁啦，三个儿子呀，打老蒋时死了两个，就剩下一个哟，还死在你姓李的手里，扔下这两个娃哟，让我怎么办？老的老啊小的……这日子让我怎么过哟……”李云龙脸色煞白，垂头肃立，任凭老人骂着，一声不吭。

人群中哭声四起，有的死者家属高举着死者的血衣哭昏在地上，连在圈外待命的战士们也红了眼圈，手中的枪都无力地垂下。老人哭得说不出话来，两个孩子也在号啕大哭，此时的情景，纵是铁石心肠的人也会落泪。王连长把手枪放入枪套，红着眼圈扶着老人劝道：“老人家，您别哭，您听我解释……”

“呸！你别碰我，你们给我儿子偿命，你们赔我儿子……”老人举起拐杖向李云龙打去。王连长一把抓住拐杖，老人松开拐杖，突然伸出双手向李云龙脸上挠去，李云龙的脸上被老人尖利的指甲挠出了道道血痕。人群又一次骚动起来，海水涨潮般地向前涌动着。

王连长大惊，他拔出枪大喝道：“谁敢动？一连准备。”

“一连长，带着你的部队后退50米待命，没有我的命令，就是我被打死也不许动，服从命令……”李云龙突然声嘶力竭地喊道。

王连长服从了命令，指挥战士们后退了50米。人群也暂时停止了骚动。只有那老人不管不顾地向李云龙又吐唾沫又拼命厮打。老人被巨大的悲伤弄得失去了理智。李云龙的脸上、胸前布满了老人的唾沫，脸上的道道挠痕渗出了鲜血。他像雕塑一样凝固着，任凭老人用头部疯狂地撞击，用尖利的指甲抓挠。

警卫员小吴也得到命令，无论发生什么事，都不允许他制止。他眼睁睁看着军长被失去理智的老人厮打和侮辱毫无办法，他心急如焚地转了几个圈，猛地一跺脚，突然迸发出哭声“扑通”一声给老人跪下了。他抓住老人的衣襟哀号着：“老人家，老人家，您别打啦，您要是有气，就打我吧，求求您啦老人家……我们军长……就是有天大的错，你也不该这么糟蹋呀……他是堂堂的一军之长呀，老人家……您这是在糟蹋我们全军几万弟兄……您打我行不行？”

圈外的王连长也受不了了，在这次流血事件中，一连是突击队，他们在攻击时被突如其来的机枪火力扫倒十几个人，战士们气炸了肺，被复仇的怒火烧红了眼，冲进大楼后也打得特别狠，当时什么也没想，只想报仇。但他们看到今天这些死伤者家属的惨状时，他们的神经也经受不住这种巨大的冲击了，毕竟他们都是来自普通老百姓。王连长发出狼一般的号叫，热泪纵横地扑倒在地：“同志们，大爷大妈们，不是我们先开的枪……我们也死了18个战友……他们也是人生父母养……他们的冤去找谁诉……我的通信员中了十几发机枪弹……胸口都打烂啦，他才18岁……这叫我怎么向他父母交代……我们当兵的也是人……”王连长痛哭着说不下去了，全连的战士像得到号令一样全体跪倒在地，他们感到内疚和委屈，为死去的战友感到痛苦，全连一百多号人爆发出一片哀号声……李云龙低头肃立，仍然是一声不吭，有人看见，他紧闭的双眼中，不停地渗出黄豆粒大的泪珠……

军人们的举动显然不能化解群众的愤怒，这次流血事件共伤亡了158个造反派成员，他们的家属被仇恨驱使着，恨不得将开枪者碎尸万段，岂能就这样过去？这些来自最底层的老百姓，文化素质很低，思维方式是直线式的，只想一点，不计其余。他们想不通，身为人民子弟兵的解放军竟然会向群众开枪？他们是革命造反派，是响应领袖的号召起来造资产阶级反的，何罪之有？至于他们自己有什么过错，他们根本不去想，只认定自己占了天大的理。

这些来自社会底层的老百姓有个特点，就个体而言，似乎胆小如鼠。如果有人登高一呼，则立刻应者如云，血脉贲张，勇气能呈等比级数地增长，关键是谁先做出头的椽子。人人都希望别人去出头，自己随大溜。如对手过于强大，先出头的椽子被砍了，他们便作鸟兽散，当初慷慨激昂的誓言，万夫不挡的勇气全不提了。反之，若是对手稍露软弱的征兆，他们便增添了十倍的勇气，迸发出百倍的破坏力。此时的情景就验证了这条规律。当李云龙杀气腾腾，战士们枪上膛，刀出鞘时，人群便被吓住了，站在前排的人悄悄往后面缩，后面的人则死死地守住防线使退缩的人找不到一点缝隙，谁也不愿先出头。当李云龙和战士们被一种复杂的情感所压倒，变得软弱时，人群中的怒火便开始升温，他们又躁动起来，人群向前慢慢地涌动，咒骂声四起，哭声也越来越高：“打死这个刽子手！”

“妈的，有种你就朝老子这儿开枪。”

“姓李的，你给我丈夫偿命！”

人群沸腾了，情绪更加激愤，他们被怒火烧红了眼，像是承受压力已到了极限的压力容器，马上就要发生爆炸。这些急于复仇，已丧失理智的人已经听不进任何解释、劝告和哀求了，他们急于用自己的双手把仇人撕成碎片再用牙齿嚼烂，吞下去……李云龙合上眼，他心静如水地打算听天由命了……这时却出现了戏剧性的变化，院子的大门被猛地推开，身穿便服的田雨走了出来，她身后的六个孩子鱼贯而出。李云龙抬头一看，不由大吃一惊，平时温文尔雅的田雨和六个孩子每人手里竟拎着一根体操棒，她和孩子们的脸上都透出一种决绝的拼命神态。两个大儿子——李健和赵山一左一右护住父亲，弟妹们前后簇拥着把李云龙围在中间。田雨以强硬的姿态只身挡住涌动的人群大声喊道：“谁敢动我丈夫一下，我们全家就和他拼了！”

李云龙和战士们愣住了，刚才还群情激奋的人群也惊呆了，一时鸦雀无声……

“你们听着，大家有仇要报，有冤要申，这都可以理解。可是你们想过没有？这次流血事件本来是不该发生的，你们死去的亲人都干了些什么你们知道吗？他们占领军事机关，抢夺武器，甚至向我们的战士开枪啊，他们下手的时候竟没有一丝一毫的犹豫，一开始就要把战士们往死里打。即使到了现在，你们这些一肚子冤屈的家属，你们谁想过那些牺牲的战士们？他们也有父母和亲人，他们的冤向谁去诉？告诉你们，我们可以打不还手，骂不还口，可要是认为我们军人软弱可欺那就错了，我们可以脱下这身军装和你们一样成为老百姓。今天，我不是以一个军人身份，而是以一个妻子的身份带领我的孩子们来保护我的丈夫、孩子们的父亲。我们不会任人宰割，谁要是动手，我们就以死相拼，谁敢动李云龙，就先从我和孩子们的尸体上迈过去……”

李云龙注视着妻子，仿佛是今天才认识她，这难道是田雨吗？这是当年那个不谙世事的小姑娘吗？这是那个体态柔弱、极度憎恨暴力的田雨吗？李云龙一时竟瞠目结舌。人群似乎也被镇住了，没有人吭声，只有死一样的寂静……

“王连长，小吴，一连的战士们，你们都给我站起来，堂堂七尺男儿，连死都该站着死，难道你们都做了亏心事，浑身的骨头都软了？好啊，如果你们不能履行军人的职责，就请你们后退一下，由我们妇女和孩子们保卫你们……”这话比什么都灵，所有的军人都唰地一下站了起来，像平地起了一片森林，他们不再考虑这件事的是非曲直，这不该由他们考虑，他们只需要承担起军人的职责就够了。企图闹事的人群退缩了，狂热、激愤的情绪渐渐冷却了，平息了。

田雨神态自若地向自己的部队发出命令：“孩子们，护送你们的爸爸回家……”

几天后的一个晚上，两个陌生人按响了李云龙家的门铃。李云龙披着外衣从楼上下来，见警卫员小吴把手放在腰间的枪套上，虎视眈眈地盘问着陌生人。他一眼就发现这两个穿便衣的青年气质很不一般，便直截了当地问：“你们是哪个部队的？找我有什么事？”

一个青年颇感惊奇：“首长，您怎么知道我们是军人？莫非我们脸上写着字？”

“当然写着字，别看你们穿着便衣，往那儿一站的姿势就暴露了你们的身份。你看，挺胸收腹，两眼平视，眼光跟着目标移动，身子和头部却一点不动，后脚跟并拢，脚尖微微分开，呈八字向外，没有十几年的队列训练不会有这种效果，这种姿势不是想摆就能摆出来的。说说是谁派你们来的？”李云龙问。

“报告首长，我们是沈阳军区6957部队情报处的侦察参谋，奉孔捷军长之命给您送信。”

“哦，孔捷这家伙兵带得不错嘛，自然是强将手下无弱兵。”李云龙称赞着拆开孔捷的信。孔捷参军前不识字，是在部队里扫的盲，他和不下10个扫盲老师学过文化，这些教师的文化水平也参差不齐，有念过洋学堂的，也有读私塾的，各人有各人的教法，因此孔捷写的信也是半文半白的。

云龙兄：

近闻兄之大名见诸《简报》，举国尽知，愚弟不胜感慨之。念兄平生数百战，均名不见经传，唯此一战成名耳。如今天下谁人不识君？然江湖险恶，命途多蹇，明枪暗箭，兄则防不胜防。孙子曰：善用兵者隐其形，有而示之以无。值此关头，吾兄何不“隐其形”耶？有道是三十六计走为上。兄以为如何？愚弟虽不才，帐下乃数万之众，岂无兄安身之处也？想当年，无兄战场相救，吾命早休矣。君子怀德义，士为知己死。往昔事，惊如昨，思绪如流水，未有穷尽时，捷遥望南天，盼兄如大旱望之云霓。言不尽，捷顿首。

李云龙阅后笑了：“孔捷这狗日的，连正经小学都没读过，也充起秀才来了，之乎者也的，够酸的。”

一个高个子的军官说：“首长，孔军长命令我们护送您全家去东北，要保证您的绝对安全，途中如有人阻拦，允许我们使用任何手段，请您跟我们走。”军官撩了一下衣角，露出左右腰间的两支手枪，脸上透出果断和自信。

李云龙仰天长笑：“笑话！亏他孔捷想得出来，他号称帐下精兵数万，就能把李某像古董似的藏起来？中央军委还没免我的职，李某还是堂堂野战军的军长，我能扔下部队去当逃兵？即使真有不测，天塌下来我顶着就是了。人生不得行胸怀，虽寿百岁，犹为夭也。替我谢谢你们军长，他的好意李某心领了。现在，你们两人听命令……”

两个军官唰地站起来，等候李云龙的命令。“我有六个儿女，哦，五男一女。我命令你们护送这六个孩子，把他们交给孔军长，告诉他，我李云龙把孩子们拜托给他了，让孩子们去当兵吧。你们要绝对保证孩子们的安全，路上要有个风吹草动，我想你们有办法应付。”

六个孩子正睡得迷迷糊糊，被田雨挨个从床上叫起来，他们都瞪着眼看着李云龙，不知发生了什么事，李云龙看看这个，摸摸那个，久久没有说话。田雨发现他的目光中充满了慈爱，他用目光和孩子们交流，向孩子们告别……田雨忍不住泪水夺眶而出，她哽咽着说：“孩子们，这两位叔叔是来接你们的，以后你们的孔捷叔叔会照顾你们，他会按照你们的年龄大小，陆续安排你们入伍。你们要从一个士兵干起，要学会自己照顾自己，努力做个好兵，别忘了，你们都是将军的儿女，现在，和爸爸告别吧……”

几个孩子没有这种心理准备，他们一听都哭了。李云龙的大儿子李健擦着眼泪问：“爸爸，妈妈，家里出什么事了？为什么不要我们了？”

李云龙坐在沙发上轻轻地抱住儿子说：“孩子，咱们是军人家庭，军人要随时准备走上战场，这是军人的职责呀，等我从战场上回来，我会和你妈妈去部队看你们。”

小儿子李康说：“爸爸，你骗人，现在根本没有战争，你要去和谁打仗？”

赵刚的大儿子赵山是个很敏感的孩子，他已经预感到这是诀别的时刻，他带领弟弟妹妹跪下，规规矩矩地向李云龙和田雨磕了一个头说：“爸爸，妈妈，你们保重，我们感谢你们的养育之恩，决不会给你们丢脸。”说完孩子们都哭了起来。

李云龙站起来厉声喝道：“都站起来！”

“孩子们，将来如果有一天，你们走上战场，你们可能会中弹，会牺牲，但我希望的是，我的孩子们，你们即使牺牲，也只能用前胸去迎接子弹，而不是用后背。什么是军人？军人流血不流泪，要有和敌人拼命的勇气，面对强敌，连眉头都不许皱一下，军人的荣誉感比命都重要，你们懂吗？这身军装不那么好穿，在穿上这身军装之前，你们可要想好，一旦穿上，你们对国家和民族就有了一种责任，就应该随时准备把自己的命交出去。如果做不到这点，你们就趁早说话，别穿这身军装，你们孔捷叔叔会给你们安排别的工作。记住，作为一个老百姓，怕死并不丢脸，如果作为军人怕死，那是世界上最丢面子的事。你们都记住了？”

孩子们齐声说：“记住了。”纷纷擦干眼泪。

田雨和李云龙商量：“天太晚了，是不是让孩子们明早再走？”

李云龙毫不通融：“不行，马上就走，夜长梦多，走吧，走吧。”两个军官带领孩子们再一次向李云龙夫妇告别，然后走出大门，消失在夜幕中……田雨望着空荡荡的客厅抑制不住心中的悲伤，又忍不住抽泣起来。李云龙却朗声大笑道：“该撤退的撤退，该疏散的疏散，坚壁清野已经完成，我担任掩护喽。睡觉，睡觉，该睡个好觉啦。”

沉默了几个月的中央“文革”小组终于开始表态了：这是一起严重的反革命事件，是以刘少奇为首的资产阶级司令部在军内的代理人的一次大反扑，现行反革命分子李云龙一贯反对伟大领袖毛主席和敬爱的林副主席，对无产阶级“文化大革命”怀有刻骨的仇恨，残酷镇压手无寸铁的造反派战士，血债累累，罪大恶极。中央“文革”小组派出了阵容强大的调查组。

李云龙接到电话通知，要求他去军司令部开会，军区领导要听取部队战备情况汇报。他放下电话，坐在那里静静地想了一会儿，他心里非常清楚，那个时刻今天终于来了。按照他以往的性格，他决不会束手就擒，他李云龙不是一只任人宰割的母鸡，他是个有尊严有血性的将军，不是谁想抓就抓的，天王老子也不行，他腰里的手枪不是吓唬人的，那支国产59式手枪的弹夹里压着满满的八发子弹，他还意犹未尽地在枪膛里又压了一发。记得赵刚私下和他谈过，苏共大清洗时，那些战功赫赫、性如烈火的元帅将军被内务部人员逮捕时，都温顺得像头绵羊，似乎以为这种温顺能得到斯大林的怜悯和宽恕。事实上，他们照样是受尽酷刑后被处决了。唯一例外的，是苏联元帅叶戈罗夫，他在对方亮出逮捕令时，毅然开枪拒捕，当场击毙了一个内务部特工，然后和对方展开枪战，最后虽然在交火中被打死，但他英勇暴烈的军人气概却给包括斯大林在内的人以极大的震惊。李云龙始终认为，这位元帅没玷污他的元帅军衔，他是作为军人在战斗中阵亡的。就凭这一点，李云龙就佩服他。唯一有个小小的遗憾，这位元帅玩儿枪的功夫还不到家，也许出枪的速度稍慢了些，只干掉了对方一个人。李云龙自信若是换了他，成绩也许会好些，这点他是有把握的。

这辈子，生活给了他无数次亮剑的机会，这回恐怕是最后一次了，对手已经手握剑柄，他还不该青锋出鞘？当然，这都是李云龙以前的想法，自从听了那个老太婆的哭诉后，他的精神就有些恍惚，那白发苍苍的老人，那几个衣衫褴褛、弱小无助的孩子总在他眼前出现，使他感到深深的痛苦和自责。那老人也太冤了，丈夫和两个儿子都在战争中牺牲了，唯一剩下的一个儿子竟死在自己的枪下，扔下几个半大的孩子，真是作孽呀。他把家里的存折找出来，连看也没看上面有多少存款，就命令小吴给老人送去了。就算这样，也并没有减轻他的愧疚，他一会儿认为自己犯下弥天大罪，成了屠杀老百姓的刽子手，就算枪毙他一千次也赎不了自己的罪；一会儿又认为自己下令开枪没什么错，那些造反派也实在太浑蛋了，他们动枪动炮地把城市打个乱七八糟，死伤了这么多无辜平民，最后发展到冲击军事机关，甚至向军队开火，而且一上手就往死里打。18个战士啊，就这么送了命，他们的父母就不觉得冤？人家把好好的孩子送来当兵，谁想到没死在对敌战场上，倒死在这些浑蛋的造反派手里了，换上谁当这个军长，当时能忍得下去呢？

他左思右想陷入极度矛盾之中，这次流血事件的发生，细想起来，似乎谁都没错。群众响应领袖的号召起来造反，又在“文攻武卫”的口号下，捍卫“文化大革命”的胜利成果。老百姓本来挺安分的，没打算造反，是党让他们造反的，听党的话这好像没错。而军队也没错，军队的职责是保卫国家，维护社会安定，在遭到武装攻击时必然要还击。那么，谁都没错，错在谁呢？李云龙的脑子转不来了，这个问题似乎深了些，他搞不清楚。最后。李云龙仰天长叹：“算啦，谁都没错，就算错在我李云龙吧，这颗脑袋虽说不太值钱，好歹也值十万大洋，这是鬼子定的价。要是摘了这颗脑袋就能以谢国人，我李云龙倒没什么舍不得的。”

他解下手枪扔进抽屉，彻底放弃了效法叶戈罗夫元帅的打算，那些执行命令的战士也够无辜的，何必跟他们过不去？他面色平静地向警卫员小吴吩咐道：“今天去司令部开会，你不要带任何武器。”

小吴马上抗议道：“1号，这违反规定，我的职责是保卫首长安全，不带武器怎么行？”李云龙眼一瞪：“哪儿这么多废话，执行命令！”

当李云龙和小吴走进司令部大门时，机警的小吴马上就发现情况不对，怎么站岗的卫兵都是生面孔？军部警卫营的战士小吴几乎没有不认识的，今天怎么一个都不见了？小吴是个老警卫员了，在军区警卫处受过全套警卫训练，他头脑灵活反应极快，暗叫一声：不好。便下意识地用手去摸枪。

李云龙大步走着，淡淡地说：“摸什么，你没带枪，不要乱动，你听说过鸿门宴的故事吗？”

反应灵敏的小吴一下子就明白是怎么回事了，他眼泪夺眶而出，低吼道：“1号，您为什么不让我带枪？我那长短家伙要带来，他们二三十人也甭想近身，我不管他是谁，谁要动您，就是天王老子我也敢干他一身窟窿。”

李云龙说：“不管发生什么事都不要管，这不关你的事，你少瞎掺和。”

司令部会议室的长方会议桌前坐满了人，李云龙平时坐的位置被政委马天生占了。会议桌的另一侧孤零零地放着一把椅子。李云龙冷笑了，娘的，连老子的座位都给占了，那把椅子八成是给我留的。他偏不坐那把椅子，而是稳稳站住，安详地看着马天生。

北京来的特派员姓黄，他穿着一身崭新的绿军装，领子上缀着红领章，戴着一副宽边黑框的眼镜。李云龙一眼就看出来，这人根本不是军人，他穿什么也没用，一身副三号军装穿在他身上还晃荡，整个是个排骨架子。那个年代的中国一切都乱套了，在台上的人谁都可以穿军装，不管有没有军籍，就连姚文元、王力、戚本禹等和军队八竿子打不着的文人也一人闹身军装穿穿。中央领导人一旦全体出动，整个一片绿军装，以致很多外国人以为中国是军人政府当家。

黄特派员的真正身份是中央“文革”调查组组长，之所以称为调查组，这是个策略问题，来时称调查组免得打草惊蛇，一旦人抓到，调查组就自动转为专案组了。因此，黄特派员的身份和钦差大臣近似，说话自然是一言九鼎。此时，他扶扶眼镜，仔细打量着李云龙，离京之前，他特地从总政干部部调来李云龙的档案，对他的经历和性格作了仔细研究，他知道李云龙可不是几句话就能吓唬住的人，对付这种性如烈火的职业军人一点不能马虎。他和马天生作了相应准备，从军区抽调了一个警卫连替换了忠于李云龙的军警卫营，还抽出几个手脚利索、膀大腰圆的战士埋伏在军用地图的帐幕后面。

李云龙大声向马天生打招呼："马政委，我李云龙来赴宴了，请帐下的刀斧手准备，咱们开始吧。"

马天生微微一笑："你过虑了，老李，我不是项羽，也没人给你摆鸿门宴。今天是中央'文革'小组派来的调查组找你谈话，我看你还是端正态度，好好谈谈。你先坐下好不好？"

黄特派员早不耐烦了，他觉得马天生太滑头，都到这会儿了，还跟这个反革命分子扯什么淡？本来今天就是来逮捕他的，还什么端正态度？好好谈谈？好像他一端正态度就不抓他似的。黄特派员厉声喝道："李云龙，你谎报军情，欺骗中央，镇压手无寸铁的造反派，你是个双手沾满人民鲜血的反革命分子……"

李云龙打断他的话："放你娘的屁，他们冲击军事机关，抢劫武器装备，还开枪打死我的战士，有这么多人证物证，你们为什么不看？只听一面之词？哼，什么他娘的鸟特派员？"黄特派员愣了，他没想到已经身为阶下囚的李云龙还敢张嘴骂人。他办过不少专案，深知"落架的凤凰不如鸡"的道理，别说是个军级干部，就是那些元帅、大将、政治局委员，这些重量级的人物，平时威风凛凛，一旦落难成了阶下囚，立刻就变成普普通通、弱不禁风的老人，其态度之恭顺常使他感慨命运之无常。而眼前这个李云龙可有些出乎他的意料，他是没见过世面不知深浅，还是吃了豹子胆？黄特派员只觉得满腔的热血都在霎时涌到脑门，他不能理解，怎么会有这么猖狂的反革命？他猛地站起来要发作，却被马天生按住。马天生有些看不起黄特派员，这个人的政治斗争经验还嫩了点儿，他不过是运气好，被中央“文革”小组的首长提携，就算他办过不少大人物的专案，可那是两码事。像李云龙这种从枪林弹雨中钻出来的人是真不怕死，把刀架在脖子上也不会眨一下眼，因为这辈子他们大概已经死过若干次了，现在活着本来就是白赚，拿死去吓唬他是愚蠢的。马天生太了解这种人了，他们只关心军事问题，对政治不大关心，党内历次政治斗争对他们影响不大。新中国成立后，这些人都成了各守一方的“镇守使”，是军队的中坚力量，所以他们难免有点拥兵自重，脾气暴些。对这种将军不能拍桌子瞪眼，惹火了他，不管什么场合他都敢张嘴日爹操娘，骂你祖宗十八辈，最后下不来台的是你自己，你能张嘴和他对骂吗？那不成村妇撒野了，哪还有点儿政治斗争的严肃性？

马天生和颜悦色地说：“李云龙，你不要冲动，要端正自己的态度，我们个人与你无仇无冤，没有必要和你过不去，我们不是代表个人，而是代表中央‘文革’小组和你谈话，中央‘文革’小组是直接受命于伟大领袖毛主席的，所以，你这种对抗的态度不是针对我们，也不是针对中央‘文革’小组，而是针对毛主席的。你知道，反对毛主席是什么性质的问题，我想你应该清楚吧？”

马天生见李云龙不说话便娓娓道来：“你的资历确实挺令人羡慕的，1927年参加红军，长征时已经是主力团团长了，抗战时你的独立团在晋西北名声不小，一般说来，日本人挺吝啬的，能出十万大洋买你的项上人头足以说明你的名声。解放战争时，你是淮海战场上的英雄，你的部队是华野头等主力师，平心而论，你这几十年的军事生涯，非常完美，几乎没有败绩。但是，世界上任何事物都是在不断的运动变化之中，事物发展到一定阶段，就会向它的反面转化，这是不以人们意志为转移的客观规律。我不否认，你为新中国流过血，有战功，可是党和人民也给了你很高的荣誉和地位。于是你就飘飘然了，把党和人民给你的权力作为砝码，拥兵自重，对抗中央，对待‘文化大革命’由不满发展到顽固对抗，最后竟然举起屠刀，残酷镇压革命群众，以武力对抗‘文化大革命’，可惜呀，一个战功卓著的老革命，最后没能保持晚节，滑到反革命的泥坑里去了，这难道还不发人深省吗？”

“啪！”黄特派员终于又耐不住性子了，他猛拍桌子喝道：“李云龙，谁给了你镇压革命群众的权力？”

李云龙沉声回答：“有‘军委八条’，是毛主席亲自批准的，有军委办公厅的同意，还有林彪同志办公室的同意。”

马天生很有涵养地笑了：“你说你请示过军委办公厅和林办，有什么证据没有？或者是书面命令之类的文件？我们查询过，军委办公厅和林办都证明你确实打过电话，但并没有同意你开枪镇压革命群众呀，你如果有证据能证明你是接受命令采取的行动，你可以拿出来。”李云龙轻蔑地说：“噢，明白了，这会儿没人敢承认了？怕承担责任，怕杀头。真是胆小鬼，这种胆小鬼居然也能身居高位？要在过去，这种人非当叛徒不可。好吧，没人承担责任，我来承担，命令是我下的，要杀要剐随便吧。”

马天生嘲讽道：“啊，倒是像条汉子，敢作敢当，成了反革命还这么大义凛然的？”

李云龙反唇相讥：“对你来说，这可是件好事呀，那个1号的位子你不是盼望很久了吗？我看你未必能如愿，这是野战军，一旦前线有事得拉出去真刀真枪练练，不是光靠卖卖狗皮膏药就能带兵的。”

黄特派员站起来宣布：“现已查清现行反革命分子李云龙顽固对抗中央‘文革’小组，残酷镇压革命造反派，证据确凿，罪大恶极，血债累累。现根据中共中央、中央‘文革’小组批发的《关于加强公安工作的若干规定》中的第一、第二、第三、第六条，将现行反革命分子李云龙逮捕法办……”

一切如马天生事先导演好的那样，埋伏在幕后面的几个战士迅速冲出来，拿出手铐准备给李云龙戴上。事情进行到这里，突然出了点儿意外，冲在最前面的两个人高马大的战士忽然腾空飞起，斜着摔了出去，他们腰上的手枪变戏法似的到了警卫员小吴的手里。小吴一手握一支手枪同时向大腿外侧一蹭，两支手枪的机头大张，处于待击发状态，他手持双枪护在李云龙身前大吼道：“谁敢上前一步，我就打死他！”这十几秒钟发生的事情惊呆了会议室里所有的人，几个执行逮捕任务的战士伸手准备拔枪。小吴喝道：“别动，谁动打死谁！”几个战士的手僵在半空中……

马天生和黄特派员也目瞪口呆，一时不知怎么办才好，他们从来没遇见过这种情况，早听说李云龙胆大包天，没想到他的警卫员也这么不要命，难道他不知后果吗？真是什么将军带什么兵，这野战军可真够“野”的。李云龙也脸色发白，他也没想到小吴的性子如此暴烈，他庆幸自己的先见之明，要是小吴带着冲锋枪来，他真敢一梭子扫出去。李云龙不想让这个年轻的战士为他丢掉性命，他暴怒地吼道：“小吴，我命令你放下武器，不许抵抗！怎么？我的命令也不服从了？”

小吴浑身一震，无力地垂下握枪的双手，突然爆发出惊天动地的哭声：“军长呀，你冤啊，你冤枉死了，他们凭什么抓人？你为什么不下命令？我和他们拼啦……”他两眼喷火，绝望地将两支沉甸甸的54式手枪同时掷出，“哗啦啦！”两支手枪洞穿窗玻璃飞出50米开外……

几个战士扑上来拖走小吴，李云龙被戴上手铐。当他被押着走出会议室时，被一群司令部的参谋、干事堵住了门，那些剽悍的青年军官的眼睛都红了，有的横堵在门口，手似乎有意无意地按在手枪套上，有的从后面使劲向前挤，嘴里骂骂咧咧，蠢蠢欲动。押解的战士也不敢硬往外挤了，他们慌乱地看着马天生和黄特派员，不知该怎么办。空气紧张得似乎要爆炸，马天生暗暗心惊，这支部队太可怕了，不管你是什么来头，这些青年军官似乎都没把你放在眼里，那种生猛的派头都写在脸上，你能把这一个军的军官和士兵都抓起来吗？

还是李云龙给解了围，他大声发出命令：“司令部干部听我口令，立正，向后转！闪开！同志们再见了，李云龙向同志们告别啦！”

军官们勉强闪开了一条窄窄的通道，李云龙走在前面，马天生带押解人员跟在后面挤了出去。

这一行人刚走进司令部大楼，就见到警卫营营长吴玉水和营教导员郝明在拼命地撕扯，吴玉水拼命向前冲，郝明拼命阻拦，就像在打架一样。

马天生沉下脸喝道：“吴玉水，你要干什么？”

吴玉水青筋毕露，脸已涨成紫色，他大喊道：“马政委，我和你谈过，是我下令开的枪，是我带着战士们冲的，军长没下过开枪的命令，这不关军长的事。我吴玉水一人做事一人当，你把军长放了，要抓就抓我……”

教导员郝明平时和吴玉水关系一般，但和马天生私交不错，自然要维护马天生。他在一旁吼道：“吴营长，你要站稳立场，不要拿自己的政治生命开玩笑。我提醒你，不要为反革命分子鸣冤叫屈。”

吴玉水大怒：“放你妈的屁，吃里爬外的东西，开枪时你怎么不说话？火力掩护是不是你负责的？你他妈打了没有？你他妈也开枪了怎么不敢承担责任？这会儿又装好人？操你妈的，你早晚是他妈当叛徒的料。”他越骂越不解气，竟抡起拳头想揍郝明。

马天生皱着眉头命令道：“把他拉下去，禁闭三天。”

几个战士抓住吴玉水往下拖，吴玉水挣扎着喊：“军长，是我害了你，我对不起你呀，你让我们用枪托，我没听呀，早知如此，我就是让人家开枪打死也不还手呀……”

戴着手铐的李云龙仿佛忘了自己的囚徒身份。他一声断喝：“吴营长，你像什么样子？堂堂的军官让人拖着走？给我站直了，听我命令！”

这一喝比什么都灵，吴玉水停止了挣扎，推开了拖他的战士，似乎重新注入了一种灵性，他挺起胸膛，脚跟一碰，以队列姿态站得笔直。

李云龙像个队列教官，一丝不苟地发出命令：“目标，警卫营，向后——转！齐步——走！”吴玉水像个刚入伍的新兵一样，摆动着双臂向前走去……

押解李云龙的汽车是一辆波兰生产的“华沙”牌轿车，当汽车从司令部大楼前开出，向军部大院的大门行驶时，李云龙从车窗向外望去，忽然发现沿途路边不知何时竟出现一队队排列整齐的士兵队列，简直像夹道欢送，头戴钢盔、手戴白色手套的军官和士兵都站得笔直，伟岸得像一片片森林。汽车队缓缓地向大门行驶，随着带队军官们的一声声口令，军人们齐斩斩向车队行军礼，远远望去，像一群群雕塑一样。李云龙眼眶发热，他明白这是军部各直属单位自发地向1号告别的仪式。工兵营、通信营、汽车营、防化营、侦察营……好像没有人组织，全是各单位自发集合的。李云龙举起戴着手铐的双手，向部下们告别……坐在头一辆汽车里的马天生也知道，这些军礼与他无关。他觉得很不是滋味，他知道，这个军的很多干部战士从此算是和他结了仇。

关于李云龙的关押地点，马天生和黄特派员发生了点儿小小的争执。黄特派员认为，应该先关押在本市公安局的看守所，然后准备开个万人群众大会，先由革命群众进行批斗，然后再在大会上宣布逮捕法办，只有这样，才能教育群众，震慑一小撮反革命分子。而马天生毕竟老谋深算，他太了解李云龙在这支部队的威望了，这个军的许多师团级干部都是李云龙在战争时期的老部下，战火中建立起来的信赖和友谊绝不是一句和反革命分子划清界限就能解决的。马天生心里明白，他这个新调来的政委，在这个军连半点儿根底也没有，他根本控制不了这支部队，不但控制不了，而且还有极大的危险，这是支满员的甲种部队，李云龙的死党比比皆是，谁敢保证不会出几个亡命之徒？要是在关键时刻给你来个小小的“交通事故”或是其他什么事故，到时候你死都不知道是怎么死的。就凭这点，李云龙也绝不能关押在这个城市，应该把他押送到省城去。

马天生把这些想法向黄特派员谈了以后，黄特派员的脑门上也渗出了冷汗，他来自京城，哪里会想到这个城市的阶级斗争形势竟如此复杂、如此危险？既然如此，那还有什么好争论的，把李云龙押往省城就是了。

押解车队共四辆汽车，前后是两辆中型吉普车，上面是警卫人员，中间是两辆“华沙”牌轿车，马天生和黄特派员坐前面那辆，李云龙坐后面的车，两个高大的战士把李云龙夹在后座中间。据说，对付要犯都是这种方式。

李云龙靠着椅背打起了盹，不一会儿就鼾声大作。他似乎是和老战友孔捷、丁伟并肩站在北方国境线上的一个作战指挥部里，他们正用炮队镜向国境线那边的纵深处眺望，透过黎明时乳白色的薄雾，他看见成千上万辆草绿色的苏制“T－62”型坦克正展开战斗队形向国境线冲来，天空中，密密麻麻的“米格-23”歼击机和“逆火”式轰炸机从他头上掠过……哦，战争，你终于来啦，李某等你等了十几年啦。丁伟好像是在和对方的那个国防部长通电话，彬彬有礼的，就像中世纪的骑士：“格列奇科元帅，丁某早拜读了你的‘斧头战术’理论，头一斧子就要置对手于死地，果然名不虚传，丁某多年来找不到与阁下切磋的机会，今日能与阁下大打出手，不亦乐乎……”

李云龙高喊道：“老丁，你和那老家伙废什么话？敌人冲上来啦，命令炮群开火……等等，咱们后面什么也没有，咱们的坦克大炮呢？咱们的歼击机、轰炸机呢？”他分明听见孔捷在骂街：“你问我，我问谁？都他妈的窝里斗去啦，就剩下咱几个啦，抱着炸药包上吧……”

一阵刺耳的刹车声传来，李云龙的脑袋随着刹车的惯性猛地撞到前排椅背上，他被惊醒了，发现车队停在公路上，周围乱哄哄的，一大群肥肥的白鹅正在公路上十分优雅地走着，一个衣衫褴褛、戴着顶破草帽的老汉正揪着一个押车的战士用十分难懂的闽南话激烈地争吵着。老汉的年龄有七十多岁了，苍老的脸上条条皱纹像是用刀子刻上去的，脸上、手上都长满了老人斑，长长的寿星眉和胡子已经花白。李云龙在此地驻防十几年，多少能听懂些当地方言，他听出那老汉正急赤白脸地指责司机压死了他的鹅。老汉怒气冲冲地声称，他的鹅正在下蛋，他一家子的生活费都是从鹅屁股里抠出来的，你们解放军不是有纪律吗？赔吧，不拿出100元来别想走。李云龙暗暗好笑，这老汉在敲竹杠，一只鹅敢要100元。黄特派员正耐心地和老汉商量，无奈听不懂老汉的闽南话，他愁得东张西望想找个人帮忙翻译一下。公路边有些农民正在热火朝天地挖水渠，沟边插着一面红旗正迎风招展，李云龙见旗子上有“红星人民公社贫下中农造反团”的字样，正在干活儿的农民们见公路上吵得正凶，便纷纷过来看热闹，还有七嘴八舌给老汉帮腔的，说你们解放军有什么了不起，压死人家的鹅就得赔，100元太便宜了。一时公路上热闹得像赶集。

李云龙本无心情看热闹，他闭上眼睛想接着打盹，却猛地觉得有什么不对的地方，这老汉的声音有点熟，他的心一沉，暗叫声不妙，顿时全明白了，这是段鹏那小子，天哪，这小子装化得绝了，连我都走了眼。看来情况不妙，这个无法无天的特种分队终于要动手了。李云龙不用猜就知道他们的打算，无非是制造事端，趁乱抢出李云龙，即使惹出祸来，也只能栽在“贫下中农造反团”头上。问题是他李云龙要想逃，何必等到现在？况且动起手来，这些特种队员极有可能要开杀戒，这样麻烦可就大了，这会毁了这支特种分队。

李云龙来不及多想，他突然出手，猛地一掌将车窗玻璃拍得粉碎，在场所有的人都愣住了，李云龙大声喝道：“浑蛋，把路给我让开，谁也不许闹事。”化装成农民的特种队员们都无可奈何地停止了吵闹，勉强让出一条路，眼睁睁看着车队绝尘而去。段鹏一把扯下假胡须，抬脚向路边一棵小树踢去，“咔嚓”一声，碗口粗的小树被齐根踢断，段鹏和林汉这两条汉子颓然坐在路边抹开了眼泪……

〔 第四十二章 〕

马天生最近又多了一个职务——李云龙专案组副组长。他知道这是个吃力不讨好的差事，他了解李云龙的为人和性格，这是个软硬不吃的人，对这个人他不抱任何希望，用那个时代的时髦术语评价，这是典型的花岗岩脑袋。

马天生在没调到这个军之前，也曾参加过一些专案组的工作，一般来说，一个人一旦被逮捕，精神上就委顿了一半，再坚强的人面对强大的国家机器也难以做到神态自若。此外，审讯的方式对于被审者而言也带有极大的压力，被审者通常是被喝令坐在一个和地浇铸为一体的水泥墩上，这是防止脾气暴躁的被审者抄起座椅以暴力袭击审讯者的必要措施。审讯者把雪亮的、炫目的灯光射向被审者，他自己却隐藏在灯后的黑暗之中，只听其声不见其人，这些心理学上的小把戏一般都能奏效，被审者常常是诚惶诚恐地去配合审讯者的问话，或急于表白自己的清白，或搜肠刮肚地把肚里的东西和盘托出，在这点上，大人物和小人物基本没什么区别。而李云龙却属于那种极少数的死硬分子。他的态度极为傲慢，通常是在灯光的照射下闭着眼一声不吭。马天生便以连珠炮式的发问去扰乱他的思维，谁知他竟然打起鼾来，闹了半天他早睡着，费了半天口舌等于放屁，这太让人恼火了。专案组用以制胜的法宝是以国家机器的强大压力从精神上摧毁对手，要使他明白，他是人民的敌人，在这块土地上，他只许老老实实，不许乱说乱动，只有这样他的身家性命才有可能苟全，但对于一个已将生死置之度外的人来说，就不大管用了。马天生很伤脑筋，到现在为止，审讯记录还是白纸一张，这可不太好向上面交代。

负责看守的战士都是按当时的时髦标准特意挑选出来的，对敌斗争坚决，路线斗争觉悟高，苦大仇深，根红苗正。最使李云龙气愤的是，一个青年战士在给他送饭时竟然往他饭碗里啐唾沫，李云龙长这么大还没受过这样的侮辱，不禁大怒，他把饭碗连饭一起扣在那个小子脸上，他还没来得及继续教训这个小浑蛋，就被冲进来的几个战士按倒在地上拳打脚踢。他拼命反抗，一把掐住那个战士的喉咙，他完全可以捏碎这小子的喉骨，但他下不了手，这毕竟都是些不懂事的孩子，他们有什么过错？就这么一迟疑，他的软肋就挨了一记重拳，李云龙的抵抗结束了，毕竟是快六十岁的人了，就算年轻时练过几天拳脚，在这些身强力壮、受过格斗训练的战士面前，还是显得不堪一击，他被打得昏死过去。

李云龙醒来后一吸气，肋骨就疼得受不了，凭经验判断，是左胸第五、六两根肋骨被打断了，他想起在淮海战役那次负伤时，这两根肋骨曾被弹片打断过，是旧伤了，这次不知是从旧茬上断的还是新处断的。他觉得头晕得很厉害，这是一个战士揪着他的头发把他的头向水泥地连连撞击造成的脑震荡。这些狗娘养的，下手够狠的，他不恨这些无知的战士，他们从入伍第一天开始就受这种教育，“对同志要像春天一样温暖，对敌人要像严冬一样残酷无情”。扪心自问，他李云龙也没少这样教育战士，想到这里，他禁不住苦笑起来。他思索的是另外一个问题，这些无知的战士用对付敌人的手段毒打了他，这不难理解。问题是，究竟是什么人教会了他们去虐待别人，去侮辱别人？难道是敌人就可以去虐待、可以侮辱人格吗？他为此感到震惊，同时也感到愧疚。

他想起二十多年前他枪毙了受伤的日军俘虏，政委赵刚得知后大发雷霆，他从没见过平时温文尔雅的赵刚发过这么大的火。赵刚吼道："咱们是人，是正规军的军人，不是野兽，不是土匪，不管是什么人，只要放下武器，我们就应该以人道的方式去对待他们，你这样做，和日本鬼子有什么区别……"

事后，赵刚找他谈心，说过几句话，使李云龙铭心刻骨，至今不能忘怀。赵刚说："每个正常人身上都同时存在着人性和兽性，或者也可以称为善良和邪恶，如果不善于调整自己，随时加强自我修养，那么兽性的、邪恶的东西随时都会抬头。"

李云龙懊悔地想：要是时光能倒流，他一定会拜赵刚为师，好好学学做人的道理。那时他对文化人有种莫名其妙的反感，经常以大老粗为荣，现在想起来真有些可笑。多少年过去了，赵刚的智慧、宽容、深沉和人格的魅力仍使他感到神往……

马天生和黄特派员研究李云龙的问题，他们一致认为，李云龙这个家伙已经是不可救药了，他是那种带着花岗岩脑袋去见上帝的人，对他的问题，从正面突破似乎是不可能了。此时需要的是迂回进攻，从他身边的工作人员身上打开缺口。他的警卫员是没什么希望了，这个吴永生是个从农村入伍的士兵，脑袋像榆木疙瘩，除了他的老首长，他谁也不认，你和他讲革命道理讲无产阶级专政下继续革命的理论，等于是对牛弹琴。这种人属于李云龙的死党，没什么挽救的必要了。李云龙的司机老常，马天生认为这是个老滑头，他总拿自己没文化说事，装傻充愣，一问三不知，你给他做工作，指出李云龙的罪行的严重性，老常作出一副不懂的样子，傻乎乎地问马天生："政委，我咋听说李军长是台湾派来的特务？这就是你们当领导的不对了，咋让台湾特务当了军长呢？咱共产党挺机灵的，咋让台湾特务给蒙啦？"马天生一怒之下把他轰走。

马天生也找了一些师团级干部和司令部的几个参谋，向他们晓之以理动之以情，希望他们能配合专案组，揭发李云龙的罪行。但这些军官的回答都差不多：军长的职务是中央军委任命的，谁当军长他们就听谁的，这也是组织上的一贯要求。换句话说，就算刘少奇来当军长，他们照样也得服从命令，因为除了伟大领袖毛主席，谁能有这本事识破刘少奇的反动嘴脸呢？对于这些李云龙的死党，马天生一时还没什么办法。

看来李云龙身边的工作人员中，只有郑波是个突破口，他是大学毕业分配到部队工作的，这种书生气十足的军人往往比较软弱、胆小。前些日子听说郑波执行命令不坚决，被李云龙撤职，现在正在干部部等待重新分配工作。马天生认为，在准备召开的对李云龙的批斗大会上，除了造反派们的血泪控诉外，还应该有李云龙身边工作人员的反戈一击，这才有说服力和教育意义，用这个事实教育群众，只要是对毛主席的革命路线采取对抗态度，哪怕你功劳再大，职务再高，也会众叛亲离。当年张国焘的职务够高的了，他叛逃时警卫员都拒绝跟他走，这些例子难道还不能说明问题吗？马天生认为郑秘书有文化，熟读中共党史，这种人对党内的政治斗争是很熟悉的，此时李云龙在政治上已经彻底垮台，一个有头脑的人是不会甘心为李云龙殉葬的，响鼓不用重槌敲，此间道理应该是一点就透。

郑波进门来，规规矩矩行了军礼，然后拘谨地坐下等待训示。马天生温和地说："小郑呀，不要拘束嘛，随便点儿，我来了这么多日子，还没找你谈过心呢。听说你前段时间表现不错，拒绝执行反革命分子李云龙的命令而遭到了迫害。你做得对，有觉悟，我看得出来，你是个很有前途的好干部。我看你的分配问题就这样定下来，去海防团当政委怎么样？职务升一级，正团级，对你这样的好干部，党是不会忘记的。"

郑波有些诚惶诚恐，他手足无措地站起来感激地说："感谢首长们的信任，我的能力低，思想改造得不彻底，只怕是辜负了组织上的信任。"

马天生大度地挥挥手说："组织上信任你，你大胆地干就是，出了什么问题还有我嘛。我今天找你来，是想和你谈谈李云龙的问题，你在他身边工作的时间不短了，应该是了解他的，对他的反革命言行是不是早有察觉呢？"

郑波知道这个问题是早晚要提出来的，虽然当他听到李云龙被捕的消息时，曾为自己的先见之明感到庆幸，同时他也感激老首长对自己的保护。他承认自己是个胆小怕事的人，但他绝不想做个落井下石的小人，若是这样，他的良心永远不会安宁，这和他做人的准则相违背，这些念头已经折磨他很久了。他只好顾左右而言他："马政委，您知道，我只是个小小的秘书，只做我分内的工作，比如说，抄抄写写之类，我的路线斗争觉悟不高，阶级斗争的弦也绷得不紧……"

马天生皱了皱眉头打断他的话："小郑，你跑题了，你并没有回答我的问题，还需要我再说一遍吗？"

郑波觉得后背已经有冷汗在慢慢渗出，他仔细斟酌着词句："当然，首长，我明白您的意思，如果我真发现什么反革命言行，不用您说，我当然会坚决抵制和斗争的，这点儿觉悟我还是有的。可是……如果我没有发现，也不能乱说，这也是对组织上的不忠诚。"

黄特派员见郑波说话吞吞吐吐，甚至坐在椅子上的身子都在一点儿一点儿地蜷缩起来，心里便有些厌恶。他也看不起这种精神上的萎靡，于是他不耐烦地厉声打断郑波的话："郑秘书，难道你就这样报答组织上对你的信任？难道你就不为自己的政治前途多想想？小郑，在路线斗争的问题上，绝没有调和的余地，中庸之道是行不通的，你现在只有两条路可走，要么是站到毛主席的革命路线上来，大胆揭发李云龙的反动言行，在批判大会上公开作出揭发批判，以求得组织上和革命群众的谅解。党的政策你比我清楚，'首恶必办，胁从不问，受蒙蔽无罪，反戈一击有功'嘛。反革命分子在没有公开跳出来之前，必然要有蛛丝马迹，必然要有所表现。这是符合事物发展规律的。你在李云龙身边工作多年，不可能没有察觉嘛，现在是党考验你的时候。坦率地讲，如果你执迷不悟，不听劝告，那么我只能认为，你是在用实际行动告诉党，你决心为反革命分子李云龙殉葬，这就是另外一条路了。请你考虑，我给你五分钟时间。"

马天生是个善于观察的人，他喜欢通过直接观察，发掘对方心灵深处的思想活动，他知道黄特派员刚才的话，每个字都带有常人无法承受的巨大压力，他不怀疑自己的判断，郑波会合作的。谁也无法知道郑波在这短短的五分钟里都想了些什么。马天生只是发现，郑波刚才蜷缩着的身子渐渐地膨胀起来，弯曲的腰板也慢慢地挺直了，整个身子犹如一面鼓满的风帆。他脸上刚才的拘谨和顺从的神态一点儿一点儿地消失了，随之而来的是一种决绝。他腰板挺直地坐在椅子上，两个膝盖微微叉开，双手自然地放在腿上。这种标准的军人坐姿使马天生和黄特派员感到一种破釜沉舟的气势，一种经过深思熟虑的果断，一种军人就要走上战场的凛然。五分钟没到，郑波就开口了："我刚才忽然想起一个外国政治家的名言：'就人性来说，唯一的向导，就是人的良心。'我了解自己，我是个崇尚英雄而自己又缺少勇气的人，我承认，作为男人，我是个糟糕的男人，自私、胆怯，就像契诃夫笔下的那个小公务员，我身上缺少的东西虽然很多，但唯一还有的，也就是良心了。如果连这个也失去了，那我可真要成穷光蛋了，一无所有。所以，我不打算再失去它。马政委、黄特派员，没能满足你们的要求，我很抱歉，现在，我还是回去听候处理吧。"郑波站起来行了一个军礼，然后走出房门。

正在主持专案组会议的马天生听秘书通报，说外面有个女人找他。马天生来到会客室，一看是田雨。田雨看见马天生没有任何客套，只是冷冷地直呼其名："马天生，我要见我丈夫。"马天生略微皱了皱眉头，有些不快，以他的职务和地位，很少有人对他直呼其名。眼前这个女人和她的丈夫一样，也是这样态度傲慢，你明明是来求我的嘛。他毕竟是个有涵养的人，不会把不快带到脸上。他和颜悦色地说："啊呀，小田同志，这件事可不好办，李云龙现在正在接受审查，他的案子是中央'文革'小组点名的，我个人无权批准家属会见，请原谅。"

田雨脸上露出一丝不屑："你太谦虚了，别说这点小权力，我家老李的生杀大权也是握在你手里嘛。"马天生以一个男人的眼光饶有兴味地端详着田雨，她体态丰满而不失苗条，不太讲究裁剪的制式军装仍遮盖不住她浑身柔和的曲线，白皙的皮肤保养得极好，尤其是脸上没有任何皱纹，一双黑多白少的眼睛沉静如水。这是个极成熟的女人，这样的女人是容不得任何轻视的。

马天生暗想：李云龙这个赳赳武夫，居然有这么个相貌与气质俱佳的老婆，这样的女人可不多见。他岔开话题：“小田同志，我早听说你们夫妻感情不太好，这是真的吗？”

“难道这也是专案组必须审查的吗？”

“当然不是，请不要误会。我想说的是，李云龙的问题已经定性了，现行反革命分子。这个案子恐怕永远也翻不了了，这是中央领导同志定下的，作为他的家属，你考虑过和他划清界限的问题吗？有什么需要组织上出面的事你可以和我说，我会帮助你的。”

田雨冷冷地打断他的话：“我不明白，专案组为什么对别人的婚姻有着异乎寻常的兴趣？我的路线斗争觉悟低，请你指点一下，我和李云龙离婚与否和你们革命的事业有关系吗？是不是如果离婚，毛主席的革命路线就胜利了？‘文化大革命’的胜利成果就保住了？或者，世界革命就成功了？如果我们的离婚能带来这么大的好处，那我们当然可以试试。”

“你看，你看，小田呀，你的情绪很不正常呀，这种态度不好，分明是一种抵触情绪嘛。说心里话，我个人对李云龙绝无成见，他这个人除了脾气暴躁一些，和他并不难处，在部队中也有一定的威信。问题是，李云龙的问题是直接对抗‘文化大革命’，对抗毛主席的革命路线。我以前多次和他谈过，苦口婆心地请他站过来，对‘文化大革命’要端正态度。可老李对我的劝告置若罔闻，一意孤行，最后发展到对抗中央‘文革’小组，镇压革命群众。你想，死伤这么多人，全国震惊呀。不客气地说，就是枪毙他李云龙100次，也抵偿不了他犯下的滔天大罪。这怨不得别人，是他自己主动跳出来表明了他的立场，是非要和无产阶级专政较量一番了，这是咎由自取，谁也没办法。唉，我曾经是他的战友、同事，他犯了罪，我很痛心，我没尽到责任。”马天生说的是心里话，他不是个虚伪的人。

田雨默默地听着，她心里有些厌恶，马天生喋喋不休说了半天，好像没有什么观点是他自己的，几乎是从报纸上照搬下来的，那个关于党内两条路线斗争的话题实在令人乏味，像是被嚼过100遍的口香糖。田雨本是个对政治缺乏兴趣的女人，对于复杂的政治，她只是简单地凭女人的直觉去判断，她认为大人物们有些无聊，动不动就是两条路线的斗争，有这么严重吗？都是一起打江山的老战友，谁是无产阶级？谁又是资产阶级？非要人为地划出党内的两个司令部，非要整得你死我活，要是个人行为倒也罢了，还要把几亿老百姓也拉上，天下能不乱吗？田雨感慨地想，理论真是个要命的东西，世上大多数人都不大重视这东西，因为它看不见摸不着，似乎是文人之间玩的东西，充其量也只属于学术范畴。“二战”结束后，当人们面对上千万犹太人和斯拉夫人被杀戮的结果时，才发现，希特勒的种族灭绝理论早在若干年前就明白无误地写在《我的奋斗》中，他没打算蒙骗世人，早向世人宣告了自己的理论，并准备一步步付诸实行了。世人终于明白了，理论问题是忽视不得的。谁忽视了它，必然要付出沉重的代价。想到此，田雨不禁看了马天生一眼，她有点可怜这个人，这家伙倒不是什么太坏的人，只可惜他读了一肚子的书，装了一肚子的理论，说到底，没有一点他自己思考的成分，连这点起码的道理还没悟透，他不是当政治家的材料，缺乏俯视众生的高度。他舞剑时大概把自己当成杜甫笔下的公孙大娘，自以为把剑器舞得水泼不进，其实随时会把剑锋舞到自己脖子上。

此时马天生可没觉着自己可怜，他倒有点可怜田雨，这女人真是红颜薄命，这么出色，这么富有魅力的女人怎么就嫁给李云龙这样的人了？这次李云龙可是没什么希望了，他不愿意看到这个出色的女人陪李云龙一起殉葬。他要挽救她，帮助她。他开导道：“小田同志，李云龙现在态度非常恶劣，拒不交代自己的问题，当然，有个别工作人员出于义愤，行为过火了些，我们也给予了批评教育，但李云龙是什么态度呢，他咬牙切齿地声称，有朝一日要宰了这个工作人员。你看，他的气焰太嚣张了，这是向无产阶级专政反扑嘛，这是自取灭亡。我看，李云龙这个人是没什么希望了。小田呀，你要好好想一想，为这样一个死不悔改的反革命分子去殉葬，值得吗？”

田雨态度缓和地说：“老李的脾气暴躁，好冲动，这是老毛病了。马政委，你看这样好不好？我去劝劝他。毛主席不是也说过吗？‘惩前毖后，治病救人’。‘对反革命分子也要做到一个不杀，大部不抓’。在中央没做出正式决定之前，是不是还应该以教育为主，批判为辅？马政委，请给我一次机会，我相信我能说服他，至少能使他配合专案组的工作。”

田雨的诚恳态度颇使马天生感到意外，他不太相信李云龙这种人能软下来。不过，若是真能使李云龙认罪，这倒也是专案组的一大收获，这不妨试一试。他考虑了一会儿，终于同意了。当李云龙慢慢地、一瘸一拐地走进会客室时，田雨几乎惊呆了，她没想到才几天的时间，像牛一样壮实的李云龙成了这副样子，他穿着一身没有领章的二号军装，军装就像挂在衣架上，里面空荡荡的，消瘦之快令人惊骇。

李云龙一见田雨就显得不大高兴，他哼了一声说：“专案组不是规定不准会见家属吗？怎么破例了？你求他们了？怎么这么没出息？”

田雨不顾一切地冲过去抱住丈夫，李云龙肋骨伤处的剧烈疼痛使他的身子猛地颤抖起来，冷汗立刻渗出来。田雨看到丈夫脸色惨白，连忙扶住他，失声痛哭起来：“老李，这是他们打的？告诉我，伤在哪里？”

李云龙说：“没事，那群浑蛋没有半点儿勇气，好几个打我一个，有本事咱们一对一地交手，我不宰了他狗日的就不姓李。”

马天生一看这情景心里就有了点儿上当的感觉，这田雨分明骗了他，这哪里是协助专案组做工作？他大声训斥道：“李云龙，你不要太嚣张，这样下去对你和你的家庭都没有好处。”

李云龙瞪起眼：“你什么时候养成这种毛病了？我们两口子在这里亲热，你瞪着眼看什么？要不要脸？去去去！出去！”

马天生尽量使自己不生气：“李云龙你不要搞错了，是我批准你们见面的，这是对你的挽救，如果你坚持这种恶劣态度，我可以马上停止你会见家属。”

李云龙丝毫不领情：“我又没求你，是你把老子请来的，老子不领情。”

马天生显出良好的涵养：“好吧，我不想和你吵，你们可以谈，但我必须按规定坐在这里。”

田雨轻轻抚摸着丈夫的脸，恨不能把满腔的柔情一下子倾泻出来。她柔声道：“家里的事都安排好了，没有后顾之忧，你放心。现在我来陪你，我只想让你知道，无论你在哪里，我都在离你不远的地方陪伴着你。我知道，以后咱们单独相见的机会恐怕不会有了，但你要时时感受到，我无时无刻不在你身边……”

李云龙的眼睛有些湿润了，他不善于表达情感，只是轻轻地问了一句：“小田，要是你觉得压力太大，要和我划清界限，我一点儿也不会怨你。这辈子让你受委屈啦，就算我想弥补，也没有机会了，等下辈子吧，我还会娶你做老婆。”

田雨仿佛回到了少女时代，她伸出一根手指轻轻按在丈夫嘴上，阻止他继续说下去，然后把脸贴在丈夫的胸膛上轻声说：“以前曾经后悔过，不过早就不后悔了，而且越来越爱你，你知道吗？在咱们这个时代，真正的男子汉越来越少了。身为女人，我算是够有福气了，我为你感到骄傲，唯一后悔的是，这辈子没能为你多生几个儿子，要是有下辈子，我发誓要替你多生几个。老李啊，你知道吗？我们女人命苦啊，婚前一旦没选择好丈夫，就要痛苦一生。而我是多么幸运，上苍垂顾，把你给了我，我太知足了，只想告诉你，这一生，我很幸福，真的，非常非常幸福……”

就算马天生涵养再好，这次也忍不住蹦了起来。在他看来，这田雨是个善于制造氛围的女人，看看这对夫妻诀别的样子，就好像电影里经常出现的那样，共产党员慷慨就义前的镜头。这是什么地方？这里是中央“文革”小组的要案专案组，是无产阶级对资产阶级实行专政的地方，这不是中美合作所，你们也不是江姐和许云峰，摆出这么悲壮的姿态给谁看？他再也忍不住了，猛地拍着桌子吼起来：“李云龙，你非要带着花岗岩脑袋去见上帝那谁也没办法，现在停止会见。来人！把李云龙带回牢房。”

田雨抱着李云龙不松手，几个战士费了好大劲儿才把两人生生拉开，田雨挣扎着向李云龙喊：“老李，将军有将军的尊严，可杀不可辱！要硬就要硬到底，这才是我丈夫。老李，要是有一天你不在了，我绝不苟活在这世上。云龙啊，你是龙，我是云，龙和云是分不开的，我们生是夫妻，死也是夫妻，谁也不可能拆散我们……”

李云龙被拖下去，田雨说完了她要说的话，心里平静下来，又恢复了冷漠的神态。她冷冷地对马天生说："多谢你的帮忙，我没什么事了，现在，是不是该给我腾出一间牢房了？"马天生也恢复了常态，他摇摇头说："既然你要说的话说完了，那可以走了，监狱可不是旅店，不是谁想进来住就能住的。"

田雨冷笑道："别打官腔了，谁不知道进天堂难，下地狱容易？在这个时代，什么都难，就是进监狱不难。马天生，你听仔细了，如果李云龙的言行被称为是现行反革命，那么我告诉你，我永远和这个现行反革命站在一起，我同意他的观点，支持他的观点，你可以把我也称为现行反革命分子，这些，够不够住监狱的资格了？要是还不够，我就再说几句，你听好，我反对、我厌恶你们那个'文化大革命'，这绝不是什么无产阶级专政，这是纯粹的法西斯专政，是人类历史上最黑暗的一幕，中华民族五千年的文明、人性、传统和美德都要毁于一旦，它造成的破坏力和恶劣影响绝不是几十年能够恢复的，它是幽灵、是瘟疫、是噩梦，历史会永远诅咒它。"

马天生听得浑身颤抖，他厉声喝道："田雨，你赢了，你刚才的话已经取得了住进监狱的资格，你的要求可以满足了。现在，你就是想走也走不了了。"

田雨向房间角落指了指说："行李我已经带来了，你派人检查一下。另外，我已经自己解除了我的军籍，不用劳你们的大驾了。"她指了指自己摘掉领章的衣领。

马天生这才发现，这个女人今天是带着行李的，她根本没打算回去。

特种分队的队部，队长段鹏和政委林汉正面对面地坐着抽烟，桌子上的烟灰缸里堆满了烟蒂，屋子里腾腾的烟雾已经使人睁不开眼了，这两人却一动不动地相互对视着。副队长梁军"砰"地一脚踢开房门闯了进来，见两人在沉默，便不问青红皂白地咆哮起来："妈的，你们还在这儿坐着？我去看了地形，批斗大会的会场已经布置好了，明天他们就要把军长押来了，机会已经送到咱眼皮底下啦，再不动手就没机会了。

你们要是怕事，就别管了，我来办这件事。”

段鹏和林汉觉得梁军的话有点儿不对味：“什么话？老子们什么时候怕过事？这不是他妈的狗眼看人低吗？”

段鹏斜眼瞟了梁军一眼哼了一声：“你懂规矩不懂？我这队长还没被撤职呢，用你来瞎掺和？去去去！给老子一边儿凉快去。”

梁军一听更是火冒三丈：“你他妈的少拿队长牌子来压人，老子不喝这一壶，我就看不惯这个，有什么呀？大不了就是搭条命进去，老子不稀罕这条命，不像有些人似的，关键时刻就想当缩头乌龟……”

段鹏怒道：“你小子骂谁？怎么跟疯狗似的，逮谁咬谁？”

“啪！”梁军把手里的茶杯摔在地上，碎玻璃和茶水溅得到处都是，他轻蔑地挑衅道：“谁认就是骂谁，怎么样？老子什么都怕，最不怕吓唬，老子不喜欢斗嘴皮子，谁有种就去后面找个场子练练去。”

段鹏蹿起来吼道：“操！给脸不要脸，走！老子和你讨教几招，咱们分队也真他妈的邪门啦，是个人就觉得自己是什么武林高手。”

林汉也火了，站起来吼道：“我说你们有完没完？事情当然要干，这不是正商量着吗？都他妈的什么时候了，还有工夫切磋拳脚？怎么火气一个比一个大？都他妈的坐下！”正剑拔弩张的两个人一听，又一屁股坐下不吭声了。

林汉说：“我看也别商量了，这事用不了几个人，我带几个人去就行了，你们俩就别去了。”

段鹏不爱听了：“废话，凭什么你去？你是三头六臂咋的？”

林汉说：“问题不在这里，我想的是，把人抢出来怎么办？1号的脾气你们都知道，他不会躲起来，反而会臭骂咱们一顿。还有行动时不能伤人，这也增加了难度，那些警卫都是些不知深浅的愣头小子，要是和咱们胡搅蛮缠，闹不好会一怒之下宰了他们。”

段鹏说：“算啦，咱们也别争了，干脆谁也别叫了，就咱们三个行动，再有几个人配合一下，一会儿咱们仔细研究一下计划，要一环扣一环，绝不能出岔子。我可说清楚，这是他妈的掉脑袋的事，谁有顾虑现在就说话，要是干，将来天塌下来咱们三个顶就是。”

梁军的脸上露出一丝笑容："说这话才算条汉子。老段，刚才对不住啊，别怪我脾气急，我听说1号在里面受了不少罪，咱再不动手，老头子怕是活不了多久啦。管他娘的，先干了再说。党籍、职务、身家性命算什么？咱不要啦，凭咱们几个到哪儿混不上口饭吃？事情要干得不漂亮怨不得别人，只能怨咱自己笨蛋，大不了咱弟兄几个一起去投奔我二叔去，那边天高皇帝远，还能饿着咱们？"

段鹏一拍桌子，下了决心："干吧！咱们尽量做到不伤人，可要是哪个王八蛋不识相，就算他倒霉啦。现在各人都回家安顿一下，这不是件小事，一定要把家属妥善安置好，事情要是顺利，将来怎么办咱们听1号的，要是办砸了，那这兵咱不当啦，给他来个脚底抹油儿，反正不能让人家抓鸡似的把咱们抓进监狱，老子住不惯那地方……"

〔 第四十三章 〕

那个年代城市的体育场唯一功用就是集会。当然，开得最多的是批斗大会和公审大会。这种集会非常乏味，因为程序几乎是千篇一律，还没有见过哪个城市的此类大会有什么较新的创意，这种现象令许多后世人感到迷惑，难道当年的中国人竟如此缺乏想象力和创造力？数亿的国民，如此广大的国土，没有人为规定的统一模式，怎么从南到北所有的集会都开得这样毫无新意？如果读者不嫌乏味的话，我们不妨沿着当年集会主办者的思路去领略一下集会的氛围和程序。

会场布置：

主席台上方当然悬挂着领袖的巨幅画像，画像两侧是领袖语录，呈对称方式。左：领导我们事业的核心力量是中国共产党，右：指导我们思想的理论基础是马克思列宁主义。其实领袖说出这段话的时候，也根本没想到，不知是什么人把这段话肢解成一副时髦的对联，随之便在全国蔓延开来，成了约定俗成的规矩。

主席台前方是挂横幅的地方，就像一篇文章的点题一样，横幅要表现此次大会的主题，公审谁，批斗谁，还不能忘了把被批斗者的名字用红笔打上叉。

首长的长条桌上应该是白桌布，上面放着麦克风，当地党政军首长按职务大小排座次，每人身前照例放一只茶杯，特别需要指出的是，这种带着把的茶杯的使用也有某种共性，全国如此。可以肯定地说，没有哪个中央文件规定在集会上必须使用这种茶杯。由此可见这种随大溜的思维方式是我们中国人的思维特点。试想，若是用了传统的盖碗，首长们坐在主席台上跷起二郎腿，用三个手指头捏住碗盖撇撇茶沫儿，这似乎就不成体统了，有点八旗子弟的派头，哪还有点政治斗争的严肃性？看来最先使用这种茶杯的人是个非常细心的人，茶杯里也有政治（若干年后，会场的模式变化不大，不过是矿泉水取代了茶杯）。

这类会场还有种必不可少的道具，就是会场四周，主席台两侧，甚至体育场环形跑道的圆径四周，都应该插满红旗，以此造成“风展红旗如画”的氛围。

会议程序：

此程序约需要二十多分钟，时间再紧也不得从简，不然要出大问题。

一、全场起立，高唱《东方红》。

二、敬祝我们伟大的导师、伟大的领袖、伟大的统帅、伟大的舵手，我们心中最红最红的红太阳毛主席万寿无疆！（三遍）敬祝毛主席的亲密战友，我们敬爱的林副统帅身体健康！永远健康！（三遍）这段程序很有讲究，毛主席前的一系列定语共36字，一字不能少。万寿无疆和永远健康也必须是连呼三遍，多了少了都不行，不然就要出大问题。

三、念领袖语录，内容应与本次大会主题有关。

四、全场高呼口号，公审对象或批斗对象出场，脖子上挂着大牌子，白底黑字，名字打叉，通常姿势为“喷气式”。若是准备判死刑的公审对象，该是五花大绑，捆得像个粽子。

五、批斗过程，各界代表轮流上台念稿子批判，革命口号穿插其间，以造声势。

六、尾声，由大会主持者进行批判总结，宣布将被批判者押出场，最后全体起立，高唱《大海航行靠舵手》后散会。

应该承认，这样年复一年、日复一日开这种没滋没味的集会，确实很容易使人提不起兴趣来，人类的天性是追求新鲜感，不然社会发展便失去了动力。若干年后的流行歌手们对此是深有体会的。

这种乏味的、千篇一律的批斗大会在某一天突然爆出个大冷门，以往的程序被破坏了，大会被迫中止。总之，说句时髦的话，这次批斗大会充满了戏剧性和新闻价值，以至于这座城市的老百姓津津乐道了许多年。

对李云龙的批斗大会选在这座城市最大的体育场，体育场的看台上可以容纳上万人，那天会场经过精心布置，和全国其他城市的会场没什么两样，前面已经介绍过，在此不赘述。有所不同的是主席台前上方的横幅特别巨大，每个字高达1.5米，上面是黑体仿宋字“彻底清算现行反革命分子李云龙的反动罪行批判大会”。昔日田径比赛的环形跑道上，每隔十米就是一个全副武装的士兵，士兵们胸前挎着冲锋枪，雪白的手套在阳光下显得很醒目，他们以立正姿势面向看台，从这点上看，以往的批斗会可没有这么多全副武装的士兵。荷枪实弹显得火药味儿很足，这倒表现出一点儿新意。按马天生的意思，这是要造成一种强大的威慑力，体现出无产阶级专政的不可战胜的力量，还要体现出“人民大众开心之日，就是一小撮反革命分子难受之时”的气氛。

李云龙的秘书郑波，警卫营长吴玉水，警卫员小吴，司机老常，还有司令部的七八个参谋都坐在主席台下的马扎上。郑波心里明白，凡此类大会，总有三个目的：一是发动群众，鼓舞群众斗志；二是震慑阶级敌人，起到杀一儆百的作用；三是使犯了严重错误而暂时还没发展成阶级敌人的人受受教育。郑波琢磨着，他们这些坐在台下马扎上的人无疑属于这第三种人。

大会开始，以往的会议程序在有条不紊地进行。20分钟后，例常程序结束，正剧应该开始了。扩音器里传来一个嗓音频率极高的女人领呼口号，整个会场顿时喧闹起来，上万人呼口号很难同步，结果造成会场内的呼声此起彼伏，犹如山呼海啸一样。在一片喧嚣中，李云龙出场了。他穿着一身洗得发白的旧军装，领章早被揪去，没有戴军帽，三个身材高大的战士簇拥着李云龙，按标准的“喷气式”要求，由一个战士抓住他的头发使劲往下按，后面两个战士抓着他的两臂拼命向高抬。坐在台下的郑波清楚地看见他的老首长在拼命地挣扎，想直起腰来，他甚至听见军长的骨头在咔咔作响。郑波浑身剧烈地颤抖起来。

坐在主席台上的马天生今天特地换了一身新军装，他端起茶杯喝了口茶，清清嗓子对麦克风说：“革命造反派的战友们、同志们，今天我们把现行反革命分子，残酷镇压革命群众的刽子手李云龙揪出示众了，这是毛泽东思想的伟大胜利……”全场又一次沸腾了，口号声四起……李云龙猛地抬起头来，抓住他头发的战士吃惊地发现，他手里抓的竟是李云龙的一把头发，上面还连着一块血淋淋的头皮……

一缕鲜血顺着李云龙的额头流下来。他暴怒地吼道：“马天生，放你娘的屁，我李云龙不是反革命，我是中国人民解放军的将军，为这个国家流过血……”全会场一片哗然，台上一片混乱，两个按着李云龙胳膊使劲向上拽的战士感到他正在不顾骨折的危险，用尽全身的力量想把腰直起来，两个身强力壮的战士自然不肯示弱，他们用力掀着李云龙的胳膊僵持着，离着很近的郑波听见一声脆响，李云龙的一条左臂给拉了下来。两个战士一时吓呆了，他们没有想到这个反革命分子竟如此暴烈，宁可骨折也不肯弯腰，两个战士在这一刹那竟吓得松了手。李云龙用那只没受伤的右手从脖子上摘下写着他名字的木牌，用力一甩，沉重的木牌径直砸在主席台的长条桌上，马天生和黄特派员身前的茶杯被砸得粉碎，碎瓷碴儿和茶水溅了他们一脸。

台下的郑波在心里喊了一句：伟哉，上将军！他的泪水夺眶而出。

警卫员小吴抄起马扎扑向主席台哭喊着：“首长，咱们拼了！”吴营长也蹿了起来破口大骂：“马天生，我操你姥姥……”四周早有准备的警卫士兵扑过来按倒他们，小吴和几个血气方刚的年青参谋抡起马扎和警卫人员厮打起来。此时，台上的李云龙已被几个战士拳打脚踢地按倒，李云龙用仅有的一只手臂进行徒劳的还击，台上台下已乱作一团。扩音器里传出尖锐的口号声："坚决反击反革命分子的嚣张气焰！李云龙不投降就叫他灭亡……"

体育场内上万人被眼前的突发事件惊呆了，他们从没见过如此刚烈的反革命分子，还有这么多不要命的死党。他们想不通，这些人难道吃了豹子胆？此时的会场秩序大乱，竟无人应呼口号。

马天生有些气急败坏，那块木牌差点就打破了他的脑袋，而且是众目睽睽之下，批斗大会开到这个份儿上，恐怕要在全国创个先例了。反革命分子在会场上公然反扑的事例还不曾有过，怎么就让他赶上了？马天生当机立断，下令把李云龙押下去，暂时休会。

浑身是血的李云龙被抬进了囚车，他的口鼻等处不停地流着血，一滴滴地流淌在地上，从主席台到囚车的一段距离，竟成了一条血路。那些受过徒手格斗训练的警卫战士动起手来没有轻重的概念，李云龙的腹部、肋部多次遭到重击，受了严重的内伤，剧烈的疼痛使李云龙处于昏迷状态。

运载李云龙的囚车开动了，向监狱驶去。

离此不远的拐角处驶出一辆"嘎斯69"型苏制吉普车，不远不近地跟上去。

驾驶吉普车的段鹏一边开车一边泪流满面地发出野兽般的号叫，林汉脸色铁青把牙咬得咯咯响，刚才会场上惨烈的一幕他们全看见了。段鹏的号叫突然戛然而止，他狠狠擦了一把眼泪，阴森森地说："我看清了，前面囚车上的那几个浑蛋，就是他们动的手。妈的，什么不许伤人性命？老子可不管这些了，今天非宰了这几个浑蛋不行。"

林汉显得很冷静，他低声说："老段，你不能太冲动，那几个战士没什么错，他们就是受这种教育长大的，对敌斗争就得这样，你教育手下战士难道不是这样？我可警告你，千万不可伤人性命，不然1号知道了饶不了咱们，我一直认为你段鹏的心理素质是第一流的，怎么今天这样失态？别忘了你是特种兵。"林汉的话很见效果，段鹏也感到自己的失态，他擦干眼泪，镇定下来对林汉说："老林，你提醒得好，咱们见机行事。”

囚车拐过一道弯，速度猛地减慢了，经验丰富的司机立刻感觉出汽车的两个后轮胎没气了，轮胎的钢圈和路面接触造成的颠簸使减震器发出怪声。他骂了一句停住车，推门下来准备换胎。站在街道拐角处的梁军冷笑一声，吹吹枪口上的火药味，熟练地拧下消声器，把手枪插入腋下的枪套里，他握住装在袖子里的钢心橡胶棒晃晃悠悠向汽车走去……与此同时，段鹏的吉普车也停了下来，林汉下了车，双手插在裤兜里闲逛般地凑过去……

昏迷中的李云龙觉得有人在轻轻摇自己，旁边有个熟悉的声音在轻喊：“1号、1号，您醒醒。”他眼前的景物开始清晰了，发现是段鹏和林汉正扶着自己，两人都穿着蓝色的劳动布工作服，扮成工人模样，汽车在高速行驶着，不过似乎不是刚才的囚车了。李云龙马上明白了，他冷冷地问：“刚才的司机和警卫战士呢？”

林汉回答：“1号，您放心，我们没伤人，只不过用橡皮棒敲了一下，这几个家伙可能要多睡一会儿，我们把那几个小子放在个安全地方，醒了会自己回去。”

李云龙叹了口气：“你们这几个无法无天的家伙，到底还是干了，你们想过没有？这次惹下的可是杀身之祸，一旦败露，军事法庭可要判死刑的。”

正在驾驶汽车的梁军回答：“1号，干我们这行的都认为，死和睡觉是一回事，一个破军事法庭能唬住谁？再说啦，我们现在的身份是‘井冈山兵团’的造反派战士，有点儿事也该‘井冈山兵团’负责，关我们屁事？”

李云龙疲乏地闭上眼睛吩咐道：“把我送回家去。”

段鹏和林汉大惊失色道：“1号，千万不能回家，那是自投罗网。我们已经安排好了，一会儿就换车，这辆车是梁军从东风机械厂偷的，我们马上要把它扔掉，有人会把您送到渔船码头，船已经准备好，几天以后您就可以在辽宁葫芦岛附近登陆，东北那边的事有人安排，您先把风头躲过再说。”

李云龙睁开眼厉声道："谁要你们安排这些？我再说一遍，现在我命令你们送我回家，听见了吗？"

三个部下无奈地服从了命令，梁军把偷来的吉普车甩在郊外的树林里，他们扶李云龙上了事先藏在那里的挂着军用牌照的吉普车，段鹏和林汉、梁军脱下印着"东风机械厂"字样的工作服扔进树林，换上了军装。李云龙发现这几个家伙把这辆吉普车里装备得像个军火库，有微型冲锋枪、微型手雷、燃烧弹和烟幕弹，还有几件进口的凯夫拉防弹背心和一具40火箭筒。李云龙嘲讽道："抢个李云龙还用费这么大的劲？你们的装备都可以去袭击装甲部队了。"

段鹏说："这辆车我们改装过了，外表和普通'北京吉普'一样，其实四周都加装了防弹钢板，轮胎也防漏的，前风挡是防弹玻璃，而且随时可以放下，能迎头发射火箭弹。1号，我们早计划好了，这次行动尽量做到不伤人，可万一哪个环节出了点儿问题，我们就豁出去大干一场了，所以我们不得不作点儿准备。"

李云龙笑了："谢天谢地，幸亏顺利，不然不知有多少人要倒霉了，我不是早就和你们说过，要闹事去那边闹，这边可不能闹。"

梁军一边开车一边说："1号，我怎么觉得自己都乖得像个才过门的小媳妇了？什么事都不敢干，谨小慎微的，这哪是特种分队？明明是'南京路上好八连'。就说刚才吧，押送您的那几个毛头小子，收拾他们还得用橡皮棒。这是林汉的主意，这不是脱裤子放屁吗？要我说，一人给他一掌就完了，费这事干什么？1号您想吧，要是这也不许那也不许，那我们分队就改个名吧，叫乖孩子分队得啦。"

林汉苦笑道："1号，那橡皮棒就是给他这种人预备的，不然这小子一掌上去，能把人家脑盖骨打碎，那几个战士再怎么样，也是出于无知嘛，咱们总不能一出手就杀人呀？"

李云龙剧烈咳嗽起来，吐出一口鲜血。段鹏等人急了："1号，您有内伤，咱们先去医院吧，铁路医院咱们有关系，保密没问题。"

李云龙吃力地喘息着说："没事，当年十几块弹片差不多全打进肚子了，不是照样活了这么多年？林汉，你刚才说得对，那些新入伍的战士要听党的话，服从上级命令，这没什么不对，我刚当兵的时候脑子比他们还简单，现在问题是，党也有错的时候，党和国家犯了错误，不能要这些年轻战士负责嘛。看来当初梁山分队缺个军政素质全面的政委，我临时把林汉推上去是做对了。”

梁军回头报告：“1号，咱们到了，我已经在这一带转了几圈，仔细观察过了，我可以肯定没有情况，咱们可以下车了。”

段鹏用对讲机和部下联络：“06、07，报告你们的位置。”

“报告01，你们在我的视线里，距离约100米，听候指示……”

“06、07，马上秘密封锁这一带，如有武装军警进入，可以先警告后开火，没有我的命令，任何武装人员不得进入这一带。执行吧。”段鹏冷冷地下了命令。

对讲机传来06惊喜的声音：“明白了，谁敢进入我的警戒圈，就开火打他狗日的……”

李云龙住的小楼，在他被捕后就被查抄了，大门紧锁着，贴着封条。不过这难不住梁军，他用一截铁丝花了十秒钟就开了锁。段鹏和林汉一左一右搀扶着李云龙走进客厅坐在沙发里。李云龙喘息着指指壁炉说：“小梁，你把手伸进壁炉里，摸摸炉壁左上方，那里面凹进去一块，放着一个铁盒子，你把它掏出来。”梁军取出铁盒，李云龙示意打开，他打开盒盖，掀开里面的蒙布又拆开几层油纸，发现一支袖珍型“勃朗宁”手枪静静地躺在铁盒里。

李云龙伸手拿过手枪，仔细端详着，这是支比利时FN公司出产的袖珍枪，枪身全长115毫米，口径6.3毫米，重量375克，弹容6发。李云龙曾把这手枪给一个研究常规兵器的工程师看过，那工程师一看就知道，曾告诉他，这种枪是1906年著名枪械设计大师勃朗宁先生设计的，并由比利时FN公司生产，是名噪一时的名枪，后来由于此枪性能良好，欧洲很多国家都有仿制，据说销售量已达到四百万支。

李云龙默默地抚摸着蓝汪汪的枪身和枪柄上精致的花纹图案。这支枪很能反映出制造国家的工业化水平，制造工艺极为精良。他想起了当年楚云飞送他这支枪时的情景，心里突然感到一股暖意，这个楚云飞，倒真是个人物，他把玩着这支手枪思念着它的前主人。要说心里话，他还是挺喜欢楚云飞的，他和楚云飞打了大半辈子交道，一会儿是朋友，一会儿是对手，见了面除了喝酒就是谈军事，就是不能谈政治，一谈准要唇枪舌剑地干起来，彼此攻击对方的政党。淮海战场上的最后一别，李云龙送了他两发机枪弹，他回赠了一发迫击炮弹，那十几块弹片至今还留着呢。

“朋友嘛，平时惺惺相惜，战场上各为其主，先是一起和日本人干，打完了日本人，朋友自己又干起来，打得你死我活的。1949 年你小子跑了，我还挺高兴，不然逮住你我李云龙可救不了你，八成 1950 年镇反时就把你小子毙了。这还不是最好的结局？我还以为这辈子没有交手的机会了。想想吧，咱们当团长的时候吵，当师长的时候打，没想到都当了将军又隔着海干了起来，我的特种兵收拾了你一下，你反过手又折了我几员大将，这辈子和你小子算是粘上啦，你一嘴我一口，你一拳我一脚，谁也没占什么大便宜，咋老闹个扯平呢？楚兄，你我兄弟之间也该有个了结了，谢谢你送我的这把枪，我就带它上路了。怎么样？这够给面子了吧？老兄我先走一步，到了阎王爷那儿，要有机会，咱们接着干。”

李云龙拒绝了段鹏的帮忙，他两膝夹着手枪用那只没受伤的手一边依次卸下手枪套管、复进机簧、缓冲器和弹匣，很从容地用布擦拭着每一个零件，一边对段鹏等人说：“我刚当红军时，是扛着自家的梭镖去的，那时红军队伍不发枪，除了有口饭吃，别的都要靠自己了，你们别看电影上的红军队伍，清一色灰布军装、八角帽，那是胡说八道。1927 年夏天我是下身只穿条裤衩，上身光着膀子过来的，后来打土豪弄了件黑杭纺绸大褂，就是电影上财主爱穿的那种，黑底上印有‘福’字或‘万’字图案的绸大褂。这件大褂我穿了半年，你们想啊，行军队伍里有个穿财主绸大褂的人是什么样子？可当时就是这样，谁也别笑话谁，部队没有被服厂，没有后勤部，所有东西除了打土豪就是靠缴获，后来求乡村大嫂子织了几尺土布，用草木灰染成灰不溜秋的，好歹做了身军装。记得当时裁剪得很糟糕，裤裆勒着屁股沟，走起路来磨屁股，就这，还当宝贝呢。”

段鹏等人都笑了。

“我第一次参加战斗，用梭镖捅死一个敌人，缴获一支老套筒。你们没见过这种枪，是清末光绪年间洋务派大臣张之洞创办的汉阳兵工厂的产品，射击精度极差，很容易卡壳，我那支老套筒的膛线都磨平了，子弹总是翻着跟头出去。后来，我又缴获一支‘中正’式步枪，是国民党河南巩县兵工厂的产品，抗战之前，这种枪算当时最好的步枪，只装备中央军部队，其实也只五发弹容，单发射击，人工退壳，射程和精度还不如日本的‘三八大盖’。抗战时我用一支德国造驳壳枪，它的正式名称叫毛瑟‘M1932’式手枪，口径7.63毫米，弹容20发，有效射程100米，这种枪适合近战，枪身后有快慢机头，拨动连发机头，能顶支小冲锋枪，在当时可是支好枪。后来，就没意思了，官越做越大，枪越来越小，也没机会冲锋了……”

李云龙笨拙地把手枪重新组装好，把子弹顶入枪膛，他仔细抚摸着蓝汪汪的枪身，枪柄在他的手掌中渐渐温暖起来，仿佛有了灵性。他自言自语地说：“玩儿一辈子枪，最后只剩下这支小玩意儿啦，这简直不算枪，是娘们儿玩儿的玩具。”

段鹏等三人都以立正姿态站在一边注视着李云龙，他们闹不清军长要干什么。时间在一分一秒地流逝，他们都是老兵了，心里非常明白，在此处耽误的时间越久，危险就越大，但他们谁也没说话。面对渐渐迫近的危险，他们面无惧色地稳稳站在那里。

李云龙抬起头，仔细把三人上下打量了一遍，似乎在用目光向三个忠诚的部下告别，目光中饱含着疼爱和欣赏。段鹏的心猛然颤抖起来，他心里全明白了，因为他在军长的目光中看到了诀别，他的眼泪唰唰地顺着面颊洒落在胸前，不由失声喊道：“军长，我的军长，请跟我们走，我们求您啦，求您了……”

李云龙冷冷地命令道：“现在我命令你们马上归队，听清楚没有？我从来不说第二遍，给我马上走。”说完他决然扬起枪口，把黑洞洞的枪口对准了段鹏。

“不，我们绝不走，您要愿意开枪就开吧。”段鹏第一次拒绝了军长的命令，态度非常强硬。

梁军跨上一步，脸绷得近乎狰狞地说："军长，您应该知道这小玩意儿对我们没用，我们可以缴掉您的枪，强行架走您。我们有这个能力。"

李云龙冷笑道："嗬，真是翅膀硬啦，敢缴我的枪……"

话音没落，啪的一声，子弹擦着梁军的头皮飞过去。梁军面不改色，动也不动地说："军长，这没用，要是这小玩意儿都能把我们吓住，那您亲手组建的特种分队也太废物了。"

李云龙无奈地摇摇头，口气缓和了一些："你们听好，一个军人，可以在肉搏战中被敌人砍掉脑袋，但他绝不可以被侮辱，军人可以去死，但绝不能失去尊严，你们想把我藏起来，过几年苟延残喘的日子，我认为，即使是出于好心，也是对我李云龙的侮辱，让我活得像行尸走肉。这样做，我只能认为是谁和李某有深仇大恨，绝不是什么好心。你们明白吗？大丈夫来去赤条条，活着要活出个人样，死也得像条汉子，干吗要我去学缩头乌龟？坏了我一世名声。"

段鹏、林汉和梁军终于明白李云龙决心已定，已无挽回的可能了。三人不由心中大恸，这些心硬如铁的汉子第一次弯下从没弯曲过的膝盖，齐刷刷地跪在军长的面前，男儿膝下有黄金啊，他们要用这种中国最古老的礼仪向他们最尊敬的、对他们有着知遇之恩的将军告别。这三个坚强的汉子热泪纵横，久久地说不出一句话来。李云龙疲乏地闭上眼说："好啦，快走吧。记住！要保住这支特种分队，别让海峡那边的同行看笑话。拜托啦！"

段鹏等三人擦干眼泪，立正站好，向军长行了标准的军礼，然后流着泪走出大门……

李云龙扶着楼梯扶手慢慢走上楼，从卧室的壁橱里拖出一只紫红色布面箱子。他打开箱子，这是1955年解放军授衔时发的将官礼服，据说当年为了这身礼服，很多社会主义阵营的国家都帮了忙，有的国家给料子，有的国家负责加工肩章和纽扣之类的小物件，李云龙摸了摸领花和袖口上面金灿灿的松枝、松果图案，那双和礼服相配的小牛皮靴子是高腰松紧口样式，将官和校官的靴子略有差别，将官靴的靴头扁而尖，线条很流畅，这点微小的差别表明了1955年时解放军的正规化程度和森严的等级差别。李云龙很困难地脱下沾满血的旧军装，慢慢地穿上这套已经过时的将军礼服，心里想起当年授衔时他和丁伟等人嫌少将军衔太低而故意闹事的往事，不由得轻轻笑了。那会儿还是年轻呀。礼服穿好了，他又从箱子衬里的小兜中取出三枚金灿灿的勋章，他仔细端详着三枚勋章，心里暖融融的。有八一红星图案的二级八一勋章是授予在十年土地革命战争中担任过团级指挥员的；有延安宝塔山图案的二级独立自由勋章是授予抗日战争中担任过八路军、新四军团级指挥员的；有天安门图案的一级解放勋章是授予解放战争中担任军级以上指挥员的。这三枚勋章从设计到铸造都极为精美，上面镀着纯金，在灯光下很耀眼，这三枚勋章上浓缩着从贫瘠的山沟里浴血拼杀而渐渐强大起来的这支军队的历程，也浓缩着李云龙个人历史和百战搏杀的记载。他把勋章别在礼服的右胸上，戴上装饰着金色帽缏的大檐军帽，对着穿衣镜看看，到底是礼服，穿上它，人变得神采奕奕，穿衣镜里出现一个八面威风的将军，一副金戈铁马、气吞万里如虎的气概，黄色的硬质肩章上，那颗金色的将星在灯照下闪烁着……

他扶着楼梯扶手从楼上下来，慢慢坐进沙发，拿起电话拨通了马天生的办公室："我是李云龙，现在在我家里……这有什么好奇怪，我知道你正四处搜捕我，怎么就没想到上我家来看看呢？你大概只顾着在车站码头撒网了吧？看来你的脑子不太灵活。说实话，这个军交给你我还真不大放心。好吧，你来吧，咱们该好好谈谈了，毕竟共事一场嘛。记住！只允许你进我的大门，持枪的战士们不准进来，我手里有枪，你马天生要有点儿良心，就不该让年轻的战士作无谓的牺牲。好，来吧，我等你。"他挂上电话，坐在正对大门的沙发上，腰板挺得笔直，两个膝盖微微分开，被折断的左臂自然垂放在左腿上，闭上了眼睛。

该说的说了，该做的也都做了，该走啦。身为将军，他不喜欢这种归宿。记得一个著名的外国将军说过：一个军人最好的归宿，是在最后一场战斗中被最后一颗子弹击中。李云龙同意这种观点，欣赏这种死法。可惜，生活没有给他这种机会。

他环视着这熟悉的客厅，在这里他和妻子共同生活了十几年，客厅里的空气中似乎还留着田雨特有的芬芳气味，这沙发上好像还留着田雨的体温，他感到一种前所未有的温馨，眼前幻化出炮火连天的淮海战场，那小小的野战医院，那穿着白色护士服的美丽少女。他忘不了妻子和他分手时说的最后一句话：云龙啊，你是龙，我是云，龙和云是分不开的。他想象着，一条浑身闪动着金色鳞片的苍龙在一片云蒸霞蔚中翩翩起舞，云中龙啊。他不由轻轻笑了，妻子也太高抬他了。不过，妻子能这么看重他，还是挺使他感到欣慰的。

唉，人要是能重新活一遍，大概就会比第一次活得仔细些，有滋味些，会多享受些欢乐，少存些遗憾。

唉，这辈子最大的遗憾是没有好好读读书，活得稀里糊涂，不明不白的。他记得赵刚劝过他多次，还手书了一副条幅送他：千秋邈矣独留我，百战归来再读书。据说这是曾国藩写给其弟曾国荃的。赵刚对这位不好学习的老战友很是恨铁不成钢，而喜欢以大老粗自居的李云龙很不以为然，这条幅早就不知被扔到哪里去了。

想到这里，李云龙轻轻笑了起来，每个人回首一生，谁能没有遗憾呢？当初要不是参加了红军，他李云龙守着家里的两亩薄地，还不是腚朝天地在土里刨食？也许到老死也不会走出大别山一步，那时他不知道自己是住在一个圆形的地球上，还以为大地像块揉面用的案板平平的一块，而遥远的省城便是大地的中央。真傻得可以。他第一次见到飞机是反围剿时，国民党那老掉牙的双翼飞机，在飞机的俯冲扫射中，他傻呆呆地站在那里问："班长，这大鸟儿上咋有人呢？"

如今回首往事，他突然发现自己这一辈子净碰上文化人了，要没这些有学问的人，他还不定傻成什么样呢。他碰上的第一个文化人是他当营长时的营教导员朱玉成。李云龙和他相处了很短一段时间，朱玉成就牺牲了。李云龙清楚地记得他是翻越夹金山时滑下山涧牺牲的。那天天气很晴朗，映入眼帘的色彩也很绚丽，蓝色的天空，白色的雪山，漫山遍野的红军部队，宣传队的女兵们站在没膝深的雪里打着快板鼓动着士气，山上山下红旗翻卷，朱玉成在李云龙身边随口吟出几句古诗，让李云龙至今记忆犹新：

纷纷暮雪下辕门，
风掣红旗冻不翻，
轮台东门送君去，
去时雪满天山路。

朱玉成话音没落，脚下一滑，人就像断线的风筝一样向深涧飘落下去……唉，打下这个江山可真不容易，死了多少人哪，这个朱玉成要是能活下来，1955年至少授个中将。他也是从大别山深处走出来的。大别山啊，当初黄麻暴动，几十万大别山子弟参加红军，如今还有多少？1955年授衔，来自大别山的将军有293名。这些幸存者成了将军，可谁能忘了那倒在战场上的几十万大别山子弟？落叶归根，该回去啦。一别家乡40年，故乡的一切恍如昨日，远远地他好像看见黑紫色的大别山主峰金刚台在蓝天白云的映衬下勾画出险峻的侧影，上面矗立着古堡，显出一圈雄壮而粗犷的轮廓，故乡的山野渐渐漫起蓝色的雾气，高大的松柏、杨槐、栗树把枝杈刺向苍穹，村落、寺庙、水车、关隘都被虚虚幻幻的雾岚所笼罩……魂归故土，应该是最美丽的人生终极，高官和厚禄，甚至轰轰烈烈的事业，都不如大自然的赐予来得温馨。魂归故土，是他晚年梦寐以求的梦境。几十万大别山子弟都回去了，他当然也要回去，那是故乡。有多少次，他在《中国古代地名大辞典》上寻找着故乡……北岭之在湖北河南间者，曰大别山脉，为江淮间一大分水岭，即周秦之冥也。今凿山通道七十余里，平汉铁路通过之。西起湖北应山县，东至河南商城，罗田至安徽霍邱，霍山诸县之间。旧于关上设关隘十三……自古南北战争，恒以此为重险。沧海横流，血肉横飞，方显出英雄本色，当年万源保卫战，敌军在不到30华里的地面上，使用兵力竟达90个团，数量十倍于红军，谁能记清当时打了多少次恶仗？每天要牺牲多少人？他却是不多的幸存者之一。而眼前，一切都沉寂了，流逝了。那惊心动魄的枪声，那撕心裂肺的呐喊，那悲痛欲绝的咒骂和呻吟，那狼藉遍野的残肢断骨和头颅，那千疮百孔仍迎风飘扬的军旗，都沉寂了，流逝了，无影无踪了，犹如做了一场梦……

李云龙睁开眼，他听到了汽车的刹车声和沉重凌乱的脚步声。他从茶几上拿起了手枪，发现大门外有几个端着冲锋枪的战士正小心翼翼地探出身子。“啪！”李云龙手里的枪响了，子弹从一个战士的左耳边擦过，战士们立刻闪在大门两侧。李云龙厉声喝道：“马天生，你可以进来，我说过，不要让战士们进来，小心我的枪走火！”

马天生的声音从门外传来：“你们都退到院子外面，没有我的命令不许进来。李云龙，我进来了。”马天生面无惧色地走进客厅。

李云龙满意地笑道：“马天生，敢在我的枪口下走进来，你还算条汉子，坐吧。”

马天生在面对李云龙的沙发上坐下来，不动声色地回答：“承蒙夸奖，这是你李云龙第一次称赞我。可我并不感到荣幸，你该知道，一个共产党员是不怕死的。”

李云龙皱皱眉头，有些不耐烦地说：“又来了，我说马天生呀，你咋像演戏的？翻来覆去就这么几句台词？你我好歹共事一场，如今我要走了，你能不能不说那些套话？”

“这就是你我之间的分歧，因为政治观点南辕北辙，你对毛主席的革命路线到现在还采取对抗的手段，你怎么能听懂一个真正的革命者的语言呢？李云龙，你走得太远了，我劝你放下那支枪，这才有出路。”

李云龙冷笑道：“军人没有交出武器的习惯，除非他死了。说到出路，你可想错了，我从来没有打算给自己留条出路，所以你这话等于没说。我找你来不是为了和你争论这些理论，因为我这辈子就没闹明白过，你比我也强不到哪儿去，尽管你比我有文化。我只想告诉你，我李云龙这条命，不喜欢听别人摆布，谁都不行！日本鬼子和国民党不行，现在的中央‘文革’小组也不行。我这条命得由我自己摆布，我有权利选择自己的死法。我李云龙这条命虽说不值钱，可也不能被别人轻轻松松就拿走，这活儿得由我自己干。你知道一个军人最体面的死法吗？上吊？服毒？都不行，那是老百姓的死法。告诉你，军人的死法应该是用子弹。你看，我把枪口对准太阳穴，当我扣动扳机时，子弹会从我另一侧太阳穴穿出，随着子弹喷出的是我的血和脑浆，那时你会看到，我李云龙的血是热的，滚烫滚烫的，冒着热气，我的脑浆是白的，像没点好卤的豆腐，糊里糊涂的，这是因为我这辈子没闹明白的事太多。这颗子弹从我的太阳穴穿过后，应该打进那边墙里，那墙是灰墙，不会产生跳弹，如果你想留个纪念，就把这弹头挖出来，我送你了。如果你不稀罕，就把它留在墙里，将来不管谁得到它，和我都是个缘分。还有，这颗弹头可能有些变形，因为我的颅骨比较硬……”

李云龙用右手举起手枪，把枪口抵住右侧太阳穴。

马天生的脸色倏然变得像一张白纸，他失声喊道：“李云龙，你不要开枪……”他冒死猛扑过去想夺枪。

“啪！”一颗子弹打在马天生脚前的地板上，离他的脚趾只有一寸远，马天生僵住了，他不顾一切地喊道：“老李，你不要冲动，你我的关系到了今天这样，也可能是我在某些方面做得有些过分，我们好好谈谈……”

李云龙轻蔑地看了他一眼，似乎懒得说话，他的食指猛地扣动了扳机……

〔 尾声 〕

李云龙斜倚在沙发上，双眼睁着，似乎还在沉思，“勃朗宁”手枪掉在地板上，空气中弥漫着浓浓的火药味儿，一缕鲜血从他左面颊上流下来，像一条红色的小溪汩汩流淌，染红了他肩章上那颗金色的将星……

马天生几乎没有犹豫，他一个箭步冲到那面墙前，迅速地挖出了那颗弹头，仔细地端详着，李云龙说得没错，那弹头的确变了形，他的颅骨还真硬……

马天生默默地把弹头放进自己的上衣兜里，然后头也不回地走出客厅。一个细心的战士发现，马政委的脸色惨白，在他转身的一刹那，他的眼中竟闪出了一丝泪光。

两天以后的一个深夜，田雨在狱中割腕自杀。看守人员为此受到严厉的训斥，他们始终没搞清楚，那块小小的保险刀片是怎样躲过严密的搜查带入狱中的。看守人员私下里议论说，这女人是作好赴死的准备来到监狱的，她根本没打算活着出去。看她手腕上的那个伤口，割得像个孩子嘴，乖乖，这女人，真下得去手……

看守人员从田雨的遗物中发现一张信纸，这是狱方发给她写交代材料的。这张信纸马上被送到马天生的办公桌上，那上面很潦草地写着南宋词人陈与义的一首《临江仙》：

忆昔午桥桥上饮，
坐中多是豪英。
长沟流月去无声。
杏花疏影里，
吹笛到天明。

二十余年如一梦，
此身虽在堪惊！
闲登小阁看新晴。
古今多少事，
渔唱起三更。

马天生默默看了很久，始终没说一句话。

同日，负责看守李云龙遗体的两个战士，突然遭到几个不明身份的人袭击，使他们昏迷了整整48小时。事后检查，除了少了李云龙军礼服肩章上的将星和那三枚勋章，别的什么也没动。

郑波因为立场问题，去海防团当政委的任命被取消，他被发配到部队农场劳动改造。那天他正在围海造田工地上背石头，对面敌占岛上那功率强大的广播站又开始广播了。一股宏大的铺天盖地的音乐声像飓风一样掠过海峡，郑波的心脏猛然收缩起来，这是贝多芬英雄交响乐的第二乐章，那首著名的《葬礼进行曲》，肃穆、悲哀的音乐过后，往常那娇滴滴的女人声音没有出现，一个声音浑厚的男广播员缓慢的声音传来："……驻岛全体'国军'将士对李云龙将军的逝世表示深切哀悼……民国三十一年冬，李将军率部与倭敌激战于野狼峪，白刃战中手刃倭寇数百余，日军闻风丧胆。民国三十三年，李将军于晋西北全歼装备精良之日军山本一木特种部队，凭血肉之躯及劣势装备与敌浴血奋战，实乃中国军人之楷模。……现在广播在抗战中曾与李云龙将军协同作战共同抗击日本侵略者的原'国军'第二战区上校团长、现役'国军'陆军中将楚云飞的悼念文章，楚将军引用南宋词人刘克庄《满江红》词作为开始：铁马晓嘶营壁冷，楼船夜渡风涛急，有谁怜？猿臂故将军，天无级……"郑波把背上的石头狠狠地扔进海里，禁不住泪如泉涌……

李云龙去世几个月后，中苏边境战争在珍宝岛地区爆发，整个世界的目光都投向这个位于黑龙江虎林县境内，在乌苏里江主航道中心线中国一侧，面积仅为0.74平方公里的小岛上，两个曾经亲密无间的社会主义国家的军队在这一地区进行了一场有限的边境战争。双方的军人在战斗中都表现出高度的爱国主义精神和不畏牺牲的决死姿态。孔捷将军指挥的重炮群与苏军炮群激战数日。是役，苏军比金边防总站战时总指挥列昂诺夫上校、总站长扬辛中校饮弹身亡。战斗结束后，孔捷将军在作战室里独自坐了很久，他想起十几年前南京军事学院丁伟将军的论文，他的重组战略大格局的构想，他的战略预见性。继而想到老战友李云龙早逝，孔捷将军不禁热泪纵横，难以自抑……

李云龙的野战军也奉命调防，作为战略预备队调往可能爆发战事的地区。而马天生到底没当上这个军的1号首长，李云龙死后，他的精神似乎也垮了，变得沉默寡言起来。后来他主动要求调走，被调往北京的一所军事学院。据说，还是干他的老本行搞政治工作，再往后，就不清楚了……

这年的 7 月，在美国佛罗里达州东部的卡纳维拉尔角的宇航中心发射场上，一枚巨大的运载火箭喷出耀眼的火光冲天而起，以第二宇宙速度飞向远方。这艘名为“阿波罗11号”的载人宇宙飞船载着人类的希望穿过黑暗的茫茫太空，第一次将人类送上月球，从这一天起，人类向宇宙进军的新纪元开始了。在这个躁动的、喧嚣的，充满暴力、鲜血和争斗的地球上，各种不同肤色、不同政治信仰的人群都暂时停止了争吵和厮杀，全人类都怀着庄严肃穆的情感迎接这伟大的新纪元，这是人类的骄傲，人类的希望。

伟大的、举世无双的贝多芬，他把自己博大精深的思想和对人类的无限爱恋和希望融进了一曲响彻天宇的颂歌。在这伟大的时刻，全世界的各个角落，都响起了贝多芬《第九交响乐》中那辉煌的第四乐章。那规模宏大、气势磅礴的大合唱《欢乐颂》，把全人类的情感都推向了极致。

……
拥抱起来，亿万人民。
让全世界接个吻！

此时，在这个喧闹、杂乱无章的地球上，只有少数人类的智者能够以睿智的眼光透过重重迷雾，预见到在不远的将来，一场全新的工业革命将席卷全球，人类和社会、政治和经济力量的结构将随之而引起巨变。这场在量子电子学、信息论、分子生物论、海洋工程、核子学、生态学和太空科学的综合科学理论上发展起来的新工业浪潮将要使人类从此步入辉煌的时代。不仅如此，还要深刻改变人们赖以行动与处世的信息结构。改变人类对思考问题、综合情况、预测行动后果的方法，改变识字在生活中的作用，甚至改变自己大脑的物质组成和化学性质。

这一年，与中国毗邻的日本及后人称为“亚洲四小龙”的中国香港、中国台湾、新加坡和韩国都展开日渐丰满的羽翼，开始了后来令世人瞩目的经济起飞……

时间又匆匆过了10年。公元1978年，在李云龙将军恢复名誉、平反昭雪的大会上，在大会将要结束人们即将散去时，从门外匆匆赶来三个头发已经花白的老者，他们都穿着便衣，腰板挺直，动作敏捷，与会的人们一眼就能看出，他们曾是职业军人。

这三位老者刚刚走进会场，猛地看见李云龙将军的遗像，他们突然像遭到雷击般地僵住了，顷刻间三人跌跌撞撞地扑倒在遗像前，为首的老者发出一声凄厉的喊声：“老首长，我的老首长啊，我们来看你啦……”说罢泪飞如雨，三人都发出一阵撕心裂肺的号啕，久久的、不间断的痛哭声使在场的人们无不为之动容……

他们离去时留下一束鲜花，在花束的红丝带上没有任何署名，只别着一颗金星，由于年深日久，金星的镀金层已经氧化褪色，变得暗淡无光。与会的大部分人都不识此为何物。只有几个退役离休的老军人一睹此物，都不禁老泪纵横，嘘唏不已。老人们告诉年轻人，这是1955年解放军授衔时代表将军军衔的将星……

又过了20年，这个城市有了很大的变化。在临海滨的一座哥特式小楼前，来了一群中年男女军人，他们按响了门铃。小楼的主人是个来大陆投资的台湾商人，他曾在军中服过役，认得军衔。他发现这些军人的军衔都不低，其中有一个少将，其余都是大校、上校。军人们很有礼貌地提出请求说，他们曾经在这座小楼里度过了童年，今天是特地从四面八方赶来故地重游，不知主人能否满足他们的请求。

商人是个好客的人，既然是此楼的前住户，当然有权利参观一下故居，这和他也是一种缘分，更何况这些人都是一些有身份的高级军官。主人热情地领着军人们参观了楼上楼下所有的房间。军人们又提出能否去后院看看。主人说当然可以。他把客人领到后院时，客厅里的电话铃响了，主人抱歉地请客人随意参观，自己匆匆去接电话。电话是有关合资项目的事，主人谈的时间稍稍长了些。当他放下电话匆匆赶到后院时，不由被眼前的情景惊呆了：这些穿着笔挺的毛料军服的军官竟齐斩斩地跪在院墙前，抚摸着墙面上的点点斑痕，正哭得像一群孩子……

商人静静地站在那里，没有打扰这些正在痛哭的军官。他知道军人一般是不喜欢流泪的，看来这座小楼里可能发生过一些令人辛酸的故事……

（全文完）

图书在版编目（CIP）数据

亮剑 / 都梁著. — 北京 : 北京联合出版公司, 2015.1
（2017.10重印）
ISBN 978-7-5502-4250-0

Ⅰ. ①亮… Ⅱ. ①都… Ⅲ. ①长篇小说－中国－当代
Ⅳ. ①I247.5

中国版本图书馆CIP数据核字（2014）第279209号

亮剑

作　　者：都　梁
选题策划：北京磨铁图书有限公司
责任编辑：徐秀琴
封面设计：韩　捷
排版制作：刘珍珍

北京联合出版公司出版
（北京市西城区德外大街83号楼9层　100088）
河北鹏润印刷有限公司印刷　新华书店经销
字数451千字　880毫米×1230毫米　1/32　印张14.5
2015年1月第1版　2017年10月第5次印刷
ISBN 978-7-5502-4250-0
定价：48.00元